方卫平学术文存

第一卷

中国儿童文学理论批评史

方卫平 著

山东教育出版社

图书在版编目（ＣＩＰ）数据

中国儿童文学理论批评史 / 方卫平著 . – 济南：
山东教育出版社 , 2021. 7
（方卫平学术文存；第一卷）
ISBN 978-7-5701-1766-6

Ⅰ . ①中… Ⅱ . ①方… Ⅲ . ①儿童文学 – 文学批评史
– 中国 Ⅳ . ① I207.8

中国版本图书馆 CIP 数据核字 (2021) 第 129667 号

方卫平学术文存 第一卷
中国儿童文学理论批评史 方卫平 著
ZHONGGUO ERTONG WENXUE LILUN PIPING SHI

责任编辑：樊学梅
责任校对：任军芳
美术编辑：蔡 璇
装帧设计：王承利 王耕雨

主管单位：山东出版传媒股份有限公司
出 版 人：刘东杰
出版发行：山东教育出版社
地址：济南市市中区二环南路 2066 号 4 区 1 号
邮编：250003
电话：0531-82092660
网址：www.sjs.com.cn
印刷：山东临沂新华印刷物流集团有限责任公司
开本：710 mm×1000 mm 1/16
印张：31
字数：372 千
版次：2021 年 7 月第 1 版
印次：2021 年 7 月第 1 次印刷
印数：1-1000
定价：288.00 元
（如印装质量有问题，请与印刷厂联系调换，电话：0539-2925659）

作者简介

　　方卫平，祖籍湖南省湘潭县，1961 年 8 月出生于浙江省温州市；1977 年考入宁波师范学院中文系读本科，1984 年考入浙江师范大学中文系读研究生，毕业后留校工作至今。1988 年任讲师，1994 年由讲师晋升为教授。曾任浙江师范大学中文系副主任、儿童文化研究院院长、儿童文学研究所所长、儿童文学系主任等。

　　现为浙江师范大学二级教授、博士生导师，中国作家协会儿童文学委员会副主任，浙江省作家协会副主席，意大利马切拉塔大学《教育史与儿童文献》杂志国际学术委员，鲁东大学兼职教授。

　　主要从事儿童文学、儿童文化研究与评论，出版个人著作多种；在中国、美国、意大利、德国、日本、韩国、马来西亚发表论文和评论文章数百篇，论文曾被《新华文摘》、《中国社会科学文摘》、中国人民大学《复印报刊资料》等转载或摘介。

　　主编有"中国儿童文化研究年度报告"系列、"中国儿童文学大系"（增补卷 10 卷）、"当代西方儿童文学理论译丛"、"国际安徒生奖大奖书系"、"中国儿童文学名家论集"、"第六代儿童文学批评家论丛"；选评有"方卫平精选儿童文学读本"、"方卫平精选少年文学读本"和"中国儿童文学分级读本"；主编学术丛刊《中国儿童文化》，合作主编《新语文读本·小学卷》等。

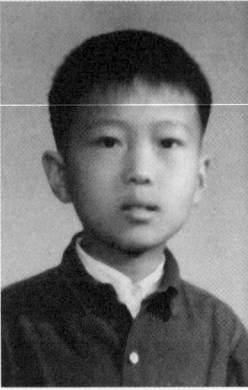

1. 五年级小学生

2. 小时候的一家人

3. 一年级大学生

4. 1979 年 4 月于绍兴鲁迅纪念馆

5. 1981 年，本科毕业照

1．1984 年 4 月，在浙江大学校园
（方卫民摄）

2．1992 年 12 月于浙江金华

3．2009 年 5 月 23 日在研讨会上

4．2013 年 10 月 24 日出差途经温
州市时，在少儿时代曾经居住过 6
年、即将拆除的原温化生活区 8 幢
楼前留影

1. 2019年10月18日参加"首届凤凰作者年会"，在江苏凤凰少年儿童出版社展台，见到了这部1993年8月出版的《中国儿童文学理论批评史》。这是作者的第一本个人著作

2. 出版的部分个人学术著作、论文集

3. 主编、选编的部分学术、文学著作、读本

目录

绪 论

　　中国文学在自己漫长的历史岁月中表现出聪颖而独特的理论悟性和天分——一部中国文学批评史记载和诉说了这一切。作为中华民族文学想象力和创造力的自然延伸和补充，文学批评几乎始终是中国文学发展进程中一个必不可少的有机组成部分：它们同样真实而生动地展示着我们民族的美学个性和艺术心灵，同样从一个重要的侧面记录了我们民族精神漫游的辉煌历程。

　　相形之下，关于儿童文学的理论思维的展开则晚了许多。在人类精神漫游的旅行图上，儿童文学及其理论批评是一个久久未被标出的文学方位。就中国的儿童文学批评而言，它真正的、自觉的、独立的、广泛的展开，还是进入 20 世纪以后的事情。自晚清以降，一代又一代的文人学士从自身所处的特定历史文化环境和时代精神需要出发，走上了对儿童文学的思考和探索之路。这种探寻在"五四"中国文化转型时期更是通过自己时代的先进分子而得到了全面、深刻的展开。从此，中国文化史上长期被漠视的一页终于被翻开了。毋庸讳言，作为一门相对独立的学科，中国儿童文学理论批评的历史是短暂的，而且由于种种原因，它后来的建设者们也常常不免要继续遭受轻视和冷落。于是，参与这一批评进程的人们便不能没有充分的心理准备，甚至不能没有一种悲壮的"殉道"精神。就是怀着这样一种精神，他们走过了一段艰辛而曲折的批评历程。

然而，当我们从一个更宏大的精神文化背景上来考察这一批评历程时，我们会深切地感到，对儿童、对未来的关注和重视，是我们民族历史上一次极其宝贵的精神觉醒，而儿童文学的批评历程也是我们民族思想史上一次不可忽视的理论展开。无论是激昂的呐喊、开拓，还是痛苦的理论挫折和迷失，它们都是那样动人心魄、令人深思。今天，这一切都已化为历史的陈迹，或者，它们只依稀留存在我们的记忆里，但作为一段真实的历史，它们无疑依然值得我们珍视。

　　当代儿童文学研究界正萌动并酝酿着一种超越传统，重建中国儿童文学批评理论形象的创造冲动。毫无疑问，这种冲动如果不以对历史的了解和反思为背景和依据，那么它将可能是幼稚的、盲目的。黑格尔说得好："我们之所以是我们，乃是由于我们有历史，或者说得更确切些，正如在思想史的领域里，过去的东西只是一方面，所以构成我们现在的，那个有共同性和永久性的成分，与我们的历史性也是不可分离地结合着的。我们在现世界所具有的自觉的理性，并不是一下子得来的，也不只是从现在的基础上生长起来的，而是本质上原来就具有的一种遗产，确切点说，乃是一种工作的成果——人类所有过去各时代工作的成果。"[1]20世纪法国年鉴学派历史学的代表人物之一马克·布洛赫甚至声称，理解现在的唯一方法是离开现在并把现在看作连续过程中的一个部分。[2]几年以前，我在一篇考察我国儿童文学研究现状的文章中曾经写道："对儿童文学研究现状的议论和抱怨早已不是什么秘密了。可是，当我们试图对我国儿童文学研究现状进行一番考察以便更准确地理解和把握它们的时候，我们面临的困难是显而易见的：贴近现象本身使我们难以取得一个宏观的视野，考察结果的可靠性预先就被打上了问号。然而尽管如此，对历史的透视将为准确地理解和把握现实提供某种可能性。我们十分明白，任何事物都处于不断的变化过程中，它诉说着过去，也昭示着未来。于是在我们看来，现实并不应当成为阻止我们把视线投向历史的屏障，至少在主观上，我们对现实的考察应该力求保持一种历史的纵深感。"[3]

是的，在关于中国当代儿童文学的理论沉思和遐想中，我常常会情不自禁地穿越岁月的阻隔，在自己的脑海里重建、复现那曾经真实地存在过的理论氛围和批评景观。在与前人的理论对话过程中，我越来越深切地感受到：我们与历史之间有着一种千丝万缕、"剪不断，理还乱"的精神联系，而历史也以它自己的方式深刻地制约、引导、启示着我们。我们从哪里来？我们将去向何方？对未来的探询首先应该是对历史的探询。中国儿童文学理论批评的未来理想、形态和构架无疑将从它的历史积累和传承中获得某种灵感、教训和启示，从而确定自己走向新的批评里程的理论起点——而这里也正蕴含和透露了本书的写作目的和信念！

（一）

我们走向历史，然而儿童文学批评史究竟是什么，我们将如何确定我们的批评史观？

"历史"一词的多义性，使史学家们在自己的论述中常常同时在不同含义的基础上轮流使用它。美国学者菲利普·巴格比曾经指出克罗齐著作中的这类现象："阅读克罗齐的著作时，几乎不可能分辨出，他使用'历史'这个词是意指事件本身，是历史学家对这些事件的记述，还是历史学家对这些事件所持有的观念，或者，也许是三者皆有。"[4]不过，正如波兰史学家托波尔斯基所说的那样，"历史"一词经过若干世纪，最终取得了两种基本意思：过去的事情；关于过去事情的陈述。[5]这种对概念的理解在现代西方史学界十分流行。"我们承认有两种历史：一种是一度发生过的实实在在的一系列事件，另一种是我们所肯定并且保持在记忆中的意识上的一系列事件。"这段话十分典型地代表了流行在西方史学家心目中的"历史"概念。[6]

由此我们可以推知，儿童文学批评史其实也包含了两层含义：其一是指儿童文学批评的"事件的历史"，其二是指儿童文学批评的"述说的历史"。在这里，事件的历史包括了历史上曾经真实地出现、存在过的一切围绕儿童文学所展开的理论批评及其相关活动的历时性总体。这个总体"曾经"不中断地以它的全部客观实在性、生动性、丰富性构成了儿童文学批评的动态景观，并把儿童文学批评的"今天"不可抗拒地推出来。这是批评史的自在的、原生态的历史，是真正的初始意义上的批评史，也是作为一门史学的儿童文学批评史研究的操作对象和认识客体。

儿童文学批评客观历史进程的原生性决定了它是一个在时间上永远消逝了的、无法原样重现的"过去"，它不可能直接呈现给后来的认识的主体。那么，作为一门学科，批评史研究的目的何在？是通过我们的努力去接近、重建那已经消逝了的批评史实吗？是让我们的知识库中再增添一些关于儿童文学批评客观历程的真实的知识吗？

对批评史进程的客观实在性的历史唯物主义的理解和把握，是我们进入儿童文学批评史学科研究的一个基本前提。也就是说，在本体论意义上，我们无条件地承认在认识主体的意识之外，有一个不依赖于主体意识的客观的批评史进程。为了尽可能深刻地理解和把握历史，我们必须首先尽可能真实地接近客观历史。在这方面，传统史学曾经积累了丰富的经验和手段，例如我国古代史学中很早就出现的"实录"论。班固在评论司马迁史学时说："然自刘向、扬雄博极群书，皆称迁有良史之材，服其善序事理，辨而不华，质而不俚，其文直，其事核，不虚美，不隐恶，故谓之实录。"（《汉书·司马迁传》）刘知幾的《史通》更是多处提到"实录"，指出"良史以实录直书为贵"。[7] 在西方，19 世纪自然科学的显赫声誉使一些历史学家用"历史科学"这个名词来表示那种他们认为更为合理的方法，他们构想这些方法是为了弄清历史事件的真相。例如，细心地核对文件，清除前代历史学家和编年史家的偏见。这种对弄清历史事件真相之方法的兴趣和信念，其实可以追溯到莱布尼茨、莫比林，乃至伊拉斯莫斯和意大利人文主义者。但是，它在 19 世纪达到了自己的鼎盛期。[8] 概而言之，这种史学观认为历史学的目的在于尊重和再现客观的历史事件及其进程，并且坚信历史学能够真实地再现历史，从而使两者实现同一。

事实上，这种历史学的信念是幼稚的，它将导致历史学科生存价值的削弱乃至丧失。德国文学批评家汉斯·罗伯特·姚斯就曾经批评过那些"囿于客观性理想，只限于描述一个封闭的过去"[9] 的文学史家。如前所述，我们所说的尊重客观的儿童文学批评历程，是在本体论的意义上说的。一旦进入认识论的层次，作为客体的批评历程本身就同作为研究者的认识主体之间处在一种复杂的、动态的联系之中。在认识的动态结构中，主体与客体之间存在着必不可少的中介环节和种种复杂的矛盾因素。儿童文学批评史学科建构过程中的这种复杂性，无疑将摧毁并迫使我们放弃那种幼稚的"客观性理想"。

首先，我们应该意识到，儿童文学批评史研究者所面对的研究对象并不是批评史的原生状态（哪怕是刚刚消逝的历史），他们无法在研究过程中重新看到批评史的最本原的面貌。因此，对客观的批评历程的认识乃是一种间接认识。在这里，认识主体不是直接地接受和反映客体，而是需要借助一定的中介才能实现其认识过程。这个中介就是遗留态的批评史，即原态历史中产生的可以用物化符号凝固下来而在保存传承过程中尚未被销毁的原态历史的遗痕。"闻道潮头一丈高，天寒尚有沙痕在。"生动具体的儿童文学批评过程已经成为过去，留下的只是记录并反映着这一过程的零落星散的各种批评与理论资料，以及不同时期人们对当代或前代批评进程的叙述，等等。研究者只能通过这些遗留的史料去揣摩、想象乃至近似的重建那已成为历史的、丰富多彩和活生生的批评景观，犹如考古学家从一块残骨、几颗牙齿化石上拟塑出古生物的整体形态一样。而史料所不能传达的批评发展中那些具体的、微妙的历史氛围和过程，则永远地被无情的时间埋没了。这提醒人们，在批评史研究由本体论向认识论的转化过程中，由于中介因素的加入和存在，研究对象本身相对于历史本体而言已经经过了一定的历史过滤，因此，从操作对象中直接重建真实的批评史时空的愿望只能是一种幼稚的史学幻想。

其次，从儿童文学批评史的研究目的来看，仅仅将遗留和收集的批评史料加以罗列和编排，这还远远未能完成批评史研究的任务，尽管详尽地占有和考辨史料是批评史研究的一个极为重要的环节。英国史学家柯林伍德就曾经批评过那种只是想依赖现存的资料来编纂历史著作的历史学观念，他称这种历史学是所谓"剪刀加糨糊的历史学"，并认为"它实际上根本就不是历史学"[10]。作为人类思想活动的一个部分，儿童文学批评展示的是历史上活生生的人的精神和智慧，批评史研究应该透过史料发现这些活的精神脉络和智慧的闪烁。法国史学家丹纳曾经这样说："在翻阅年代久远的一个文件夹里的发了硬的纸张时，在翻阅一份手稿———首诗、一部法典、一份信仰声明——的泛黄的纸张时，你首先注意到的是什么呢？你会说，这并不是孤立造成的。它只不过是一个铸型，就像一个化石外壳、一个印记，就像是那些在石头上浮现出一个曾经活过而又死去的动物化石。在这外壳下有着一个动物，而在那文件背后则有着一个人。如果不是为了向你自己描述这动物的话，你又何必研究它的外壳呢？同样，你之所以要研究这文件，也仅仅是为了了解那个人。外壳和动物都是无生命的残骸，它们只是作为了解完整的活生生的存在的一条线索才是有价值的。"[11] 同样，只有当我们把儿童文学的批评理论资料看作活生生的人的思想和心灵的展示、看成特定时代文化精神现象的记录时，"死"的史料才可能"复活"并显示出它的真正价值。正是在同前人的心灵交流和精神对话中，我们才能不仅知道儿童文学批评的演进过程中曾经发生了什么，而且更重要的是知道这一切对当时、对后来乃至对我们今天意味着什么。因此，儿童文学批评史研究的目的在于描述、呈现批评的客观进程，更在于理解、阐释这一进程。

于是，作为理论学科的儿童文学批评史研究就成为主体对客体的一种操作和阐释活动。批评史研究就是研究主体以自己的观念结构和对材料的独特理解角度、方式、深度，对客体进行取舍选择的重组。而经过主体创造性加工的"批评史"其实已经是一个主观化了的"客观"图景，是在陈述中完成的评价。批评史研究者由此提供给人们一个评价态的历史。[12] 这正如英国史学家爱德华·霍列特·卡尔在《历史是什么？》一书中所说的，历史学家的主要任务不在于记载，而在于评价。在卡尔看来，历史事实本身并没有自我述说的能力，"只有历史学家让事实说话，它们才能说"。他甚至不无偏激地认为："历史是历史学家的经验。历史不是别人而是历史学家'制造出来'的；写历史就是制造历史的唯一办法。"[13] 在英文中，history 既指历史客观进程，又指历史研究或历史认识。因此，当卡尔谈论"历史"时，他同时也在谈论历史学。在我们看来，历史学家不可能随心所欲地任意"制造"历史，他只能在客观历史进程的种种限制和规范中来"制造"他的评价态的历史。从这个意义上说，卡尔的话倒是一语道破了历史学的本质特征：历史学不是原态历史进程的呆板的"复写"，而只能是主体认识建构活动的产物。主体总是通过对遗留态历史的不断发现、重建和解释，去逐渐地接近原态历史。同样，儿童文学批评史的研究过程也是人们不断向其原态历史与评价态历史之间那条"无法逾越的鸿沟"填土的过程，这一过程使儿童文学批评史的解释趋向多元并不断向当代的理论批评实践开放。而儿童文学批评史作为一门科学的真正价值和生命力，也就在这里。

是的，我们坚信批评的客观历史只有在与当代批评实践的联系中，才成为历史，才具有研究的价值。"历史不是一个独立自在的过去，被现代远远地抛在后面，历史总是我们现在所认为的历史，或者更进一步说，历史是为了我们现在与将来的历史，解释历史的需要说明了这种关系。"[14] 正是在这个意义上，克罗齐所断言的"一切历史都是当代史"，卡尔·波普所说的每一代人都"有权按照自己的方式来看历史和重新解释历史"，就不是没有道理的了。也正因为如此，儿童文学批评史研究应该是本体论、认识论、价值论的统一。同时，历史解释的多元化特征也暗示我们：批评史永远需要不停地解释，而对批评史的解释的深度事实上取决于主体理解和阐释能力的深度。

有人告诉我们："历史与我们之间永远有某种程度的疏离，这种情况不仅表现了任何史学方法论的能力局限，也正是人的历史存在的局限。"[15] 这时，我们不免会感到儿童文学批评史的研究被染上了一种"宿命论"的色彩，但是我相信，任何一次对批评史的理论描述和构建，都将是一次充满思想艰辛和趣味的理论冒险，也都将是对上述主体自身局限一次悲壮的超越的企图——于是，儿童文学批评史的研究也就拥有了永久的魅力。

（二）

儿童文学批评史的理论建构是研究主体对遗留态历史进行思维操作的结果，所以我们便面临着如何选择我们的操作方法这样一个现实的问题。

我们已经确定，儿童文学批评史研究应以史料的真实和尽可能的翔实为基础，但是史料的罗列并不是我们研究的最终目的。我们的目的在于历史地把握、评价和判断儿童文学的理论批评现象，并通过对这一批评进程所包含的发展阶段和环节的当代阐释为未来的发展寻找现实的立足点和可能的启示。正如黑格尔在谈到哲学史的意义时所说的："如果我们要想把握哲学史的中心意义，我们必须在似乎是过去了的哲学与哲学所达到的阶段之间的本质上的联系里去寻求。"[16]

那么，批评史的发展究竟是一个有机的过程集合，还是一些事情、人物及其理论观念的随机构成？批评史研究是否能够或应该寻找并阐明隐伏于表层现象之中的逻辑线索和因果联系？一些历史学家和哲学家认为，对历史现象的系统而合理的解释是完全不可能的，历史海洋的波动太巨大，太多样化，以至于它不能从属于某些规则。例如德国哲学家李凯尔特就否认历史发展的规律性，认为历史学与自然科学不同，"它虽然也利用一般的东西，然而一般的东西对于历史来说仅仅是手段。也就是说，这种一般的东西形成了一条弯路，历史想通过这条弯路重新回到作为自己本来对象的个别事物上去"[17]。而另一些人，像克罗齐和柯林伍德则假定，只有某种"非科学的"，或者充其量是半理性的思维方式、某种直觉，才适合于理解历史事件。[18] 在我看来，人们对历史进程进行系统解释时所遇到的失败证明了这一努力需要付出艰苦的劳动，同时也提醒我们在进行历史阐释时需要谨慎地确定我们的研究和阐述方法。

儿童文学理论批评发展的特征在于：它既是一种批评实践发生和不断延续的历史过程，同时又是一个理论学科逐渐萌芽和不断展开的逻辑过程；儿童文学批评实践发展的具体历史形态总是为儿童文学理论系统的建设提供了具体的逻辑构件和环节，而理论的逻辑展开又只能是批评实践发展、累积的结果。在这里，历史与逻辑是统一的。我们知道，历史与逻辑统一的思想是黑格尔留给我们的重要的思想遗产。经过马克思主义的改造，这一思想成为辩证逻辑的科学思维的一个普遍原则。黑格尔认为，哲学史"不只是表示它内容的外在的偶然的事实，而乃是昭示这内容——那看来好像只属于历史的内容——本身就属于哲学这门科学。换言之，哲学史的本身就是科学的，因而本质上它就是哲学这门科学"。他强调，"历史上的那些哲学系统的次序，与理念里的那些概念规定的逻辑推演的次序是相同的"，"反之，如果掌握了逻辑的进程，我们亦可从它里面的各主要环节得到历史现象的进程"[19]。黑格尔把哲学史的展开抽象为理念及其概念、范畴的自律的逻辑进程，因而脱离了实际发生的历史内容，成为以概念和逻辑为内容的智力游戏，这当然是不科学的。但黑格尔的这一思想受到了马克思、恩格斯、列宁的高度重视，他们扬弃了其中的唯心主义因素，并将其合理的内核加以吸收和改造，使之成为马克思主义方法体系中的一个重要原则。恩格斯就曾经指出："历史从哪里开始，思想进程也应当从哪里开始，而思想进程的进一步发展不过是历史过程在抽象的理论上、前后一贯的形式上的反映；这种反映是经过修正的，然而是按照现实的历史过程本身的规律修正的。"[20] 对于我们来说，历史与逻辑统一的思想在批评史研究的操作方法上的意义和价值在于，使我们能够透过历史表象的芜杂无序寻找并建立起一种整体的历史观念，从而使我们对历史进程的理解和掌握成为可能。通过这一方法，我们将会看到历史上先后出现的种种相互矛盾、对立、冲突的儿童文学理论观念如何相互作为一个辩证否定的环节而相互依存，从而逐渐为我们构建并提供了当代儿童文学的理论批评现实。可以看到，这一方法的操作功能与我们前面所说的儿童文学批评史的研究目的是一致的。

从文学批评的客观发展实际看，无论是儿童文学批评的历史还是整个文学批评的历史都说明，批评的发展历史的内在规律（剔除其中的偶然性）是和真正的批评理论体系的逻辑发展相一致的。例如，文学活动系统一般包含四个基本环节，即时代、作者、文本和读者。

19 世纪中期以来西方文学批评理论的发展正是在这些环节上依次展开的。19 世纪在实证主义哲学影响下，文学批评强调时代和作者的因素对文学作品的制约作用。实证主义的系统理论最早见于法国哲学家孔德于 1830 年至 1842 年间撰写的著作《实证哲学教程》之中。这一哲学旨在把自然科学的方法和原理扩展到"艺术"学科中来。实证主义哲学家所关注的多半是可感知的事实而不是观念，是这些事实如何发生而不是为什么会发生。凡是不完全建立在感性证据之上的知识全部被斥为捕风捉影。19 世纪后半叶，这种实证主义成为一种主要思潮，对欧洲人的一般思想，特别是文学研究产生了极大影响。法国学者丹纳在 1863 年出版的一部美国文学史的引言一章中，以实证主义的最极端的形式对文学考证中的实证主义含义做了概括。丹纳认为，必须把文学文本看作个人的心理表现，而个人又是他所处的那个环境和时代的表现。人的所有成就都可以参照这些原因得到解释。丹纳把它们概括为他那著名的三项公式，即"种族、环境、时代"。丹纳的主张在 19 世纪末和 20 世纪初的欧洲和美国盛极一时。这种实证主义的考证式研究几乎完全局限于作品的事实性原因或起源上：作家的生平，有案可查的作家意图，他的直接的社会和文化环境以及他的素材。作为对这一立足于"时代、作者"的批评思潮的反动，20 世纪上半叶先后出现的俄国形式主义、英美新批评等学派，都反对实证主义的文学考证，要求加强对文学自身的研究；都坚持把文学与其他类型的写作区别开来，并且在理论上确定文学的特性；各自都以结构观念和相互联系观念为核心界定文学特性，并且把文学文本视为独立于作家与历史背景的研究对象，强调对文本形式本身分析的重要性。[21] 可以说，这是一种立足于作品本体的批评理论。进入 60 年代中期，接受美学崛起。以姚斯和伊瑟尔为代表的德国康斯坦茨学派将重点放在文学的接受研究、读者研究、影响研究上，从而推出文学研究的一种新范式。他们认为文学文本是作品与读者相互作用生成的，并强调读者的能动作用、阅读的创造性，强调接受的主体性，从而确立了以读者为中心的批评理论。从文学活动作为一个系统过程来看，上述西方文学批评流派或许都是片面的，但这种片面却带来了某种深度，从一个方面、一个局部、一个逻辑环节推进了人们对整个文学活动过程的认识。因此，这些批评流派的历史演变进程中隐含着一种内在的逻辑秩序，也就是说，历史进程的潜在秩序和规律与理论展开的逻辑秩序和规律是一致的、谐调的。

同样，中国儿童文学批评的发展也表现出自己独特的逻辑过程。例如，儿童文学活动系统的特殊性是由儿童与成人，即特定的读者与作者之间的矛盾、交流和融合关系所决定的。而对这一关系的认识和把握在中国儿童文学批评史上则经历了一个"正—反—合"的辩证发展过程。在近代以前漫长的中国社会发展史上，居于正统地位的传统儿童观无视儿童的独立人格，"父为子纲"的封建桎梏一直使儿童成为成人意志的附属品；在文学接受方面，儿童读者的阅读兴趣和阅读意志只能完全屈从、受控于成人的思想意志。迨至"五四"前后，伴随着儿童观的历史性反拨，儿童读者的主体地位毋庸置疑地得到了承认和确立，儿童文学也从自在走向自觉。在这个过程中，也许是出于对扼杀儿童独立人格的旧儿童观的深恶痛绝，也许是由于历史在除旧布新过程中难以避免的矫枉过正，早期儿童文学创作和理论批评的拓荒者们大力强调的是儿童世界的独立性，强调成人作者对儿童世界的尊重和顺应，并由此形成了建立在"儿童中心主义"教育理论基础之上的"儿童本位论"的儿童文学观。在这种儿童文学观念中，儿童读者的主体性地位得到了淋漓尽致的高度的弘扬。与此同时，作家的主体性地位却悄悄地失落了。周作人认为，创作儿童文学"非熟通儿童心理者不能试，非自具儿童心理者不能善也"[22]，主张要"迎合儿童心理供给他们文艺作品"[23]。郭沫若也说，儿童文学"就创作方面言，必熟悉儿童心理或赤子之心未失的人，如化身而为婴儿自由地表现其情感与想象"[24]。而成人作家的自我意识在儿童文学创作中是否需要表现和传递，如何表现和传递，以及成人意识如何与儿童读者意识在儿童文学作品中实现沟通和融合等问题，则几乎很少被人们记起和讨论。这一疏忽既是儿童文学批评特定发展阶段的历史性的必然，又是儿童文学批评逻辑展开环节中不应有的理论缺失。于是，作为否定之否定，近年来一些研究者提出，要从接受者和创作者两个方面来理解和把握儿童文学，因为无论从创作过程还是从欣赏过程看，儿童文学都不可能单纯以儿童本位为依托来构建其艺术系统，而必然只能是创作者和接受者两个世界之间碰撞、交流和融合的产物。这一"正—反—合"的逻辑过程，凸显了中国儿童文学观念从自在走向自觉、从偏颇走向健全的必然的历史发展轨迹。可以说，这既是一个辩证的历史运动的过程，也是一个合理的逻辑展开的过程。

历史与逻辑统一的思想为我们提供了从整体上把握和阐释中国儿童文学批评历史进程的一个基本的原则和方法。在批评史研究的思维操作和理论建构过程中，我们还需要选择和借助一些更具体的原则和方法来帮助我们达到自己的研究目的。本书所借助的这些研究原则和方法是：历时性研究与共时性研究相结合、宏观研究与微观研究相结合、内部研究与外部研究相结合。这些原则和方法是历史与逻辑统一思想在研究中的具体化的表现，也是其方法论上的必要延伸和补充。

历时性研究与共时性研究相结合。恩格斯指出："世界不是一成不变的事物的集合体，而是过程的集合体。"[25] 这个过程是历时性的，具有自己纵向的发展演变轨迹，同时又是共时性的，是由诸多因素有机组合的整体，有着横向的网络结构。同样，中国儿童文学理论批评现象也是一个"过程的集合体"。从历时角度看，它有自己孕育、发生、发展和演变的过程；从共时的角度看，它由庞杂丰富的外部批评现象及相应的批评观念和理论系统，构成具有内在的逻辑统一性的批评现实。因此，从纵向方面考察，我们应该看到，中国儿童文学批评发展的每一个特定环节和阶段的横向展开都不是孤立的、静态的现象，而是在与历史的密切联系和对话中实现和完成的。从横向方面考察，儿童文学批评特定的观念结构、理论系统及其内在逻辑框架的特殊性应当从历史与现实的交互作用中进行把握和理解。这种纵横交错、经纬互现的描述分析方法，将有力地帮助我们更好地再现和把握中国儿童文学批评作为一个"过程的集合体"的历史景观。

宏观研究与微观研究相结合。对中国儿童文学批评历程的整体把握需要我们的理论眼光具有一种宏观上的深刻性和透彻性，即充分认识对批评史运动的宏观机制及其过程的研究的重要意义。同时，宏观研究又不是蹈空的泛泛而论，不能完全排斥实证性的微观考证和研究。因为，用几个简单的概念，几条简明的规律构成的理论框架把批评史的丰富庞杂的现象统统纳入其中，这只能是一种对批评史的模糊而朦胧的鸟瞰，也让人怀疑这其实是一种打着"宏观"幌子的思想懒汉作风或对批评史仅略知一二便故作惊人之论的理论骗子行为。宏观与微观研究相结合，意味着我们对批评史的描述和认识既不能漫无目的地追求细节以至最终迷失于琐碎的细节之中，导致"只见树木，不见森林"的认识偏差，也不能仅仅追求理论的抽象性和高度而陷入对具体历史图景和历史细节缺乏感性认识甚至不甚了了的理论窘境，而只能是把宏观理论把握的透彻性、深刻性与微观实证分析的真实性、具体性有机地融合起来。

应该特别指出，宏观研究与微观研究在方法上的差异绝不仅仅表现在研究对象数量的差异上，而是表现在研究意识的差异上。宏观研究着意于批评现象及其内部联系的整体性把握和阐释，侧重于揭示这些现象所显示的共同的理论特征和时代精神内容，或表象外在的矛盾、差异掩盖的内在的深层联系，这是一种宏观意识的表现。微观研究则侧重于对历史细节的真实性、具体性和生动性的认识，反映出独特的微观意识。因此，宏观研究不是微观研究的数量上的机械叠加或集合。把儿童文学批评史上出现的批评观念、批评事件、批评家等一一加以具体、翔实的考证和罗列，这并不是真正的宏观研究，而只能是一种微观研究的集合。反之，微观研究中如果能从微观意识向宏观意识过渡、转化，则个别事件和细节的研究也有可能通向宏观研究。因此，宏观研究和微观研究，一方面常常表现为研究对象数量上的差异，宏观研究经常联系着宏观的研究现象，微观研究大多联系着微观的研究对象，另一方面又不仅仅表现为研究对象数量上的差异，而是各具独立性和独特操作价值的研究方法，两者相互支持，彼此补充，不可偏废。

内部研究与外部研究相结合。我认为，中国儿童文学批评首先是一个相对独立的现象系统和过程集合，有着自己特定的历史轨迹和理论内容，这是儿童文学批评史之所以能够成为一个独立研究门类和学科的客观现实基础。同时，儿童文学批评的发展又不是一个纯粹的自律过程，而是一个与相应的历史发展阶段和社会文化环境有着极为复杂多变的联系和沟通的开放系统和耗散过程。韦勒克曾经把对文学作品本身结构的研究称为"内在的"或"文学的内部"研究，而把研究作品同作家的思想、社会环境诸方面的关系称为"外在的"或"文学的外部"研究。按照这种说法，我们也不妨把对儿童文学批评自身发展现象和过程的研究称为"内部研究"，把有关儿童文学批评与相应的历史发展阶段和社会文化环境之间的关系的研究称为"外部研究"。在关于文学史及批评史的研究中，"内部与外部""自律与他律"之争一直是一个饶有趣味的话题。传统的文学史研究强调文学与外部环境的联系，最终导致了机械的"外部决定论"。对此，韦勒克和沃伦在谈到文学史的分期问题时曾指出："大多数文学史是依据政治变化进行分期的。这样，文学就被认为是完全由一个国家的政治或社会革命所决定。如何分期的问题也交给了政治和社会史学家去做，他们的分期方法通常总是毫无疑问地被采用。"他们认为："即使我们有了一套简洁地把人类文化史，包括政治、哲学及其他艺术等的历史再加细分的时期，文学史也仍然不应该满足于接受从具有不同目的的许多材料里得来的某一种系统。不应该把文学视为仅仅是人类政治、社会或甚至是理智发展史的消极反映或摹本。因此，文学分期应该纯粹按照文学的标准来制定。"[26] 于是，他们强调从文学自身规律和特性中去寻找和建立文学发展的历史模式，并认为文学史是文学形式自我生成和转换的历史，与社会文化环境等外部因素并无瓜葛。事实上，无论是单纯的"外在论"还是单纯的"内在论"，都不足以揭示文学及其批评发展的全部复杂性和特殊性。就中国儿童文学批评的发生、发展过程看，它既有自己独特的批评观念、理论构成、历史轨迹，又同一定的时代背景和社会文化系统有着千丝万缕的现实联系。同时，儿童文学批评与社会文化系统的联系也不是机械、简单的因果决定论所能解释的。因此，我们在研究中既应该力求把握中国儿童文学批评作为相对独立的理论阐释和实践活动的独特个性和内容，又应该把这一切放在特定历史背景和社会文化系统中加以考察和把握；既要防止封闭狭隘的儿童文学批评史观，又要摒弃机械的因果决定论，而要把儿童文学批评实践及其过程的独特性与开放性有机地结合起来加以研究。换句话说，就是要把中国儿童文学批评发展的"内部研究"和"外部研究"有机地结合起来。

至此，我已提示了本书的写作体例，即本书构筑中国儿童文学批评的"述说的历史"时所采取的叙述方式：我将把中国儿童文学批评的发展看成一个整体性的过程，力图在与相应历史和社会文化环境的联系中来描述和阐释中国儿童文学批评发展的历史线索，以及这一历史线索中各个阶段和环节在整个批评史上的地位和作用；至于具体的批评家及其理论批评观，本书将视情况着重从批评史的角度予以评述和把握，而不采用以专章专节分别论述为主的"梁山泊英雄排座次"式的叙述体例。因为我已经一再申明，儿童文学批评史研究不是单个批评家及其理论批评观念等简单罗列和叠加的"集合体"；单个的批评家及其理论批评观念只有进入批评史的评价性结构（或者说是意义结构），才会获得自身的批评史意义，并在批评史的意义结构中占据相应的意义位置，具备相应的意义功能，否则他们就只能是他们自己，而不是批评史意义结构中的有机组成部分。

（三）

中国儿童文学理论批评的独立性和开放性相交融的历史发展特征，提醒我们从相应的社会历史背景和文化精神环境中去寻找其独立的发展线索及其作为一门学科的逐渐发生、发展、演变的阶段性联系和特征。换句话说，儿童文学理论批评以自己独特的酝酿和展开方式，反映了中国社会文化心理演变的某些层面。

那么，当"诗言志"说唱出了中国古典文论的最初的音符以后[27]，当1400多年前刘勰创制出光照千秋的皇皇巨著《文心雕龙》的时候，人们可曾对儿童文学发表过什么高明的见解？如果带着这样的疑问去翻阅诸如《中国历代文论选》《中国美学史资料选编》一类的书籍，我们将会感到失望；不必说取精用宏、闳中肆外的巨制，即便是零星的片言只语，也难以寻觅。李贽的"童心说"令我们感到眼熟耳热，却并非直接论述儿童文学。李贽说得很明白："夫童心者，真心也。"他是针对当时华而不实、虚假失真的创作倾向乃发此说的。

当然，在浩如烟海的中国古代文论中，我们也能够发现关于童谣起源的"荧惑星"（即火星）之说，也能够找到类似明代吕得胜的《小儿语序》那样的文字，但以现代的眼光来看，这些东西或流于荒诞谬误，或失之粗浅简陋，远远未能构成一种完整系统的儿童文学理论批评形态。

毫无疑问，任何批评理论形态的形成都不能离开现实为之提供的客观材料，也就是说，一旦某种现实要求和呼唤人们从理论上予以概括和说明时，批评实践的展开和理论形态的诞生就具备了客观的现实前提。而在中国古代，儿童文学理论批评却从未获得过这种前提。这首先是因为封建时代囿于封建专制主义精神桎梏的冰冷严酷的"儿童观"扼杀了儿童的独立人格，于是，儿童文学在儿童精神生活中应有的位置被取消了。我们并不否认，古代不幸的儿童们曾经通过各种渠道获得过补偿性的儿童文学的滋养，但是仅此而已，儿童文学并没有成为一种自觉的文学。皮之不存，毛将焉附？作品不旺，遑论批评！结果，我们在中国古代儿童文学理论批评的沙滩上，终于难以拾到美丽耀眼的贝壳。

19 世纪后半叶，绵延数千年的中国封建社会专制保守的精神文化系统受到猛烈冲击，中国文化意识的封建根基开始松动，依附于这种封建文化意识的无视儿童独立人格的儿童观逐渐解体。显然，儿童观的变更在促成中国儿童文学走向自觉的历史进程中发挥的作用是难以估量的。一代文人学士为儿童文学奔走呼吁，在创作上身体力行：梁启超、黄遵宪、吴趼人、周桂笙、曾志忞、林纾、李叔同、沈心工等人，都曾为儿童文学事业立下了筚路蓝缕的草创之功。[28] 在倡导和创作儿童文学作品的同时，理论批评的思维羽翼展开了。被认为是最早从事近代儿童文学批评实践和理论建设的梁启超以及徐念慈等人，为近代儿童文学批评和理论建设贡献了第一批砖瓦。梁启超在《饮冰室诗话》《译印政治小说序》等著述中，谈论了儿童诗歌、儿童小说、儿童戏剧（当时称为"学校剧"）等体裁的教育功能、艺术特征等问题，并且热情评介有关作品。徐念慈则在《余之小说观》一文的"小说今后之改良"方案中明确倡导要为"高等小学以下"的学生"专出一种小说"，并具体论述了这种小说在各个方面的特殊要求。从史的角度看，这些论述无疑是具有重要历史价值的。

但是，晚清有关儿童文学的论述仍然属于批评理论形态的准备阶段。美国著名科学史哲学家库恩曾经在科学史研究的基础上，提出了科学发展的科学革命模式，以反对累进式的科学发展模式。在他看来，科学理论是按照"前科学—常规科学—科学危机—科学革命—新的常规科学"这样的模式不断发展的。当一门知识尚处于众说纷纭而未形成系统理论的时候，它还只是处于前科学阶段。一旦构成了系统的理论，它就进入了常规科学阶段。如果借用库恩的说法，那么可以说，儿童文学理论批评在晚清仍然处于前科学阶段。毋庸讳言，晚清关于儿童文学的理论阐述并未形成多么气势磅礴的宏大音响，它只是像漫漫长夜中的一声呐喊。当然，也正是有了这一声呐喊，19世纪的先声才在20世纪得到了有力的回响！

我们看到，一踏进20世纪的门槛，儿童文学就加快了它走向自觉的历史进程。1913年至1914年，从日本归国不久的周作人先后发表了《童话研究》《童话略论》《儿歌之研究》《古童话释义》等文。这是他在日本接受西方人类学派等理论学说后从事儿童文学批评研究的起步时期，也是以近代西方文化学术思潮为背景的现代儿童文学理论批评建设开始在中国出现的一个标志。于是，历史便借周作人之手为晚清以降中国儿童文学理论批评独立形成过程中的酝酿准备期画上了一个句号，同时也为中国儿童文学理论批评的现代进程掀开了最初的一页。正如许多人都承认的那样，真正现代意义上的儿童文学作品在中国是"五四"前后才开始大量涌现的。伴随着这一进程，儿童文学理论也在时代的襁褓中迅速成长起来。周作人、鲁迅、茅盾、郑振铎、赵景深、顾均正、严既澄等人在儿童文学理论批评园地奋力开拓，功勋卓著，他们的有关著述几乎涉及了儿童文学理论批评的各个方面。举凡儿童文学的地位、教育作用和社会功能、儿童文学的特征和艺术规律、儿童文学的作家论和体裁论、儿童文学作品的评论和阅读指导、儿童文学的传统遗产等，都进入了儿童文学研究的视野。大批儿童文学的理论著述问世。据统计，从 20 年代到 40 年代出版的儿童文学理论书籍（包括专著、译著、论文集）有 40 余种，其中光是以《儿童文学概论》为书名的专著即有 5 种，单篇的理论批评文章就更多了。这些著述已经形成比较完整系统的理论框架。以最早出现的专著——魏寿镛、周侯予编著的《儿童文学概论》（商务印书馆 1923 年初版，1924 年二版，1930 年三版）为例，该书凡六章，标题分别为：一、什么叫做儿童文学；二、儿童有没有文学的需要；三、儿童文学的要素；四、儿童文学的来源；五、儿童文学的分类；六、儿童文学的教学法。尽管该书论述简略，但我们不难从这些标题中发现作者构筑初具规模的儿童文学理论批评体系的意图。因此我们可以说，在 20 世纪上半叶，中国儿童文学理论批评已经进入了常规科学阶段。

1949 年中华人民共和国的成立，把新中国成立前后中国社会政治的发展鲜明地分为现代和当代两个不同的历史时期。新中国成立初期，沐浴着共和国早晨的阳光，新时代儿童文学的幼苗逐渐成长起来，儿童文学活动在许多方面也开始发生深刻的变化。这些变化，使"五四"以来形成的儿童文学理论批评模式已经不能适应文学实践的发展要求，建设中国儿童文学理论批评新体系的要求历史性地摆到了人们面前。这也许可以说是儿童文学理论的第一次科学危机。

结果，我们又逐渐有了新的儿童文学理论批评模式。这里用了"逐渐"一词，是因为这一模式的基本构架早在 50 年代就已经奠定，而直到 80 年代初才以"概论"的形式得以最后完成。这一理论批评模式以"教育方向性"和"儿童年龄特征"为基本的理论构件，而在具体的理论展开中又往往表现出某种理论思维上的机械性和封闭性。事实上，这一模式几十年来一直不容置疑地规定着我们儿童文学批评的基本观念和理论框架。

然而文学实践绝不会因为理论的权威性而改变自己生动活泼的性格，恰恰相反，它总是以瞬息万变的面貌不断向试图以"不变应万变"的凝固的批评模式发出挑战。人们发现，就在儿童文学理论批评为自己新的结构框架终于形成而暗暗感到庆幸的时候，它与活跃的儿童文学现象之间的断层也同时形成了。儿童文学理论批评的新的常规科学刚一建立，新的科学危机就跟踪而至，人们甚至得不到喘息的机会！

这就是 80 年代以来儿童文学理论批评界所表现出来的理论批评的危机感和痛苦感，以及摆脱这种危机和痛苦并推进中国儿童文学理论批评的当代性转变的责任感和使命感。在这个过程中，来自两个方面的比较无疑加强了儿童文学理论批评界人士的这种内心的感觉。

一个是与五四时期逐渐积累和形成的儿童文学理论批评传统的比较。进入 80 年代，当一些有识之士在出版界的支持下怀着冷静的心情和客观的态度重新搜集、整理、研究和出版了一批儿童文学理论的传统遗产的时候，人们突然从这些尘封已久的昔日儿童文学理论批评的遗留物那里发现了它曾经有过的光彩。事实上，尽管 1949

年中国社会制度的革命性转变使新中国成立前后的儿童文学理论批评染上了不同的时代色彩，拥有了不同的社会含义，而且后者往往还扮演了一个传统的批判者的角色，仿佛两者在理论上有众多的、尖锐的对立和矛盾，但是，这种对立和矛盾其实只是一种表面现象，就儿童文学理论批评的内在逻辑形态和深层的思维模式而言，就儿童文学理论作为一个相对独立的研究门类的学科形态特征而言，它们实际上有着更深刻而内在的一致性。因此，被1949年的革命胜利以一种剧烈的外在方式而隔开的中国儿童文学理论批评的两个不同的历史时期，实际上是一个大的统一的理论进程。而且，从学科建设的角度来考察，我们还应该看到，从50年代到70年代，中国儿童文学理论批评在追随时代步伐的同时也遭受了一定程度的学术流失，因而在学科个性和理论形态方面并没有真正越出五四时期就已逐渐形成和划定的学术范围和思想空间，在某些方面甚至还呈现出学术上的滑坡和倒退趋势。例如，"五四"前后作为儿童文学学科建设重要学术思想基础之一的人类学理论，50年代之后便被彻底抽去了。造成这种局面的社会文化背景原因很复杂（例如，50年代以后人类学研究一度被认为是"资产阶级伪科学"而被扫地出门），然而对儿童文学理论批评的学术性来说，却不能不说是一种无情的削弱。

另一个比较来自整个当代文学理论批评现实。70年代后期以来，中国当代文学研究领域逐渐改变了由单一批评模式一统天下的局面，在合理引进、消化、吸收、改造现当代西方文学批评理论和拓展我国文学研究思维空间方面取得了诸多有价值的成果。这对中国儿童文学理论批评工作者无疑是一种有力的创造的刺激和挑战。1985年9月，我在参加全国儿童文学理论规划会议后所写的那篇考察我国儿童文学理论批评现状的文章中曾发表过这样一段观感："当代文学研究领域气象万千的局面加剧了儿童文学研究的危机感。结束这场危机以开创儿童文学研究的新局面，是我国儿童文学理论界面临的艰巨而又富于时代光彩的任务。为了推动我国儿童文学研究尽快赶上整个发展中的当代意识，儿童文学理论的发展不应表现为累进性的演变，而应该是一场革命性的演变。批判传统、更新观念是这场演变的'显性性状'，而继承传统则是它的'隐性性状'。创造是艰难的，但我们将十分乐观。'粮食会有的，面包也会有的'，我国儿童文学研究事业的前程是远大的。"[29]

的确，我在当时所显示和流露的这种乐观态度不是毫无根据的。进入 80 年代中期以来，中国儿童文学理论批评发生了一些比较明显的变化。这种变化的外在背景是 80 年代以来中国整个学术文化气氛的日趋宽松和活跃，其内在的主要特征在于：以当代学术文化成就为背景和参照系，努力寻找儿童文学批评的新的理论活力，主要就是力求开辟新的研究思路，引进新的研究方法，寻找新的理论生长点，并通过这种局部的突破来带动整个中国儿童文学理论批评的当代性演变，使它在批评观念、方法和学科体系等方面的建设都能追随或体现出当代的科学眼光和学术水准。

显然，中国儿童文学理论批评的当代化进程才刚刚开始，已有的理论进展还只是一种新的批评可能的一个预兆。然而，当代儿童文学理论的童靴已经预示着它将有巨人般的发展。如果说，中国儿童文学批评是在五四时期由自在走向自觉，并很快实现了自身在理论上的现代形态的构筑的话，那么可以相信，正在发生的批评现实，将真正实现中国儿童文学批评的当代理论形态的构筑。

从上面的粗略勾勒中，我们已经大致梳理出中国儿童文学理论批评作为一个独立学科的发生、发展过程及其自身所经历的发展阶段。概括地说，中国儿童文学理论批评曾经度过了漫长的史前期而在晚清时期进入它孕育、诞生的历史前夜；新文化运动的伟力终于推动它走向自觉并实现了其理论形态的现代构筑；经过"五四"直至80年代的理论冲突、发展、演进，儿童文学理论批评以新的科学文化成果为背景，在80年代中期进入了当代形态的理论构筑和批评实践阶段。

（四）

中国儿童文学理论批评作为一个相对独立的研究领域，有着自己的学科形态特征和逻辑展开过程，这是我们把握儿童文学批评史发展进程和发展阶段的基本依据和立足点。前面对中国儿童文学研究发展的史前期、现代的理论自觉和发展时期，以及正在进行的当代理论形态的建设时期的总体性描述和把握，就是这种立足于儿童文学理论批评学科自身建设进程来进行批评史理论构架的一种努力的表现。但是如我已经提到过的那样，儿童文学批评虽然是一个相对独立的理论系统，却同样要受到它所处的那个时代整体学术文化思潮的影响，受到它所依附的特定社会历史条件的诸多制约。也就是说，儿童文学的批评进程必然而且只能是在特定的社会文化环境中展开，只能是一种渗透着浓厚的时代精神特征和社会文化色彩的理论活动。因此，在我们对儿童文学批评活动和理论学科展开过程的特殊把握中，实际上还省略（或者说是包含）了它与整个大的社会政治、文化过程以及这一过程中诸多因素的密切纠结和联系。

这些纠结和联系不仅制约、影响着儿童文学理论批评进程，而且还常常会把某些外在的因素渗透、转化为这一进程的有机组成部分。所以它们理应成为我们系统把握儿童文学批评史的一个不可缺少的环节。这里，我准备重点加以提示和论述的，是这些影响所构成的立体过程中的几个最重要的方面。

首先，中国儿童文学理论批评在其展开、推进的历史过程中，始终作为整个民族和社会精神文化系统的一个组成部分，受到特定时代具体的政治要求、社会氛围、精神特征等因素的调节、影响和塑造。因此，在儿童文学理论批评自身兴衰演变的背后，实际上是一个巨大的社会历史背景和文化发展过程，其中蕴含着说不尽的世态沧桑和社会历史内容。

晚清至五四时期中国儿童文学理论批评的历史性的自觉，在一定意义上也可以说是那个时代中国历史文化及其观念发展和剧变过程的一个伴生物。我们知道，新文化运动从根本上说是一次"人的解放运动"。"五四"的先驱者李大钊在当时就指出过："我们应该承认爱人的运动比爱国的运动更重。"（《"少年中国"的"少年运动"》）"五四"所追求的是人的全面解放，不仅是人在政治、思想、道德意义上的解放，而且也是审美意义上的彻底解放。因此，"五四"文学觉醒的最重要的标志，无疑是"人的文学"的理论。这一理论的倡导者周作人以十分明确的态度宣布，"我所说的人道主义，并非世间的所谓'悲天悯人'或'博施济众'的慈悲主义，乃是一种个人主义的人间本位主义"。"现在讲文艺，第一重要的是'个人的解放'，其余的主义可以随便。"（《文艺的讨论》）之后，周作人又提出了"个性的文学"的命题，作为对"人的文学"理论的补充与发展。周作人的这些主张实际上是代表着一种时代的共识的。"五四"文学革命的另一位重要组织者茅盾后来在总结这段历史时，也指出："发展个性，即个人主义，成为五四时期新文化运动的主要目标。"（《关于"创作"》）"五四"文学革命的先驱者们明确提出要把人的审美个体意识从审美群体意识中分离出来，显示着一种审美个性的自觉，无疑有着重大的意义。这是真正的文学的发现与文学的觉醒。[30] 作为这一"人的解放运动"和文学的"发现与觉醒"过程的推演和深化，儿童和儿童文学被"发现"了！鼓吹以尊重儿童独立人格、承认儿童精神特性为核心的新的"儿童观"、倡导以儿童为本位的儿童文学创作，就成为当时儿童文学理论批评最基本的内容。它与整个新文化运动相伴，在整个中国文学批评的历史舞台上拉开了一道新的帷幕。

不难发现，晚清至五四时期，在中国儿童文学理论批评的参与和建设者中，有不少人即是当时整个文学界乃至思想文化界的头面人物或风云人物，如梁启超、周作人、鲁迅、郭沫若、茅盾、郑振铎等。这些文学巨匠和大师的加入，使中国儿童文学理论批评从一开始就与整个时代的文艺思潮和理论批评活动建立了特殊的密切关系。尽管随着历史的演进，儿童文学理论批评越来越成为一项专门性的研究活动，并且逐渐形成了自己相对独立的研究力量，然而它与一定社会历史环境及其整体学术文化思潮之间的联系并未有丝毫的疏离。例如，随着50年代中期整个意识形态领域里"左"的思潮的滋生和蔓延，环裹着儿童文学理论批评的大气候也逐渐使理论自身正常探讨和良性发展的可能性不断减少。这种情形到1957年以后便十分突出地呈现出来。概而言之便是，正常的科学意义上的理论批评研究在一定程度上被一种泛政治化的非学术的思想批评所取代，本应相互平等、心平气和的理论探讨和争鸣变成了不容置辩的一边倒的理论批判。其后，儿童文学理论批评的命运一直与整个当代中国的历史命运相联系，共浮沉。直到 70 年代末期，随着整个国家社会政治生活的渐趋正常，儿童文学批评才又逐步走上正常的学术和理论建设轨道。

中国儿童文学理论批评与中国社会历史进程的密切联系，使它在自己不算太长的历史发展中呈现了独特的动态景观。一方面，时代的精神呼唤和理论需求促成了儿童文学理论批评的历史性自觉，并不断为它的演进提供外在的动力；另一方面，现当代中国社会发展过程中的艰难和曲折，也无一例外地在儿童文学理论批评的发展过程中留下了自己的痕迹。中国儿童文学理论批评学科发展中与社会现实的这种历史联系，无疑是我们在把握其内在特征时应该特别予以注意的现象。

其次，中国儿童文学理论批评在其历史建构过程中，不断根据自身学科构筑的具体理论需求和历史可能，广泛、直接地借鉴、吸收、融合了许多外来的学术文化思潮和儿童文学理论成果。这种借鉴和吸收使相对比较缺乏自己的学术传统和理论积累的中国儿童文学批评，能够较快地完成自身初步的理论构筑工作。

例如，考察"五四"前后中国儿童文学理论酝酿和自觉的历史建构过程，我们显然无法忽视当时西学东渐、东西方文化剧烈碰撞和相互交织这样一个巨大的社会文化现实。这不仅仅是因为这种现实最直接地构成了现代中国儿童文学理论早期建设者们从事研究工作的具体人文背景，而且还因为这一背景在相当程度上决定了当时儿童文学批评所可能具有的具体理论内容和学科特征。因此，循着这一背景所提供的学术思想脉络，我们将有可能从一个重要的方面把握现代中国儿童文学批评的理论渊源及其初期的生成状态。

"五四"是一个"收纳新潮，脱离旧套"（鲁迅语）的时代。在汹涌而至的西方文化思潮和理论学说中，直接对当时的儿童文学理论建设和批评实践产生重大影响的是19世纪以摩尔根、泰勒、安德鲁·朗为代表的西方人类学进化学派的理论和19世纪末20世纪初产生的美国哲学家、教育家杜威的实用主义教育学说。这两种理论适应了当时建立现代儿童文学形态的需要，在突破囿于封建文化意识的无视儿童独立人格的传统"儿童观"，建立尊重儿童独立人格和精神需求的新型儿童文学观方面为人们提供了有力的理论支持。可以说，中国现代儿童文学批评的最初的理论框架，就是以这些学说为学术基座的。

如果说五四时期中国儿童文学理论批评的建构过程中主要借助了西方有关学说的支持的话，那么，进入30年代，随着左翼文艺运动的展开，人们开始从社会主义国家苏联"盗运军火"，苏联的儿童文学理论也逐渐被译介并汇入中国儿童文学的批评实践中。不过，在1949年以前，苏联儿童文学理论的影响相对地说还是比较有限的。随着1949年以后新的社会制度的确立，苏联儿童文学理论几乎成为整个50年代中国儿童文学理论批评寻求外来理论借鉴时唯一可供选择的对象。人们热烈而又充满感激之情地翻译、介绍和传播着苏联的儿童文学理论。与五四时期人们对西方学术思潮特别青睐相映成趣的是，50年代中国儿童文学批评的理论模式基本上是横向移植苏联儿童文学理论体系的结果。当然，从更深远的背景和成因来考察，这与其说是儿童文学理论批评自身的选择，还不如说是一种时代的、社会的选择更恰当一些。

70年代末期以来，在整个国家不断推进、执行改革开放政策的社会文化环境中，中国儿童文学理论批评的发展到了一个新的理论调整和转型期。面对当代科学的最新成果，儿童文学批评研究有必要对自身未来的学科形态、理论个性、学术品位等做出新的估价和构想。这既是一次对儿童文学批评、研究的理论想象力和创造力的当代挑战，也是对儿童文学批评、研究的理论吸收、消化和再生能力的一次新的考验。很显然，儿童文学理论批评学科的未来形态应该是在广泛、充分地借鉴并消化有关学科的研究成果的基础上进行新的调整、充实和构建的结果。在这个过程中，外来理论成果和学术思潮，无疑仍会产生重大的影响。事实上，这一影响与融合的过程正在悄然进行中。尽管其未来的学术踪迹尚不可测，但可以相信，这一过程将努力把儿童文学研究、批评的理论视野和水准推上当代的学术台阶。

中国儿童文学理论批评建构中的外来学术影响是一个复杂的理论现象。这种复杂性主要表现在：在中国儿童文学理论批评建设过程中的一些重要时刻，外来学术理论的输入及其渗透为我们的儿童文学思维提供了坚实的思想启示和理论支持；同时，这些理论学说自身在观点、方法等方面的局限以及人们在吸收它们时所产生的"接收损耗"，也使这种影响包含了相当大的负值效应。所以，对儿童文学理论批评历史和现实中的许多理论问题的清理，都与如何认识这些外来影响有关。因此，如何准确地描述和科学地阐述、评价这些影响的过程和作用，是中国儿童文学批评史研究中的关键性课题之一。

最后，作为整个中国儿童文学发展系统的有机组成部分，理论批评始终与创作实践（包括翻译）相辅相成，它们共同受到一定社会历史条件的制约，同时又彼此联系，相互影响，共同构成中国儿童文学的整体历史过程和文学格局。

从历史上看，儿童文学创作和批评似乎是有约在先，联袂走上了中国文坛。此后，作为现实的艺术创造活动，儿童文学创作不断为理论批评提供了丰富的感性材料和现象；作为理性的思维创造活动，理论批评也不断对创作实践投以关注的目光。它们共同经历了历史的挫折和迷误，也一起享有历史的成就和光荣。例如，50年代逐渐蔓延的极左思潮造成当代儿童文学研究的非学术化倾向，一次又一次的理论讨伐构成了儿童文学批评发展的基本线索，如对《老鼠的一家》的批判，对所谓"古人动物满天飞，可怜寂寞工农兵"现象的批判，对"亲切论""趣味论"的批判，对"童心论"的批判，如此等等。这种理论批判的升温，对作家的创作心态和创作实践无疑会产生一种消极作用。对此，茅盾早在1961年撰写的《六〇年少年儿童文学漫谈》一文的开篇便指出："1960年是少年儿童文学理论斗争最热烈的一年，然而，恕我直言，也是少年儿童文学创作歉收的一年。"我们知道，1960年正是批所谓"童心论"的一年。茅盾在分析当时少儿文学作品缺乏自身艺术特点的现象时认为："这也许是反'童心论'的副作用。最糟糕的是小主人公（其年龄从五六岁到十七八岁）的面目是一般化的，都像个小干部，而作为年龄大小的标志的，不是别的，而是政治上成熟程度的高低。这样一来，'童心论'固无遗臭，然而从作家主观的哈哈镜上反映出来的小主人公们的形象不免令人啼笑皆非。"在这里，批评与创作陷入了并非良性的循环中。反之，当批评在理论研究和创作实践之间建立起良好的对话和协同关系时，其良性调节功能便能得到正常发挥。例如，80年代的儿童文学批评在逐步建设一种健康的理论建设意识的同时，也日益关注着发展变化中的儿童文学创作实践，并从现实的儿童文学创作实践中不断寻求新的批评话题。如怎样把握和塑造当代少年形象，如何表现社会生活的广阔的"外宇宙"，如何开发人物心理的"内宇宙"，如何认识童话幻想的时代特征，怎样看待儿童文学（尤其是少年文学）审美形态的发展，如此等等。由于这些话题是从最近的文学创作实践中产生的，因而带有很强烈的现实感。由此展开的思考和讨论不仅对儿童文学创作实践有着重要的意义，而且对儿童文学理论自身的建设，也是有着积极的促进作用的。显然，这是批评与创作之间开始实现一种良性循环状态的表现。

当我以一个平凡的后来者的身份和眼光搜寻前人的足迹，回顾中国儿童文学理论批评的艰辛历程时，我的心情是极为复杂的：一方面我认为，作为我们民族精神发展史上一次伟大觉醒过程的组成部分，对儿童和儿童文学的发现、关注和思考无疑是一种极值得珍视的社会的、文学的和理论的现象，正是一代又一代的人们响应了时代的呼唤，在这块思想园地进行了艰苦的开垦，才使当代的人们有可能站在一个新的理论基点上来继续这一项事业；另一方面我也意识到，任何一代人的努力都不能不带有无法摆脱的历史局限性，当我们面对他们时，时代和学术要求我们的不是一味地唱颂歌，而是一种立足于当代的接受、阐释、批判和创新的态度。我相信，读者与我怀有同样的心情。

我希望我们以理解、尊重的态度去回顾过去，因为我们珍视我们的历史。

我希望我们以批判、创造的态度去接受历史，因为我们的目标永远向着未来。

注 释

[1] 黑格尔：《哲学史讲演录》第一卷，贺麟、王太庆译，北京：商务印书馆 1959 年版，第 7 页。

[2] 杰弗里·巴勒克拉夫：《当代史学主要趋势》，杨豫译，上海：上海译文出版社 1987 年版，第 65 页。

[3] 方卫平：《我国儿童文学研究现状的初步考察》，《文艺评论》1986 年第 6 期。

[4] 菲利普·巴格比：《文化：历史的投影》，夏克、李天纲、陈江岚译，上海：上海人民出版社 1987 年版，第 32 页。

[5] 朱建军：《历史是什么？》，《世界历史》1989 年第 1 期。

[6] 朱建军：《历史是什么？》，《世界历史》1989 年第 1 期。

[7] 关于中国传统史学中的"实录"论，参见施丁《中国史学的传统与维新》，《中国社会科学》1989 年第 5 期。

[8] 菲利普·巴格比：《文化：历史的投影》，夏克、李天纲、陈江岚译，上海：上海人民出版社 1987 年版，第 5 页。

[9] H.R. 姚斯、R.C. 霍拉勃：《接受美学与接受理论》，周宁、金元浦译，沈阳：辽宁人民出版社 1987 年版，第 6 页。

[10] 柯林伍德：《历史的观念》，尹锐、方红、任晓晋译，北京：中国社会科学出版社 1986 年版，第 292 页。

[11] 丹纳：《英国文学史》，转引自恩斯特·卡西尔《人论》，甘阳译，上海：上海译文出版社 1985 年版，第 246 页。

[12] 关于历史的原生态、遗留态、评价态的论述，参见崔文华《历史—历史学系统的结构——兼评若干传统历史学观念》，《史学理论》1989 年第 1 期。

[13] 爱德华·霍列特·卡尔：《历史是什么？》，吴柱存译，北京：商务印书馆 1991 年版，第 6、19 页。

[14] 殷鼎：《理解的命运》，北京：生活·读书·新知三联书店 1988 年版，第 150 页。

[15] 殷鼎：《理解的命运》，北京：生活·读书·新知三联书店 1988 年版，第 152 页。

[16] 黑格尔：《哲学史讲演录》第一卷，贺麟、王太庆译，北京：商务印书馆 1959 年版，第 7-8 页。

[17] 李凯尔特：《历史上的个体》，载张文杰等编译《现代西方历史哲学译文集》，上海：上海译文出版社 1984 年版，第 8 页。

[18] 菲利普·巴格比：《文化：历史的投影》，夏克、李天纲、陈江岚译，上海：上海人

民出版社 1987 年版，第 7 页。

[19] 黑格尔：《哲学史讲演录》第一卷，贺麟、王太庆译，北京：商务印书馆 1959 年版，第 12、34 页。

[20] 马克思、恩格斯：《马克思恩格斯选集》第二卷，北京：人民出版社 1972 年版，第 122 页。

[21] 参见安纳·杰弗森、戴维·罗比等《西方现代文学理论概述与比较》，陈昭全、樊锦鑫、包华富译，长沙：湖南文艺出版社 1986 年版。

[22] 周作人：《童话略论》，载《儿童文学小论》，上海：儿童书局 1932 年版。

[23] 周作人：《儿童剧》，载《自己的园地》，北京：北新书局 1923 年版。

[24] 郭沫若：《儿童文学之管见》，载蒋风主编《中国儿童文学大系·理论（一）》，太原：希望出版社 1988 年版。

[25] 马克思、恩格斯：《马克思恩格斯选集》第四卷，北京：人民出版社 1972 年版，第 240 页。

[26] 韦勒克、沃伦：《文学理论》，刘象愚、邢培明、陈圣生、李哲明译，北京：生活·读书·新知三联书店 1984 年版，第 303、306 页。

[27] 朱自清先生在《〈诗言志辨〉序》中认为"诗言志"是中国历代诗论的"开山的纲领"。

[28] 参见胡从经《晚清儿童文学钩沉·小引》，上海：少年儿童出版社 1982 年版。

[29] 方卫平：《我国儿童文学研究现状的初步考察》，《文艺评论》1986 年第 6 期。

[30] 以上关于"五四"文学的论述，参见钱理群《略论"五四"文学的觉醒及"五四"后的不同选择》，《文论报》1989 年 5 月 15 日。

第一章　史前期的探询 _____

儿童文学理论批评活动的展开，无疑应以一定的儿童文学创作实践及相关的文学现象为基础和前提条件。而我们知道，儿童文学在中国是从"五四"前后才逐渐走向自觉的。这是否意味着，我们将从寻找和确定那个自觉过程的光荣的起点来开始我们重建中国儿童文学理论批评的评价态历史的努力？

不，不是的！在中国儿童文学及其理论批评走向自觉之前，中华民族已经拥有几千年的文明史。在这个历史过程中，围绕儿童的生存、教育、成长等内容建立起来的各种观念、准则、机构、设施等，早已构成了一种独特的、绵延不断的文化现实。而儿童文学及其理论批评作为一种具体的儿童文化现象，或隐或显，或消或长，一直是其中一个不可分离和忽视的组成部分。只是，作为一种与现代儿童文学及理论批评形态相对而言的史前期文学形态，它们常常是零散的、不自觉的，甚至是被扭曲的，而且，它们早已被沉重的历史帷幕所遮掩，以至对我们来说显得如此遥远而陌生。然而，当我们回溯中国儿童文学理论批评发生的历史源头的时候，我们的目光却无法滞留在"五四"前后中国儿童文学理论批评作为一门相对独立的学科开始走向自觉的那个激动人心的时刻，那个辉煌的"历史瞬间"；理论思维应有的历史感和难免会有的好奇心，都将提醒并诱使我们将目光投向那早已垂落的更为幽深的历史帷幕，发出更为深长的历史探询。

一 传统文化背景与儿童的精神境遇

一切有关儿童的独特文化现象的孕育、形成和累积，都必然与相应的儿童观有着密切的联系，而特定的儿童观，又总是从一定的社会文化背景中获取其具体的历史内容的。在漫长的历史发展过程中，中国封建传统文化表现出惊人的历史延续力和稳定性，这就造成了传统儿童观在几千年历史进程中一直居于不可移易的正统地位的局面，同时也造成了儿童文学及其理论批评的不自觉和不发达的状态。

当然，在中国历史上，并非没有人看重过儿童和童心。春秋战国时代的老子出于对现实的不满，就主张"小国寡民"，主张回到"邻国相望，鸡犬之声相闻，民至老死，不相往来"（《老子·八十章》）的状态中去。他常常把自己比作婴儿，感叹"众人熙熙，如享太牢，如春登台；我独泊兮，其未兆。沌沌兮，如婴儿之未孩"（《老子·二十章》）。[1]他认为圣人治天下，就要一切任其自然，使百姓"复归于婴儿"（《老子·二十八章》）。在老子那里，婴儿无知无欲，天真纯朴，以柔弱为用，不与人争雄，所以，他常常以婴儿喻得道者的神态情状，所谓"专气致柔，能婴儿乎"（《老子·十章》）、"为天下谿，常德不离，复归于婴儿"（《老子·二十八章》）、"含德之厚，比于赤子"（《老子·五十五章》）即是。同样，庄子也喜欢用这样的比方。《庄子·大宗师》中有这样一段对话：

> 南伯子葵问乎女偊曰："子之年长矣，而色若孺子，何也？"
>
> 曰："吾闻道矣。"

闻道者可以面色如孩童，透露出庄子对童年状态的推崇。在《徐无鬼》的第三节，写黄帝出游迷途，遇一牧马小童，小童指点迷津，并教以治理天下的办法。此外，孟子也说过："大人者，不失其赤子之心者也。"而明代的李贽出于对封建道学所造成的文学上华而不实、虚假失真的创作倾向的痛恨，提出了著名的"童心说"。他认为："夫童心者，真心也……若失却童心，便失却真心；失却真心，便失却真人……夫既以闻见道理为心矣，则所言者皆闻见道理之言，非童心自出之言也……天下之至文，未有不出于童心焉者也。"（《焚书·童心说》）在他看来，只有出于童心、真心，才能为"天下之至文"，而以"闻见道理"为心者，就只能"言假言，事假事，文假文"，两者是截然对立的。他指出："六经、《语》、《孟》，乃道学之口实，假人之渊薮也，断断乎其不可以语于童心之言明矣。"向来被看作检验是非标准的儒学经典，在李贽的心目中不过是道学家制造"闻见道理"的根据，产生假人假文的根源，与"童心说"不可同日而语。从当时的文化背景和社会现实来看，李贽的"童心说"无疑是极为可贵的思想见解。

然而，无论是老庄对童年状态的青睐和推崇，还是李贽对"童心"的肯定和张扬，都还不是一种真正意义上的儿童观，即不是表现为对童年状态自身的认识和尊重，并以此作为建立儿童文化的基本立足点。老庄是以"婴儿"来比喻得道者的情态，李贽是以"童心"来比喻一种真心，儿童本身是无法因此而得到应有的理解和尊重的。而且，即便是类似李贽的"童心说"，也是无法见容于当时的社会的。李贽本人就被封建统治者以"有伤风化，惑乱人心"的罪名逮捕入狱，备受折磨。

那么，中国古代正统的儿童观究竟如何？儿童的家庭和社会地位到底怎么样？显然，对这些问题的索解，必须以整个中国传统文化背景为参照，因为只有联系这个背景，我们才有可能比较清楚地了解历代中国儿童的生存状态和历史命运。

毫无疑问，任何民族的文化心理结构和思想传统的产生、发展和持续，都必然有其现实的物质生活的根源。中国古代思想传统最值得注意的重要社会根基，是氏族宗法血亲传统遗风的强固力量和长期延续。它在很大程度上影响和决定了中国社会及其意识形态所具有的特征，也影响到儿童在中国社会历史发展过程中的具体生存位置和命运。在传统文化的家族主义观念影响下，婚姻、生育成为家族传宗接代的需要，而不是个人需要。古人认为，结婚生育的目的在于："上以事宗庙，而下以继后世。"（《礼记·昏义》）这意味着把生儿育女完全看作家族绵延种族的需要，而不是个人的需要。要紧的是后继有人，有了后代，自己和祖先的生命就能延续，就有人永远纪念自己和祖先，设牌位，立碑碣，香火不绝，虽死犹存。因此，生育后代被中国古代的人们看作孝道的第一要义，认为"不孝有三，无后为大"（《孟子·离娄上》）。这种情况正如殷海光先生所说的，在中国传统文化观念中，"绝后"是一件十分可怕的事情，"一旦绝后，何以上对祖先；一旦绝后，一了百了，生命即行幻灭，这是何等严重的事！所以，小孩，尤其是男小孩，被看作自己生命的延续，也是自己人生办总移交的对象和接祖宗'香火'的奥林匹克火炬传递手"[2]。同时，在中国传统的小农经济社会里，"将来能从事生产的男性小孩就是父母年老的保险费。'养儿防老，积谷防饥。'保险费不患其多，所以男性小孩生得愈多意即自己的库存资本愈雄厚"[3]。由此便衍生出"有子万事足""多子多福"等传统观念。

这样看来，在中国传统文化观念中，儿童的地位似乎并不像人们通常所想象的那么低，相反，却显得相当重要了。从传统观念的特定层面来考察，这种看法大抵是不错的。但是，一旦把这种观念放到整个现实背景中去考察，那么，儿童的实际的生存境遇就不仅要大打折扣，而且几乎是正好翻了一个个儿。我们知道，中国传统社会一向重视儿童教育。儿童从懂事开始就要接受父母教育，而且有良好的家教对中国古人来说是至关重要的。中国古代有各种各样的"家规""家训"，《颜氏家训》就是其中比较有代表性的。家教的扩大就是私塾，而私塾在对儿童教育方面与家教是统一的。因此，在中国古代社会，便有把人的一生如何归结于家教功过的倾向。例如《三字经》所说的："子不教，父之过；教不严，师之惰。"这里的关键问题在于，人们是用什么样的内容和方式来教育历代儿童的？因为，一个社会或一种文化对儿童进行教育的内容和方式，往往直接蕴含或者说是昭示了一个社会、一种文化对儿童的理解、认识和态度。所以，从对这个问题的索解中，我们可以窥见中国历代儿童的最真实的精神境遇和现实命运。

中国传统文化的主流简单地说是"儒学"。"儒学"成为中国文化的主流是经历了一个过程的。这个过程由孔子开始，创立了中国古代文化的基本模式，然后由董仲舒最后落实。而封建社会的教育也正是在中国传统文化主流形成的过程中完成其基本结构的构建的。首先，孔子根据氏族文化的特点，在原始氏族血缘关系的基础上，以亲子之爱为辐射核心，以仁释礼，创造了具有实践性特征的"仁学"。"仁学"的核心是"孝""悌"，由此出发进一步做到"忠恕"，继续努力便可以达到安仁乐道的境地，从而实现理想的人格。后来董仲舒继承了孔子的"仁学"并把它与阴阳五行学说相结合，构建天人宇宙论的图式，创立了"天人感应"理论。他认为天有一定的秩序，即"五行"，并进一步以"五行相生相胜"思想来解释政治伦常。五行相生比作父子，父生子，子必须继承父业。五行相胜决定父子、君臣、夫妻之间的关系是绝对服从的关系，从而导出"君为臣纲""父为子纲""夫为妻纲"，并把"三纲"说成是天的意志，如："王道之三纲，可求于天。"（《春秋繁露·基义》）又规定了仁、义、礼、智、信为五常，用来调解父子、君臣、夫妻、兄弟、朋友之间的关系。这便从理论上确认了君、父、夫的权威和统治秩序。当然，君、父、夫的权力也不是绝对的。他们的所作所为必须符合天意。于是，在董仲舒那里，个人的价值便已经不仅是完成自我，还包括服从于外在权威的超个性的社会秩序。这样，君仁臣忠，父慈子孝，便成为人们内心和外在一致奉行的宇宙法则。从此，这种民族文化心理便代代相传，成为中国文化的主流。[4]

在这一文化基础上建立并定型的教育体系，就必然会将封建伦理道德和礼法规范作为其最基本的内容，《诗》《书》《礼》《乐》《易》《春秋》等儒家经典天经地义地成为封建教育的主要教材。中国古代教育分为蒙养教育和高等教育。蒙养阶段一般指儿童十五六岁之前的学习阶段，大致上相当于现在的少儿阶段。在蒙养教育时期，中国古人就把它与"修身、齐家、治国、平天下"连在一起，从幼儿开始便注意培养符合封建伦常道德的品质、习惯，以"礼"为教。从具体教育内容看，儒家经书自汉以后即成为主要教材。唐宋以后，课程的范围逐渐有所扩大，教材的"科目"亦逐渐增加，但封建伦常道德仍是最基本的内容，例如南宋朱熹的《小学》，以立教、明伦、敬身、稽古为纲，而《明伦》一篇又以父子之亲、君臣之义、夫妇之别、长幼之序、朋友之交为目。再如朱熹学生陈淳的《小学诗礼》、明代王守仁的《训蒙教约》

等，也都特别重视这些内容。随着宋明理学思想的发展，又出现了许多理学家编纂的教材。其中最突出的恐怕是朱熹的学生程端蒙所作的《性理字训》，后来元代程达原又加以增广。程端蒙所作共30条，程达原的增广本分为造化、情性、学力、善恶、成德、治道等六门共184条（其中有后人加的一条）。其中内容深受朱熹理学思想的影响。这部《增广性理字训》也成为重要的蒙养教材之一。除此之外，那些主要用于读书识字、传授常识的蒙养教材，也往往与封建伦理道德教育密切配合。如在识字教材中流传最广，相传为宋末王应麟所作的《三字经》便说："三纲者：君臣义，父子亲，夫妇顺……曰仁义，礼智信，此五常，不容紊。"可以说，中国古代在儿童教育上所表现出的热情是绝不亚于西方的。有人甚至认为，与西方相比，"中国的父母作为传统文化的积极传播者，在对儿童教育上所付出的代价要比西方人大得多"[5]。这是符合事实的。

从蒙养教学的方式看，它主要采用灌输的方法，并强调对儿童的学习和生活方面的"基本训练"。如朱熹的《童蒙须知》、明代屠羲时的《童子礼》、宋代王虚中的《训蒙法》等对于儿童的行为礼节，如叉手、着衣、作揖、走路、视听等都有具体的规定。这些都是要通过幼时持续不断的练习，使儿童安于所习，也就是朱熹所说的"必使其讲而习之于幼稚之时，欲其习与智长，化与心成，而无扞格不胜之患"（《童蒙须知》）。即把传统伦常道德具体规定到言语视听行为举止上，身体力行，由习惯化的过程而成为儿童自己本能所具有的做法。在这里，儿童的天性和创造性是根本谈不上的。

由此可见，中国古代对儿童及儿童教育的重视，从总体上看并不是以理解、承认、尊重儿童的心理特点、精神个性和独立人格为出发点的，相反，倒是以牺牲儿童的独立人格为代价的。在"三纲""五常"的封建纲常伦理桎梏下，儿童永远只能处于被支配、被漠视的地位，他们有幸得到"重视"，也只能是一种被扭曲、被错置了的待遇。这是在中国传统文化背景下历代儿童无法摆脱的精神处境和必然命运。周作人在《儿童的文学》一文中指出："以前的人对于儿童多不能正当理解，不是将他当作缩小的成人，拿'圣经贤传'尽量的灌下去，便将他看作不完全的小人，说小孩懂得甚么，一笔抹杀，不去理他。"郑振铎在《中国儿童读物的分析》一文中，对中国旧式的儿童教育和儿童读物则有更详尽、更尖锐的分析和批判。他指出："在旧式的科举制度不曾改革以前，中国的儿童教育简直是谈不上的。假如说是有'教育'的话，不过是'注入式的教育''顺民或忠臣孝子的教育'而已。以养成顺民或忠臣孝子为目的，而以注入式的教育方法为一成不变的方法。对于儿童，旧式的教育家视之无殊成人，取用的方法，也全是施之于成人的，不过程度略略浅些而已。他们要将儿童变成了'小大人'……他们根本蔑视有所谓儿童时代，有所谓适合于儿童时代的特殊教育。他们把'成人'所应知道的东西，全都在这个儿童时代具体而微的给了他们了；从天文、历史以至传统的伦理观念，无不很完整的给了出来。在社会上要做一个洁身自好的良民；在专制朝廷的统辖之下，要做一个十足驯良的奴隶，而且要'忠则尽命'；在腐败的家庭里则要做一个'孝当竭力'的孝子顺孙。"他还痛心疾首地指出："我们如果把科举未废止以前的儿童读物作一番检讨，我们便知道中国旧式的教育，简直是一种罪孽深重的玩意儿。"这一番话的确一针见血，鞭辟入里。在"长幼有序，是为人伦"的老者本位、长老至上的传统社会里，儿童是无法拥有自己的意志，实现自己的情感愿望的。尊长不能冒犯，卑幼只有服从的份儿，即使尊长错了，卑幼也不能违拗，如同清代思想家戴震说的："尊者以理责卑，长者以理责幼，贵者以理责贱，虽失，谓之顺；卑者、幼者、贱者以理争之，虽得，谓之逆。"（《孟子字义疏证》）因此，中国传统社会中所形成的儿童文化，实际上是一种残酷的"杀子"文化：对儿童的重视由于不是建立在对儿童精神特点和独立人格的理解与尊重的基础之上，这种"重视"便反过来成为对儿童自然天性和生命活力的一种窒息、摧残和扼杀。这就是依附于中国传统文化根基的儿童观的"杀子"功能，这就是中国历代儿童不幸的精神境遇和历史命运！

我们当然还应该看到，中国传统文化是一个外延极其丰富、极为庞杂的文化整体，中国古代儿童文化也是如此。例如，在历代思想家、教育家的著述中，我们也能够发现不少关于儿童生理、心理发展特点，关于儿童教育的具有朴素的科学思想的见解和论述。像《大戴礼记·本命》中就论述过幼儿身心的发展过程："人生而不具者五：目无见，不能食，不能行，不能言，不能化。三月而彻眴，然后能有见。八月生齿，然后食。期而生膑，然后能行。三年囟合，然后能言。十有六情通，然后能化。"朱熹也曾经谈到过儿童教育在内容、方法上的特点及其理论依据。比如，"小学是事，如事君、事父兄等事"，"小学之事，知之浅而行之小者也"，"学之大小，固有不同，然其为道则一而已。是以方其幼也，不习之于小学，则无以收其放心，养其德性，而为大学之基本……是则学之大小所以不同，特以少长所习之异宜，而有高下、深浅、先后、缓急之殊"（《小学辑说》）。从这些论述来看，朱熹已初步涉及儿童年龄阶段的特点，要求教育者能适应儿童生理、心理发展的具体情况施行教育。

明代教育家、哲学家王守仁在《训蒙大意示教读刘伯颂等》中批评了当时童蒙教育的弊端，提出了他对儿童心理和活动的见解。他说："大抵童子之情，乐嬉游而惮拘检，如草木之始萌芽，舒畅之则条达，摧挠之则衰痿。今教童子，必使其趋向鼓舞，中心喜悦，则其进自不能已。譬之时雨春风，沾被卉木，莫不萌动发越，自然日长月化。若冰霜剥落，则生意萧索，日就枯槁矣。"在这里，王守仁不仅阐述了儿童心理发展的特点是"乐嬉游而惮拘检"，而且说明了顺应这个特点的儿童教育，必然会化作时雨春风，盎然生意，滋润儿童的心田，促进他们身心的积极发展，反之则会有碍于儿童的成长。在当时，这些论述无疑都是极其宝贵的。

清代著名医生王清任提出的"脑髓说"，对婴幼儿身心发展特点的论述十分精彩。他写了这样一段话："看小儿初生时，脑未全，囟门软，目不灵动，耳不知听，鼻不知闻，舌不言。至周岁，脑渐生，囟门渐长，耳稍知听，目稍有灵动，鼻微知香臭，舌能言一二字。至三四岁，脑髓渐满，囟门长全，耳能听，目有灵动，鼻知香臭，言语成句。"（《医林改错·脑髓说》）这段话既指出了脑髓生长与婴儿智力发展的关系，又比较全面地阐述了三四岁的婴幼儿身心及其发展的年龄特点。这在中国儿童文化史上是极有价值的思想见解。

但是，与传统文化对儿童特点和精神需求的扼杀比较起来，这些在传统儿童观顽石的夹缝中偶尔生长起来的理论小草终究还是难以为中国古代儿童文化领域带来哪怕是些微的春色，难以改变历代儿童不幸的生存地位与精神境遇。

二　雪泥鸿爪：作为前科学形态的古代儿童文学理论批评的描述

在前述中国古代传统社会文化环境中产生的古典意义上的儿童文学读物，与现代意义上的儿童文学有着许多明显的不同之处。例如，古代儿童文学读物往往不是专为儿童创作的，而是来自民间文学、文人（成人）文学领域，是弥补儿童精神需要的一种补偿性的文学，而现代儿童文学则是专为儿童创作的一种自觉的、独立的文学门类；古代儿童文学常常直接是教育儿童的工具，并以儿童识字发蒙用的教材的面目出现，而现代儿童文学则首先是为适应儿童的文学欣赏特点，满足他们的审美情感需要而创作的……因此，对于中国古代究竟有没有儿童文学这个问题，理论界曾经有过种种不同的说法。近些年来，大多数研究者已经接受了"儿童文学在中国古代即已存在"的说法，同时也意识到，对古代儿童文学现象的考察，应该有其特定的理论视角和理论尺度，也就是说，要从客观的历史现象出发，而不能简单地用今天的文学标准去"以今律古"。

从这样的要求出发，我们考察古代儿童文学现象时，应该掌握三项标准：一、作品具有文学性；二、作品具有一定的儿童特点；三、作品在历史上曾经为儿童所阅读和接受。

根据这三项条件来考察，我们可以发现中国古代儿童文学读物主要有以下四类：

一是民间口头文学作品。民间文学植根于民间文化的沃土，千百年来与人们的精神生活保持着最密切的联系；它同样也为历代儿童提供了精神食粮。像广为流传的《牛郎织女》《田螺姑娘》

《蛇郎》《老虎外婆》和许多民间儿歌童谣作品等，都曾经在口耳相传的过程中为历代儿童所接受和喜爱。

二是注重故事性，具有一定文学色彩的蒙养读物。如宋代朱熹的《小学·外篇》，元代卢韶的《日记故事》，明代萧汉冲的《龙文鞭影》、陶赞廷的《蒙养图说》，清代程允升的《幼学琼林》，等等。这些读物中的故事多取材于历史，主要是围绕着伦常道德，作为事例榜样，讲给儿童听的。其中部分故事书还带有图画，类似现在的连环画。如明代嘉靖年间刊印的《日记故事》，上半截为插图，下半截为浅显的文字。叙述的也大都是可以启发儿童智慧的小故事，像曹冲称象、司马光砸缸救小孩、灌水浮球等一类故事。郑振铎曾认为由于该书"大都是儿童自身的故事，所带的成人的成分并不浓厚，也不怎样趋重于教训。故相当的还近于儿童的兴趣"[6]。

三是经过专门编纂的所谓"陶冶性情"的成人文学作品，主要是诗歌作品，如《千家诗》《神童诗》等。这类作品的情况比较复杂，其中既有一些语言浅显、音调优美、内容也颇适合儿童特点的诗作，也有不少思想情趣离儿童心理甚远，内容十分糟糕的作品。

四是古典文学中那些适合儿童特点，事实上也常常被儿童读者所接受的作品。如《西游记》中的孙悟空出世、过火焰山、三打白骨精、大闹天宫等，又如《水浒传》中的武松打虎，《封神演义》中的哪吒闹海，《聊斋志异》中的《促织》《种梨》《阿宝》《粉蝶》等，还有《镜花缘》中的一些富有幻想色彩的故事，等等。这些精彩的作品被当时和后世的许多儿童读者所喜爱，成为满足他们精神渴求的一种补偿性的文学。

从上述四类儿童文学读物来看，除了符合传统教育需要的作品之外，它们基本上都不是专门为儿童所创作的自觉的儿童文学作品。自然地，中国古代儿童文学的这种不自觉性，也就造成了古代儿童文学理论批评的不自觉性。我们看到，比起中国古代文论所积累和拥有的浩如烟海的理论材料来，有关儿童的文学思考就显得太少太少了。不过尽管如此，我们仍然希望借助历史所遗留下来的星星点点的思想材料，去勾勒和描述作为前科学形态的中国儿童文学理论批评景观。

首先，我们还是从中国文化史上最重要的人物孔子那里检视一番。作为中国古代伟大的教育家，孔子十分重视诗教。他曾经亲自整理、编定《诗经》，并说："诗三百，一言以蔽之，曰：思无邪。"（《论语·为政》）他认为《诗经》中的三百篇诗（实际为305篇）内容都是纯正的，没有邪念的。因此，他要求他的弟子认真学诗，并对学诗的功能做了多方面的提示："小子何莫学夫诗？诗，可以兴，可以观，可以群，可以怨。迩之事父，远之事君，多识于鸟兽草木之名。"（《论语·阳货》）他甚至还认为，"不学诗无以言"（《论语·季氏》）。所以，《诗经》便成为他整理的《诗》《书》《礼》《乐》《易》《春秋》即后世所称的"六经"之一，成为孔子重视的教育内容。"诗教"在中国历代之所以一直受到特别的重视，跟孔子的提倡也有很大的关系。明代中叶的王守仁在阐述他的儿童教育的主张时，也特别强调诗歌的功能。他说，"今教童子……其栽培涵养之方，则宜诱之歌诗以发其志意"，"童子之情，乐嬉游而惮拘检"，所以教育儿童应该使他们"趋向鼓舞，中心喜悦"，"故凡诱之歌诗者，非但发其志意而已，亦所以泄其跳号呼啸于咏歌，宣其幽抑结滞于音节也"（《训蒙大意示教读刘伯颂等》）。王守仁不仅强调了诗歌的教育功能，更看到了诗歌在儿童身心发展和情感宣泄方面的积极作用，这无疑是很有见地的。

但是，在中国历史上，尤其是在明代以前，专供儿童欣赏、具有儿童艺术情趣的诗歌作品实属凤毛麟角。除了完全从成人诗歌中拿出一部分诗作给儿童外，只有一种据说是专供儿童传唱的"童谣"。而围绕着童谣的起源、本质等问题所形成的种种解释、批评，也就成了中国儿童文学理论批评的滥觞。

什么是童谣？韦昭注《国语·晋语》说："童，童子。徒歌曰谣。"明代的杨慎也对童谣做了比较详尽的解释："《尔雅》曰：'徒歌曰谣。'《说文》谣作䚻，注云：'䚻，从肉言。'今案：徒歌者，谓不用丝竹相和也。肉言歌者，人声也。出自胸臆，故曰肉言。童子歌曰童谣，以其出自胸臆，不由人教也。晋孟嘉曰：'丝不如竹，竹不如肉。'唐人谓'徒歌曰肉声'，即说文肉言之义也。"（《丹铅总录》卷二十五）

根据这些解释，可知古代所谓的童谣，就是指传唱于儿童之口的、没有乐谱也不用乐器伴唱的歌谣（徒歌）。这与现在的"儿歌"定义，基本上是一致的。古代关于童谣的名称和叫法还有一些，如清人杜文澜在《古谣谚·凡例》中，把"儿谣、女谣、小儿谣、婴儿谣"等都归入"童谣"一类。此外，在其他某些古代文献资料中，还有"孺子歌""童儿歌""儿童谣""小儿语""小孩语""女童谣""孺歌"等名称，但指的都是供儿童传唱的"徒歌"。

那么，童谣是如何产生的呢？古代一些学者曾试图予以解释。晋朝的杜预在《春秋左氏传》庄公五年注中认为："童龀之子，未有念虑之感，而会成嬉戏之言，似若有凭者，其言或中或否，博览之士，能惧思之人，兼而志之，以为鉴戒，以为将来之验，有益于世教。"这就把童谣比作谶纬，赋予了一种占验性质。童子嬉戏之言何以会有如此功能？有人认为它与五星之一的荧惑星有关。《史记·天官书》张守节"正义"引《天官占》云："荧惑为执法之星，其行无常，以其舍命国：为残贼，为疾，为丧，为饥，为兵……其精为风伯，惑童儿歌谣嬉戏也。"在唐人编纂的《晋书·天文志》中，也认为童谣的产生是荧惑星"降为童儿"的结果："凡五星盈缩失位，其精降于地为人。岁星降为贵臣；荧惑降为童儿，歌谣嬉戏……吉凶之应，随其象告。"有的史书还煞有介事地描绘过荧惑星变为小儿到民间儿童群里去传播童谣的情形。如晋干宝《搜神记》卷八中就有一段三国时荧惑降临吴国为儿童歌谣的记载：

> 孙休永安二年三月，有一异儿，长四尺余，年可六七岁，衣青衣，忽来从群儿戏。诸儿莫之识也，皆问曰："尔谁家小儿，今日忽来？"答曰："见尔群戏乐，故来耳。"详而视之，眼有光芒，爓爓外射。诸儿畏之，重问其故。儿乃答曰："尔恐我乎？我非人也，乃荧惑星也。将有以告尔：三公归于司马。"诸儿大惊，或走告大人，大人驰往观之。儿曰："舍尔去乎！"耸身而跃，即以化矣。仰而视之，若曳一匹练以登天。大人来者，犹及见焉。飘飘渐高，有顷而没。

这段神奇的传说，也被收到《晋书·五行志》和《宋书·五行志》中。"三公归于司马"被当作魏、蜀、吴三国相继灭亡，政权归于司马氏的晋王朝的预言。又如《魏书·崔浩传》云："太史奏：荧惑在匏瓜星中，一夜忽然亡失，不知所在。或谓下入危亡之国，将为童谣妖言。"《晋书·五行志》还具体记事以证实有这么一回事情。因此，周作人在谈到中国古代童谣时，曾经指出："盖中国视童谣，不以为孺子之歌，而以为鬼神凭托，出乩卜之言，其来远矣。"[7]现存商代的占卜记录甲骨卜辞和后来的占卜书《周易》的卦爻辞，就有许多歌谣韵语。对歌谣（童谣）的这种神秘主义的观念和解释，也可以追溯到原始社会中人们对于语言具有超人的魅力这种神秘观念。

当然，童谣被正式作为传统神学的附庸是汉代的事情。[8]这有其具体的历史原因和理论背景。汉代以董仲舒为代表的儒家学者，综合前代种种神秘主义思想，同儒家的天命观和宗法思想结合起来，以"天人感应说"为基础，建立了一套封建神学体系。他们把某些自然现象说成是"天"对人世的反应。"天"代表了封建社会中的神权，"王"（"人君"）代表了封建的国家政权。"王者承天意以从事"，"国家将有失道之败，而天乃先出灾害以谴告之；不知自省，又出怪异以警惧之；尚不知变，而伤败乃至。以此见天心之仁爱人君，而欲止其乱也"。（《汉书·董仲舒列传》）"天"降下的"灾害""怪异"就是所谓"咎征"，童谣便是咎征中的"诗妖"。这"诗妖"既然是"天"为警惧人君而发出的怪异之物，因此它便有预言社会政治变动、国家祸福乃至个人命运等的作用。后来，班固把这类童谣及其所应验的事情，一起搜集在《汉书·五行志》中。仿照此例，历代官修史书的《五行志》大都搜集了各个朝代记录下来的此类童谣韵语，比如《后汉书·五行志》《宋书·五行志》《晋书·五行志》等。《五行志》是古代正史中记述变异灾祥的专章，由此，阴阳五行学说就在古代童谣研究中占据了统治地位，成为人们诠释、评论童谣作品的基本理论依据。这是古代童谣研究中的一种"天神本位"的理论观念。

的确，古代童谣的产生首先并不是为了适应儿童欣赏的需要，而常常是社会政治生活的直接产物。尤其在明代以前，所有的童谣几乎都是政治童谣，不同程度地都是政治斗争的工具。因此，它们被加以附会，使之与时事、时人联系起来，就是难以避免的了。例如，被认为是中国历史上最早见之于文字的童谣之一的《周宣王时童谣》，只有短短两句："弧箕服，实亡周国。"据说谈的就是有关国家命运的大问题。它预言那卖桑木弓、箕草箭袋的老夫妇俩将是使周王朝灭亡的人，暗示老夫妇收养的女孩褒姒为周王朝"招祸"的事。再如《隋书·五行志》中有这样一首《陈初童谣》：

> 黄斑青骢马，
>
> 发自寿阳涘。
>
> 来时冬气末，
>
> 去日春风始。[9]

这是一首描写羁旅游人生活的童谣。它写一个旅人从寿阳的水边骑马外出，历经辛苦重回故乡的情景，表达含蓄而富有人情味。周作人在《儿歌之研究》一文中指出，好的童谣"味覃隽永，有若醇诗"，并举出若干例子，其中就有这首《陈初童谣》，认为它"有三百篇遗意"。然而，在"荧惑星说"的影响下，这首童谣被人穿凿附会，解释为韩擒虎于 589 年破建康（南京）、俘陈后主的事，说韩擒虎就是骑着"黄斑青骢马"从寿阳出发去击破陈后主的，时间上也正好是冬来春去，暗相符合。但是，这首童谣产生于陈初，而上述韩擒虎之事却发生在几十年后的陈末，这又如何解释呢？于是便归之于"上天的预兆"云云。显然，这是一种带有迷信色彩，且在理论上也站不住脚的解释。[10]

关于童谣的产生、本质等问题，在明代以前除占统治地位的"荧惑星说"之外，也曾经出现过一些比较可信的说法。例如《南齐书·五行志》上说："言传曰：下既悲苦君上之行，又畏严刑而不敢正言，则必先发于歌谣。歌谣，口事也。口气逆则恶言，或有怪谣焉。"这就是说，所谓的占验童谣实质上是由于政治原因（民众悲苦而又不敢直言）而产生的。这一说法显然是比较符合部分古代童谣产生的实际情形的。

首先对围绕古代童谣进行歪曲附会诠释的"荧惑星说"提出直截了当的怀疑和批评的是明代文学家杨慎。[11]他在《丹铅杂录》卷二中，从古今文字演变的角度，否定和嘲笑了对童谣加以穿凿附会并以此来影射某些政治事件的拆字把戏：

> 古文自变隶，其法已错乱。后转为楷字愈讹，殆不可考。如云：有口为吴，无口为天。吴字本从口从矢，非从天也，后世谬以楷法言之。予尝戏谓吴元济之乱，童谣有"小儿天上口"之谶，又如董卓为"千里草""十日卜"，王恭为"黄头小人"，皆今世俗字，非古文也。史谓童谣乃荧惑星为小儿造谣，审如是，荧惑亦不识古文乎！

如前所述，从现存的史料来看，明代以前的童谣几乎全是政治童谣。从明代开始，我们看到了一些直接反映儿童生活的儿歌童谣作品。从历史背景看，明代后期资本主义因素开始萌芽和发展，当时有一些知识分子开始冲破宋元理学的束缚，将视野扩展到了许多前所未有的领域，例如，重视那些以往不登大雅之堂的通俗文化和民间文化资料的收集、整理、出版和研究，其中包括对民间童谣儿歌的收集和研究。如首先向"荧惑星"发难的杨慎，就曾经搜集古今民谣、民歌、童谣、谚语等编成《风雅逸编》《古今风谣》《古今谚》三书，其中《古今风谣》是古代第一个民谣专集，书中也记录了当时流传的童谣儿歌，开创了收集当代童谣儿歌的先河。在这一现实背景影响下，当时的儿歌理论批评也开始摆脱五行志派的"荧惑星说"的束缚，而注意到儿歌童谣与儿童生活、儿童身心发展之间的密切联系。这是中国古代儿童文学理论批评的一次重要的进展。

1593 年，吕坤编成儿歌集《演小儿语》。这是现已发现的中国古代第一部儿歌专集，收儿歌 46 首。该书是吕坤根据在河南、河北、陕西、山西等地搜集到的民间儿歌改编创作的。吕坤的父亲吕得胜曾编《小儿语》《女小儿语》各一卷，吕坤编《续小儿语》三卷，加上《演小儿语》共六卷，总称为《小儿语》，附在吕坤的《去伪斋文集》后。

在《演小儿语》中，吕坤对每一首儿歌的内容和含义都做了提示和说明，附在每首儿歌之后。如：

> 讨小狗，要好的。我家狗大却生痴，不咬贼，只咬鸡。（当知主人畜犬之意。）

> 蝙蝠早来，只到星齐。谁不日行，偏你夜飞。原来老鼠出身，到底只是怕人。（正大光明，此之谓男子。）

> 老王卖瓜，腊腊巴巴。不怕担子重，只要脊梁硬。（仁以为己任，死而后已。）

这些提示和说明性的文字内容较庞杂，其中不少文字显得牵强和枯燥。对此，周作人曾在《吕坤的〈演小儿语〉》一文中评论说："在我们看来，把好好的歌谣改成箴言，觉得很是可惜。"值得我们注意的是吕坤父子对儿歌的理论阐述。在《小儿语》这部集子的前后，分别有吕得胜的《小儿语序》和吕坤的《书小儿语后》。这是中国古代儿童文学批评史上十分难得而宝贵的理论材料。全文如下：

　　儿之有知而能言也，皆有歌谣以遂其乐。群相习，代相传，不知作者所自。如梁宋间《盘脚盘》《东屋点灯西屋明》之类，学焉而于童子无补，余每笑之。夫蒙以养正，有知识时，便是养正时也。是俚语者固无害，胡为乎习哉！余不愧浅末，乃以立身要务，谐以音声，如其鄙俚，使童子乐闻而易晓焉，名曰"小儿语"。是欢呼戏笑之间，莫非理义身心之学。一儿习之，可为诸儿流布；童时习之，可为终身体认，庶几有小补云。纵无补也，视所谓《盘脚盘》者，不犹愈乎！

——吕得胜《小儿语序》

　　小儿皆有语，语皆成章，然无谓。先君谓："无谓也，更之。"又谓："所更之未备也。"命余续之。既成刻矣，余又借小儿原语而演之。语云："教子婴孩。"是书也，诚鄙俚，庶乎婴孩一正传哉！乃余窃自愧焉。言各有体，为诸生家言，则患其不文；为儿曹家言，则患其不俗。余为儿语而文，殊不近体，然刻意求为俗，弗能。故小儿习先君语如说话，莫不鼓掌跃诵之。虽妇人女子亦乐闻而笑，最多感发。习余语如读书，謇謇愔愔，无喜听者。拂其所好，而强以所不知，理固宜然。嗟嗟！儿自有不儿时，即余言或有裨施他日万分一，第恐小儿徒以为语，人徒以为小儿语也。无论文俗，总属空谈，虽仍小儿之旧语可矣。先君何庸更，余何庸续且演哉？重蒙养者，其绎思之。

——吕坤《书小儿语后》

吕氏父子的这两则短文，单从理论批评的角度看，自然还显得粗浅谫陋；但是，从历史的角度看，它们在中国古代儿童文学批评史上，却写下了不可忽视的一页。

首先，在杨慎否定了在传统神学"天人感应说"影响下形成并统治童谣研究领域一千多年的"荧惑星说"的基础上，对民间流传的儿歌童谣的特质做了初步的也是比较正确的揭示和概括。"儿之有知而能言也，皆有歌谣以遂其乐。"可见，儿歌童谣是一种供儿童娱乐游戏的文学形式，并不是什么荧惑星降地"惑童儿歌谣嬉戏"的产物。这就突破了"天神本位"的儿歌童谣理论，而意识到了儿歌童谣与儿童生活和情感需要之间的联系。"群相习，代相传，不知作者所自。"这里，对民间儿歌童谣的口头性、集体性、传承性、匿名性的特点，也做了初步的概括。

其次，肯定了儿歌童谣对儿童所具有的教育功能。在"荧惑星说"那里，童谣不过是一种预示灾异祸福的占验性的谶语，与儿童本身是毫无干系的。吕氏父子却从儿童教育出发，认为"夫蒙以养正，有知识时，便是养正时也"，即儿歌童谣在童蒙教育中有着重要的作用："一儿习之，可为诸儿流布；童时习之，可为终身体认"。因此，为了宣传他们的"立身要务"和"理义身心之学"，便"不愧浅末"，不避"鄙俚"之讥，热心于儿歌童谣的收集、改编和创作。

最后，通过总结自己收集、改编、创作儿歌童谣的体会，对儿歌童谣的艺术特点做了论述。吕得胜认为自己的《小儿语》是"谐以音声，如其鄙俚，使童子乐闻而易晓"。他们特别强调儿歌童谣的语言特点："言各有体，为诸生家言，则患其不文；为儿曹家言，则患其不俗"，认为给儿童欣赏的作品，语言应力求明白如话，儿童才会"莫不鼓掌跃诵之。虽妇人女子亦乐闻而笑，最多感发"。反之，

"拂其所好，而强以所不知"，则儿童便"謇謇慉慉，无喜听者"。不管在现在看来，吕氏父子的儿歌理论本身还有哪些问题，但在理论上，他们能够看到儿歌童谣要适应儿童特点，如此才能让儿童们"入耳悦心，欢然警悟"[12]，这在四百年前的古代，无疑是十分宝贵的见解。周作人曾经认为，吕氏父子"虽然标语也在'蒙以养正'，但是知道利用儿童的歌词，能够趣味与教训并重，确是不可多得的，而且于现在的歌谣研究也不无用处"[13]。

总之，从"天神本位"的"荧惑星说"，到吕氏父子强调儿歌童谣与儿童生活和精神需要之间的天然联系，认识到儿歌童谣在儿童启蒙教育中的重大作用及其在创作流传和艺术形式上的某些特点，这不能不说是中国古代儿童文学理论批评的一次值得重视的进步。此后，尽管受传统神学影响，"荧惑星说"并未绝迹，但是越来越多的人已不再把儿歌童谣当作"诗妖"了。

应当顺便指出的是，吕氏父子虽然认识到儿歌童谣的教育作用和艺术特点，但是，出于传统文学"载道"（"莫非理义身心之学"）的要求，他们在实践中往往根据主观意图和需要对民间儿歌任意删改。同时，他们认为民间儿歌毕竟"鄙俚""无文"，因而对它的艺术价值的认识，也是很不够的。

迨至清代，热心收集、整理民间儿歌者更为增多，由此也出现了一些关于儿歌的新的理论见解。其中最值得我们注意的是郑旭旦搜集编辑的《天籁集》。郑旭旦生平事迹已不可考。这部儿歌集大约编成于康熙初年，现在可以见到的最早的刊本是同治壬戌（1862）许之叙芝秀轩刻本。其中共收浙江儿歌 46 首，书前有许之叙所作的《序》，还有编者本人的《天籁集序》《自跋》《天籁集醒语》17 则。[14] 这些资料为我们提供了郑旭旦对于民间儿歌的理论见解。

> 古之有心人曰："吾读书十五年而后愧吾之不识字也。"曷言乎不识字？盖以所识者止于点横波磔，而天地之妙文不在此也。夫天地之妙文不从字起。自有天地以来，人物生于其间，灵机鼓动而发为音声，必有自然之节奏。是妙文固起于天地而特借万籁以传之。圣人者出，恐妙文之久而散失也，乃制字以体其音声，而为相传不朽之计。然则古圣因言而有字，后人执字以求文，其源流深浅固不待言而决矣。吾独恨秦之程邈易古篆以隶书，而使天地妙文顿为字画所掩也。古篆字少而难成，故三代以前妙文颇多；隶书字多而易就，故秦汉以来妙文遂少。然则秦始之焚书，犹不如程邈制字之烈也。沿及近世，一切淫邪，滥灾梨枣。又其甚者，则为不古不今之文，是文行而天地之妙文皆熄。然终有必不容熄者，天机活泼，时时发见于童谣，吾将援是以起衰，而无征不信，则不得不笔之于书……

——《天籁集序》

在这里，郑旭旦已不像吕氏父子那样认为民间儿歌童谣是"鄙俚""无文"的，而把它看成是"天地之妙文"，这就肯定了儿歌童谣的艺术价值。在他看来，民间口头歌谣是文字产生以前就有的。原始人在大自然的怀抱里，"灵机鼓动而发为音声"，这就是原始口头文学。到了后世，世道不古，出现了文字，于是"天地之妙文皆熄。然终有必不容熄者，天机活泼，时时发见于童谣"。郑旭旦强调了童谣的自然、"天机活泼"，并把它看成是远远高于那些"不古不今之文"的"妙文"，这就把童谣提到了前所未有的文学地位。在当时的文坛，这不能不说是惊世骇俗之论。当然，他把民间口头文学与作家书面文学绝对对立起来，并把后者一概贬得分文不值，也是十分偏激的。

郑旭旦还谈到过儿歌童谣的艺术感染力和生命力：

> ……古今无不死之人，而天下有必传之话。旷览宇宙，至理只在眼前，妙文不越俗语。其诙谐也能令人喜；其激发也能令人怒；其凄切也能令人哀；其畅达也能令人乐。喜怒哀乐发之自我，而感之自彼。我又乌知我之此集不又有以感人乎？想天下后世必无无情之人，则必无见此集而不触发其喜怒哀乐之人；必无触发其喜怒哀乐而不以此集为妙文之人，则必无以此集为妙文而不思此集者为妙文之人。然则我虽穷饿以死而终无所恨也……且夫天地之妙文不必我为之传而自足不朽，世或有忌我疾我而摈斥是集者，然天地之妙文，必不以斯人摈弃之故而遂湮没不传。
>
> ——《天籁集·自跋》

在郑旭旦看来，儿歌童谣具有强烈的艺术感染力，其"诙谐""激发""凄切""畅达"能够"令人喜""令人怒""令人哀""令人乐"，因而他相信它们具有长久的、不朽的艺术生命力，即这些"天地之妙文不必我为之传而自足不朽"。

《天籁集》所收 46 首儿歌，每一首前后均有郑旭旦所加的评语按语，句中也有夹注夹评。这些评注文字大多是编者的感慨牢骚，或是"善会意者不必有言，而意即是言；善写意者不必着意，而言即是意"之类评点章法句意的泛泛之论，与儿歌本身关系不大，且篇幅都很长。不过，其中也有一些分析文字对儿歌艺术特点的把握颇为得当。兹举一例，以略见一斑：

此古来第一奇文，章法句法字法无一不奇，然亦只是鱼肉请客，家常说话耳。不意如此着想落笔，真绝世奇文。

墙头上一株草，风吹两边倒。（活现。此如诗之兴体。）今日有客来。舍子好？（舍子，方言也，即何字之义。）鲫鱼好。鲫鱼肚里紧愀愀。（趣）为舍子不杀牛？（陡然翻起。）牛说道（奇）："耕田犁地都是我。"为舍子不杀马？马说道："接官送官都是我。"为舍子不杀羊？羊说道："角儿弯弯朝北斗。"（扯淡得妙。）为舍子不杀狗？狗说道："看家守舍都是我。"为舍子不杀猪？猪说道："没的说。"（说道没说，奇妙。截然五段，亦整齐，亦变化，章法之妙如此。）没的说，一把尖刀戳出血。（奇快至此。）

语言，人所独也；意思，物所同也。世但知人灵于物，而不知物未始蠢于人。造物至公，人能言授之以言，物不能言亦授之以意。若以其蠢也而遂置之，则一切草木鸟兽皆不应入之文字中，即入之文字中，而亦将不妙矣。慧心者知其然，故我可以让能于物，物可以借才于我，虽牛羊犬马以至于猪，皆可以我代言，而文章乃可满天地间矣，又况花草虫鱼之类，本称雅致者哉！得是秘诀，天下何所为俗物？更何所为俗字？而谓绝妙妙文，有过于冲口而出者乎。

这首儿歌从内容到表现手法都很有儿童特点，被郑旭旦认为是"古来第一奇文"。同时，他看到了儿歌在内容上"只是鱼肉请客，家常说话耳"，都是儿童所熟悉的日常生活场景；在艺术形式上，中间"截然五段，亦整齐，亦变化"；在表现手法上，有"趣"有"奇"。特别是关于儿歌（及整个儿童文学）中常用的拟人手法，郑旭旦的解释与儿童心理颇为契合。在儿童眼中，那些牛马猪羊狗确实并不"蠢于人"，而是"我可以让能于物，物可以借才于我，虽牛羊犬马以至于猪，皆可以我代言"，于是，"文章乃可满天地间矣"。虽然郑旭旦并没有直接联系儿童心理来做评点，但他却从儿歌作品本身看到了这些特点。这对于帮助人们了解和认识儿歌的艺术特点，无疑是十分有益的。

由于郑旭旦对儿歌艺术有比较准确的了解，所以他采集、整理民间儿歌的态度相当忠实，而不是根据个人的喜恶任意改动。许之叙为《天籁集》所撰序文说："集中所采歌谣，半皆童时时诵之词。吾愿世之抚婴孩者，家置一编于褓襁中，即可教之……"许之叙对郑旭旦所编的《天籁集》做了充分的肯定。

清同治十一年（1872），署名"山阴悟痴生"编的《广天籁集》编成。此书现存有光绪二年（1876）上海印书局排印本。其中收江浙一带儿歌23首，其记录、整理、编辑的体例完全仿照郑旭旦的《天籁集》，编者自序亦云目的在于"广前集之所未备也"。书中儿歌每首前后有评语，句中也有夹评夹注，但其内容也多为泛泛之论。倒是书前所附的几则评语及编者自序，为我们提供了一些关于儿歌的较有价值的看法：

> 天籁者，声之最先者也。在物发于天，在人根于性，莺唤晴，鸠啼雨，虫吟秋，水激石，树当风，数者皆是也。儿童歌笑，任天而动，自然合节，故其情为真情，其理为至理，而人心风俗即准乎此。其于诗也，有似于风。流水柴门，夕阳樵径，轩遇之，可以观矣。
>
> ——蕺山老叟评语

吾闻里巷小儿呕哑旅唱，辄恶其翼，不乐听词之毕，遑计其可传与否。读此二集，乃觉耳畔犹有余音，甚矣其足以感人也。人生自少至壮而老，不知费几许笔墨，始得一二句入情入理之言；在小儿全不假思索。呜呼，天也！吾浅之乎视之矣。

——粥粥子评语

康衢童谣，与虞廷三歌，同时实开风诗之先声，故圣人编诗，首及国风。劳人思妇，意到口随，不事体格，自然成章。诗以道性情，此之谓欤？

——编者自序

在这些议论当中，他们或认为古代的童谣和民歌"开风诗之先声"，是古代诗歌的源头；或认为那些当代儿歌"其于诗也，有似于风"，这就把这些儿歌与《诗经》中的国风一起看成是中国诗歌的优秀代表，这是对传统儿歌艺术地位的进一步认定。另外，他们对儿歌纯真质朴而又有真情至理的艺术风格特点也很赞赏和推崇。他们认为"儿童歌笑，任天而动，自然合节"；即使是入情入理之言，"在小儿全不假思索"而可得之。因此，儿歌虽然是"里巷小儿呕哑旅唱"，却不可"浅之乎视之矣"。

虽然这些观点还存在明显的不严密之处，但在封建传统文学已走到穷途末路的时候，这些发自那些并不著名的民间儿歌研究者的言论，却隐约向我们预示了一种新的艺术理想和审美意识的萌芽。而且，在几乎根本没有专为儿童创作的文学作品的时代里，这些观点也顽强地为那些生长于民间文化土壤的天然的口头儿童文学争得了一方生存空间，尽管这个空间还是那么局促有限。

三　历史的沉思

当我们匆匆地对中国古代儿童文学理论批评进行一番扫描之后，我们不禁会发出深长的叹息：在漫长的封建时代，人们对于儿童的独立人格和精神个性确乎是太缺乏了解和尊重了！中国封建文化对儿童人格和天性的漠视和虐杀，造成了传统儿童文化在总体上与儿童人格需要与身心发展之间的严重错位和不协调状态。而儿童文学的不自觉性及其对封建文化的依附性，就是这种错位和不协调状态的一个具体表征。

首先，从具体的理论内容来看，中国古代儿童文学批评与整个传统文化背景之间有着千丝万缕的联系，这种联系不仅规定了儿童文学批评所能达到的理论范围，而且也规定了它所拥有的特定的理论观念。例如，关于童谣起源和本质的"荧惑星说"，是依附于传统神学的"天人感应说"的，因而它不可能对童谣的起源和本质做出哪怕是稍有一些合理性的解释，而儿童在这种理论观念中也只能充当传达天神意旨、预测吉凶祸福的工具。而在明清时代出现的那些关于儿歌的批评见解中，儿童、儿歌的特点及其相互联系虽然已被朦胧地感觉和认识到了，但他们对儿歌的推崇更多的是出于那些处于文坛之外的下层知识分子对当时文坛的失望，对当时占据文坛的拟古主义、形式主义诗文创作的反感，而不是对儿童本身精神特征和需要的真正发现和尊重。换句话说，他们只能徘徊在以封建文化为半径所圈定的理论圆周内，而不可能走得更远。

其次，从内在的思维操作特征来看，中国古代儿童文学理论批评对客观对象的认识和把握表现为一种朦胧的、直觉式的感悟，而不善理论的分析和推理。这种状况当然也说明了古代儿童文学理论思维能力的粗疏和贫弱，但它更是与中国传统文论思维方式的特点联系在一起的。我们知道，西方文论从亚里士多德开始就依循颇为严谨的形式逻辑法则，以归纳法和演绎法作为理论思辨的两大支柱，追求将感性经验上升为抽象的理念和逻辑程序。亚里士多德在《诗学》的开头就确定了自己的目的："关于诗的艺术本身，它的种类，各种类的特殊功能，各种类有多少成分，这些成分有什么性质，诗要写得好，情节如何安排，以及这种研究所具有的其他问题。我们都要讨论。"而全书也正是沿着这样的逻辑途径去化解美和艺术，去建立自己的体系的。与此不同，中国古代文论家则走上了另一条道路。他们意识到，文学艺术的美是"块然自在""无言独化"的，是一个充满内在生命、浑然不分的整体，是不能用刻意的理性去分析、阐释或索解的。只能体会，不可言说，"道不可言，言而非也"（《庄子·知北游》）。因此，中国古代文论（乃至整个文艺美学）对客体的把握往往是在一种直觉式顿悟中完成的，即使是"体大思精"的《文心雕龙》也是如此。刘勰深受"因明"逻辑的影响，《文心雕龙》历来被誉为"空前绝后"。耐人寻味的是，就是这样一部著作，仍然浸透了中国的理论特色，它基本上是在直观的推理、思辨过程中完成的，而不是在严格的逻辑思辨和概念推断中完成的，因而蕴含着浓重的感性成分、经验成分，并且与人们特定的感性条件、时空、环境和审美经验直接或间接地联系。[15]同样，中国古代儿童文学批评尽管零散和寂寞，但其内在的思维品质，与整个中国古典文论也是暗相契合的。无论是郑旭旦谈到物"皆可以我代言"时的"慧心者知其然"，还是《广天籁集》的编者"山阴悟痴生"在其《自序》中所说的"劳人思妇，意到口随，不事体格，自然成章。诗以道性情，此之谓欤"，其实都还只是对文学现象的一种感悟，对理论问题的一种朦胧的触及，隐隐约约，点到为止。这里显示的不是理论思维的谨严透彻，而是一种理论思维本能和直觉的自然浑成。它同时也向我们显示了中国传统批评思维特征对尚处于潜科学形态的儿童文学理论批评的不容置疑的影响力。

最后，从理论批评的外部形态来看，中国古代儿童文学理论批评的展开是零散的、随意的，并且，这种情形作为一个历史性的过程，曾经延续了很长的一段时间。在这个过程中，尽管在不同的时代也曾出现过一些相互抵触、排斥的理论观点，例如明代的杨慎对童谣起源的"荧惑星说"的批评和否定，但是从总体上看，有关儿童文学的理论思维的羽翼还远远没有张开，有关的初具理论色彩的文字还只能说是对儿童文学理论批评的一种偶然的切入，远远谈不上理论形态的系统构筑。美国哲学史家库恩曾经把系统的科学理论形成之前的众说纷纭的阶段，称作"前科学"阶段。而我也想说，对中国古代儿童文学批评来说，它甚至没有进入这种众说纷纭的"前科学"阶段，而只是处于不自觉的、尚未真正显示理论营构可能的"前科学"阶段。

对此，我们将再一次提起那个令人难以接受却又不能不接受的事实：中国古典文学批评在其漫长的历史岁月中表现出聪颖的理论智慧和灵气，累积了极为宏富的理论思想，并构建了独特的理论形态和系统，相反，处于同一文化系统的中国儿童文学理论批评却久久未能真正地生长发育起来。这一事实只能从中国传统文化土壤中形成的儿童观的失误中去寻找解释。在传统儿童观的统摄和规定下，"本位应在幼者，却反在长者；置重应在将来，却反在过去。前者做了更前者的牺牲，自己无力生存，却苛责后者又来专做他的牺牲，毁灭了一切发展本身的能力"（鲁迅《我们现在怎样做父亲》）。一代又一代人对儿童精神和人格的漠视乃至扼杀，形成了一种恶性的文化循环，在这种循环中，儿童的精神需要永远得不到真正的理解、尊重和满足，儿童文学也迟迟未能走上自觉的艺术创造之路。于是，理论批评也始终只能长期处于零散、随意、自生自灭的"前科学"阶段，而不可能得到系统、自觉的展开。虽然，理论批评一经自觉，便应该拥有不同于创作的独立的形态、品格和价值，便应该按照自己的个性特点和精神方式去展示自己的独特魅力，但是，从宏观的批评发生学的角度来看，批评的第一次理论冲动和自觉却不能不借助于一种外来的文化动力。对于儿童文学批评来说，这种文化动力的最可能而直接的力量便来自一定文化系统中的儿童观。而上文的描述和分析已经告诉我们：传统的儿童观不可能成为这样的动力，而只能是一种阻碍儿童文学及其理论批评走向自觉的文化阻力。

中国古代儿童文学理论批评在历史发展进程中只留下过几道不易辨识的淡淡的痕迹。但是雪泥鸿爪，毕竟也是一种历史存在，而且，在后来的理论延伸中，我们依然能够看到它的历史痕迹和影响。例如，从晚清那些感受到新的时代气息的改良主义者和资产阶级革命者有关民歌童谣的论述中，我们不难看出它们与郑旭旦等人对民间儿歌童谣的肯定和推崇之间一脉相承的联系。反之，诸如"荧惑星说"之类的观念也曾长期在一些人的头脑中继续存在。周作人在 1923 年 3 月所写的《读〈童谣大观〉》一文中就谈到过，"荧惑星说"的错误本来是不值得反复申说的，"但是我看见民国十一年出版的《童谣大观》

里还说着五行志一派的话，所以不禁又想起来了。该书的编辑概要里说：'童谣随便从儿童嘴里唱出，自然能够应着气运；所以古来大事变，往往先有一种奇怪的童谣，起始大家莫名其妙，后来方才知道事有先机，竟被他说着了。这不是儿童先见之明，实在是一时间跟着气运走的东西。现在把近时的各地童谣录出，有识见的人也许看得出几分将来的国运，到底是怎样？'在篇末又引了明末'朱家面、李家磨'的童谣来作例证，说'后来都一一应了'"。由此可见，一种批评观念形成之后，即使它是荒诞可笑、谬误百出的，也往往会在不同时代的人们中间找到信奉者。

在对中国古代儿童文学理论批评的历史探询中，我们不难发现，直到一百多年以前，中国儿童的精神境遇仍然是在传统观念的沉重挤压之下，中国儿童文学及其理论批评仍然处于一种不自觉的状态。中国儿童文学理论批评从自在走向自觉，这是一个何等漫长而艰难的历史过程！

然而，历史的脚步毕竟已经走近 20 世纪的门槛……

注 释

[1] 这几句话的意思是：在这令人厌恶的社会里，人们都兴高采烈，好像享受丰盛的筵席，好像春天登上台阁，心旷神怡；而我却淡漠无味，无动于衷。混混沌沌的样子，好似未能为笑的婴儿。

[2] 殷海光：《中国文化的展望》，北京：中国和平出版社 1988 年版，第 110 页。

[3] 殷海光：《中国文化的展望》，北京：中国和平出版社 1988 年版，第 111 页。

[4] 参见傅维利、刘民《文化变迁与教育发展》，成都：四川教育出版社 1988 年版，第 83 页。

[5] 参见傅维利、刘民《文化变迁与教育发展》，成都：四川教育出版社 1988 年版，第 83 页。

[6] 郑振铎：《中国儿童读物的分析》，参见郑尔康、盛巽昌编《郑振铎和儿童文学》，上海：少年儿童出版社 1990 年版。

[7] 周作人：《儿歌之研究》，载《儿童文学小论》，上海：儿童书局 1932 年版。

[8] 参见车锡伦《被作为神学附庸的中国古代儿歌——古代儿歌研究之一》，《扬州师范学院学报》（社会科学版）1983 年第 3 期。

[9] 《古谣谚》作《陈初童谣》，《隋书·韩擒虎传》作《江东谣歌》。

[10] 参见雷群明、王龙娣《中国古代童谣赏析》，长沙：湖南文艺出版社 1988 年版。

[11] 参见车锡伦《明清儿歌搜集和研究概述——古代儿歌研究之二》，载《民间文艺集刊》第二集，上海：上海文艺出版社 1982 年版。

[12] 吕坤《去伪斋文集》内附刻的《"宗引歌"引》。

[13] 周作人：《吕坤的〈演小儿语〉》，载《儿童文学小论》，上海：儿童书局 1932 年版。

[14] 赵景深、车锡伦、何志康编：《古代儿歌资料》，上海：少年儿童出版社 1963 年版。

[15] 参见潘知常《美的冲突》，上海：学林出版社 1989 年版，第 33-34 页。

第二章　觉醒期的意义

在中国社会政治文化发展的历史进程上，19 世纪末 20 世纪初这个世纪更替的时节无论如何都是一个不容忽视的时代。因为，这不光是一个仅仅具有时序意义的世纪更替和交接的时代，而且更是中国社会文化发展在经历了长期的停滞、衰退局面后开始发生深刻变动和转换的历史时节。也正是这一社会文化变动所形成的文化动力，把儿童文学及其理论批评推上了中国近代文化革命和建设的议事日程表上；在近代先进分子的思考、求索过程中，儿童文学在中国文化建设中的历史方位逐渐明晰起来——经历了漫长的冷清、寂寞的历史岁月后，儿童文学及其理论终于走到了自觉的前夜。

一　艰难的觉醒

当中国人还沉醉在"宇宙之中心""文明上国"的梦幻之中，闭起大门以"天朝"自诩的时候，西方资本主义列强的坚船利炮已经逼近了国门。

自从西班牙、葡萄牙、荷兰等老牌殖民者逐渐丧失殖民霸权之后，英、法等国从 17 世纪中叶开始逐渐成为主要的对外殖民掠夺者。他们的势力先后扩展到美洲、印度等地，并在血腥的"奴隶贸易"

过程中长期蹂躏着非洲大陆；殖民主义者不断地用"火与剑"书写着自己的殖民史。18 世纪 70 年代，英国在对印度加强了全面的殖民统治后，便毫不客气地把下一个垂涎的目标对准了中国。

1840 年，对于中国来说是一个划时代的年头，但这个年头不是中华民族值得庆贺的节日，而是近代中国灾难和屈辱历史的开端。这一次冲开中国大门的"英夷"，既不是来向"天朝"献礼的朝贡者，也不是正常的通商"聘使"，而是用鸦片和枪炮作为武器的侵略者。在侵略者的枪炮声中，中国人的文化传统和意识受到了前所未有的强烈的震撼。

中国古代文化以其深厚的社会根基和长期的累积，形成了独具特色的文化形态。它以儒学思想所提炼的伦理道德为核心，发展到相当完备的程度，并且具有很强的社会适应性。封建统治者认为中国传统的文化、道统，可以包罗万象，尽善尽美，而中国以外的"夷狄蛮貊"是没有什么文化可言的。但是，17 世纪和 18 世纪以后，就在统治阶级闭关自守、妄自尊大、陶醉于自己的"文治武功""深仁厚泽"的时候，就在中国封建社会经济文化的停滞时期，西方资本主义却开始迅速发展。资产阶级"在它的不到一百年的阶级统治中所创造的生产力，比过去一切世代创造的全部生产力还要多，还要大。自然力的征服，机器的采用，化学在工业和农业中的应用，轮船的行驶，铁路的通行，电报的使用，整个大陆的开垦，河川的通航……"[1]这种为过去任何时代所不可企及、不可意料的巨大生产力，使得整个世界的面貌、人类的物质文明和精神文明都发生了历史性的改变。相形之下，曾经走在世界文明先进行列的中国，这时在经济上和文化上都已经远远地落后于西方。不但古老的刀矛弓矢根本抵挡不住外国坚船利炮的轰击，古老的思想文化也根本抵挡不住"西学"的传入。特别是几次反侵略战争的失败和各种丧权辱国条约的签订，不但从政治、经济、军事等方面，而且也从文化上向人们提出了严峻的问题：对中国传统文化到底应做何评价？为什么长期以来被尊为万古常经的圣贤经传和古圣先王的治世之道，却应对不了外族"微末之技"的挑战？在严酷的事实面前，原先被视为至高无上的传统文化，开始被一些先进人士所怀疑。在中西文化的对峙、交会、碰撞中，近代中国走上了曲折的革旧求新、救亡图存的觉醒之路。

然而，这一觉醒过程是极为艰难的。面对岌岌可危的国家民族命运和先进的西方文化，一些有识之士提出了学习西学的大胆见解。魏源在《海国图志·叙》中，就提出"师夷长技以制夷"的著名见解。梁启超描绘当时知识界的状况及"西学东渐"的情形说："'鸦片战役'以后，志士扼腕切齿，引为大辱奇戚，思所以自濯拔，经世致用观念之复活，炎炎不可抑。又海禁既开，所谓'西学'者逐渐输入，始则工艺，次则政制。学者若生息于漆室之中，不知室外更何所有，忽穴一牖外窥，则粲然者皆昔所未睹也。还顾室中，则皆沉黑积秽。于是对外求索之欲日炽，对内厌弃之情日烈。"（《清代学术概论》）但是，这种对"西学"的热情和理解，在很长的时间里还只是停留并徘徊于物质的、技术的层面，而没有深入到思想的、观念的层面。这是因为，一方面，当时的先进人士对"西学"的认识还很肤浅，认为西方只有声光电化之学，中国也只需要这种学问。"当时之人，绝不承认欧美人除能制造、能测量、能驾驶、能操练之外更有其他学问；而在译书中求之，亦确无其他学问可见。"（《清代学术概论》）另一方面，当时的一些人意识到中国传统文化确有落后于西方文化的地方，因而主张输入"西学"，但输入的目的只是更好地维护传统文化及其制度。例如，冯桂芬在《校邠庐抗议》中说，中国"人无弃才不如夷，地无弃利不如夷，君民不隔不如夷，名实必符不如夷……船坚炮利不如夷"，并提出了"采西学、制洋器"的主张。虽然他所承认的西方国家的"人无弃才""地无弃利""君民不隔""名实必符""船坚炮利"等，都是资本主义制度较之封建社会制度、资产阶级近代文化较之封建主义旧文化优越和先进的表征，但他仍然认为："如以中国之纲常名教为原本，辅以诸国富强之术，不更善之善者哉！"这实际上就是后来张之洞在《劝学篇》中所提出的"中学为体，西学为用"论之所本，也是洋务派兴办"洋务"的原则。继冯桂芬之后的一些早期改良主义思想家如王韬、郑观应、陈炽等人，对西学的认识又比冯桂芬更前进了一步。但不论是洋务派官僚抑或改良思想家，在他们热衷"洋务"、提倡"西学"的时候，几乎没有什么人敢于对以"纲常名教为原本"的传统文化进行批判。"变器不变道""变末不变本"成为他们"采西学、制洋器"的共同原则。[2]

　　毫无疑问，在传统文化土壤里发生的近代文化改良过程，不可能轻而易举地就把儿童文学及其理论批评推入当时人们的文化视野。对于儿童文学的自觉来说，传统文化观念，特别是传统儿童观的变革是更为内在和重要的文化推动力量。而在任何一种文化嬗变过程中，思想观念的变革都远比物质乃至社会制度等层面的变革要更为艰难，更为漫长。在向西方学习的只是"富强之术"的"长技"，而不能从根本上动摇传统纲常伦理的时候，儿童观的变更、儿童文学及其理论批评的自觉，就还缺乏现实的文化机缘和动力，就只能是一个有待实现的历史课题。因为，中国传统文化中占统治地位的是纲常伦理，它支配或影响着传统文化的各个环节和领域。在"父为子纲"的纲常伦理统摄下，儿童就无法获得自己独立的精神地位。

随着西方文化的进一步传播和渗透，中国传统文化大厦上的釉彩逐渐剥蚀。这是近代中国社会发展的必然趋势。传统文化在近代中西文化的对峙和冲突面前，不但显得贫困落后，而且于时艰无济了。所以，不管传统文化的卫护者对封建的纲常伦理、道德文章怎样地虔诚膜拜、激赏留恋，但新的思想观念向它发起强有力的挑战和冲击的时刻，也已经悄悄地却又是不可逆转地到来了。

这就是近代中国知识分子对西方文化的认识、了解和接受，由机器军舰到声光电化，再到法律政治，最后深入到科学、民主等思想观念层面的历史过程。如果说在甲午战争以前，人们对所谓的与"天"永存的"不变之道"几乎还没有提出多少怀疑和反对的话，那么甲午战争以后，一些人的认识就发生了很大的变化。维新派在思想启蒙活动中深切地感到，不挣脱封建思想观念的束缚，不打破旧的沉重的精神枷锁，"新学"就无法立足，维新就没有希望。于是，他们开始向传统思想、道德、风俗、习惯发起了挑战和冲击。在这个过程中，人们不再简单地停留在对西方强大的表面理解上，而是力图对西方文化做出更全面系统的介绍和认识，并从比较中，从根本上，探讨彼强我弱的原因。其中最值得我们注意的人物首推严复，其次是间接从日文论著中介绍西方学术的梁启超。[3]

严复是晚清一位宣扬资产阶级学术思想的启蒙运动的重要人物。他不仅熟悉西学，而且对中学也有比较系统的了解。因此，他常常通过比较来分析西学和中学的优劣。例如，在《论世变之亟》

一文中，他描述了中西对事对物的不同态度：

> 中国最重三纲，而西人首明平等；中国亲亲，而西人尚贤；
> 中国以孝治天下，而西人以公治天下；中国尊主，而西人隆民；
> 中国贵一道而同风，而西人喜党居而州处；中国多忌讳，而西人
> 众讥评。其于财用也，中国重节流，而西人重开源；中国追淳朴，
> 而西人求欢虞。其接物也，中国美谦屈，而西人务发舒；中国尚
> 节文，而西人乐简易。其于为学也，中国夸多识，而西人尊新知。
> 其于祸灾也，中国委天数，而西人恃人力。

在严复的比较中，中国传统文化中无视人格独立的"三纲"与西方的"首明平等"、中国人在灾祸面前"委天数"与"西人恃人力"等，都形成了异常鲜明的对比，其批判态度与价值取向不言自明。在西学的翻译介绍方面，严复曾翻译过英国人赫胥黎的《天演论》、斯宾塞的《群学肄言》、亚当·斯密的《原富》以及法国人孟德斯鸠的《法意》等八部著作，后来被人称为"严译八大名著"。其中影响最大的是 1896 年翻译的《天演论》一书。该书介绍阐发了达尔文的进化论学说。严复在《自序》中说："赫胥黎氏此书之旨，本以救斯宾塞任天为治之末流，其中所论，与吾古人有甚合者，且于自强保种之事，反复三致意焉。"可见，严复翻译此书的目的是着眼于当时先进知识界所一致关心的救亡图存的大问题。严复在译这部书时，每一篇目的后面，都附上自己的按语，借助书中的理论，结合当时中国的处境和国情，来启发国人关心国家民族前途的兴亡问题。进化论学说的输入，在 19 世纪末 20 世纪初的晚清思想界、学术界产生了巨大的影响，"物竞天择、适者生存"的观念使人们意识到历史是发展的，新的事物、年轻的生命总要超过旧的事

物和衰老的生命，从而破除了对中国传统文化特别是儒家传统思想的复古主义的迷信，而开始正视现实，考虑如何在世界各民族竞争生存的时代，使本民族不致成为劣败者，而终归被淘汰，并增强了自强图存的危机感和民族自信心。鲁迅曾经说过："我一向是相信进化论的，总以为将来必胜于过去，青年必胜于老年。"（《三闲集·序言》）这与严复的"世道必进，后胜于今""人老则难于学新"等说法是一致的。虽然鲁迅后来进一步接受了马克思主义的阶级论，但在晚清时代，进化论的输入无疑是有积极意义的。同时，进化观念的输入也有助于人们对"年轻的生命"的意义和价值的认识。

在世纪更替时节的晚清思想界对"西学"的深入介绍传播过程中，就影响而言，比达尔文进化论有过之而无不及的是法国卢梭的《民约论》。这本著作所阐发的思想在中国的传播，对破除千百年来被视为亘古不变的纲常伦理，对解放儿童的独立人格和精神，有着更直接而强大的文化爆破力和文化建设意义。

1901 年，梁启超在《清议报》第 98 期、第 99 期上发表了《卢梭学案》一文，对卢梭生平及政治学说，特别是对欧洲思想界影响最大的《民约论》的主旨，做了较为详细的阐述。同时，杨廷栋根据日译本把这部书译介到中国，因而它的影响就更大了。到了 1902 年，刘师培根据《民约论》的理论精神，把中国历代思想家的言论，就其内容与《民约论》相合者，辑成《中国民约精义》一书，借以宣传民主革命思想。

卢梭《民约论》的中心内容为"天赋人权"，即认为人生下来就有平等自由之权利，这一权利即使父兄亦无权予以剥夺。梁启超在《卢梭学案》一文中说：

彼儿子亦人也，生而有自由权，而此权，当躬自左右之，非为人父者所能强夺也。

盖以民约之为物，非以剥削各人之自由权为目的，实以增长竖立各人之自由权为目的者也。民约之为物，不独有益于人人之自由权而已，且为平等主义之根本也。

可见，这种人"生而有自由权"的平等观念，与封建纲常伦理是针锋相对的。于是，"三纲"之说的正统地位遭到了直接的、坚决的抨击。例如，刘师培在《攘书·罪纲篇》中就认为，"三纲"之说源于纬书，非古圣人之意。文中还引用前代哲人的理论，以说明"三纲"的荒谬和罪孽：

故观于黄氏《待访录》，则"君为臣纲"之说破矣；观于班氏《白虎通》，则"父为子纲"之说破矣；观于唐子《潜书》，则"夫为妻纲"之说破矣……钳锢民心，束缚才智，宋儒之失，岂可宥乎？

后来在巴黎出版的《新世纪》第11期上发表的署名"真"的《三纲革命》一文，其中论到"父为子纲"时说：

总之为子者，自幼及长，不能脱于迷信及强权之范围。己方未了，又以教人，世世相传以阻人道之进化，败坏人类之幸福，其过何在？在人愚。乘其愚而长其过者，纲常伦纪也。作纲常伦纪者，圣贤也。故助人道之进化，求人类之革命，必破纲常伦纪之说，此亦即圣贤革命，家庭革命。

在当时人们的眼中，"三纲"之类的封建伦常已成为阻挡社会进步和人类幸福的障碍；破除"三纲"，正是要解放人们的思想，为政治革命、家庭革命等清除阻力。

当然，对于人生而平等、自由的信念，对封建伦常的批判，并非完全在 20 世纪初《民约论》传入中国后才出现的。严复在甲午战争后发表的时论文章《论世变之亟》中即已指出："惟天生民，各具赋畀，得自由者，乃为全受"，与《民约论》中的"天赋人权"的思想是一致的。而谭嗣同也在戊戌变法前发表的《仁学》一文中对封建伦常礼教进行了猛烈的抨击。他强调封建纲常都是不符合实际的"名"，它制造了种种人为的等级、区别、界限和隔阂，因而是"不仁""不通""不平等"的，并进一步指出这是故意制造出来束缚、压制人民的：

> 俗学陋行，动言名教，敬若天命而不敢渝，畏若国宪而不敢议。嗟乎，以名为教，则其教已为实之宾，而决非实也。又况名者，由人制造，上以制其下，而不能不奉之，则数千年来，三纲五伦之惨祸烈毒，由是酷焉矣。君以名桎臣，官以名轭民，父以名压子，夫以名困妻……

> 君臣之祸亟，而父子夫妇之伦遂各以名势相制为当然矣。此皆三纲之名之为害也。名之所在，不惟关其口，使不敢昌言，乃并锢其心，使不敢涉想。愚黔首之术，故莫以繁其名为尚焉。

这就是说，传统文化中尊为"大经大法"的种种观念、标准如"三纲五伦"之类，其实质不过是"由人制造，上以制其下"的工具。这种对封建伦理道德的揭露和控诉，与近代社会局势的骤变、维新派思想的解放是分不开的。梁启超后来在评论谭嗣同的《仁学》时曾说：

> 《仁学》下篇，多政治谈，其篇首论国家起原（源）及民治主义，实当时谭梁一派之根本信条。以殉教的精神，力图传播者也。

> 由今观之，其论亦至平庸，至疏阔，然彼辈当时，并卢梭《民

约论》之名亦未梦见，而理想多与暗合，盖非思想解放之效不及此。

（《清代学术概论》）

由此可见，冲决传统文化的桎梏、批判封建的伦理道德，这已是19世纪末中国近代社会文化发展的必然的历史要求。先进的知识分子敏锐地察觉、感受到了这种要求，并通过自己的思考和声音顺应了时代的需要。而《民约论》所阐发的人权平等、生而自由等思想的输入，为当时中国近代文化的观念变革提供了有力的思想武器，加快了这一变革的历史进程。尽管这一进程中还存在种种复杂的矛盾、斗争、冲突和反复，然而，千百年来被视为天经地义的封建伦理道德和文化传统，毕竟第一次在觉醒了的人们面前受到了强烈的震撼和冲击。

因此，近代中国思想文化界的艰难的觉醒过程，也是使中国儿童文学及其理论批评的自觉逐步获得一种可能的社会土壤和文化气候条件的过程。同时，这一段历程也构成了中国儿童文学理论批评作为一门独立学科由自在走向自觉的历史发展链条中的一个不可缺少的逻辑环节。

二　文化动力

应该看到，上述近代中国思想文化观念的艰难的觉醒和深刻变动，是在近代中国政治、经济形势发生急剧变革的时代潮流推动下发生的。它还只是从宏观上创造了一种人文气候和条件，还只能是提供了一种外部的文化机缘和可能性。对于儿童文学及其理论批评来说，要使这种机缘和可能性获得实现，就必须借助于那些更具体而直接的文化机制和动力。也就是说，从对封建传统文化的整体反思和批判到儿童文学及其理论批评的酝酿和自觉，中间还需要若干更具体的文化环节、机制加以过渡和转化。我以为，中国儿童文学及其理论批评的酝酿和走向自觉的过程中，除了整体文化气候条件的变化，还直接借助了近代儿童观、文学观、教育观的变革及其聚合所形成的文化动力机制的调节和推动作用。

首先，近代启蒙思潮对封建纲常伦理的批判，导致了传统儿童观向近代儿童观的初步转换。这一转换使儿童文学及其理论批评的近代建设获得了一个可能的逻辑起点。

我们知道，每一理论思维的展开和批评体系的构筑都必须首先寻找和确立自己的理论出发点；这一出发点不仅提供了理论批评自身逻辑衍发的起始，而且也预示着理论展开过程中的运思方向和整体面貌。儿童文学理论的逻辑起点是"童年"；对童年现象的认识、理解和把握，即一定的儿童观，决定了儿童文学理论批评是否能够走向自觉和独立，也决定了它潜在的、可能的理论生长点和理论面貌。[4]如前所述，在传统宗法社会的基础上，中国形成了一整套以封建纲常伦理为核心的文化体系。在这个体系中，个人没有独立的存在价值，儿童的独立精神、人格更是无从谈起。"父为子纲"的人伦制度体现了对儿童天性的压抑和对儿童独立人格存在价值的抹杀。而对旧的纲常伦理的批判，首先就是为了使今人（当然也包括儿童）重新拥有自己的独立人格。梁启超痛感"三纲五常"对国人的戕害，就曾表示自己积极宣传自由平等思想没有其他目的，"不过使人得全其为人资格而已，质而论之，即不受三纲五常之压制而已，不受古人之束缚而已"[5]。以自由平等观念为武器对封建礼教进行批判，表明近代人格平等观念与传统纲常伦理是相互矛盾的。因此，近代人格观念的发展与对传统伦理道德的批判是一个互为因果的过程。在这个过程中，儿童的独立人格也开始引起人们的重视。人们逐渐认识到，儿童并不是"父权"的一个附属物，而是具有独立地位和价值的生命存在。梁启超在《少年中国说》一文中甚至做了这样慷慨激昂的宣告：

欲言国之老少，请先言人之老少。老年人常思既往，少年人常思将来。惟思既往也，故生留恋心；惟思将来也，故生希望心。惟留恋也，故保守；惟希望也，故进取。惟保守也，故承旧；惟进取也，故日新。惟思既往也，事事皆其所已经者，故惟思照例；惟思将来也，事事皆其所未经者，故常敢破格。老年人常多忧虑，少年人常好行乐。惟多忧也，故灰心；惟行乐也，故盛气。惟灰心也，故怯懦；惟盛气也，故豪壮。惟怯懦也，故苟且；惟豪壮也，故冒险。惟苟且也，故能灭世界；惟冒险也，故能造世界。老年人常厌事，少年人常喜事。惟厌事也，故常觉一切事无可为者；惟好事也，故常觉一切事无不可为者。老年人如夕照，少年人如朝阳；老年人如瘠牛，少年人如乳虎；老年人如僧，少年人如侠；老年人如字典，少年人如戏文；老年人如鸦片烟，少年人如泼兰地酒；老年人如别行星之陨石，少年人如大洋海之珊瑚岛；老年人如埃及沙漠之金字塔，少年人如西伯利亚之铁路；老年人如秋后之柳，少年人如春前之草；老年人如死海之潴为泽，少年人如长江之初发源。此老年与少年性格不同之大略也。任公曰：人固有之，国亦宜然。

这篇以"言人之老少"而喻"国之老少"的文章，展现的是何等鲜活而神采飞扬、充满活力的少年生命景观！这种对儿童生命特点和精神个性的认识，为人们谈论儿童的独特的精神需求，为人们谈论和思考儿童文学的种种话题，提供了最直接而现实的文化动力和理论起点。

其次，近代启蒙思潮对文学及其作用的高度重视，对儿童文学及其理论批评走向自觉也起了有力的推动作用。

近代中国知识界对文学的态度有一个变化的过程。在鸦片战争后相当长的一段时间里，人们一直认为"西人声光、化电、农矿、工商诸学，与吾中国考据、词章、帖括、家言相较，其所知之简与繁，相去几何矣……故国家欲自强，以多译西书为本；学子欲自立，以多读西书为功"（梁启超《西学书目表》，时宜书屋校印本）。在当时的人们看来，西学是不包括文学的。王韬曾经这样描绘过当时进步思想界竞言时务、鄙视文学辞章的情况："其谈富国之效者，则曰开矿也，铸币也，因土之宜，尽地之利，一若裕民而足国，非此不可。至于学问一端，亦以西人为尚，化学、光学、重学、医学、植物之学，皆有专门名家，辨析毫芒，几若非此不足以言学，而凡一切文学词章，无不悉废。"（《新政真诠》，光绪二十三年版）直到1895年，康有为在《上清帝第四书》中还批判了当时知识分子只知诗文而无补于世的情况："……无如大地忽通，强敌环逼，士知诗文而不通中外，故锢聪塞明，而才不足用，官求安谨而畏言兴作，故苟且粉饰而事不能兴。"（《戊戌变法》）在国难逼临的危急关头，这些观点无疑是有一定的进步意义的。不过，戊戌变法之后，人们对文学的认识有了很大的转变："在这之前，以否定文学的社会作用为主；这时则以夸大文学的社会作用为主。在这之前，以否定传统的中国文学为主，就总体而言，还未找到中国文学的新的出路；这时则以崇拜欧美和日本的文学为主，并得出了师法欧美和日本重建中国文学的结论。"[6]

戊戌变法失败后，维新派丧失了以前的政治地位和靠山，由帝王之师变成了亡命者，这就使他们更感觉到"颇欲移挽恨无术"，同时也迫使他们不得不更多地重视和依赖小说等舆论工具的作用。虽然此前他们也曾谈到过小说的功能，但这时候他们才开始真正重视小说，并常常用夸张的笔调来强调小说的作用。例如，梁启超在 1898 年戊戌变法失败后逃亡日本，同年便在《清议报》发表的《译印政治小说序》一文中引述康有为的话："仅识字之人，有不读经，无有不读小说者。故六经不能教，当以小说教之；正史不能入，当以小说入之；语录不能谕，当以小说谕之；律例不能治，当以小说治之。"他对小说的功能和社会作用做了充分的肯定。1902 年，梁启超在《新小说》第 1 卷第 1 期上发表的《论小说与群治之关系》一文，更是戊戌变法失败后维新派关于"文学新民救国论"理论的纲领性文章。梁启超认为：

> 欲新一国之民，不可不先新一国之小说。故欲新道德，必新小说；欲新宗教，必新小说；欲新政治，必新小说；欲新风俗，必新小说；欲新学艺，必新小说；乃至欲新人心，欲新人格，必新小说。何以故？小说有不可思议之力支配人道故。

在这里，梁启超把小说与道德、宗教、政治、风俗、学艺、人心、人格等都联系起来，强调了小说与社会的密切联系，正如他在下文所指出的，小说与人们的关系已经达到了"如空气、如菽粟，欲避不得避，欲屏不得屏"的程度。因此，他极力抨击那些轻视、蔑视小说的迂腐错误观点，认为："今日欲改良群治，必自小说界革命始；欲新民，必自新小说始。"他还改变了自己过去对小说文学价值的看法，不仅把小说列入文学之林，而且称"小说为文学之最上乘也"，誉为文圣之作。1903年至1904年，《新小说》第1卷和第2卷上以对话体形式发表了梁启超等人的《小说丛话》。其中梁启超就驳斥了"宋元以降，为中国文学退化时代"的观点，认为宋以后，小说的发达"实为祖国文学之大进化"。侠人则指出："由古经以至《春秋》，不可不谓之文体一进化；由《春秋》以至小说，又不可谓之非文体一进化。"

以小说为文学的正宗和上乘，这种观念的建立意味着在文学内部打破了旧的结构关系，建立了新的文学体系。中国传统文学观念一向以诗、文为文学正宗，词已为"诗之余"。而梁启超等以小说、戏剧为文学的上乘，正符合文学发展的趋势，体现了文学思潮由古代到近代的重大转变。

对文学功能和社会作用的重视，成为戊戌变法以后直到辛亥革命前后和五四时期许多人的共同信念。例如1915年9月，《甲寅》杂志上刊登了黄远庸给章士钊的信。他在信中提出，"愚见以为，居今论政，实不知从何处说起"，"至根本救济，远意当从提倡新文学入手。综之当使吾辈思潮如何能与现代思潮相接触，而促其猛省，而其要义，须与一般之人，生出交涉；法须以浅近文艺，普遍四周。史家以文艺复兴为中世改革之根本，足下当能语其消息盈虚之理也"。他是要用新文学来向大众传播"现代思潮"，唤起人民的觉悟。当然，中国文学观念更深刻而全面的变革直到新文化运动中才得以实现，但近代启蒙先驱的努力实际上为后来的变革做了有力的铺垫和准备。

近代文学观念的上述演变，尤其是人们对小说作用的大力强调和重视，使人们从文学角度进一步认识到为儿童进行创作、向他们提供作品的重要性。事实上，当时人们所使用的"小说"概念是不同于今天的"小说"概念的。那时"小说"概念还相当模糊，几乎包括了所有叙事类文学体裁。例如，1909年孙毓修在商务印书馆创办、编辑《童话》丛书，他在为丛书所撰的序文中就说过："西哲有言：儿童之爱听故事，自天性而然。诚知言哉！欧美人之研究此事者，知理想过高，卷帙过繁之说部书，不尽合儿童之程度也。乃推本其心理之所宜，而盛作儿童小说以迎之。说事虽多怪诞，而要轨于正则，使闻者不懈而几于道，其感人之速，行世之远，反倍于教科书。"可见，在孙毓修的心目中，"童话"与"小说"并没有什么区别，或者说童话只是供儿童阅读的小说而已，而且他所编的《童话》丛书实际上不仅包括了当今文学观念中的小说、童话作品，也包括了寓言、科学小说等作品。从这个意义上可以说，近代对小说的重视，也在无意中将"儿童文学"夹带于其间，促进了近代儿童文学及其理论批评的初步建设。

最后，近代教育体制和教育观念的变革，也是促成儿童文学及其理论批评建设的一个有利的文化条件和动力。

"西学"的输入与近代中国教育宗旨和学校制度的变革以及课程和教学方法的更新是紧紧联系在一起的。康有为、梁启超、谭嗣同等维新派思想家把兴办新式学校、组织学会、设立报馆看成是冲击中国旧文化的三条重要途径，提出了变科举、兴学校的主张。康有为在《请饬各省改书院淫祠为学堂折》中提出："责令民人子弟年至六岁者，皆必入小学读书，而教之以图算、器艺、语言、文字。"梁启超指出，旧式教育再不彻底改革，不仅足以亡国，甚至可以灭种，所以，要想救亡图存，保国保种，"非尽取天下之学究而再教之不可，非尽取天下蒙学之书而再编之不可"（《学校总论》）。到1901年，清朝政府为延续其统治，也不得不开始在各个方面实行所谓"新政"。这次"新政"在教育方面的改革主要有四项内容，即废除科举制度，建立新学制，厘定教育宗旨，改革教育行政机构。从客观上看，这些改革为那些具有一定儿童特点的文学作品进入教育领域打开了一道缺口。例如，1903年拟定的《奏定学堂章程》对学校系统、课程设置、学校管理等都做了具体规定，其中规定蒙养院的学习内容以"儿童最易通晓之事情，最所喜好之事物"为限度，通过游戏、歌谣、谈话、手技（即现在的美工）等方式进行。当时的《中国白话报》从第3期（1903年12月1日出版）开始曾连载白话道人（孙翼中）的《小孩子的教育》一文，其中特别提到了要利用"文学教育"这一方式对儿童进行鼓动、陶冶。这些来自教育领域的需要，使近代对儿童文学的重视获得了一个具体的实施途径。

传统教育以"教化"为特点，以外在的灌输方式来完成对个体人格精神的伦理塑造。从审美的角度看，它是以牺牲个体审美的多样性、丰富性和审美主体个性的充分发展为代价的。在传统教育中，儿童从小即处于承载着浓厚的伦理道德意识的读物的逼迫中，这不能不说是"教化"教育的一个极为典型的表现。进入近代，这种教育观念开始发生变化。人的个性特征、情感需求等逐步受到重视。1906年，王国维发表《论教育之宗旨》一文，指出教育的宗旨在于培养"完全之人物"。所谓"完全之人物"，就是一种能力全面、和谐发展的人才。他认为人的能力，分为精神之能力和身体之能力；"完全之人物"就是精神和身体"无不发达且调和"的人。他还进一步认为，人的精神能力是由智力、情感和意志三个部分组成的，"完全之人物"必须是在这几个方面都得到发展的。因此，培养"完全之人物"的"完全之教育"，就必须由培养智力的"智育"、培养意志的"德育"、培养情感的"美育"和训练身体的"体育"四者组成，缺一不可。其中"美育者……使人之感情发达，以达完美之域"。在《论小学校唱歌科材料》一文中，他还指出，美育以"调和感情"为"第一目的"，以"陶冶意志"为"第二目的"，两者相较，"自以前者为重"。在一个教化传统深厚的国度大胆地提出审美情感教育的独立地位和独特价值，这不啻是近代教育观念中的一个极重要的变化。随着美育观念的逐步确立，儿童文学在儿童教育中的位置也日益受到人们的重视。

任何文化现象的背后都潜藏着深刻、复杂的社会历史成因。近代中国社会的特殊变迁和发展，促成了传统文化向近代文化观念的历史性转化，而近代儿童观、文学观、教育观的变革，又作为一种具体的文化调节机制，从不同的角度为中国儿童文学及其理论批评的走向自觉和近代建设提供了动力。沿着它们所开辟的文化思路，人们终于在近代文化的建设进程中开始进入儿童文学理论批评领域。中国儿童文学理论的思维羽翼缓慢而又坚定地张开了。

三 理论曙光

对"少年中国"的向往，在 19 世纪和 20 世纪之交的年代很自然地就转化为对"中国少年"的重视和期待，这是古老对青春的呼唤，是衰朽对新生的企盼。于是，穿越岁月的屏障，我们看到了晚清儿童文学的理论曙光。

晚清时期，儿童的生存境遇、儿童的身心特征、儿童的精神需求等问题就成为当时人们所普遍重视的话题。1901 年由林獬（林白水）等人创办于杭州的《杭州白话报》就曾载文大声呼吁对少年儿童教育的重视，如《文明钟》写道："……端赖少年兴国家，国民教育须普及……少年乃为国之宝，儿童教育休草草……"将少年视为"兴国"之宝，呼吁"儿童教育休草草"，成为当时许多人的一种共识。1902 年，《杭州白话报》还曾刊登署名"黄海锋郎"的专论《论今日最重要的两种教育》。文章强调了儿童教育的重要性及其特点："儿童就譬如花木，儿童智识初开的时候，就譬如花木萌芽初发的时候。花匠栽培花木，就譬如训蒙师教导儿童。儿童将来能够成人，或是不能够成人，要看那训蒙师教导得法不得法……所以儿童教育，是成人的始基。始基一坏，将来的弊病，月久日深，就是有医人的高手，也是束手无策的了。"黄海锋郎抨击了传统教育的弊端，指出"我国蒙学，久已腐败"。他提出，"今日儿童教育，第一要输进普通智识。输进普通智识，是要改良学科。儿童教育的学科，大约六种：一修身；二历史；三舆地；四博物；五国文；六算学。其余还有习字诗歌图画体操，都是儿童教育的教授材料"。"儿童幼时智识，至老不忘，教师最好把些爱国的故事，为人的箴言，替儿童演说，才可以养成儿童爱国心，陶铸儿童天良性。"由此可见，当时对儿童及儿童文学的重视，是与人们对国家命运的关切密切相关，并以教育改良为通道而得以实现的。

如前所述，晚清时期人们对文学尤其是小说功能的高度重视，也在一定程度上促进了人们对儿童文学的重视。在晚清改良派人士中，较早注意到小说，并把它同儿童联系起来的是黄遵宪。他在 1887 年完成的《日本国志》中说：

> ……语言与文字离，则通文者少，语言与文字合，则通文者多，其势然也……若小说家言，更有直用方言以笔之于书者，则语言文字几几乎复合矣。余又乌知夫他日者不更变一文体为适用于今、通行于俗者乎？嗟夫！欲令天下之农工、商贾、妇女、幼稚皆能通文字之用，其不得不于此求一简易之法哉！

中国古代语言（口语）与文字不一，加之教育的不普及，使通文者极少，这不能不影响到文学的流布。黄遵宪看到了小说中语言与文字的相对统一，由此"天下之农工、商贾、妇女、幼稚皆能通文字之用"，这在当时不能不说是有远见的看法。继黄遵宪之后，在改良派人士中对儿童文学倾注更多的心血、影响颇大者当数康有为和梁启超。

康有为，字广厦，号长素，广东南海人，光绪进士。戊戌政变前，康有为颇致力于改良派的新教育活动。他在《大同书》中提出了近代第一个富有资本主义精神的系统的关于建立新的教育制度的设想。该书中的许多思想曾对以后的教育产生过重要的影响。康有为认为，儿童从育婴院到小学院、中学院、大学院，身心都在不断发展。育婴院中婴儿能歌，则教仁慈爱物之旨以为歌，使之浸渍心耳中。小学院中儿童好歌，当编古今仁智之事，成为能唱的歌诗，以培养儿童的习性。1891 年，康有为在广州创办"万木草堂"，其教学内容和方法就很有新意。为了编辑《幼学》（新儿童教科书），他曾写过编辑体例，认为新的教科书内容顺序的安排应该是：一、名物；二、幼歌；三、幼学南音；四、幼学小说；五、幼学捷字……十、幼学津逮。其中二、三、四诸项，便与儿童文学有关。

他说：

> 次曰幼歌，凡童谣、土谚，泽以义理而畅之。三曰幼学南音。
> 用荀子《成相》之调，杨升庵《弹词》之体，因其方言，傅以事理，
> 俾童子易识焉。四曰幼学小说。吾问上海点石者曰："何书宜售
> 也？"曰："'书''经'不如八股，八股不如小说。"宋开此体，
> 通于俚俗，故天下读小说者最多也。启童蒙之知识，引之以正道，
> 俾其欢欣乐读，莫小说若也。（《日本书目志》卷十）

在这里，康有为认为可以采用民间流传的歌谣、谚语，根据需要进行加工改编；同时，也可利用一些民间熟悉或易于接受的文学形式（如《荀子·成相》、明代杨慎的《二十一史弹词》之类），并用方言土语，来传达一定的事理。这样可以使儿童容易甚至乐于接受。而"幼学小说"则更是"启童蒙之知识，引之以正道，俾其欢欣乐读"的绝好材料。为了实现改良教育、改良社会的理想，康有为冲破了传统教育规范的束缚，主张采用"通于俚俗"的童谣、土谚、南音、小说等非正统的文学材料来编纂新的幼学课本，这正是近代文化观念变动在儿童教育领域的延伸和表现。而儿童文学也正是在这悄悄的变动中获得了某种生机，尽管微弱，却预示着希望。

在近代中国儿童文学及其理论批评逐渐觉醒的历史进程中，梁启超无疑是一个极值得我们重视的人物。这不仅是因为他那显赫的声名，更因为他对儿童文学有过更多的关注和贡献。梁启超，字卓如，号任公，又号饮冰室主人，广东新会人，举人出身，康有为的学生。在清末诸位改良主义政治家中，对儿童文学创作和理论批评均广为涉猎者，首推梁启超。曾有研究者认为，中国"近代儿童文学理论的建

设，自梁启超始。他固然没有也不可能提出完整的儿童文学理论体系，但在他的专著、专论、诗文谈、序跋中常羼有对于儿童文学的精辟见解，并做了相应的实践"；他"为中国近代儿童文学事业的建设，竭尽心力，发人所未发之言，行人所未行之事，在儿童文学理论与创作两方面，都做了筚路蓝缕的开山工程"[7]。说中国近代儿童文学理论建设"自梁启超始"未必准确，但说梁启超为近代中国儿童文学理论建设做出了重要贡献，却是言之有据的。

梁启超重视儿童文学的原因是多方面的，其中最根本的主要有两点。首先是出于实现他的资产阶级改良主义的政治理想的需要以及对小说社会功能的高度重视。清末中西思想文化交流蔚然成风，外国资产阶级利用小说灌输政治、动员舆论的做法，引起了急需"开通民智"以变法图强的梁启超等改良派政治家的注意。1898 年，梁启超在《译印政治小说序》中就指出："在昔欧洲各国变革之始，其魁儒硕学，仁人志士，往往以其身之经历，及胸中所怀。政治之议论，一寄之于小说。于是彼中缀学之子，黉塾之暇，手之口之，下而兵丁，而市侩，而农氓，而工匠，而车夫马卒，而妇女，而童孺，靡不手之口之。往往每一书出，而全国之议论为之一变。彼美、英、德、法、奥、意、日本各国政界之日进，则政治小说为功最高焉。英名士某君曰：'小说为国民之魂。'岂不然哉！岂不然哉！"在这篇序中，梁启超结合中国的历史和社会现实，对小说的功能和社会作用做了充分的肯定。他认为小说的社会影响和普及程度远胜于"六经""正史""语录""律例"等，因而应重视和研究小说，使它能够发挥影响乃至引导社会舆论的作用，从而为政治改良服务。

梁启超重视儿童文学的另一个重要原因是，他十分重视儿童，对儿童特点也有相当的认识。他曾在《新少年歌》一诗中唱道：

> 新少年，别怀抱，新世界，赖尔造。伤哉帝国老老老，妙哉学生小小小，勖哉前途好好好。自治乃文明之母，独立为国民之宝。思救国，莫草草，大家着意铸新脑，西学皮毛一齐扫。新少年，姑且去探讨。

诗人把建造新世界的愿望寄托在新一代身上，并且希望他们戮力救国，探讨西学而不盲从，这在当时无疑是很有价值的见解。同时，出于对陈旧的传统教育观念和审美观念的痛恨，梁启超十分重视教育过程和艺术欣赏中的趣味性，提出了一套比较系统的趣味教育理论。[8] 他在《趣味主义与教育趣味》一文中就写道："假如有人问我，你信仰的是什么主义？我便答道，我信仰的是趣味主义。有人问我，你的人生观拿什么做根柢？我便答道，拿趣味做根柢。"可见他是把趣味看成人生活动中最重要最根本的事情的，认为人生活动中失去了趣味也就失去了生机。但是，趣味自身又不是单纯划一的，梁启超区分了好的和不好的、下等趣味和上等趣味等的区别，并指出："人生在幼年青年期，趣味是最浓的，成天价乱碰乱迸，若不引他到高等趣味的路上，他们非流入下等趣味不可。"针对儿童的具体特点，引导儿童摆脱下等趣味，追求高等趣味，这对儿童审美教育是极有意义的。

梁启超还谈到个体审美感觉机关（器官）的发展状况和外界审美刺激的有无多少与审美趣味享受之间的关系。他在《美术与生活》一文中认为，感觉器官敏则趣味强，感觉器官钝则趣味减；诱发机缘多则趣味强，诱发机缘少则趣味弱。这种从审美主体和审美客体双重角度入手分析审美效应的见解，与现代审美心理学的研究视角如出一辙。

那么，如何才能"诱发以刺戟各人器官不使钝"呢？梁启超指出有三种利器：一是文学，二是音乐，三是美术。也就是说，文学、音乐、美术是进行审美趣味教育的有效手段。由此看来，梁启超重视文学不仅是出于对文学（小说）社会功能的重视，同时也是因为文学有着特殊的审美教育功能。

从改良主义政治理想出发对文学社会功能的高度重视，从对儿童的重视及儿童特点的认识出发重视文学在培养一代新人方面所具有的意义，这一切就很自然地把梁启超的注意力推到了儿童文学的理论领域。以此为契机，梁启超提出了一系列有关儿童文学的理论见解。

事实上，早在1896年，梁启超在《变法通议·论幼学》中就主张把"歌诀书"列为儿童教育的内容。他说：

> 三曰歌诀书。汉人小学之书：如《苍颉》《急就》等篇，皆为韵语。推而上之，《易经》《诗经》《老子》，以及周秦诸子，莫不皆然。盖取便讽诵，莫善于此……今宜取各种学问，就其切要者编为韵语，或三字，或四字，或七字，或三字七字相间成文。（此体起于《荀子·成相篇》，"请成相，世之殃，愚暗愚暗堕贤良"。后世弹词，导源于此。吾粤谓之南音。于学童上口甚便。）其已成书者，若通行之《步天歌》《通鉴韵语》《十七史弹词》……仁和叶浩吾之《天文歌略》《地理歌略》，皆有用可读。

在这里，梁启超从儿童喜好音韵和谐上口的韵语类作品的特点出发，提出将歌谣等形式列为儿童学习的内容，这与康有为提倡"幼学南音"的做法是一致的。虽然他所提倡的大体上是一种对传统文艺形式的改编，但在中国儿童文学经历了长久的沉睡之后刚刚开始启动并走向自觉的历史时刻，这种倡导仍然是十分宝贵的。后来，梁启超逐渐认识到儿童需要一种新的诗歌。在《饮冰室诗话》一书中，他这样说道："盖欲改造国民之品质，则诗歌音乐为精神教育之一要件，此稍有识者所能知也"，而"今欲为新歌，适教科用，大非易易。盖文太雅则不适，太俗则无味。斟酌两者之间，使合儿童讽诵之程度，而又不失祖国文学之精粹，真非易也"。这就不仅提出了要根据儿童特点和接受程度来把握儿童诗歌特点和进行创作的见解，而且也提示人们正确认识儿童诗歌创作的艰巨性。在当时特定的文化情境中，作为独领一代风骚的文坛大家，梁启超能够提出这样的见解，这在今天看来仍足以令人感慨系之。

除"歌诀书"外，梁启超还在《变法通议·论幼学》中提出将"说部书"列入幼学教科书：

> 五曰教科书。古人文字与语言合，今人文字与语言离，其利病既缕言之矣。今人出话，皆用今语，而下笔必效古言，故妇孺农氓，靡不以读书为难事，而《水浒》《三国》《红楼》之类，读者反多于六经（寓华西人亦读《三国演义》最多，以其易解也）……但使专用今之俗语，有音有字者以著一书，则解者必多，而读者当亦愈夥。自后世学子，务文采而弃实学，莫肯辱身降志，弄此楮墨，而小有才之人，因而游戏恣肆以出之，诲盗诲淫，不出二者，故天下之风气，鱼烂于此间而莫或知，非细故也。今宜专用俚语，广著群书：上之可以借阐圣教，下之可以杂述史事，近之可以激发国耻，远之可以旁及夷情，乃至宦途丑态，试场恶趣，鸦片顽癖，缠足虐形，皆可穷极异形，振厉末俗。其为补益，岂有量耶！

这段议论与黄遵宪、康有为的观点是一脉相承的，但梁启超又做了某些新的论述。首先，在语言形式上，他指出今人语言（口语）与文字相脱离，使"妇孺农氓，靡不以读书为难事"，因而强调了使用"今语"写作的必要性，并认为这样可以使小说获得更多的读者，其中当然也包括儿童读者。其次，在小说内容上，针对那种游戏文学的创作态度，他提倡创作能够反映现实、针砭时弊的小说作品。最后，他把"说部书"作为幼学读物之一，与"识字书""文法书""歌诀书""问答书""门径书"等并列，这在当时人们普遍把小说视作"闲书"的背景下，无疑是对小说地位的又一次大胆的肯定，而且，这种肯定本身就构成了近代儿童文学发展进程中的一个重要的历史环节。

诚然，从儿童文学理论的角度来考察，康、梁等人的议论显然都还是简单的、初步的理论阐说。但是，他们的呼吁、倡导乃至身体力行的创作实践，为近代中国社会的文化肌体注入了一种新的文化精神血液，这就是对儿童文化特征及其价值的重新发现和创造。事实上，在中国传统儿童文化期待着更新和再造的文化季节，在近代中国儿童文学及其理论批评刚刚起步的历史关头，这种呼吁、倡导本身就具有极其珍贵的历史价值和文化价值。而以康、梁等人在当时的显赫声名和文化影响力，他们的呼吁和倡导无疑会有助于酝酿、形成一种新的文化气氛，从而推动近代中国儿童文学及其理论批评走向现代的自觉。

事实也的确如此。正如本书"绪论"中已经指出过的那样，一踏进 20 世纪的门槛，儿童文学就加快了它从自在走向自觉的历史进程。当然，这个历史进程是渐进的、累积的，是水到渠成式的。在这个过程中，20 世纪初的那些声音是不能忽视的。

我们看到，重视儿童进而重视儿童文学和儿童教育，这在 20 世初已经逐渐成为一种风尚。1902 年，黄海锋郎在他那篇谈儿童教育的文章中曾经从欧美和日本近代文明的发达看到了儿童教育的重要。他写道："你看西方两洲东三岛，文明似锦，学术如潮，可不是当时的教育苗？愧煞我学界千重雾绕，谁能把腐块一笔勾销？！我但愿有心人啊，做个学界大人豪，把这千钧重担双肩挑！"语多恳切，期望甚殷。林纾（字琴南，号畏庐，别署冷红生）1907 年在其《〈爱国二童子传〉达旨》一文中也把青少年学生看成是强国的依靠："强国者何恃？曰：恃学，恃学生，恃学生之有志于国，尤恃学生人人之精实业。"这一实业救国的愿望虽然在当时只能是一种幻想，但他对青年学生所寄托的热切期望还是难能可贵的。在文章中，林纾颇动感情地做了这样的自白："畏庐，闽海一老学究也，少贱不齿于人，今已老，无他长，但随吾友魏生易、曾生宗巩、陈生杜蘅、李生世中之后，听其朗诵西文，译为华语，畏庐则走笔书之，亦冀以诚告海内至宝至贵、亲如骨肉、尊如圣贤之青年学生，读之以振动爱国之志气，人谓此即畏庐实业也。噫！畏庐焉有业，果能如称我之言，使海内挚爱之青年学生人人归本于实业，则畏庐赤心为国之志，微微得伸，此或可谓实业耳。谨稽首顿首，望海内青年之学生怜我老朽，哀而听之……死固有时，吾但留一日之命，即一日泣血以告天下之学生，请治实业自振。更能不死者，即强支此不死期内，多译有益之书，以代弹词，为劝谕之助。虽然，吾挚爱青年之学生，尚须曲谅畏庐，不当谓畏庐强作解事，以不学之老人，喋喋作学究语。须知刍荛之献，圣人不废。吾挚爱青年之学生，亦当视我为刍荛可尔。"这些文字浸透着忧国之泪，流贯着爱国之志气，读来令人动容。林纾早期倾向新政，关心国事，作为晚清"小说界之泰斗"，他不仅以大量的文学译作为晚清文坛立下了功劳，而且其理论见解也具有一定的进步性。

　　伴随着新式教育的推行，人们普遍认识到文学在儿童教育中的特殊地位和作用，并批评了传统教育中忽视文学、摒弃小说的错误做法。1907年，《中外小说林》第8期刊登的署名"耀"的《学校教育当以小说为钥智之利导》一文就指出：吾国教育"对于学生，无科学教育法。肄习也，以'四书''五经'为卒业范围；思想也，以试帖八股为功名符券。嫉视一切小说，不以为引坏心思，则以为旷碍功课，更何望其能牺牲脑力，从事于小说部中，为学生箴顽而觉悟也哉！"相反，"东亚学者，改良教育，特注重于小说一科，而群视为钥智之导引也。有教育之责者，亦可以审矣"。同样，"十八世纪而后，欧西各教育家，热心著书，以为启迪人才计；而学校之组织，日多而月盛，即小说之著作，亦日出而月新……尤其注意者，对于小学教育，为之导师者，更择小说而曲解善喻之，务使勃发其性真，鉴导其识力，以养成国民之人才，振起灵魂之懦气，此以知学校教育之种因所自来矣"。在那个欧风东渐、西学日盛的时代，人们从西方的经验中去寻求比较和借鉴是很自然而普遍的事情。其次，作者还以自己的观察和经历分析了艺术作品强烈的审美感染力："吾尝入戏场，观剧本，见座中之老老少少，男男女女，引领而俟，拭目而望。忽而忠臣孝子，思妇劳人，满目悲观，烟愁云惨，则低声叹息，暗弹指泪者有人；俄而英雄际遇，才子奇缘，泄恨报仇，喜溢眉宇。呜呼！何悲欢感召如是之神速哉！无他，事迹追原，绘情绘影，我之情电，已被他激发矣。小说之能钥人智犹是也，则教育开通之电力，又孰有妙于此者乎！"在作者看来，小说作品独特的艺术感染力竟使之成为最妙的"钥智"手段。最后，作者还从"强国启智"的角度，论述了"以小说为钥智之利导"的必要性和重要意义，并倡导编辑小说列为教科以为所用："试思环球斗智，优胜劣败，所恃以救国者，惟青年学生之未来主人翁耳。智慧不长，更遑论体育、德育哉！则钥智之道，安可或昧也？负钥智能力之小说，又安可不讲也……倘自今而后，学校教育，群知小说之资益，编其有密切关系于人心世道者，列为教科，使人人引进于小说之觉路，而脑海将由此而日富……著小说者，形容其笔墨，以启发人群；阅小说者，曲体其心思，以宏恢志愿。于学校植其基础，即举国受其陶镕。将来汉族江山，如荼如火，安知非由今日编辑小说鼓吹之力也哉！"作者把小说几乎提高到了"强国之本"的地位，这与晚清重视小说社会功用的文学思潮是一致的。小说当然不可能担负如此救国强国的重任，但从爱国的立场出发，呼吁将小说列为学校教学内容，这种观点对于晚清儿童文学的创作和普及，无疑是具有积极意义的。

此后，《中外小说林》还陆续刊登过耀公的《普及乡闾教化宜倡办演讲小说会》、老棣的《学堂宜推广以小说为教书》等文章，都极力倡导以小说为学堂教科书。耀公在文章中肯定了小说作品"不俟演说者之缠绵跌宕，已足感人而有余"的艺术感染力，并说："吾闻日之维新也，凡小学堂中，多设说部一科，且有以吾国前辈小说家之《西厢记》传奇、《水浒》演义，编为讲义者，其亦即此意乎？准此，则乡闾之普及教化，其又何难也！不然，未能普及，又安足以言小说世界？"（见《中外小说林》第2年第3期）老棣则批评了传统观念对文学的轻视和扭曲："中国数千年来，文学家向狃于成见，自一话一言，至一字一句，皆缚束于所谓圣经贤传之范围，于是对于历史，既为纲鉴与稗野之分，对于普通著述，又别小说于群书之外。"他分析了个中原因，认为："夫昔之士子，所以磨穿铁砚者，只为取功名博科第计耳，其于国家思想之如何而发达，人群知识之如何而增进，皆视为无足重轻；则小说之不为世重，有由然矣。"随着近代文学观念的变更，人们对小说的功能有了充分的认识，因此，在当今情势下，"国民不欲求进步则已，国民而欲求进步，势不得不攻研小说；学堂不欲求进步则已，学堂而欲求进步，又势不能不课习小说。总而言之，则觇人群进化程度之迟速，须视崇尚小说风气进步之迟速。学生少年就傅，使之增其知识，开其心胸，底于速成，则于智慧竞争时代，小说诚大关于人群者也。故曰：学堂宜推广以小说为教科书"（见《中外小说林》第1年第18期）。由此可见，当时人们对小说的提倡是与学校教育的改良紧紧联系在一起的。而且，这种作为教科书提供给儿童的小说究竟有哪些特点，人们的心目中也还是很模糊的。

比较起来，徐念慈的设想则相对具体，也更为人们所熟知一些。徐念慈，字彦士，别号觉我，亦署东海觉我，江苏常熟人，主编过《小说林》月刊。1907年，他在《〈小说林〉缘起》一文中谈到当时小说盛行的状况时，就批评不许青少年读小说的过分禁锢的做法，并指出这正是近年译籍东流、小说风行并广受欢迎的原因："夫我国之于小说，向所视为鸩毒，悬为厉禁，不许青年子弟，稍一涉猎者也，乃一反其积习，而至于是。"这正所谓"物极必反"是也。1908年，徐念慈在《小说林》第9期和第10期上发表了《余之小说观》一文。这篇文章不仅对晚清小说理论有着重要贡献，如在社会生活与小说艺术的相互关系问题上提出了"小说固不足生社会，而惟有社会始成小说者也"的较为科学的结论，而且对晚清的儿童文学理论批评也提出了值得重视的意见。作者在"小说今后之改良"一节中，倡导要专为小学生出一种小说：

……今之学生，鲜有能看小说者（指高等小学以下言），而所出小说，实亦无一足供学生之观览。余谓今后著译家，所当留意，宜专出一种小说，足备学生之观摩。其形式，则华而近朴，冠以木刻套印之花面，面积较寻常者稍小。其体裁，则若笔记或短篇小说。或记一事，或兼数事。其文字，则用浅近之官话，倘有难字，则加音释，偶有艰语，则加意释。全体不逾万字，辅之以木刻之图画。其旨趣，则取积极的，毋取消极的，以足鼓舞儿童之兴趣，启发儿童之智识，培养儿童之德性为主。其价值则极廉，数不逾角。如是则足辅教育之不及，而学校中购之，平时可为讲谈用，大考可为奖赏用。想明于教育原理，而执学校之教鞭者，必乐有此小说，而赞成其此举。试合数省学校折半计之，销行之数必将倍于今也。

如果说将小说作为学校教科材料供学生阅读是当时人们所达成的共识的话，那么究竟应该给儿童什么样的作品，人们心目中却并不都是同样明确的。一般说来，人们利用的多是古典小说和新出的小说，而这些作品却不一定契合儿童的阅读需求，按徐念慈的说法就是"实亦无一足供学生之观览"，因此，他吁请"今后著译家，所当留意，宜专出一种小说，足备学生之观摩"。这就比泛泛提倡以小说为学校教科材料，要稍稍迈进了一步。徐念慈从形式（印刷、装帧等）、体裁、文字、旨趣、价值（价格）等五个方面，论述了专供学生观览的小说所应具备的特点。不难发现，他的观点已明显地表现出对儿童读者接受特征的把握和尊重。例如关于文字，作者指出供学生阅读的小说，其文字应"用浅近之官话，倘有难字，则加音释，偶有艰语，则加意释。全体不逾万字，辅之以木刻之图画"。这就是说，儿童小说的语言文字

中国儿童文学理论批评史
第二章
觉醒期的意义

应考虑到儿童的接受能力和兴趣，要做到浅显好读，图文并茂。同时，作者也提出这类小说的功能在于"鼓舞儿童之兴趣，启发儿童之智识，培养儿童之德性"。这比起把小说单纯看作"钥智"工具的观点显然也要全面而科学一些。所有这些意见对当时的儿童文学实践，无疑有着更切实的参考价值。

重视和提倡小说作品，构成了晚清文坛一个引人注目的文学景观。从儿童文学来考察，在倡导儿童小说创作的同时，其他各类体裁作品的创作也已经或隐或显地被人们所关心、倡导和议论着了。例如，1909年，孙毓修开始编辑《童话》丛书，其视野就不仅仅局限在某一种体裁的范围里了。

孙毓修，字星如，江苏无锡人，曾任商务印书馆编译所高级馆员。1909年，孙毓修在商务印书馆开始编辑并主撰《童话》丛书。这是中国近现代出版史上最早的一套大型的专门性的儿童文学丛书。《童话》丛书从1909年开始至20年代共出三辑，计102种，其中第一辑、第二辑中的77种由孙毓修编写（后由茅盾、郑振铎等人续编）。由于当时"童话"一词并非像现在特指一种体裁，而是具有较宽泛的含义，举凡适合儿童阅读欣赏的散文类作品均可视作"童话"，因此，《童话》丛书所收作品种类实际上包括了传说、神话、小说、寓言、童话、历史故事、人物传记等多种体裁。此外，孙毓修还主编过《少年杂志》并担任主要撰稿人，编写过"少年"丛书、"演义"丛书、《新说书》等多种少年儿童丛书。其中《童话》丛书与《少年杂志》都是当时最有影响的儿童读物。作为近现代之交中国儿童文学的拓荒者之一，孙毓修结合自己的编、译实践和编辑工作，围绕儿童文学发表了不少有价值的见解。可以说，孙毓修以自己的劳作，在中国儿童文学及其理论批评从近代走向现代的自觉的历史链条中提供了一个不可或缺的历史环节。

当《童话》丛书创办时，孙毓修曾撰有一序言。这篇千字左右的文章比较系统地阐述了作者对儿童文学的理论见解，因此很值得我们重视。

孙毓修在阐述《童话》丛书的编辑意图时，首先指出了当时新教科书与儿童兴趣仍有不合的现实情况："顾教科书之体，宜作庄语，谐语则不典；宜作文言，俚语则不雅。典与雅，非儿童之所喜也。"而文学作品，则是儿童所酷爱的，"至于荒唐无稽之小说，固父兄之所深戒，达人之所痛恶者，识字之儿童，则甘之寝食，秘之于箧笥。纵威以夏楚，亦仍阳奉而阴违之，决勿甘弃其鸿宝焉"。究其原因，则是因为"小说之所言者，皆本于人情，中于世故，又往往故作奇诡，以耸听闻。其辞也，浅而不文，率而不迂。固不特儿童喜之，而儿童为尤甚"。儿童迷恋于小说，正是因为它在内容和形式上都契合了儿童的阅读天性。那么，是否所有的小说作品都适合儿童呢？孙毓修引用欧美人士的观点，进一步提出了"儿童小说"的概念："西哲有言：儿童之爱听故事，自天性而然。诚知言哉！欧美人之研究此事者，知理想过高、卷帙过繁之说部书，不尽合儿童之程度也。乃推本其心理之所宜，而盛作儿童小说以迎之。说事虽多怪诞，而要轨于正则，使闻者不惮而几于道，其感人之速，行世之远，反倍于教科书。"儿童小说有如此艺术力量和神效，则重视小说、编辑童话便是很自然而必要的事情了。孙毓修接着谈到了《童话》丛书的内容、特点及编辑原则：

> ……书中所述，以寓言、述事、科学三类为多。假物托事，言近旨远，其事则妇孺知之，其理则圣人有所不能尽，

此寓言之用也；里巷琐事，而或史策陈言，传信传疑，事皆可观，闻者足戒，此述事之用也；鸟兽草木之奇，风雨水火之用，亦假伊索之体，以为稗官之料，此科学之用也。神话幽怪之谈，易启人疑，今皆不录。

从这一段话可以看出，孙毓修编写《童话》丛书时，他是把"童话"看作"童子之话"的，即所有适合儿童阅读的文学读物都可归之于"童话"名下。因此，当时的"童话"实际上就相当于后来的"儿童文学"概念。孙毓修简要论述了《童话》丛书所收的寓言、述事、科学三类作品的特征及功能。他认为寓言的特点在于"假物托事，言近旨远"；寓言中的故事即使是妇女、儿童也能理解，而其寓意"则圣人有所不能尽"。这种对寓言特征的把握和论述与现代的寓言观念几乎是完全一致的。不过，孙毓修又以为"神话幽怪之谈，易启人疑"，因而《童话》丛书皆不收入。把现在看来具有童话色彩的"神话幽怪"类作品摒弃于《童话》丛书之外，这既反映了当时人们从事儿童文学读物编写工作时的谨慎心态，同时也说明人们对儿童文学特征的认识从总体上说还处于一种比较朦胧的阶段。

在《童话》丛书序言中，孙毓修还谈到丛书根据儿童不同年龄阶段的特点加以编排的编辑原则："文字之浅深，卷帙之多寡，随集而异。盖随儿童之进步，以为吾书之进步焉。"《童话》丛书根据儿童读者对象不同分为两部分：初辑专供七八岁儿童阅读，每本16页，限定5000字左右；二辑、三辑专供10岁或11岁儿童阅读，每本32页，字数增加一倍，而且文本内容也稍微加深。这种编辑方式意味着人们不仅已经认识到儿童读者有别于成年人的阅读心理需求特征，而且也初步意识到儿童本身就是一个不同年龄读者构成的集合群。这种理论观念的初步确立对于正在铺开的现代儿童文学编创实践无疑是具有良好的指导意义的。

《童话》丛书初集出版时，孙毓修在"广告"中进一步阐述了他的编辑意图和丛书特点：

> 童子略识文字，无不喜看小说，惟无稽之说，既太谬妄，而新旧小说或文章高尚，理论精深非幼年所能领会，故东西各国特编小说为童子之用，欲以启发知识，含养德性，至善也。是书以浅明之文字，叙奇诡之情节，并多附图画，以助兴趣，虽语多滑稽然寓意所生，必轨于正，童子阅之足以增长德知，妇女之识字者亦可藉以谈助。

的确，作为中国近现代儿童文学草创时期的产物，《童话》丛书以前所未有的规模推出了一大批初谙儿童心理并受到儿童读者广泛欢迎的文学读物。后来，赵景深在《孙毓修童话的来源》一文中曾这样写道："孙毓修先生早已逝世，但他留给我们的礼物却很大，他那 77 册《童话》差不多有好几万小孩读过。张若谷在《文学生活》上说：'我在孩童时代唯一的恩物与好伙伴，最使我感到深刻印象的，是孙毓修编的《大拇指》《三问答》《无猫国》《玻璃鞋》《红帽儿》《小人国》……'我也有同感，我在儿时也是一个孙毓修派呢。"《童话》丛书之所以能受到小读者的欢迎，与孙毓修对儿童读者和儿童文学有比较正确的理论认识是分不开的。

作为翻译家，孙毓修还十分重视系统地阅读研究西方小说。《小说月报》从第 4 卷第 2 号起，曾连载他的《欧美小说丛谈》，后汇集成单行本，1916 年由商务印书馆出版。这本《欧美小说丛谈》是我国较早系统地评介西方小说（包括戏曲）的一部书，其中也包含了若干与儿童文学有关的议论、见解以及情况介绍。如在《英国 17世纪间之小说家》一文中，孙毓修评介 17 世纪英国作家及作品时说："……其第一部不刊之作，即第福氏（Daniel Defoe）之《鲁敏孙漂流记》（Robinson Crusoe）也，出版于 1719 年……而其书与《鲁敏孙漂流记》并有千古者，则彭宁氏（John Bunyan）之《天路历程》（Pilgrim's Progress）是矣（此书教会中人已译，即名《天路历程》）。此本箴俗说理之书，而托以比喻，杂以诙谐，劝一讽百，实小说之正宗。其文又平易简直，妇孺皆知，英人尊之，至目之为《圣经》之注脚。"笛福的《鲁滨孙漂流记》和班扬的《天路历程》虽非纯粹的儿童文学作品，但通过孙毓修的介绍，人们知道它们曾经在历史上深受儿童喜爱的阅读事实，也了解到在笛福逝世多年后，其"墓石前年为风雨所剥蚀，伦敦新闻偶采入时事栏中，募财重建。一时小学生闻之，皆欣然出资"。由此亦可见出《鲁滨孙漂流记》一书在小读者中的影响之深广。

在该书的《寓言》篇中，孙毓修谈到了寓言的特征及其成为儿童读物的情况：

Fable 者，捉鱼虫草木鸟兽天然之物，而强之入世，以代表人类喜怒哀乐、纷纭静默、忠佞邪正之概。《国策》桃偶土人之互语，鹬蚌渔夫之得失，理足而喻显，事近而旨远，为 Fable 之正宗矣。译者取庄子寓言八九之意，名曰寓言；日本称为物语。此非深于哲学，老于人情，富于道德，工于词章者，未易为也。自教育大兴，以此颇合于儿童之性，可使不懈而几于道，教科书遂采用之。高文典册，一变而为妇孺皆知之书矣。

正像有的研究者所说的那样，中国寓言，源远流长，先秦时代，即已滥觞，庄生化蝶，列子御风，韩非的《说林》，更是寓言的渊薮。此后，历代的典籍中均间有著录与撰述。明代的徐元太还编纂有《喻林》120 卷，可谓集中国古典寓言之大成。但真正将寓言作为儿童文学读物，则始于急剧变革中的清末。[9]孙毓修根据当时寓言普遍为教科书所采用，成为儿童的文学读物的情况，对寓言给予了很大的关注，并对中西寓言发展状况做了有益的评介。在这篇《寓言》中，他特别介绍了"古之专以寓言著书，自成一学者"的伊索、法国寓言作家芳登（今通译拉封丹）、俄国寓言作家克利陆甫（今通译克雷洛夫）。尽管《伊索寓言》最早的中译本早在明代天启五年（1625）即已出现，但孙毓修较为系统的论述和介绍对于打开人们的视野，对于从理论上确立寓言在儿童文学中的地位，都是具有积极的历史意义的。

除了上述以小说为先导、以《童话》丛书的创办为强大后续契机而出现的种种有关儿童文学的理论思考之外，20 世纪初叶，近代儿童文学的艺术实践已涉及各个文学门类，由此产生的种种议论和见解，也在一定程度上丰富了晚清儿童文学批评的理论库存，例如对儿童诗歌的思考，对儿童报刊的评介，等等。

第一，对儿童诗歌的思考。晚清"诗界革命"的倡导，曾推动了近代儿童诗歌的创作。进入 20 世纪，儿童诗歌更为人们所重视。梁启超在《饮冰室诗话》中就说："盖欲改造国民之品质，则诗歌音乐为精神教育之一要件，此稍有所识者所能知也"，"今日不从事教育则已，苟从事教育，则唱歌一科，实为学校中万不可阙者"。的确，当时儿童诗歌的创作是与"学堂乐歌"的发展有着很大联系的。

所谓"学堂乐歌"[10]，是"五四"以前对学校唱歌的一般称呼。"乐歌"是课程的名称，即现今的音乐课。清末的爱国知识分子主要是通过留学日本向西方寻求真理的，特别是在庚子赔款以后的社会情形下，清朝统治者也施行了若干维新措施，随之新式学堂普遍建立，人们仿效"明治维新"时期的方法，把西方的歌曲与中国现实的社会愿望熔为一炉，使学堂乐歌进入了产生与发展的新时期。而学堂乐歌由歌词和曲谱两部分组成，其中歌词部分即儿童诗歌。因此，人们对学堂乐歌的议论往往也就是对儿童诗歌的探讨。

在晚清的儿童音乐倡导者中，特别值得我们注意的是曾志忞。[11]梁启超曾在《饮冰室诗话》第97则中说："上海曾志忞，留学东京音乐学校有年，此实我国此学先登第一人也。"曾志忞，号泽民，上海人，20世纪初留学日本，其间曾在日本东京出版的由江苏籍清朝留学生创办的革命刊物《江苏》月刊上发表过有关儿童音乐的论著和作品。该刊第6期（1903年9月15日出版）上刊载了曾志忞所著的《乐理大意》（本文后易名《乐典大意》，1904年由清朝留学生会馆在日本出版），在"引言"中记载："远自欧美，近自日本，凡受教育者，莫不重音乐，而其于小学校之唱歌一科更与国语并重，盖其间经教育家、论理家研究殆百余年而有今日之大光明也。吾国音乐发达之早，甲于地球，且盛于三代，为六艺之一，自古言教育者无不重之。汉以来雅乐沦亡，俗乐淫陋。降至近世，几以音乐为非学者所当闻问。鸣呼！夫乐之物，兴观感，可怡悦，学校中不可少之科目也。因不揣浅陋，采集最近学校所用唱歌若干，附以说明及教授法，刊以告吾国之教育者，而先之以乐理大意。"他以欧美各国教育和中国传统教育对音乐的重视为例，论述了学校音乐教育对儿童所具有的积极作用。其后，曾志忞编辑出版了《教育唱歌集》。该书包括了从幼儿园至中学所用歌曲共 26 首。编者在书前撰有序言《告诗人》：

> 曰恋，曰穷，曰狂，曰怨，四者古今诗人之特性，舍此乃不足以成诗人。其为诗也，非寒灯暮雨，即血泪冰心；求其和平爽美，勃勃有春气者，鲜不可得。且好为微妙幽深之语，务使妇孺皆不知，惟词章家独知之，其诗乃得传于世。总言之，诗人之诗，上者写恋穷狂怨之态，下者博渊博奇特之名，要皆非教育的、音乐的者也。近数年有矫其弊者，稍变体格，分章句，间长短，名曰学校唱歌，其命意可谓是矣。然词意深曲，不宜小学，且修辞间有未适，于教育之理论实际病焉。虽然，是皆未得标准以参考之耳。欧美小学唱歌，其文浅易于读本。日本改良唱歌，大都通用俗语。童稚习之，浅而有味。今吾国之所谓学校唱歌，其文之高深，十倍于读本；甚有一字一句，即用数十行讲义，而幼稚仍不知者。以是教幼稚，其何能达唱歌之目的？谨广告海内诗人之欲改良是举者，请以他国小学唱歌为标本，然后以最浅之文字，存以深意，发为文章。与其文也宁俗，与其曲也宁直，与其填砌也宁自然，与其高古也宁流利。辞欲严而义欲正，气欲壮而神欲流，语欲短而心欲长，品欲高而行欲洁。于此加意，庶乎近之。

如前所述，晚清儿童文学之受重视是与当时特定的社会情形密切联系着的，因此相对而言，人们更重视的是儿童文学包括儿童诗歌的社会鼓动、教化功能，而对其文体艺术个性、特征等注意较少。同时，儿童文学创作自身也处于草创和尝试时期。以儿童诗而论，尽管也出现了一些或淋漓酣畅、意气风发，或清新优美、"味隽而言浅"的成功之作，但从总体上看，还存在许多与儿童趣味和能力相去甚远的作品。从这个意义上看，曾志忞的这段谈论儿童歌词的言论，实际上也就是谈论儿童诗歌的言论就显得十分可贵了。首先，他批评了传统诗词"好为微妙幽深之语，务使妇孺皆不知，惟词章家独知之"的弊端，认为这样的诗词"皆非教育的、音乐的"。其次，曾志忞考察分析了当时学堂音乐教育中所发生的变化及其存在的问题，认为近年虽有"矫其弊者"，但所采用的歌曲仍然是"词意深曲，不宜小学，且修辞间有未适，于教育之理论实际病焉"。再次，曾志忞分析了造成上述状况的原因，认为此"皆未得标准以参考之耳"。他认为应该借鉴别人的经验，并介绍了欧美、日本小学唱歌，或"文浅易于读本"，或"大都通用俗语"，因而"童稚习之，浅而有味"。反观吾国学校唱歌，则"文之高深，十倍于读本；甚有一字一句，即用数十行讲义，而幼稚仍不知者"。最后，他提出儿童诗歌创作应"以最浅之文字，存以深意，发为文章"；认为应该摈弃"文""曲""填砌""高古"，而代之以"俗""直""自然""流利"。如此充满革新精神的文体意识和如此开明的文学观念出现于20世纪初叶，这不能不说是当时儿童文学理论思维的重要收获。因为只有将这些理论见解放在当时具体的文学语境中来考察，我们才能见出其宝贵的理论建设意义，诚如胡从经所说的那样，这些见解的出现"距'文学革命'口号的提出尚早十余年之久，这是非常难能可贵的"[12]。

中国历代虽然缺乏专为儿童创作的适合他们诵读的儿童诗歌作品，但民间却产生过不少为儿童所喜闻乐唱的儿歌童谣作品。20世纪初，人们除重视儿童诗歌的创作外，还把注意力投向了民间儿歌童谣的采集和整理上。例如，孙毓修主编的《少年杂志》上曾发表过《通俗的古歌》

一文。该文论述了民间童谣的特点和价值，并提出了收集整理的想法：

> 乡村老妪虽然目不识字，而有一种自古相传的歌谣，白发婆婆以之教儿孙坐门槛上树阴下齐声唱之，亦足为家庭中添一乐事，其音调之和谐，可以养小儿之善心，其词意之周密，可以长小儿之识力。故各国之言教育者，甚重视之。是必本乎人情，合于风俗，故老相传，历世不废者，方能有益于儿童，往往盖世文豪不能增减其一字。东西洋各国，此类亦多，然不切于各国之人情风俗，是犹断鹤之颈，以接凫足，其不相合也明矣。惟吾国于此种歌谣，有口传而无专书，加以方言土语，乡国各异，记者所知有限，尚望海内同志，各举所知，邮以相告，暇当候刊，传诸永久云。

正是在这种重视民间童谣儿歌的观念的指导下，《少年杂志》曾在民间儿歌童谣的收集整理方面做了些工作，并把它介绍给小读者。"这些被它介绍的作品，都显示出清新、自然、朴实的风格，又有浓郁的儿童生活情趣。"[13] 如《小耗子》：

> 小耗子，上灯台，偷油吃，下不来，叫奶奶，奶奶不来，激溜毂辘滚下来。

第二，对儿童书刊的评介。晚清时期中国开始出现专为儿童编辑出版的报刊，如光绪元年(1875)由上海的美国教会学校清心书院创办的《小孩月报》。据戈公振先生介绍，该报"文字极为浅近易读，内容有诗歌、故事、名人传记、博物、科学，插图均雕刻铜版尤精美"[14]。胡从经《关于〈小孩月报〉》一文曾引录了戊寅(1878)12月17日《申报》上的《阅〈小孩月报〉记事》一文，内容如下：

> 沪上有西国范牧师创设《小孩月报》，记古今奇闻轶事，

皆以劝善为本，而其文理甚浅，凡稍识之无者皆能入于目而会于心，且其中有字义所不能达之处，则更绘精细各图以明之，尤为小孩所喜悦，诚启蒙之第一报也。按该报开行有年，近更日新而月盛，说理愈精，销场愈广，固其所也，本馆按月取阅，欢喜赞叹不能已，爰赞数语以质诸月观该报者。

这篇文章介绍了《小孩月报》劝善为本、文理甚浅、文图并茂、为小孩所喜悦等特点，虽只是就事论事，且有些广告气味，却是中国近代文化史上最早的有关儿童报刊的评论。这类评论对总结办刊得失，更好地为小读者服务显然是很有意义的。迨至 20 世纪初，随着为儿童创办的报刊逐渐增多，有关的评论也逐渐多了起来。如孙毓修主编的《少年杂志》因顺应时代潮流、符合少儿阅读口味而受到读者的欢迎。有读者称赞该刊是"初学观之，足以知警戒，资考镜，开智识，广见闻，且其文简而有味，浅而易懂，洵为少年消遣之良本"(《少年杂志》第 3 卷第 2 期）。这类批评意见不仅由于其贴近具体现象而有较强的现实针对性，而且对处于草创时期的近代儿童文学理论也有一定的建设意义。

四 时代特征

近代中国社会思想及文化领域的深刻变动，为中国儿童文学及其理论批评从自在走向现代的自觉提供了一个历史性的机遇。今天，当我们阅读那一段段当时人们关于儿童、儿童读物的呼吁、呐喊和议论文字的时候，我们应该意识到，正是这些在今天看来语不惊人的言论，在中国社会和文化发展进程中第一次表达了人们对于儿童文化现实的集体性的尊重和关怀。在经历了数千年的漠视和扭曲之后，它们汇成的是一声何等悲怆而动人的呐喊！这一呐喊穿越沉沉黑夜，传向一个新的世纪。也正是在这个意义上，我把近代的呐喊看成是中国儿童文学理论批评现代自觉的直接先导。或许也可以说，在历时性的意义上，现代中国儿童文学理论批评的自觉正是响应了近代中国思想文化界发出的那一声呼吁和呐喊。很显然，作为觉醒期的理论思考，这一阶段的儿童文学理论批评有着自身的时代特征。

第一，近代中国儿童文学及其理论批评的觉醒从根本上说是当时中国社会现实需要的产儿，是思想文化发生深刻变化的伴生物。因而，这种觉醒必然在很大程度上体现着时代的要求，其批评旨趣基本上是以呼吁、开路和扫除障碍为理论职责的。

晚清一代先进人士是在民族危难当头，把他们的关怀和期盼投向年轻的新生一代的。他们把振兴教育、培养下一代看成是救亡图存的一个重要的途径。而西学的输入，特别是达尔文的进化论、卢梭的《民约论》等学说、著作的翻译和介绍，又为人们提供了冲破"三纲五常"等封建伦理道德规范和精神枷锁的理论武器。于是，政治改良、家庭革命、妇女解放、儿童地位等过去一般人所无法想象的事情都被提上了近代社会政治文化变革的议事日程。而儿童文学及其理论批评也正是在这一文化动力的推动下，在近代文学革命的洪流中开始孕育和躁动。很显然，在这样的时刻，理论的职责正在于为中国儿童文学从自在走向自觉制造气氛，准备条件，为未来中国儿童文学的发展争取更多的社会地盘和文化空间，而理论思维自身的建设性和深刻性则是相对次要的，并且也缺乏现实的可能性。我们看到，正是对传统文化教育忽视儿童精神需求的做法的抨击、批判，对新的儿童文学读物的倡导、企盼，构成了晚清时期中国儿童文学理论思维的双重变奏。贯穿这一变奏的则是救亡图存、开通民智、培养新人、改良社会的主旋律。因此，近代儿童文学理论批评的起步反映的是近代社会改良的政治需要对儿童文化的要求，是社会思想文化变革在儿童文化领域中的延伸和具体表现，而不是儿童文学理论在本体论意义上的自觉。梁启超把诗歌音乐作为改造国民品质、进行精神教育的一个要件；1903 年创刊的《童子世界》强调该报的宗旨是"以爱国之思想曲述将来的凄苦，呕吾心血而养成夫童子之自爱爱国之精神"，并表示要"以童子知童子"，"顺童子之性情"；上海科学书局于光绪三十二年（1906）出版的《中外故事读本》，其广告则云："是书选刊中外大豪杰之嘉言懿行相类者编成课本，以开发儿童之胸襟，发扬儿童之爱国心"。凡此种种，构成了中华民族前所未有的重视儿童并且尊重儿童的一种新的文化姿态。当然，从中国儿童文学理论批评的角度来看，这种姿态的意义也是极其重要的，因为它毕竟开始使儿童文学理论批评建设作为一项文化事业成为可能，而中国儿童文学理论意识的现代萌动也正是从这里开始的。

　　第二，从儿童文学理论批评的内在思维特征和学科形态来看，晚清中国儿童文学理论批评基本上还处于直觉、零散的阶段，但它的相对广泛的理论话题，却向后来者显示了一个具有垦拓价值的理论方向。

　　新的社会要求和近代文化心理的演进推动人们进入儿童文学理论思维领域，而理论研究所需要的学术积累和相应的知识结构又为当时所不可能具备，因此，人们的理论思考就更多的是在实践需要的触发下以一种即兴的、激动的甚至是煽情的方式发表出来的。其中不乏某些真理性的理论认识。从整体上看，它们更是具有一种宝贵的历史价值，但毕竟还停留在直觉性的理论思考阶段，儿童文学理论建构所需要的新的理论和知识还有待未来历史的提供。这是觉醒期的局限，也是觉醒期理论思维及其形态的一种必然的、合理的呈现。

不过，如果仔细深入地考察一下，我们就会发现，晚清儿童文学理论思维已经初步涉及了儿童文学批评的许多话题和领域，例如儿童读者和儿童心理特点，儿童文学读物的认识和教化功能，传统儿童读物的失误，新型作品的倡导，小说、诗歌、童话、寓言、儿童剧等各类体裁作品和儿童报刊的评论，中外儿童文学的比较，等等。尽管简单、粗糙，甚至不免幼稚，但这些话题的提出本身，就为儿童文学理论批评走向自觉预示了一种学科发展和理论开垦的方向。毫无疑问，现代儿童文学理论批评形态正是在这些话题的基础上进一步拓展、深化和系统建设的结果。

第三，从具体的理论观点看，当时的理论批评还夹带着一些偏激或片面的观点。这些观点的出现同样既是一种历史的必然，又是一种不可忽视的理论失误。

例如，近代儿童文学的倡导者是从爱国自强、救亡图存的时代高度来审视儿童文学的，因此，他们重视的往往是儿童文学的宣传、教化功能，而来不及对儿童文学自身艺术特征和审美功能投以更多的关注和思考。而且，他们在重视文学的同时往往又夸大文学的功能，认为文学可以决定国家的兴亡，这显然是不正确的。

当然，从特定的时代氛围和社会心理来考察，重视儿童文学的社会功能，无论是从理论上看，还是从实践上看，在当时都是具有特定的时代意义的。我们当然不能苛求前人的理论批评观点何以未能达到今天这样的相对全面、辩证的水平，但我们显然也没有必要回避前人的理论失误，至少在今天看来是一种理论的遗憾。

不管怎么说，晚清一代文人学士对儿童文学的倡导毕竟是"五四"前后中国儿童文学及其理论批评走向现代自觉的直接先驱。毫无疑问，"五四"的自觉不是一夜之间突然发生的奇迹，而是晚清时期儿童文学及其理论意识觉醒之后进一步发展、升华的结果，两者之间在内在的文化精神上有着深刻的密切的联系。关于这一点，我们可以从有关同时期中国整个思想文化的研究中获得印证。例如，有学者在列举了20世纪最初几年进步报刊批判旧思想、旧道德、旧文化的大量材料后就指出："把这些文字同新文化运动初期的《新青年》比较一下，不难发现它们之间是何等相似！我们甚至可以得到这样一个结论：初期新文化运动的那些基本特征……早在辛亥革命准备时期的最初阶段都已初见端倪了。"[15] 新文化运动和儿童文学活动的直接参加者茅盾在晚年谈到现代文学史的编写时也曾指出，黄遵宪、梁启超、苏曼殊及南社成员等，应当被看作"五四"新文学的先驱。[16] 的确，虽然像康有为、梁启超等人后来都未能继续关注儿童文学理论及其批评，而康有为更是在政治上背离初衷，然而，以他们为代表的一代知识分子却以自己的筚路蓝缕的垦拓，为中国儿童文学及其理论批评的现代自觉做了极其宝贵的铺垫和准备。

这就是近代儿童文学理论批评觉醒期在中国儿童文学理论批评发展史上的独特意义和历史定位。

注 释

[1] 马克思、恩格斯：《共产党宣言》，《马克思恩格斯选集》第一卷，北京：人民文学出版社 1972 年版，第 256 页。

[2] 参见李侃《近代文化与思想传统》，北京：文化艺术出版社 1990 年版，第 28 页。

[3] 参见任访秋《晚清西学输入与中国近代文学的发展》，载中山大学中文系、中国近代文学研究编辑部编《中国近代文学研究》第三期，广州：中山大学出版社 1985 年版。

[4] 参见方卫平《童年：儿童文学理论的逻辑起点》，《浙江师范大学学报》（社会科学版）1990 年第 2 期。

[5] 梁启超：《致康有为书》，转引自王好立《梁启超从戊戌到辛亥的民主政治思想》，《历史研究》1982 年第 1 期。

[6] 赵慎修：《略论中国近代文学思潮的变迁》，载中山大学中文系、中国近代文学研究编辑部编《中国近代文学研究》第一辑，广州：广东人民出版社 1983 年版。

[7] 胡从经：《晚清儿童文学钩沉》，上海：少年儿童出版社 1982 年版，第 2 页。

[8] 关于梁启超的趣味教育理论可参见姚全兴《中国现代美育思想述评》第 3 章第 4 节，武汉：湖北教育出版社 1989 年版。

[9] 胡从经：《晚清儿童文学钩沉》，上海：少年儿童出版社 1982 年版，第 70 页。

[10] 关于学堂乐歌的情况，参见胡从经《童声呖呖哀中华》，载《晚清儿童文学钩沉》，上海：少年儿童出版社 1982 年版。

[11] 参见胡从经《晚清儿童音乐家——曾志忞》，载《晚清儿童文学钩沉》，上海：少年儿童出版社 1982 年版。

[12] 参见胡从经《晚清儿童音乐家——曾志忞》，载《晚清儿童文学钩沉》，上海：少年儿童出版社 1982 年版。

[13] 张香还：《中国儿童文学史（现代部分）》，杭州：浙江少年儿童出版社 1988 年版，第 40 页。

[14] 参见胡从经《关于〈小孩月报〉》，载《晚清儿童文学钩沉》，上海：少年儿童出版社 1982 年版。

[15] 胡绳武、金冲及：《辛亥革命与初期的新文化运动》，载《从辛亥革命到五四运动》，长沙：湖南人民出版社 1983 年版。

[16] 参见茅盾《梦回琐记》，《文艺报》1981 年第 1 期。

第三章　走向自觉

　　如果说晚清时期的铺垫和准备意味着中国儿童文学及其理论批评的"好戏"已经缓缓启幕的话，那么从辛亥革命到五四运动则是它完完全全登台亮相的时刻，中国儿童文学理论批评终于开始进入了一个自觉、独立的历史发展时期。

　　这是黎明后的辉煌的日出，是中国儿童文化建设进程中的一次伟大的自觉。

一　从"人的解放"到新的儿童观的确立

　　晚清一代知识分子生在民族危难之际和中国危亡的历史关头。救亡图存的时代主题规定了这一代知识分子的特殊心态和历史使命，决定了他们思考和实践的焦点、重心必然是与急迫的社会政治问题紧紧结合在一起的。壮怀激烈，慷慨悲歌，勾勒出一代知识分子的群体形象。尽管旧制度的崩溃不是直接在他们手中实现的，然而他们的探寻、思考、呐喊、悲歌，却预示着这种崩溃的不可避免。

　　事情当然不会如此简单。新旧文化和观念的交战往往不可能只经过几个回合便分出胜负，碰撞、冲突、交织、缠绕乃至曲折、倒退，显然更能揭示出文化演进过程中的复杂情状，更何况封建帝国的大厦虽已摇摇欲坠却仍未最后崩塌。晚清的统治者仍要利用传统文化来黏合、维系其政治统治，并与近代新的文化思潮相抗衡。例如，1901 年 8 月，清政府颁布"兴学诏书"，鼓励兴办学堂，并规定这些学堂"其教法当以四书五经纲常大义为主，以历代史鉴及中外政治艺学为辅"。1903 年由张百熙、张之洞、荣庆等拟定了一个《奏定学堂章程》，对学校系统、课程设置、学校管理等都做了具体规定。因制定颁布于旧历癸卯年（即光绪二十九年），故又称为"癸卯学制"。这个学制自 1903 年公布起，一直沿用到 1911 年（宣统三年）清朝覆灭为止，对旧中国的学校制度影响很大，其立学宗旨为："无论何等学堂，均以忠孝为本，以中国经史之学为基。"[1] 在教学内容上，各级学校里经学占很大比重。初等小学堂，每周经学课为 12 小时，占总学时的40％。中学堂毕业时，要读过《孝经》《四书》《易》《书》《诗》《左传》《礼记》《周礼》《仪礼》等节本。此外，每逢节日，还必须对"万岁牌"和"至圣先师孔子牌"行三跪九叩礼，向学生灌输忠君尊孔的封建伦理思想。[2] 在 1903 年奏准公布的《学务纲要》中，清政府甚至明确宣示："中小学堂宜注重读经以存圣教。外国学堂有宗教一门，中国之经书，即是中国之宗教。若学堂不读经书，则是尧舜禹汤文武周公孔子之道，所谓三纲五常尽行废绝，中国必不能立国矣。"凡此种种，无不显示出清朝统治者对封建传统文化的深深的钟情和眷恋。是的，一旦"三纲五常尽行废绝"，则"中国必不能立国矣"。他们很明白"君为臣纲""父为子纲""夫为妻纲"以及不可改变的伦常"仁、义、礼、智、信"对他们来说意味着什么。

也就是说，冲破封建纲常的桎梏、尊重儿童的精神个性和需求，已经成为近代先进知识分子的一种文化共识，但还未能成为一种真正的、广泛的文化现实。

1911 年的辛亥革命，使延续了两千多年的封建帝制顷刻瓦解。民主共和的旗帜从此在中国悬挂起来。这种制度上的变更，从道理上说当然应该有助于新的儿童文化的广泛建设。1912 年 1 月中华民国成立，以孙中山为首成立了南京临时政府，开始了政治、经济、文化教育等方面的一系列改革工作。为了推进教育改革，首先将清朝的学部改为教育部，任命民主教育家蔡元培为第一任教育总长。教育部刚刚成立，就于 1912 年 1 月 19 日颁布了第一部改造封建教育的法令——《普通教育暂行办法》。这个"办法"共 14 条，对清末封建教育进行了重大改革。其中明令"凡各种教科书，务合于共和民国宗旨。清学部颁行之教科书，一律禁用"，"小学读经科，一律废止"。1912 年 4 月 2 日，蔡元培发表了《对于教育方针之意见》，成为制定教育政策的理论依据。在文章中，蔡元培批判了清末的"忠君，尊孔，尚公，尚武，尚实"的封建主义的教育宗旨，指出："忠君与共和政体不合，尊孔与信教自由相违。"他提出了军国民教育、实利主义教育、公民道德教育、世界观教育、美感教育的五育并举的教育宗旨。1912 年 9 月 2 日，教育部公布了《教育宗旨令》，规定新的教育宗旨是："注重道德教育，以实利教育、军国民教育辅之，更以美感教育完成其道德。"这一系列变革仿佛是个预兆，宣告着一个新的儿童文化的自觉的建设时代即将到来。一个耐人寻味的历史巧合是，1911 年秋，留学日本的周作人回到了故乡绍兴，并开始收集儿歌童谣和从事儿童文学研究；1913 年和 1914 年间，人们读到了他那几篇在中国儿童文学理论发展史上占有特殊位置的关于童话和儿歌的研究论文。

但是，民国初期政局风云变幻，错综复杂，辛亥革命推翻了清朝皇帝，却并未真正触及封建势力的根基，而资产阶级革命民主派政治上的软弱和妥协，使革命果实很快又落入了以袁世凯为代表的军阀手中。封建势力依然统治着中国，并且在帝国主义支持下上演了封建复辟的丑剧，先后发生了以袁世凯、张勋为首的复辟运动，在文化教育领域里也出现了一股封建复古逆流。袁世凯上台后，就在教育领域掀起了尊孔复古的逆流。1915 年 2 月，袁世凯颁布《特定教育纲要》，其中"教育要言"第一条即规定："各学校均应崇奉古圣贤以为师法，宜尊孔以端其基，尚孟以致其用。"在"教科书"部分规定"中小学校均加读经一科，按照经书及学校程度分别讲读"；要求初等小学学生读《孟子》，高等小学学生读《论语》，中学校学生选读《礼记》《左氏春秋》。通令各省设立经学会以讲求经学，并为中小学培训经学教师。据不完全统计，1915 年仅商务印书馆发行的读经教材如《四书》《五经》《经训教科书》《经训教授法》等就有 20 多种，当时曾任教育总长的张一麐更是把封建宗法制度看作"我国社会之特长"[3]。

这是文化变革过程中所无法回避的艰难、复杂和曲折。现代儿童文学及其理论的"胎儿"已在中国社会文化的母体中孕育、躁动，然而她仍然经受着降生前的阵痛。很显然，比起文化表层制度的变革，文化深层观念的变革无疑要艰难和复杂得多。辛亥革命后，一方面是旧的体制、规范、风习、信仰的或毁坏或动摇或日益腐朽，另一方面则是保守顽固势力不断掀起尊孔读经、宣扬复辟的浪潮。对知识者特别是年轻的知识一代来说，国家和个人的前景何在，路途何在，渺茫之外，别无可说。一代革命者、知识者消沉了下来。如鲁迅笔下的范爱农、吕纬甫、魏连殳……连鲁迅本人也沉默了几乎十年，以读佛经、拓碑刻、抄嵇康来排遣时日。[4] 周作人在写出了《童话研究》《儿歌之研究》等文章后也沉默了……

中国在期待着更深刻全面的文化革命，中国儿童文学及其理论批评的自觉还需要一种更适宜的外部文化气候条件。

在沉闷的社会文化空气中，《甲寅》月刊担负起了过渡时期从事理论反思并对专制势力进行理论批判的重任。[5]

《甲寅》月刊于 1914 年 5 月在日本东京创刊，前后共发行 10 期，历时一年零五个月，其间曾因故于 1914 年 11 月至 1915 年 5 月一度停刊。该刊在政治上以独立于各党派之外的"无所偏倚"的姿态出现，但重要的是，它在对袁世凯专制势力的批判中，回答了当时人们思想理论上急待解答的问题，为新文化运动的兴起做了理论上的准备。而且在我看来，《甲寅》月刊对人的自我意识和独立性的强调，对卢梭"天赋人权说"的捍卫，在客观上也为当时进一步批判封建纲常伦理、催生现代意义上的新型儿童文化创造了一种有益的思想氛围。

在宣传人的自我意识和独立性方面，张东荪在《甲寅》上提出"独立人格"说。他指出，近世文明，"发源于国民之有独立人格，故政治之美恶，犹属第二问题，其第一问题，惟在使人民独力自强，自求福祉，而不托庇于大力者之下……凡有发展与自觉之能力，得为自我实现者，是为有人格"。"人格"一词来源于近代西方，清末时已为中国人所广泛采用。它在一定程度上体现了中国人自我意识的发展，成为讲"立身处世之道"的"近世通行语"。虽然当时人们对"人格"

内涵的理解并不一致，但在 19 世纪末 20 世纪初，它却是人们批判无视人格独立的旧文化时一个十分有用的"通行语"。例如蓝公武就认为，宣扬忠孝节义的礼教"与今世之人格观念不相容也"。他把人格观念看作欧美文化的基础，认为"有独立之人格，而后有自由之思想，而后有发展文化之能力，而后有平等受治之制度，此人格之观念，实今世文化之中核"，而"中国之礼教，亘古不重人格，君臣父子夫妇之间主与奴耳"。他提出："欲铲除此依赖之奴性，则惟有改革此阶厉之礼教。"他把独立人格作为"平等受治之制度"的核心来强调的思想，与张东荪在《甲寅》上主张的"独立人格"的观点基本相同。而他从人格观念上对封建礼教的批判，既呼应了晚清谭嗣同、梁启超等人对封建礼教的声讨，又为后来《新青年》倡导的以道德革命和文学革命为内容的新文化运动做了进一步的铺垫。

卢梭的"天赋人权说"虽然就其理论基础的整体而言是唯心的、不科学的，但在 19 世纪末 20 世纪初的中国仍有其一定的历史合理性与反封建专制的进步性。《甲寅》的作者们出于新的时代需要，极力捍卫"天赋人权说"，并把个人的自由权利提到了十分重要的位置上。它的提出，对于新文化运动的兴起，也有着十分重要的意义。这是因为，中国是一个有着数千年宗法传统的社会，"三纲五常"，封建等级身份制度，都体现了对人性的压抑和对个人独立存在价值的抹杀。清末以来，人们曾利用"天赋人权说"对封建的纲常伦理进行过初步批判。辛亥革命推翻了封建帝制，但并未消灭封建势力。封建的纲常伦理作为一个现实的思想体系依然存在。《甲寅》月刊对人权说的提倡，为打破这一局面提供了有力的武器，并且也为新文化运动的兴起提供了思想转变的理论契机。

而儿童精神个性的解放，儿童独立价值的确立，儿童文化建设的展开，以及中国儿童文学及其理论批评的现代自觉，不也正是从这里日益显示出其历史的必然性和现实的合理性了吗？

1915 年 9 月，陈独秀创办的《青年杂志》(从第二卷起改名为《新青年》)问世了。也许在当时，《青年杂志》的创刊并未引起更多的关注，但是不久，人们便意识到了这一事件在中国现代文学史乃至整个现代文化史发展过程中的特殊意义和分量。在《敬告青年》一文中，《青年杂志》的创办者以中西文化对比的方式，抨击了各种传统观念，提出了"自主的而非奴隶的""进步的而非保守的""进取的而非退隐的""世界的而非锁国的""实利的而非虚文的""科学的而非想象的"六项主张，鼓吹"科学与人权并重"，这就是不久后提出的"赛先生"(科学)与"德先生"(民主)的先声。《新青年》以"披荆斩棘之姿、雷霆万钧之势"，陆续刊登了陈独秀、易白沙、高一涵、胡适、吴虞、刘半农、鲁迅、李大钊、钱玄同、沈尹默、周作人等人的各种论说和白话诗文，"第一次全面地、猛烈地、直接地抨击了孔子和传统道德，第一次大规模地、公开地、激烈地反对传统文艺，强调必须以口头语言(白话)来进行创作" [6]。一场汹涌澎湃的新文化运动从此开展起来。

中国儿童文学在经历了漫长而艰难的孕育之后终于在新文化运动的伟力推动下实现了走向自觉的历史进程；中国儿童文学理论批评终于在晚清先贤筚路蓝缕的垦拓的基础上完成了它作为一门独立研究门类所必需的相对系统的学术飞跃。

我们当然不能忽视对那些中间环节的探讨，因为历史从来就不是简单的因果决定论所能真正解释得了的。从新文化运动所构成的文化气候到儿童文学及其理论批评走向自觉的文化现实，其中隐含着深刻的历史发展逻辑和文化过渡环节。

新文化运动的倡导者们以《新青年》为主要阵地，对封建传统文化发起了空前规模的声讨和批判。陈独秀在《青年杂志》第1卷第6号发表的《吾人最后之觉悟》一文指出："儒者三纲之说为吾伦理政治之大原……近世西洋之道德政治，乃以自由、平等、独立之说为大原……此东西文化之一大分水岭也……此而不能觉悟，则前之所谓觉悟者，非彻底之觉悟，盖犹在徜徉迷离之境。吾敢断言曰，伦理之觉悟为最后之觉悟。"这就是说，以前的变法、革命都不是彻底的觉悟，只有伦理之觉悟才是"最后之觉悟"。这就把与"儒者三纲之说"等封建伦理观念彻底决裂，转而接受西方的"自由、平等、独立之说"的深层观念革命提到了前所未有的位置上。陈独秀在《一九一六年》等许多文章中，都猛烈抨击了儒家"三纲"之说，指出"忠、孝、节"等封建礼教是"以己属人之奴隶道德"，号召人们摆脱"奴隶之羁绊"，形成"个人独立自主之人格"，完成思想和个性的解放。鲁迅于1918年5月发表了小说《狂人日记》，借"狂人"之口愤怒地控诉了封建礼教吃人的本质："我翻开历史一查，这历史没有年代，歪歪斜斜的每页上都写着'仁义道德'几个字。我横竖睡不着，仔细看了半夜，才从字缝里看出字来，满本都写着两个字是'吃人'！"吴虞受鲁迅的影响写了《吃人的礼教》，以激愤的情绪和言辞抨击封建纲常礼教，曾在当时的思想文化界震动一时，被人称为"只手打倒孔家店的老英雄"。

我们还记得，封建纲常礼教在晚清就受到了激烈的抨击，然而比较起来，新文化运动对封建传统文化的批判又有着新的时代内容和特征。其一，彻底性、激烈性大增，矛头直指"至圣先师"孔子。易白沙在1916年发表的《孔子平议》中说，"孔子尊君权，漫无限制，易演成思想专制之弊"，孔子"为独夫民贼作百世之傀儡"，"孔子弟子均抱有帝王思想"。痛骂孔夫子，打倒孔家店，诚为数千年来所未曾有。彻底抛弃固有传统，全盘输入西方文化，成为新文化运动的基本特征之一。其二，在政治批判和个性解放的双重性中，后者的成分比之前更为突出。与晚清时期比较，这时先进的知识者整个精神兴奋的焦点不再集中在政治上，而是集中在文化上了。[7]他们更关心的是如何把人的个性和精神从封建文化的桎梏中解放出来。或许，这也正是新文化运动之所以更加深刻动人的原因之一吧。

于是，新文化运动就以一种前所未有的文化姿态向旧文化发起了一场彻底的宣战。这场运动所涉及的文化面之广，是晚清时代以政治问题为中心的文化改良运动所不能比拟的。在"民主"和"科学"的旗帜下，新文化运动冲击了政治、思想、道德、文学、教育等各个领域。1919年1月《新青年》第6卷第1号刊登的《本志罪案之答辩书》一文在回击封建势力的非难时说："本志同人本来无罪，只因为拥护那德莫克拉西和赛因斯两位先生，才犯了这几条大罪。要拥护那德先生，便不得不反对孔教、礼法、贞节、旧伦理、旧政治。要拥护那赛先生，便不得不反对旧艺术、旧宗教。要拥护德先生，又拥护那赛先生，便不得不反对国粹和旧文学。"并且他还义无反顾地宣布："我们认定只有这两位先生可以救治中国政治上、道德上、学术上、思想上的黑暗。若因为拥护这两位先生，一切政府的压迫，社会的攻击笑骂，就是头断血流，都不推辞。"如此掷地有声的话语，正是新文化运动横扫一切旧传统的文化性格的最好写照。

对传统的扼杀人的独立精神的纲常礼教的批评，必然导致人道主义、人的解放、人性的全面发展问题的提出。本书"绪论"中曾经谈到新文化运动从根本上说是一次"人的解放运动"；李大钊在当时就指出过："我们应该承认爱人的运动比爱国的运动更重。"而周作人则更是"人的文学"的理论的积极倡导者。就周作人而言，虽然他的人道主义思想和文学主张主要体现在他五四时期发表的著名的《人的文学》等文章中，但他的以"立人"为中心的人道主义思想，却是早在日本时期就已经形成了。在《论文章之意义暨其使命因及中国近时文论之失》一文中，周作人探讨了物质与精神在人的发展中的地位和作用。在他看来，所谓人的解放、人性的全面发展，包括物质的生存欲望的满足及精神的自由发展两个方面，而后者是更为重要的。后来在《人的文学》一文中，周作人又指出："我所说的人道主义，并非世间的所谓'悲天悯人'或'博施济众'的慈悲主义，乃是一种个人主义的人间本位主义。"在《文艺的讨论》一文中，他又明确指出："现在讲文艺，第一重要的是'个人的解放'，其余的主义可以随便。"由此可见，从民族的生存和振兴着眼，新文化运动的倡导者们十分关心和强调"人性"的全面发展。这显然是一代先进知识者对那个时代特定的精神状态和理论需求的体认的结果。

对"人"的问题的认识一经扩展和深化，便是对妇女和儿童问题的高度重视。例如，周作人认为，虽然欧洲关于"人"的真理的发现较早，但"女人与小儿的发见，却迟至十九世纪，才有萌芽。古来女人的位置，不过是男子的器具与奴隶。中古时代，教会里还曾讨论女子有无灵魂，算不算得一个人呢。小儿也只是父母的所有品，又不认他是一个未长成的人，却当他作具体而微的成人，因此又不知演了多少家庭的与教育的悲剧。自从 Fröebel 与 Godwin 夫人以后，才有光明出现。到了现在，造成儿童学与女子问题这两个大研究，可望长出极好的结果来。中国讲到这类问题，却须从头做起，人的问题，从来未经解决，女儿小儿更不必说了"（《人的文学》）。从重视人的问题出发，周作人十分重视儿童问题；由于重视"人的文学"，他进而又十分重视儿童文学。终于，时代的文化气候和精神需求在周作人那里酝酿、转化并获得了具体的思想内容，其中之一即对儿童文学的重视及有关理论思考的展开。

从新的社会历史土壤中生长起来的新文化之树终于结出了儿童文学的理论之果。从反对封建纲常礼教的桎梏到追求人的精神解放，从人的自觉到儿童的发现，从尊重儿童的独立人格和精神需求到儿童文学及其理论批评建设的全面展开，这是一个何等繁复、艰难的文化观念的转换进程！

传统儿童文化观念，首先是传统儿童观，终于受到了直接的、全面的、彻底的批判和否定。周作人当然只是一个代表，一个我们用来说明问题的文化样本。而这个样本所暗示和流露的，则是一种全新的文化语码和文化心态。

五四时期儿童文学及其理论批评的展开，其逻辑起点并不是"文学"，而是当时与人的问题一起提出来的儿童问题。茅盾在 30 年代曾回忆说："'儿童文学'这名称，始于'五四'时代。大概是'五四'运动的上一年罢，《新青年》杂志有一条启事，征求关于'妇女问题'和'儿童问题'的文章。'五四'时代的开始注意'儿童文学'是把'儿童文学'和'儿童问题'联系起来看的。这观念很对。

记得是 1922 年顷，《新青年》那时的主编陈仲甫先生在私人的谈话中表示过这样的意见：他不很赞成'儿童文学运动'的人们仅仅直译格林童话或安徒生童话而忘记了'儿童文学'应该是'儿童问题'之一。"[8]郭沫若在《儿童文学之管见》一文中也指出，"人类社会根本改造的步骤之一，应当是人的改造。人的根本改造应当从儿童的感情教育、美的教育着手。有优美醇（纯）洁的个人才有优美醇（纯）洁的社会。因而改造事业的组成部分，应当重视文学艺术"，"儿童文学的提倡对于我国社会和国民，最是起死回春的特效药，不独职司儿童教育者所当注意，举凡一切文化运动家都应当别具只眼以相看待。今天的儿童便为明天的国民"。由此可见，新文化运动的倡导者们是把儿童文学作为整个人的问题、儿童问题之一提上新文化建设的日程表上的。这是因为，儿童文学的自觉归根到底是儿童自身被发现的结果，只有冲破长期禁锢儿童精神的封建纲常（"父为子纲"）规范，建立崭新的现代儿童观，儿童文学才有可能顺理成章地应运而生。对现代儿童文学理论批评的自觉，显然也应作如是观。

是一代文化巨人鲁迅，最先发出了"救救孩子"的激愤的呐喊。他热切地期望新的一代成为"'人'的萌芽"（《热风·随感录二十五》）。1919 年 11 月，《新青年》第 6 卷第 6 号刊登了鲁迅的《我们现在怎样做父亲》一文。鲁迅从进化论的角度，论述了新生命的价值，指出："后起的生命，总比以前的更有意义，更近完全，因此也更有价值，更可宝贵；前者的生命，应该牺牲于他。"然而旧中国的情形又如何呢？鲁迅抨击了"圣人之徒"的行为，"他们以为父对于子，有绝对的权力和威严；若是老子说话，当然无所不可，儿子有话，却在未说之前早已错了"；

在中国的旧见解中，"本位应在幼者，却反在长者；置重应在将来，却反在过去。前者做了更前者的牺牲，自己无力生存，却苛责后者又来专做他的牺牲，毁灭了一切发展本身的能力"。鲁迅希望"此后觉醒的人，应该先洗净了东方古传的谬误思想，对于子女，义务思想须加多，而权利思想却大可切实核减，以准备改做幼者本位的道德。况且幼者受了权利，也并非永久占有，将来还要对于他们的幼者，仍尽义务"。他提倡"爱"，希望人们"将这天性的爱，更加扩张，更加醇化；用无我的爱，自己牺牲于后起新人"。鲁迅对儿童的理解和爱是深沉的、博大的，而且隐隐也透露出缕缕的辛酸和沉痛。数千年封建纲常对年幼一代的精神束缚和戕害，使鲁迅意识到对于中国的父母来说，解放孩子"是一件极伟大的要紧的事，也是一件极困苦艰难的事"。他怀着深挚的愿望向人们发出了这样的吁请："各自解放了自己的孩子。自己背着因袭的重担，肩住了黑暗的闸门，放他们到宽阔光明的地方去；此后幸福的度日，合理的做人。"

这是一代人曾经有过的心路历程。他们的思考不再停留在一般性的政治层面上。新文化运动的深入使他们的思想有可能直接深入到儿童问题的反思和儿童文化建设的领域。然而，几千年文化因袭的重负实在太黑暗太沉重了，所以在那个新的文化转换、生长的时代，他们一方面怀着热爱、憧憬和建设的热情，另一方面又时时感受到传统观念的逼迫和挤压。新旧文化观念的大碰撞、大决战塑造了五四时期开放、丰富的文化心灵，他们疾恶如仇，而又充满老牛舐犊般的温情。这种激愤、痛恨、反抗、破坏的情感行为与深情的关心、热爱、求索、建设的情感行为，在"五四"一代人的身上组合、操练出一种新的文化惯性动作。这种惯性动作很自然地引导他们把自己的文化关注投向了儿童问题，并进而把自己的热情和才情投向了儿童文学及其理论批评领域。

也正是在这一过程中，传统儿童观随着封建纲常礼教一起崩溃，而新的儿童观的确立同时也就为现代儿童文学及其理论批评的自觉举行了一次真正的文化奠基仪式。

二　教育界的动态

儿童观的变更为现代儿童文学理论批评提供了一个新的逻辑起点，而"五四"前后教育观念的进一步变革和教育界对儿童文学的重视更为儿童文学理论批评的建设提供了现实的可能和保证。

从辛亥到"五四"，在教育界复古、尊孔、读经潮流与其反对者之间所展开的斗争，反映了传统文化与现代文化、传统儿童观与现代儿童观之间的深刻的矛盾和不可调和性。随着教育领域新观念的不断萌芽、生长、传播、发展，新的儿童观终于通过教育通道的传递、输送、转化，促进了儿童文学及其理论批评的建设。

首先是对发展儿童个性的重视。传统儿童观是无视儿童独立个性和精神特点的，新教育却把发展儿童个性作为其基本信念。1918 年 5 月 30 日，蔡元培在天津中华书局"直隶全省小学会议欢迎会"上所致演说词《新教育与旧教育之歧点》一文中就认为，新旧教育的不同在于：旧教育以成人的成见强加于儿童，阻碍儿童的个性自由发展；新教育乃按照儿童的兴趣和个性特点，使儿童自然地自由发展。他说："夫新教育所以异于旧教育者，有一要点焉，即教育者非以吾人教育儿童，而吾人受教于儿童之谓也。"他痛斥了旧教育对儿童个性的无视与摧残："吾国之旧教育以养成科名仕宦之材为目的。科名仕宦，必经考试，考试必有诗文，欲作诗文，必不可不识古字，读古书，记古代琐事。于是先之以《千字文》《神童诗》《龙文鞭影》《幼学须知》等书；进之以四书五经；又次则学为八股文，五言八韵诗；其他若自然现象、社会状况，虽为儿童所亟欲了解者，均不得阑人教科，以其于应试无关也。是教者预定一目的，而强受教者以就之；故不问其性质之动静，资禀之锐钝，而教之止有一法，能者奖之，不能者罚之。如吾人之处置无机物然，石之凸者平之，铁之脆者煅之；如花匠编松柏为鹤鹿焉；如技者教狗马以舞蹈焉；如凶汉之割折幼童，而使为奇形怪状焉。追想及之，令人不寒而栗。"而新教育则是以了解和尊重儿童个性特点为前提的。蔡元培进一步指出，新教育"在深知儿童身心发达之程序，而择种种适当之方法而助之。如农学家之于植物焉，干则灌溉之，弱则支持之，畏寒则置之温室，需食则资以肥料，好光则复以有色之玻璃；其间种类之别，多寡之量，皆几经实验之结果，而后选定之；且随时试验，随时改良，决不敢挟成见以从事焉"。由此可见，新教育与旧教育的一个基本分歧就在于，新教育是以尊重和发展儿童个性为目标的，用蔡元培自己的话来说就是："知教育者，与其守成法，毋宁尚自然；与其求划一，毋宁展个性。"这种尊重儿童个性、崇尚自然的教育观念的确立，无疑会有助于加强人们对儿童精神需求和趣味特征等问题的重视，并进而促进人们对儿童读者文学阅读个性等问题的重视和研究。

其次是美育观念的确立。[9]在辛亥革命前，尽管王国维独具慧眼，把美育纳入了完全教育的视野，但曲高和寡，在当时的教育界影响不大。辛亥革命后，蔡元培以独创精神把美育提到了重要的教育位置上。后来在《我在教育界的经验》一文中，他又提出世界观教育，是为了"打破二千年墨守孔学的旧习。提出美育，因为美感是普遍性，可以破人我彼此的偏见；美学是超越性，可以破生死利害的顾忌，在教育上应特别注重"。因此，蔡元培身体力行，大力倡导美育。1922年，蔡元培在回顾当时教育界美育观念确立的历史过程时曾谈道："我国初办新式教育的时候，只提出体育智育德育三条件，称为三育。十年来，渐渐的提到美育；现在教育界已经公认了。"倡导美育，蔡元培功不可没，正如陈望道所说的："美育底历史很短，不过才产生了一百多年；中国之有美学，实以蔡元培先生提倡为最早。中国人素讲智、德、体三育；近人更倡群育、美育，而并称为五育。美育即蔡元培先生所主倡。"（《美学纲要》）

美育观念的确立，对于儿童文学通过教育渠道进入儿童读者的视野无疑会产生极大的推动作用。1922年6月，蔡元培在《美育实施的方法》一文中曾这样谈到他的美育实施的设想："儿童满了三岁，要进幼稚园了……那时候儿童的美感，不但被动的领受，并且自动的表示了。舞蹈、唱歌、手工都是美育的专课。就是叫他计算、说话，也要从排列上、音调上迎合他们的美感，不可用枯燥的算法与语法"，"儿童满了六岁，就进小学校，此后十一二年，都是普通教育时期。专属美育的课程，是音乐、图画、文学等。到中学时代，他们自主力渐强，表现个性的冲动渐渐发展；选取的文字美术，可以复杂一点，悲壮、滑稽的著作，都可应用了"。在这里，蔡元培理所当然地把文学列入了"本属于美育者"

的课程之一。

鲁迅也是由美育而及儿童文学的积极倡导者。1912 年鲁迅来到北京，在蔡元培领导下的教育部任职，并在教育部主办的夏期讲习会上主讲《美术略论》。此时正值临时教育会议召开，他听说要删除教育方针制定的美育，十分愤慨，在 7 月 12 日的日记中这样写道："夜雨。闻临时教育会议竟删美育。此种豚犬，可怜可怜！"自此以后，鲁迅更积极地提倡美术和美育，不仅努力筹备儿童艺术展览，而且写出了《拟播布美术意见书》，对美术和美育发表了许多创见。其中也涉及了儿童文学，要求对歌谣、童话等进行认真的整理和研究，以充分发挥其教育功能。他提出："当立国民文术研究会，以理各地歌谣，俚谚，传说，童话等；详其意谊，辨其特性，又发挥光大之，并以辅翼教育。"1912 年 8 月，鲁迅在通俗教育研究会出版的《通俗教育研究录》第 1 期上又说，"亟须编纂发行者……童话及杂剧"，并认为"其适合儿童心理，颇费研究而影响亦非细"。其实，鲁迅在这里已涉及了结合儿童心理研究儿童文学的问题，尽管只是点到而已，却十分可贵。

辛亥革命以后，教育观念的上述变化使教育界人士越来越感觉到传统教育的保守、沉闷与落后，他们越来越要求冲破传统教育的束缚，寻求新的可能的教育空间。很自然地，儿童的课外读物成了他们关注的问题之一。1913 年上海中华书局出版的《中华教育界》刊登了允明的《课外读物之研究》，强调了儿童课外读物的重要性："世界文明日益发展，万物事理，乃月异而岁不同，教育一方面自亦应扩张研究之范围，拘拘于授课以内知识，影响似乎太狭，此课外读物所以不可少见也……课外读物，在学校宜读特别有益之杂志小说等，经教师选之，置一定之所，俾儿童自行管理。儿童喜聆故事，所备之书，宜多购历史小说，伟人传记；其涉于神怪者，令多览。又近今外国以科学为小说，苟有佳者，亦不可不读。"1914 年《中华教育界》第 16 期刊登的啬厂的《中国教育上固有之特色及今后教育之要点》一文则从文学功能的角度谈到了文学与教育之间的密切关系："文学所以和人性，使之悦乐，博其兴趣，而发其美感，亦改造精神之要术也。文明国之教育，莫不重文学者，故诗歌、小说，列于诵习，夫文学犹有诱导社会进化之功焉。"到了五四时期，儿童文学在儿童教育中的价值更为人们所关注。严既澄的《儿童文学在儿童教育上的位置》（1921）一文就专门论述了这个问题。可见，文学的特殊功能及其在教育中的作用，已为当时教育界的许多人士所重视。

随着上述教育观念的变革，学校教育的具体改革也随之展开了。五四时期教育领域所发生的许多重大变化，已经直接影响了当时儿童文学的生存面貌，并进而对儿童文学理论批评的展开产生了深刻的影响。在这一改革过程中，最值得我们重视的是白话文在学校教育中的普遍采用。[10]

改"国文"课为"国语"课，由"文言"改用"语体"，采用白话文教学，这是五四时期教学改革的一项重要成就。民国以前学校的教科书大半是"四书""五经"，民国以后废止读经的课程时，所有教科书仍旧一律用死板的文言文。新文化运动提倡文学革命，反对旧文学，提倡平民的、写实的、通俗的新文学。新文学从内容到形式，都发生了深刻的变革。小说、诗歌、戏剧等作品日益广泛使用白话文，出现了大量的优秀的新文学作品，为学校提供了国语教材和课外读物。国语运动在"五四"前即有酝酿，在"五四"后才产生了广泛的社会反响，迅猛发展，直至推动学校教育的改革。1915 年 11 月，北京读音统一期成会王璞呈请教育部公布注音字母推行全国。1916 年，蔡元培、黎锦熙等发起成立国语研究会，主张"言文一致""国语统一"。1917 年 10 月，全国教育会联合会向教育部提出"请定国语标准并推行注音字母以期语言统一案"，有的地方已在推行。教育部于这年 11 月 23 日公布了 1913 年制定的注音字母表，12 月 28 日公布"国语统一筹备会规程"，以筹备国语统一及推行方法。北京、江苏等地已自编国语读本，使用国语教材。中华书局出版的"新式教科书"也用了一些白话文。到 1920 年 1 月，教育部训令全国各国民学校先将一二年级国文改为语体文。同年 4 月又规定截至 1922 年，凡用文言文编的教科书一律废止，采用语体文。此后大、中、小学各科逐渐都采用了语体文。白话文教材的普遍使用，对普及教育、普及文化科学知识都有很重要的意义。同时，教科书的内容也有改革。1920 年，商务印书馆和中华书局都编了新教科书，如商务印书馆的《新法教科书》、中华书局的《新体教科书》等，就都用白话编辑而成。小学课本则多采用各类儿童文学作品。儿童文学从此全面进入儿童的阅读视野，甚至连历史、地理等教科书也试图加入文学的趣味。常熟魏寿镛、江阴周侯予在中国第一部《儿童文学概论》第一章"什么叫做儿童文学"中曾这样写道："年来最时髦，最新鲜，兴高采烈，提倡鼓吹，研究试验的，不是这个'儿童文学'问题么？教师教，教儿童文学，儿童读，读儿童文学，研究儿童文学，演讲儿童文学，编辑儿童文学，这种蓬蓬勃勃勇往直前的精神，令人可惊可喜。"吴研因在其《清末以来我国小学教科书概观》（1935）一文中谈到当时"儿童文学抬头"的情况时也曾说，由于人们对儿童文学的倡导，"儿童文学的高潮就大涨起来，所谓新学制的小学国语课程，就把'儿童的文学'做了中心，各书坊的国语教科书，例如商务的《新学制》，中华的《新教材》《新教育》，世界的《新学制》……就也拿儿童文学做标榜，采入了物话、寓言、笑话、自然故事、生活故事、传说、历史故事、儿歌、民歌等等……民十以后的教科书，采入了和儿童生活比较接近的故事、诗歌，好比是比较有趣的画报、电影刊物，要看的人也当然多起来了。儿童文学在教科书中抬头，一直到现在，并没有改变。""五四"儿童文学的兴盛，由此可见一斑。

毫无疑问，一定的文学创作实践和其传播、接受的现实，总是要求和呼唤着人们进行相应的文学理论建设。随着五四时期儿童文学的自觉和勃兴，人们自然产生了对儿童文学进行进一步追问和探寻的愿望。魏寿镛、周侯予就这样表达了他们就儿童文学进行理论思维和探究的必要性的认识和研究的愿望："儿童文学究竟是什么？什么是儿童文学？不但读者心里常常有这个疑问，就是我心里也常常有这个疑问。倘使把这个问题去请问一般提倡鼓吹研究试验的先生们，恐怕多数人答不出一个很正当，很确切，很圆满，很明了的答案来罢。中国人做事情，往往不彻底，不了解，混混沌沌，糊糊涂涂，没有正确的观念。不独对于儿童文学这个问题是如此呢！"他们指出："儿童文学，是儿童的生命，是儿童的灵魂，是启发儿童心灵的机椟，是涵养儿童性情的补剂；关系儿童的前途很重大的。倘使我们自己对于这个概念，没有彻底的了解，跟人家瞎走，'依样葫芦''盲人瞎马'，不是一件很危险很可怕的事情么？所以我们要研究儿童文学，必先明白儿童文学是什么；要教授儿童文学，更当明白什么是儿童文学。"朱鼎元在《儿童文学概论》(1924)一书的"序言"中也曾这样表露自己的心迹和写作动机："近年以来，出版界的儿童文学用书，正如笋一般的争长；我就觉得做教师的，对于'儿童文学'的观念，是不能笼统地模糊地放过它的，因此便找几个朋友来讨论讨论。但是结果总觉得含糊而不着痛痒，很使我失望。虽然失望，但因此加增我想要找集出一个比较合理的观念的勇气，实在不少。这个念头，一年来没有放弃过，常常在那里搜索。"是的，理论的需要既来自实践，又与人们自身对实践的感应和从事理论探究的心理愿望有关。换句话说，只有文学实践发出了呼唤，而且这种呼唤又得到了人们自觉响应的时候，理论的自觉和系统建设才会顺理成章地成为一种文化现实。

毫无疑问，五四时期的人们感应了实践对理论的呼唤，于是我们看到，中国儿童文学与中国儿童文学理论批评联袂登上了中国现代的文化舞台。

三 理论景观

如果说近代儿童文学理论批评的酝酿和起步是近代文化观念演变的结果并主要以观念变革为特征的话，那么五四时期现代儿童文学理论批评的自觉建设则不仅是新文化观念演变、推动的产物，而且在一定程度上是以理论自身的系统建设为目的的了。可以说，这不仅是一个新文化运动勃兴的时代，也是一个属于儿童文学的时代，一个儿童文学理论批评建设全面铺开并取得重要收获的时代。

首先，五四时期儿童文学理论批评引起了广泛的社会关注，形成了一支虽然松散却足够强大的研究队伍。这支队伍主要由两部分人员构成：其一是关心儿童文学事业的作家，其中包括新文化运动中的许多大家巨擘和文坛精英；其二是热衷儿童文学理论研究的教师、编辑等。

　　考察五四时期的中国儿童文学理论批评，我们很容易发现这样一个现象：它是与当时中国文学界的那些最辉煌的名字紧紧联系在一起的。以鲁迅、郭沫若、茅盾、周作人等为代表的新文学巨人和文坛精英人士，写下了中国儿童文学理论批评发展史上最富有时代光彩和文化底蕴的一页，同时他们的参与也构成了中国儿童文学理论批评发展史上的一大人文奇观。特别是中国现代文学史上成立最早、阵容强大、影响深远的新文学社团"文学研究会"，其骨干成员如周作人、沈雁冰（茅盾）、郑振铎、叶圣陶以及赵景深、夏丏尊、胡愈之、徐调孚、谢六逸，褚东郊等，都曾经在儿童文学理论批评领域留下过足迹。这些文学大师或知名作家、学者的加入和存在，对于现代儿童文学理论研究开创时期的兴盛局面，无疑是一种有力的支撑。

　　五四时期，儿童文学研究的另一方面军由热爱儿童文学理论的教师、编辑组成，例如魏寿镛、周侯予、严既澄（他也是文学研究会成员）、张梓生、朱鼎元、顾均正等。魏寿镛、周侯予、朱鼎元当时都是江苏第三师范附属小学的教师。张梓生曾在绍兴僧立小学和明道女校任教，1922年后到商务印书馆任《东方杂志》编辑；严既澄1921年到商务印书馆工作，后曾任大中学校教师及报刊编辑；顾均正当过小学教师，1923年后也进入商务印书馆任编辑。尽管这些教师、编辑的社会知名度在当时远远不如那些叱咤文坛的著名作家，但他们默默的劳作却为现代儿童文学理论的系统建设做出了特殊的贡献。例如，中国最早的一批系统的儿童文学理论著作就是由江苏第三师范附属小学的几位教师写出来的！1923 年 8 月，商务印书馆出版了魏寿镛、周侯予合著的《儿童文学概论》；1924 年 10 月，中华书局出版了朱鼎元所著的《儿童文学概论》。因此应当说，是上述两支研究队伍的相互呼应、配合和相互支持、补充，共同为自觉期的中国儿童文学理论写下了动人的一页。

其次是研究阵地的扩展和巩固。五四时期的许多报纸杂志都对儿童文学研究倾注了很大热情，为儿童文学理论批评文章的发表提供园地。例如，《新青年》刊登了周作人的《儿童的文学》（1920 年第 8 卷第 4 号）等文章；《妇女杂志》刊登了丁锡伦的《儿童读物的研究》（1920 年第 6 卷第 1 号）、张梓生的《论童话》（1921 年第 7 卷第 7 号）、冯飞的《童话与空想》（1922 年第 8 卷第 7 号、第 8 号）、仲密（即周作人）的《神话与传说》（1922 年第 8 卷第 8 号）等文章；《教育杂志》刊登了严既澄的《儿童文学在儿童教育上的位置》（1921 年第 13 卷第 11 号）；《东方杂志》刊登了夏丏尊的《近代文学与儿童问题》（1922 年第 19 卷第 1 号、第 2 号）；《晨报副刊》刊登了叶圣陶的《文艺谈》（1921 年 3 月 5 日至 6 月 25 日连载）、赵景深和周作人的《童话的讨论》（1922 年 1 月至 4 月连载）、赵景深的《童话家之王尔德》（1922 年 7 月 15 日、16 日）等文章；《民国日报》副刊《觉悟》刊登了加白的《童谣的艺术价值》（1923 年 7 月 30 日）、冯国华的《儿歌的研究》（1923 年 11 月 23 日、27 日、29 日）等文章；《时事公报》刊登了郑振铎的《儿童文学的教授法》（1922 年 8 月 10 日至 12 日）；《歌谣周刊》刊登了周作人的《儿歌之研究》（1923 年第 33 号、第 34 号）等文章。此外，《出版界》《文学周刊》《文艺旬刊》《初等教育》《民铎》《虹纹》《微波》等刊物，都曾经刊登过数量不等的儿童文学理论批评文章。而《中华教育界》更在第 11 卷第 6 期（1922 年 1 月）上推出了一辑研究儿童用书的专号，集中刊登了周邦道的《儿童的文学之研究》、章松龄的《关于儿童用书之原理》、刘衡如的《儿童图书馆和儿童文学》、饶上达的《童话小说在儿童用书中之位置》、方秉性的《补助读本的必要和拣选的标准》、钱希乃的《小学校阅读材料》、祝其乐的《儿童阅读指导》、官廉的《图画与儿童用书的关系》、沈振声的《"儿童用书之研究"为什么是一件特别要紧的事》等文章。中国最早创办的两家新式出版机构商务印书馆（1897 年创办于上海）、中华书局（1912 年创办于上海）也分别在 1923 年和 1924 年推出了中国最早的两部《儿童文学概论》。所有这一切，都向我们表明了这样一个事实：中国儿童文学理论批评的现代建设，一开始就不仅依靠了一代文学大师的参与，而且也是与当时那些最重要的学术园地和出版机构的青睐和支持分不开的。

就这样，现代儿童文学理论批评在不长的时间里即取得了一批重要的成果，并且初步确立了自己作为一门相对独立的文学研究门类的理论个性和学科形象。

第一，从理论形态的生存面貌看，现代儿童文学理论经过古代，尤其是近代的漫长铺垫和准备，已开始由过去的零散的、尚未独立的研究形态进入了一个相对独立的、系统的建设阶段。

"五四"以前的中国儿童文学研究基本上处于一种零星的状态，而且有关的议论常常是作为某个特定的政治问题、社会问题、教育问题的附属部分而被带出来的。按照美国科学史家、科学哲学家库恩的说法，当一门科学知识处于零散的不系统的形态的时候，它还只是处于前科学形态，一旦形成了系统的理论形态，它就进入了常规科学阶段。

随着五四时期儿童文学研究的日趋活跃和理论积累的逐渐丰富，结合儿童文学教学的需要，很快出现了初具体系意识的儿童文学理论著作，这意味着儿童文学研究进入了常规科学阶段。例如朱鼎元所著《儿童文学概论》，全书共9个部分，标题如下：

> 文学的涵义
>
> 文学的起源
>
> 文学与儿童
>
> 儿童文学的定义
>
> 儿童文学的本质
>
> 儿童文学教材的分类与选择标准
>
> 儿童文学的建设
>
> 儿童文学的教学法
>
> 儿童文学教材的举例

从这些标题我们就不难看出，它有三个明显的特点：一是从文学的一般界说切入儿童文学研究，这在现代儿童文学理论系统建设的初创时期是可以理解的；二是带有明显的教学色彩，这反映了现代早期儿童文学理论系统建设同儿童文学教学实践密切结合的历史原貌；三是该体系（如果承认它是一个体系的话）在理论总结的系统性方面已经为儿童文学研究提供了一个初步的学科框架，尽管这个框架还难免简略，难免有所不足。（早一年出版的魏寿镛、周侯予所著的《儿童文学概论》大体上也具有这三个特点。）

儿童文学研究应该追求体系的建构吗？"'一般说来，科学的必要条件之一是要成体系，问题在于是怎样的体系'，这个可以说是朴素的信念强烈地支配着学者们的思想。克尔凯郭尔和尼采对体系的批判实际上没有产生什么重要的影响。"[11]然而尽管如此，人们对体系的诘难似乎也从未停止过。例如，我们不时听到这样的批评："体系是对现实的剔除、选择、固定和程式化，是试图使复杂的世界简单化的理论表现。体系即是规定，即是限制，它崇尚已知而惧怕未知，它固然有认识并把握真理的企图，但终极目的则是为自己构制一个安适的温床，树立一个崇拜的偶像，这无疑与文学的自由精神是相抵牾的。""直言之，理论不是为了体系而存在，理论是为了理论自身而存在。将文学理论研究从建立体系中解放出来，文学理论才是真正的具有光明前景的理论。"[12]在这种诘难中，体系简直成了理论不共戴天的仇敌。事实上，体系对理论生机的扼制常常并不是体系自身的过错，而是制造体系的人将体系看成了一个僵死的凝固体。我曾经在一篇文章中谈到过理论模式（或体系）的稳定性与变异性之间的关系："理论模式的稳定性本身也许并不是一桩坏事。问题在于，这种稳定性应该是随着现实的不断流动，通过变异和发展，从平衡到不平衡，再到建立新的平衡来获得的，而绝不能借助保守、盲从的意识或得过且过的心理来维护。"[13]将文学理论体系看成是一个与流动的文学实践格格不入的凝固体，这实在是对体系的一大误解。

对于儿童文学研究来说，体系的构建不仅是合理的，而且是必然的。因为系统化的研究成果必然需要一种相对系统的理论结构形态来加以概括、总结和再现，而这种相对系统化了的理论形态也将有利于理论成果的传播和利用。同时，理论建设的系统化程度也在一定意义上反映了一门学科的发展状况和该学科的成熟水平。很显然，五四时期儿童文学理论的系统化建设是中国儿童文学走向独立、自觉的建设时代的一个必然的学科发展取向。尽管我们很清楚，构建体系并不是理论研究的终极目标，而且体系一旦形成就将面临来自流动的文学现实方面的挑战。

第二，从理论形态的构成基础看，"五四"儿童文学研究所处的是一个西方文化学术思潮大量涌入国门的时代，因而现代儿童文学理论的自觉是通过广泛借鉴、吸收、融合近代西方心理学、教育学、儿童学、人类学、文艺学等学科的理论成果而实现并以此奠定自身的学术基础的。

一门学科的建立必然需要有雄厚的理论积累作为它赖以依托的学术基础，否则，理论基础的松软将会导致学科大厦的摇摆甚至崩塌。儿童文学理论是一门相对独立的文学研究门类，但就其学科构成基础而言，它又是跨学科的，例如它离不开文学审美特征的探究，它同教育学有着天然的血缘联系，它的读者对象又是以儿童为主，它与社会学、伦理学、原始文化研究等比邻而居……因此，儿童文学研究必然应以一种开放的学术姿态来进行本学科的理论建设。五四时期中西文化碰撞、交流的人文背景恰好为现代儿童文学理论批评的学科建设提供了坚实的理论依托。人们从西方近代人类学、心理学、教育学、文艺学等许多学科那里吸取了丰富的理论滋养。我们几乎可以毫不夸张地说，现代儿童文学理论研究虽然是在中国的人文土壤中成长起来的，但其理论原料却基本上来源于近代西方的科学文化成果。关于这一点，本书将在第四章进行详细的评述。

第三，从理论形态的构成内容看，当时的儿童文学理论研究已涉及了众多的研究课题，为儿童文学研究开拓了较为宽阔的理论空间。

儿童文学理论批评的学科价值在一定程度上是与其理论话题的独特性和丰富程度成正比的。只有寻找并确定自己的理论生长点，拥有自己独特的理论思路和丰富的研究课题，儿童文学理论批评学科才可能是丰满的而不是干瘪的，也才有可能对丰富多变的儿童文学活动做出全方位的跟踪考察和理论应对。五四时期的儿童文学研究虽处于现代的开创时期，但其构成内容却是丰富的：对儿童文学定义和特征的探讨，对儿童读者及其年龄特征的分析，对诗歌（包括儿歌、民歌、童谣、谚语、旧诗、新诗、词曲及其他）、**童话**（包括神话、神仙故事、动植物故事等）、**寓言**、**谜语**、**谐谈**（笑话、巧言等）、传记、游记、小说、剧本、论说等不同种类、体裁的儿童文学样式的研究，对儿童文学教学法和阅读指导法的阐述，对儿童文学遗产的关注，对外国儿童文学作家作品的评介，以及中外儿童文学的初步比较研究，等等。这一切所构成的理论批评景观为此后数十年所难以超越。

第四，从理论批评的研究方法看，五四时期的现代儿童文学理论批评已结合自身的学科特点，初步择定了合适的研究方法；不同研究方法之间的互补和支持，为当时的儿童文学研究提供了一个多层面的、立体的研究视角。

以童话研究为例。1924 年 1 月，赵景深曾将自己"五六年来悉心搜集各报纸杂志"所积累的童话研究论文交给新文化书社出版，这便是《童话评论》一书。此书将所收的童话研究论文编为三辑：一、民俗学上的研究；二、教育学上的研究；三、文学上的研究。在赵景深看来，这三类研究论文是运用三种不同研究视角和方法操作的结果。在"民俗学上的研究"部分收入了张梓生的《论童话》、冯飞的《童话与空想》、周作人的《神话与传说》、胡愈之的《论民间文学》、赵景深的《西游记在民俗学上的价值》等文章；在"教育学上的研究"部分收入了严既澄的《儿童文学在儿童教育上的位置》和《神仙在儿童读物上之位置》、戴渭清的《儿童文学的哲学观》、周作人的《儿童的文学》、章松龄的《关于儿童用书之原理》、周邦道的《儿童的文学之研究》、饶上达的《童话小说在儿童用书中之位置》、胡适的《儿童文学的价值》等文章；在"文学上的研究"部分则收入了郭沫若的《儿童文学之管见》、夏丏尊的《俄国的童话文学》、周作人的《王尔德童话》、赵景深的《安徒生评传》、郑振铎的《稻草人序》等文章。严格地说，上述分类未必都十分严密，部分论文在研究方法的运用上也颇有交叉、综合的特点，但这样的分类编排还是大体上显示了当时童话研究方法运用上的基本格局。同年2月，赵景深又写了《研究童话的途径》一文，对五四时期童话研究的三种不同方法和途径做了考察。第一种是民间童话 (Folk Tales) 的研究。这类研究的目的是考察民间童话所保存和传递的风俗民情、民族文化心理，因此其方法是"用人类学解释童话"，"而材料方面只求其真实，是不问对于他人或儿童的影响是怎样的"。第二种是教育的童话 (Home Tales) 的研究。赵景深认为，"民间童话是注重研究学问，而教育童话的对象却是儿童，所以处处在儿童方面着想，他们能否适当的融化我们所给予的滋养"。第三种是文学的童话 (Literary Fairy Tales) 的研究。这类作品的作者的"目的是社会，并不是想把这些东西给儿童看，或者更切当地说，他们的目的只是表现他们自己。这便是文学童话不同于教育童话的地方"。赵景深还以小说为例说明这两种童话的区别："小说之不同于通俗小说，犹之文学童话之不同于教育童话。"[14] 由此可见，五四时期的儿童文学研究者并未把对象看成是一个单一体，而是从文学实际出发，运用多种方法进行多维视角的考察，显示出一种开放的学术姿态和学科价值取向。

凡此种种，汇成了一种无声的语言，向历史宣布：中国儿童文学理论批评作为一门学科已经进入了一个自觉、独立的发展时期。

作为这一历史性转变的具体的事件标志是：1913 年至 1914 年周作人连续发表了《童话研究》《童话略论》《儿歌之研究》《古童话释义》等重要论文；1923 年商务印书馆出版了魏寿镛、周侯予合著的中国第一部系统的《儿童文学概论》。这两起跨越十年的理论事件不仅揭示了中国儿童文学理论批评走向自觉的具体历史时期，而且意味着具有近代科学特征的儿童文学理论形态在中国的形成。细心的读者也许还记得本书"绪论"中的这样一句话："于是，历史便借周作人之手为晚清以降中国儿童文学理论批评独立形成过程中的酝酿准备期画上了一个句号，同时也为中国儿童文学理论批评的现代进程掀开了最初的一页。"

注　释

[1] 张百熙、张之洞、荣庆：《奏订学堂章程折》，转引自舒新城编《中国近代教育史资料》上册，北京：人民教育出版社 1961 年版，第 197 页。

[2] 参见毛礼锐、沈灌群主编《中国教育通史》第四卷，济南：山东教育出版社 1988 年版，第 244 页。

[3] 参见毛礼锐、沈灌群主编《中国教育通史》第五卷，济南：山东教育出版社 1988 年版，第 3 页。

[4] 参见李泽厚《中国现代思想史论》，北京：东方出版社 1987 年版，第 9 页。

[5] 关于《甲寅》月刊及其所宣传的启蒙思想，参见岳升阳《移植西方民主政制的失败与启蒙思想的复苏——〈新青年〉的先声〈甲寅〉月刊》，载刘桂生主编《时代的错位与理论的选择——西方近代思潮与中国"五四"启蒙思想》，北京：清华大学出版社 1989 年版。

[6] 参见李泽厚《中国现代思想史论》，北京：东方出版社 1987 年版，第 8 页。

[7] 参见李泽厚《中国现代思想史论》，北京：东方出版社 1987 年版，第 18 页。

[8] 茅盾：《关于"儿童文学"》，原载《文学月刊》第 4 卷第 2 期（1935 年 2 月）。

[9] 有关情况可参见姚全兴《中国现代美育思想述评》，武汉：湖北教育出版社 1989 年版。

[10] 参见毛礼锐、沈灌群主编《中国教育通史》第五卷，济南：山东教育出版社 1988 年版，第 25–26 页。

[11] 增成隆士：《美学应该追求体系吗？——作为系统的艺术品、作为系统的美学》，载马克思主义文艺理论研究编辑部编选《美学文艺学方法论》上册，北京：文化艺术出版社 1985 年版。

[12] 达流：《体系是灰色的》，《文学自由谈》1986 年第 5 期。

[13] 方卫平：《我国儿童文学研究现状的初步考察》，《文艺评论》1986 年第 6 期。

[14] 赵景深：《童话论集》，上海：开明书店 1927 年版。

第四章 "别求新声于异邦"

"五四"前后西方近代科学文化思潮的涌入不仅最直接地构成了中国现代儿童文学理论开拓者们从事研究工作的具体人文背景，而且也在相当程度上决定了当时儿童文学研究可能具有的时代内涵和理论面貌。因此，循着这一背景所提供的学术思想脉络来梳理、研究近代西方学术思潮对现代中国儿童文学观念的浸润和影响，无疑将有助于我们认识中国现代儿童文学理论初期的生长状态及其历史特征，进而更科学地理清和把握中国现代儿童文学理论的发生、发展轨迹及其内在规律。

一 西学东渐与传播

尽管中国古代传统儿童文化并不是一无是处，但中国儿童文学理论的现代建设却不可能以传统文化为理论依托。于是，人们很自然地把目光投向了西方近代学术思想。"别求新声于异邦"，成为一代儿童文学理论建设者的共同愿望和实际行为。如果说中国现代儿童文学理论批评是在当时的社会文化母体中孕育而成的话，那么它的真正诞生则是借助了近代西方儿童心理学、教育学、人类学（民俗学）、儿童学等这些"助产士"的一臂之力。

儿童心理学作为一门独立的系统的学科，一般从德国心理学家普莱尔的《儿童心理》（1882）一书问世算起。它独立的历史虽然不长，但发展较快。在19世纪末20世纪初经过美国心理学家霍尔、鲍德温、卡特尔和法国心理学家比纳以及德国心理学家施太伦等人的努力，取得了许多重要的研究成果。"五四"之前，近代西方心理学思想开始大量传入中国，其中也夹带着儿童心理学理论。有研究者根据查阅和搜集到的1900年至1918年间的30本心理学书籍，粗略地分类如下：

1. 翻译日本心理学（日本根据西方心理学编辑）9本；

2. 根据日本心理学编译或编辑8本；

3. 根据日本教员口授笔记整理成教科书3本；

4. 取材于英、美、德、日心理学编辑5本；

5. 原著为美国心理学由日文重译2本；

6. 原著为丹麦心理学由英文重译1本；

7. 翻译法国心理学（《革命心理》属社会心理学）1本；

8. 根据经验编著的儿童心理学1本。[1]

从这里可以看出，在"五四"以前，有系统的儿童心理学书籍还是很少的。"五四"以后，随着现代儿童文化建设的展开，专门的儿童心理学著作也多了起来，如艾华编的《儿童心理学纲要》（1923，商务印书馆）、陈大齐翻译的德国高五柏所著的《儿童心理学》（1925，商务印书馆）等。1925年，我国儿童心理学研究的开拓者陈鹤琴根据教学和研究中所积累的材料，并参考西方儿童心理学著作，写成《儿童心理之研究》（上、下册），由商务印书馆出版。这是我国儿童心理学的一本开拓性和奠基性的著作。[2]尽管五四时期系统的儿童心理学著作还不多，但19世纪以来西方儿童心理学研究中的不少重要学术观点已经通过各种方式传入我国，并对当时的儿童文学研究产生了深刻的影响。"复演说"就是一个突出的例子。

"复演说"(recapitulation theory) 是一种关于个体心理发生、发展的理论。早在 19 世纪初，比较解剖学的创始人弗里德里克·梅克尔就提出了一个大胆的假说，认为个体的成长史就是种族历史的一种重演。以后，进化论的创始人达尔文又从生物学方面提出：人类个体的胚胎发育史恰恰重演着生物自低等向高等进化的历史。德国生物学家海克尔也重新论证了梅克尔的假说，认为在胚胎发展中动物趋向于重复或重演我们祖先在进化中所遵循的过程。他把个体发生和种系发生之间的内在因果关系确立为"生物发生的基本律"，并认为重演的根源在于原生质遗传性的无意识记忆。对于这一学说，恩格斯在《自然辩证法》中从辩证法普遍原理的高度肯定了作为发生学必然规律的"重演"现象，并从生物领域扩展到精神——认知领域："正如母腹内的人的胚胎发展史，仅仅是我们的动物祖先从虫豸开始的几百万年的肉体发展史的一个缩影一样，孩童的精神发展是我们的动物祖先、至少是比较近的动物祖先的智力发展的一个缩影，只是这个缩影更加简略一些罢了。"[3]

在儿童心理学研究中，美国心理学家霍尔接受了上述进化论和复演说的思想，并将其运用到个体心理发展的理论中去。他提出了应该把个体心理的发展看作一系列或多或少复演种系进化历史的理论。他认为，从种系进化史的角度看，在个体生活早期所表现出来的遗传特性比以后表现出来的遗传特性古老，因此后者不如前者稳定和强大。霍尔还具体分析了儿童与青少年复演种系发展的过程：

胎儿在胎内的发展复演了动物进化的过程（如胎儿在一个阶段是有鳃裂的，这是重复鱼类的阶段）；而出生后个体的心理发展，则复演了人类进化的过程。[4]

"复演说"与人类学理论（19世纪西方进化学人类学派曾吸收了进化论学说中的复演论观点）传入中国后，被儿童文学理论研究广泛吸收和采纳，成为当时许多儿童文学论著阐述儿童特点的一个基本的理论依据，对五四时期中国儿童文学理论观念产生了深刻的影响。

近代西方的教育理论在清末民初也开始传入中国。从晚清到五四时期，福禄贝尔[5]教育理论、蒙台梭利教育理论、杜威的儿童中心主义等都在我国得到了广泛的介绍和传播。例如，蔡元培的《新教育与旧教育的歧点》（1918）一文在谈到外国重视儿童个性发展教育的情况时，就提到了卢梭、裴斯泰洛齐[6]、福禄贝尔等人，并特别介绍了托尔斯泰的自由学校、杜威的实验学校和蒙台梭利的儿童室。这些教育理论无疑也对当时的儿童文学研究产生了影响。严既澄在《儿童文学在儿童教育上的位置》一文中就曾借助"现代的教育思想"来"评判儿童文学的价值"。他说："在十七、十八两个世纪里，法国的卢梭，瑞士的裴司泰洛齐（Pestalozzi），德国的海尔巴（Herbart，即赫尔巴特）和福罗培儿（Fröebel），都是把西洋中古教育，改造到现代教育的健将。他们所主张的都是要顾全儿童的时期，用适当的教材，来谋他内部的发展。"当然，西方教育理论中对中国现代儿童文学理论产生巨大影响的当首推美国实用主义教育家杜威的儿童中心主义理论。在儿童中心主义理论观念影响下形成的儿童本位论的儿童文学理论，无疑是五四时期被中国儿童文学界广泛认可同时也是影响最大的理论观念。

人类学是19世纪中叶以后兴起的一门新学科，它在当时与民俗学研究有着密切的联系以至几乎合二为一。由于应用理论和方法上形成一些不同观点，西方人类学研究中产生了早期古典进化学派、历史学派、功能学派、结构主义学派、新进化学派等众多学派。其中早期古典进化学派的代表人物有美国人类学家摩尔根和英国人类学家泰勒、安德鲁·朗 [7]。泰勒利用民俗学资料发表了两大名著《人类远古历史研究》（1865）和《原始文化》（1871），影响很大。他是进化论学派的主要代表人物。安德鲁·朗的观点颇受泰勒的影响，是泰勒学说的主要捍卫者。在"五四"前后经过周作人、赵景深等人的介绍，他在中国儿童文学理论界的名气和影响都要超过泰勒。他的《习俗与神话》（1884）、《神话仪式与宗教》（1887）等著作对周作人的儿童文学研究，特别是童话研究产生了巨大的影响。

儿童学是以儿童为研究对象的一门学科。它运用传记法、谈话法、问卷调查法、诊断法和智力测验法等方法，研究儿童身心发展和遗传与环境对儿童身心发展的影响，认为生物遗传的规律或环境的影响决定了儿童的发展趋向。其代表人物有美国心理学家霍尔等。儿童学在"五四"前后传入中国。例如，商务印书馆于1916年印行出版了朱元善所编的《儿童研究》（《教育丛书》第2集第4编）一书。这本薄薄的小册子在谈到何为"儿童研究"时说："以研究成人心理所得法则，应用之于儿童，而以所得儿童心理之知识，确立教育学之客观的基址，是即所谓儿童研究……'儿童研究'一语，亦与儿童心理学略有不同，盖不独研究其心理方面，兼研究其生理方面也。"1921年，商务印书馆又出版了凌冰编著的《儿童学概论》（《世界丛书》之一）。这是一部颇为系统的儿童学理论著作，其目录如下：

作者在书中强调，儿童学"这门学科，实在是包括儿童的生理和心理两方面而言的"。由于儿童学研究强调从遗传和环境的双重视角来研究儿童，因而它的许多成果可以对儿童心理学研究产生一种理论上的互补。例如，凌冰认为儿童学的研究范围可以包括三项：一、儿童天赋的本能；二、儿童的环境；三、儿童的身体。在谈到环境的影响和作用时，他说同是中国人，其言语举动就十分相近，但"假使叫一个居住在外国的和一个居住在本国的比较起来，为什么他的言语举动总有多少不同的地方？这无非是居住在外国的华侨和居住在国内的人民两下所接触的环境不同；他们受了这里环境的日磨月移，所以就把他固有的天性，渐渐地改变成另外一个样子的了。比如住在山旁的小孩，到了才能行走的时候(约在四五岁)，即会爬到山上去游玩。住在海边的小孩，自己就能跑到水中去游泳。像这几种的本领，普通的小孩是做不到的。这究竟是什么缘故呢？依心理学家说：小孩子个个有很深的模仿性。比如小孩子看了成人时时跑到山上去伐木采薪，于是他也就模仿他们跑到山上去玩耍。

小孩子看了成人时时要跑到水里去捕鱼捉蟹，于是他也就模仿他们走到水里去游泳。总而言之，模仿是儿童的天性；儿童模仿做什么事情，全是由于他四旁环境的影响"[8]。在当时儿童文化界普遍强调"以儿童为本位"的情况下，这些来自儿童学研究的见解显然是有益的。同样，儿童学研究中对儿童生物遗传和身体成长方面的关注、研究及其成果，也有助于深化人们对儿童世界的认识和理解。

西方儿童学研究成果的传播和中国儿童学研究的展开，对"五四"前后中国儿童文学理论的现代自觉有着积极的推动和促进作用。儿童学把研究焦点集中在儿童的身心和环境等因素的研究上，对儿童文学理论批评的展开无疑是有借鉴价值的。因为儿童文学说到底是以文学的方式来把握和再现儿童世界，而儿童文学理论批评说到底也必须以儿童世界尤其是儿童审美心理为理论参照系和切入角度。所以，近代西方儿童学的输入也就从一个方面为中国现代儿童文学理论建设提供了相应的理论支援，奠定了相应的学术基础。

以上述儿童心理学、教育学、人类学、儿童学等学科为主构成的西方近代学术"新声"，迎合了现代中国儿童文学理论建设的需要。它们迅速地被人们接受、传播，并对中国现代儿童文学的理论观念和研究形态产生了深刻的影响。

二　西方人类学派与中国现代儿童文学理论建设

寻求和梳理现代早期儿童文学学说的理论渊源和学术特征，

我们首先应该注意的是近代西方人类学派的输入、传播和影响。那么，从哪里开始我们的探寻呢？

或许，周作人是一个再合适不过的切入点。在我看来，如果从历史发展的角度来考察，周作人的那些有关儿童文学理论的篇什无疑是早期儿童文学理论园地第一批重要的收获，而此前的梁启超、徐念慈、孙毓修等人有关儿童文学的言论还只能说是这一收获的某种铺垫和预兆。就周作人而言，他不仅曾经是近代西方人类学派学术思想的热情译介者和传播者，而且他的儿童文学观的直接理论来源主要也是由这一学派提供的。可以说，西方人类学派与周作人儿童文学观之间的联系，十分典型地反映了近代西方学术思潮对早期中国儿童文学观念的浸润和影响。因此，不了解人类学派学说对周作人的影响，也就不可能了解周作人儿童文学观的真实面貌；而不了解周作人儿童文学观的真实面貌，也就不可能把握现代中国儿童文学理论初期的生成状态及其历史特征。

周作人，原名櫆寿，又名奎绥，字星杓，浙江绍兴人。他不仅是新文化运动中的重要代表人物之一，也是现代中国儿童文学理论建设早期最重要的参与者之一，发表过数十篇有关的理论文章。1932 年，儿童书局出版了他的《儿童文学小论》一书。书中收录了他自 1913 年以来发表的 11 篇有关儿童文学的主要文章。

周作人在童年和少年时代曾接受过旧式教育的严格训练。这种训练使周作人形成了他最初的精神世界和观念结构。然而，青年周作人所生活的时代毕竟已经大大不同于黄宗羲的，甚至也大大不同于龚自珍所生活的时代了。一旦当他迈出"三味书屋"那间私塾而进入新式学堂的时候，他的旧式的精神世界就必然要接受西方近代文化思潮的冲击和洗礼。实际上，周作人与他的那些后来在新文化运动中共同战斗的伙伴们一样，他的思想觉悟也是由西方近代的文化思潮所促成的。1901 年 9 月，周作人进入江南水师学堂读书，初步接触了西方文学；1906 年，他东渡日本留学，更有了系统接受西方近代文化思潮的机会。而这一时期，也正是我们在探讨周作人儿童文学观形成背景时所应特别予以关注的。

其时，日本正处于明治维新以后西方近代学术文化思潮大量涌入蔓延的时期。周作人在《我的杂学》一文中曾回忆说："我到东京的那年，买得该莱的英文学中之古典神话，随后又得到安特路·朗的两本神话仪式与宗教，这样便使我与神话发生了关系。"安德鲁·朗的书是用人类学派理论来解释神话的著作，由此周作人对人类学派的理论产生了兴趣。他收集研读了安德鲁·朗的许多著作，包括"文学史及评论类，古典翻译介绍类，童话儿歌研究类，最重要的是神话学类，此外也有些杂文"（《我的杂学》）。周作人在谈到这些书籍对自己的影响时说："这里边于我影响最多的是神话学类中之《习俗与神话》《神话仪式与宗教》这两部书，因为我由此知道神话的正当解释，传说与童话的研究也于是有了门路。"（《我的杂学》）在接触、了解人类学派的神话、童话理论的同时，周作人开始吸收、译介和传播这些学说。据马昌仪先生介绍，1907 年鲁迅、许寿裳等人筹办《新生》杂志时，周作人在东京根据安德鲁·朗的《习俗与神话》《神话仪式与宗教》和英国该莱的《英文学上的古典神话》，写过一篇题为《三辰神话》的文章交给鲁迅，鲁迅把写好的一部分用稿纸誊清后，等许寿裳来时传观。卒因《新生》流产，文章亦未终稿，后又散失无存了。同年，周作人以周逴的笔名翻译了安德鲁·朗等人根据荷马史诗编著的小说《红星佚史》

（原名《世界欲》）。他在该书前言中对安德鲁·朗做了简要的介绍。[9] 这些工作所产生的影响可能十分有限，有些甚至根本未能产生什么影响，但它们无疑是周作人接受、传播人类学思想的一个开端。1911 年秋，周作人结束留学从日本返回绍兴不久，在人类学派研究方法的启发指导下开始搜集本地的儿歌童话[10]，并在此后两三年内陆续撰写和发表了《童话研究》《童话略论》《儿歌之研究》《古童话释义》等文章。这些文章或转述人类学派有关神话、传说、童话的解释，或直接引用人类学派代表人物如安德鲁·朗等人的言论，都无一例外地显示出人类学派学术思想的巨大投影。日本学者新村彻认为："周作人的童话论正是基于民俗学的方法。很显然，这并不是他自己的独创，仍然是由借鉴吸收西欧现代童话理论而展开的。"提到安德鲁·朗，新村彻认为："周作人倾倒于这位安德鲁·朗的学说，可以说对于童话的起源、变迁和分类等，几乎都接受了安德鲁·朗的理论。"（《周作人的儿童文学论——中国儿童文学小议之一》）这些说法显然是有充分的事实依据的。

当然，周作人并非仅仅通过安德鲁·朗来接受人类学派的学说，他还从其他人那里受到过这种影响。例如，他读过哈特兰德的《童话的科学》、麦苟劳克的《小说的童年》，并认为由此自己才对于"神话传说以及童话的意思……更知道得详细一点"（《我的杂学》）。此外，当时日本的神话学、民俗学研究也已起步，其代表人物如高木敏雄、姉崎嘲风等人也在一定程度上接受了安德鲁·朗等的人类学见解；日本民俗学者柳田国男的理论也曾被周作人重视。[11] 这些都可能对周作人学术思想的形成产生这样或那样的影响，并使他的儿童文学观从一开始就同近代西方人类学派学说建立起一种密切的亲缘关系。可以说，人类学派学说不仅为周作人的儿童文学观提供了具体的理论观点，而且也直接为它规定了内在的理论框架和逻辑展开范围。

那么，在当时的文化背景下，作为中国现代儿童文学理论建设的重要开拓者，周作人何以对西方人类学派的理论特别青睐？或者说，为什么西方人类学派的学说会对周作人的儿童文学观发生特殊的影响呢？

任何一种外来文化思潮或学术理论的输入并发生影响，无疑反映了一个时代特定的精神状态和理论需求，同时也标志着这一外来思潮和学说的输入者自身对这一时代需求的体认。因此，这种输入和影响是多种因素合力的结果。西方人类学派学说对20世纪初处于萌发时期的中国现代儿童文学理论的历史影响，同样是由多方面原因的历史性相遇、融会而造成的。

如前所述，近现代中国的社会危机和救亡图存的时代需要，决定了当时一代又一代先进分子十分关心"人"的问题。从民族的生存和发展着眼，他们极为关注和强调人的自觉和人性的全面的发展。于是，随着"人"的问题的深化，儿童问题也受到了关注；随着"人的文学"的提出，儿童文学也开始登台亮相。与此同时，有关儿童文学理论思考也逐渐展开。

而人类学派的学说正适应了这种理论思考的需要。周作人曾表白说，"我对于人类学稍有一点兴味，这原因并不是为学，大抵只是为人"（《我的杂学》），并由此向儿童问题过渡。而"要研究讨论儿童文学的问题，必须关于人类学民俗学儿童学等有相当的修养"（《儿童文学小论·序》）。正如我们已经知道的，人类学是19世纪中叶以后兴起的一门世界性新学科。当时出现了人类学领域第一个广有影响的重要学派——进化学派，其代表人物如摩尔根、泰勒等主张任何文化和社会都是由低级向高级分阶段进化发展的。他们对神话进行了大量的调查研究，形成了自己比较完整的神话理论。20 世纪初，西方的神话学理论开始传入中国。1913 年和 1914 年，周作人用文言文写的《童话略论》《童话研究》等文章，对安德鲁·朗的神话研究观点做了相当详细的阐述。这些文章被认为是我国最早直接介绍人类学派神话学，并运用它来研究神话和童话的重要论文。[12]

从人类学派的神话学理论入手，周作人很快便找到了通向童话乃至整个儿童文学学术思考和阐释的理论入口。可以说，周作人的儿童文学研究是从涉猎人类学派的神话学理论开始的。他在回顾自己的这些工作时曾说："以前因为涉猎英国安特路·朗的著作，略为懂得一点人类学派的神话解释法，开始对于'民间故事'感到兴趣，觉得神话传说、童话儿歌，都是古代没有文字以前的文学，正如麦卡洛克的一本书名所说，是《小说之童年》。我就在民初这两三年中写了好些文章，有《儿歌之研究》、《童话略论》与《童话研究》，又就《酉阳杂俎》中所记录的故事加以解释，题作《古童话释义》……"[13] 他还明确承认："我们对于儿童文学的有些兴趣这问题，差不多可以说是从人类学连续下来的。"（《我的杂学》）于是，周作人儿童文学观念的酝酿与建构，便始终是在西方人类学派学说的理论笼罩之下进行的。

周作人的儿童文学研究工作主要集中于 1912 年到 1923 年间。1913 年和 1914 年，他先后发表了《童话研究》《童话略论》《儿歌之研究》《古童话释义》等文章。这是他在日本接受人类学派理论后开始从事儿童文学研究工作的起步时期，也是他接受、传播人类学派理论并借以构建自己儿童文学观念的最重要的时期。其时距离新文化运动的勃兴尚有五六年的时间，周作人作为中国现代儿童文学理论建设的先行者是寂寞的——这几篇文章发表之后在当时并未引起更多人的重视。直到五四运动以后，1920 年 10 月他应北京孔德学校之邀做题为"儿童的文学"的讲演，才在其后的几年间重新开始陆续发表了许多相关文章。这一时期，随着时代的发展，周作人的儿童文学观念有所丰富和发展，但人类学派学说仍然是其最重要的理论基石之一。

人类学派对周作人儿童文学观的渗透和影响是多方面的。概而言之，这种影响最集中地表现在以下三个方面。

首先，人类学派为周作人确立具有新的时代内容和思想特征的"儿童观"提供了有力的理论支持，这一儿童观为他的儿童文学观念的展开找到了一个建筑在近代科学精神基础之上的逻辑起点。

现代儿童文学理论体系的构筑无疑也必须首先确立自己的理论出发点。儿童文学理论的逻辑起点是"童年"。在封建时代，儿童生理和心理发展的独特性不被认识，因而也不可能有对儿童独特精神需要的正确的理论阐述。周作人指出："以前的人对于儿童多不能正当理解，不是将他当作缩小的成人，拿'圣经贤传'尽量地灌下去，便将他看作不完全的小人，说小孩子懂得甚么，一笔抹杀，不去理他。"（《儿童的文学》）那么，应该怎么正确认识"童年"现象，确立新的"儿童观"呢？周作人认为可以借助人类学派的理论。他指出："照进化说讲来，人类的个体发生原来和系统发生的程序相同：胚胎时代经过生物进化的历程，儿童时代又经过文明发达的历程；所以儿童学 (Paidologie) 上的许多事项，可以借了人类学 (Anthropology) 上的事项来作说明。"（《儿童的文学》）他主要从两个方面吸收了人类学派的观点。其一是人类学派对原始心理的研究成果。周作人认为，儿童的精神生活本与原人相似，他的文学是儿歌童话，内容形式不但多与原人的文学相同，而且有许多还是原始社会的遗物，常含有野蛮或荒唐的思想。"儿童没有一个不是拜物教的，他相信草木能思想，猫狗能说话，正是当然的事。"（《儿童的文学》）其二是人类学派的进化观念。[14] 周作人认为，儿童的生活，是转变的生长的，"儿童相信猫狗能说话的时候，我们便同他们讲猫狗说话的故事，不但要使得他们喜悦，也因为知道这过程是跳不过的——然而又自然的会推移过去的，所以相当的对付了。等到儿童要知道猫狗是什么东西的时候到来，我们再可以将生物学的知识供给他们"（《儿童的文学》）。儿童精神世界的独特性及其进化观的确立，使人们有可能在一个新的逻辑起点上构建现代意义上的儿童文学观念体系，这是一个与植根于封建文化传统意识的旧儿童观完全不同的观念结构，而这一观念的确立在一定程度上无疑是获得了人类学派理论支持的。

其次，人类学派为周作人的儿童文学观念提供了许多具体的理论阐说，这些阐说是支撑周作人儿童文学观念体系的最基本的理论构件。

中国古代缺乏自觉意义上的儿童文学，有关的理论思考自然极为少见。一些流行的准儿童文学观念，还有诸如吕得胜的《小儿语序》那样的短论，用现代的观念来看，难免流于荒诞谬误，或失之粗浅谫陋。从这个历史背景来看，周作人初期的儿童文学研究工作所赖以立足的理论基础是十分薄弱的。于是，人类学派便成了他探索儿童文学奥秘的最便捷的理论探杆。他的许多关于儿童文学尤其是童话、儿歌的基本观点，便是从人类学派之树摘下的理论之果。

受人类学派理论的影响，周作人对儿童文学的关注是从童话、儿歌开始的。他早期用文言文写成的几篇论文是近代中国最先出现的童话、儿歌专论。在周作人看来，以往人们对童话等的解释都是不准确的，直到安德鲁·朗"以人类学法治比较神话学，于是世说童话乃得真解"（《童话略论》）。因此，他对童话的起源、性质、特征、分类、功能以及儿歌的起源、特点等论题的阐述，基本上都接受了人类学派的理论观点。

中国古代对神话、传说、童谣一类文学现象的理论解释往往颇多谬误。如后汉的王充在其名著《论衡》中用他自己所认识的日常事实的道理去推断或否定那些主要用幻想造成的精神产物。又如关于童谣的起源，《晋书·天文志》载："凡五星盈缩失位，其精降于地为人……荧惑降为童儿，歌谣嬉戏……吉凶之应，随其象告。"对此，周作人指出："盖中国视童谣，不以为孺子之歌，而以为鬼神凭托，出乩卜之言，其来远矣。"（《童话研究》）他从人类学派学说出发，对此做了新的解释。

周作人指出，"童话研究当以民俗学（即人类学——引者注）为据，探讨其本原"，否则"鲜有不误者"（《童话研究》）。而童话的起源与神话、传说有着密切的关系，故"今言童话，不能不兼及世说，而其本原解释则当于比较神话学求之"（《童话研究》）。他认为："童话 (marchen) 本质与神话 (mythos) 世说 (saga) 实为一体。上古之时，宗教初萌，民皆拜物，其教以为天下万物各有生气，故天神地祇，物魅人鬼，皆有定作，不异生人，本其时之信仰，演为故事，而神话兴焉。其次亦述神人之事，为众所信，但尊而不威，敬而不畏者，则为世说。童话者，与此同物，但意主传奇，其时代人地皆无定名，以供娱乐为主，是其区别。盖约言之，神话者原人之宗教，世说者其历史，而童话则其文

学也。"（《童话略论》）

这段言论值得我们注意的有两点。其一，"五四"前后，我国学术界所使用的神话、传说、童话等概念之间，并没有严格的科学界限。周作人在这里对三者加以说明、区别，被认为是学界第一人。[15] 尽管他对童话的解释囿于人类学观点而具有一定的偏狭性，但从当时的时代背景来看，它在中国文学史上第一次肯定了童话的文学性，其历史价值仍是不可否认的。其二，周作人指出神话、世说、童话等源于原始初民"以为天下万物各有生气"的万物有灵观念及相关之习俗。人类学进化学派创始人泰勒的神话理论的核心，便是万物有灵观，即把人格的观点推及于宇宙万物，认为他们都有生命，有人格。受泰勒的影响，安德鲁·朗概括了原始人心理的六个特点：一、相信万物皆有生命、思想，即万物有灵论；二、对巫术的迷信，以为人可变兽，兽可变人；三、相信人死后有灵魂，生活于幽冥世界之中；四、相信灵魂可以脱离躯壳，变为鸟兽自行其是；五、认为人死是受仇人暗算；六、好奇心强烈，见自然现象、生理现象变化万千觉得奇怪，渴望获得解答。这些观点对周作人及其后起的中国现代儿童文学研究者都有着极大的影响。周作人在《童话研究》中写道："原人之教多为精灵信仰(Animism)，意谓人禽木石皆秉生气，形躯虽异，而精魂无间，能自出入，附形而止，由是推衍，生神话之变形式。"又神话、童话中反映了不少原始制度与习俗，故"征其礼俗，诡异相类，取以印证，一一弥合，乃知神话真诠，原本风习，今所谓无稽之言，其在当时，乃实文明之信史也"（《童话研究》）。

从上述观点出发，周作人探讨了童话的特征及其在儿童文学中的地位和功用，认为"世说载事，信如固有，时地人名，咸具定名，童话则漠然无所指尺，此其大别也"（《童话研究》）。在表现手法方面，童话有变形之事。"人兽易形，木石能言，事若甚奇。"（《童话略论》）因此，童话是"幼稚时代之文学，故原人所好，幼儿亦好之，以其思想感情同其准也"，"故童话者亦谓儿童之文学"（《童话研究》）。"今以童话语儿童，既足以厌其喜闻故事之要求，且得顺应自然，助长发达，使各期之儿童得保其自然之本相，按程而进，正蒙养之最要义也。"儿童通过童话"用以长养其想象"，并"能了知人事大概，为将来人世之资。又所言事物及鸟兽草木，皆所习见，多识名物，亦有裨诵习也"（《童话略论》）。这些阐述在当时无疑有助于增进人们对童话的理解和认识。

最后，西方人类学派对周作人儿童文学研究的影响还表现在研究方法的运用上。

中国古代文论往往以经验性描述为主，相对来说比较缺乏科学实证的精神，儿童文学更是谈不上有自己的研究方法和传统。基于对人类学派的推崇，周作人广泛借鉴了它的研究方法。

英国学者哈特兰德认为，人类学方法是研究神话和民间故事（包括童话）等的最科学的方法。概括说来，人类学派的研究方法可以分为归纳法、分类法和比较法三种。在具体的研究过程中，这三种方法往往是交替使用，互为补充的。[16]

所谓归纳法亦即搜集材料的方法。其要点是：重视实地考察，搜集材料，并强调广泛占有材料。马林诺斯基因此有"露天的人类学"的形象说法。受此影响，周作人十分重视儿歌童话的收集。他认为"书本上的知识总是零碎没有生气，比起老百姓的口里听来的要差得远了"，还说要"多注意田野坊巷的事，渐与田夫野老相接触"[17]。

在《〈绍兴儿歌述略〉序》中，他自述说："辛亥秋天我从东京回绍兴，开始搜集本地的儿歌童谣。"1914 年 1 月，他在绍兴县教育会月刊上发了一则启事，征集本地儿歌童话"以存越国土风之特色，为民俗研究，儿童教育之资料"。当时，"预定一年为征集期，但是到了年底，一总只收到一件投稿！在那时候大家还不注意到这些东西，成绩不好也是不足怪的，我自己只得独力搜集，就所见闻陆续抄下，共得儿歌二百章左右"（《潮州畲歌集·序》）。周作人后来还自述收集儿歌的工作"直到 1958 年 9 月这才完成"。其热心执着由此可见一斑。

在运用归纳法搜集了足够丰富的材料之后，人类学派大都采用自然科学的分类法，对材料进行整理和筛选研究。哈特兰德指出，为了科学的研究，研究者往往要把故事分成"类"（groups）和"式"（types），犹之于自然科学中分"类"和"别"一样。周作人吸收了这一方法，对童话、儿歌等进行了分类研究。在《童话略论》一文中，他把童话分成两部分，一是纯正童话，即从世说出者，其中又分为"代表思想者""代表习俗者"两类；二是游戏童话，非出于世说，但以娱悦为用者，其中又分为动物谈、笑话、复迭故事三类。从产生的角度考察，他又将童话分为天然童话和人为童话两种，即现在通常所说的民间童话和艺术童话，"天然童话者，自然而成，具种人之特色，人为童话则由文人著作，具其个人之特色"。在《童话研究》一文中，他以中国童话为实例，介绍了物婚式、故妻式、回生式、破禁式、季子式、食人式等童话。在《歌谣》一文中，他把儿歌分为事物歌、游戏歌两类，"事物歌包含一切抒情叙事的歌，谜语其实是一种咏物诗，所以也收在里边。唱歌而伴以动作者则为游戏歌，实即叙事的扮演，可以说是原始的戏曲"。总之，周作人是现代在人类学方法指导下进行分类研究的最早的一位学者。

研究材料经过归纳、分类，最后就进入比较研究的深入阶段，所以比较研究法可以说是人类学派最主要的研究法。林惠祥在《神话论》中介绍了泰勒的比较研究理论。泰勒认为："科学的神话解释，有赖于类似点的比较……整理各地方的相似的神话，将他们排列为比较的群，便可由神话中寻出有规则的想象历程之运行……我们若比较各民族的神话的幻想以寻出他们的共同思想，将见我们高等民族的幼稚时代也是同样在神话的世界中。"周作人十分重视在研究中运用比较方法。1924年，周作人等人创办了《语丝》。该刊常登一些民间童话故事。1925年，在周作人一篇描写鸟声的散文的诱发下，报上很快就刊出了十来篇关于鸟的传说故事。故事的相同，引起人们极大的兴趣。周作人认为："若能把流传各地的这一类故事聚集起来，得到百十篇，比较研究，不但是文化史上的好资料，也是颇有兴趣的工作。"[18]在《古童话释义》一文中，他对中国古籍中所载童话作品与欧洲、日本童话做了比较研究。例如，针对商务印书馆童话第14篇《玻璃鞋》发端的"《无猫国》要算中国第一本童话，然世界上第一本童话要推这本《玻璃鞋》"之说，周作人指出"实乃不然，中国虽古无童话之名，然实固有成文之童话，见晋唐小说，特多归诸志怪之中，莫为辨别耳"。他将唐代段成式所撰《酉阳杂俎》续集《支诺皋》所载叶限故事与法国夏尔·贝洛尔所录童话《玻璃鞋》做了比较，指出两者"本末则合一也。中国童话当以此为最早"。叶限故事是不是中国最早的童话，这当可进一步研究，但周作人借助人类学观点，通过比较研究指出中国古代"实固有成文之童话"，这显然是极有价值的正确的见解。

毫无疑问，曾给予周作人以影响的远不只是西方人类学进化学派的学说，我们只能说，人类学派学说是给他的儿童文学观以重要影响的外来学说之一。就周作人的整个儿童文学观念体系来说，它所赖以建构的理论基础也不仅仅是人类学派学说。他曾多次提出，"要研究讨论儿童文学的问题，必须关于人类学民俗学儿童学等有相当的修养"（《儿童文学小论·序》），"童话研究当以民俗学为据，探讨其本原，更益以儿童学，以定其应用之范围，乃为得之"（《童话略论》）。在《关于儿童的书》一文中，他更表示"希望有十个弄科学、哲学、文学、美术、人类学、儿童心理、精神分析诸学，理解而又爱儿童的人，合办一种为儿童的定期刊"。周作人还曾接受过西方人道主义、日本新村（空想社会）主义、蔼理士的性心理学、托尔斯泰的无我爱、尼采的超人、杜威的"儿童中心主义"、日本儿童文学中的童心主义等学说和思潮的影响。到了"五四"以后，"儿童中心主义""儿童本位论"在他的儿童文学观念中逐渐占据了更重要的地位，但人类学派的学说作为他早期儿童文学观念的主要理论来源，其影响却一直存在着。

　　周作人是中国现代儿童文学、神话学研究领域接受、运用和传播人类学理论及其研究方法并广有影响的第一位学者，许多后起的童话研究者都受到他的启发和影响。张梓生 1921 年 7 月在《妇女杂志》第 7 卷第 7 号发表的《论童话》一文就认为："中国人对于童话的研究，一向少有趣味，据我所晓得的言之，周作人先生在以前《教育部月刊》（即《教育部编纂处月刊》）里面发表过的几篇文章，实在于中国童话的考求上很有价值的。"在这篇《论童话》中，张梓生对童话的分类几乎完全借鉴了周作人《童话略论》一文中的分类法，并引用周作人《古童话释义》一文中关于如何采集童话的观点作为全文的结束。另一位很有成绩的童话研究者赵景深在谈到自己刚接触童话研究的情形时说："由于张梓生的指引，知道研究童话的书有英国哈特兰德的《神话与民间故事》和《童话的科学》以及麦苟劳克的《小说的童年》。"[19]1922 年，赵景深与周作人在《晨报副刊》以书信形式讨论童话问题。赵景深在 2 月 19 日的信中谈道："我近来看了《神话与民间故事》一书，知道童话的渊源是原始社会的神话和传说；所以你用民俗学去解释童话，我现在更为相信，这是最确当的。"冯国华在《儿歌底研究》（1923）一文中论述儿歌在儿童文学中所占的位置时，引用了周作人《儿童的文学》一文中有关"儿童的精神生活，本和原人相似的，他的文学是儿歌童话"的论述作为重要的论据。现代作家苏雪林也谈道："周作人先生是现代作家中影响我最大的一个人。自从五四运动后我就爱读他的作品，除了他青涩幽默的作风学不来以外，我对神话童话民俗学等等兴趣的特别浓厚，大都由他启示的。"[20]由此亦可见出，人类学派对我国现代早期儿童文学研究的影响，除了由前文所述多种原因共同促成之外，与周作人的大力倡导和身体力行的研究著述活动也是有着直接的因果关系的。

近代西方人类学派理论对五四时期的中国儿童文学研究产生过很大的影响。检视当时的儿童文学理论批评文献，我们几乎可以处处看到人类学理论的存在及其对儿童文学观念的影响和渗透；人们对人类学理论的热情和信赖构成了"五四"儿童文学理论批评的一个独特的批评现象。这里我们不妨援引数例，以管中窥豹，略见一斑。

张梓生《论童话》（1921）一文云：

> 人类从原始进化到半开，从半开进化到文明，和人的

从孩提长成到童年，从童年长成到成人，其程序正是一样：这话
人类学家这样说，心理学家也这样说。原始人类，知识浅短，思
想简单；他所崇信的是神话。人在孩提的时候，在知识发达上讲
起来，与原始人类同在一阶段；他所能了解，所最欢喜的，就是
类似神话的童话了。不但如此，在农民社会中，童话也很流行；
这就因为他们心理的单纯，和儿童同合于原始思想的缘故。

童话和神话、传说，都有相连的关系。原来原始人类，不懂
物理，他看一切物类和所谓天神、地祇、鬼魅等等，都有动作生气，
和人类一样，这便是拜物教的起因，从此所演成的故事，便是神话。
进了一步，传讲这类事实，使人虽信而不畏，便变成传说。再进一步，
把这些事实，弄成文学化，就是童话了。所以童话的界说是："根
据原始思想和礼俗所成的文学。"

在这里，张梓生不仅吸收了人类学关于儿童成长与人类进化程序
一样的复演理论，而且指出原始人类的思维特点及其与神话的关系，
由此推出儿童所最喜欢和能理解的是类似神话的童话，还论述了神话、
传说、童话的流变关系。很清楚，这些观点是从人类学角度来研究儿童
与童话的特征及其相互关系的。在此文中，张梓生还这样评价了人类
学方法在童话研究中的意义和作用："我们要想从童话研究的历史中，
寻出他进步的事实来，不可不晓得英人兰克（即安德鲁·朗）的名字，因为
自从他用了人类学、神话学去研究童话，童话的真意义真效用方始显了
出来。"他对人类学理论的信赖，可以说毫无保留。

严既澄的《儿童文学在儿童教育上的位置》（1921）一文中说：

……据我们所知道的，个人心理发达的程序，和人类心理发

达的程序一样，因此，儿童的心理，就是原始人类的心理，因此，儿童都欢喜听些神怪荒诞的事情。

郑振铎在《〈儿童世界〉宣言》(1921) 中写道：

……因为儿童心理与初民心理相类，所以我们在这个杂志里更特别多用各民族的神话与传说。

魏寿镛、周侯予所著《儿童文学概论》(1923) 一书这样说：

儿童是人生的一期，等于人类学的原人一期，因为人类的"个体发生"和"系统发生"相似，"胚胎时代"经过"生物进化"的过程，"儿童时代"经过"文明发达"的过程。所以"儿童学"的事项，可以借"人类学"来证明。文学的起源，由于原人对于自然界有了畏惧奇怪的刺戟，凭了想象，构成一种情感思想，借言语动作表现出来，便是歌舞，文学从此有了……

原人如此；儿童的生活，本和原人相近，他对于自然，一面畏惧，一面好奇……也便从此发生文学，叫做儿歌童话。他的内容形式，不但多和原人文学相似，而且还有许多是原始社会的遗物，常含有野蛮或荒唐的思想。儿童都是拜物教，他相信草木有思想，猫狗能说话，从这里又多发生文学的机会。例如儿童看见蚂蚁，便唱："蚂蚁！蚂蚁！喊娘来，大大小小一齐来！"这便是一个证据。

朱鼎元在他的《儿童文学概论》(1924) 一书中也说：

根据进化说讲：人类的个体发生，和系统发生的程序是相同的。胚胎时代经过生物进化的历程，儿童时代又经过文明进化的历程。文学的起源，由于原人，上面已经说过；儿童的精神生活，本来和原人相像，所以儿童的文学，像儿歌童谣等的内容和形式，常常带有野蛮或荒唐的思想，大致和原人仿佛的。

我们还可以不断地摘引下去，但是我想这些已经足够说明问题了。不难看出，这些论述仿佛出自一人之口。的确，它们都是从近代西方人类学理论中直接吸收过来的。从这里我们不难感受到这样一个理论事实：近代西方人类学派理论以其强大的渗透力融进"五四"儿童文学研究的理论肌体，成为中国现代儿童文学研究的最基本的学术渊源和理论来源之一。

当然，研究人类学理论对中国现代儿童文学的影响，我们绝对不能忽视这样一个名字：赵景深。他是中国现代儿童文学理论批评领域继周作人之后介绍、传播人类学理论并运用这一理论从事童话研究用力最勤、成果最多、贡献较大的一位学者。

赵景深，曾名旭初，曾用笔名卜朦胧、冷眼、陶明志、博董、露明女士等，原籍四川宜宾，出生于浙江丽水。1922 年毕业于天津棉业专门学校纺织科，后在天津《新民意报》文学副刊任编辑，并编过《小学生杂志》。1923 年起，先后在长沙、上海、绍兴、广东等地任中学、中师、大学教员，1927 年后担任开明书店编辑。1930 年起，一直在复旦大学中文系任教，并兼任过北新书局的总编辑。

赵景深的学术研究领域涉及儿童文学、民间文学、现代文学、古典文学和戏曲、外国文学等，但其早年的学术活动却是以儿童文学的译介、研究尤其是童话研究为主的。赵景深晚年曾在他的《民间文学丛谈》(1982) 一书的"后记"中回顾说："我对于民间文学的探索是从童话开始着手的。早在中学读书时期，我就译了许多安徒生童话在商务印书馆编的《妇女杂志》《少年杂志》上刊载……直到1922年之后，我才陆续发表了《童话的讨论》《童话与小说》《研究童话的途径》《童话的意义来源和研究者的派别》等等一系列文章。应该说明的是，当时我所谓的'童话'是：'原始民族信以为真而现代人视为娱乐的故事，亦即神话的最后形式，小说的最初形式。'"虽然赵景深从1922年才开始发表有关童话的研究文章，但是实际上，早在新文化运动初期，他就已经在关心和注视着当时的儿童文学研究了。1924年1月，他把自己"五六年来悉心收集"的30篇童话研究论文编成《童话评论》一书，交新文化书社出版。1922年，赵景深与周作人在《晨报副刊》上开展著名的"童话讨论"，发表了五篇关于童话的理论文章。他从人类学、民俗学的角度对童话的起源、本质、特征、分类、功能等做了自己的解释。从此，他一发而不可收。1927年，赵景深将他从1922年以后六年间所写的童话论文收集成《童话论集》一书，由开明书店出版。在此期间，他还在郑振铎的推荐下去上海大学讲授童话，撰写了七章讲义。这是中国大学最早开设的童话课。1927年，这七章讲义修订为《童话概要》一书，由北新书局出版。后来，赵景深根据意尔斯莱的《童话的民俗》（又译《民间故事的民俗》）等西方论著编写了《童话学ABC》一书，1929年由世界书局作为"ABC丛书"之一出版。另外，1933年2月，赵景深编著的《〈儿童文学小论〉参考资料》一书由儿童书局出版。该书系作者在江苏省立上海中学教授周作人的《儿童文学小论》一书时所编写，对周著中的有关名词、史料、典故等加以注释。全书"所用参考书近百余种，编者心细如发，穷流溯源，务使其晓畅为止"[21]。

从上述论著中我们可以发现,赵景深的童话研究完全是取人类学(民俗学)理论视角的。当然,他最初的出发点是教育,然而他却难以抵挡人类学理论的诱惑和影响。在《童话论集》的"序"中,他说自己的"最初的主张是想把童话应用到教育上。但我的论文却一篇也没有论到这方面,除去论格林的一篇以外。差不多我从开始就是从民俗学方面去研究的。想起上海尚公小学教职员召我讲演,把我当作教育家般的殷殷垂询童话对于儿童的影响,使我瞠目结舌,不知所云,是至今仍以为羞惭而又颇有趣味的事"。在前面提到的写于 1981 年 10 月的那篇"后记"中,赵景深曾直接谈到了自己受西方人类学理论影响的情况:"我系统地探讨民间文学是在 1927 年以后。那时,在许多零星文字之外我先后发表了几本专著,如《童话概要》《童话学 ABC》《童话论集》《民间故事研究》等。那时,国际上民间文学的研究,人类学派及其比较研究故事的方法正在流行,我国的研究也深受这一学派的影响。在我的《童话论集》中除了自己的著作外,就收有人类学派哈特兰德(Hartland)的《神话与民间故事》的译文。《童话概要》和《童话学 ABC》也是根据这些学派的理论如意尔斯莱(Yearsley)的《民间故事的民俗》写成的。"在《童话学 ABC》一书"例言"中,赵景深就声明:"本书以意尔斯莱(Macleod Yearsley)的《童话的民俗》(The Folklore of Fair-tale)为根据,并参酌麦苟劳克的《小说的童年》和哈特兰德的《童话学》而成,间亦参以己见。"在该书第一章中的"研究童话的派别"一节里,赵景深在罗列了"历史学派""譬喻派""神学派""语言学派"后认为:"在解释的人,自以为极合于科学,实在是误解了童话。老实说,童话就是童话,是原始人风俗和信仰的反映,他们相信人兽可以通婚,一切都有精灵,并不是什么比喻。野蛮人是诚实人，不懂得绕弯子的。从根本的初民心理来观察童话，是进化的人类学派的方法，也就是研究童话的正宗。"从这些话可以看出，赵景深当时对人类学派理论的推崇以及在译介、传播方面所表露的热情，比起周作人来可以说是有过之而无不及。

总起来看，赵景深在童话研究方面主要做了下面几个方面的工作。

一是搜集、整理有关童话的研究资料。他搜集编辑的《童话评论》一书，为我们汇集、保存了五四时期儿童文学研究的不少重要理论文章，具有十分宝贵的资料价值和较高的学术价值。而他对该书内容的编排方式，实际上也以独特的眼光概括、提示了当时童话理论的研究格局。

二是直接翻译（或编译）介绍西方人类学派的神话学、童话学研究著作。例如，他的《童话论集》一书中就收入了两篇译文，其中《神话与民间故事》为英国哈特兰德原著，《民间故事的探讨》从英国麦苟劳克的《小说的童年》一书中选译。他的《童话概要》《童话学 ABC》两书则是根据西方有关论著编译而成的较系统的人类学、民俗学童话研究专著。虽然这两本书中也有一些赵景深个人的评论和见解，但其基本观点和材料可以说完全是从西方论著中翻译、转借而来的。

三是运用人类学的基本原理探讨童话理论问题。如他在与周作人的《童话的讨论》中，就从人类学角度对童话提出了一些见解。什么是童话？赵景深认为："童话这件东西，既不太与现实相近，又不太与神秘相触，他实是一种快乐儿童的人生叙述，含有神秘而不恐怖的分子的文字。这一种快乐儿童的人生，犹之初民的人生；因为人事愈繁，苦恼就愈多。这种神秘而不恐怖的分子，也就是初民心理中共有的分子；他们——初民和儿童——不觉得神是可怕的，只觉得神是可爱的。

因之简单说来，童话就是初民心理的表现。"这样的论述显然是属于人类学角度的解释，但又是很个人化的思考和表述。

四是借助人类学的理论和方法去研究中外童话作品。例如，《童话论集》第二部分收入了《皮特曼的中国童话集》《费尔德的中国童话集》《徐文长故事与西洋传说》《吕洞宾故事二集》《西游记在民俗学上之价值》五篇文章。其中《皮特曼的中国童话集》一文在肯定外国人重视中国民间故事的做法后指出："他们所编的集子每多错误，以外国人而研究中国民间故事，隔膜自是难免的。"他认为皮特曼所编的《中国童话集》"因是给儿童读的，所以所选的故事道德的气息极浓厚；这在教育的方面说，自然极好，但在民俗研究方面，却使人无从探寻野蛮人的遗迹"。赵景深还运用人类学的比较研究方法，对一些中外民间童话和作家的创作作品进行比较研究，分析其各自的特色或源流，并由此论述中西民间习俗和文化心理等方面的异同。这些都是运用人类学理论和方法进行儿童文学批评的有益的尝试。

当然，人类学的研究毕竟也只能是童话研究的一种视角。它是一种侧重童话起源、流变、原生特征等方面内容研究的方法，即以探讨童话本义为主要目的。从这个意义上说，批评赵景深的人类学童话研究"限制了他进一步向童话的内部结构、与儿童的联系这一方面做深入探讨，因而影响了他的童话理论的完整性、全面性"[22]，似乎有些勉强。一种方法的确定本身就是一种选择，一种限制。只要这种方法能为我们打开一个独特的理论视角，我们就应该同时承认和接受它所带来的限制。

其实关于这一点，周作人早已有所论述。他在与赵景深进行的《童话的讨论》中就谈道："童话的分析考据的研究，与供给儿童文学的事情，好像是没有什么关系，但这却能帮助研究教育童话的人了解童话的本义，也是颇有益的。"赵景深本人更是就此做过详细的说明："我以为各人的志趣不同，自然对于童话利用的方法也各不同；童话虽不能不用民俗学去解释，但是却不必只从民俗学上去研究。各人研究了民俗学以后，就可以分途实施到别处的。好在无论把童话怎样利用，那童话的本义，总要先了解的。也可以说是，各人必须先了解童话的本义，以后再分途实施到现社会。他们对于民俗学者的进行，似乎也无甚阻碍。我对于童话的志趣，便是将童话供给儿童看；我愿用民俗学去和儿童学比较，我不愿用民俗学去研究民俗学。因为我觉得世界上的领地，差不多成了成人的，没有一种设备不是成人的设备，几曾见成人为儿童谋一些幸福……我虽没有多大的恩施，对于儿童，我总觉童话既近于儿童的阅读，便该供给他，不忍去毕生从事科学的归纳去从童话里研究原始社会，来夺去儿童的良好伴侣……若是只从民俗学去研究汇集的童话集恐怕儿童可看的很少，岂非把儿童的幸福掠去了么？总起来说，我的志趣，便是先研究童话中的原人社会，和儿童社会比较，再设法把童话供给儿童。我以为儿童的天真，给我极大的吸力，我替他们谋一些快乐的生命，也未始不是神圣尊严的事业。"（《童话的讨论》）从这里，我们可以理解赵景深对童话研究的认识及其从人类学角度研究童话的最终目的之所在，也能够更深地体察到那一代童话学者理论研究上的良苦用心。

另外，赵景深事实上也并非从未直接关心过童话与儿童之间的联系，相反，他曾就这种联系发表过许多精彩的见解。就在与周作人通信讨论童话时，他写道："我们研究童话的，最要紧的还是研究用什么童话供给儿童。"他对儿童文学的教育性和审美性之间的关系是这样看的："我以为一篇好的儿童文学产物，虽不另加任何的教训和玄美，那些都已在其中。只要把那事实写得极真切，儿童就可以渐渐地受感化了；只要除去太不美的事实，儿童就可以觉出那美妙来了。总之，我们把儿童文学供给儿童是渐进的诱导，因为儿童也是逐渐地变换成长。我以为儿童文学会有教训和美妙，都是自然生出，不是造作出的；那自然具有极大的权力，造作只是白费工夫罢了。"这些见解今天看来也仍然是有价值的。他还曾分析过外国作家创作的文学童话的变迁及其与儿童阅读之间的关系："安徒生以后有王尔德，王尔德以后又有爱罗先珂，就文学的眼光看来，艺术是渐渐地进步。思想也渐渐进步了！但就儿童的眼光去看，总要觉得一个不如一个。或者以这样的步趋——安、王、爱——供给渐长的儿童——自童年至少年壮年——倒还容易引起他们爱好一些。"（《童话的讨论》）所有这些议论，都是关心读者的研究者才有可能说得出的。

除了周作人、赵景深等人的努力之外，二三十年代还有其他许多学者也在人类学派的民俗学、民间故事、童话学理论著述的翻译介绍方面做了大量工作，出版了一批有关的译著，如杨成志翻译的班恩《民俗学概论》之附录《民俗学问题格》（1928）、汪馥尔翻译的小川琢治《天地开辟及洪水传说》（1929）、郑振铎翻译的柯克士的《民俗学浅说》（1934）、钟子岩翻译的松村武雄的《童话与儿童的研究》（1935）等。这些著作的出版对于人类学理论的进一步传播和扩大影响，起了重要作用。在儿童文学研究界，二三十年代陆续出版的许多著作仍不同程度地受到人类学理论的影响，如张圣瑜的《儿童文学研究》（1928）、赵侣青和徐迥千的《儿童文学研究》（1933）、王人路的《儿童读物的研究》（1933）、吕伯攸的《儿童文学概论》（1934）等。

西方人类学派理论的输入及其在儿童文学研究领域的广泛渗透，对处于初创阶段的中国现代儿童文学创作和理论实践都有着不可忽视的历史促进意义。首先，由于人类学与儿童学的结合，人类学理论在突破囿于封建文化意识的无视儿童独立人格的传统"儿童观"，建立尊重儿童独立人格和精神需求的新型现代儿童观方面提供了有力的理论支持，这在一定意义上也可以说是推动现代儿童文学创作和理论研究走向自觉的外来文化思潮动力之一。

其次，人类学派的神话学理论为现代儿童文学尤其是童话研究提供了有价值的理论解说，例如关于童话的起源、演变等，至今看来还是具有一定科学价值的。茅盾晚年在为他半个世纪以前所著的《中国神话研究初探》一书再版所撰的前言（1978）中就谈到，自己早年接受了人类学派的神话学观点，后来读到马克思的《〈政治经济学批判〉导言》中有关神话何以发生及消失的一小段话时，"取以核查'人类学派神话学'的观点，觉得'人类学派神话学'对神话的发生与消失的解释，尚不算十分悖谬"。

再次，人类学派为发端期的中国现代儿童文学的收集、整理、研究、评论等提供了方法上的指导。"五四"前后，中国儿童文学在实践中主要还是以翻译外国作品和收集、改编古籍与民间文学作品为主，当时人们对儿童文学作为一个独立文学门类的特征和规律还了解甚少，因而在实践中便产生了种种困惑。周作人运用人类学派的研究方法，使繁复芜杂的儿童文学现象初步得到了整理和说明。在

《童话研究》中，他旁征博引欧洲、日本和中国的神话、传说和童话，并尝试做归类阐释；在《古童话释义》中，通过比较研究来发掘和说明中国古代典籍中的童话要素。此后，许多研究者运用人类学的方法从事整理、研究、评论工作，如张梓生的《论童话》、冯飞的《童话与空想》、赵景深的《中国民间故事型式发端》《中西童话的比较》、郑振铎的《中山狼故事之变异》《民间故事的巧合与演变》等文，都是较有价值的研究论文。

最后，西方人类学派理论的输入，促进了中国儿童文学研究及其理论形态初步的现代性转化。所谓儿童文学理论的现代形态，其核心是儿童文学研究中儿童主体性地位的确立和以实证、理性为特征的科学精神的发扬。这在中国古代几乎是完全不可能的。新村彻认为，周作人的许多见解虽然吸收了安德鲁·朗的人类学观点，"但却表现出他在儿童文学的研究上获得了一个主体性的事实"，"他提出的以人性与科学性作为评论儿童文学的尺度确实被固定下来了"（《周作人的儿童文学论——中国儿童文学小议之一》）。这对处于起步时期的中国现代儿童文学研究来说无疑是有着重大意义的。

从历史发展的具体背景和现实意义的角度考察，"五四"前后儿童文学研究对西方人类学派的接受对中国现代儿童文学观的形成和现代儿童文学理论学科的初期建设无疑都具有积极的作用。另外，由于人类学进化学派自身的理论局限和人们在具体接受过程中所发生的"接收损耗"，也使这一过程本身不可避免地带有某些历史局限性。首先，由于受生物进化论的影响，19世纪人类学进化学派在文化进化论方面表现出机械唯物论的倾向。他们强调，人类文化和心理是由技术发展水平决定，基本上遵循着由低级向高级的次序，经过了若干的发展阶段，这一过程和规律是全球一致的（后来的人类学家称之为"单线进化"思想）。于是，不同地域文化之间的相互传播、影响和相互交流的一面就被忽视了。当人们用这一理论来解释和证明"儿童学"上的诸事项时，他们在针对无视儿童特点的历史积弊而强调儿童的精神特征、强调儿童文学的特性等方面无疑获得了极大的历史突破和理论成功。但是，这样做却在有意无意之间将现代儿童从现代社会这一特定的时空情境中分离了出去，从理论上悬拟了一个并不存在也绝不可能存在的儿童世界的"真空地带"。这是人类学理论影响下儿童文学观形成过程中矫枉过正的一个最根本的历史缺陷，由此也导致了一些具体学术观点上的理论失误。例如，当人们强调儿童文学对儿童接受心理的顺应时，却往往忽视甚至否定它对儿童的导引作用。另外，由于重视了人类学派的实证主义的比较研究方法，认识到儿童与原人的相同之处、儿童文学与原始文学的相同之处，这固然把握了儿童和儿童文学特点的一个层面，但还不能说已经完成了对儿童文学艺术个性的揭示，而一些简单化的形式主义的比较研究，也影响了当时儿童文学研究的理论深度。

　　西方人类学派理论对中国现代儿童文学观念和理论学科建设的启示、浸润和影响，使中国儿童文学理论的现代形态得以初步形成。因此，这一联系的历史性意义是不应忽视的。耐人寻味的是，到了四五十年代，随着历史条件的变迁，中国儿童文学研究对人类学理论的钟情也逐渐随之消散了；而中国现代儿童文学理论批评也在新的社会条件和外来理论影响下，继续按照自己的理论轨迹向前演进、发展。

三 "儿童中心主义"的输入及其流播

比西方近代人类学理论稍后传入中国，同样对现代儿童文学理论产生重大影响的学说是"儿童中心主义"。如果说西方人类学进化学派的理论是以童话研究为主要突破口进而从观点、方法等方面全面渗透到现代儿童文学理论的建设工程之中的话，那么"儿童中心主义"则是以其高扬的"以儿童为中心"的理论旗帜为现代儿童文学理论批评冲破旧的儿童观、建立新的儿童观提供了最直接而强大的理论武器。

"儿童中心主义"理论的代表人物是美国哲学家、心理学家、教育家杜威。他是实用主义教育理论的代表人物，曾任芝加哥大学哲学、心理学和教育学系主任。1896—1904 年，他创设和主持芝加哥大学实验学校（亦称杜威学校），作为其哲学、心理学和教育理论的实验基地；他还曾先后担任美国心理学会主席、美国哲学学会会长、美国进步教育协会名誉会长等职。杜威从美国社会现代化的发展引起的社会生活的变化要求教育适应这种变化，谋求学校的改造和进步，批评传统教育，提倡实用主义教育。实用主义教育理论通过杜威本人及其门徒，特别是教育家基尔帕特里克的阐发与推广，在美国及世界许多国家都有流传和影响。在中国，胡适和陶行知都曾就学于杜威门下。

杜威的实用主义教育理论从民国初年开始传入中国。当时的一些教育刊物上刊载过一些介绍实用主义教育的文章，使这一学说在中国教育界产生了初步的影响。但直至五四运动前后，这一理论才被中国教育界所广泛接受。1919 年 5 月，杜威应北京大学、尚志学会、中国公学的联合邀请来中国讲学，以后又被北京大学和北京高等师范学校聘为教授。从 1919 年 5 月 1 日到达上海，到 1921 年 7 月 11 日离开北京回国，他在中国居住的两年多时间里，先后到直隶、奉天、山东、山西、湖北、湖南、江苏、江西、浙江、福建、广东等 11 个省份及主要城市讲学，传播他的学说和思想。他在北京高等师范学校和南京高等师范学校任教期间，以他的《民本主义与教育》为教材，系统地传播他的学说和思想。在北京，他还讲了"社会哲学与政治学""教育哲学思想之派别及现代的三个哲学家""伦理学"等；在南京，还讲了"实验主义理论"和"哲学史"等。他的这些讲演除逐日在报纸上发表外，还在《新教育》杂志第 1 卷至第 3 卷的各期中做了系统介绍，并且出了《杜威专号》。北京晨报社出版了《杜威五大演讲》，两年内印行十几版之多；他在北京高等师范学校的讲演记录编成了《平民主义与教育》，他在南京高等师范学校的讲演记录也编成《杜威教育哲学》，于 1922 年由商务印书馆出版。稍后，他的《民本主义与教育》等著作也在中国翻译出版。他的学生胡适等人及教育界人士在这期间发表了很多论著，介绍、传播实用主义哲学和教育理论，使之成为全国范围内影响很大的理论思潮。

应该承认，杜威的教育理论体系一方面反映了 19 世纪末到 20 世纪前期美国社会发展的要求，另一方面也有其心理学和教育学发展的深远背景。[23] 杜威以其实用主义为基础，对欧洲资产阶级的一系列教育思想做了"批判性继承"。特别是卢梭的"自由教育与尊重儿童个性"的教育主张，福禄贝尔"重视儿童自由活动"的教育要求，对杜威的教育思想产生了很大的影响。同时，杜威的教育思想又是从批判传统教育出发的。他对传统学校的经院式教育的弊病和危害进行了尖锐的抨击。他在 1899 年写的《学校与社会》一书中这样说："为了说清楚旧教育的几个主要特点，我或许要说得夸张些：消极地对待儿童，机械地使儿童集合在一起，课程和教法的划一。概括地说，学校的重心是在儿童之外，在教师，在教科书以及在其他你所高兴的任何地方，唯独不在儿童自己即时的本能和活动之中。在那样的条件下，就说不上关于儿童的生活。也许可以谈一大套关于儿童的学习，但认为学校不是儿童生活的地方。现在，我们教育中将引起的改变是重心的转移。这是一种变革，这是一种革命，这是和哥白尼把天文学的中心从地球转到太阳一样的那种革命。这里，儿童变成了太阳，而教育的一切措施则围绕着他们转动，儿童是中心，教育的措施便围绕他们而组织起来。"[24] 在这里，杜威把儿童比作太阳，看成是中心。这就是著名的"儿童中心主义"。

那么，"儿童中心主义"强调以儿童为本位、为中心来组织教育，它是否完全否定教育的引导作用呢？在《学校与教育》这本被许多人认为是杜威所有著述中影响最大的一本著作中，杜威还引用了人类学家的见解："许多人类学家告诉我们，儿童的兴趣和原始生活兴趣有某些共同之处。原始人的典型活动，在儿童的头脑中有一种自然的再现：我们可以看到儿童喜欢在场地上建造草屋，用弓、箭、矛等等来玩打猎。问题又来了：我们应当怎样对待这种兴趣——置之不顾，或者只是鼓励一下，让其发展就算了呢？还是掌握它并善于引导，使之前进，使之更有益？我们为七岁儿童计划的一些工作，着重在后一个目的——利用这个兴趣，使之成为了解人类进步的一个手段。"[25] 由此可见，杜威的"儿童中心主义"并不完全排斥对儿童的引导作用。正如他自己所专门表述的，儿童"不是完全处于潜伏的状态，因而成人为了逐步地引出那些隐藏着活动的幼芽，就必须很小心、很巧妙地对待他，儿童已经具有旺盛的活动力，教育上的问题在于怎样抓住儿童的活动并予以指导。通过指导，通过有组织的使用，它们必将达到有价值的结果，而不是散漫的或听任于单纯的冲动的表现"[26]。杜威强调的是教育过程中对儿童特点的了解和尊重。他在 1897 年发表的《我的教育信条》一文中曾指出，"教育必须从心理学上探索儿童的能量、兴趣和习惯开始。它的每个方面，都必须参照这些考虑加以掌握"[27]；"如果对于个人的心理结构和活动缺乏深入的观察，教育的过程将会变成偶然性的、独断的。如果它碰巧能与儿童的活动相一致，便可以起到作用；如果不是，那么它将会遇到阻力，不协调，或者束缚了儿童的天性"[28]。

杜威的"儿童中心主义"教育观是从"对传统的文化思想，传统的课程以及传统的教学和训练方法，进行必要的改革"[29] 的要求和需要出发而提出来的。这一理论传入中国后，首先在教育领域产生了广泛的影响，紧接着又在儿童文学领域广泛传播，产生了深刻的影响。这是很自然的，因为从根本上看，新的教育观和新的儿童文学观的确立都必须以批判旧的儿童观、建立新的儿童观为逻辑前提之一。这一点无论在中国还是在西方，概莫能外。

从历史上看，正如我们已经指出过的那样，儿童文学的自觉就是以一定社会新型儿童观的确立为前提条件的。如果说一般文学的发生是建立在人类精神需要的基础上的话，那么儿童文学的发生则还要多一道障碍和手续：儿童需要自己的文学，然而这种需要却必须由成人来发现并予以满足。可悲的是，无论东方还是西方，当古代文化早已取得辉煌灿烂的成就的时候，儿童的独特精神需求却始终得不到重视。古希腊斯巴达人的教育是把农业贵族子弟训练成为被奴役人民的剥削者的武士的教育。因此，儿童和少年在大部分时间里从事军事体育练习；为了增强忍耐力，还必须习惯于各种艰难的遭遇，忍受饥渴、寒冷和痛楚。至于阅读和写作，希腊作家、历史学家普鲁塔克曾经这样写道："儿童学习的只是最必需的东西，他们所学习的其余的东西只是追求一个目的：绝对服从、承受艰难困苦、打仗和征服别人。"[30] 而在雅典的学校中，文艺教育虽然得到了重视，但也并不是出于对儿童、少年自身需要的认识。因此，学生们接触的是荷马史诗以及古希腊诗人赫西俄德等的作品。直到文艺复兴时期，一些人文主义者才开始考虑儿童的特殊兴趣和要求。经过 17 世纪伟大的捷克教育家扬·夸美纽斯、18 世纪法国启蒙主义思想家卢梭等人的努力，伴随着儿童独立世界的被发现和儿童特殊精神需要的被肯定，儿童文学才从不自觉的自在状态逐渐进入到自觉的存在状态。中国的情况也大体如此，只是儿童文学自觉得更晚一些。这便是新文化运动（包括道德革命和文学革命两个有机组成部分）所面临的文学建设课题之一。

也许是出于对扼杀儿童独立人格的旧儿童观的深恶痛绝，也许是由于历史在除旧布新进程中难以避免的矫枉过正，早期的拓荒者们大力强调的是儿童世界的独立性，强调成人对儿童世界的尊重和顺应。例如，卢梭就在《爱弥儿》中提出了他自己的系统的儿童教育观。他认为，教育应当遵循自然的法则，而"自然所希望的是在儿童变为成人前一直是儿童"。因此，真正的教育是让孩子们去探索自己的天性，去探索自己周围的环境。他们不应该被成人塑造成型，而是应该自然而然地成长，自然而然地成型。杜威虽然并不否定教育对儿童的引导作用，但他的"儿童中心主义"毕竟是他的学说中更富有个性和冲击力的理论观点。因而，对于五四时期中国儿童文学及其理论批评的建设者们来说，"儿童中心主义"也就成为他们冲击旧儿童观时所举起的一面极有魅力和号召力的理论旗帜。随着杜威本人的来华，仿佛是在一夜之间，中国儿童文学理论界便呼啦啦举起了一片"儿童本位"的理论大旗。

很自然地，"儿童本位"便成为一个时代儿童文学的理论标志。这一儿童文学理论观念的基本要点是强调儿童文学艺术构成的儿童本位性。有关"儿童本位"观念的理论表述，后来被简洁地概括为"儿童本位论"。"儿童本位论"是"儿童中心主义"中国化了的理论表述和用语。鲁迅早在 1919 年就指出："往昔的欧人对于孩子的误解，是以为成人的预备；中国人的误解，是以为缩小的成人。直到近来，经过许多学者的研究，才知道孩子的世界，与成人截然不同，倘不先行理解，一味蛮做，便大碍于孩子的发达。所以一切设施，都应该以孩子为本位。"（《我们现在怎样做父亲》）这里的"一切设施"虽然是指广义的儿童文化，但无疑也包括了儿童文学。郭沫若也明确认为："儿童文学，无论采用何种形式（童话、童谣、剧曲），是用儿童本位的文字，由儿童的感官以直诉于其精神堂奥，准依儿童心理的创造性的想象与感情之艺术。儿童文学其重感情与想象二者，大抵与诗的性质相同，其所不同者特以儿童心理为主体，以儿童智力为标准而已。纯真的儿童文学家必同时是纯真的诗人，而诗人则不必人人能为儿童文学。故就创作方面言，必熟悉儿童心理或赤子之心未失的人，如化身而为婴儿自由地表现真情感与想象；就鉴赏方面而言，必使儿童感识之之时，如出自自家心坎，于不识不知之间而与之起浑然化一的作用。能依据儿童心理而不用儿童本位的文字以表现，不能起此浑化作用。仅用儿童本位的文字以表示成人的心理，亦不能起此浑化作用。"（《儿童文学之管见》）郑振铎也发表过同样的见解："儿童文学是儿童的——便是以儿童为本位，儿童所喜看所能看的文学。"（《儿童文学的教授法》）而周作人的儿童本位论的儿童文学观则更为系统、全面。此外，那些虽非名家却是儿童文学研究阵容中的最基本成员的研究者们，都广泛地接受、响应、传播了"儿童本位论"的儿童文学观念。

严既澄在《儿童文学在儿童教育上的位置》（1921）一文中说：

……现代的西洋教育，再没有不顾全儿童的生活，不拿儿童做本位的了。

……现代的新教育，既然要拿儿童做本位，那末，凡是叫儿童学的，必得是那些切于儿童的生活，适应儿童的要求，能唤起儿童的兴趣的东西。

周邦道在《儿童的文学之研究》（1922）一文中认为：

所谓儿童的文学者，即用儿童本位的文字组成之文学，由儿童的感官，可以直接诉于其精神的堂奥者。换言之，即明白浅近，饶有趣味，一方面投儿童心理之所好，一方面儿童可以自己欣赏的文学。

冯国华在《儿歌底研究》（1923）一文中这样写道：

我以为儿童文学，就是儿童的文学；详细地说，用儿童本位的文字组成的文学，由儿童底感官可以直接诉于其精神之堂奥者；换句话说，就是明白浅显，富有兴趣，一方投儿童的心理所好，一方儿童能够自己欣赏的，就是儿童文学。

魏寿镛、周侯予在《儿童文学概论》（1923）一书中是这样说的：

……儿童文学，就是用儿童本位组成的文学，由儿童的感官，可以直接诉于他精神的堂奥的。换句话说，就是明白浅显，饶有趣味，一方面投儿童心理所好，一方面儿童可以自己欣赏的文学。

朱鼎元在《儿童文学概论》（1924）一书中这样说：

……儿童文学，是由儿童的感官可以直诉于其精神的堂奥的，拿来表示准依儿童心理所生之创造的想象与感情之艺术。他的特别长所，就在准据儿童心理和儿童智力，理想的儿童文学作品。从创作方面说：定要熟悉儿童心理或赤子之心未失的人，化身为婴儿，然后自然地表现其情感与想象。从赏鉴方面说：定要使儿童欣赏时，觉得完全像出自自己心坎，不期然而与之起浑化作用。这完全是因为儿童和成人生理上心理上都有不同的状态，儿童的身体，决不是成人的缩形；成人的心理，决不是儿童的放大。所以根据儿童心理而不用儿童本位的文字来表现，或仅用儿童本位的文字来表现成人心理，都不能起浑化作用。——这是儿童文学最重要的本质……

很显然，类似的观点我们同样能够毫不费力地从当时的儿童文学理论批评史料中一直摘抄下去。读到这些不仅在理论观念上毫无二致，而且在具体文字表述上也几乎一模一样的文献史料时，我们纵然不相信这是"英雄所见略同"式的偶然巧合，至少也能感受到"儿童本位论"的理论观念在当时所具有的强大的精神感召力和理论辐射力量。

不过，如果我们深入考察一下"儿童本位论"的儿童文学观在不同的人那里的具体发挥和整体表述时，我们便会发现，在表面所达成的理论共识和默契中，还有着某些细微的或者是并不细微的理论差异。这种差异的焦点集中在：儿童文学既然是儿童本位的，那么它是否还能够传达成人社会的意旨？是否还存在一个对儿童进行审美教育、引导的问题？

"儿童本位论"的理论命运与这些问题是紧密相连的。一方面，它"以儿童为本位"的了解儿童、尊重儿童的合理理论内核曾经得到了广泛的传播和支持，另一方面，当"儿童本位论"被理解和解释为任儿童的喜好"尽听他们自己去看，用不着教师来教"的"撒手主义"的时候，它又受到了后来人们的尖锐的抨击和批判。（当然其中有些是在极左思潮影响下的非学术性的理论审判。）事实上，"儿童本位论"并非铁板一块，其理论阵营内部由于各位论者的理解和阐释的差异，而呈现出一些微妙的区别来。

我们已经引证过，杜威本人的"儿童中心主义"并不完全否认教育过程中的引导作用。但是，"儿童中心主义"一旦传入中国，经过不同接受者的选择、揉捏和阐释，成为中国化了的"儿童本位论"的时候，它将发生某种变异和走样就几乎是一种必然的传播命运了。因为任何一种接受的结果不仅与接受客体的信息和语码特征有关，而且也与接受主体的自身结构和历史需要有关。五四时期的儿童文化建设在冲破传统儿童观、建构新儿童观的过程中，无疑需要像"儿童中心主义"这样的强有力的理论武器。而且，"矫枉"常常导致"过正"，这就是"五四"儿童文学理论建设进程中，人们对"儿童中心主义"所产生的极端化了的理解、接受和发挥。

典型的代表当然是胡适和周作人。胡适曾于 1921 年 12 月 31 日在北京教育部国语讲习所同学会上做了"国语运动与文学"的讲演[31]。在这次讲演中他谈到儿童文学时说：

……近来已有一种趋势，就是"儿童文学"——童话，神话，故事——的提倡。儿童的生活，颇有和原始人类相类似之处，童话神话，当然是他们独有的恩物；各种故事，也在他们欢喜之列。他们既欢喜了，有兴趣了，能够看的，不妨尽搜罗这些东西给他们，尽听他们自己去看，用不着教师来教……例如《一只猫和一只狗的谈话》，这些给儿童看，究有什么用？其实，教儿童不比成人，不必顾及实用不实用，不要给得他愈多以为愈好。新教育发明家卢梭有几句话说："教儿童不要节省时间，要糟蹋时间。"你们看——种萝卜的，越把萝卜拔长起来，越是不行；应使他慢慢地长大，才是正当的法子。儿童也是如此，任他去看那神话，童话，故事，过了一个时候，他们自会领悟，思想自会改变，自会进步的——这不是我个人的私意，是一般教育家的公论……

在这里，胡适的观点有两个基本的支撑点，一是对儿童特点的认识和尊重，二是对儿童自发生长的完全信赖。与此同时，引导的必要性被抽掉了。为此，胡适没少挨过骂。

周作人的情况显然要复杂得多。他曾说过："儿童的文学只是儿童本位的，此外更没有什么标准。"（《儿童的书》）从"儿童本位"出发，他批评说："大抵在儿童文学上有两种方向不同的错误：一是太教育的，即偏于教训；一是太艺术的，即偏于玄美。教育家的主张多属于前者，诗人多属于后者。其实两者都不对，因为他们不承认儿童的世界。"他认为："中国现在的倾向自然多属于前派，因为诗人还不曾着手干这件事业。向来中国教育重在所谓经济，后来又中了实用主义的毒，对儿童讲一句话，眨一眨眼，都非含有意义不可，到了现在这种势力依然存在，有许多人还把儿童故事当作法句譬喻看待。"
人们常常据此认为周作人从儿童本位出发，反对儿童文学的思想性和
教育性，这实际上是一种误解。因为紧接着上文，周作人就说："其
实艺术里未尝不可寓意，不过须得如做果汁冰酪一样，要把果子味混
透在酪里，决不可只把一块果子皮放在上面就算了事。"（《儿童的书》）
而且，周作人也并不完全否认文学对儿童所具有的引导、教育作用。
1920 年 10 月 26 日，他在北京孔德学校所做的"儿童的文学"的演讲
中就说："据麦克林托克说，儿童的想象如被迫压，他将失了一切的兴味，
变成枯燥的唯物的人；但如被放纵，又将变成梦想家，他的心力都不
中用了。所以小学校里的正当的文学教育，有这三种作用：(1) 顺应满
足儿童之本能的兴趣与趣味，(2) 培养并指导那些趣味，(3) 唤起以前没
有的新的兴趣与趣味。这 (1) 便是我们所说的供给儿童文学的本意，(2)
与 (3) 是利用这机会去得到一种效果。但怎样才能恰当的办到呢？依据
儿童心理发达的程序与文学批评的标准，于教材选择与教授方法上，
加以注意，当然可以得到若干效果。"但是，从儿童本位出发，周作
人毕竟不赞同在儿童文学作品中过分注重教训和寓意。他认为，过分
的教训意味可能导致不良后果。例如，他说寓言"在幼儿教育上，他
的价值单在故事的内容，教训实是可有可无；倘这意义是自明的，儿
童自己能够理会，原也很好，如借此去教修身的大道理，便不免谬了。
这不但因为在这时期教了不能了解，且恐要养成曲解的癖，于将来颇
有弊病。象征的著作须得在少年期的后期（第六七学年）去读，才有益处"
（《儿童的文学》）。由此可见，周作人的观点始终是以儿童自身的发展特
征为依据的。他不反对儿童文学作品含有寓意，但认为"这样作品在

儿童文学里，据我想来本来还不能算是最上乘，因为我觉得最有趣的是有那无意思之意思的作品。安徒生的《丑小鸭》，大家承认他是一篇佳作，但《小伊达的花》似乎更佳；这并不因为他讲花的跳舞会，灌输泛神的思想，实在只因他那非教训的无意思、空灵的幻想与快活的嬉笑，比那些老成的文字更与儿童的世界接近了。我说无意思之意思，因为这无意思原自有他的作用，儿童空想正旺盛的时候，能够得到他们的要求，让他们愉快的活动，这便是最大的实益，至于其余观察记忆，言语练习等好处即使不说也罢"（《儿童的书》）。所谓"无意思之意思的作品"的说法，曾经受到过激烈的批评。实际上，它的意思无非是说，真正优秀的儿童文学作品应该从儿童审美心理特点出发，从儿童文学作品的审美品性出发，而不搞外加的"意思"。作为有关儿童文学艺术特性问题的一家之言，这些说法也不是没有可取之处的。

从总体上看，周作人的"儿童本位论"大体有三个理论层次：一是强调儿童文学"只是儿童本位的，此外更没有什么标准"；二是肯定儿童文学具有顺应满足、培养指导儿童读者本能的兴趣与趣味，并唤起新的兴趣和趣味的功能；三是认为上乘的儿童文学作品应是那些更与儿童世界接近的"无意思之意思的作品"。因此，简单地认定周作人的"儿童本位论"一概反对儿童文学的教育、引导功能，是不合适的。

耐人寻味的是，周作人尽管常把儿童与原始人相互比较来说明儿童的本位特征，但他也看到了现代社会文化因素对儿童的影响。这一点很容易为人们所忽视。他说过这样的话："儿童心理既然与原人相似，供给他们普通的童话，本来没有什么不可，只是他们的环境不同了，须得在二十年里经过一番人文进化的路程，不能像原人的从小到老优游于一个世界里，因此在普通童话上边不得不加以斟酌。但是这斟酌也是最小限度的消极的选择，只要淘汰不合于儿童身心的发达及有害于人类的道德的分子便好了。"（《童话的讨论》）从这里可以看出，周作人已经觉察出现代儿童与原始人类在心理相似的表象后面所隐含的文化背景的差异。忽视这一点就无法了解周作人理论观点的全貌。当然，由于时代的理论需要，更由于周作人个人文学趣味和文学观的影响，他更多地强调了儿童内外生活相对独立、特殊的一面，更多地论述了儿童文学"以儿童为本位"的理论观点，而较少关注儿童生活与现代生活之间的复杂联系，较少重视儿童文学与现代生活之间艺术联系的必然性和合理性。在某些情况下，他甚至强烈地排斥和否定时代对儿童文学的要求和儿童文学对时代呼唤的响应。一个著名的例子是，1923 年 8 月，他在《关于儿童的书》一文中说："近来见到《小朋友》第七十期'提倡国货号'，便忍不住要说一句话，——我觉得这不是儿童的书了。无论这种议论怎样时髦，怎样得庸众的欢迎，我以儿童的父兄的资格，总反对把一时的政治意见注入到幼稚的头脑里去。""总之我很反对学校把政治上的偏见注入于小学儿童，我更反对儿童文学的书报也来提倡这些事。以前见北京的《儿童报》有过什么国耻号，我就觉得有点疑惑，现在《小朋友》又大吹大擂的出国货号，我读了那篇宣言，真不解这些既非儿童的复非文学的东西在什么地方有给小朋友看的价值。"但他又说："要提倡那些大道理，我们本来也不好怎么反对，但须登在《国民世界》或《小爱国者》上面，不能说这是儿童的书了。"在这里，"儿童本位论"的儿童文学观把儿童文学看作一片远离尘世喧闹的儿童的净土，容不得半点社会文化因素的浸染。从纯文学、纯审美的立场看，这种观点很可爱，也不无道理。但儿童文学的"净土"梦幻从根本上说是无法实现的。这里已不单是一个儿童文学观念的问题，而是周作人人生理想和趣味的一个综合的反映。我们理解周作人的苦心，但不能苟同周作人的立论基础。在我看来，儿童文学、儿童文化的特性不仅受制于儿童特点，而且从根本上说也是被一定的社会历史文化存在所规定了的。

　　鲁迅当时也是"儿童本位论"的信奉者和倡导者。我在前面已经引述过他在《我们现在怎样做父亲》一文中的有关言论。在这篇文章中，鲁迅希望当时"觉醒的人"应将自己"天性的爱，更加扩张，更加醇化，用无我的爱，自己牺牲于后起新人"。那么具体应怎样做呢？"开宗第一，便是理解。"鲁迅由此提出了"一切设施，都应该以孩子为本位"的观点。接着，鲁迅又提出："第二，便是指导。时势既有改变，生活也必须进化；所以后起的人物，一定尤异于前，决不能用同一模型，无理嵌定。长者须是指导者协商者，却不该是命令者。不但不该责幼者供奉自己；而且还须用全副精神，专为他们自己，养成他们有耐劳作的体力，纯洁高尚的道德，广博自由能容纳新潮流的精神，也就是能在世界新潮流中游泳，不被淹没的力量。第三，便是解放。子女是即我非我的人，但既已分立，也便是人类中的人。因为即我，所以更应该尽教育的义务，交给他们自立的能力；因为非我，所以也应同时解放，全部为他们自己所有，成一个独立的人。"在这里，鲁迅的儿童本位观既是对儿童特点的重视，又意味着对儿童的指导。鲁迅从时势和生活的变化、发展着眼，指出应该养成"他们有耐劳作的体力，纯洁高尚的道德，广博自由能容纳新潮流的精神"；应"交给他们自立的能力"，"也应同时解放，全部为他们自己所有，成一个独立的人"。由此可见，鲁迅的

"儿童本位论"比起周作人来要开放、博大得多。他们的"儿童本位论"在理解儿童、尊重儿童这一点上达成了一种共识和默契，同时又显示了两种不同的理论胸怀和眼光。

郑振铎的观点也是值得重视的。他认为，儿童文学"便是以儿童为本位，儿童所喜看所能看的文学"。他从格式、意义、工具主义三个方面说明了儿童本位的文学与普通文学的不同之处。关于第三点"工具主义"，他是这样论述的：

> 3. 工具主义——普通文学极少含有道德的训条的，更没有用来做传达理科方面的智识的。像托尔斯泰诸位极端人生派的批评家，虽然主张文学应为宣传一种宗教或革命思想的工具，然而多数的文学作品，却都是自然的感情的流露，都是无所为而为的作品，而儿童文学则不然，这也是儿童文学与普通文学很不相同之点。

将"工具主义"列为儿童文学区别于普通文学的一个特点，这似乎与"儿童本位论"的儿童文学观很不协调。实际上，郑振铎所说的"工具主义"是一种以尊重儿童特点为前提的工具主义，我们或可称之为"儿童本位的工具主义"。郑振铎认为，儿童文学的教授应该充分注意儿童的特点，为此他提出了三项原则："一、要注意儿童的趣味和嗜好是怎样的，教材应适宜于儿童的性情和习惯，而增之减之"；"二、教材里面所用的地名物名人名——也须用儿童所熟知的，譬如风车为荷兰儿童所熟的，但是用之于中国儿童，便觉隔膜"；"三、但有许多新奇而不费解释的事物，却不妨尽量引用，譬如鸵鸟、袋鼠，虽非儿童所熟知，但可以扩充儿童智识范围，又可以迎合他们的好奇心而又不费解，所以为可用的材料"。虽然在我们今天看来，"工具主义"的提法与儿童文学的审美品性格格不入，但是就郑振铎的本意而言，他的"工具主义"是指儿童文学所必然具有的广义的教育意义和功能。儿童文学"工具主义"的提出并不意味着郑振铎对儿童文学艺术特性的忽视。例如，他对教师教授儿童文学提出了这样的要求："教师当教授含有道德训条的故事时，不可将里面的意思明白说出。我们须使故事自己去教训儿童，不可使教师将故事内的训条单独表白出，务使儿童自己赞美故事中的人物，不要教师替他们赞美。教员倘然明白提出道德的训条来，则儿童知道自己是在受教训，不是在读有趣味的故事，那末他便要对于故事减少兴趣，减少信仰了。"（《儿童文学的教授法》）在这里，郑振铎的"儿童本位论"的儿童文学观隐含了这样一种内在的逻辑过程：儿童文学以儿童本位为出发点，以完成一定的教育任务（工具主义）为目标，以文学固有的艺术品性为手段。我们发现，这一理论观念的基本思想在中国儿童文学后来的历史发展过程中得到了自觉或不自觉的继承和响应，其典型的理论表述就是：儿童文学——教育儿童的文学。

从胡适、周作人到鲁迅、郑振铎，我们看到，在"儿童本位论"理论旗帜下聚集起来的人们在具体理论观念的理解和阐述上却有着或显或隐的区别和差异。相同的只是"儿童本位"这个起点。也正是这个起点，使他们的理论思考显示出一种共同的时代要求和必然的历史选择。

"儿童中心主义"的传入和"儿童本位论"的儿童文学观的形成，对于中国现代儿童文学走向自觉的历史推动作用是难以估量的。首先，从五四时期的儿童文学实践看，以"儿童本位论"为理论旗帜，以西方人类学进化学派学说（如"复演说"）为具体理论内核和后援，中国现代儿童文学理论批评建设不仅摆开了最初的学术阵势，而且为现代儿童文学的自觉及其全面进入现代中国文化建设领域提供了强大的理论依据，并制造了相应的社会舆论条件。因此，"儿童本位论"的历史功绩在于：它第一次发现了儿童作为生命主体的独特心理世界和精神需求，在人类发现自我、认识自我的道路上迈出了重要的一步。正是这种儿童主体意识的高扬，直接唤醒了儿童文学的自觉，宣告了儿童文学作为一个独立的文学门类的诞生。

其次，"儿童本位论"的儿童文学观强调对儿童的理解和尊重，强调儿童文学所构成的艺术世界须以儿童世界为本位，这在理论上也有其合理性和独到性。很显然，"儿童文学"这一概念本身已强烈地意识到自己的接收者是儿童。儿童文学作品要成为儿童读者的审美对象，就必须考虑到读者对象的审美心理，因为儿童文学作品作为以儿童为接受主体的审美客体，其价值的实现不能脱离儿童审美心理机制的作用。"儿童本位论"的儿童文学观正是由于以儿童本位为理论起点，所以其理论构建便拥有了一个合理的内核。

但是，由于"儿童本位论"的儿童文学观在具体传播过程中的多样化、复杂化的理论阐释和表述，也使这一学说在理论上和实践上面临着某些尴尬和困境，尤其是以周作人、胡适为代表的儿童本位论者过分强调了儿童自己的作用，而相对忽视了作家的地位和社会文化背景的作用，因而更暴露出难以遮掩的理论破绽。

从理论上说，一旦把儿童的独特性与具体的社会历史条件绝对割裂开来，那么理论的合理性与谬误性就必然会成为一对难分难解的"孪生兄弟"。在这一点上，一些儿童本位论者的失误在很大程度上是因为过分信任了人类学上的"复演说"。"复演说"通过儿童心理与原始人心理的比较来揭示儿童心理和生活的某些特征，这是有其合理性和科学依据的。然而，周作人、胡适的"儿童本位论"把"复演说"看成是解开儿童世界的万能钥匙，把儿童世界、儿童文化与原始世界、原始文化等同起来（当然周作人偶尔也谈到两者之间的差异），因而忽视了儿童以外的因素的存在，这就难免不会产生谬误了。"复演说"的失误主要在于，它把个体发展史和种系发展史完全等同起来，从而引向生物决定论（预成论）。恩格斯在《自然辩证法》中虽然肯定过"孩童的精神发展是我们的动物祖先、至少是比较近的动物祖先的智力发展的一个缩影"，但是他紧接着又指出："一切动物的一切有计划的行动，都不能在自然界上打下它们的意志的印记，这一点只有人才能做到"。可见把儿童个体发展史与种系发展史完全等同的观点是不科学的。也正是在这一点上，"儿童本位论"常常被人们抓了理论上的小辫子。由于过分强调了儿童生活的独立性，过分相信了儿童成长的自发性，周作人等人常常忽视儿童文学的社会学内容和成人引导的必要性。事实上，这种"儿童本位论"不仅在当时的文学界，而且在教育界也十分普及，并且逐渐在实践中暴露出它的缺陷。例如，在这种教育思想的影响下，学校教育相对重视直接经验，忽视间接经验；重视学生个人实践，忽视系统学习；重视儿童兴趣，忽视教师指导。对此，当时就有人指出："新法学校受指摘最大的地方，就是读书不能成诵。写字别字太多，算法又缓慢又错误。"[32] 同样，在儿童文学领域，忽视成人的存在和作家的作用，忽视儿童生存的社会文化背景，所谓"儿童世界"就必然只是一个虚幻的梦乡。

从实践上看，"儿童本位论"如果被解释成儿童文学只是以儿童世界为本位，描绘一个完美的童年之梦的话，那么它的可行性也是颇可怀疑的。五四时期，一些作家以儿童世界为参照、为本位，确实创作出一批初具现代品格的儿童文学作品。但是，如果一味想要躲在儿童的"乐园"里闭门造车，设计儿童乐于逍遥的文学的花园，那倒很可能是会碰壁的。正如郑振铎1923年在《〈稻草人〉序》一文中所说的："丹麦的童话作家安徒生 (Hans Andersen) 曾说：'人生是最美丽的童话。'(Life is the most beautiful fairy tales.) 这句话，在将来'地国'的乐园实现时，也许是确实的。但在现代的人间，这句话至少有两重错误：第一，现代的人生是最足使人伤感的悲剧，而不是最美丽的童话；第二，最美丽的人生即在童话里也不容易找到。"是的，在现实的沉重的真实面前，倾心于炮制"美丽的童话"总不免会显得有些苍白和幼稚。郑振铎在这篇文章中对叶圣陶创作思想发展的深刻揭示和分析，不仅使该文成为现代中国儿童文学经典性的理论批评文献，而且也使绝对的"儿童本位论"在文学实践面前露出了难以遮掩的理论破绽。郑振铎认为，叶圣陶最初动手写童话时，"他还梦想一个美丽的童话的人生，一个儿童的天真的国土。我们读他的《小白船》、《傻子》、《燕子》、《芳儿的梦》、《新的表》及《梧桐子》诸篇，显然可以看出他努力想把自己沉浸在孩提的梦境里，又想把这种美丽的梦境表现在纸面"。然而，现实人生感受的沉重撞击毕竟不允许作家一味地沉浸在孩提的梦境里。郑振铎深刻地指出："在成人的灰色云雾里，想重现儿童的天真，写儿童的超越一切的心理，几乎是个不可能的企图。圣陶的发生疑惑，也是自然的结果。我们试看他后来的作品，虽然他依旧想用同样的笔调写近于儿童的文字，而同时却不自禁地融化了许多'成人的悲哀'在里面。固然，在文字方面，儿童是不会看不懂的，而那透过纸背的深情，儿童未必便能体会……'哀者不能使之欢乐'，我们看圣陶童话里的人生的历程，即可知现代的人生怎样地凄凉悲惨；梦想者即欲使它在理想的国里美化这么一瞬，仅仅一瞬，而事实上竟不能办到。"因此，"以儿童为本位"并非意味着"儿童至上"或"唯有儿童"。说到底，儿童的成长是一个不断由"自然的人"向"社会的人"和"文化的人"的转变过程，儿童的发展是自律与他律、本位与非本位相互冲突、相互融合、相互促进的互动过程。正像郑振铎对人们的种种疑惑所回答的那样："有许多人或许要疑惑，像《瞎子和聋子》及《稻草人》、《画眉鸟》等篇，带着极深挚的成人的悲哀与极惨切的失望的呼声，给儿童看是否会引起什么障碍；幼稚的和平纯洁的心里应否即投入人世间的扰乱与丑恶的石子。这个问题，以前也曾有许多人讨论过。我想，这个疑惑似未免过于重视儿童了。把成人的悲哀显示给儿童，可以说是应该的。他们需要知道人间社会的现状，正如需要知道地理和博物的知识一样，我们不必也不能有意地加以防阻。"

尽管如此，儿童本位论者的某些理论失误与"儿童本位论"对中国现代儿童文学发展的巨大历史推动作用比较起来，它的功毕竟是要大于过的。作为一种理论观点，"儿童本位论"本身在后来的历史过程中也曾得到过不同的理解和对待，并且一度被冠以"反动"的罪名而被"批倒批臭"。当历史终于翻到新的一页，人们有可能以冷静的心情回顾前人的理论足迹的时候，"儿童本位论"也终于得到了客观的历史评价，而其本身的理论失误，也在新的历史条件下得到了重新的思考和评析。很自然地，这是一种更富有学术意味的思考和评析了。

注 释

[1] 参见高觉敷主编《中国心理学史》，北京：人民教育出版社 1985 年版。

[2] 参见朱智贤、林崇德《儿童心理学史》，北京：北京师范大学出版社 1988 年版，第 545 页。

[3] 马克思、恩格斯：《马克思恩格斯选集》第三卷，北京：人民出版社 1972 年版，第 517 页。

[4] 参见朱智贤、林崇德《儿童心理学史》，北京：北京师范大学出版社 1988 年版，第 53—56 页。

[5] "Fröebel" 的译名有多种译法，为统一起见，本书除引文外，均采用 "福禄贝尔" 的译名。

[6] "Pestalozzi" 的译名有多种译法，为统一起见，本书除引文外，均采用 "裴斯泰洛齐" 的译名。

[7] "AndrewLang" 的译名有多种译法，为统一起见，本书除引文外，均采用 "安德鲁·朗" 的译名。

[8] 凌冰编著：《儿童学概论》，上海：商务印书馆 1921 年版，第 2—3 页。

[9] 参见马昌仪《人类学派与中国近代神话学》，载中国民间文艺研究会上海分会编《民间文艺集刊》第一集，上海：上海文艺出版社 1981 年版。

[10] 关于人类学派的研究方法，英国神话学家哈特兰德有过简要的说明："人类学方法是最科学的方法。人类学方法便是将许多同类的民间故事归纳起来，基本工作便是要多多搜集材料：因为相关的事搜集得愈多，归纳的结果一定也愈准确。""要搜集许多相同的故事以考察人性的同点，社会情形及其他情形的同点。因为要想知道人类的通性，思想的方法，野蛮人种的制度……在杂乱不同的情形中找出共通点来。"参见马昌仪《人类学派与中国近代神话学》，载中国民间文艺研究会上海分会编《民间文艺集刊》第一集，上海：上海文艺出版社 1981 年版。

[11] 新村彻认为，周作人还尊重日本的柳田国男，似乎也想让柳田民俗学应用于中国，因此，这一影响关系也是不应忽略的。

[12] 参见马昌仪《人类学派与中国近代神话学》，载中国民间文艺研究会上海分会编《民间文艺集刊》第一集，上海：上海文艺出版社 1981 年版。

[13] 《周作人回忆录·自己的工作》，长沙：湖南人民出版社 1982 年版，第 267 页。

[14] 19 世纪以摩尔根、泰勒、安德鲁·朗为代表的人类学派利用进化学说来说明人类是怎样从原始时代进入 19 世纪文明的，因而被称为进化学派。它区别于以德国拉采尔为代表的传播学派，以美国鲍亚士为代表的历史学派，以及 20 世纪第一次世界大战以后兴起的以奥籍波兰人马林诺斯基为代表的功能学派等。对周作人和中国现代儿童文学理论批评产生

影响的主要是进化学派。

[15] 参见马昌仪《人类学派与中国近代神话学》，载中国民间文艺研究会上海分会编《民间文艺集刊》第一集，上海：上海文艺出版社 1981 年版。

[16] 参见马昌仪《人类学派与中国近代神话学》，载中国民间文艺研究会上海分会编《民间文艺集刊》第一集，上海：上海文艺出版社 1981 年版。

[17] 参见马昌仪《人类学派与中国近代神话学》，载中国民间文艺研究会上海分会编《民间文艺集刊》第一集，上海：上海文艺出版社 1981 年版。

[18] 启明给雪林的信，见《语丝》1925 年 8 月 20 日。

[19] 赵景深：《郑振铎与童话》，载《民间文学丛谈》，长沙：湖南人民出版社 1982 年版。

[20] 参见苏雪林在《周作人先生研究》一文的文前说明文字，载《青年界》1934 年第 6 卷第 5 期。

[21] 赵景深：《〈儿童文学小论〉参考资料·例言》，上海：儿童书局 1933 年版。

[22] 蒋风主编：《中国现代儿童文学史》，石家庄：河北少年儿童出版社 1987 年版，第 227 页。

[23] 参见李明德《关于杜威教育理论的再评价》，《福建师范大学学报》1985 年第 2 期。

[24] 赵祥麟、王承绪编译：《杜威教育论著选》，上海：华东师范大学出版社 1981 年版，第 31—32 页。

[25] 赵祥麟、王承绪编译：《杜威教育论著选》，上海：华东师范大学出版社 1981 年版，第 38—39 页。

[26] 赵祥麟、王承绪编译：《杜威教育论著选》，上海：华东师范大学出版社 1981 年版，第 33 页。

[27] 赵祥麟、王承绪编译：《杜威教育论著选》，上海：华东师范大学出版社 1981 年版，第 3 页。

[28] 赵祥麟、王承绪编译：《杜威教育论著选》，上海：华东师范大学出版社 1981 年版，第 2 页。

[29] 赵祥麟、王承绪编译：《杜威教育论著选》，上海：华东师范大学出版社 1981 年版，第 167 页。

[30] 曹孚编：《外国教育史》，北京：人民教育出版社 1979 年版，第 8 页。

[31] 这份演讲稿由郭后觉记录整理，发表在《晨报副刊》1922 年 1 月 9 日上。

[32] 俞子夷：《小学教学法的新旧冲突》，《教育杂志》1923 年第 15 卷第 9 期。

第五章　理论空间的开拓

从历史上看，晚清至"五四"前后逐渐形成的中国现代儿童文学理论批评与同时期的整个中国现代文学理论批评不同，它是在相对缺乏自身学术积累和理论传统的情况下逐渐发展起来的。由于有一批代表着当时最先进的思想意识的文化精英和许多热心人士的积极参与，也由于现代意义上的儿童文学处于诞生期的特殊历史要求，加上外来文化思潮和理论学说的传播和影响，中国现代儿童文学理论批评比较迅速地形成了最初的学术形态和理论系统，从而进入了一个独立、自觉的学科发展时期。如前所述，以周作人民国初年陆续发表的四篇论文为起点，以 1923 年魏寿镛、周侯予所著的中国第一部《儿童文学概论》的出版为呼应，中国现代形态的儿童文学理论批评完成了学科意识初步觉醒、学科建设走向自觉的历史性转变和飞跃。在此之后，从 20 年代中期到 30 年代中期，现代儿童文学理论批评经历了一个向新的理论空间继续开拓、扩展的历史时期。

的确，辉煌的启幕和亮相之后，是一台耐看的好戏。

一　收获季节

觉醒是艰难的，走向自觉的学术之路也并不平坦。然而，一切都在苏醒和生长——建设在铺开，学术在成长。从 20 年代中期到 30 年代中期，中国儿童文学理论批评在五四时期所酝酿的文化气候的裹挟之下，悄悄地迎来了一个收获的季节。

我们已经知道，"五四"之后儿童文学理论建设的展开，在相当程度上得益于教育界对儿童文学的重视。此后，从 20 年代到 30 年代，情况依然如此。当时的小学国语课和幼儿师范、普通师范文科专业已普遍把儿童文学作为一种基本教材；教授儿童文学，学习儿童文学，讲演儿童文学，研究儿童文学，成为教育界一时之风尚，甚至在大学也第一次开设了童话课。因此，当时的许多儿童文学理论成果是结合儿童文学教学的需要而取得的。尤其是较为系统的儿童文学理论著作，有不少都是供教师或师范生研习儿童文学用的，因而带有浓厚的教学色彩。魏寿镛、周侯予所著的第一本概论性著作就是如此。尽管该书作者在书末"著者的声明"中称"本书专为研究性质"，但全书凡六章，第六章即为"儿童文学的教学法"；第六章之后又附加"教学实况""课本形式"两节。这些内容占全书篇幅的近一半。此后，朱鼎元的《儿童文学概论》、张圣瑜的《儿童文学研究》（1928，商务印书馆）、陈伯吹的《儿童故事研究》（1932，北新书局）、赵侣青和徐迥千的《儿童文学研究》（1933，中华书局）、王人路的《儿童读物的研究》（1933，中华书局）、吕伯攸的《儿童文学概论》（1934，大华书局），钱畊莘的《儿童文学》（1934，世界书局）等，都是紧密结合教学需要编著的理论书籍，并且几乎都很重视儿童文学教学和儿童阅读指导方面的研究。因此，与教学需要的紧密结合，构成了当时儿童文学理论研究的一个基本特色。为了便于具体了解和感受当时儿童文学研究的理论风貌，这里不妨略举数端。

例如，张圣瑜的《儿童文学研究》系作者 1925 年、1926 年在江苏省立第一师范学校任教时所编的教材。作者在该书"例言"中说：

一、师范生有研究儿童文学之必要，本编先提问题，次集材料，次为研究讨论，次加证明练习，终乃整理，成此一编，可谓近顷儿童文学研究之一种报告。

二、全编分前后两部，前部属理论，于儿童文学之认识及其价值等证论綦详，所以坚研究者之信心，后部属实施，介绍具体适用方法，尤精究体制探讨教育原则，兼辅实际调查以资参证。

三、本编合儿童学文学并两者相互之关系，以阐明原理，合以教育艺术等原则，申述方法，故搜集参考材料不惮烦博，凡经参考引用之书，数以百计。

……

从编写意图和编写体例看，该书都充分体现了为教学服务的理论功能。全书共十一章，并有附录一篇。前八章目录分别为：

第一章　儿童文学之界说
第二章　儿童文学之起源
第三章　儿童文学之特质
第四章　儿童文学与人生
第五章　儿童文学与现代
第六章　儿童文学与改造
第七章　儿童文学与教育
第八章　儿童文学之体制

前八章为该书的理论阐述部分。不难看出，作者对儿童文学的论述范围已大大超出魏寿镛、周侯予合著的《儿童文学概论》和朱鼎元所著的《儿童文学概论》的论述系统。这显然是作者吸收、容纳新的儿童文学研究成果的产物。该书后三章和附录的目录是：

第九章　儿童文学之教材

第十章　儿童文学制作法

第十一章　儿童文学教学法

附录　儿童文学教科实况调查

这一部分内容紧密联系儿童文学教学实践展开论述，具有很强的应用性和可操作性。如第十一章"儿童文学教学法"中载："文学教学，教者读者之关系事件也。其目的在教者使读者领受作者所作，而起表演或反射之作用耳。教者以教材给儿童，不如儿童向教师索教材，儿童无索取教材之意时，则宜逗之使发动机，此教学之第一要义也。"作者引用了前人《儿童文学概论》中关于教学原则和具体方法的论述：

教学儿童有三原则：

一、顺应满足儿童之本能的趣味和嗜好。

二、培养并指导那些趣味。

三、唤起已失去的或新的趣味和嗜好。

根据原则，应行注意之点有七：

一、增减合度……

二、注重直观……

三、新奇而不费解……

四、勿道破包含的教训……

五、有适当的图画和模型……

六、使儿童的文学有进步之机会……

七、注重表演……

接着，作者具体论述了故事、诗歌、戏曲等各类儿童文学作品的教学实施方法。如诗歌教学，作者提出要注意以下三点：

(1) 诵读时要有优美的声调，把文字里面的神情，都表演出来。

(2) 最好谱入曲里，抑扬顿挫，格外可以正确。

(3) 一面唱，一面表情。把两种动作联合起来，儿童自然格外有兴趣。

在分别论述了儿童文学的教学原则和注意点之后，作者重点介绍了"设计教学法"的儿童文学教学过程："怎样叫设计教学法？就是引导各个儿童，自己很高兴地筹划最经济、最合效率的方式，学得整个的知识、技能、经验的一种方法。凡用设计法来教学的，事前有目的、有计划，事后有判断、有证验。儿童自己觉得是一种有趣味的新生活。他因此高兴学习，活泼泼地向上生长而发达了。文学教学的适用这种设计教学法，就是这个原因。""这种教学法的活动，中间均有过程。大概可分为四种：(1) 欣赏的过程。(2) 练习的过程。(3) 思考的过程。(4) 建造的过程。这四种过程，详细教学时，可以全用。否则至少用欣赏的一种。"

这种重视儿童文学理论与教学相结合，重视儿童文学教学操作方法探讨的理论风气，充分显示了学校教育重视儿童文学而形成的对当时儿童文学研究的促进作用。赵侣青、徐迥千所著《儿童文学研究》则比张圣瑜的《儿童文学研究》更突出儿童文学的教学研究。全书分十个部分，其中第三部分为"儿童文学在初等教育段应占怎样的地位"；第六至第九部分分别论述"怎样指导儿童阅读儿童文学""怎样指导儿童创作儿童文学""儿童文学与注音符号的关系怎样""儿童文学与常识科的关系怎样"。这些研究和论述同样带有很强的实用性和可操作性。如作者在第八部分"儿童文学与注音符号的关系怎样"中指出：注音符号的"主要功用，在拼注汉字的读音，实在为供给我们解决汉字读音的唯一工具。自有此工具，而我国数千年来无法解决的汉字读音，得一解决的途径；自有此工具，而我们学习汉字的时间与精力，可十分节省。唯其如此，所以从事儿童文学教学者，如能尽量运用注音符号来教学，其所得成绩，当可高人一等"。作者认为，"于儿童文学汉字之旁，附注注音符号，则凡识得注音符号者，可由注音符号的媒介，而获得内容物之欣赏"。作者从四个方面具体论述了儿童文学与注音符号的关系，并就国语教学中如何注意注音符号的拼注或运用，提出了十点意见：

(1)一年级国语教学，入手即读正国音；

(2)有机会可利用时，即将注音符号，让儿童认识、书写，其开始时愈早愈妙，勿拘泥于"某年级太早"的一句话；

(3)日常讲述问答之际，将重要字句，应用注音符号，拼注黑板上，让儿童译出；

(4)利用机会，作注音符号拼注、译述之游戏或竞赛；

(5)校中各处标题，如路名、室名……所有汉字旁边，统统附注注音符号；

(6)学校新闻，时常列入汉字注音符号互译之悬赏；

(7)各项集会记录，奖励儿童用注音符号速记；

(8) 儿童图书馆，多备附注注音符号的儿童书籍；

(9) 向儿童提倡用注音符号来作文、写信；

(10) 多与儿童以使用国音字典的机会。

读到这些意见，我们几乎已经忘记了它是在谈论儿童文学。如果说，这是在谈论小学国语教学中如何重视和推行注音字母的使用问题，还更恰当些。然而，我们不也正是从这里看到并感受到了当时儿童文学教学和研究工作者在普及儿童文学方面所做的切实的努力及其认真、细致的精神了吗！

此外，王人路的《儿童读物的研究》是作者1928年春季应无锡中学一个即将毕业的师范班的邀请教授儿童读物的研究时的成果。作者在"卷头语"中说："因就这个机会，参考欧美各国关于论儿童心理的和教育的书籍及几年来的经验，写了这本讲义，近来又把它删改增补了一番。因为这是一本应用的书，所以关于理论方面，比较简略，关于实例的材料，写得详细一点。"吕伯攸的《儿童文学概论》为大华书局出版的"师范学校教科书"之一，其"编辑大意"称：

一 本书除供师范学校教学或参考外，并供小学教师及儿童文学作家等参考之用。

二 本书共分十二章，理论和实际并重：除儿童文学的认识和价值，以及选择、分配和制作的具体方法以外，于分类、举例、作家的介绍、现今的趋势等，也有详尽的论述。最后更研究到教学原则和书本形式，尤为实施上所必须注意的。

三 本书于实际诸问题，处处以最近教育部颁行的《小学国语科课程标准》为法则，一部分参以编者十余年来从事编著儿童文学的经验；理论上则博采名家学说；绝无向壁虚构之弊。

凡此种种，都向我们展示了 20 年代中期至 30 年代中期儿童文学研究与学校儿童文学教学紧密联系、相互配合的理论状况和研究风貌。作为一个时代的突出的学术形态特征，这种现象在中国儿童文学理论批评史上是绝无仅有的。

"五四"之后儿童文学理论建设的展开除了教育界的努力外，还有赖于新文学社团及后来成立的"左联"的重视和支持。五四运动之后不久成立的"文学研究会"一直把儿童文学建设放在重要的位置。由文学研究会主办的《小说月报》不仅重视儿童文学作品的发表，也常常刊登儿童文学研究论文，如该刊第 17 卷号外《中国文学研究》专号刊登了褚东郊的长篇儿歌研究专论《中国儿歌的研究》。为了纪念安徒生诞生 120 周年和逝世 50 周年，《小说月报》在 1925 年第 16 卷第 8 期和第 9 期连续出刊《安徒生号》，除刊登了 22 篇安徒生童话译作外，还刊登了多篇史料、评介和研究文章，如赵景深的《安徒生逸事》、顾均正的《安徒生传》、郑振铎的《安徒生的作品及关于安徒生的参考书籍》、顾均正和徐调孚的《安徒生年谱》、勃兰特的《安徒生童话的艺术》(赵景深译)、安徒生的《安徒生的童年》(焦菊隐译)和《安徒生童话的来源和系统》(张友松译)，等等。如此大规模地研究、评介一位外国作家，这无疑是中国儿童文学理论批评史上的一次空前的壮举。《小说月报》当时的主编郑振铎在《安徒生号》的"卷头语"中高度评价安徒生的艺术成就，认为"安徒生是世界最伟大的童话作家。他的伟大就在于以他的童心与诗才开辟了一个童话的天地，给文学以一个新的式样与新的珠宝"。继孙毓修、周作人等的努力之后，《小说月报》的隆重评介，终于使安徒生和他童话中的人物形象得以在中国家喻户晓。这不仅反映了评介者的艺术胆略，更显示了其独特的艺术眼光。

除《小说月报》外，由郑振铎、谢六逸、徐调孚、赵景深先后任主编的《文学周报》也极为重视儿童文学理论批评，尤其是童话、神话的研究。该刊在20年代后期曾刊载过顾均正的《童话与想象》《童话的起源》《童话与短篇小说》《托尔斯泰童话论》和赵景深的《中西童话的比较》《柴霍甫与安徒生》《太阳神话研究》以及玄珠（茅盾）的《神话何以多相似》《楚辞与中国神话》《中国神话的保存》《人类学派神话的解释》《神话的意义与类别》等许多理论文章，是20年代中后期儿童文学研究的一个重要理论阵地。

1930年3月2日，中国左翼作家联盟成立。"左联"从成立之日起，就对作为左翼文学组成部分的儿童文学及其理论批评给予了关注。"左联"机关刊物《北斗》《文学导报》和左翼刊物《萌芽》《拓荒者》《大众文艺》等刊登过不少儿童文学作品和理论文章。1930年3月29日，在"左联"成立不到一个月的时候，由大众文艺社出版，郁达夫、陶晶孙主编的左翼文艺刊物《大众文艺》举办了第二次座谈会，就如何办好拟议创办的《大众文艺》副刊《少年大众》专栏进行专门的座谈研讨。出席这次会议的左翼作家有沈起予、欧佐起、孟超、邱韵铎、华汉（阳翰笙）、冯宪章、叶沉、白薇、田汉、周全平、钱杏邨、戴平万、洪灵菲、冯乃超、蒋光慈、陶晶孙、龚冰庐等17人。（蒋光慈夫人吴似鸿也曾到场。）会议由《少年大众》的编者之一龚冰庐主持。与会者围绕《少年大众》的编辑计划，就《少年大众》的办刊宗旨、内容、形式等提出了许多建设性的意见。[1]

（一）关于办刊宗旨

主持人龚冰庐首先谈道，《少年大众》的编辑计划是"暂时参考日本的《少年战旗》，用浅显的文字和插画来教导我们的儿童们。我们的目的当然是和《大众文艺》取一致的步调，不过这一栏是给少年看的"。

钱杏邨认为，《少年大众》应该特别注意"给少年们以阶级的认识，并且要鼓动他们，使他们了解，并参加斗争之必要，组织之必要"。田汉认为，"对于少年，我们第一先要使他们懂，其次是要使他们爱"，"儿童是喜欢泥人、糖果的，现在我们要另外给他们一点新的、有益的东西。并且我们要使他们对于爱好泥人的心理转向我们所给他们的东西上来"，"所以我们不妨把过去的英雄意识化起来以使他们了解，指示他们新的世界观。并改编他们日常所接近的故事以转移他们的认识，抵抗他们的封建的思想"。邱韵铎则谈道："大众的对象能够扩大和深入到少年中间去，这是一种最有力的教育工作。我们应该尽可能地利用富于宣传性和鼓动性的文字、插图等等式样来形成他们先入的观念，同时要加紧组织他们的工作，竭力和一切革命的斗争配合起来。"从这些发言可以看出，左翼作家是把儿童文学看作培养新一代少年的阶级意识和斗争精神的工具的。在那个特定的时代环境里，这是进步运动的需要，是完全可以理解的。

（二）关于办刊内容

左翼作家从上述办刊宗旨出发，十分强调《少年大众》在内容上与整个进步文艺的一致性。华汉认为，《少年大众》在"内容方面虽则是给少年看的，但是也不能忘记了一般的大众，因为少年不过是大众中的一部分。题材方面应该容纳讽刺、暴露、鼓动、教育等几种"。孟超认为："我觉得过去的歌谣和传说故事中，有很多关于农村和工厂的材料是很可以给我们做参考的，我们应该有计划地把它们收集起来。"

（三）关于办刊形式

在办刊宗旨、内容方面，左翼作家强调的是《少年大众》与左翼文艺的一致性，而在办刊形式方面，他们则十分重视其独特的个性。他们根据少儿的特点，提出了少儿读物在形式上的特殊性问题。华汉指出："儿童读的东西与成人读的不同，儿童读物应该要有趣味——当然仅仅是技术上的趣味。"蒋光慈认为："少年不是成年，少年有少年的兴味，成年有成年的兴味，所以《少年大众》应该是大众化而且要少年化。"根据这些认识，与会者纷纷就《少年大众》的形式问题发表意见。钱杏邨提出："在技术上，第一要用大字印刷，第二要注重插图。"田汉认为少儿读物首先要让他们懂，"我们不论著译，文字总要通俗。好比新文学的不普遍，最大的原因还是文字不通俗。文字的通俗浅显是使他们懂的重要条件"。叶沉提出："少年栏要多加色彩，多加插画，并时时征集小朋友们的意见。"沈起予表示赞同："多加插画，我赞成叶沉的意见。第一中国文字的复杂，少年教育的不发达，所以画比文字更重要。"他同时提出："中国注音字母假使已经普遍的话，就可以多用注音字母。"冯宪章提出："要多加歌曲，因为歌曲可以唱，便于记忆。"周全平也认为："我觉得我们先要注意到少年所喜欢的东西。他们喜欢街路上的连环图画，我们应当拿来作参考。还有黎锦晖的歌曲，少年们受他的影响很大，所以我们也可以采用他的谱而参加我们的意识进去。"

在报刊上开辟少儿文学副刊，并举办专门性的研讨会，这在今天看来也许是一件很平常的事。但是在 20 世纪 30 年代初的中国社会文化环境中，在左翼文学运动的发展还面临着诸多艰难的时候，能为少儿读者创办专门的读物，并举行专门的批评研讨，就实属难能可贵了。诚然，这次讨论本身由于论题的限制，又属初次尝试，因而在具体的问题研讨上还不够深入；但这一举动足以显示左翼文学运动对儿童文学及其理论批评的重视，而且对进步儿童文学事业也具有一定的指导和推动作用。

这次座谈会召开之后不久，第一期《少年大众》副刊即在 1930 年 5 月 1 日出版的《大众文艺》第 2 卷第 4 期的《新兴文学专号》上与少年读者见面。《少年大众》的发刊词《给新时代的弟妹们》中这样宣布了自己的抱负："这里的种种，都是预备给新时代里的弟妹们阅读的。这个光明的时代快到了，我们的社会是不断地在进展着……我们要告诉你们，过去是怎样，现在是怎样，将来又是怎样。我们要告诉你们真的事情。这是我们新编《少年大众》唯一的抱负。"这是何等豪迈的宣告！《少年大众》以其鲜明的进步文学的特征，体现了座谈会所提出的办刊目标和宗旨。1930 年 6 月 1 日出版的《大众文艺》第 2 卷第 5 期、第 6

期合刊上又出版了第二期《少年大众》，此后便因政府的查禁而夭折。

左翼各文学社团和进步作家对儿童文学的重视，使得当时的儿童文学及其理论批评具有鲜明的时代性特征。人们无暇躲在象牙之塔搞纯学术的理论批评，而是紧紧跟随时代的足迹，以响应时代的需求为儿童文学理论批评的最高目标。例如，尽管"五四"以后中国儿童文学已经进入了它的自觉的历史发展时期，但是从实际的社会文化环境中去考察，便可发现儿童文学与广大儿童特别是贫穷的孩子之间仍有着很大的距离。对此，梦野在《饥饿的儿童文学》一文中指出："在这样一个国家里，尽管有人倡什么儿童年，儿童节，儿童读物展览，儿童电影，甚至于还有儿童献金剑，购飞机祝寿……这许多不平凡的举动；但，成千成万的孩子买不起猫狗说话的教科书，成千成万的孩子从小做小奴隶，成千成万的孩子没有了祖国，成千成万的孩子活活地被他们活不了的父母丢下或是跟随着死去。有人写一部书把这许多现象告诉给那些总算幸福识得字的小学生吗？有人培养他们的'同情心'，有人培养他们的'人类爱'，有人指示他们'社会的生路'和'民族的生存'么？"他向社会和作家发出了这样的呼吁：

我想，我们应该有一部告诉饥饿孩子的所以该挨饿的理由，怎样可以走到不挨饿的前途的书。

我想，我们应该有一部告诉幸福的孩子一些贫穷的悲惨的不合理的故事的书。

我想，我们应该有一部教全中国的小朋友一致起来不愿做小亡国奴和反对大汉奸的书。

我想，我们应该有无数部给男孩子，女孩子，成年的孩子，不成年的孩子，农村的孩子，都市的孩子，童工，学徒，各种不同生活的孩子们，教他们改造生活，学习生活，教他们爱国，爱民族，爱世界，教他们勇敢，反对强暴，做一个堂堂的大国民，这样的一些书。

所有这些书，都不是说教：是寓言，是童话，是山歌，是小说，是连环图画，是儿童故事。

……

小先生们能给我们么？小学教师和聪明的父母们能给孩子们么？文学作家们能为孩子们创作么？

许多精神上饥饿的孩子向你们伸出希冀的手来。[2]

在这里，批评的冲动已不是来源于对理论自身价值的迷恋和钟情，而是发自于对现实儿童的生存处境和精神需求的深切的理解和关心。我们或许不必试图从中寻求什么具有恒久价值的理论观点，只要它曾是一种时代的批评需要，这就足够了。

在理论系统建构方面的突出的教学性特色，在批评活动展开方面的鲜明的时代性色彩，这两者的交织与互补，构成了 20 世纪 20 年代中期至 30 年代中期中国儿童文学研究的基本理论趋向和情调。由于儿童文学研究与儿童文学教学的结合，理论系统化的需要产生了。于是，广泛地吸收、消化和条理化地理论归纳、总结，使当时的儿童文学研究成果得到了较完整的再现和保存。而进步文学力量对儿童文学的关注，又使儿童文学研究与时代保持着最密切的联系，并发挥其直接而现实的批评功能。

此外，还有一个现象是特别值得我们注意的，那就是这一时期对外国儿童文学理论成果的直接翻译和介绍。

"五四"前后，现代儿童文学理论批评主要是从国外的人类学、心理学、教育学、儿童学、文艺学等学科中去获取理论灵感和学术滋养，而几乎没有直接借助国外的儿童文学理论批评成果。我们仅能看到的只有如日本西川勉的《俄国的童话文学》(夏丏尊译) 等极少量文章。20 年代中期开始，这种情况有了变化。如前述《小说月报》第 16 卷第 8 期和第 9 期的《安徒生专号》，就译介了勃兰特的《安徒生童话的艺术》，安徒生本人的《安徒生的童年》《安徒生童话的来源和系统》，博益生的《安徒生评传》(张友松译) 等文章。1930 年，华通书局出版了黄源翻译的日本芦谷重常所著《世界童话研究》一书。1935 年，开明书店出版了钟子岩翻译的日本松村武雄所著的《童话与儿童的研究》。除西方和日本外，苏联的儿童文学理论也开始译介进来。例如，《文学》月刊第 7 卷第 1 号 (1936 年 7 月) 编有一期"儿童文学特辑"，上面除刊登茅盾的小说《大鼻子的故事》和介绍苏联儿童文学的专论《儿童文学在苏联》、老舍的小说《新爱弥耳》、王统照的《小红灯笼的梦》、叶圣陶的《一个练习生》及郑振铎的理论批评文章《中国儿童读物的分析（上篇）》等外，还刊登了沈起予翻译的高尔基的论文《儿童文学的"主题"论》。在茅盾的长篇专论《儿童文学在苏联》中，茅盾详细介绍了苏联儿童文学界的最新情况，其中也包括了儿童文学理论批评方面的一些观点和情况。如苏联儿童文学作家重视小读者的意见和批评，茅盾介绍说："莫斯科高尔基街的儿童书店就附设有一个阅览室，摆着小圆桌和许多小椅子，来买书的儿童可以在这里会见儿童文学作家如巴尔都、楚柯夫斯基、萨康斯卡雅 (Sakonskaya)、拉别诺维契(Rabinovitch)等等。幼小的读者们在这里讨论着他们所读过的作品。作家们由此可以知道儿童们的需要是什么，有很多儿童常常给作者以宝贵的意见，使得作家们获得了新作品的题材，也常常有很好的批评，使得作家们修正了原稿。""这样的讨论会是经常地每月举行几次的。围绕在从 5 岁到 12 岁的儿童读者群中，作家们诵读新作的原稿——如果是长篇，就抽读了几段。读完以后，就由到会的儿童发表意见或提出问题。"从 30 年代开始，苏联儿童文学理论逐渐通过直接翻译、间接介绍等方式传入中国。1941 年 11 月，文献出版社出版了由孟昌翻译的高尔基的《文学论》一书，其中就收录了高尔基的《把文学——给予儿童》《论不负责的人们及论今日的儿童读物》等文章。到了 50 年代，苏联儿童文学理论更是大量地被翻译、介绍和传播。当然，这是后话了。

西方、日本和苏联儿童文学理论成果的直接译介，无疑为当时中国儿童文学理论建设提供了更直接而便利的借鉴条件。实际上，如果我们仔细考察一下的话，就可以发现在某些国外理论原著尚未译成中文出版前，其观点就已通过种种方式为一些儿童文学研究者所采纳和运用。例如，被后人认为是出自"一位行家之言，对丰富艺术童话的创作理论有所建树"的朱文印的《童话作法之研究》（1931）一文，其理论观点和所举例子竟有不少与日本松村武雄《童话与儿童的研究》一书的论述一模一样。如朱文印文章的第三部分"童话发端之研究"中有如下的说法：

……在一篇童话之开始像这样具有引诱儿童魅力之发端是不可缺少的。关于发端之构成及其应守的法则如下：

第一，发端必须简单明了……

第二，发端必须具有刺戟官感的作用……

第三，发端必须具有一般儿童所共同欣赏的对象……

第四，发端绝对不可附加什么序言……

……童话在其发端之构成上不可不具有如下的两个条件：

1．童话中之主要人物要马上在发端上出现。

2．这些人物一出现，便马上要在继起的本干上开始其某种的活动。

第五，发端必须选用记述体……

在该书第四部分"童话本干之研究"中，我们又读到了这样的论述：

第一，在未达到全篇之终结以前，到处要充满着悬宕的延续……

第二，在内容上要以渐层的进程趋向终结……

第三，在内容上必须保持其有机的统一……[3]

我们引到这里为止，暂且略去关于"童话内大团圆部分之研究"和"童话结论之研究"。仅从摘录的部分看，我们就不难感觉到研究之精细之独到。但无独有偶，就在此文发表一年多后，陈伯吹发表了《童话研究》（1933）一文。该文在第三部分"童话的作法"中认为：

（一）起首……

关于起首应守的法则如下：

第一，必须简单明了无序言。

第二，必须具有刺激官感的作用。

第三，必须具有一般读者所共同欣赏的对象。

第四，必须以记叙体开始而非对话体或别的。

（二）中心

这一部分，是童话的主要的生命的部分，是童话的核心，在创作时不可不特别留意，这法则是应该这样：

第一，在未达到全篇终结之前，到处要充满着悬宕的延续……

第二，在内容上要以渐层的进程趋向结尾……

第三，在内容上必须保持有机的统一……[4]

是见解和表述上的巧合，还是另有原因？日本学者松村武雄的《童话与儿童的研究》一书的第六章"当代文艺的童话的内容及形式论"共四节，具体如下：

第一节　童话的发端的研究

第二节　童话的本干的研究

第三节　童话的大团圆的研究

第四节　结论的研究

在第一节和第二节中，我们陆续读到了以下的论述：

第一项　关于发端的构成应守之法则

第一，发端应该简明……

第二，发端应诉诸感觉……

第三，发端应具有共通的兴味……

第四，不要附加序言……

因此，童话在它的构成上，故事的开端，非具备二个条件不可：

(A) 故事中的角色立即在舞台上出现；

(B) 那些角色一登场，立即开始某种活动。

第五，发端应选记述体……

……那么，关于这个重要的部分的构成的法则如何呢？即：

(A) 故事在未曾到达终结以前，应常充满犹疑(suspense)；

(B) 故事的内容，应该向着终结继续渐层的进程；

(C) 故事的内容，应保持有机的统一；

(D) 故事的情节(plot)应集中于某中心点。

我们这里不惮其烦地列出这些内容，并不是为了进行什么比较研究。因为明眼人一望而知，上面三家的论述实际上完全相同。松村武雄的论述是否"另有所本"，我们暂时不得而知。但上述引述至少说明了这样一个事实：自20年代中期以后，中国儿童文学理论界已经不仅从国外相关的学科中去寻求理论借鉴，还开始较大规模地直接从国外的儿童文学研究成果中去获得理论支持和帮助了。这种直接的借用对于推进现代儿童文学理论批评的更深入的发展，无疑是有一定的积极意义的。

总之，从20年代到30年代，中国儿童文学研究在完成了五四时期的历史性自觉之后，进入了一个相对迅速的历史发展时期。这种迅速发展不仅体现在教育界、文学界对儿童文学理论批评的广泛重视上，也不仅体现在数十种理论著作的出版发行上，而且更体现在研究的内在的广度和深度上有了新的进展。当然，没有各界的携手努力，儿童文学理论的发展也是不可想象的。至少，正是因为有了商务印书馆、中华书局、儿童书局、北新书局、世界书局、开明书店、大华书局、华通书局、民智书局等出版机构的支持，正是因为有了《小说月报》《文学周报》《文学月刊》《文学青年》《大众文艺》《歌谣周刊》《世界文学》《中华教育界》《教育杂志》《妇女杂志》《妇女生活》《儿童教育》《申报》《民俗》《世界杂志》《东方杂志》《橄榄月刊》《宇宙风》等报刊的配合，才使这一时期的大量儿童文学理论批评文字得以面世，从而构成了中国现代儿童文学理论批评发展进程中的一个不大不小的高潮局面，同时也向人们显示了这一时期儿童文学理论批评所取得的突出的实绩。

二　大师们的眼光：鲁迅、茅盾、郑振铎

如前所述，在近代和现代中国儿童文学理论批评的开拓、建设过程中，有一个引人注目的现象，那就是它始终得到了许多同时代的文化巨人和文学大师们的照拂乃至直接参与。从 20 年代中期开始，特别是进入 30 年代以后，新文学的大师巨擘鲁迅、茅盾、郑振铎都继续给儿童文学理论批评以更多的关心。他们以独特而深邃的文化眼光，写下了一批现代儿童文学研究中极有分量的批评文字，为中国现代儿童文学批评写下了重重的一笔。

（一）鲁迅

作为一代文学宗师和文化巨人，鲁迅虽然曾经自谦地说"我向来没有研究儿童文学"[5]，但实际上他对儿童、儿童教育和儿童读物的关心是一贯的。在繁忙的文学活动中，鲁迅不仅在译介外国儿童文学作品、扶持儿童文学创作新人等方面付出了许多劳动，而且一直对中国儿童文学读物的历史与现状保持着极大的关注，并挥动他的如椽巨笔，在自己的杂文、随笔、序跋、书信等文字中写了许多珍贵的批评文字。

理论批评当然需要有系统的理论著作，但这并不意味着只有写高头讲章才称得上是搞研究。事实上，在许多情况下，那些单篇乃至零散的文字，更能记录理论应有的智慧和灵感，更能保存批评应有的犀利和深刻。鲁迅的批评文字就向我们证实了这一点。

是的，鲁迅的批评文字是犀利的、深刻的。在这一时期，他对传统教育的弊端和虚伪本质有了更多的揭露和批判。1933 年 8 月，他在《我们怎样教育儿童的》一文中就指出了研究历代儿童教育的重要性："中国要作家，要'文豪'，但也要真正的学究。倘有人作一部历史，将中国历来教育儿童的方法，用书，作一个明确的记录，给人明白我们的古人以至我们，是怎样的被熏陶下来的，则其功德，当不在禹（虽然他也不过是一条虫）下。"在 1934 年 7 月所写的《难行和不信》一文中，他揭露和讽刺了传统教育的虚伪和可笑：在外国，"他们那里的儿童，着重的是吃，玩，认字，听些极普通，极紧要的常识。中国的儿童给大家特别看得起，那当然也很好，然而出来的题目就因此常常是难题，仍如飞剑一样，非上武当山寻师学道之后，决计没法办。到了 20 世纪，古人空想中的潜水艇，飞行机，是实地上成功了，但《龙文鞭影》或《幼学琼林》里的模范故事，却还有些难学。我想，便是说教的人，恐怕自己也未必相信罢"。在《从孩子的照相说起》（1934）一文中，鲁迅从自己那"健康，活泼，顽皮，毫没有被压迫得瘟头瘟脑"的孩子谈起，批判了压制儿童天性的文化观念和习惯：

中国和日本的小孩，穿的如果都是洋服，普通实在是很难分辨的。但我们这里的有些人，都有一种错误的速断法：温文尔雅，不大言笑，不大动弹的，是中国孩子；健壮活泼，不怕生人，大叫大跳的，是日本孩子。

然而奇怪，我曾在日本的照相馆里给他照过一张相，满脸顽皮，也真象日本孩子；后来又在中国的照相馆里照了一张相，相类的衣服，然而面貌很拘谨，驯良，是一个道地的中国孩子了。

……

驯良之类并不是恶德。但发展开去，对一切事无不驯良，却决不是美德，也许简直倒是没出息……

但中国一般的趋势，却只在向驯良之类——"静"的一方面发展，低眉顺眼，唯唯诺诺，才算一个好孩子，名之曰"有趣"。活泼，健康，顽强，挺胸仰面……凡是属于"动"的，那就未免有人摇头了，甚至于称之为"洋气"。又因为多年受着侵略，就和这"洋气"为仇；更进一步，则故意和这"洋气"反一调：他们活动，我偏静坐；他们讲科学，我偏扶乩；他们穿短衣，我偏着长衫；他们重卫生，我偏吃苍蝇；他们壮健，我偏生病……这才是保存中国固有文化，这才是爱国，这才不是奴隶性。

鲁迅对这种制造"驯良""低眉顺眼""唯唯诺诺"的小顺民的所谓儿童教育表示了极大的痛恨。在他看来，当时的不少儿童读物都是这种教育的延伸和配合。他曾在一封信中谈道："关于少年读物，诚然是一个大问题；偶然看到一点印出来的东西，内容和文章，都没有生气，受了这样的教育，少年的前途可悲。"[6]出于对儿童前途的关注，鲁迅十分注意考察儿童读物的现状。早在 1926 年，他就在《〈二十四孝图〉》一文中指出："自从所谓'文学革命'以来，供给孩子的书籍，和欧，美，日本的一比较，虽然很可怜，但总算有图有说，只要能读下去，就可以懂得的了。可是一班别有心肠的人们，便竭力来阻遏它，要使孩子的世界中，没有一丝乐趣。"到了30年代，新的儿童文学读物虽然已有了长足的发展，但旧的读物还是充斥着市场。鲁迅曾到市场上给孩子买来了"民国二十一年十一月印行的'国难后第六版'的《看图识字》"，他对这种印制粗糙、内容陈腐的读物十分反感："先是那色彩就多么恶浊，但这且不管他。图画又多么死板，这且也不管他。出版处虽然是上海，然而奇怪，图上有蜡烛，有洋灯，却没有电灯；有朝靴，有三镶云头鞋，却没有皮鞋。跪着放枪的，一脚拖地；站着射箭的，两臂不平，他们将永远不能达到目的，更坏的是连钓竿，风车，布机之类，也和实物有些不同。""那书的末叶上还有一行道：'戊申年七月初版'。查年表，才知道那就是清朝光绪三十四年，即西历一九〇八年，虽是前年新印，书却成于二十七年前，已是一部古籍了，其奄奄无生气，正也不足为奇的。"这种内容陈旧的书于儿童教育又有什么益处呢？在鲁迅看来，这种做法无疑是把儿童"看作一个蠢才，什么都不放在眼里。即使因为时势所趋，只得施一点所谓教育，也以为只要付给蠢才去教就足够。于是他们长大起来，就真的成了蠢才，和我们一样了"。这是多么可怕的情景！"然而我们这些蠢才，却还在变本加厉的愚弄孩子。只要看近两三年的出版界，给'小学生'，'小朋友'看的刊物，特别的多就知道。中国突然出了这许多'儿童文学家'了么？我想：是并不然的。"（《看图识字》）1935年，鲁迅又在《〈表〉译者的话》一文中评论说："看现在新印出来的儿童书，依然是司马温公敲水缸，依然是岳武穆王脊梁上刺字；甚而至于'仙人下棋'，'山中方七日，世上已千年'；还有《龙文鞭影》里的故事的白话译。这些故事的出世的时候，岂但儿童们的父母还没有出世呢，连高祖父母也没有出世，那么，那'有益'和'有味'之处，也就可想而知了。"在那个时候，这种内容陈旧的儿童读物"黄河决口似的向孩子们滚过去。但那里面讲的是什么呢？要将我们的孩子造成什么东西呢？"善良的人们可能不会想到。但鲁迅却将其视为毒药、阴谋。他指出："打掉毒害小儿的药饵，打掉陷没将来的阴谋，这才是人的战士的任务。"（《新秋杂识》）

鲁迅以其特有的疾恶如仇的精神，对那些不仅无益而且有害的儿童读物进行了尖锐而深刻的批评。同时，他又从"造出大群的新的战士"需要有大批的新的文艺作品的角度出发，对新的儿童文学的创作提出了许多建设性的意见。他曾引用过班台莱耶夫《表》的日译本译者槙本楠郎在译本序言中的一段话："……我想，为了新的孩子们，是一定要给他新作品，使他向着变化不停的新世界，不断的发荣滋长的。"（《〈表〉译者的话》）这段话事实上也是鲁迅自己的心迹和信念的表露。正是出于这种信念，他不仅揭露和批判，还思考和建设。

鲁迅对新的儿童文学的思考是以他对儿童特点的深刻认识为基础的。在这个时期，鲁迅已不满足于泛泛地谈论儿童本位。就其整个世界观和思想方法而言，阶级论已逐渐代替了进化论。当然，阶级论的儿童观并不意味着无视儿童身心发展所具有的超阶级的特点。因此，在立足于培养新的战士的前提下，他对儿童和儿童文学特点发表了许多精辟的见解。

鲁迅认为，儿童自有他们自己的世界。他曾用赞赏的口气写道："孩子是可以敬服的，他常常想到星月以上的境界，想到地面下的情形，想到花卉的用处，想到昆虫的言语；他想飞上天空，他想潜入蚁穴……"

因此，成人要想真正了解、体验儿童的心灵世界是极不容易的。"凡一个人，即使到了中年以至暮年，倘一和孩子接近，便会踏进久经忘却了的孩子世界的边疆去，想到月亮怎么会跟着人走，星星究竟是怎么嵌在天空中。但孩子在他的世界里，是好像鱼之在水，游泳自如，忘其所以的，成人却有如人的凫水一样，虽然也觉到水的柔滑和清凉，不过总不免吃力，为难，非上陆不可了。"正因为如此，鲁迅认为"给儿童看的图书就必须十分慎重，做起来也十分烦难"（《看图识字》）。因此，了解和尊重儿童特点，就成为鲁迅儿童文学观的一个基本的理论线索。

鲁迅曾经针对当时缺乏适宜少年儿童阅读的科普杂志的情况提出："我觉得至少还该有一种通俗的科学杂志，要浅显而且有趣的。"他认为，当时偶有一些科普作品，"也过于高深，于是就很枯燥"，并提出应借鉴国外优秀的科普作品："现在要 Brehm 的讲动物生活，Fabre 的讲昆虫故事似的有趣，并且插许多图画的……"（《华盖集·通讯》）他强调儿童读物应该浅显、有趣，应该重视插图，以避免"枯燥"，正是为了更好地适应儿童读者的心理特点。鲁迅在翻译外国儿童文学作品时，也总是力求以这样的标准来要求自己。他在《〈表〉译者的话》中曾坦率地谈到了自己翻译的目的和甘苦：

在开译以前，自己确曾抱了不小的野心。第一，是要将这样的崭新的童话，介绍一点进中国来，以供孩子们的父母，师长，以及教育家，童话作家来参考；第二，想不用什么难字，给十岁上下的孩子们也可以看。但是，一开译，可就立刻碰到了钉子了，孩子的话，我知道得太少，不够达出原文的意思来，因此仍然译得不三不四。现在只剩下了半个野心了，然而也不知道究竟怎么样。

还有，虽然不过是童话，译下去却常有很难下笔的地方。例如译作"不够格的"，原文是defekt，是"不完全"，"有缺点"的意思。日译本将它略去了。现在倘若译作"不良"，语气未免太重，所以只得这么的充一下，然而仍然觉得欠切贴……暂时这么的敷衍着，深望读者指教，给我还有改正的大运气。

如此字斟句酌的认真和不藏困拙的坦率，不仅是鲁迅对儿童读者高度理解和负责精神的表现，而且也显示了他对儿童文学艺术特征的深刻认识。

从儿童读者的特点出发，鲁迅还对儿童文学中的许多具体理论问题发表了意见。例如，他根据儿童特点为童话的艺术个性做了有力的辩护："对于童话，近来是连文武官员都有高见了；有的说是猫狗不应该会说话，称作先生，失了人类的体统；有的说是故事不应该讲成王作帝，违背共和的精神。但我以为这似乎是'杞天之虑'，其实倒并没有什么要紧的。孩子的心，和文武官员的不同，它会进化，决不至于永远停留在一点上，到得胡子老长了，还在想骑了巨人到仙人岛去做皇帝。因为他后来就要懂得一点科学了，知道世上并没有所谓巨人和仙人岛。倘还想，那是生来的低能儿，即使终生不读一篇童话，也还是毫无出息的。"（《〈勇敢的约翰〉校后记》）他特别重视插图在儿童文学读物中的地位和作用："书籍的插图，原意不在装饰书籍，增加读者的兴趣的，但那力量，能补助文字之所不及，所以也是一种宣传画……有些孩子，还因为图画才去看文章，所以我以为插图不但有趣，且亦有益。"（《连环图画辩护》）他希望年轻一代能重视科学知识的吸收，因而也希望能有一种给孩子们一些"切实的知识"的通俗的科普刊物。所有这些，都是鲁迅对现代儿童文学理论批评建设的宝贵贡献。

（二）茅盾

作为一代文学巨匠，茅盾文学实践所涉及的领域和建树也是多方面的。可贵的是，茅盾在他漫长的文学生涯中始终保持着对儿童文学理论建设的关注，并且身体力行，写下了不少儿童文学评论文章。早在1916年，年仅20岁的茅盾从北京大学预科毕业后进入商务印书馆编译所，以译述、改编和创作童话故事、寓言开始了他的文学生涯。1921年，茅盾主编和改革了当时全国最有影响的文学杂志《小说月报》，并且立即开始在该刊的《海外文坛消息》专栏里向读者介绍国外儿童文学作品，先后发表了《神仙故事集汇志》（1921）、《最近的儿童文学》（1924）等文章。30年代是茅盾文学创作的丰收季节，也是他从事儿童文学评论最活跃的时期之一。从1932年12月到1938年4月这五年多时间里，他一共写下了15篇有关儿童文学的理论批评文章，以一个"战斗的批评家"（鲁迅语）的姿态，活跃于儿童文学理论阵地，与鲁迅等左翼作家互相配合，为30年代中国儿童文学的健康发展做出了贡献，也为这一时期的中国儿童文学理论批评留下了一笔可贵的理论财富。而他的独特的批评眼光，更是表现了一个真正的批评家的丰采。

1. 纵深意识：历史的眼光

茅盾考察文学现象时，力求保持着深邃的历史眼光。他不把现实看成一种孤立的现象，而总是把它看作历史发展链条中承前启后的一环，通过历史的回顾、比较来解剖现实，评说现状，因而每每析理精当，见解独到。例如，他于 1919 年写下的《文学上的古典主义浪漫主义和写实主义》一文，就联系时代背景，考察了古典主义、浪漫主义、写实主义这三大文艺思潮的历史渊源、发展沿革及其特征，并从中汲取合理的思想因素，提出自己对"五四"新文学的见解。这种历史的纵深感，同样表现在他的儿童文学评论中。1935 年被定为"儿童年"后，各种儿童读物大量出现。但其中又有多少新鲜、健康的东西呢？茅盾在这一年的年初写下的《关于"儿童文学"》一文，对现代儿童文学 30 年以来的发展史做了纵向考察，并进而对儿童文学现状进行了切中肯綮的分析。他把 30 年来儿童文学的发展分为三个阶段。最初的起步阶段，主要是翻译西洋的儿童读物。第二阶段，也就是"五四"前后，儿童文学有了发展，但这一时期的儿童文学作品仍多限于"把从前孙毓修先生（他是中国编辑儿童读物的第一人）所已经'改编'(retold) 过的或者他未曾用过的西洋的现成'童话'再来一次所谓'直译'"。可见，现代儿童文学发展的最初 20 年不仅品种较少，内容多半也十分陈旧。茅盾说，回顾这一段历史，是"想指明而今这'儿童年'的'儿童文学运动'应得玩点新花样出来才好"，然而现状却使"我们不能满意"。他指出，儿童读物中关于"史地""自然科学"内容的作品还是"非常之少"，而且"现在我们所有的'科学的儿童读物'大半太不注意'文艺化'"。至于文艺性的儿童读物，"我们觉得这一方面实在是一个大垃圾堆，这垃圾堆里除了少数的西洋少年文学的译本而外，干净的有用的东西竟非常之少。然而那些西洋少年文学的译本也大多数犯了文字干燥的毛病，引不起儿童的兴味"。针对这些情况，他提出了创作新的儿童文学的设想，并从理论上进行了阐述。正是由于茅盾能从史的高度来把握现实，因此他的论述往往有很强的历史感，令人心悦诚服。

2．横向观念：开放的眼光

茅盾在关注和评论儿童文学创作，建设中国自己的儿童文学理论体系的过程中，十分重视对外国，尤其是进步国家的儿童文学作家、作品和儿童文学理论的研究和介绍。早在 1921 年初正式接编《小说月报》时，他就在《改革宣言》中明确宣告："将于译述西洋名家小说而外，兼介绍世界文学界潮流之趋向，讨论中国文学革进之方法。"他以开放的眼光统观世界文学潮流趋向，以便"取精用宏、吸取他人的精粹化为自己的血肉"（《我走过的道路》）。为此，他在自己主编的《小说月报》上特辟《海外文坛消息》专栏，在介绍国外成人文学作品和文学思潮的同时，积极向小读者和儿童文学工作者介绍外国儿童文学动态。他在 1921 年写的《神仙故事集汇志》中，评价了七种外国民间故事集。刊载于《小说月报》第 15 卷第 1 号上的《最近的儿童文学》一文，则介绍和评论了 25 本（篇）最近的外国儿童文学作品。1936 年，他写的八千余言的《儿童文学在苏联》，则热情地介绍了儿童文学在苏联的重要地位和发展盛况。这些文章对于开阔人们的眼界，促进中国儿童文学事业的发展，都具有积极的意义。

茅盾还积极介绍外国的儿童文学理论。他特别重视借鉴苏联的儿童文学理论。30 年代，他介绍过马尔夏克关于儿童文学的见解："这位苏联的有名的儿童读物的作家以为'儿童文学'是教训儿童的，给儿童们'到生活之路'的，帮助儿童们选择职业的，发展儿童们的趣味和志向的。他以为'儿童文学'必须是很有价值的文艺的作品，文字简易而明快；是科学的技术的文学，但必须有趣而且活泼。"同时，儿童文学还"必须有明晰的故事（结构）"，"而这故事必须是热闹的"；"必须有英雄色彩的"；"必须有'幽默'，但这'幽默'不是'油腔'，不是'说死话'，而是活泼泼地天真和朴质的动作"（《关于"儿童文学"》）。这些论述涉及儿童文学的功能和儿童文学在内容、文字、结构等方面的特点等问题，在当时都是能给人以启发的。1947年，茅盾应邀访问了苏联。归国后他写下了《儿童诗人马尔夏克》《马尔夏克谈儿童文学》，在向读者介绍马尔夏克及其创作的同时，又一次积极介绍了马尔夏克的儿童文学观，再一次为新的儿童文学及其理论建设"盗运军火"，提供借鉴。

清醒的横向意识，使茅盾的儿童文学评论具有开放的眼光：综观世界文学发展大势，积极地进行横向的借鉴，取他人精粹以滋养自己。这种评论家的眼光，至今仍对人们有着宝贵的启示意义。

3. 跟踪实践：敏锐的眼光

对文学现象的理解和把握保持着历史的纵深感和开放的意识，这是评论家十分可贵的主体意识。但是茅盾又非常明白，他的儿童文学评论所立足的土壤，是中国的儿童文学创作实践，只有密切关注和紧紧跟踪实践的步伐，评论才可能具有真正的指导意义和理论生命力。因此，茅盾总是把目光投向现实的儿童文学实践。他目光如炬，常常对儿童文学现状做出敏锐而精细的感应，并及时提出建设性的意见。30年代初，"上海街头巷尾像步哨似的密布着无数的小书摊"，神怪的武侠的连环图画小说在小读者中风靡一时。茅盾十分警觉地意识到这一现象，指出：喜爱看连环图画小说的儿童如此之多，说明"现在供给儿童看的读物实在太贫乏"。他在认真分析了这些连环图画小说之后认为："不用说，'连环图画小说'的内容都有毒。"同时，他又充分重视连环图画小说对识字较少的儿童所具有的魅力，认为这一形式"如果很巧妙地应用起来，一定将成为大众文艺的最有力的作品"（《"连环图画小说"》）。茅盾这种紧紧跟踪创作实践的姿态，既体现了他作为一个作家的强烈的社会责任感，又反映出他作为一名评论家所具有的艺术洞察力和良好的批评素质。

特别可贵的是，茅盾儿童文学评论不满足和停留在对文学现象的局部和细部的考察上，而是力图对现象做宏观的把握和研究。例如，1933 年 5 月到 7 月，茅盾在《申报·自由谈》上连续发表了《给他们看什么好呢？》《孩子们要求新鲜》《论儿童读物》《怎样养成儿童的发表能力》等一组文章。这些文章篇幅不长，但着眼于宏观的考察分析，表现出对当时整个儿童读物出版界的强大的透视力。茅盾指出，当时出版的"世界少年文学丛刊"，一则数量不多，二则译文偏于欧化，"所以孩子们的强烈的知识饥荒还是不能满足"（《给他们看什么好呢？》）；初级儿童读物的"内容辗转抄袭，缺乏新鲜的题材"（《孩子们要求新鲜》）；高年级儿童缺乏科学的历史的读物（《论儿童读物》）。同时，茅盾还有针对性地从理论高度精辟地阐述了儿童文学的有关课题。例如，在谈到高年级的儿童缺乏科学的历史的读物时，他指出："儿童的求知欲跟着年龄而发展，所以十一二岁的儿童假使不是低能的，就对于纯文艺性的读物感得单调了；而在文艺读物中，他们又喜欢历史的题材。同时他们的好奇心也发展到了合理的程度，对于宇宙万象和新奇事物都要求合理的科学的解释，他们不再相信神话中的事物起源的故事，他们扭住了母亲，要她'说真话'了！"（《论儿童读物》）这段话以儿童心理学成果为依据，论述了儿童求知欲的发展与儿童年龄的增长之间的密切联系，至今看来仍有重要的理论意义。

对现象的宏观把握与深入考察的结合，使茅盾的儿童文学批评能够及时发现问题，并以富于深度的理论阐述给创作以宏观的指导，表现出很强的现实感。这与那些对文学实践的感应极为迟钝、满足于就事论事的评论，是不可同日而语的。

（三）郑振铎

郑振铎在新文化运动中也是一位大师级的作家。或许，在整体文学成就方面，郑振铎的影响与鲁迅、茅盾还无法平起平坐，但就儿童文学方面的贡献而言，郑振铎却是毫不逊色的。从个人的天性上来说，郑振铎也许是一位在内在精神和气质上更具有"孩子气"的作家。叶圣陶曾经在《天鹅〈序二〉》一文中做过这样的描述："朋友们举行什么集会，议论既毕，饮食也足够了，往往轮流讲个笑话，以助兴趣。轮到振铎，他总说，我'讲一个童话'，于是朋友们哗然笑起来。"由此，朋友们赠了他一个"大孩子"的"雅号"。据郑振铎的儿子郑尔康回忆，在日常生活中，郑振铎十分喜欢孩子。每有余暇，或是节假日，或是去朋友家做客，他总是喜欢和孩子们在一起。这时，他好像一下子年轻了几十岁。在一块破旧地毯上，他和孩子们一起爬呀滚呀，或是去公园里比赛爬山、划船，在草坪上做各种游戏，真的就像个"大孩子"。孩子们特别喜欢听他讲故事。大家很奇怪，他的肚子简直像童话里的"宝袋"，使他讲起故事来滔滔不绝，什么"狼外婆"呀，什么"小红帽"呀，什么"灰姑娘"呀，眉飞色舞，津津有味，听者无不入迷。（《郑振铎和儿童文学·前言》）凭着这份对儿童的真挚的热爱，作为作家的郑振铎一直重视儿童文学的编创，作为编者的郑振铎十分重视儿童书刊的编辑，而作为学者，郑振铎则极为热衷儿童文学的研究和批评。

早在 1921 年 9 月，郑振铎就为即将面世的《儿童世界》写下了《〈儿童世界〉宣言》一文，此后又陆续写下了《第三卷的本志》《儿童文学的教授法》《〈稻草人〉序》等重要的理论批评文章。从 20 年代中期到 30 年代，郑振铎又写了《〈印度寓言〉序》《〈莱森寓言〉序》《〈列那狐的历史〉译序》《安徒生的作品及关于安徒生的参考书籍》《寓言的复兴》《民间故事的巧合与转变》《中山狼故事之变异》《老虎婆婆（读书杂记）》等文章，尤其是 1934 年 5 月 20 日发表于《大公报》的《儿童读物问题》、1936 年 7 月发表于《文学》第 7 卷第 1 号的《中国儿童读物的分析》（上篇）[7] 两篇文章，是同时期儿童文学理论批评的重要收获。

《中国儿童读物的分析》是一篇全面检讨、分析、批评中国古代儿童读物的力作。其视野之开阔、立论之鲜明、分析之独到，在现代儿童文学理论批评中堪称一绝。此文与同一作者的另一篇作家作品专论《〈稻草人〉序》一起，堪称现代儿童文学理论批评之"双璧"。其理论分析及所阐述的观点，就是今天也难以被超越。

自近代以来，对传统儿童教育和传统儿童读物的批评不时可见，但以一万二千字的篇幅对中国古代儿童读物进行集中、系统、深入地分析批评的，还要数这篇《中国儿童读物的分析》。它从传统儿童读物分析入手，对传统儿童教育的本质进行了深刻的揭露和批判。作者认为："在旧式的科举制度不曾改革以前，中国的儿童教育简直是谈不上的。假如说是有'教育'的话，不过是：注入式的教育、顺民或忠臣孝子的教育而已。以养成顺民或忠臣孝子为目的，而以注入式的教育方式为一成不变的方法。"在这样的教育目的和方法的支配、揉捏下，历代儿童的命运可想而知。郑振铎形象地指出：

> 对于儿童，旧式的教育家视之无殊成人，取用的方法，也全是施之于成人的，不过程度略略浅些而已。他们要将儿童变成了"小大人"，那种"小大人"，正像我们在新年的时候在街上看见走过的那些头戴瓜皮帽（帽结是红绒的），身穿长袍马褂，足蹬薄底缎鞋的，缩小的成人型的儿童一般无二；或像更时新的，身穿成人的洋装，雪白的衬衫，花领结，足蹬皮靴，头顶呢帽，简直是一具傀儡登场。他们根本蔑视有所谓儿童时代，有所谓适合于儿童时代的特殊教育。

这种教育是完全以成人社会和观念为本位的，它除了"维持传统的权威和伦理观念（或可以说是传统的社会组织）"、实行"腐烂灵魂的反省的道学的人格教育"以外，"更以严格的文字的和音韵的技术上的修养来消磨'天下豪杰'的不羁的雄心和反抗的意思，以莫测高深的道学家的哲学和人生观，来统辖茫无所知的儿童。而所谓儿童读物，响应了这种要求，便往往的成了符咒式的韵语，除了注入些'方块字'的形象之外，大都是使他们茫然不知所谓的"。在文章中，郑振铎具体评述了古旧蒙童教育的程序，并对古代各类儿童读物，如识字用的基本书《三字经》《千字文》等，故事类读物像《日记故事》《幼学琼林》《龙文鞭影》等，史地博物的常识书如《历代蒙求》《高厚蒙求》等都做了分析批评。他认为，即便是那些专供识字用的训蒙书，"实际上也便是传达着儒家的正统的思想的。他们即在这一类的读物里也彻头彻尾的渗透着旧的伦理观念和格言，故事。究竟对于蒙童的训练有多少的教益，实在不可知。恐怕和'大学之道，在明明德'同样的为蒙童所不能了解和消化"。而像《历代蒙求》《高厚蒙求》等史地博物类读物，"也是承受着儒家一贯的观点，而以浅显易诵的方法，将各种常识传达给蒙童的，仍是过于深奥，不易为蒙童所了解。只是将那些常识，机械的注入他们脑子去而已；他们也只是机械的记诵着罢了"。郑振铎指出，像这样培养"忠奴""顺民"的教育，"到今日还不曾完全停止，而在一部分被沦亡的土地，还正在加速度的进行着。难道中国民族便真实的永久的做'顺民'到底吗？"郑振铎发出了这样的呼吁：

> 积极的建设国防的儿童教育，尽量的写作着适合于时代与国防的儿童读物是必须立刻着手去做的！

> 对于旧式的机械的注入式的教育方式，也是必须彻底改革的；他们可以说是，根本无视"儿童时代"的存在的。如何创造出适合于"儿童时代"的需要，顺应着儿童生活的发展？而给他们以最适宜的滋养料，那是新时代教育家们所最应注意之的。而在我们的前面，也已摆列有不少的输入的好例子在着。

郑振铎对旧儿童读物的批评是不留情面的，对新儿童文学的期待则是极为殷切的。在《儿童读物问题》一文中，他更多地正面阐述了自己对儿童读物建设的意见。他认为："儿童的'读物'和成人的读物并不会是完全相同的。"同时，他又以儿童的物质粮食为比方，论述了儿童读者自身年龄的差异性问题："为了适合于儿童的年龄与身体的发展的程序，他的物质上的粮食是并不完全相同的。婴孩有婴孩的适宜之食物，六七岁的小童也有他的适宜之食物。把婴孩的食物去喂六七岁的小童固然可笑，而把六七岁小童的食物去喂养婴孩却更是'无不偾事'者。""同样的，为了适合于儿童的年龄与智慧，情绪的发展的程序，他的'读物'，精神上的粮食，也是不能完全相同的。"从这一原则出发，郑振铎批评了当时的少儿读物市场："《三字经》时代，《大学》《中庸》时代，《正蒙》《近思录》《呻吟语》时代虽然已经远远过去了；然而新的《大学》《中庸》时代却又来临了。"针对构成当时儿童读物主体的是许多的神话、传说、神仙故事类作品，郑振铎分析说："神话、传说、神仙故事等等，并不是为儿童而写的，他们是人类的童年时代的产物。固然人类的'童年时代'和今日的儿童，其间的智慧和情绪有几分的相同处，却也并不能把野蛮时代的'成人'的出产物，全都搬给了近代的儿童去读。我们在其中必须有很谨慎的选择。"由此可见，郑振铎对"儿童本位"的认识已经超出了那种简单化和绝对化的"复演"理论，他更多的是从现代社会和现代教育的需要出发来看待儿童特点的。于是，他的"凡是儿童读物，必须以儿童为本位。要顺应了儿童的智慧和情绪的发展的程序而给他以最适当的读物"的说法便有了新的具体内涵。为了教育和保护儿童健康成长，郑振铎认为，"儿童比成人得更当心的保养。关于儿童读物的刊行，自然得比一般读物的刊行更要小心谨慎"。他因此建议：

近来，我们已有了不少的儿童心理的专家，幼儿教育、小学教育的专门家们。他们得联合起来：

（一）编定一部儿童适用的书目，并说明那些不采取的流行读物之弊病所在；

（二）自己出来编纂（或和文人们合作）若干儿童读物，就是拿外国语的来翻译，也可以。

如果，我们的专门家们，力量还不够，便是聘请些"客卿"来合作，也未尝不可。

……

我们将怎样的去解决这个问题呢？但我们必得负责来解决它！

这样的建议和设想尽管在当时很难得到尽如人意的实施，但它所传递的一位文学大师对儿童读物的殷殷关切之情，本身就是一种动人的理论批评事实。

此外，这一时期郑振铎所写的《寓言的复兴》《民间故事的巧合与转变》《螺壳中之女郎》《中山狼故事之变异》[8]《老虎婆婆（读书杂记）》等文章，是在人类学研究方法影响下，侧重研究民间故事的根源与变异等问题的。这些文章显示了郑振铎当时对人类学派理论的信仰和推崇。例如，在《民间故事的巧合与转变》一文中，他介绍了比较神话学派到人类学派的理论变迁，认为比较神话学派关于神话与传说起源的"阿利安来源说"（即说欧洲一切的神话与传说皆出自印度，或出自阿利安民族未分家之前）的理论"是站在十分脆弱的基础上的，是经不起打击的。自从最近半世纪，对于人类的史前文化及生活，以及原始人的生活与文化研究大为发达之后，一切学问几乎都换了一副眼光。人类学家便运用了他们的尖锐的兵器，向比较神话学者进攻。自人类学派的巨子 A.Lang 和比较神话学派的巨子 Max Müller 打了几次笔仗之后，Müller 几乎无以自圆其说。因此，似乎垄断了神话与故事比较研究的 Müller 派，从此便失去了他们的信徒，一蹶不复再振"。"如今，正是人类学派的故事与神话研究者的专断时代。他们说的很好：自古隔绝不通的地域，却会发生相同的神话与故事者，其原因乃在于人类同一文化阶段之中者，每能发生出同一的神话与传说，正如他们之能产出同一的石斧石刀一般。而文明社会之所以尚有与原始民族相同的故事与神话，却是祖先的原始时代的遗留物，未随时代的逝去而俱逝者。"出于对人类学方法的信赖，他常将中外各地民间传说故事的变异等加以比较研究。如《老虎婆婆（读书杂记）》一文就比较了中外小红帽故事的异同：

> 小红冠式的故事，即虎或狼一类的吃人的猛兽，变了人——常常是老太婆——去吃小孩子的故事，是世界各处都有存在着的。中国式的《小红冠》故事，与欧洲式的《小红冠》故事其间区别得很少。不过欧洲式带些后来附加上去的教训意味，中国式则无之，而欧洲式的小孩子为一人，中国式的小孩子则常为二人而已。其间特别相同之点，是孩子见了外婆的突然变了样子，例如，眼睛大了，身上有毛之类，常要发生疑问，而猛兽外婆则常以巧辩来掩饰过去。[9]

他还具体比较了黄之隽的《虎媪传》（黄承增编《广虞初新志》卷十九）、民间的老虎外婆故事和欧洲式故事在情节上的差异："黄氏以为虎媪的毙，是毙于同类，民间故事则以为虎媪之毙，是毙于女手。欧洲式的故事，则又以为'狼媪'之毙，是毙于樵者之手。这故事中，传说最分歧的，恐怕便是结局的一段了。"现在看来，这类比较研究的意义更主要的还是表现在一种方法的借鉴和运用上，而其实质性的学术深度和价值都还是十分有限的。例如，这些故事情节的异同在美学上是否具有不同的价值，其表层的差异是否也传达了某种文化学的深层意味？如果比较研究仅仅停留于形式的比较而未能进行更深入的思考的话，那么这种比较就还只能说是初步的。当然，对于前人研究中的缺陷和不足，我们不必苛求，但也必须正视。

鲁迅、茅盾、郑振铎等一代文学大师对中国现代儿童文学理论批评建设的关注和亲身参与，构成了中国儿童文学批评史上鼓舞人心的一页。也许，与他们的具体理论批评实践和理论观点比较起来，他们在这一领域里的出现和存在本身，就是一种具有更深广的文化含义的人文现象。是的，大师们从来不看轻和怠慢儿童，相反，他们把孩子们看作"中国的最可爱最有望的第二代"（郑振铎语）；他们关心着儿童，关心着儿童文化的建设，因此也就是关注着未来，拥有了未来。正是在这个意义上，我把大师们的存在看成是一种批评的启示，一种理论的鼓舞，一种文化的召唤！

毫无疑问，他们的眼光也是独特的。无论是对历史和现实的追踪与批评，还是对新型儿童文学的建设和构想，大师们的见解都代表了当时儿童文学理论批评的最深刻的眼光。我们可以嫌他们的研究未营构出什么体系，但他们那种深刻的批评眼光和批判精神，不正是当时、现在乃至未来儿童文学理论批评最需要继承和拥有的一种批评素质和精神吗？

三 "鸟言兽语"之辩

30 年代初，儿童文学理论批评界发生了一场关于"鸟言兽语"的论争。由于这场争论的直接契机是由小学国语课本是否采用"鸟言兽语"等童话类作品而引起的，因而它先是在儿童教育界引发，继而波及儿童文学界的。这是"五四"以后中国儿童文学界第一起论辩双方阵营和观点都很明确、论争方式上短兵相接的较大规模的理论争鸣事件。

不过，考察一下历史我们就会发现，"五四"以后关于"鸟言兽语"的或显或隐的论争一直就没有停止过。随着新式教育的兴起，当时的小学教科书大量采用了适合儿童心理和阅读兴趣的儿童文学作品，其中不少是运用拟人手法创作的童话、寓言类作品，而一些人也随之对这些"草木思想""猫狗说话"的作品的价值产生了疑虑和排斥心理。对此，"五四"以后的不少儿童文学研究者曾不断地出面为童话、寓言类作品的艺术特性和价值做出说明和辩护。例如，魏寿镛、周侯予的《儿童文学概论》一书曾争辩道："有人说：'这草木思想，猫狗说话，拿来教儿童；纵使儿童学了，有什么价值？'这种人又是用主观的见解，作出主观的批评。我们既然承认儿童有独立生活，应当客观的理解他们，而且加以相当的尊重。以为儿童的思想、想象、情绪、趣味……都和成人不同。成人吃到一块糖，没有什么大不了；在儿童便不然。儿童看一张古画，没有什么大稀奇；在成人便不然。所以儿歌、童话、物语……说他没有价值，是成人看了，没有价值。你说迷信，他不是迷信，你说荒唐，他不是荒唐。要是拿你的需要与否，去说儿童文学没有价值，便和抱着'齐东野人之语'的一句话，来反对白话文的价值一样。"严既澄在他的《儿童文学在儿童教育上的位置》一文中也列举了对儿童文学的种种疑惑："……专把些离奇怪诞的东西来投儿童之所好，岂不是太不注重他的将来了么？叫儿童用功于这种文学，不但对于他的将来，没有甚么好处，恐怕还要养成他迷信的观念呢。"严既澄说："这些怀疑的话，我也听得多了……儿童的脑筋，感染得易，也磨灭得易；而且儿童的生命，是逐渐转变的，除了些激刺太深的印象以外，早年所受的影像，总不会永远保存于脑筋里。因此，只要编儿童文学书的人，采用适宜的材料，把那些激刺力太大的地方洗刷过，我们便可以没有这种疑虑了。"十分难得的是，他还从发展儿童想象力的角度，进一步为儿童文学的独特价值做了辨析："儿童时代的想象力，是很关重要，很应当尽力去发展他的。如果儿童教育上不注重儿童的想象力，不但儿童的生活不能丰富，而且要弄到儿童的将来变成一个想象局促、感情呆笨的人；到了这个时候，便叫他念一辈子的书，也不见得真能收得念书的好效果了。据我想来：人生在小学的时期内，他的内部生命，对于现世，都没有甚么重要的要求，只有儿童的文学，是这时期内最不可缺的精神上的食料。因此，我以为真正的儿童教育，应当首先注重这儿童文学。"此外，郑振铎在 1921 年 9 月所写的《〈儿童世界〉宣言》一文中也谈道："近来有许多人对于儿童文学很有怀疑，以为故事、童话中多荒唐怪异之言，于儿童无益而有害。有几个人并且写信来同我说，童话中多言及皇帝、公主之事，恐与现在生活在共和国里的儿童不相宜。这都是过虑。人类儿童期的心理正是这样，他们所喜欢的正是这种怪诞之言。这不过是儿童期的爱好所在，与将来的心理是没有什么影响的。所以我们用这种材料，一点也不疑虑。"

由上面这些材料我们可以看出，对富于幻想色彩的儿童文学作品的怀疑心理，是与这些作品一起出现于五四时期的。这种现象反映了儿童文学刚进入自觉期时人们对儿童文学和儿童读者特征认识上的幼稚和模糊。当然，30 年代初关于"鸟言兽语"的那场争论已不仅仅是五四时期那些怀疑和辩解的继续，而是在新的批评语境里，添加了某些新的社会政治含义的一场论辩。

1931 年 2 月 23 日，当时的湖南省政府主席何键曾根据前东安县县长的条陈，向教育部提出了改良学校课程的建议。是年 3 月 5 日，《申报》的《教育消息》栏发表了《何键咨请教部改良学校课程》的消息，并附录了何键咨文的全文。内称："民八以前，各学校国文课本，犹有文理；近日课本，每每'狗说''猪说''鸭子说'，以及'猫小姐''狗大哥''牛公公'之词，充溢行间，禽兽能作人言，尊称加诸兽类，鄙俚怪诞，莫可言状。尤有一种荒谬之说，如'爸爸，你天天帮人造屋，自己没有屋住'，又如'我的拳头大，臂膀粗'等语。不啻鼓吹共产，引诱暴行，青年性根未能坚定，往往被其蛊惑。此种书籍，若其散布学校，列为课程，是一面铲除有形之共党，一方面仍制造大多数无形之共党。虽日言铲共，又奚益耶？"很显然，何键对"鸟言兽语"的发难已不是从纯文学的立场出发了，而是以"铲除共党"的政治目的为需要的。因此，这场论争的直接起因与其说是学术性的，毋宁说是政治性的更准确和恰当一些。

同年 4 月，中华儿童教育社在上海举行年会。初等教育专家尚仲衣在会上做了"选择儿童读物的标准"的发言（这篇发言稿后来分别发表在 4 月20 日的《申报》等上海各报和 5 月出刊的《儿童教育》第 3 卷第 8 期上）。他在发言中把"选择儿童故事的标准"分为"消极标准"和"积极标准"两类。首先，在"消极标准"部分，他在第一条"违反自然现象"中认为："世界上本无神仙，如读物中含有神仙，即是违背自然的实际现象，鸟兽本不能作人言，如读物中使鸟兽作人言，即是越乎自然。教育者的责任在使儿童对于自然势力及社会现象，有真实的了解和深刻的认识。儿童在第一步与自然接触时，教育者除非另外有充分的理由，不应给儿童以违背自然的材料。素来人们都以兴趣为理由，以为神仙物语以及其他违反自然现象的材料足以唤起儿童的兴味。"尚仲衣引用了邓恩等人的研究结果，认为他们"都不以此种读物为引起兴味之最好的材料"。在认为"鸟言兽语"类读物违反自然规律并否认了它对儿童的吸引力之后，尚仲衣提出了自己的标准："我人在选择或创作儿童读物时，尽可于合乎事实不违反自然现象范围以内取材。尽可先用实在性的资料；不足，则用盖然性的资料；又不足，则用可能性的资料；若此而再不足，始及不可能性之违反自然的材料。遍观历来的办法，凡专为儿童所作的读物，多先从不可能处着想（如鸟言兽语神仙鬼怪等故事）。这种情形，未始不是教育中的倒行逆施。"把历来儿童教育中难得的长处，说成是教育中的"倒行逆施"，可见他对"鸟言兽语神仙鬼怪等故事"的误解和偏见之深了。其次，尚仲衣在第二条"违反社会价值和曲解人生关系"中对"鸟言兽语"类读物做了更激烈的否定和排斥。他声明自己"对于违反自然读物的态度，尚系消极的怀疑，但对于违反社会价值的文字，却是绝对的反对。儿童在读物中看到猫会讲人话，在生活里，即能修正，若是读物给了儿童错误的社会观念，或为儿童曲解了人生价值，儿童连修正的机会都没有，那就成为不治之症了。凡用变态不近人情的材料去描写社会，把社会观念曲解了，把人生真价值'弄糟'了的故事，在儿童教育中，不应占有位置"。

如果说，何键对"鸟言兽语"的发难带有浓烈的政治火药味儿的话，那么应该说，尚仲衣对"鸟言兽语"类读物的批评尽管在客观上也附和了何键的观点，但从其行文和论述方式看，则更多的还是一种属于学术范畴内的讨论。正因为如此，这场争论后来的发展，就更多地成为一场学术之争了。

尚仲衣的文章见诸报端后，因故未能与会、当时在教育部工作的吴研因即于次日给在沪的中华儿童教育社社员们写了一封信。此信以《致儿童教育社社员讨论儿童读物的一封信——应否用鸟言兽语的故事》为题，于4月29日发表在《申报》上。吴研因在文章中肯定了尚文中某些可取的提法后指出："他断言'低年级读物……不用鸟言兽语'，以为鸟言兽语就是神怪，并同情于所谓湖南省政府主席打破以鸟言兽语为读物的主张，则未免令人疑惑万分。不合情理的神怪故事，足引起儿童恐怖、疑惑或迷信，固然不可用，但鸟言兽语，是否就是神怪，所谓神怪的界说究竟如何？内容究竟如何？"吴研因以具体作品为例做了进一步的分析："我以为某教科书所录的所谓《瓦盆冤》，活鬼出现，这诚然是'怪'；《二郎神捉孙行者》一类的故事，也近乎所谓'神'；但猫狗谈话鸦雀回答，这一类的故事，或本含教训，或自述生活，何神之有、何怪之有呢？""倘以为鸟言兽语，本无其事，而读物以无为有，这便是神怪，那么所谓神怪的范围未免太大了。以此类推，不但《中山狼》等一类寓言，都在打倒之列；《大匠运石》《公输刻鸢》《愚公移山》等故事，也该销毁；就是湖南省政府主席所最崇奉的圣经贤传，也应大删特改，因为《介葛卢识牛鸣》《公冶长知鸟语》见于《左传》《家语》，'齐人有一妻一妾''象人舜宫'等，也不见得不是'以无为有'呀！"在文章最后，吴研因还提出："望尚先生对我的疑虑，加以解释，更望尚先生列举他所谓合宜的具体教材见示，俾所观摩。"

在该文中，吴研因主要是从两个方面对尚仲衣的文章进行了初步的辩驳。一是正面指出应该弄清"神怪"一词的内涵和外延，并认为"猫狗谈话鸦雀问答"一类故事并非所谓"神怪"；二是运用归谬法从反面证明了排斥"鸟言兽语"类作品做法的荒唐和可笑。

吴文发表后，尚仲衣又写了《再论儿童读物——附答吴研因先生》一文对自己的观点进行进一步的申辩和发挥。他着重从"启发想象""引起兴趣""包含教训"三个方面对童话的价值提出了怀疑。其具体论述也不无某些值得深思之处。例如，他认为：

"启发想象"我们固难证明其必不能，然恐亦难确定其果能，在或能或不能之间。我们尚有三点疑问：

(1)科学艺术中有组织的、创造式的想象(creative imagination)，是与离奇的想入非非的幻想(reverie)相同吗？

(2)若不相同，神仙幻想故事所能引起的是近乎那一种？

(3)若果相同，若幻想就是生产创造的想象，两千年前传说的长桑绝技，何以不实现于道地的中国？而实现于德国的X光线？

在这种境况之下，虽不能说童话绝不能启发想象，但我们确信科学故事及自然读物的激发想象的能力决不在童话之下。科学故事中的戡天缩地奇法，纵使哪吒现世、安徒生的傀儡们诞生，也必得自叹不如。自然读物中之生物界的种种惊人的适应环境方法，对仅仅能七十二变的孙悟空，也恐要莞尔一笑。[10]

在这里，我们姑且把尚仲衣所提出的两种幻想分别称为"科学幻想"和"艺术幻想"。尚仲衣看到了两种幻想的区别，应该说，这是有助于深入探讨童话艺术的幻想特质的。但遗憾的是，第一，尚仲衣未能看到两种幻想互依互补，构成了人类心灵和思维的两个不同的方面，也未能看到这两个方面各有不可替代的功能和价值；第二，尚仲衣过分贬抑了童话艺术的幻想功能而仅仅抬举了科学的幻想功能。因此，童话艺术的被放逐也就变得顺理成章了。

尚仲衣在文章中还从五个方面归纳了所谓童话的危机：

（一）易阻碍儿童适应客观的实在之进行，

（二）易习于离开现实生活而向幻想中逃遁的心理，

（三）易流于在幻想中求满足或祈求不劳而获的趋向，

（四）易养成儿童对现实生活的畏惧心及厌恶心，

（五）易流于离奇错乱思想的程序。

通过对童话价值和"流弊"的分析，尚仲衣最后表明了自己的三点立场：第一，务须把"儿童读物"与"童话"两名词劈开[11]，且认定童话只不过是儿童读物中的极小部分；第二，务须将童话所占之儿童的时间削缩至最低限度；第三，对于童话本身的要求，就是把童话的数量大加删削，格外审慎地选择，只可保留其真有艺术价值和游戏兴趣之第一流的童话，例如吉伯林的《象儿》等。总之，尚仲衣即使无法将童话全部排斥，也希望尽量缩小童话的运用范围，用他自己的话来说就是："保留和选择的格言是'宁缺毋滥'！"

论争仍在继续。同年 5 月 19 日《申报》又刊登了吴研因的《读尚仲衣君〈再论儿童读物〉乃知"鸟言兽语"确实不必打破》一文。文章除廓清了尚文中的一些误会之外，又着重指出，尚文并未明确答复"鸟言兽语是否就是神怪故事"这个最紧要的问题。对此，吴文从艺术手法的角度做了进一步的分析："我以为鸟言兽语有些是一种作文法中的'拟人法'，有些是说明生活的自然故事，和《封神榜》《聊斋志异》的记载截然不同。不但不能和神怪故事混为一谈，而且也不能和'幻想性的童话'混为一谈。"同时，吴文也指出了尚仲衣前后两篇文章中的矛盾，从而将论辩对手置于一种尴尬的境地：尚仲衣前次文章绝对排斥"鸟言兽语"，但这次却说："把童话数量大加删削，格外审慎选择……像吉伯林的《象儿》则不妨保留。"据此，吴研因十分机智地分析并揶揄道：

> 鄙人就把《象儿》来研究。象儿既和鸵鸟说话，又和长颈鹿说话，并和蟒蛇及鳄鱼说话，不但有鸟言兽语，并且有蛇言鳄语。他叙述象鼻子短，给鳄鱼拉了而后长的一节，更含有神怪而带着幻想性（译文见开明书店出版之《如此如此》书中）。在中国小学教科书，现尚未有人敢采用这类教材。而尚先生却主张保留，则尚先生赞成鸟言兽语的程度，实在还比我们更进一步呢。这是尚先生承认不必打破鸟言兽语的一个有力的证明。
>
> ……
>
> 可悲的很，我国小学教科书方才有"儿童化"的趋势，而旧社会即痛骂为"猫狗教科书"。倘不认清尚先生的高论，以为尚先生也反对"猫狗教科书"，则"天地日月""人手足刀"的教科书或者会复活起来。果然复活了，儿童的损失何可限量呢？

不露声色，而又痛快淋漓。精彩！

除吴研因、尚仲衣这两位主要的论辩对手外，陈鹤琴、魏冰心、张匡以及"儿童文艺研究社"等也撰文参与了讨论。他们都从理解儿童、维护童话艺术特性的立场出发，对尚仲衣的观点进行了批评，显示了当时教育界和儿童文学理论界在这场论争中的主导性学术倾向。著名教育家陈鹤琴在发表于《儿童教育》第3卷第8期的《"鸟言兽语的读物"应当打破吗？》一文中认为，对"鸟言兽语的读物"的判断应以这样两个问题的分析为依据：一、这种读物小孩子喜欢听、喜欢看、喜欢讲吗？二、这种读物小孩子听了看了讲了，究竟受到什么影响？他说："照我个人的经验看来，鸟言兽语的读物，年幼的小孩子——尤其是在七岁以内的小孩子——是最喜欢听最喜欢看的。至于害处呢，我实在看不出什么。"作为儿童心理学家和儿童教育家，陈鹤琴对儿童的心理特点有着深刻的了解。他列举了大量事实，说明"小孩子尤其在七八岁以内的，对于鸟言兽语的读物，是很喜欢听、喜欢看、喜欢表演的，这种读物，究竟有多少害处呢？可说是很少很少，他看的时候，只觉得他们好玩而并不是真的相信的"。因此，他"慎重声明"："鸟言兽语的读物，自有他的相当地位，相当价值，我们成人是没有权力去剥夺儿童所需要的东西的，好像我们剥夺小孩子吃奶的那一种权利。"在同一期《儿童教育》上，"儿童文艺研究社"同人以儿童文艺研究社的名义发表了《童话与儿童读物》一文。该文试图"从一个小孩子的生活之观点来估计童话与儿童读物的价值与地位"。文章认为，儿童一天到晚都处于活动（玩）之中，对儿童来说，他的活动便是"千真万真的工作，不像我们平常所想的那样虚假。小孩子的虚假的玩艺儿都是成人造成的"。因此，儿童用书"是小工人做工的工具，它是拿来用的，不是拿来读的"。这里提出了儿童读物与儿童活动、游戏相伴随的"用的"功能，实际上也是对儿童读者文学接受活动特性的某种揭示。文章在最后也认为："至于鸟言兽语，我们也不反对。鸟兽饿了叫吃，冻了叫冷，寂寞了叫朋友，何尝不会说话？只是人类太笨，听不懂罢了。鸟兽既是有生之物，根本便与人类相同……所以只问所说的好坏，不必以鸟兽而废言。"这当然算不得严谨的理论阐述，但也不失为是一种饶有意趣的辩护。

魏冰心、张匡分别撰写并同时发表于《世界杂志》第2卷第2期（1931年8月）的《童话教材的商榷》和《儿童读物的探讨》两文，把这场讨论进一步引向了深入。魏文认为："我们要研究童话教材问题，有两点要认清：第一，文学和科学不要混为一谈，现代中国出版的儿童读物，除国语读本中采用鸟言兽语的童话外，社会自然课本中，当然是叙述合于自然势力的事实，及合于社会组织人群生活的材料，绝对没有童话。第二，低年级和高年级的国语文学，材料应该分别清楚，现代中国出版的小学国语读本，低年级的教材，除童话外，还有笑话、谜语、儿歌；高年级的教材，多采用合于现实生活的故事、传记、游记、小说、剧本等等。"魏文将文学和科学的价值加以区分，将不同年龄的儿童读者加以区分，这样的辩护显然是有力量的。张文也认为，"成人果然有成人时代的价值，儿童未尝没有儿童时代的价值"；"儿童的读物另有一个领域，这是一般人所不易领略的。不能用成人的心理和经验去推测的"；"神话物话对于儿童既有如此的信仰和兴味，教师不妨善为利用，只要加以选择，不使无益的读物乘机混入"。

对于发生于30年代初的这场关于"鸟言兽语"的论争，后人较多地强调了它的政治意味和非学术色彩。[12] 我以为，这场论争的直接起因虽然与当时的政客何键有关，但从这场论争后来发展的全过程来看，应该说它是一次以学术探讨为主、政治色彩较为弱化的理论争鸣，也是"五四"以后人们围绕童话和儿童读者特征所发表的种种不同观点和看法的一次总辩论、总较量。从争鸣双方的论辩姿态来看，尽管彼此观点相左，但基本上是平等的，是相互探讨商榷式的。从双方具体的论辩观点看，尚仲衣的论述虽然严密，但由于他未能看到"鸟言兽语"类作品的独特审美价值，也未看到这类作品与儿童阅读心理之间的特殊联系，因而其整个批评的基本前提就不能成立了。而通过吴研因、陈鹤琴等人的论析，人们对"鸟言兽语"类作品的特征及其与儿童心理之间的特殊联系都有了更明确的认识。因此可以说，人们对这个问题的理论认识就比较一致了。吕伯攸在他的《儿童文学概论》一书中说过，"儿童对于文学的嗜好，也有时时转变的趋势。在他们相信草木能思想、猫狗能说话的时期，我们便拿草木能思想、猫狗能说话的儿童文学供给他们，等到他们的生活转变到另一个时期，对于这些不相信了，而要知道草木猫狗是甚么东西，我们便可以再拿自然科的知识供给他们"；"关于这个意见，讨论过的人很多，现在已经成为定论，似乎用不着再多说了"。这便是一个例证。

四　几个主要理论课题的评述

儿童文学理论批评的发展固然应该表现在它的被重视和具体批评活动的活跃等方面，但我以为更值得注意的还应该是它内在理论观念和研究方式等方面的进展情况如何。因为内在的理论见解、研究手段的进步才意味着某个学科研究水平和学科建设的真正推进。（当然，活跃而有效的争鸣也能推进理论批评的发展，如上述关于"鸟言兽语"的论争。）从这个意义上说，20年代中期至30年代中期儿童文学理论批评那些表面上不易引人注目，而实质上却颇有意味的理论状态和学术观点是值得我们关注的。这里我们选择几个主要的理论话题加以评述。

（一）关于儿童文学定义和艺术特征的研究

儿童文学研究以儿童文学活动系统及其构成要素作为自己的基本研究对象。一旦进入儿童文学理论领域，那么什么是儿童文学？其内涵和外延究竟如何？这些就成为首先面临和必须回答的问题。在现代早期的理论著作中，人们的回答还是较为简略的。例如，朱鼎元给儿童文学所下定义为："儿童文学，是建筑在儿童生活和儿童心理的基础上的一种文学，以适应儿童自然的需要的。"[13] 到了赵侣青、徐迥千的《儿童文学研究》一书中，对儿童文学的揭示就较为全面了。作者首先回答了"儿童文学究竟是一个什么东西"这个问题：第一，儿童文学是儿童自己需要的一种文学；第二，儿童文学是教育家公认为最适宜教学给儿童的一种文学。这样的回答显然比仅仅考虑儿童需要或仅仅考虑教育需要的回答要周密、合理得多。在他们看来，只有满足这两个需要的作品，才配称为儿童文学作品。紧接着，他们又从儿童文学作品的来源和创作者的角度对儿童文学的外延做了界定：第一，儿童文学是儿童自己发现或创作的文学——儿童的文学；第二，儿童文学是别人代替儿童发现或创作的文学——儿童化的文学。在此基础上，赵侣青、徐迥千提出了一个较为完整的儿童文学定义：

> 儿童文学，是表现和批评儿童的天真，特富想象与情感，具有艺术的组织，足以丰富儿童生活兴趣，扩大儿童喜悦同情的一种文学。[14]

他们对儿童文学内涵和外延的界定，避免了单纯儿童本位或单纯成人本位的局限，显然较为全面和科学。

这一时期人们对儿童文学艺术特征的研究也有了进一步的深化。张圣瑜《儿童文学研究》一书就从口传、自然、单纯、纯情、神奇、酣美、瞬变、能普化等八个方面较详尽地论述了儿童文学的艺术特质，颇富创意，对开拓今天儿童文学研究的理论思路也不无借鉴价值。兹节录如下：

> 夫儿童挟自然之心，以来人世，其初与有生之伦通款曲者，即堕地呱呱之声也。从知人类心意宣达，未有文学，先有文字；未有文字，先有语言；未成言语，先发声音……儿童初期，纯将口音以流传文学者。是种文学，特利于口传也。故口传为儿童文学之特质一。

> 儿童乍离襁褓，四体和舒，含哺以熙，鼓腹而游。兴感所至，吐属成章，非必有绵密之思想也。发自天籁，非必有繁复之音节也。大自然之物象，接触于文化稚弱之人心，感受最粗，反射特速，故发表尤轻率简易，出乎自然……是故自然为儿童文学之特质二。

> 儿童率情适性，吐口成文，简单纯朴，绝无做工。然其简单之文义，与艺术之手段，亦自有其价值。大抵童心所感，一经粗率发表，出之于口，便算毕事……故单纯为儿童文学之特质三。

人类感乐慰苦之情，发为文学艺术；儿童文学表现之情感，却有异乎成人……"识字忧患始"一语，显见惟童心实不知有忧患，与人类至复杂之心理，生为何来，心不自私，发于至情，求其真乐，儿童有也……是故纯情为儿童文学之特质四。[15]

这样的论述，似比后来儿童文学研究中用"题材广阔，主题明确而有意义""人物形象鲜明，性格突出""结构完整，脉络清楚"等来概括儿童文学的特殊性显得更有儿童文学的艺术真谛。

随着研究的深入，这一时期已较多地接触到诸如游戏性、趣味性等理论命题。如张圣瑜认为："儿童之游戏，儿童之本能也，元始艺术之冲动也……Herbert Spencer(1820—1903) 于少年及动物之游戏中，见得同于艺术家最显著之精力余裕之消费者不少。然后知游戏与艺术，确为同一自表之努力状态，而游戏实后于生事，且为艺术冲动之发端也。儿童文学，亦惟凭此元始之艺术冲动——游戏——形成于外矣。"[16]陈伯吹的《儿童故事研究》则在第一章"儿童故事的价值"中专门谈到"儿童故事满足儿童游戏的精神"这一功能："儿童故事是呈现人类经验的组织方式，去扶助心的生机，给与人类生活的价值的游戏。因为游戏精神的助力这样大，所以儿童故事能够帮助儿童向着快乐、活动、合作、判断、成功等等工作之路进展。"[17]看来"游戏精神"这个在今天也让人觉得十分时髦的命题实际上也是"昔已有之"的。此外,吕伯攸的《儿童文学概论》等书也对游戏性、趣味性等问题有详尽的论述。

而儿童文学也不再仅仅被看成是儿童可以自由逍遥的"适宜的花园"了，其艺术价值和魅力开始得到更深入的思考。张圣瑜曾经指出儿童文学作品可以"表白多方之意义"。他分析了童话《柯伊》，认为"此首故事，写述人类征服自然后自然反抗之呼声，一义也。自然暴露其怨而不怒之情感，力求与人类亲善以全其生，特假天真饱满之儿童，再三致意于人类，又至可耐味之义也"。他进一步指出："是种儿童文学作品感人之力，浅言之，则修正儿童好杀之心性；深言之，则人生物我地位之观念，亦得籍（借）此普植矣。"[18]由此看来，儿童文学作品不仅是独特的，而且可以是极为深刻的。吕伯攸也认为，"真正的文学，不论经过多少时代，仍是不会失掉了他的价值的"；"成人文学是这样，儿童文学何尝不是这样！"他认为优秀的儿童文学不仅具有普遍性（即空间上广泛传播），而且具有悠久性（即时间上长久流传）。他举例说："如《老虎婆婆》《呆女婿》一类的故事，在我们江、浙一带，差不多是每个儿童都听到过的，而在别的地方，也有大同小异的故事，这可见他传流的区域，是多么广大啊！就是拿外国来说，像安徒生的童话，到他七十岁生日时，竟已被译成了十五国的文字，如果换一句话说，当然有十五国的儿童，都欢喜读他的作品了。"关于优秀儿童文学作品的恒久价值，吕伯攸也以安徒生为例说："原来安徒生的时代，离开现在已有五十多年了，为甚么他的童话，还是不住地有人在翻译他呢？那些译文刊载在儿童杂志中的，为甚么还是有大多数的儿童欢喜阅读他呢？这便是因为他的作品是有悠久性的，不像那些靡靡之音的儿童歌剧仅仅轰动了两三年，便无声无臭的死去了。"[19]从这些论述中我们可以感受到，随着儿童文学研究的深入，人们对儿童文学的艺术个性、艺术价值和艺术力量都有了更深入的认识。以一种更深刻的眼光来看待儿童文学的艺术潜能和艺术价值，这甚至对于当今的儿童文学理论批评也不无参考意义。

（二）关于儿童文学作家和创作的研究

前面提到关于儿童文学作家的构成，赵侣青、徐迥千已将其分为儿童与成人两个部分。这是儿童文学作家学研究方面的一次重要进展，其意义在于，儿童不再是儿童文学的单纯的接受者，也是儿童文学的创作者和发现者了。这一观念的确定，对扩大理论自身的涵盖面和包容性，对诱引儿童文学教学和欣赏过程中儿童作为主体的积极参与，对把儿童文学活动从一种审美教育活动同时扩展成为一种立美教育活动，无疑都有着积极的启示和促进作用。在赵侣青、徐迥千所著的《儿童文学研究》一书中，他们不仅讨论了"怎样指导儿童阅读儿童文学"，而且探讨了"怎样指导儿童创作儿童文学"。当然，作为一项文学技能的训练活动，"指导儿童创作"似更适宜于纳入语文教学系统中去，但少年儿童自身作为作家的艺术素质和创作特征，显然应该在儿童文学的作家学研究中获得相应的研讨。从这个意义上说，赵侣青、徐迥千所做的工作是极有价值的。

对成人作家的创作，赵侣青、徐迥千也进行了更细致的论述。例如，他们认为，成人要代替儿童创作儿童文学，其本身须具备下列几个条件：

(1) 研究过文学和儿童学；

(2) 熟谙儿童心理；

(3) 实施过儿童教育；

(4) 现任儿童文学教员；

(5) 对各项儿童文学及儿童文学论，有相当的研究；

(6) 欢喜生活在儿童队伍里；

(7) 有相当的儿童文学的创作经验。[20]

用现在的眼光来看，这里所列各项当然未必都是成为一名儿童文学作家的必备条件（如"现任儿童文学教员"），但透过这些条件的勾勒，我们看到的是儿童文学作家的这样一种身份特征：他应该具有相当的儿童学和文学的素养；他应该熟悉并热爱儿童。因此，儿童文学创作是一项特殊的、艰难的工作，也是一项需要不断探索、尝试的工作。关于这一点，较早出版的朱鼎元的《儿童文学概论》一书有过很好的论述。朱鼎元认为，儿童文学作家应具备如下条件："第一，要有文学的天才；第二，要研究儿童心理；第三，要澈（彻）底明瞭（了）儿童文学的本质；第四，要汇集儿童文学的作品，加以深切的研究。至少具备这四种特点的作家，才可以言创作；否则不免要'画虎不成'。'反类犬'还是小事，遗（贻）害儿童，牺牲儿童……我们知道文学的创作是很难的，更应知道儿童文学的创作尤难。千万不要轻于尝试。虽然这样说，我们若是有相当的机会……只要自信有创造的能力，也不妨随时创作试验；因为试验是成功的秘诀，永不试验，便永无产生之日了。"[21] 作者既强调了儿童文学创作的艰难性，又指出了积极尝试的必要性，这样认识儿童文学创作，比起单纯强调儿童文学创作要以儿童心理为本位的认识来，显然要深刻和有意义得多。

（三）关于儿童文学读者及其文学阅读和接受的研究

毫无疑问，对儿童文学读者及其接受特征的研究，是儿童文学理论批评的一个极为重要的方面，也是我们这里所要着重加以考察的一个问题，当然，是从儿童文学理论批评史的角度来考察。

我们已经知道，中国近现代儿童文学的自觉是以儿童生理和精神特点的被发现和被承认为基本条件的。从儿童文学活动系统来看，这种被发现和被承认也就意味着对儿童读者文学阅读心理和特征的发现和承认。由于当时社会历史条件的需要，这种发现和承认主要是通过两条具体的思路来实现的，一是通过对无视儿童身心特点的传统读物的批评来清理各种否认儿童接受个性的旧观念；二是通过倡导新的儿童文学创作来更新人们对儿童读者接受能力及特征的认识。这来自一正一反两个方向的思考，初步确立了走向自觉时期的中国儿童文学界的读者观念。

不过，从晚清到五四时期，人们对儿童文学读者及其接受活动的研究在总体上有两个明显的相互关联的特点：第一，它们大多是从近代西方输入的儿童观、教育观以及其他科学成就那里获得理论支持和启迪的，因而不乏鲜明的时代感；第二，它们往往还停留在一般儿童学、人类学等学科的理论层面上，相对来说还缺乏同具体的文学接受活动的理论沟通和转换，更缺乏那种结合具体活动而进行的带有实证意味的接受研究。

然而，这类研究无疑也在悄悄地、自觉或不自觉地进行之中。例如，魏寿镛、周侯予的《儿童文学概论》在论证儿童对文学的需要时，除从儿童学、人类学、教育学等角度加以论述外，还举出了具体的阅读事实来加以证明：

再有一个很显明的证据，可以证明儿童需要文学，便是小学图书馆的阅书统计。我们校里，——江苏第三师范附属小学——有一个小图书馆，儿童可以自由看书。里面书籍，分成小说，杂志，常识，文艺，卫生，格言，英文，游记，图书，游戏，国耻，实业，丛书，乡土，童子军，纪念，参考，查考，几类。——这是习惯沿下来的，不可为训。——每周结算阅书统计，小说总在百分之六十以上，文艺占百分之二十左右，游记丛书游戏各占百分之四左右，旁的不过百分之一二，或是不到。至于格言，实业，卫生三种，自从今年秋季开学以来，竟没有一个人看，这明明是儿童需要文学的证据。

通过对儿童实际阅读书目的分类统计来证明儿童读者对文学阅读的需要和偏爱，这种论证方式对于擅长感悟式、印象式批评的中国学界来说，无疑是一种需要加强的、有益的理论手段和素养。虽然我们知道，读者研究和接受研究并不等于简单的实证材料的堆积。

随着研究的展开和深入，儿童文学读者及其接受研究的系统性、实证性都有了很大的加强。30 年代前期陆续出版的徐锡龄编的《儿童阅读兴趣的研究》（民智书局 1931 年 7 月版）、严国柱和朱绍曾编的《儿童阅读书报指导法》（大东书局 1933 年 3 月版）、林斯德的《儿童读物选择法》（湖北黄冈大问书斋 1935 年 12 月版）等书，围绕儿童阅读兴趣、阅读指导等问题，或大量调查研究，或系统、集中探讨，为人们提供了不少有价值的理论材料和见解。如《儿童阅读兴趣的研究》一书就是在向广州地区的公立、私立学校发出 16000 多份调查表、回收 5400 多份的基础上，经过甄别，一共汇总统计了 3027 份有效表格，然后撰写而成的一部有关儿童阅读兴趣的调查和研究性著作。作者在书中曾谈道："研究问题而以事实为出发、为根据，这是科学方法中的重要条件。有了事实便一方面可以认清当前的对象，一方面可以决定妥适的应付方法。研究阅读问题当然不是一个例外。中国近年来虽已有人注意到阅读教学的各种问题，可是论列的多属个人的主见，少见探究客观的事实。对象还未认清楚，改进的方案自然无从下手。因此探讨事实的研究，在中国尤为当务之急。"[22] 重调查、重实证的研究意图是很明确的。《儿童阅读书报指导法》则是比较系统地探讨儿童阅读兴趣及其与阅读指导之关系等问题的理论书籍。全书共分七章：第一章，儿童心理上的特质及其在教育上的地位；第二章，儿童与书报的关系；第三章，儿童阅读的环境；第四章，儿童兴趣于阅读上的利用；第五章，儿童阅读兴趣发展过程中的读物；第六章，怎样指导儿童阅书；第七章，怎样指导儿童阅报。不难看出，作者对论题的研究已初具一种系统感。

应该指出的是，上述研究及成果的取得是以当时的教育观念和教育需要为背景的。换句话说，它们主要的还不是从文学的角度、审美的立场去看待审视儿童读者的文学接受现象，而是基于教育的立场去研究儿童阅读动机、兴趣、功能及指导等问题。例如，徐锡龄在《儿童阅读兴趣的研究》一书的第一章"引言"开篇即说："儿童阅读情况怎样，乃是一件常被忽视而实则深值得注意的事项。依据专家研究结果，阅读的影响不特深及于学校中各科修业成绩，并且远及于成人的各项职业的公民的文化的活动。我们记着离校后智识增进的最重要来源是阅读，我们便感到阅读影响的重大。现代社会组织日趋繁杂，书报数目日增，阅读的需要亦日渐加多。我们对于儿童的阅读情况，便不能不详细注意。"而严国柱、朱绍曾编《儿童阅读书报指导法》一书本身即是蒋息岑主编的"儿童教育丛书"中的一种。因此，侧重儿童教育的阅读研究虽然与儿童文学的读者接受研究有着极为密切的联系，但前者毕竟不能完全等同于或代替后者。从这个意义上说，儿童文学读者与接受的研究在当时的理论意识和学术气候条件下，还不可能得到完全独立的展开。

然而，朝向这一方向的理论思考却一直在自觉或不自觉地进行之中。除了读者和接受研究的系统性、实证性有了加强以外，这一时期在具体理论观点上也有了丰富和进展。

首先，在对儿童读者特点的认识上，过去受人类学观点的影响，较多强调儿童特点与原始人特点的相似性乃至一致性，因而相对忽视了儿童读者所具有的区别于原始文化背景的现代文化特征。这一时期，尽管不少研究论著仍接受了人类学的观点，但人们已开始摆脱机械、片面的"复演说"的影响，而认识到儿童读者与原始人类的社会文化差异。例如，汪懋祖在为张圣瑜的《儿童文学研究》一书所写的"序一"中就指出："儿童与原人之想象，虽多相似；而其环境既已不同，故意识之发展亦异。例如原人见不可解之自然现象，目为神怪，虔拜所以求福佑。儿童决无此观念，是原人富于宗教性，儿童则全乎为艺术性。可证复演学说，未尝圆满。至于科举思想，专制思想，遗传之旧说故事，尤应一律删除。此选材之不可不精思者也。欲确立选材之标准，必深究儿童生活，教育原理；又须具有文学训练，方言知识。"正因为儿童与原始人的心理和环境之间存在巨大的差异，所以汪懋祖才提出了要根据现代观念和教育等的需要来确立儿童文学的选材标准。葛承训在其《新儿童文学》(1933)一书中也认为："婴儿呱呱坠地以后，即生活在现代文明的社会里；被外界的有意和无意的刺激所造成的一个儿童，决不能迷信复演说者所想象的一个儿童了。"总之，这一时期在过去矫枉过正、强调儿童的绝对独立性的基础上，对儿童的认识又逐渐开始拥有了一种较为辩证的审视眼光，也就是说，能够从儿童与成人、儿童与现代社会、儿童成长的自律与他律等因素的相互联系中去认识儿童读者及其文学接受的特点。这就使这一时期的儿童观较前一时期的某些儿童观显得较为科学和辩证。

其次，儿童读者作为一个集合群，其内部也存在众多的变量和差异。首先是年龄的变量。关于这一点，五四时期的研究者已做了较多的思考和论述，如周作人、魏寿镛、周侯予等。周作人在《儿童的文学》一文中，就参照儿童学上的分期，把儿童（广义）分为四期：婴儿期（1-3岁），幼儿期（3-10岁），少年期（10-15岁），青年期（15-20岁）。他着重论述了"幼儿前期""幼儿后期""少年期"儿童读者的阅读特点和为他们选择教材、教授儿童文学作品方法等方面的差异。魏寿镛、周侯予的《儿童文学概论》一书中也对儿童时期做了如下的划分：

胎儿期 { 前期·····················3个月
　　　　 后期·····················10个月

婴儿期 { 前期·····················1岁
　　　　 后期·········1岁·········3岁

幼儿期 { 前期·····3岁·····7岁 } 幼稚园及小
　　　　 后期·····7岁·····10岁 } 学前期时代

少年期 { 前期·····10岁·····12岁——小学后期时代
　　　　 后期·····12岁·····15岁——初级中学时代

青年期 { 前期·····15岁·····18岁——高级中学时代
　　　　 后期·····18岁·····25岁——大学时代

他们在书中讨论了"幼稚园及小学前期时代""小学后期时代""初级中学时代"儿童读者的不同身体发育状况和心理现象，以及他们对儿童文学作品的不同要求。读了这些论述，我们不难感受到五四时期儿童文学研究中对儿童读者年龄分期的理论敏感和高度重视，尽管这些论述更多的还是一种来自儿童学研究的启示，尚缺乏来自儿童阅读方面的实证材料的支持。到了30年代，对年龄变量的研究就显得更具体了。徐锡龄就曾经在调查和统计的基础上，论证了"年级与读书兴趣的关系"。他所编的"年级书名对照表"，清晰地反映了不同年级学生的阅读兴趣差异，如他所分析的：

从比较各年级书的同异中，我们可以看见各年级阅读兴趣的变迁。小学四年级的兴趣，集中在神话、童话、故事和小说。那时期所爱读的，都是远离实际生活或竟神奇怪诞的书（《西游记》《封神》《怪家庭》《奇少年》等）。假使有人说：给小学四年级的书，愈离奇愈受欢迎，那也不见得与事实不符。儿童那时期想象力正发展，这种书正能供给他们想象的材料……与那些神奇一类书分占地位的，有历史小说，如《三国》《岳飞传》……

小学五年级中，浓于想象色彩的小说，仍占势力，大致和小四没有差别。剑侠和义侠小说一类的书，增入表内了，表内所能找着的，已有《江湖奇侠传》《七剑十三侠》《夜行飞侠》《飞剑奇侠》四本。义侠小说之所以盛行，一方面还是反影（映）儿童生活中想象的丰富，一方面似乎可以多少表示侠义思想和社会意识（极端简陋和粗浅的）逐渐发生。历史小说的势力，还是继续着，同时并加入了几本新式小说。《福尔摩斯》《天方夜谈（谭）》《鲁滨孙漂流记》那一类探险侦探书，已渐流行。

……

初中一年级书目比小学的有显著的差别。神话、童话、故事一类想象色彩浓厚的小说，地位都完全消失，或逐渐消失了。"儿童故事""中国故事""世界童话""儿童神话"等类书都在书目中低落，剩下的只有一二本。《西游记》的地位，一级一级的落后了，《封神》更几经挣扎才占回一点地位。随着，义侠性质的小说势力也动摇，虽然不是一起便完全没落。儿童对现实世界的认识已日深一日了，纯以想象为本位的书，再不能维持着原有的兴味。各书中只有历史小说和游记（《鲁滨孙漂流记》）在初中各年级还占势力。在别方面，就是《红楼梦》《呐喊》《彷徨》《寄小读者》《爱的教育》《短篇小说》等得了大多数儿童的投票。《唐诗》在各年级的地位，没有多大的变移。

由于篇幅限制，我不便转录更多的文字供读者直接欣赏。但从上面这些片段中我们可以看出，当时对各年龄阶段儿童读者阅读兴趣差异的调查和分析已是相当深入和细致了。

值得注意的是，这一阶段人们不仅对儿童读者的年龄分期问题有了更具体深入的研究，而且也意识到，年龄分期不是绝对的。张圣瑜就指出过："儿童发育的程序，这一个时期和那一个时期，都是继续的互掩的，并没有甚么崭然绝然的界限。"[23] 从这个说法入手再深入细究一下，我们可以发现，年龄变量固然是研究儿童读者内部差异的一个重要参数，但它并不是唯一的参数。其他变量的存在和介入，也可能导致儿童读者的进一步分化，使同一年龄阶段的儿童读者表现出不同的阅读兴趣和能力，而不同年龄阶段的某些儿童读者又可以表现出相同或相近的阅读兴趣和能力。例如，性别、智能、心理个性、文化等变量，都有可能使儿童读者在年龄差异之外发生新的分化。对于这些变量，在 30 年代儿童文学的读者研究中已开始有所涉猎。如徐锡龄的《儿童阅读兴趣的研究》一书在分析了"年级与读书兴趣的关系"之后，又专门分析了"性别与读书关系"。他比较分析了男女儿童读者不同的读书内容：

> 男童看的多神怪侠义侦探等书，女童选举的多带两种特色：即关于家庭生活的或情致深浓的。小学男子所看多《封神》《西游记》《三国》《七剑十三侠》《福尔摩斯》，女子却少。到了中学，历史小说、社会问题一类书（《三民主义建国大纲》）及有关实用（如《文章作法》《修学效能增进法》）的书，男子票数的比率也高于女子。女子爱看两种书中，《红楼梦》是前一种的代表。《海滨故人》《寄小读者》《给青年的十二封信》是后一种的代表。[24]

另外，吕伯攸也曾详细地引用过寇莱关于不同年龄、性别的儿童读者最感兴趣的读物类别表，这里不妨也节录数条：

一、男性儿童

6 岁到 7 岁——动物、自然、神仙故事。

9 岁——日常生活和熟习经验的故事。

11 岁——战争和冒险故事，伟人传记和英雄故事，旅行故事和神秘故事。

13 岁——日常生活和冒险故事，伟人和旅行故事，侦探故事，道德箴言。

二、女性儿童

6 岁至 7 岁——自然、动物、神仙故事及简单韵语。

9 岁——虚构的神仙故事和动物的自然的故事，简单传记及历史故事。

11 岁——日常生活与冒险和旅行故事，恋爱故事，动物和自然故事，传记和战争故事。

13 岁——恋爱故事与日常生活的故事，女人物的传记。[25]

男孩和女孩到了一定年龄所逐渐形成的这种接受差异，首先无疑与他们的性发育状况以及对性发育的体验和意识的差异有一定关系。在青春期出现之前，儿童要经历一个为期两年左右的发育时期，这个时期包含青春期的一系列生理上的变化。同时，这个发育时期对男孩和女孩来说并不是同步的，男孩的青春期一般要比女孩晚两年。这种生理发育的差异，在一定程度上导致了男女儿童在心理体验和性格方面的性别差异。而这种心理、性格方面的差异必然会影响到男女儿童在文学接受领域里的兴趣和行为表现。男孩喜欢读武侠、冒险、军事类文学作品，显然与他们心理外倾性方面的特征有关。因此，研究性别不同所带来的儿童读者文学接受倾向的变化，对深化儿童文学的接受研究无疑是有益的。

此后，葛承训的《新儿童文学》更是从年级与阅读兴趣的关系、年龄与阅读兴趣的关系、智力与阅读兴趣的关系、性别与阅读兴趣的关系等视角，对儿童读者及其文学接受做了多方位的透视，进一步显示了当时读者研究的深度和广度。

再次，30 年代儿童文学读者及接受研究中的另一个重要特色是十分重视儿童读物选择标准、方法和儿童阅读指导方面的研究。不仅一般的概论性著作常有论及，而且还出现了《儿童阅读书报指导法》《儿童读物选择法》这样的专门性研究著作。这些专门性著作研究之细，也是颇有值得今天借鉴之处的。如严国柱、朱绍曾编《儿童阅读书报指导法》一书第三章"儿童阅读之环境"中就详细论述了环境与儿童阅读的关系："阅读环境，影响于阅读者的心理很大。尤其是儿童们的意志薄弱，受环境启示的影响多。我们在指导儿童阅读以前，就得注意其阅读环境的建造。"书中具体从"人的环境""书的环境"两个方面做了论述。如关于"书的环境"："指导儿童的阅读，必先引起儿童与书的爱情。所以图书馆的设备和书面的装饰非常重要，四壁悬挂风景画片，橱中安放博物标本，高低适度的书架上铺着各种美丽的书籍和图画，儿童自然要兴致勃发，手不忍释。"[26] 对于阅览室的布置，书中也从"方向""容量""光线""窗子""墙的颜色""桌椅"等方面一一加以论述。林斯德的《儿童读物选择法》一书，书前有杜定友、陶行知分别撰写的"序"。作者在书中对"如何选择小孩子的书籍""选择书籍与儿龄""选择儿童读物应注意的几点"等问题做了较细致的探讨。他认为，儿童读物的选择标准，可以概括为："（一）在孩子目前发展时期里，选些正确的书籍来依他的年龄表给他读，较为妥当，但编年表与发展应该一致，不可不符合；（二）选择的书籍，是补充孩子的经验与激励他的思想；书籍不可与生活有冲突；书籍是美的；书籍是实质的，正当是摩（磨）坏于孩子的手里。"[27] 他在该书的"自序"中谈道："成人教育之完善，实基于儿童时期，凡是亲长者，其于儿童教育工具之读物，应如何审慎选择，勿使儿童镌入不良印象，期以造成完全之国民。盖儿童之富于模仿，天性使然，昔孟氏三迁，即其明证也。"因此，重视儿童教育，进而重视儿童读物选择和儿童阅读指导，已成为 30 年代儿童文学界、儿童教育界的一种共识，也是当时儿童文学研究所关注的一个理论热点。

最后，这一时期的研究也对成人作为儿童文学的现实读者这一现象做了一些探讨。在此之前，虽然如周作人、赵景深等人也曾谈到过成人对儿童文学的接受，但从总体上说，在一些研究者的观念中，儿童文学不可能被成人所欣赏，而只能是儿童的文学。如收入赵景深所编的《童话评论》（1924）一书中的戴渭清《童话的哲学观》一文即认为："成人有成人的文学，儿童有儿童的文学。成人文学，是成人真情之流；儿童文学，是儿童真情之流。成人喜欢欣赏成人的文学，不喜欢欣赏儿童的文学；儿童喜欢欣赏儿童的文学，不喜欢欣赏成人的文学。"在这里，两大文学系统中"读者—作品"之间一一对位，泾渭分明。应该说，无视儿童文学作品被成人读者所阅读这一事实是不应该的。对于儿童文学来说，被成人所阅读同样是一个有意义的文学事实。20 年代中期以后，一些研究者开始把思维触角探向这个理论死角。如张圣瑜认为："成人赖有潜在之一点童心，感受儿童文学之暗示，消释不少暴厉（戾）之气，惨酷之事，烦闷之心。"[28] "人生而永葆童心，上也；半途回恋童年，次之；其能了解童之人生以为人生者，则其至矣"；"儿童富于欲求而不执着，富于想象而想象中绝不伴有无厌之欲。一切可爱，一切可乐，实耐我人玩索不止"[29]。他把儿童文学所展示的儿童境界看成是人生的一种至高的境界，可以令成人"玩索不止"，这无疑有某种深刻之处。中国古代哲学对"童心说"的推崇，不正是基于成人世界对儿童世界的一种深刻的认识和体味吗？

通过上面的理论展示和评述，我们可以对 20 年代中期至 30 年代中期中国儿童文学的研究风貌有一个总体上的了解和感受。应该说，这是中国儿童文学理论批评发展进程中一个研究较为兴盛并在学科建设上取得诸多实质性成果的历史时期。据不完全统计，这一时期出版的儿童文学理论书籍（包括专著、编著、译著等）已有近 30 种，研究论文和批评文章更是数以百计，其中不少成果至今仍有相当的理论价值。同时，这一时期的儿童文学理论批评不仅得到了当时许多文学大师和著名教育家的重视，而且也出现了一支具有相当研究实力的理论队伍。此外，这一时期的理论批评与创作实践和接受实践结合得十分密切，例如对"鸟言兽语"的论辩，对《大众文艺》的《少年大众》栏目的讨论，对儿童读者阅读兴趣和阅读指导方面的研究，等等，因而使得理论研究不仅在儿童文学理论学科的建设上发挥着积极的作用，而且也对现实的儿童文学艺术实践进程产生了深刻的影响。

或许，用我们今天的眼光去审视，我们可以嫌那时的研究还有这样那样的不足，例如，较重视童话研究而相对忽视了其他体裁的研究，某些论著在观点和具体论述上的重复、人云亦云，但这些毕竟不是根本性的问题。而我想说的是，对于那个时代的儿童文学研究者来说，他们已经做出了无愧于那个时代的理论工作，他们的工作已经为中国儿童文学理论批评学科的现代构建做出了切实的贡献。这就足以接受后人的审视了。

不是吗？

注 释

[1] 见《〈大众文艺〉第二次座谈会记录》，《大众文艺》第2卷第4期（1930年5月1日）。

[2] 梦野：《饥饿的儿童文学》，《文学青年》第1卷第2期（1936年5月5日）。

[3] 朱文印：《童话作法之研究》，《妇女杂志》第17卷第10期（1931年10月1日）。

[4] 陈伯吹：《童话研究》，《儿童教育》第5卷第10期（1933年5月15日）。

[5] 参见鲁迅1936年3月11日回复杨晋豪的信。

[6] 参见鲁迅1936年3月11日回复杨晋豪的信。

[7] 本文只见上篇，作者未曾续写。

[8] 以上几篇文章均见1934年12月出版的《疮痍集》。

[9] 郑振铎：《老虎婆婆（读书杂记）》，《小说月报》第20卷第5期（1927年5月）。

[10] 尚仲衣：《再论儿童读物——附答吴研因先生》，《儿童教育》第3卷第8期（1931年5月）。

[11] 鉴于当时"童话"与"儿童文学""儿童读物"等概念使用上界限不清，这一提法无疑是有积极意义的。

[12] 当然也有例外。如王泉根就认为，这场论战既有政治背景，也是学术争鸣。参见王泉根评选《中国现代儿童文学文论选》，南宁：广西人民出版社1989年版，第288页。

[13] 朱鼎元：《儿童文学概论》，上海：中华书局1924年版，第6页。

[14] 赵侣青、徐迥千：《儿童文学研究》，上海：中华书局1933年版，第10页。

[15] 张圣瑜：《儿童文学研究》，上海：商务印书馆1928年版，第16—21页。

[16] 张圣瑜：《儿童文学研究》，上海：商务印书馆1928年版，第12页。

[17] 陈伯吹：《儿童故事研究》，北京：北新书局1932年版，第7页。

[18] 张圣瑜：《儿童文学研究》，上海：商务印书馆1928年版，第36—37页。

[19] 吕伯攸：《儿童文学概论》，上海：大华书局1934年版，第26—27页。

[20] 赵侣青、徐迥千：《儿童文学研究》，上海：中华书局1933年版，第87—88页。

[21] 朱鼎元：《儿童文学概论》，上海：中华书局1924年版，第24—25页。

[22] 徐锡龄编：《儿童阅读兴趣的研究》，上海：民智书局1931年版，第1—2页。

[23] 张圣瑜：《儿童文学研究》，上海：商务印书馆1928年版，第91页。

[24] 徐锡龄编：《儿童阅读兴趣的研究》，上海：民智书局1931年版，第42页。

[25] 吕伯攸：《儿童文学概论》，上海：大华书局1934年版，第41—43页。

[26] 严国柱、朱绍曾编：《儿童阅读书报指导法》，上海：大东书局1933年版，第30—31页。

[27] 林斯德：《儿童读物选择法》，黄冈：大问书斋 1935 年版，第 27 页。

[28] 张圣瑜：《儿童文学研究》，上海：商务印书馆 1928 年版，第 32 页。

[29] 张圣瑜：《儿童文学研究》，上海：商务印书馆 1928 年版，第 38 页。

第六章 伴着硝烟的思考

　　"五四"以后十余年间中国儿童文学理论批评所取得的实绩，无疑已经初步确立了它作为一个相对独立的文学研究门类的学科地位和学术形态特征。很自然地，我们有理由期待它的进一步生长，有理由要求它在已有的学术基础上进一步完善自身的学科建设。

　　然而，学术的成长并不能完全以学术自身的气候和积累为充分条件，理论的命运从根本上说是由一定的整体社会状态和历史条件所决定的。30 年代中期以后，燃烧的战火迫使人们把一切文化建设工作纳入战争的轨道；儿童文学及其理论建设也不例外，它在接受战争的规定和安排的同时，同样要主动地、积极地服从整个民族利益的需要和安排。于是，中国儿童文学进入了一个新的理论时代，一个伴随着硝烟思考的理论时代。

一　贴近现实——时代的理论要求

　　1937 年 7 月 7 日，日本侵略军向驻守北平西南卢沟桥一带的中国军队发起攻击，中国军队奋起还击，进行了顽强的抵抗；8 月 13 日，日本侵略军又大规模进攻上海，上海守军也进行了英勇的抵抗。

　　抗日战争的全面爆发，对中国儿童文学的历史进程产生了深刻的影响。首先，战争改变了整整一代儿童的生存状态和命运。昔日的生活尽管贫困，但多少还能得到些安宁。而战火却毫不留情地把儿童与他们的父兄们一起推入了苦难的深渊，同时也把他们推向了民族解放的战场。"在神圣的民族解放斗争中，无数的父母失去了他们的儿孙，无数的妻子失去了她们的丈夫，同样，无数的儿童也失去了他们的父母。""失去了儿孙的父母走向社会了，失去了丈夫的妇女们走向社会了，同样，失去了父母的儿童们也走上了社会的途程。"（许幸之《论抗战中的儿童戏剧》）是的，儿童的生存状态和命运是与民族的生存状态和命运联系在一起的，而且，它们又共同决定了中国儿童文学所可能具有的生存状态和历史命运。

于是，我们便看到了中国儿童文学正常进程的暂时性中断。上海历来是中国儿童文学的重镇。这里集中了中国儿童文学的主要出版机构、报刊阵地以及作家、编辑队伍。上海沦陷前后，一些出版机构被炸毁；《小朋友》《儿童世界》等最有影响的儿童文学刊物被迫陆续停刊，作家、编辑队伍也迅速星散。中国儿童文学在进行了艰难的抗争之后一度陷入消沉。正如钟望阳在《我们的儿童读物》（1938）一文中所说的："抗战后，儿童文学跟着其他的文化部门一样，一时曾经消沉过。"中国儿童文学在困境中等待着新的历史发展机遇。

战争可以打断儿童文学的正常进程，但它同时也能重新唤起和塑造儿童文学的艺术精神。考察历史我们发现，战火的蔓延对中国儿童文学发生的最深刻的影响在于，它从整体上一举将儿童文学推入了贴近现实、反映现实、服务于现实的现实主义的艺术轨道。当然，还在更早一些时候，这种变化就已经初露端倪了。"'9·18'敌人的炮火开始轰向我们中国的时候，原来写儿童文学的一辈作家们，也开始把他们的国王、王子、仙子等等的翻译，而开始转向我们中国自己的现实一方面来了。这只要看一看《儿童世界》和《小朋友》以及《小学生》等等刊物在那时候的内容，与现代书局出版的《现代儿童》等，我们就可以知道了。"（钟望阳《我们的儿童读物》）但是，抗日战争的全面爆发对中国儿童文学的影响才是更深刻而全面的。大敌当前，在中华民族面临生死存亡的危急关头，儿童也理所当然地成为我们民族的抗敌救亡力量。人们意识到，为了抵抗侵略者，"我们只有赶紧把我们的儿童组织起来，训练起来，把他们养成长期抗战的基本队伍。教他们仇日，教他们抗日！这是抵制日本侵略的最基本的办法！这是我们长期抗战最主要的力量！敬希全国的父母和师长都深切地注意这种力量的培养。我们不可再踌躇，再迁延，我们应该立刻实行儿童总动员。这是我们民族生存的最后关头了！今日再不干，待亡国之后，我们虽想干，而人家不让我们干了！这是我们的'最后一课'！"（熊佛西《〈儿童世界〉公演感言》）在如此急迫的现实要求面前，儿童文学义无反顾地高举现实主义的艺术旗帜，投入抗敌救亡的民族解放战争的洪流中去。的确，"一切文化，会跟着抗战的力量生长起来，同时，一切艺术，也会随着抗战的力量而新生"（许幸之《论抗战中的儿童戏剧》）。抗战这一民族性的总任务，把儿童文学的艺术命运与民族的命运紧紧连系在了一起。人们批评了那种背离现实的艺术倾向，指出那种"把文字写得高深莫测，自以为行文绮丽，艺术高超，而自鸣玄博，然一推其内容，那只是一架可怕的骷髅罢了。他们所努力的，是要使千万的儿童们忘掉血淋淋的现实，而推使他们进入一种空幻的'仙境'里去！这无形中杀害了我们中华民族的幼芽！"〔苏芮（钟望阳）《少年出版社缘起》〕时代所要求于儿童文学的，不是天真空灵的梦幻抒写，不是轻快优雅的浅吟低唱，而是抗敌的号角、救亡的武器。因此，"抗战与抗暴的文学成为这一时代人民的武器艺术，儿童读物也得清算旧账，王子公主的童话固然无聊，马牛羊鸡犬豕的廉价寓言也一样地要不得；就是那科学常识的'儿子问；父亲答''学生问；老师答'样地单调叙述，也成为千篇一律的公式化，唤不起科学兴趣来"。"今日的世界，已不再容许儿童做梦，狂风暴雨，阵阵地吹打，而且一阵加紧一阵，将来的幸福快乐的光明世界，要在今日面对现实，奋发有为，创造出来；社会不让人们在观念世界里躲避，怎能让儿童在幻想世界中求满足呢？要叫儿童的小眼睛观察着，小头脑思考着这世界上的一切真相！"（陈伯吹《儿童读物的检讨与展望》）

如果说"五四"以后以文学研究会成员为代表的新文学作家为中国现代儿童文学开辟了一条现实主义的艺术道路的话，那么从1937年直到1949年，现实主义就已经成为中国儿童文学的基本艺术精神。贴近现实，服务于现实，这是时代的要求，也是中国儿童文学的光荣。

而儿童文学理论批评，也随着这一文学现实的变化，迅速改变着自己的研究形态和批评策略。战争的现实使人们无暇对理论做系统的营构，它要求理论的是贴近现实的呐喊和思考。从1937年到1949年，中国现代儿童文学理论批评只留下了一部儿童文学研究著作，这就是1948年9月中华书局出版的由吕伯攸、仇重、金近、贺宜、柳风、包蕾、鲍维湘、邢舜田、何公超等九位作者合编的《儿童读物研究》一书。这是一部按体裁类别进行专题研究的理论文集，系《中华文库》的"小学教师用书第一集"。吕伯攸在"绪言"中指出："儿童读物的范围很大，凡是一切儿童应该读的书，不论是精读的教科书，略读的故事集、童话集，甚至连儿童画，也可以包括在这个范围中。"吕伯攸对儿童读物的范围和类别做了具体分析和界定：

……本书所定的儿童读物分类法，大概是：

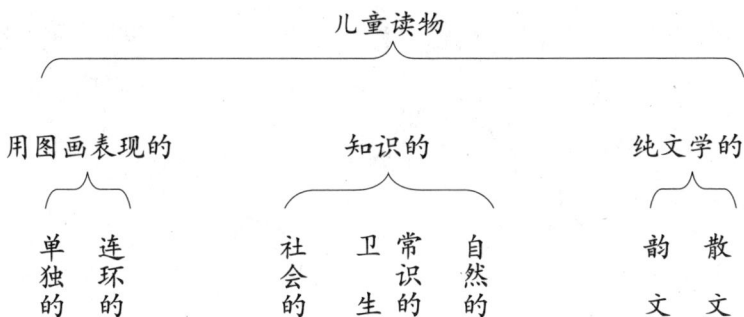

儿童读物
- 用图画表现的
  - 单独的
  - 连环的
- 知识的
  - 社会的
  - 卫生的
  - 常识的
  - 自然的
- 纯文学的
  - 韵文
  - 散文

不过，我们觉得，文学的读物，比较一般纯粹的知识读物，容易使儿童感到兴趣，所以，这里所说的知识读物，也是指一般已经艺术化了的文字说的，它所用的形式，依旧还是童话、故事、诗歌……

……为了每个人的研究和写作兴趣不同，对于各类儿童读物，自然也是各有所长。本书编写时，特地约定数人，分章担任写述，以便各尽所长……

由此可见，这是一本以文体为专题线索，系统论述儿童文学基本理论的学术著作。例如，由仇重执笔的"故事类读物"一章，就分别论述和介绍了这些问题：一、儿童故事的界说；二、儿童故事的种类；三、儿童故事的实例；四、儿童故事的教育价值；五、儿童故事的编写方法；六、儿童故事的选择。作者既对故事类儿童读物做了较细致全面的理论阐述，又具体介绍评析了诸如蔚若的《六表弟丢了》（生活故事）、托尔斯泰的《太阳的热力》（自然故事）、叶圣陶的《詹天佑》（历史故事）等故事作品。特别值得注意的是，由于这是一部以文体研究为主的理论著作，因此它对小说类、游记类、连环图画等读物的研究，在一定程度上弥补了过去对这些读物研究的相对不足的缺陷。

我们知道，"五四"以后，童话、儿歌一直是儿童文学文体研究的重心，尤其是童话，一度成了儿童文学的代名词。随着三四十年代儿童文学创作实践的发展，各种文体不仅在创作上得到了较全面的实践，而且在理论研究上也逐渐到位。例如，过去较少研究的儿童小说，这时也得到了重视。由金近执笔的"小说类读物"一章，就论述了儿童小说的特性、种类、选择、编写等问题。例如，作者通过与童话、故事的比较来论述儿童小说的艺术特征，便颇有新意："儿童小说在本质上似乎和童话、故事很接近，但是严格的说起来，三者之间的分野是很明显的，儿童小说除了着重趣味和活泼以外，它的特性和普通小说一样，是通过形象刻画人物的性格和描写实际事物来发展故事的，使儿童读了犹如亲历其境。童话则不然，童话作者凭着丰富的想象力，尽可以把故事中的事物夸大得超出自然的范围，诸如鸡鸭会说话，桌子要走路，只要把故事讲得生动有趣，能够激起儿童的幻想，好像世界上曾经有过，或者可能会有这些事情的，所以童话作者注重的是整个故事的优美和意义，用不着像写小说那样的要很细腻的刻画出人物的典型。至于儿童故事的写法，比童话更要简单，童话需要活泼有趣的描写，儿童故事只要把故事内容从头到尾平铺直叙的讲出来就行了，尤其是一般民间故事，最能显出简单朴实的故事写作法。"这些论述对于帮助读者了解和把握儿童小说的艺术特性，无疑是极有价值的。

从数量上说，这一时期的儿童文学理论和评论文章也有所减少。文章主要散见于《战时戏剧》、《戏剧春秋》、《剧场艺术》、《东方杂志》、《小说月报》、《解放日报》、《新华日报》、《边区教育通讯》、《中华教育界》(复刊)、《教育杂志》、《大公报》等报刊。从总体上看，战争时期的儿童文学研究有两个明显的动态，一是全面抗战时期儿童戏剧及其理论批评的活跃，二是 40 年代后期儿童文学专题讨论的展开。

二　战时儿童戏剧及其理论批评的活跃

随着抗日战争的全面爆发，儿童文学领域与成人文学领域一样出现了一个引人注目的现象，就是各种短小灵便的戏剧演出的活跃。中国的儿童剧作为一种新兴的儿童文艺形式，是在近代西方教育思潮影响下逐渐兴起的。梁启超在《饮冰室诗话》中曾论及儿童戏剧云："欧美学校，常有于休业时学生会演杂剧者。盖戏曲为优美文学之一种，上流社会喜为之，不以为贱也。"他评介了日本横滨大同学校学生所创作和饰演的剧目——《易水饯荆卿》，盛赞它"文情斐茂，音节激昂"，甚至说它"声情激越，闻者皆有躬与壮会之感"。从此，儿童剧(当时称之为"学校剧")逐渐得到了人们的重视与推广。《学报》1908 年第 10 期上曾刊登署名 LYM 所撰的《学校剧之沿革》一文，在"引言"中载："学校演剧，肇于欧西，近代我国教育家颇有提倡之者。留学界中，曾一再实习，评判遂多。赞同者，谓于社会上、教育上皆有裨益；反对者，诋为废时荒业，隳靡学风。要之，舍短取长，端在善择。

是篇详述沿革，足资考镜……"文章追溯了学校剧发展的历史，强调了学校剧"目的在教育上之补修""发挥美术之思想"[1]等作用。到了五四时期，儿童戏剧受到了更多的重视。郑振铎在1921年9月撰写的《〈儿童世界〉宣言》一文在谈到刊物的内容时，特别提到了儿童戏剧："儿童用的剧本，中国还没有发见过。近来各小学校里常有游艺会的举行。他们所用的剧本都是临时自编的。我们想隔二、三期登一篇戏剧，大概都是简单的单幕剧，不惟学校可用，就是家庭里也可以用。"《儿童世界》创刊第一年，就刊登了《牧童与狼》《系铃》《两个洞》等许多儿童剧剧本。该刊还曾向儿童征稿，刊登了《唱山歌》《寄信》《告状》等孩子们自己创作的短剧。

此外，叶圣陶、郑振铎、郭沫若、顾仲彝、赵景深、周作人等人，也都是儿童剧（包括儿童诗剧、儿童歌剧、童话剧等）的热心作者。黎锦晖更是"五四"前后创作儿童剧剧本数量最多、影响最大的一位作家。他共创作了12部儿童歌舞剧：《麻雀与小孩》《葡萄仙子》《月明之夜》《三蝴蝶》《春天的快乐》《七姐妹游花园》《神仙妹妹》《小羊救母》《小利达之死》《母亲呢》《苹果醒了》《小小画家》。这些作品在二三十年代风靡全国，成为当时中小学校经常表演的节目。早在30年代，王人路就评论说："在中国现在最能使一般人尤其是儿童所欢迎的就是黎锦晖的歌剧了。在上海以及在中国的中部湖南、湖北、河南、河北，北部伪满洲国，南部两广，总说就是全中国，甚至南洋各属华侨的儿童，差不多都晓得唱甚至做他的歌剧，他这些歌剧之所以能够在儿童群众里占到这样普遍而且广泛的地位，就是因为这些歌剧是儿童化、国语化、艺术化。这固然是由于黎氏的天才和这些歌剧本身的艺术价值。同时也可以证明儿童对于歌剧的欢迎是因为他可以歌唱可以表演，正合乎儿童心理的活动性、模仿心和好奇心，而实际上这些歌剧的内容和那些死板的教科书比较，也真有天渊之别。他们是多们（么）的活泼自然、情感丰富、趣味浓厚和音调动人呢。"王人路甚至认为："自从1923年他的歌剧出世以来，在中国的小学教育上或者说儿童界里辟了一个新纪元。从来在社会上没有地位和不引人注意的儿童，现在也有了一个新大陆了。"[2] 的确，黎锦晖的儿童歌舞剧代表了当时儿童戏剧创作的成就，从儿童剧这个特定的方向为"五四"以后现代儿童文学创作的发展做出了重要贡献。

不过，与童话、散文、儿童诗、小说等文学种类相比，儿童剧毕竟只是其中的一种，而且扮演的也并非主要角色。谈到五四时期儿童文学的成就，人们首先想起的也许就是叶圣陶的童话、冰心的散文。然而，这种状况在抗日战争期间突然发生了一个很大的变化。至少在一段时间里，童话、小说、儿童诗等似乎从儿童文学的舞台上消隐了，而儿童剧这种文学形式却受到了极大的重视并一度成为儿童文学舞台活跃的主角。而且，以前童话色彩浓郁的儿童剧（包括黎锦晖的作品）由于与时代的需求不尽吻合，其价值开始受到怀疑甚至否定："抗战三年，中国的儿童戏剧进步得非常的快，在以前儿童的演些什么呢，《小小画家》《紫竹林中》《小国民的归宿》《麻雀与小孩》《蝴蝶姑娘》《葡萄仙子》等等，这些剧多半是童话式的，剧情多半是美丽的、圆满的，中国的穷苦的小孩子们看了之后，只觉得好玩，并没有多大教育意义。"时代需要的是贴近现实的新的儿童戏剧。"跟着时代进步，'一·二八'以后，儿童戏剧起了很大的变化，在创作方面，那时有许幸之先生的《最后一课》，崔嵬先生的《墙》，还有姚时晓先生的

《炮火中》，这些戏剧完全是拿现实的事件做题材的，所以都能使儿童们直接的了解到国家现在的危亡，国难之严重。"[3] 全面抗战开始，戏剧更成为一种有力的宣传武器。据张早执笔的《抗战中的儿童戏剧》（1940）一文介绍，全面抗战开始后，儿童剧团迅速增加。最初有孩子剧团，接着各地儿童如潮水似的动起来了，组织起来了，长沙儿童剧团、厦门救国儿童剧团、宾阳的娃娃剧团、广州儿童剧团、长沙育英儿童工作团、沅陵孩子歌咏队、河南开封孩子剧团、新安旅行团……这些儿童剧团最初上演的剧目有《帮助咱们游击队》《捉汉奸》《街头》《仁丹胡子》，有许幸之的《古庙钟声》《最后一课》，还有《炮火下的孩子》《敌人打退了》，等等。随着抗战的发展，儿童戏剧有了飞快地进步，尤其是艺术水准上有了提高。后来陆续出现归来的《两年来》(四幕)，舒强的《为了大家》，厦门儿童剧团的《我们是一群小瘪三》、《铁蹄下的孩子》(三幕)，孩子剧团的《把孩子们怎么办》，新安旅行团的《敌后孩子》、《谁拿的》、《支那孩子》(三幕)、《帮助大哥哥打游击》，许幸之的《小英雄》《七夕》，吴祖光的《孩子军》，张季纯的《上海小同胞》，熊佛西的《儿童世界》，等等，"这些都比第一期的进步得多了，在舞台技术上也有着很大的进步，这些都是由于孩子们自己干出来的，他们不要大先生们的更多帮助，而往往主持许多次的大小公演，能得到很大的效果"。

儿童戏剧之所以会在全面抗战初期突然崛起并迅速发展，是与那个时代特定的审美需求以及儿童戏剧自身的艺术形态特征是分不开的。一定的时代总是按照自己的需求来形成、选择和塑造相应的审美趣味和审美方式。抗击敌寇、拯救民族于危难之中的时代情势，要求文学从纯审美的幻境中摆脱出来，从而发挥它的呐喊、宣传、鼓动作用。在这样的审美选择面前，原有的文学格局包括儿童文学的艺术格局便发生了挪移和变动，戏剧艺术在文学家族中至少是暂时性地占据了中心位置。这是因为，戏剧能够迅速地反映生活，并直接深入到最广大的民众（观众）中去，与他们进行面对面的艺术交流，从而以其强烈的艺术感染力，直接教育、鼓动广大民众加入抗日救亡的队伍中去；儿童戏剧更是如此。正如当时的研究者所指出的那样："在抗战中儿童戏剧发挥着他们不少的力量，贡献于抗战，小孩子演戏最容易感动人，最易于激动，所以儿童戏剧是最好的宣传工具。"

与儿童戏剧创作、演出活动走向活跃的艺术趋势相伴随的是儿童戏剧理论批评的相对活跃。在此之前，关于儿童戏剧的研究专论我们仅能看到周作人写的《儿童剧》（1922）等寥寥一二篇。而在全面抗战时期，儿童戏剧研究在各类文体的研究中几成"一枝独秀"，出现了一批密切结合儿童戏剧艺术活动的理论批评文章，如刘念渠的《自孩子剧团谈到孩子演剧》（《战时戏剧》1938年第1卷第1期、第2期），熊佛西的《〈儿童世界〉公演感言》（《战时戏剧》1938年第1卷第3期）、《儿童戏剧之需要》（《世界日报周刊》之六，1938年5月13日），许幸之的《论抗战中的儿童戏剧》（《小英雄》，"光明戏剧丛书"之一，光明书局1939年版）、《给孩子剧团的公开状》（《剧场艺术》1940年第2卷第6期），张早执笔的《抗战中的儿童戏剧》（《戏剧春秋》1940年第1卷第1期），张之秋、傅承谟的《两年来的孩子剧团》（《剧场艺术》1940年第2卷第4期），孙杰的《郭沫若先生与孩子剧团》（《戏剧春秋》1942年第1卷第6期），郁冰的《看〈小主人〉有感》（《新华日报》1943年4月9日），等等。鉴于当时的儿童文学研究在总体上处于一种"半休克"的状态，我们似可把这一时期的理论研究称为"儿童戏剧的批评时代"。

概括起来看，当时的戏剧理论批评大体涉及以下几个方面的内容。

第一，论述戏剧艺术与抗战的现实联系，强调要重视戏剧在抗敌救亡的民族解放事业中的特殊作用。

面对侵略者，首先应该拿起战斗的武器。然而对于文艺工作者来说，拿起枪杆子并不是他们唯一的选择，用文艺形式为抗战服务，有时候能够起到枪杆子所难以直接起到的宣传、鼓动作用。因此，当时的儿童戏剧工作者十分重视戏剧艺术在抗战中的特殊作用。他们把儿童戏剧活动看成是组织儿童、动员儿童的好形式。1938 年 3 月，在成都市曾举办有三万儿童参加表演的题为《儿童世界》的戏剧表演活动。熊佛西《〈儿童世界〉公演感言》一文中指出："我认为今日《儿童世界》的公演，不是一个寻常的戏剧表演，而是中国儿童抗敌示威的大运动，也可以说是儿童总动员的初步！"而且，通过儿童戏剧表演，也可以鼓励更广大的民众加入抗战的阵营中来。《抗战中的儿童戏剧》一文就谈道："抗战促进了儿童戏剧，在抗战中儿童戏剧进步得真快，儿童戏剧帮助于抗战也很大，在抗战中成群的儿童们组织起来了，他们利用戏剧宣传民众，在不断的工作中，他们影响了成千成万的百姓，参加到抗战阵营中来。"理论上的清醒认识，促进了儿童戏剧艺术工作者更自觉地在实践中利用戏剧形式为神圣的抗战事业服务。

第二，重视戏剧艺术与儿童心理的特殊联系。

当时的儿童戏剧研究不仅重视抗战的时代需要与儿童戏剧的密切联系，而且也重视探讨儿童心理对戏剧艺术的特殊需要。许幸之认为："没有一个儿童不喜欢看戏的，除非他有些痴愚。因为儿童最爱好的是娱乐——特别是扮演着各种各样的人物和禽兽的登场。所以，戏剧在儿童的意识中，是一种'梦幻的乐园'。"他指出，戏剧对儿童的精神世界和未来发展有着直接或间接的影响："他们的想象、他们的理念、他们的意志、他们对于未来的憧憬、他们对于英雄的崇拜和他们将来要做个怎样的人物？将什么贡献与社会国家？戏剧会给他们以直接或间接的影响，甚至于给他们一种善与恶的指示。"（《论抗战中的儿童戏剧》）新安旅行团集体讨论、张早执笔的《抗战中的儿童戏剧》一文也指出："儿童是现在国家的主人翁，更是未来的主人翁，他们现在的想象、体念（验）和对于将来的憧憬，戏剧将会给予他们直接或间接的影响和教育的，所以戏剧在儿童的面前将是一个保姆"；"儿童是最喜欢看戏和最爱好娱乐的。儿童的本能就是接近于戏剧的。他不但喜欢看戏，而且他还喜欢演戏，所以可以说他是一名最好的表演艺术家，当然，这种表演必须要有正确的指导，才能有正常的发展"。他们从儿童心理特征与戏剧艺术特征的契合入手来揭示两者之间的密切联系，虽然所论在理论深度上十分有限，但其思路却是可取的。

第三，对儿童戏剧创作的具体理论思考。

在充分认识到戏剧艺术的重要性之后，人们还具体探讨了儿童戏剧在创作上的种种问题。许幸之对儿童戏剧创作提出了如下的要求：

1. 儿童戏剧的创作家，首先应当注意，在编写一个剧本之先，应当选取什么题材？有什么社会或人生的意义？为什么要选取这种题材？

2. 在决定选取了题材以后，儿童戏剧的创作家们不能不注意到：这题材是否为儿童所熟悉？是否为儿童所欢迎？能否引起他们的爱好和兴趣？

3.如果以上的问题解决了，那么，我们应当怎样编写这些素材？怎样使它成为一个完整的故事？同时，应当用什么手法来表达这个故事？

4.这故事究竟属于喜剧，还是悲剧？人情剧，还是社会剧？它的范畴必须清晰明了，它的主题必须简易浅显，它的表现方法必须轻松活泼，这样，才能吸引一般儿童的爱好……

在这里，许幸之是从儿童审美心理和戏剧艺术自身的要求出发来看待儿童戏剧创作的。也就是说，儿童戏剧创作要充分考虑儿童的接受兴趣和能力，充分考虑戏剧艺术表现形式上的独特性。在那个重视戏剧宣传、鼓动作用的特定年代，能提出这样符合儿童戏剧创作艺术规律的观点，是难能可贵的。这说明，人们不仅重视儿童戏剧，而且已经意识到，只有更好地发挥儿童戏剧自身的艺术优势，才能更好地发挥其宣传、鼓动的战斗功能。

第四，对抗战儿童戏剧的跟踪、研究和评论。

随着全面抗战时期儿童戏剧活动的活跃和发展，人们自然把理论批评的重心集中在对当时儿童戏剧的具体艺术实践的跟踪、考察和研究上，力求及时对儿童戏剧活动做出理论反应和评判。人们充分肯定了儿童戏剧活动的作用和所取得的成绩，同时也认真检讨、分析了存在的问题和不足。例如，张早执笔的《抗战中的儿童戏剧》一文就认为，全面抗战以来的儿童戏剧虽然取得不少成绩，但是还有很多的缺点，"第一点，儿童的剧本太少，各团体与各学校，总是感到无剧可演，没有办法时，只有走两条路，第一是把旧的剧本翻来覆去的改名换姓的演出，不管它适合不适合，只要演出来就算了，第二是拿大人的剧本来演，有的团体演出《胎妇》，还有个儿童团体，演出《爱情三部曲》，最糟糕的是里面有跳交际舞和拥抱、喝酒接吻的举动，像这样的剧，不但演出效果是一塌糊涂，叫观众哭笑不得，而且对儿童的生理和心理却有很大的妨害"；"第二点，一般儿童戏剧的创作，有个最大的毛病，就是千篇一律，差不多都是汉奸、聪明的小孩和最后胜利等等，一直到现在，儿童剧本还是有这样的毛病，剧本的范围太狭小了，没有把儿童的日常生活和幻想等等很多事件作题材"；"第三点，儿童剧的上演，一般都太老人气了，作剧本的人，把儿童的对话，都写成大人的口气了，导演的人也不注意，把儿童的动作、表情，也教成大人的样子了，这是很大的错误"。文章从剧本贫乏、剧情构思题材单一、表演缺乏儿童特点等方面进行了批评，并对儿童戏剧今后的发展提出了六点希望。又如，关于儿童戏剧的题材问题，许幸之认为："在现阶段的儿童戏剧家，应当采取最积极的、最现实的、最有教育意味的、最能引起儿童关心和引起儿童兴趣的题材。在现在什么最使儿童们关心呢？无非是英勇的民族斗争，抗战中的英雄故事，家破人亡父母失散，敌人的无人道的暴行，游击队的神出鬼没，傀儡们的卑鄙无耻的笑话，孤儿寡妇们的流亡奋斗的历史，这些最现实的题材，毫无问题的也最能引起儿童们的关心。"但是，这些最能引起儿童关心的题材并非儿童戏剧的唯一内容，如果排斥其他可能的艺术题材，那么儿童戏剧的单调也就是难以避免的了。许幸之认为，那些历史上的积极而有趣的题材，甚至一些童话或神话的题材，也能引起儿童的兴趣，也应该纳入儿童戏剧的题材范围。他指出："一切现实的对抗战直接间接有利的题材，一切因这次解放斗争中所产生的故事或罗曼斯，一切从历史上、童话或神话上所采取来的题材，都可以把他们编制成完善的儿童戏剧。只要不是毒药，不是迷信，不是神怪陆离，不是荒唐无稽，不是对于儿童们有一种罪恶和杀害，都可以成为时代儿童们的精神食粮。"（《论抗战中的儿童戏剧》）所有这些意见对推动当时儿童戏剧活动的健康发展，显然是有积极作用的。

全面抗战时期的儿童戏剧理论批评是配合儿童戏剧活动的需要而趋于活跃的。这种活跃是一种来自外界的理论批评需求的产物，而不是理论自身的积累和发展带来内在的学术性飞跃。因此，这一时期的戏剧理论批评主要是具备了一种配合儿童演剧艺术实践的短期性的实用功能，而在儿童戏剧研究的理论上的建设意义和学术上的长远价值则是相对有限的。这并不是什么遗憾的事情。因为每一个具体的理论时代都肩负着自己为整个时代所规定了的特定的理论任务。如果一个时代对理论的要求从历史发展的角度看是正当的，那么只要理论呼应了时代的要求，它就完成了自己的使命，它就无愧于历史。

三　中国儿童读物作者联谊会及其组织的理论研讨活动

抗日战争的最终胜利并未带来和平，中国人民的解放战争仍在继续。

40 年代中期以后，在新的政治、经济形势影响下，儿童文学事业在总体上呈现出严重的滑坡趋势。在国统区，"经济崩溃已在加速度地下坡，首先遭受到政治的经济的摧残的是文化与教育；而这文化与教育的动力的出版事业，便因成本奇昂，售销不广，一天比一天更萎缩，不久恐怕就要昙花一现似的幻灭了，儿童读物的不能独自繁荣，是势所必然；而且这贫血的现象，实亦由来已久，不过如今更为加快，快到了不治的地步罢了"（陈伯吹《儿童读物的编著与供应》）。陈伯吹在《儿童读物的检讨与展望》（1948）一文中描述当时的情景说："……两年多来，币值惨跌，相反的纸价剧升，而排工、印工、油墨、颜料、制版、装订等等，都跟着比抗战前涨上几十万倍；最令人叹息的，稿酬多数不及排工的一半。书籍的成本这么贵，一般的购买力又那么低，销售的地区愈来愈狭小。加上邮费既昂，寄递又慢又不便，在这情形之下的儿童读物，那能有广阔的发展和长足的进步呢？所以展望前途，一片漆黑，这又不能不归咎于政治了。"

　　然而，面对这样的文学现实，有责任感的儿童文学工作者仍在为建设新的儿童文学而不断地思考着、求索着。1947年4月6日，《大公报》刊登了范泉的文章《新儿童文学的起点》。作者认为，处在中国当时的社会环境和政治情势之下，应当建立怎样的中国风格的新儿童文学，这是一个值得思考和讨论的问题。文章提出了建设新儿童文学的四个依据和出发点：一、处于苦难的中国，我们不能让孩子们忘记了现实，一味飘飘然地钻向神仙贵族的世界里，尤其是儿童小说创作，应当把血淋淋的现实还给孩子们，应当跟政治和社会密切地联系起来；二、在写作上，应当摆脱五四时期的"小脚"作风，而需要大踏步地走向孩子中间，去向孩子们学习语汇，研究儿童心理，用孩子的智慧和幻觉来表现富有教育意义的题材；三、新儿童文学不单是表现，不单是暴露，还需要暗示和争取，要使儿童认清现实，指示他们未来的路向，因为成长在这样时代里的我们，忽视了进步的思想便会掉入堕落的陷阱；

中国儿童文学理论批评史
第六章
伴着硝烟的思考

四、应该发扬民族的智慧，对于民族的文化遗产，应当批判地加以吸收、整理和改造。[4]1947年《教育杂志》第23卷第3号上刊登了陈伯吹的《儿童读物的编著与供应》一文。作者从"编著的前提""题材的采择""写作的技巧""用字与造句""插图与封面""人才的培养""供应的问题"等方面，论述了儿童读物的编著与供应诸问题。这些思考和求索，显示了儿童文学进步作家的艺术良知和信念。下面这一段话，很能代表他们当时的这种信念：

> ……一想到"二十世纪是儿童的世纪""儿童是未来国家的主人翁""救救孩子"等话，不能不竖起脊梁，挺起胸膛，咬紧牙关，束紧肚子，拿出艺术的良心来，站在教育文化的岗位上，百折不挠地只顾耕耘，不问收获（指物质的酬报而言）地向这块荒芜的土地开垦！让好战分子去掘自己的坟墓罢，他们必然会葬身在内战的火焰里，充其量不过增加儿童文化工作者，以客观上的困难罢了。起来！
>
> 我们要向贫血的儿童读物输血；虽则我们自己也不免于贫血。

就在这一共同信念的支持下，他们聚合起来，携手并肩为儿童文学事业而探索和奋斗。"中国儿童读物作者联谊会"就是当时成立的一个重要的民间儿童文化团体。

1946年5月24日，陈伯吹、李楚材、何公超、仇重、贺宜、沈百英、金近、黄衣青、韩群等十余位儿童文学工作者在上海举行第一次集会。会议上，大家发言热烈，"对抗日胜利后的儿童文学，提出了必须反映时代，指导儿童注意政治、注意社会等主张，同时还要求用儿童的口语来传达儿童所能了解的意念"（《中国儿童读物作者协会简史》）。在这次会议上，与会者还希望把所有的儿童读物作者组织起来，成立"中国儿童读物作者联谊会"。

经过准备工作，"中国儿童读物作者联谊会筹备会"于同年 6 月 9 日成立。到会的共有 24 人，通过了章程草案，会后请陶行知先生做了题为"儿童与儿童文学"的演讲。

同年下半年，筹备会便开始组织一系列的儿童文学研讨、展览等活动。1947 年 4 月 20 日，"中国儿童读物作者联谊会"举行了正式成立大会。到会会员 40 余人，通过了章程及选举理事、监事，并以座谈方式，做"怎样编选全国儿童读物目录"的专题研讨。此后，"中国儿童读物作者联谊会"为 40 年代后期的儿童文学事业做了大量极其宝贵的工作。作为一个儿童文化团体，它团结着进步的儿童文学写作者、戏剧工作者和美术工作者。其会员大部分在上海，少数在北京、南京、杭州、福州、重庆、香港。当时整个中国的儿童读物——计有三种报纸，十余种杂志，数百种单行本，以及许多次儿童戏剧的演出、游艺会的表演——几乎全部出于该会会员之手。"它在政治、文化的逆流中屹立着，领导全体会员，影响还未入会的工作者，为创造进步的儿童文艺，贡献有益的精神食粮，反对落后的倒退的政治、文化而奋斗着。"（《中国儿童读物作者协会简史》）由于该会所具有的进步倾向，它自成立以来一直是在半公开状态中生存着。为了避免当局的支配或干扰，它始终未曾向当时的社会局登记，名称也一直用"联谊会"，而不是"协会"，因为在当时，"协会"两字必须在当局准许登记后才能运用。1949 年 5 月，随着上海的解放，该会完全公开，并经全体会员同意，公开正名为"中国儿童读物作者协会"[5]。

"中国儿童读物作者联谊会"在三年多的活动中，编报刊，办展览、出版"儿童文学年选"，直接参加当时的社会斗争，成为当时开展儿童文学活动的一个中心组织。值得我们注意的是，该会对儿童文学理论批评也给予了特殊的重视，举办过一系列的关于儿童读物的研讨会。其中比较重要的专题座谈会和笔谈会就有四次。1946 年 11 月 11 日，当时的"筹备会"组织了一次集会。与会的 18 人围绕"连环图画"这个主题，讨论了连环画对儿童及民众的影响、连环画的缺点、改革旧连环图画的方法、创作新连环图画的方法、如何从旧连环图画发行人手里争取广大的小读者等问题。1948 年 10 月 9 日，联谊会召开了关于"儿童读物的用字和用语问题"的座谈会。1948 年 12 月 27 日，联谊会鉴于儿童戏剧的重要性，以及儿童戏剧与儿童教育关系的密切，举办了一次"儿童戏剧与儿童教育问题"的座谈会。这次座谈会举行时，适逢董林肯在全面抗战时期编写的儿童戏剧《小主人》在兰心大戏院上演不久，得到了很高的评价，因此座谈会便以《小主人》作为座谈的中心议题。与会者认为："《小主人》这一个儿童剧，优点多于缺点，感人之力颇深，由此证明，儿童戏剧在教育上有很大的效果。"1949 年上半年，联谊会又组织了关于"儿童读物应否描写阴暗面问题"的笔谈会。上述四次研讨活动，其中后三次座谈、笔谈的记录和文章，先后发表于《中华教育界》(复刊)第 2 卷第 12 期、第 3 卷第 2 期和第 3 卷第 4—5 期上。此外，联谊会会员还常常在当时的《大公报》《文汇报》《时代日报》《正言报》等报纸上讨论儿童读物问题。如 1948 年 4 月 1 日，联谊会分别在上海《大公报》及《时代日报》上组织了"儿童节特刊"，所有文章的内容有一个一致的倾向，就是主张目前的儿童文学，必须能够使孩子们有面对现实的勇气，有与丑恶的现实作战的决心。至于过去的作品，则应该加以选择：进步的让它们继续存在，对儿童发挥教育作用；含有毒素的淘汰它们，不让它们继续侵害儿童的心灵。所有这一切，构成了40年代后期儿童文学理论批评的独特景观和主要收获——那是一些虔诚热爱着儿童和儿童文学的人们在解放战争的大背景下不懈求索和思考的结果，其中也留下了一些值得总结的有价值的理论话题。

关于儿童读物的用字和用语问题的讨论，是"中国儿童读物作者联谊会"于1948年10月9日组织的一次很有新意的儿童文学理论研讨活动。在此之前，人们对儿童文学的内容、题材等问题有过较多的关注和研究，"而对它的'形式'，还不曾有过一次的讨论，为此，中国儿童读物作者联谊会特地选取这一个主题，举行座谈会，用'集思广益'的方式，向在这块园地里的耕耘者搜求佳果"（《儿童读物的用字和用语问题座谈发言·小引》）。这次座谈讨论的记录、会后整理的论文以及与会者提出的研究问题，后来一并整理发表出来，引起了儿童文学理论批评界的重视。

这次讨论是从文学用语（文字）与口头用语之间的关系引起话题的。这个问题在"五四"以来新文学的发展过程中也曾遇到过。应邀参加讨论的语文专家施效人谈道："'五四'以来，白话文的应用，自然已有不少成就，但也只能拿来'看'，不能拿来'念'，只是'视'，不是'听'。这证明中国文字本身有着问题，汉字存在一天，总不能消除语言与文字中间的距离。"汉字以象形、指事、会意、形声、转注、假借为造字法，它的象形性和表意性特征使它具有独特的语文特征，也使它不像拼音文字那样字音合一，而在字形和读音的关系方面较为松弛。这种"文"与"言"的分离，自然给文学创作包括儿童文学创作带来了一个突出的如何用字与用语的问题。何公超认为："语和文的分歧，是一件不容易克服的事情。文学语言及大众语言，也不容易使它们统一起来，仅能使之更为接近而已。准此，我们可以知道，儿童文学的语言，是从儿童大众口头上采来而经过作家艺术的加工后的语言。"

这就是说，儿童文学语言既来自儿童的口头语言，又经过了作家的艺术加工。何公超因此提出："作家给儿童写作，要注意到(1)恰当，(2)明白，(3)节省。"他分析了叶圣陶和张天翼这两位"最有成绩的作家"在用语上的不同，认为张天翼的用语"往往是他自己创造出来的腔调，不是纯粹的真实的儿童大众的用语，至少是没加工的半制品，看一看他的《秃秃大王》，就可以明白"，而叶圣陶的用字用语"往往是真实的儿童大众的口头语，比较接近理想"。由此，何公超进一步提出了学习和采用语言的途径："从这里，我们知道了，从事儿童作品的写作，必须同广大的儿童生活在一起，学习他们的语言，这是一；其次，书本上也可以学习；另外，有些生动的方言、土语，必要时我们应当采用。尽量采用易懂的应用；实在不容易懂的，加以注释，也未尝不可。我们必须大胆去尝试，多用，时常用，小读者们也就不难明白了。"龚炯也提出："我们从事儿童读物的写作，既然对象是一些儿童大众，那么我们为了收到良好的效果起见，我们的作家必须要熟悉儿童的生活，尽力采取儿童自己的语言。做到这样，作品才能为儿童所理解，所喜爱。"关于文字与口语（尤其是方言）不一致的问题，黄衣青也具体提出了三点意见：

（一）需要不断地创造新的活的，扬弃旧的，使文字接近口语或方言，也使方言口语接近文字上所有的语汇；向着使文字和口语方言距离日渐缩短的一条路上走去。

（二）需要在现实生活上，建立新的活的文字；各种地方的生活习惯，十分地不相同，活的文字，应该从活的现实生活中熔铸出来，所以，要在接触现实生活上，创造出新的字汇来！

（三）需要在儿童岗位上，创造出儿童本位的语文，放弃孩子们不容易明了的文字；这必须熟悉他们生活的范畴，才能创造得出来。

此外，陆静山除了表示赞同何公超等人提出的"到广大的儿童行列中去，去向他们学习语言之外"，还进一步指出："儿童读物的读者对象，其年龄大约自六七岁到十二三岁，大体约可分为幼稚园儿童和小学低年级、中年级及高年级儿童四种程度，这四种程度的儿童各有其生理及心理的特点，供应给他们的读物，当然也要适应他们这种特点。读物中的用语，就也要适合这些程度"；"但是，儿童是在逐渐生长的，其经验、知识及见解在逐渐扩张。所以读物中的用语，也要逐渐地把语汇扩张，使儿童们在一种顺序渐进中得到丰富的语汇而使其能应用到实际生活中去。因此，我们要分别去研究各种不同程度的儿童，写作不同程度的读物"。从这些论述可以看出，人们在以下观点上已取得一致的认识，即："儿童文学的作者应该生活到儿童队伍里去，听取各种年龄、各种程度的儿童的语言，采用他们的语汇，使自己的作品完全儿童口语化。"

（《中国儿童读物作者协会简史》）

这次座谈讨论所发表的会议记录和文章之后，还附有部分与会者围绕论题所提出的一些有待研讨的具体问题。这些问题在当时也许是暂时无暇做细致的探讨，也许是暂时还无力做深入的思考，但无疑都是值得做进一步研究的。例如，仇重提出了如下的问题：

（一）文字方面：(1) 儿童读物上要不要加注注音符号？(2) 要不要印行注音符号或其他拼音文字的读物？(3) 儿童读物可否用简体字？(4) 写作儿童读物应否受常用字的限制；如果不应该，我们自己又有什么标准来决定取舍常用的字汇。

（二）语汇方面：(1) 我们应该如何吸收新语汇？(2) 我们应该如何避用旧的不合口语的字汇？(3) 现在的儿童读物上的语汇有些什么缺点？应该怎样纠正？

（三）关于语法及方言读物的编写问题：(1) 我们应该用标准国语来写作儿童读物吗？(2) 现在的南腔北调的语法是不是最适合于儿童阅读的？如果不是，应该如何改进？(3) 我们应该用方言来写作儿童读物吗？如果应该，应如何试写？

这次关于儿童读物用字和用语问题的讨论，是当时儿童文学批评界出现的一次学术色彩较浓的理论研讨活动。讨论中所涉及的文学语言与口头语言的关系问题，汉字的特点与儿童阅读的关系问题，儿童读物用字、用语与儿童心理及其发展之间的关系问题，儿童读物作者如何学习、采用儿童口语的问题，等等，都是既具有理论意义，又具有实践价值的课题。不过，由于过去在这方面的探讨相对较少，加上当时在创作实践方面所提供的具体文学经验也还不多，所以从总体上看，这次讨论所涉及的理论深度和具体针对性等都还不能令人满意。但讨论的话题本身所拥有的学术意味和潜在理论价值，都足以令人难忘。

关于儿童读物应否描写阴暗面问题的讨论，是"中国儿童读物作者联谊会"组织的另一场引人注目的理论批评活动。《中国儿童读物作者协会简史》(1949)一文在谈到这次讨论的背景时曾说:"在这一个时候,上海儿童文艺界的落后分子,为了替统治阶级掩饰罪恶,蒙蔽儿童起见,曾发出了儿童文学不应该暴露黑暗的荒谬主张,本会特举行了一个笔谈会,号召会员对这问题,提出正确的意见。"另外,对儿童文学究竟是否应该描写以及如何描写阴暗面问题,进步的儿童文学阵营内部也存在某些疑虑和困惑。例如,在早些时候关于儿童戏剧《小主人》的讨论中,主持人陈伯吹就指出:"《小主人》一剧中所描写的,是抗战时期的悲剧,同时也是现时内战的悲剧……当剧演到高潮时,许多小观众的泣声和台上演员的哭声,遥相应和……从戏剧的效果上讲,这是一种非常成功的收获。但从儿童剧的教育角度上看:儿童剧应否暴露阴暗面,这答复当然是正面的,毫无疑问,正因为文学和艺术是人生的实感,生活的反映,社会的写照,有什么样的社会生活,就该有什么样的艺术表现。但是如果现实的残酷的事实过于悲惨,戏剧的成功竟会刺伤年幼儿童的心灵,这在技巧上说,是不是可以运用喜剧(comedy,包括讽刺剧和滑稽剧)的型式进行教育?不一定要选择悲剧(tragedy)的型式。这也许是儿童剧上值得讨论的一个问题。"对此,徐亚倩认为,在目前的大时代里,应该让儿童认识现实,并鼓励他们有改进现实的勇气,而指出一条路来,那么就是再悲惨的事实,也无妨让他们知道。

针对陈伯吹的上述基本观点,龚炯提出了不同看法。首先,他指出,艺术是生活的反映,现实生活是悲惨的、阴暗的,反映在艺术上的形象自然也是悲惨的、阴暗的。谈到儿童剧的过分悲惨对儿童身心是否相宜时,龚炯认为,那就首先要问:"现实生活的过分悲惨,对儿童的身心,是不是相宜?"他认为,要真实地反映悲惨的现实生活是毫无疑义的。"要积极地努力着手做的是技术上的加工和情感上的控制。"所谓技术上的加工是指，儿童剧的对象是儿童，就要顾及儿童的年龄和智力，适合儿童身心的需要，务使儿童看得懂、说得出。所谓情感上的控制则是指，一般艺术品"往往有一种激情，任他泛滥到顶点……以便掀起观众感情上的大浪。这样感情上的激动，对于儿童，我认为最要不得"。

其次，针对徐亚倩的观点，龚炯认为："文学上的提示是应该要有的；但一定要正面地指出一条光明的路子，是不十分可能的。"他列举了四条理由：一、世界上的路，并不都是笔直而光明的；二、或许那条光明的路，正在创造，并无一定的路标可循；三、或许那条光明的路，已在前面，但由于重雾迷漫，不能让你清楚地指点出来；四、或许那条光明的路，大家都已晓得，但为了艺术上表现时要加重分量，并不清清楚楚地就说出来，要让观点细细揣摩以后才获得答案，使所得的效果更加强大。总之，他认为明白晓畅地表演出来，对儿童固然也有效，但"只能隐约其辞，甚至不能吐露的时候，似乎只好把直接的提示，在暗示中传达出来吧？"

除龚炯之外，严冰儿（鲁兵）则提出了与陈伯吹相似的疑问：像《小主人》这样过于悲剧的戏剧，"给正在成长的、正在发展的儿童看，是不是有问题呢？"他认为，《小主人》与其说是儿童剧，倒不如说是"关于儿童的剧"。他指出，儿童文学与成人文学的差别不在于表现什么，而在于如何表现："我们的眼前是硬生生的现实，至于是如何去处理这现实给幼小者看，这正是'儿童文学'与'成人文学'的分水岭了。"

（《儿童戏剧与儿童教育问题座谈发言》）

的确，即使在当时特定的社会环境中，"儿童读物应否描写（还应加上如何描写）阴暗面"，都不仅仅是一个单纯的政治性问题，也是一个如何认识儿童与儿童文学特点、如何认识儿童文学的教育性特点的理论性课题。当然，在那个具体的时代环境中，"应否描写阴暗面"这个问题一提出就带有某种特定的社会批判意味，是显而易见的。而且，这一问题也是当时创作实践中面临的一个需要研究解决的实际课题。在这种情况下，"中国儿童读物作者联谊会"就此问题组织了专题性的研讨，使各方意见得到了更充分的表达和交锋。（《儿童读物应否描写阴暗面问题座谈发言》）

首先提出"儿童读物应当描写阴暗面吗"这一疑问的是夏畏。他在题为《问题的提出》的短文中，以自己的"一个可爱的天真的孩子"为例说：孩子"在看完了一本儿童名著《表》以后，把他母亲的一支自来水笔偷偷地拿去，却用谎话掩饰了自己。我担忧自己的孩子在现实的社会里会成为一个堕落的人！"他问道："这是儿童的急切需要的吗？"

班台莱耶夫的小说《表》讲的是一个有偷窃行为的孩子彼蒂加在正确的教育感化下，恢复了自尊心，从"坏孩子"转变为"好孩子"的故事。针对夏畏提出的疑问，龚炯首先撰文参加笔谈。他坚持自己以前在《小主人》讨论中所提出的"必须暴露阴暗面"的观点，同时通过分析指出，"夏先生的儿子，并没有读'通'《表》，使他完全不能够了解《表》的涵义；不然，决不会去偷笔的"；"问题不在于班台莱耶夫描写了阴暗面，而在于儿童接受程度的'够不够'？怎样能使儿童消化名著，成为真正的精神食粮，这是教师和家长共同应负的责任"。

孔十穗则对写阴暗面问题，"主张以少写为是"。他说："在事实上，要表达积极的光明面，不能不连带及于相反的阴暗面；但阴暗面的描画，总应以儿童不致受恶影响为度，否则即是不适合。《表》的作者，自然不是有意于表露阴暗面，而读了会发生恶影响，这总是一件应加检讨的事；即使孩子的偷窃动机，不完全由书本诱导，但儿童读物的写作者，不能不于此有所考虑。""虽然目前的世界黑漆一团，但我们总不想永远生存于黑漆的世界。我们在儿童之域的门口，应加以严密的守卫，使黑暗不能随便侵入，我们要使这些新的幼芽，成为光明的可爱的种子，成为反抗阴暗的药剂，使下一代比我们更有福。"与此相呼应，汪国兴从教育的角度也提出了类似的观点："文学和艺术因以反映真善美为最高的目标，罪恶与黑暗虽然非美非善，却不失为真实，所以揭发阴暗面的优越作品，以文艺的尺度来衡量，仍可列入不朽的名作之林，自有其存在的价值；但从教育的观点来看，决不是有益于发展儿童人格的读物。也许教育的儿童读物，会写成道貌岸然的说教，不能引人入胜，使读者发生共鸣的作用，这是形式上的写作技巧问题。"阮纪鹤则认为："儿童好比一张纯洁无瑕的白纸，所以富有感染性，我们为了孩子的宁静、和谐、愉悦，何忍以阴暗面的罪恶，损毁其弱小的心灵？""所以我以为暴露社会阴暗面的作品是残忍的反人道的！今后的儿童文学作品，应竭力避免。"总之，他们的观点是从儿童成长和儿童教育着眼，主张儿童读物少写甚至不写阴暗面。

不过，从当时的整个讨论情况看，多数论者的分歧并不在于儿童读物应否描写阴暗面，而在于如何描写阴暗面。黄衣青就认为，阴暗面的描写是不可少的，"问题倒在于儿童读物作者写'阴暗'面时，不可太强调'阴暗'的一面，而忽视'光明'的指示与鼓励，这中间最怕使儿童受渲染了伤感成分太多，而感到悲观消沉，好像随处都是病菌，而没有生存下去的勇气"。杨光也说："儿童读物可以写阴暗面，但不能仅止于暴露，还得说些积极的东西。"黄植基也说道："目前的社会是阴暗的，儿童和成人一样，所见所闻也是阴暗的，我们决不能欺骗他们，该把阴暗面放进艺术的作品里去，就是说，把实在的生活放进去；同时我们要指示光明在那里，应当怎样争取，我们没有替'大人'们遮疮疤掩丑恶的义务，同时我们也不能'搪塞'儿童们心里的疑问。所以，我主张不但应该写阴暗面（因为它是现实社会的真面目），并且还惟恐写得不深入，不透彻。"而徐恕则提出"应该有条件的描写"，具体说来应注意这样几点：一、读物中的阴暗面，不应止于写实主义的揭发，必须有极度明显的教育性；二、极端恐怖凄惨的事实，不出现于儿童读物中；三、所提到的阴暗面，应是儿童日常所见到听到的；四、超越儿童生理心理的事实，也以不提到为是。

讨论至此，龚炯又撰文表示，他不同意"少描写""有条件"等限制，"若然真正要附带所谓条件，那也只有——必需适合于儿童的智力和身心的健康。不过，这不属于限制暴露阴暗方面，而在于通过作者的素材，如何深入浅出地配合儿童的胃口，属于写作的技巧方面的"；"假使内容适合于儿童的了解程度，那么在表现的形式方面，应该要使这内容活泼有趣，更容易愉快地接受，假使这内容相当地复杂，那么应该深入浅出地正确地传达出来"。他得出的最后结论是："当世界上笼罩着阴暗，而你一定要说宇宙间充满着光明，那只是一个骗子，而骗子虽然苦心孤诣地要使得人家相信，到头来无情的现实，一定会拆穿西洋镜，使他露出尾巴来的。"

在这场讨论的最后，陈伯吹以《教育的意义必须强调》为题对讨论情况做了归纳和小结，并提出了自己的看法。他把这场论战的参与者分成两部分：其一，是文艺写作者，特别是儿童文艺写作者；其二，是教育工作者，特别是儿童教育工作者。前者强调文艺是时代的反映，它绝对不能放松社会阴暗面的揭示；后者认为儿童教育至关重要，所以描述阴暗面的儿童读物，供应给儿童阅读，害多益少。陈伯吹说，这两种立场和观点都言之成理，各有各的见地，仿佛是儿童读物内容问题的一个"相对论"了。而他通过分析得出的结论则是：

> 总结起来说：儿童读物应该描写阴暗面，应该从阴暗写到光明。但描写阴暗面应该有个限度，这限度的条件是至少要顾及儿童的年龄（也应该顾到性别），理解的程度，心理的卫生。所以文艺写作者（特别是儿童文艺写作者）在主观方面，必须注意到题材的选择与真实性，以及儿童本位的教育性。儿童文学是不同于普通文学的一种专门的文学。

这场关于儿童读物应否描写阴暗面问题的学术讨论是有收获的。从理论上说，直面现实和人生，真实地再现社会原态风貌，是现实主义的基本要求。然而对于儿童文学来说，由于受到儿童身心发展特殊性的制约，它在反映现实，尤其是描写生活的阴暗、人生的悲剧等方面就不能不有所转化。在一般文学特征与儿童特点之间保持必要的张力和平衡，这是儿童文学的一种先天性的、本能性的要求和规定。在上述讨论中，绝大多数论者既肯定了儿童读物描写阴暗面的必要性和意义，同时又认识到儿童读物对阴暗面的描写应该顾及儿童身心发展的特殊性和特殊规律，这不能不说是一种有价值的理论见解。从文学实践的角度来看，这场讨论对于当时澄清认识，鼓励广大儿童文学作家正视现实，揭露社会黑暗，与小读者一起迎接光明，无疑是有积极的促进意义的。就在这场讨论之后不久的1949年的旧儿童节（4月2日），当时的进步报纸如《文汇报》《时代日报》等已被关闭，"中国儿童读物作者联谊会"还是在当时比较中性的《大公报》上面出版了一个特刊。此时"由于文网的高张，不可能刊载尖锐的论文，便只以诗歌、短剧的形式，向儿童大众暗示：黑暗即将过去，光明即将来临"（《中国儿童读物作者协会简史》）。

一定的理论话题常常会以各种形式在不同的文学批评语境中重提和复现。我们记得，在20世纪80年代中国儿童文学的特定历史语境中，在关于例如小说《彩霞》（夏有志）、《独船》（常新港）等作品的讨论中，话题都曾涉及儿童文学应该如何反映现实、触及时弊，应该如何描写社会悲剧、人生不幸，如此等等。由此可见，这一切所涉及的并不是一个暂时性的问题，而是一个具有永久理论意义的命题。

注 释

[1] 参见胡从经《晚清儿童文学钩沉》，上海：少年儿童出版社1982年版，第13页。

[2] 王人路：《儿童读物的研究》，上海：中华书局1933年版，第116—117页。

[3] 转引自新安旅行团集体讨论、张早执笔的《抗战中的儿童戏剧》，《戏剧春秋》1940年第1卷第1期。

[4] 作者在第一点中说："我认为，像丹麦安徒生那样的童话创作法，尤其是那些用封建外衣来娱乐儿童感情的童话，是不需要的。"这显然是当时的人们对安徒生童话有误解。

[5] 关于该会的情况，参见《中国儿童读物作者协会简史》一文。

第七章　新的儿童文学理论的建设

　　1949 年中国社会政治、经济、文化制度的革命性变革，为近代以来的中国历史又掀开了新的一页——中国儿童文学理论批评也进入了一个新的建设时代。

　　"五四"以后逐渐形成的现代儿童文学理论已经进入了常规科学阶段。如果再深究一步，从学科的内在理论学说构成来看，我们可以发现中国现代儿童文学理论实际上存在两种树状模式：一种是以儿童本位心理为主干的树状理论模式，其理论枝丫都生长在儿童本位心理这一主干上，我们姑且称之为单茎形树状理论模式；一种是以儿童心理和儿童教育为主干的树状理论模式，其理论枝丫都生长在儿童心理和儿童教育这两大主干上，我们姑且称之为双茎形树状理论模式。这两种理论模式都包含着合理的因素，但前者由于常常忽视了儿童心理和儿童文学的社会性因素而暴露了致命的缺陷，但它仍然以其具有合理性的理论内核给后者以有力的支持和补充。

　　伴随着 1949 年以后当代儿童文学创作的起步，建设中国儿童文学理论新体系的要求也摆到了人们面前。这也许可以说是儿童文学理论的第一次科学危机。

一 理论的建设与迷误

前面已经谈到，"五四"前后逐渐形成的现代儿童文学理论，是在缺乏自身学术积累和理论传统的情况下逐渐萌芽、发展起来的。与现代儿童文学理论建设初期的情形不同，当代儿童文学理论从一开始就没有那种"一张白纸，徒手起家"的艰难和窘迫。现代儿童文学研究历数十载的苦心经营，无疑已经为当代儿童文学的理论建设提供了自己的学术传统，虽然这个传统算不上深厚，并且还夹杂着这样那样的历史谬误。因此实际上，当代儿童文学理论最初的建设者们是携带着或在不同程度上接受了现代儿童文学研究的思想成果而投入新的理论营建工程之中的。

但是，从一片废墟上昂然站立起来的新中国把一种全新的社会生活内容交给了人们，人们的精神世界和审美心理也普遍发生了巨大的变化。在这种新的时代氛围里，儿童文学活动在许多方面也开始发生着深刻的变化。这些变化，使现代儿童文学理论在当代儿童文学现象面前或显得不合时宜，或显得变形走样。更主要的是，当代儿童文学从诞生之日起就是正在着手建设的整个社会主义精神文化系统的一个组成部分，它必须改变自己的许多传统形态以适应新的时代要求——其中更多的和主要的要求往往来自文学以外的其他方面。在这种情况下，一方面是发展变化了的儿童文学迫切寻求新的理论支持和解释，另一方面则是从事理论研究的人们力求按照新的时代要求去重新把握和解说儿童文学。因此，传统的儿童文学理论在人们心目中的位置就显得不那么重要了。加上当时粗心而偏激的人们把从理论上说不无缺陷的"儿童本位论"当作现代儿童文学理论主要的乃至唯一的理论积累而加以批判，这就更加导致了现代儿童文学理论在当代儿童文学舞台上的退隐，即使偶尔若隐若现，也往往已经被染上了新的时代色彩，添加了新的社会含义。

也就是说，当代儿童文学理论尽管与现代儿童文学理论有着千丝万缕的历史联系，但它并不是以传统的继承者的面目出现的，它所扮演的是一个传统的批判者的角色。当然，夸大这种批判的意义也是不恰当的。准确的说法应该是，现代儿童文学理论、当代儿童文学理论具有不同的时代色彩和社会内容，但在理论上又保持着许多深刻的内在联系。

直接为中国当代儿童文学理论建设提供思想来源的是苏联的儿童文学理论。鉴于苏联儿童文学理论的重大影响，后面将辟专节对此进行评述。

经过一段时间的摸索和实践，一支儿童文学理论研究队伍逐渐布成阵势。这支队伍主要由两部分人员组成，一部分是热心儿童文学理论和评论工作的儿童文学作家，如陈伯吹、贺宜、张天翼、高士其、魏金枝、欧外鸥、严文井、袁鹰、金近、包蕾、叶君健、鲁兵、萧平、黄庆云等人，另一部分则是专门或主要从事研究、评论的理论工作者，如宋成志、陈汝惠、舒霈（束沛德）、蒋风、陈子君、王国忠、刘守华、李岳南等人。这支队伍阵容不大，但当代儿童文学理论的第一期工程就是由他们参与建设的。

与此同时，儿童文学研究的理论阵地也开始形成并不断有所扩大。当时的许多报刊如《人民日报》《光明日报》《中国青年报》《文汇报》《解放日报》《文艺报》《文艺月报》《文艺学习》《人民文学》《戏剧报》《作品》等以及一些大学学报都刊登过儿童文学理

310 | 311

中国儿童文学理论批评史

第七章
新的儿童文学理论
的建设

论和评论方面的文章。特别值得一提的是，1957 年 1 月，少年儿童出版社编辑出版了理论刊物《儿童文学研究》。该刊最初七期作为内部刊物发行。直到 1959 年 11 月，它才开始作为正式刊物在全国公开发行。这是中国有史以来第一家，也是此后 30 年间唯一的一家专业性的儿童文学学术研究刊物。

从 50 年代儿童文学理论建设的发展过程看，前期以译介苏联儿童文学理论著述、呼吁全社会关心重视少年儿童文学创作、阐明新时代儿童文学的性质、地位和作用等为主，而涉及具体作家作品和具体理论问题的研究文章相对较少。1956 年，袁鹰在全国青年文学创作者会议上所做的题为《关于少年儿童文学创作的一些问题》的发言中谈道："在我们儿童文学的领域里，批评是不够旺盛的，简直少得可怜。这种情况，也影响我们的事业的积极发展。""难道我们的儿童文学创作已经没有什么可以批评的吗？当然不是。难道我们的新的儿童文学的理论已经建立起来了吗？当然更不是。我们的事业还年轻得很、幼稚得很，年轻、幼稚的事业，不仅需要鼓励、支持，也同样需要批评、监督。作品一篇一篇写出来了，书一本一本出版了，然而如石沉大海，一点回响没有，那却是最悲哀的事。"他认为，为了促进理论批评事业，除向作协儿童文学组呼吁、向那些专业的评论家呼吁之外，还要依靠作家们自己动手来写评论文章。从 50 年代中后期开始，儿童文学理论和评论在广度和深度方面都有所加强，具体表现在：以作家作品的评论渐趋活跃为先导，儿童文学的基本理论和儿童文学史的研究也开始引起人们的重视，不仅出现了数量上显著超过以往的理论和评论文章，而且出现了一些理论文集和专著，如金近的《童话创作及其他》（1957）和陈伯吹的《儿童文学简论》（1959）、《在学习苏联儿童文学的道路上》（1958）等。

当代儿童文学理论学科的建设应该包括儿童文学史、儿童文学作家作品论和儿童文学基本理论这样三个既有不同又密切联系的部分。这几部分的研究工作在 50 年代陆续起步。在儿童文学评论方面，出现了一些在当时有一定理论水平的作家作品论，如舒霈的《情趣从何而来——谈谈柯岩的儿童诗》（《文艺报》1957 年第 35 期）、阎纲的《小英雄人物的塑造——谈盖达尔的儿童文学创作》（《世界文学》1959 年 5 月号）、黄昭彦的《科学和诗的结晶——略谈高士其的儿童科学文艺创作》（《人民文学》1959 年第 6 期）等。与此同时，一些试图从宏观上把握儿童文学发展态势的文章也出现了，如陈伯吹的《关于儿童文学的现状和进展》（《人民日报》1955 年 10 月 4 日）、袁鹰的《关于少年儿童文学创作的一些问题》（《儿童文学论文选》，长江文艺出版社 1956 年版）、严文井的《〈1954—1955 儿童文学选〉序言》（人民文学出版社 1956 年版）等。此外，一些作品如欧阳山的童话《慧眼》，拓林设计、詹同绘画的连环画《老鼠的一家》等还在评论界引起了热烈的讨论，活跃了儿童文学评论界的气氛。

在基本理论研究方面，一些研究者力图联系创作实际，探讨儿童文学的基本理论课题，如欧外鸥的《论儿童文学的创作方法问题》（《作品》1955 年 12 月号）、陈子君的《谈少年儿童文学作品的趣味问题》（《光明日报》1956 年 1 月 7 日）、宋成志的《试论儿童文学和教育科学的关系》（《学术月刊》1957 年 3 月号）、贺宜的《儿童文学创作的一个关键问题——儿童化》（《火花》1959 年 6 月号）等，都是当时儿童文学基本理论建设方面的收获。体裁论的研究则引起更多的注意。陈伯吹、贺宜、严文井、金近、陈汝惠、李岳南、刘守华等人在儿童文学各类体裁的研究方面都撰写了有一定学术价值的文章。

儿童文学史的研究由于首先要求占有大量的史料而需要更充分的准备，但人们仍然利用有限的条件一面收集史料，一面开展初步的研究工作。除翻译了马克·索里亚诺的《儿童文学史话》、格列奇什尼科娃的《苏联儿童文学》等外国儿童文学发展史方面的专文、专著以为借鉴外，也发表了一些儿童文学史研究方面的专文，如宋成志的《略论儿童文学的成长与发展》(《华东师大学报》1957年第4期)、李长之的《蒲松龄和儿童文学》(《中国古典小说评论集》，北京出版社1959年版)等。少年儿童出版社的《儿童文学研究》在史料、史实的发掘、收集、整理方面做了一些宝贵的工作。1959年3月，江苏文艺出版社出版了蒋风编写的《中国儿童文学讲话》。该书分为"'五四'时期的儿童文学""'左联'十年时期的儿童文学""抗战时期和胜利以后的儿童文学""新中国的儿童文学"四章，初步勾勒了中国儿童文学的历史发展过程。

综观本时期的儿童文学理论建设工作，应当说，经过艰苦努力，人们还是在儿童文学研究方面取得了一些成绩，例如对儿童文学基本特征的一些富有理论意义的探讨，对儿童文学各类体裁的分门别类的研究，对一些中外优秀儿童文学作家作品的评论介绍，对部分儿童文学史料的发掘和整理，等等。这一切作为那个时期获得的研究成果，在今天看来仍然是有积极意义的。

但是还应该看到，儿童文学理论虽然是一个相对独立的研究领域，但要受到它所依附的特定社会历史条件的制约，受到它所处的那个时代整体学术文化思潮的影响。50年代中国儿童文学理论的建设也是这样。随着50年代中期以后"左"的思潮的萌发和蔓延，环裹着儿童文学研究的大气候逐渐使理论自身正常探讨和良性发展的可能性受到影响和制约。这种情形到1957年以后便突出地呈现出来。概而言之便是，正常的科学意义上的理论研究常常被一种非学术性的批判所取代，本应相互平等、心平气和的理论探讨和争鸣往往变成了一边倒的政治批判。因此，50年代中后期儿童文学理论研究的某种程度的发展，实际上同时也孕育并掩盖了当代儿童文学研究的一种学术迷误和内在危机。这一危机的实质是，一种以批判而不是以建设为目的的研究心态逐渐形成，并在一个相当长的时期里困扰着整个儿童文学研究领域。

我们可以从当时《儿童文学研究》编者们的两次前后矛盾的告白中窥见这种心态的形成及其影响。1957年1月《儿童文学研究》作为内部刊物创刊时，编者在"发刊词"中曾经充满信心地写道：

　　……开辟这样一个角落，正希望全国各地关心儿童文学的同志们来此呐喊，既可以各抒己见，也可以互相争辩。只要有裨于儿童文学的成长、发展，评花选种，固所欢迎，嬉笑怒骂，也无不可，只要持之有故，言之成理，虽一得之见，也可发表，即大块文章，也尽量容纳。总之，我们是殷切地期望着儿童文学园地也能热闹起来。

这本来是学术刊物编者十分正常而合理的期望和告白，可是，在1958年10月出版的第6期刊物上，《儿童文学研究》以编委会名义发表了题为《坚决肃清毒素，高举红旗，为发展社会主义的儿童文学理论而斗争！》的文章。这篇文章写道："《儿童文学研究》创刊于1957年1月，那时正值国内外掀起一股修正主义的逆流，由于我们编委会同志文艺思想上没有政治挂帅，被这股逆流吹得晕头晕脑，甚至迷失方向，对文艺必须为工人阶级的政治服务这一党的文艺方针产生了严重的动摇，在我们编委会同志的倡导下，组织发表了许多错误的甚至含有严重毒素的文章。"针对上面所引述的"发刊词"中的那段话，文章自我批判说，这是"向各种非无产阶级文艺思想招手，让它们在这儿公开宣传发表的告白"。

本来应该是充满科学精神的学术研究事业就这样被过分夸张地扭曲、附着在一棵泛政治化的歪脖子树上。这种做法，迫使当代儿童文学研究在很大程度上失去了追求真理所应该具有的自觉的思考能力和求实的科学态度。不能不承认，在当时特定的历史情境中，儿童文学研究编委会是怀着某种真诚发表这样的文章的。但是，这种真诚或许比一种清醒的缄默更为有害。就在发表编委会文章的当期《儿童文学研究》上，11篇各类文章全是"突出政治"的大批判文字；而理论应有的学术品格，则几乎失落殆尽。

我在这里举出上述事实，是想借此说明，极左思潮从它萌发之时起就给整个儿童文学研究事业带来了一种不可忽视的影响。这种泛政治化的意识闯入儿童文学领域，造成了当代儿童文学研究的非学术化倾向，其直接的历史结果是，当代儿童文学研究在50年代末期就逐渐陷入了"建设不足、破坏有余"的困境；尽管人们不乏理论研究方面的热情，然而要在科学的意义上不断取得真正有价值的成果，却已经是十分困难的事情了。

二　苏联儿童文学理论的介绍及其影响

我们知道，中国儿童文学理论在建设过程中，一直不同程度地受着外国儿童文学理论的影响。大致说来，在现代儿童文学理论建设阶段，前期较多地受西方及日本儿童文学理论的影响，后期苏联儿童文学理论的影响逐渐加强。苏联理论的影响主要是通过两种方式实现的。一是直接翻译、发表苏联的儿童文学理论文章，如《文学》杂志第 7 卷第 1 号（1936）刊登了高尔基的《儿童文学的"主题"论》（沈起予译），文献出版社 1941 年出版的高尔基的《文学论》一书收入了《把文学——给予儿童》（孟昌译）一文；二是撰写介绍苏联作家、理论家观点的文章，如 30 年代茅盾就在《关于"儿童文学"》一文中介绍过马尔夏克关于儿童文学的见解。其中的论述涉及儿童文学的功能，儿童文学在内容、文字、结构等方面的特点等问题，在当时都给人们以有益的启发。1947 年，茅盾应邀访问了苏联，归国后他写下了《儿童诗人马尔夏克》《马尔夏克谈儿童文学》，在向读者介绍马尔夏克及其创作的同时，又一次积极介绍了马尔夏克的儿童文学观，再一次为现代儿童文学及其理论建设"盗运军火"，寻求借鉴。

新中国的成立，使苏联儿童文学理论几乎成为整个 50 年代我国当代儿童文学理论初建时期寻求外来理论借鉴时唯一可供选择的对象。人们热情地翻译、介绍和宣传苏联的儿童文学理论，其中包括各种专著、论文集和相当数量的单篇论文。据不完全统计，50 年代公开出版的儿童文学理论书籍有 27 种，其中苏联儿童文学理论专著和论文集就不下 15 种。特别是 50 年代前期我国出版的儿童文学理论专著和论文集，几乎都是从苏联翻译过来的。此外，还有一些作为内部交流之用的书籍，如北京师范大学 1956 年出版的两集《儿童文学参考资料》（穆木天等编），也收录了不少苏联儿童文学理论文章。这些翻译的理论著作在当时整个儿童文学界都有着广泛的影响：它们直接参与了中国当代儿童文学理论的建设，并在很大程度上规定着当时儿童文学理论的基本观念和理论框架，如伊林的《论儿童的科学读物》（中国青年出版社 1953 年版）、凯洛夫和杜伯洛维娜的《论苏联儿童文学的教育意义》（人民教育出版社 1954 年版）、杜伯罗维娜（即杜伯洛维娜）的《从儿童共产主义教育的任务看苏维埃儿童文学》（中国青年出版社 1954 年版）、柯恩编的《苏联儿童文学论文集（第一集）》（中国青年出版社 1954 年版）、格列奇什尼科娃的《苏联儿童文学》（中国青年出版社 1956 年版）、密德魏杰娃编的《高尔基论儿童文学》（中国青年出版社 1956 年版）等，都是当时很有分量和影响的儿童文学理论书籍。这些书籍和大量论文所阐述的关于儿童文学的理论见解被广泛地介绍、传播和接受。因此，正像成人文学理论曾经全盘移植苏联文学理论体系一样，我国当代儿童文学的理论体系一开始也几乎是从苏联的理论模子里浇铸出来的。这一理论体系的基本支撑点主要是以下三个方面。

第一，强调儿童文学的教育功能及其性质——共产主义的教育方向性。

苏联儿童文学理论一贯非常重视儿童文学的教育方向性问题，如特·考尔聂奇克说："共产主义的思想性和方向性是苏维埃文学的基础。"[1] 高尔基在《儿童文学的"主题"论》一文的开头便写道："儿童读物的'主题'的问题，不用说，即是关于儿童的社会教育方针的问题。"

因此，苏联儿童文学理论界特别重视儿童文学与教育学之间的关系。特·考尔聂奇克认为，"儿童文学并不是教育学的一部分"，"但是，儿童文学却常是与教育学，与一定阶级的教育理想，与国家、学校和家庭向教育所提出的要求相联系着的"[2]。这种观点在当时也成为中国儿童文学界的基本观念，众多理论文章都突出强调了儿童文学的教育方向性问题。

第二，强调儿童年龄特征对儿童文学的制约作用。

苏联儿童文学理论界认为，为了更好地实现儿童文学的共产主义教育作用，必须重视对儿童生理、心理发展特殊性的认识和把握，因为"学龄前的儿童、初年级的学生、中年级和高年级的学生，他们掌握知识是在不同程度上的，他们掌握共产主义思想也是在不同的阶段上的。儿童文学的使命还在于照顾儿童年龄的特点帮助儿童形成共产主义的信念、共产主义的道德、自觉的纪律以及思想的系统和方向性"[3]。高尔基在《儿童文学的"主题"论》一文中所写的那段话更是人们十分熟悉和乐于引用的："想写儿童文学的作家们，应得充分考虑读者年龄的特殊性。不然，则将成为对儿童、对大人都不适应的无着落的东西。"

第三，强调儿童文学的教育作用必须通过艺术的途径来实现。

苏联儿童文学理论界在强调儿童文学的共产主义教育方向性的同时，认为必须通过艺术的方式来向不同年龄的少年儿童进行这种教育。特·考尔聂奇克就曾经说："为少年儿童写作的优秀作品的教育方向性具体表现在什么地方呢？这是表现在这些作品中的作者都努力以艺术的方法，用一列形象，用易懂的语言和有趣的形式，使一定的思想、观念和知识达于儿童们（学龄前的儿童，年幼的与中等和较大的学龄儿童）的意识。这种思想观念和知识就包括在形象和被描写的生活本身中。"[4]
因此，儿童文学既具有教育性，又具有艺术性。阿·苏尔柯夫在1952年的一次全苏儿童文学问题会议上提出："今天，作家的第一个总的任务，就是要进一步为丰富儿童文学作品的思想深度和教育力量而进行斗争，为作品的深刻内容及其形式的高度完美的和谐适应而进行斗争。"[5]

有关儿童文学的共产主义教育方向性、读者年龄特征、艺术特性的理论规范和阐述，构成了50年代苏联儿童文学理论的基本框架。这一理论体系在中国当代儿童文学理论界产生了广泛的影响，50年代自不待言，即使在1982年我国出版的两部《儿童文学概论》中，也仍然把"共产主义教育方向性"和"儿童年龄特征"作为儿童文学的两大基本特征。我们隐约感觉到，它与现代双茎形树状理论模式似乎存在某种联系。但是，上述分析表明，与其说中国当代儿童文学理论模式是纵向继承现代儿童文学理论模式的产物，还不如说它是横向移植苏联儿童文学理论体系的结果。在某些方面，中国的儿童文学理论家甚至走得更远。例如，在儿童文学与教育学的关系的问题上，一些颇有影响的儿童文学理论著作中不时出现这样的论述："儿童文学担负的任务跟儿童教育是完全一致的"，"儿童文学作为一种教育工具，它辅助学校教育，成为对广大少年儿童进行全面教育的完整的系统的教育部署的一个重要环节"[6]。有的文章则干脆提出了这样的命题——"儿童文学是教育儿童的文学"[7]，并以此作为其儿童文学观点的最基本的逻辑起点。至于儿童文学的年龄特征等理论课题，高尔基、克鲁普斯卡娅等人的有关论述也在中国儿童文学理论界得到普遍的接受和发挥。

以上情况表明，50年代由于建立当代儿童文学理论体系的迫切需要，中国儿童文学理论界确实受到过苏联儿童文学理论的重大影响。这种影响不只是某个观点的输入，或某几本书的翻译介绍，而是理论体系的全盘移植。虽然苏联的理论模式在今天看来带有许多消极因素和历史局限，但它曾经对中国当代儿童文学理论的建设起过促进的作用，这一历史事实是不能否定的。另外，苏联儿童文学理论自身的某种程度上的非学术化倾向和教条主义倾向，即使在当时也曾经产生过一些消极的影响。随着时间的推移，50年代苏联理论模式与儿童文学实践之间的脱节和错位现象，便逐渐突出地呈现出来。不过，从理论上对儿童文学做出新的思考和认识的尝试，却是到了80年代之后中国儿童文学理论界才有可能逐步开始。

三 关于《慧眼》和《老鼠的一家》的讨论

本时期儿童文学理论界结合创作实践对一些作品展开了讨论，如关于张有德的儿童小说《捉野兔》的讨论，围绕欧阳山的童话《慧眼》的讨论，对《小朋友》刊载的连环画《老鼠的一家》的争鸣，等等。其中关于《慧眼》《老鼠的一家》的讨论影响较大。

1956年第1期《作品》的小说栏里刊登了广东作家欧阳山的《慧眼》。这篇文章的内容是说，农业合作社生产队队长的儿子周邦有一双神奇的慧眼，他能借助这双慧眼看透别人的心，诚实的人的心是红颜色的，撒谎的人的心是黑颜色的。但由于骄傲，他的眼睛失去了这种奇异的功能，并被破坏分子和社里的懒汉欺骗和利用。经过父亲和大家的帮助教育，周邦又有了一双神奇的慧眼。由于这篇文章所描写的慧眼是奇幻的现象，因而许多人都把它看成是童话。

《慧眼》发表以后在评论界引起了一场热烈的讨论。首先提出批评的是舒霈。他在 1956 年第 9 期的《文艺报》上发表了《幻想也要以真实为基础——评欧阳山的童话〈慧眼〉》一文。文章认为，《慧眼》的作者尝试运用童话的形式反映我们时代的生活，"但作者的这个尝试失败了，并且走上了形式主义的道路。这主要表现在作品的现实内容和童话形式的脱节上"。文章就此进行了具体分析，认为"作者把童话的背景过于'现代化'，而不是在充满着奇幻的浪漫气氛中展开情节，因而使得读者愈加怀疑童话故事的真实基础，愈加尖锐地感觉到童话形象和现实环境的冲突。环境是具体的、现实的，人物是幻想的、神奇化了的，两者之间的矛盾在读者的印象中是很难抹掉的"。谈到《慧眼》失败的原因，舒霈认为是由于作品"没有把握到生活的真实，自然也就不能从生活中产生合理的幻想，不能把童话的幻想建立在真实的基础之上"。

继舒霈的文章之后，一些刊物又相继刊登了有关《慧眼》的讨论文章。1956 年 8 月号《人民文学》上刊登了贺宜的《目前童话创作中的一些问题》，谈及对《慧眼》的看法；这一年的 9 月号《作品》上刊登了一组讨论文章，有加因的《童话中幻想和现实结合问题》、黄庆云的《从儿童文学创作的要求看〈慧眼〉》，陈善文的《关于童话〈慧眼〉的一些问题》，12 月号上又刊登了陈伯吹的《从〈慧眼〉谈童话特征与创作》；1957 年 2 月号《北方》上刊登了黄贻光的《从童话创作角度看〈慧眼〉》；1957 年 3 月号《作品》上刊登了齐云、瑞芳的《谈〈慧眼〉、〈亲疏〉和对它的批评》（《亲疏》系欧阳山继《慧眼》之后所写的续篇），

6月号上又刊登了胡明树的《谈谈〈慧眼〉及其所惹起的》。至此，各刊刊登的有关《慧眼》的讨论文章已有近十篇。

上述讨论文章中出现的主要观点大致有两种。一种是在舒霈文章的基础上进一步从童话的特征、幻想与现实的结合等角度对《慧眼》的失败原因进行分析。例如，贺宜在《目前童话创作中的一些问题》一文中就认为，《慧眼》的作者"在一个现实生活中的人物身上，赋予一种不可思议的神奇力量，而这个非同寻常的神童又和我们这一时代的普通人生活在一起，并且以他的神奇力量来影响生活，这样就造成了幻想和现实的脱节，这种离奇的'幻想'就不能不使人觉得是对生活的歪曲"。陈伯吹的文章则从《慧眼》的尝试谈到童话的特征和创作方面的普遍性的问题。他认为："《慧眼》的失败的关键，是在于幻想和现实结合得不协调、不和谐，破坏了童话传统的体裁特征。"那么，什么是童话这一体裁的创作特征呢？陈伯吹认为，童话首先"是要有诗的美感"，而《慧眼》则"写的是比较暗淡、忧郁的场面，而绝不是明朗、新鲜的镜头。作者没有把现实生活经过细致地提炼，作着高度的概括，表达出审美的艺术形象来。因为没有美感，作品也就不可爱，不动人了"。其次，童话"是要有夸张和幻想"，《慧眼》的作者"把主人公周邦夸张成为具有幻想成分的神童式的人物，这原是可以的；但是却没有给以相应的幻想的童话世界的环境"，因此"人物是幻想的、童话的，而环境是现实的、小说的"，这样"作品自身存在着严重的破调，就没有力量来感染读者，起一定的教育作用"。最后，他认为童话"要有幽默和快活"，而《慧眼》所描绘的事情"都是比较平淡无奇而不是新鲜有趣的，也不能把这些平凡的日常生活构成不平凡的奇异的图景，这就不能使读者起愉快的激动，也感受不到什么了"。

讨论中出现的另一种观点是由齐云、瑞芳在《谈〈慧眼〉、〈亲疏〉和对它的批评》一文中提出的。该文认为《慧眼》等作品是小说，而不是童话，将它当作童话来讨论是不适宜的。

除以上有关《慧眼》的专门讨论文章外，另外还有一些文章也涉及了这一讨论。1958 年 5 月，《儿童文学研究》第 5 期上刊登了萧平的童话专题论文《童话中的幻想和美》。文中不同意贺宜关于《慧眼》失败的原因是由于"没有现实基础"的观点，提出《慧眼》的不成功在于没有童话的美。他认为，用是否有现实基础这个尺度来衡量童话，"当然批评家用起来很方便，凡是好的童话就给套在'有现实基础'里面，凡是不好的童话就套在'没有现实基础'里面。这样，当然很省事，但对于理论研究和创作实践都不会带来什么益处，反而会引起混乱"。美是童话的灵魂，是童话的基本特征，"童话对于美有着自己的独特的更高的要求。美在童话中也得到独特的更突出更完满的表现。这就是人们把童话和诗并称的原因，把伟大的童话作家称为诗人的原因。童话，这就是诗，就是美"；"幻想也是童话的基本特征。但它只是童话的手段，而不是童话的目的。由于有幻想，童话中才能有特殊的、非人间的境界，才能给人物安排下特殊的遭遇和命运，才能表现出人物的非凡的力量和品质，美才能在童话中得到独特而完满的表现"。这也就是说，在童话中，美是目的，幻想是手段，幻想是表现童话的美的，而童话的美必须借助幻想这一特殊手段来表现。萧平认为，"我们的某些童话作者，他们把追求幻想当作目的，因此，尽管他们的童话中有着大胆的出奇的幻想，但却不给人以美感，也就谈不到教育意义"。

萧平文章的发表又引出了贺宜的批驳文字。1958年10月《儿童文学研究》第6期上刊登了贺宜的长篇论文《不容许把童话拉出社会主义儿童文学的轨道！》。由于该文写作时间稍晚，受当时思想文化界整个大气候的影响，在批评的方式和态度上都显得过于偏激和武断。如针对萧平的观点，贺宜语气严厉并不无夸张地批评说："'有现实基础的幻想是有益的，没有现实基础的幻想是有害的'这个原则肯定是不能取消，而且我们也不能容许谁来取消的。因为这正是反映了在现代童话创作上两条道路的斗争——是用资产阶级的艺术观点来解释童话呢，还是用社会主义的艺术观点来解释童话？是要让童话创作沿着资产阶级的文艺方向发展呢，还是让童话沿着社会主义的文艺方向发展？""不要以为我把问题提到如此'原则高度'，是为了危言耸听。不！绝对不是这样！在萧平的这篇文章中很明显地反映了他对童话看法上的资产阶级文艺观点。"从学术讨论的角度看，贺宜的某些观点不失为一家之说，但这种把学术与政治混淆起来的讨论方式却是不足取的。20多年后，贺宜在编选《贺宜文集（五）理论》时，未将此文收录。

关于《慧眼》的讨论对于当时的儿童文学理论界是有益的。虽然后期受到当时"左"的思潮的影响，使讨论在一定程度上偏离了正常的学术争鸣的轨道，但是从总体上看，这次讨论涉及的主要是童话创作和理论研究中的有一定价值的课题，如童话的艺术特征、童话的幻想与现实的关系、童话与小说的关系问题，等等。通过讨论，有关意见都得到比较充分的发表。这无疑会有助于人们从各种意见的比较中更深入地思考有关的理论问题。

关于《老鼠的一家》的讨论的背景是这样的：1956年，国家提出了"除七害"（后改为"除四害"）的口号。于是有害的老鼠、麻雀（后取消了麻雀）等是否可以作为正面的拟人化形象进入童话，就成了一个有争议的问题。一些人认为，把老鼠等写成正面形象，与现行的"除四害"口号相抵触，因而是不适宜的。有人则认为，在童话创作中，作家完全有权利自由选择任何一种动物，加以想象和拟人化，写成可爱的或可憎的形象，而不必受到什么"利害关系"和"爱憎习惯"的限制，因为生活中的习尚与文艺作品特别是童话作品中的描写，是不能完全等同起来看的，中外许多成功的童话作品如《老鼠嫁女》《拔萝卜》等也证明了这一点。

就在人们讨论的正酣的时候，1957年11月第21期《小朋友》上刊登了一组由拓林设计、詹同绘画的连环组画《老鼠的一家》。内容画的是一个小女孩半夜睡觉时有几只出生不久的小老鼠钻进了她的鞋子里，第二天她没有听妈妈的话把老鼠拿去喂猫，而是把小老鼠们用笼子养了起来，鼠妈妈找来，叫小老鼠回去，可小老鼠已习惯跟小姑娘在一起，不肯回去。鼠妈妈无奈，只好自己钻到笼子里来了。它们一家在笼子里玩得很高兴。

时隔不久，1957年12月23日的《新闻日报》在《读者来信》栏里刊登了周兆定的文章《这是什么画？》。文章责问道："不知《小朋友》杂志的编辑为什么要画这篇连环画？在应当教育儿童消灭老鼠的时候，为什么却相反教育他们去爱护老鼠？希望儿童杂志上能多多地刊登对儿童有教育意义的画和歌。"

12月31日，《新闻日报》刊登严冰儿的文章《这是给儿童看的画！》。严冰儿认为，《老鼠的一家》的主题是"对小动物、小生命的同情和爱护"。至于画了老鼠，严冰儿指出："在童话中，一切动物是当作人物来描写的，如果谁把童话境界与现实生活混淆起来，那只有把自己弄糊涂"，以为孩子"看了《老鼠的一家》就会认为老鼠是有益的动物，从而反对'除四害'运动，那正是鲁迅先生在论童话中说的'杞人之忧'了"。

这两篇看法相左的文章发表后引起了许多教师、辅导员、大中学生、儿童文学作者、家长们的注意。《新闻日报》陆续收到了50余封参与这一讨论的来信，并先后又刊登了其中的9封来信。在这些来信中，大部分人认为《老鼠的一家》与当前的"除七害"运动有抵触，小部分人则认为作家可以在作品中描写老鼠，并且不一定要以反面形象出现。1958年1月13日，上海作家协会儿童文学小组专门组织了关于《老鼠的一家》的座谈会。绝大部分与会者都对这篇文章持否定态度。他们认为，以政治标准来衡量，它是部坏作品，因为它对"除七害"运动会起到反作用；提倡爱护和同情老鼠，这是无原则的人道主义，也可以说是"反人道主义"。另外，以艺术标准来衡量，它的主题思想是难以捉摸的，如研究小动物、不听妈妈的话、用计诱捕老鼠等，都可以作为它的主题思想。它的体裁也不稳定，可以看作童话，也可以看作生活故事，更可以看成是两者的凑合物。但说它是童话，则幻想不丰富，说它是生活故事，则又不够真实。因此，它在艺术上也是失败的。至于可否把老鼠等"七害"作为正面形象来描写，与会者多数也是持否定态度的。

这场讨论的尾声，是丁景唐、贺宜分别撰写发表了题为《文艺作品必须坚持以社会主义思想教育儿童的原则》《从〈老鼠的一家〉的争论谈童话创作中几个特殊问题》的文章，其中丁景唐的文章先发表于1958年1月26日《新闻日报》上，后经作者修改后与贺宜的文章一起刊载于1958年2月出版的《儿童文学研究》第4期上。

这期《编后记》中表示同意两文"所发表的意见"，从而以这两篇文章的观点为结论结束了这场讨论。

丁景唐认为，严冰儿的《这是给儿童看的画！》一文，"代表了当前儿童文学作者中一种不健康的思想倾向，那就是脱离了以社会主义思想教育儿童的政治方向，而笼统地主张'从生活中来''浓厚的幻想''儿童的思维和兴趣'等等"。"由于严冰儿同志抽象地谈论文学和生活，他就不确当地赞美了这套歪曲了今天现实生活，同时也产生了不良效果的儿童画。"在今天，"作者、编者首先应当以自己最大的关心社会主义建设的政治热情，去努力组织与创作密切配合除四害运动的作品，以帮助儿童认识四害的害处，参加除四害运动"。文章最后认为："我们必须坚持在儿童文艺作品中以社会主义思想教育儿童的原则，克服那种脱离实际生活、不愿配合社会主义建设的有害的思想倾向。"

贺宜的文章着重从"主题思想、艺术特点以及它能不能完成自己的教育任务这些角度"来查找《老鼠的一家》的缺点，认为《老鼠的一家》的思想内容是很贫乏模糊的，因而很容易引起小读者的误解，达不到教育的目的。文中还联系《老鼠的一家》提出了童话塑造拟人化的动物形象时的一些原则：一是尊重民族对动物（或别的有生命无生命的东西）的传统心理和感情；二是尊重这些动物本身的特点。

关于《老鼠的一家》的讨论是 1956 年开始的关于"老鼠麻雀能不能在儿童文学中作为正面形象出现"的讨论的深入和继续。由于这场讨论的起因是与当时特殊的社会背景密切联系着的，因而很快就从起初两种意见的对峙，转为一边倒的批判。对立的意见被判定为"不健康的""有害的"思想倾向。其实，问题既然提出来了，这本来是可以作为一个具体的创作实践和理论研究上的课题加以探讨的，但批判者的高调门的批评方式，使学术讨论不可能正常地进行。直到后来还有人进一步认为："关于老鼠麻雀能否作为正面形象在儿童文学中出现，早已超出了原来争论的范围，而牵涉到儿童文学的根本方向问题，即：儿童文学的任务是什么？它应该用什么思想来教育少年儿童？儿童文学与政治的关系如何？趣味性应该在儿童文学中占有什么地位？等等一系列的问题。"问题被提到如此高度，持反面意见的人们还能说什么呢？

这两场讨论的命运也在一定程度上真实地反映了这一时期儿童文学理论界的整个走向。尽管讨论中也出现了一些有价值的观点，但是这些观点在当时却没有得到应有的重视，这是令人遗憾的。

四　理论代表：陈伯吹、贺宜

在 50 年代儿童文学理论建设的参与者中，既有许多主要从事创作而兼及理论研究的"双重角色"的扮演者，又有不少专门从事研究的理论工作者。就理论研究在总体上所涉及的深度、广度及其影响而言，他们当中最突出的代表无疑是两位并非专事研究的理论工作者——陈伯吹和贺宜。

（一）陈伯吹

实际上从更早一些时候起，陈伯吹就已经在关注和从事儿童文学的理论工作了。在现代儿童文学理论批评的建设过程中，我们就可以不时看到陈伯吹的名字。1932 年 10 月，北新书局出版了他的《儿童故事研究》一书。1934 年 10 月，北新书局又出版了他的《儿童文学研究》(与陈济成合著)一书。此外，陈伯吹还先后发表了《童话研究》《论儿童文学的形式》《儿童读物的编著与供应》《儿童读物的检讨与展望》等文章。因此，可以说，他早已是现代儿童文学理论建设的参与者了。1949 年以后，陈伯吹继续以高涨的理论热情关注儿童文学研究，发表了不少有影响的理论文字，仅 50 年代汇集出版的论文集就有《作家与儿童文学》(天津人民出版社 1957 年 8 月版)、《儿童文学简论》(长江文艺出版社 1959 年 4 月版、1982 年 4 月出增订版)、《漫谈儿童电影戏剧与教育》(少年儿童出版社 1957 年 10 月版)、《在学习苏联儿童文学的道路上》(少年儿童出版社 1958 年 7 月版)。这些论著的发表及其所形成的影响，使陈伯吹成为 50 年代中国儿童文学理论界有代表性的人物之一。

作为一名儿童文学作家，陈伯吹对理论研究的热情关注首先是由于他有强烈的理论意识和比较敏锐的理论感觉。他认为，"在'繁荣创作'的同时，必须要并肩齐进地'建设理论'。而建设理论的目的，仍然是为了繁荣创作。也只有在创作繁荣的景气中，积累经验，总结经验，成为有条理性的、系统性的经验教训，上升转化为理论。理论研究指导创作，创作以自己的实践证明理论，并修正理论。从而理论愈丰富愈完整，创作也就愈繁荣愈提高，它们在儿童文学事业上具有内在的联系，起着相互影响的作用"[8]。这种对理论建设与创作繁荣之间密切关系的自觉认识，促使他在儿童文学创作生涯中始终醉心于理论研究工作。

陈伯吹的儿童文学研究涉及基本理论、作家作品评论等许多方面。

他发表的许多文章不仅能够吸收、融合他人的研究成果，而且常常见解独到，形成了他自己关于儿童文学的比较完整、系统的理论观点。

儿童文学活动作为整个文学活动系统的一个子系统，具有自己的特殊性。对儿童文学特殊性的认识和把握，是陈伯吹儿童文学理论的最基本的内容。他认为："正确地认识儿童文学，既要从文艺学的研究分析它和文学的共同性，又要从教育学的研究分析它自身存在着的儿童年龄特征问题的特殊性，由此而派生的那些儿童文学的题材、体裁、结构、语言、艺术风格、创作手法、阅读兴趣，甚至插图装帧，等等问题，都要在这两方面的协调下统一起来，并且必须以党的教育方针和文艺方针为最高的指导准则。"[9] 因此，坚持和强调儿童文学的教育方向性，同时重视结合读者的年龄特征和作品的文学特征来把握儿童文学的特殊性，这三个方面的结合就为陈伯吹的儿童文学研究提供了基本的理论生长点。

首先，陈伯吹十分重视和强调儿童文学的教育作用。他认为："儿童文学并不是教育学的一部分。但是它要担负起教育的任务，贯彻党所决定的、指示的教育方针，经常地密切配合国家教育机关和学校、家庭对这基础阶段的教育所提出来的要求——培养社会主义新人，通过它的艺术形象，发出巨大的感染力量，来扩大教育的作用，借以获得影响深刻的教育效果。"[10] 在谈到发展儿童文学事业的目的时，他也着重指出："发展儿童文学，就是加强儿童教育。这无论从文艺的或者教育的角度上看，同样是培养社会主义新人的极其重要的政治任务。"[11] 因此，陈伯吹的儿童文学观点同儿童教育学有着天然的密切的联系。或者说，他的理论观点在一定程度上也体现了社会主义教育学的要求和特点。

如果说重视儿童文学的教育方向性是 50 年代在苏联儿童文学理论影响下的中国儿童文学研究的一个重要而普遍的理论取向的话，那么对儿童文学读者年龄特征的重视和具体探讨，则更多地表现了陈伯吹个人的理论求索精神。他认为："儿童文学的特殊性是在于具有教育的方向性，首先是照顾儿童年龄特征。说明白些，是要求了解儿童的心理状态，他们的好奇、求知、思想、感情、意志、行动、注意力和兴趣等等的成长过程。"[12] 他提出了著名的儿童文学作家、编辑要怀有一颗"童心"的观点。在《谈儿童文学创作上的几个问题》一文中，他这样写道："一个有成就的作家，愿意和儿童站在一起，善于从儿童的角度出发，以儿童的耳朵去听，以儿童的眼睛去看，特别以儿童的心灵去体会，就必然会写出儿童能看得懂、喜欢看的作品来。"在《谈儿童文学工作中的几个问题》一文中，他写道："如果审读儿童文学作品不从'儿童观点'出发，不在'儿童情趣'上体会，不怀着一颗'童心'去欣赏鉴别，一定会有'沧海遗珠'的遗憾；被发表和被出版的作品，很可能得到成年人的同声赞美，而真正的小读者未必感到有兴趣。"尽管在具体的理论阐发和分析方面，陈伯吹的这些论述还显得不够深透，但这些观点在当时的提出，却是有着积极的现实意义和理论价值的。

　　对不同年龄阶段的儿童文学作品特点的具体探讨，也是陈伯吹十分关注的理论课题。他写道："谁也明白这个道理：学龄前的幼童，小学校的低年级、中年级、高年级学生，以及中学校的初中生，因为他们的年龄不同，也就是他们的心理、生理的成长和发展不同，形成思想观念和掌握科技知识也是在不同的阶段上，儿童文学作品必须在客观上和它的读者对象的主观条件相适应，这才算是真正的儿童的文学作品。"[13]这一基本的理论见解，也贯穿和渗透在他的许多具体论述和评论过程中。

那么，如何通过儿童文学作品来向不同年龄阶段的少年儿童读者进行教育呢？对儿童文学的艺术性的重视，也是陈伯吹儿童文学理论的有机组成部分。他认为儿童文学与儿童教育的任务是一致的，同时"儿童文学作品应该被认为十分道地的艺术品。它要求注意力还不专、认识力还不高、领悟力还不强的儿童，能够在读完作品后起着共鸣、获得感染，因而必须要求有着高度的艺术性；而高度的艺术性往往体现了高度的思想性，它们也往往是存在着有机的联系。从理论上来说，儿童文学作品应该比成人文学作品更加艺术，既然如此，在写法上就像在题材上一样不能千篇一律"[14]。基于这样的认识，陈伯吹在自己的理论文章中探讨了儿童文学作品在题材、人物、语言、结构等方面的特殊要求。当然，他认为之所以重视这一切，是为了使儿童文学更好地完成它所担负的教育任务。

在体裁论研究方面，陈伯吹也进行了广泛的涉猎，发表过童话、寓言、动物故事、儿童诗、儿童戏剧、儿童小说等各类题材的专题论文，如《论"童话"》（1956）、《谈儿童诗》（1958）、《谈"儿童戏剧"》（1957）等。

此外，陈伯吹还发表了不少儿童文学评论文章。其中有《关于儿童文学的现状和进展》（1955）、《回顾与前瞻——在1956年的儿童文学园地里》（1956）。除这些对儿童文学创作现状进行比较全面地考察和分析的文章外，他也写了不少关于中外作家、作品的具体评论的文章。这些文章对推动儿童文学创作的发展起到了一定的积极作用。

陈伯吹关于儿童文学的理论观点是整个当代儿童文学理论

格局中一个无法忽视的组成部分。他的理论思考从一个侧面反映出当时整个儿童文学理论思维的某些特征。可贵的是，在50年代后期"左"倾思潮不断蔓延的时候，他仍然表现出了比较清醒的独立思考意识。总之，不管人们今后将如何评估他的理论贡献，都不能不承认这些见解在当代儿童文学理论发展过程中所起的作用和曾经有过的影响。

进入新时期以后，已届古稀之年的陈伯吹仍然在儿童文学理论方面发表了不少文章。从基本的理论倾向看，他的理论观点与50年代是相互衔接、前后一致的。

（二）贺宜

作为一位著名的儿童文学理论家，贺宜与陈伯吹颇有相似之处。其一，他们两人都是以儿童文学创作为主，同时又抱着很高的理论热情从事儿童文学研究工作的；其二，他们都是在新中国成立以前便开始关注儿童文学理论建设工作的，且50年代时在研究工作中又都用力更勤并卓有影响。

贺宜在谈到自己关心和从事儿童文学研究的起因时曾自述说："起初我并未想过写有关儿童文学的论文。我是在1933年才开始搞儿童创作的。写理论性的东西却始于1942年。这是因为搞了若干年创作之后，有了一点体会感受，希望看到有较多的人，一起来注意这项工作，遂决定自己写一点，后来受到别人的鼓励，就继续写了几篇。希望能对儿童文学工作者们有一些参考价值。"（《儿童文学理论工作有待加强——〈贺宜文集〉（5）书后》）40年代，贺宜发表过两篇儿童文学理论文章，这就是

1942 年和 1945 年分别刊于陈鹤琴主编的《活教育》月刊上的《儿童文学题材的现实性》和《谜语的研究》。50 年代，贺宜开始在儿童文学研究方面投入更多的精力，发表了不少儿童文学理论和评论文章。这些文章后来汇编成集，1960 年以《散论儿童文学》为书名由天津百花文艺出版社出版。1962 年，少年儿童出版社出版了他的《童话的特征、要素及其它》一书。60 年代初，贺宜还写了一部名为《小百花园丁杂说》的书稿，但该书尚未正式出版就横遭批评，被扣上种种罪名，直到 1979 年，才得以重新付梓面世。1981 年，四川少年儿童出版社出版了他的《童话漫谈》一书。晚年的贺宜在"为病魔所困，精力体力大为衰退"的情况下，仍以随笔、札记等形式，写作发表了许多儿童文学理论文章。这些文章后来以《小百花园丁随笔》为名结集由少年儿童出版社在 1986 年印行出版。可以说，贺宜为中国儿童文学理论的建设，尽了自己最后的一份力量。

　　贺宜的儿童文学研究活动以他自己的创作实践和丰富经验为基础，同时又离不开整个中国当代儿童文学历史发展过程及其现实背景的影响。就具体的学术观点而言，贺宜关于儿童文学的一些基本见解与其他一些人并没有什么不同，但在贺宜的理论著述中，这些观点往往被表达得更为系统、自觉和彻底。例如，关于儿童文学的教育性问题，他认为："每一篇儿童读物都应当有它的教育任务。我们要用动人的艺术形象和优美的思想感情来影响孩子们的生活、思想和道德品质。这是社会主义的儿童文学所规定的任务。忽视了这一点，是作者们的严重失职。"[15]在他的重要论文《儿童文学创作的一个关键问题——儿童化》一文中，他这样写道："任何文艺作品都有它的教育目的，但是什么也比不上儿童文学作品更需要明确鲜明的教育目的。从教育学的观点看来，童年时期正是接受基础教育（不论是思想品质还是知识方面）的最重要的阶段。这个时期的学校、家庭、社会的教育对于每一个孩子所发生的作用都是深远的，对于他的思想、生活和性格的形成都有极大的影响。儿童文学作品对于孩子们的影响也是如此。所以，每一个作者应该把儿童文学创作，当作是对孩子们进行共产主义教育的严肃任务。"到了晚年，他更坚定地说："根据我长期从事儿童文学创作及对理论研究的探索，我对儿童文学形成了某种坚定不移的看法。其中最重要的一条，就是我坚决认为，儿童文学与儿童教育不可分，儿童文学必须有它的教育性。"[16]又如关于儿童文学的教育性与文学性的关系问题，贺宜也反对那种只重视教育作用而忽视艺术性的创作倾向。他认为，作为一种文学，儿童文学绝不能在没有艺术性的条件下存在和发展，"艺术质量是一个作品发挥它的思想力量的重要保证。缺乏完美的艺术形式，即使主题如何有意义，题材如何动人，效果也会大打折扣，甚至根本不能影响读者的思想感情。作品的艺术形象性对于习惯于形象思维的小读者来说，较之成年人更加重要"[17]。又如关于儿童文学的年龄特征问题，贺宜也曾反复论述过儿童化、儿童情趣、读者年龄阶段等问题。他认为，"不同年龄的儿童，由于智力发展和生理发展阶段的不同，也存在显著的差别。例如学前儿童及低年级学龄儿童之间就有差别，至于他们与小学高年级儿童的差别就更大了"。因此，儿童文学要做到"儿童化"，就必须"弄清对象，有的放矢"[18]。所有这些见解，既是贺宜本人理论思考的结果，又是当时儿童文学界具有相当影响和被广泛接受的理论观点。

在体裁论研究方面，贺宜阐发了一些比较独到的见解。由于贺宜本人的创作主要集中在童话和儿童诗方面，因此他对这两种儿童文学样式也花费了更多的时间来思考。《散论儿童文学》一书所收录文章分为三个单元，就有两个单元是分别专门论述童话和儿童诗的，其中对童话的论述，更显得深入具体，涉及了童话的幻想特征、表现手法、思想性和趣味性、传统艺术形式的继承和创新、民族色彩等许多具体的童话理论课题。

作为一种特殊的儿童文学体裁，童话的特征及其表现要素一向是童话理论研究中的最基本的课题。贺宜认为，"童话最显著的特点就是它的幻想。童话是运用幻想来反映生活的"。"没有幻想，就没有童话。"那么，如何理解童话的幻想特征呢？贺宜论述了幻想与现实的关系，指出："幻想植根于生活，在假想所产生的某些特定情景中，充分地凭借联想、想象、譬喻等等手法，来解释某种事物的本质，来表达作者对生活的某种看法。因此，幻想固然不就是生活本身，但却是对生活的一种极端夸张的概括。""童话的幻想极大地突出了我们周围生活中间某种习以为常的、貌似平凡的东西，揭示了它们的不平凡、奇异的、浪漫的实质。"由于童话是借助幻想来反映生活的，因而在创作中具有自身的基本因素，贺宜把这些因素归纳为三个方面，即夸张性、象征性、逻辑性。我们知道，童话描写生活可以不受现实生活的机械约束，而允许在客观物理时空的基础上进行夸张。贺宜指出："童话的夸张不同于一般艺术的夸张。它是从内容到形式的、全面的、强烈的夸张。"这种不对生活做逼真描绘的夸张又是如何反映现实的呢？这就是通过它的象征性。"童话的象征是幻想与现实相结合的一种重要方式，也是童话创造典型的一种独特方法……反映在童话中的生活并不以生活的本来面目呈现在读者面前，而是一种折光返影。它具有生活中人物与事物性格上和性质上的某些特征，而并不具备那些人物与事物的一切。"童话既有夸张，又有象征，那么作者是否可以完全"随心所欲"呢？贺宜认为并非如此，而需要遵循童话的艺术逻辑。"童话的逻辑性是幻想与现实相结合的规律"，它建筑在假定性之上，"要'假戏真做'，使虚构能够'合情合理'形成一种'合逻辑的不合逻辑'"[19]。总之，幻想及其表现因素夸张性、象征性、逻辑性，即所谓的"一根本三要素"，决定了童话这一体裁的基本特性；这也是构成贺宜童话理论的最核心的内容。

在长期的文学生涯中，贺宜深感儿童文学理论园地的荒芜与寂寞，因而不断呼吁和倡导重视儿童文学学术研究。他自己更是身体力行，勤奋笔耕，撰写了大量儿童文学理论和评论文章。他的这些文章既有对儿童文学的某一理论课题或某一体裁样式做较深入缜密探讨的学术专论，更有许多文笔亲切自然、形式活泼自由的理论随笔、札记式的文章。由于这些文章大多数总是以作者自身的创作经验为基础，因而不少观点常常令人信服。把这些文章综合起来看，我们可以感觉到贺宜儿童文学理论研究所具有的深度和广度。毫无疑问，这些理论观点在当代中国儿童文学理论批评的发展过程中，是占有一席之地的。

毋庸讳言，由于当代儿童文学理论建设走过了一条曲折艰难的道路，也由于贺宜主观上的某些原因，他的有些理论和批评文章也不可避免地打上了特定时代的"烙印"，表现出"左"的倾向的影响。例如，他批判《老鼠的一家》、批判"童心论"的那些文章，他的《不容右派分子来玷污儿童文学的园地》《不容许把童话拉出社会主义儿童文学的轨道》《坚持儿童文学的党性原则》等文章，都明显地受到当时整个政治形势和文化气氛的影响，因而有着很浓的"火药味"，表现出一种偏激的理论倾向。这既是贺宜个人儿童文学研究生涯中的一大憾事，更是整个当代中国儿童文学理论建设曲折历程的一个记录。对此，贺宜本人也是意识到了的。他在晚年编选《贺宜文集（5）理论》时，就删除了那些立论和行文上明显过火的文章，并承认"它们立论偏颇，今天来看不大适宜了"（《儿童文学理论工作有待加强——〈贺宜文集〉（5）书后》）。尽管如此，从总体上来把握，同时顾及中国当代儿童文学理论建设的特殊进程，我们还是应该说，贺宜在儿童文学理论著述方面所取得的成就是主要的，也是值得我们重视的。

注　释

[1] 特·考尔聂奇克：《论儿童文学的特殊性》，载穆木天、张中义、赵智铨编《儿童文学参考资料》第二集，北京：北京师范大学出版社 1956 年版。

[2] 特·考尔聂奇克：《论儿童文学的特殊性》，载穆木天、张中义、赵智铨编《儿童文学参考资料》第二集，北京：北京师范大学出版社 1956 年版。

[3] 特·考尔聂奇克：《论儿童文学的特殊性》，载穆木天、张中义、赵智铨编《儿童文学参考资料》第二集，北京：北京师范大学出版社 1956 年版。

[4] 特·考尔聂奇克：《论儿童文学的特殊性》，载穆木天、张中义、赵智铨编《儿童文学参考资料》第二集，北京：北京师范大学出版社 1956 年版。

[5] 阿·苏尔柯夫：《苏联儿童文学和它的任务》，载穆木天、张中义、赵智铨编《儿童文学参考资料》第二集，北京：北京师范大学出版社 1956 年版。

[6] 贺宜：《小百花园丁杂说·一百三十九》，上海：少年儿童出版社 1979 年版。

[7] 鲁兵：《教育儿童的文学》，上海：少年儿童出版社 1982 年版。

[8] 陈伯吹：《谈儿童文学工作中的几个问题》，载《儿童文学简论》，武汉：长江文艺出版社 1982 年版。

[9] 陈伯吹：《谈幼童文学必须繁荣发展起来》，载《儿童文学简论》，武汉：长江文艺出版社 1982 年版。

[10] 陈伯吹：《谈儿童文学创作上的几个问题》，载《儿童文学简论》，武汉：长江文艺出版社 1982 年版。

[11] 陈伯吹：《谈儿童文学工作中的几个问题》，载《儿童文学简论》，武汉：长江文艺出版社 1982 年版

[12] 陈伯吹：《谈儿童文学创作上的几个问题》，载《儿童文学简论》，武汉：长江文艺出版社 1982 年版。

[13] 陈伯吹：《谈儿童文学创作上的几个问题》，载《儿童文学简论》，武汉：长江文艺出版社 1982 年版。

[14] 陈伯吹：《谈儿童文学工作中的几个问题》，载《儿童文学简论》，武汉：长江文艺出版社 1982 年版。

[15] 贺宜：《童话要正确地教育孩子——从对〈老鼠的一家〉的争论谈儿童文学创作中的几个问题》，载《散论儿童文学》，天津：百花文艺出版社 1960 年版。

[16] 贺宜：《为了下一代》，载叶圣陶等《我和儿童文学》，上海：少年儿童出版社 1980 年版。

[17] 贺宜：《〈1955 年儿童文学选〉序言》，载《散论儿童文学》，天津：百花文艺出版社 1960 年版。

[18] 贺宜：《儿童文学创作的一个关键问题——儿童化》，载《散论儿童文学》，天津：百花文艺出版社 1960 年版。

[19] 贺宜：《童话从生活中来》，《文汇报》1961 年 7 月 2 日。

第八章 "左"倾思潮：一个理论幽灵

"左"倾思潮——当代生活中不时出没和横行的思想幽灵，也是中国当代儿童文学研究中不断肆虐的一个理论幽灵。从50年代后期到70年代中期，它给中国当代儿童文学理论批评带来了巨大的干扰和破坏。

一 理论的摇摆与迷失

当代儿童文学理论建设从酝酿到着手铺开建设，曾经有过一段顺利的日子。1956年"百花齐放、百家争鸣"方针的提出，也为儿童文学理论的建设提供了良好的人文环境。但是，随着1957年反右派斗争的展开，"左"倾思想逐渐泛滥，遂使儿童文学理论研究陷入困顿。1960年出现的对"童心论"的批判，集中地反映了这一时期儿童文学理论界的不正常的研究心态。其后"左"倾思潮在一定程度上有所纠正，但是1966年开始的"文化大革命"却给当代儿童文学研究带来了更大的灾难。

50年代后期逐渐滋长蔓延的极左思潮在儿童文学理论研究和批评中的具体表现，主要是一种泛政治化的简单、粗暴、盛气凌人的批评方式和庸俗的教育学观点。例如，1956年"双百"方针提出后，整个文艺界特别是理论界为冲破文艺教条主义的束缚进行了艰苦的努力；儿童文学界为了反对"公式化"、"概念化"和"教条主义"的倾向，也调整了某些提法。1957年初，少年儿童出版社的《小朋友》《少年文艺》分别修订了各自的办刊方针。《小朋友》将"通过文艺形式，结合课堂教育，培养幼年一代的道德品质，并丰富他们各方面的知识"的办刊方针改为"通过生动有趣的艺术形象，启发儿童智慧，增进儿童知识，培养儿童活泼、勇敢和乐观主义的精神"。《少年文艺》则把"通过文艺的各种形式，反映祖国在社会主义建设和社会主义改造过程中的伟大斗争，反映少年新品质的成长，培养少年具有共产主义的道德品质及艺术兴趣和创造力"的办刊方针改为"亲切、新鲜、多样、有趣"的八字办刊风格。第二年，有人撰写文章批判说：从制定新的方针开始，"《少年文艺》和《小朋友》就走上了歧途，越来越脱离政治，脱离实际，脱离群众，与党教育少年儿童的方针背道而驰。一系列的格调低沉的、逃避现实的作品出现了，错误思想的作品出现了，大量的单纯追求趣味性的作品出现了。而反映蓬勃发展的社会主义建设的作品、反映少年儿童新的生活面貌、思想品质的作品，就越来越少"。作者在列举了两家刊物"严重脱离政治、脱离社会主义教育原则"的种种事实后认为，"所以会这样，就是因为两个期刊的编辑部在关于儿童文学的任务、儿童文学应该用什么思想来教育少年儿童、政治与艺术的关系等重大问题上方向不对头。根本问题是资产阶级的文艺思想挂了帅"。在这种走形变样的非文学观念的指导下，儿童文学研究中的科学精神逐渐丧失殆尽。

如果说始于1956年的关于《慧眼》《老鼠的一家》的"争鸣"，大体上还属于一种比较正常的学术讨论的话，那么此后对所谓"古人动物满天飞，可怜寂寞工农兵"现象、"亲切论"、"趣味论"以及"童心论"的批判从一开始就属于一种严厉的政治批判了。在这些批判中，不同意见无法发表，"双百"方针实际上被曲解和搁置到了一边。

值得特别一提的是，一些理论和评论工作者在"左"的思潮下，还是表现出了相当的克制力和独立思考的能力。其中茅盾便是突出的一位。1960年，儿童文学理论界掀起了一场批判"儿童文学特殊论"的运动。这场批判不仅对儿童文学研究来说是一个挫折，而且也给儿童文学创作带来了极为不利的影响。面对当时盛行的概念化、模式化的作品，茅盾收集了北京和上海两个少年儿童出版社1960年全年和1961年5月以前出版的儿童文学作品和读物共189册，还有29种文艺杂志上刊登的大量儿童诗歌、童话、儿童小说、儿童剧本等作品，在用自己的眼光和头脑考察、分析了1960年少儿文学创作情况后，撰写了长篇论文《六〇年少年儿童文学漫谈》。他指出："1960年是少年儿童文学理论斗争最热烈的一年"，然而，"也是少年儿童文学创作歉收的一年"。他在对所收集的作品做了认真的统计、分析之后，认为当时存在的主要问题是：一、内容几乎全是描写少年儿童怎样支援工业、农业，参加各种具有思想教育作用的活动，脱离儿童，尤其是低幼儿童的实际接受能力，"这样的'拔苗助长'，后果未必良好"。二、给人的"印象是五花八门，而且思想性政治性都很强，但仔细一分析，可又觉得，表面上五花八门，实质上大同小异；看起来政治挂帅，思想性强，实际上却是说教过多，文采不足，是'填鸭'式的灌输，而不是循循善诱、举一反三的启发"。三、在体现儿童文学特殊性方面，"不能不说去年的产品不及前数年的，这也许是反'童心论'的副作用。最糟糕的是小主人公（其年龄从五六岁到十七八岁）的面目是一般化的，都像个小干部，而作为年龄

中国儿童文学理论批评史

第八章

"左"倾思潮：

一个理论幽灵

大小的标识的，不是别的而是政治上成熟程度的高低。这样一来，'童心论'固无遗臭，然而从作家主观的哈哈镜上反映出来的小主人公们的形象不免令人啼笑皆非"。茅盾还用"政治挂了帅，艺术脱了班，故事公式化，人物概念化，文字干巴巴"这五句话来概括当时儿童文学作品中存在的问题。虽然在评论"童心论""儿童情趣"等理论问题时，茅盾也曾不恰当地把它们简单地划归为资产阶级的儿童文学理论，但是通篇看来，这的确是一篇充满理论胆识和科学精神的批评文章。即使是"童心论"等课题，茅盾也仍然认为："我们要反对资产阶级儿童文学理论家的虚伪的（因为他们自己也根本不相信）儿童超阶级论，可是我们也应当吸收他们的工作经验——按照儿童、少年的智力发展的不同阶段该喂奶的时候就喂奶，该搭点细粮就搭点细粮，而不能不管三七二十一，一开头就硬塞高粱饼子。"在极左思潮影响下，茅盾独具慧眼的批评不啻是一针令人警醒的"清醒剂"！

　　"左"的思潮的泛滥，给儿童文学创作、理论研究事业乃至当时整个文艺界都造成了很大危害。为了纠正这种现象，1959 年 5 月 3 日，周恩来邀请部分文艺界人士在中南海紫光阁举行座谈会，并在会上做了《关于文化艺术工作两条腿走路的问题》的讲话，针对当时文艺工作中存在的问题，提出了十条正确意见。但是，由于"左"的思潮的干扰阻碍，周恩来的意见在当时并未得到很好的贯彻。

　　1961 年，中共中央制定了"调整、巩固、充实、提高"的八字方针，并于 1962 年初召开了有 7000 人参加的中央工作会议。在此前后，文艺界也着手纠正"左"的错误。1961 年 6 月，全国文联在北京新侨饭店召开了全国文艺工作座谈会和故事片创作会议，即新侨会议。1962 年 2

月 17 日，周恩来召集在京的一百多位话剧、歌剧、儿童剧作家座谈。在两次会议上，周恩来都批评了当时文艺工作中存在的"左"的思潮，并就如何发扬艺术民主、尊重艺术规律以及当时文艺创作和理论研究中的一些重要问题发表了讲话。1962 年 3 月 2 日，国务院、文化部和全国剧协在广州召开了全国话剧、歌剧、儿童剧创作座谈会。陈毅在会上做了长篇讲话。他在谈到儿童文学的创作问题时说："现在儿童看小人书，这是可以的，但是有些小人书有个很大的缺点，净是些生硬的政治概念，把儿童的脑筋搞得简单化，将来我们的儿童——下一代，恐怕也难免犯粗暴之病。儿童应该有很多幻想、很多美丽的故事、神仙的故事、很多童话故事——好像《天方夜谭》那样的故事。儿童的幻想多，智慧就开阔，眼界就扩大。不能净是一些政治名词、斗争故事，还要写一些有趣的。这一方面的任务，义不容辞，值得我们有些作家作为终身事业。多上演这样的剧本，多创作这样的剧本，现在我们纸张很紧张，恐怕不行，过几年我们纸张不紧张了，多印这么一些东西。这是个冷门，把它搞成个热门。"[1] 这番话无疑是对当时片面强调政治挂帅而实际上无视儿童文学艺术特点的文艺观念地有力反拨。

新侨会议和广州会议之后，中共中央宣传部、国务院、文化部和全国文联，根据会议精神制定了《关于当前文学艺术工作若干问题的意见（草案）》，即"文艺八条"。这个文件批评了当时文艺领导工作中存在的忽视艺术规律、胡乱指挥和文艺批评、学术批判中的简单粗暴的现象，对发展文艺事业的方针和政策做了正确的解释。文件特别指出：文艺创作和文艺评论中出现的争论，尽管有些是不同世界观甚至不同的政治观点的反映，但都"应当通过自由讨论逐步求得澄清"，"都必须采取实事求是的态度，进行具体分析，以理服人。对人民内部的思想问题，不要随便加上'修正主义''反人民、反社会主义'等帽子"。这一文件于 1962 年 4 月经中共中央批准，正式下发全国各省市施行，对于纠正"左"的倾向，推动整个文艺创作和文艺批评事业，起到了积极的作用。

在儿童文学研究和批评方面，"左"的倾向有所收敛，忽视艺术性的庸俗教育学观念也有所纠正。人们开始意识到，"由于有些儿童文学工作者对党的'百花齐放、百家争鸣'的文艺方针学习不够，对儿童文学的教育作用理解得过分狭隘，因而在儿童文学的创作和出版工作中产生了一些明显的缺点。其中最突出的是仅强调了写重大题材，而忽视了其他方面，因而题材狭窄，没有从多方面表现我们的伟大时代；不少作品相当粗糙，缺少儿童文学特点"[2]。理论批评方面的降温，使人们能够稍微冷静一些地思考某些儿童文学创作和研究中遇到的课题，并促使批评本身在理论研究和创作实践之间逐渐恢复其应有的良性调节功能。

1961 年至 1963 年间，少年儿童出版社在儿童文学研究资料的收集、整理和基本理论建设方面做了不少有益的工作。首先是推出了一套儿童文学研究资料丛书，包括《鲁迅论儿童教育和儿童文学》《1911—1960 儿童文学论文目录索引》《1913—1949 儿童文学论文选集》《中国古代儿歌资料》。这些资料性书籍的出版，为儿童文学研究提供了有利条件。1962 年，少年儿童出版社又陆续推出了鲁兵的《教育儿童的文学》、任大霖的《儿童小说的构思和人物形象》、李楚城的《给少年写的特写》、贺宜的《童话的特征、要素及其他》、王国忠的《谈儿童科学文艺》等儿童文学理论书籍。这些变化反映了调整后儿童文学理论建设方面的一种回升势头。

但是，60年代初期正在恢复元气的儿童文学理论建设事业很快又受到号召"千万不要忘记阶级斗争"的严重影响，要求儿童文学反映"当前复杂尖锐的阶级斗争"，成为"阶级斗争的生动教材"的评论文字不时见诸报刊，而科学的儿童文学研究则再一次消隐了。1963年4月，《儿童文学研究》出版了公开发行以来的第8辑，然后就悄悄地停刊了。这仿佛是个信号，预示着当代儿童文学研究进程的中断将是不可避免的了。

"文化大革命"给整个中国当代学术文化事业带来了巨大的灾难，儿童文学研究也在劫难逃。"文化大革命"后期出现过一些儿童文学方面的评论性文章，但那早已不是真正的儿童文学研究了——当代儿童文学理论批评终于从摇摆不定走向了彻底的迷失。

二　对所谓"古人动物满天飞，可怜寂寞工农兵"现象和"亲切论""趣味论"的批判

50年代，童话创作一度呈现过十分活跃的景象，出现了像葛翠琳的《野葡萄》、吴梦起的《小雁归队》、陈玮君的《龙王公主》那样好的童话作品。这些作品或是以民间故事为素材进行改编和再创造而成的描写古代人物的常人体童话，或是以动物为描写对象的拟人体童话。由于有着独特的艺术风格和浓郁的儿童情趣，这类作品发表后深受读者的欢迎，并且很自然地成了作家创作的热点。

于是，古人、动物就成了当时童话作品中比较常见的艺术形象。这种情况在一定程度上当然是由童话这一特殊体裁自身的艺术规律所决定的，是完全正常的现象，但是在当时却遭到了粗暴的批判。1958年4月，少年儿童出版社组织了一次业务思想检查，查书查作品查思想，并举办了一个"业务思想批判展览会"，展出了编辑人员所写的大字报以及与文艺思想有关的实物（包括座谈会记录摘要、出版物、审稿意见单、作者来信等）。就在这次批判中，有人提出了近几年的童话创作是"古人动物满天飞，可怜寂寞工农兵"的观点。这句话被认为是抓住了童话创作思想上的两条道路的斗争，很快便被传播开去，并展开了严厉的批判。

　　首先是一批描写古人、动物的童话作品（包括童话题材的美术作品）遭到了批判。如少年儿童出版社在大字报中诘问道："我社对孙悟空很有兴趣，出过四种大同小异的版本，可是对黄继光这样英雄人物就缺乏热情，因内容有错停版后，再未见有新版本补充。这不过是个例子，其他如武松、李逵都不止一种版本，而反映新人新事的书则出得很少很少。为什么？"这种批评和指责硬是把古人、动物题材与现实的工农兵题材对立起来，于是，古人、动物题材的作品只好被打入冷宫，一切都必须围绕着当前运动转。以少年儿童出版社为例，1958年全年出了七套丛书，都是配合运动的，却没有一套文学丛书，更不必说古人、动物题材的作品了。

　　其次是一些以描写古人、动物为主的童话作家成为首当其冲的被批判者。有的童话作家被认为是"存在着颓废思想，灰暗的人生观，跟劳动人民轰轰烈烈的思想感情不能相容……一个作家存有这种思想、感情，他要想反映社会主义现实生活，对少年儿童进行共产主义教育，亦是完全不可能的。所以只好去求救古人，求救动物与虚无缥缈的童话境界，来抒发他资产阶级的思想感情"。作家按照童话的艺术规律创作童话竟遭到如此吓人的批判，童话创作的衰落便是必然的了。

事实上，就当时童话创作实际而言，也并不是所谓"古人动物满天飞"的局面。张天翼的《不动脑筋的故事》《宝葫芦的秘密》和严文井的《"下次开船"港》，便是通过童话形式反映儿童现实生活的作品。至于直接要求童话描写工农兵，乃是机械地套用当时整个文艺界强调的"工农兵方向"的结果，是在"左"的思潮影响下的无视童话艺术规律的观点。其后果之一便是直接导致了童话创作的衰微。贺宜在《〈1958年儿童文学选〉序言》中就提到，1958年儿童文学创作有一个特殊现象，"那就是最显著地具有儿童文学特征的童话创作有一蹶不振的模样。这种现象显然是不正常的，值得注意"。造成这种现象的原因何在呢？贺宜认为，"由于某些编辑工作者和作者思想方法上的片面性，把批判'古人动物满天飞'理解为对一切古人、动物的否定，因而在编辑思想和创作思想上产生了只要现代题材而摒弃古代题材、欢迎人物故事而厌恶童话的倾向，这就形成了1958年以迄目前童话歉收的状态"。茅盾在《六〇年少年儿童文学漫谈》一文中也谈到当时出现的少年儿童文学作品中，以真人真事为基础的占绝大多数，而且除了少数几册革命题材的作品，其余的几乎全是描写少年儿童们怎样支援工业、农业，参加各种具有思想教育作用的活动。茅盾指出："我们的少年儿童文学中非常缺乏所谓'童话'这一个部门，而且，进行社会主义、共产主义思想教育的童话究竟应当采用什么题材（去年是题材之路愈来愈窄），应当保持怎样的风格，这些问题在去年的论争中都还没有解决。"1961年

12 月出版的《儿童文学研究》丛刊刊登的高沙《给儿童丰富多彩的精神食粮》一文中谈到，从 1959 年 1 月到 1961 年 10 月，北京、上海两地的少年儿童出版社共出版儿童读物 619 种，其中以反映祖国建设、介绍先进工农兵事迹、歌颂"三面红旗"等为内容的共有 140 种，反映革命战争、刻画革命者形象、进行新旧生活对比、反映阶级斗争等内容的共有 95 种，以少年儿童生活为题材的共有 153 种，而以古人古事为题材的只有 9 种（包括历史人物传记 3 种，故事 4 种，有关古人的民间传说 2 种），民间故事、民间童话也只有 28 种，另外还有一些自然知识、社会知识、科技活动等方面的读物。文章认为，从分类的总体情况看，"题材、样式还嫌偏狭：强调了重大题材，忽视了一般题材，特别是古人、古事几乎绝迹；特写文学占压倒优势，小说发展缓慢，诗歌不太景气，童话冷冷落落"。这种局面，从根本上说是当时思想文化界的大气候造成的，同时与那场围绕"古人动物满天飞，可怜寂寞工农兵"所展开的批判也有着直接的因果联系。

对所谓"亲切论""趣味论"的批判，也是在当时逐渐滋长、蔓延的"左"的思潮影响下进行的。这场批判缺乏起码的学术性而带有浓重的政治色彩。事情的起因是，1957 年初，《小朋友》和《少年文艺》两家期刊重新修订了自己的方针。《小朋友》新制定的方针是："通过生动有趣的艺术形象，启发儿童智慧，增进儿童知识，培养儿童活泼、勇敢和乐观主义的精神。"《少年文艺》则把"亲切、新鲜、多样、有趣"八个字作为自己的办刊风格。这两个方针的基本意图是试图摆脱当时儿童文学领域里教条主义的清规戒律，力求使刊物办得更加生动、活泼，更符合小读者的审美心理特点，更适应他们的欣赏要求。在新的办刊方针的指导下，两家期刊都为改变刊物风格做了很大的努力。例如，《小朋友》编辑部根据幼儿心理特点，提出刊物"封面主要以童话题材来表现"；他们还从苏联的《有趣的图画》上选择了一些富有趣味性的作品印发给作者，供他们写稿时参考。针对当时片面、机械地强调为政治服务的观点，编辑部认为："启发儿童智慧，增进儿童知识，培养儿童活泼、勇敢和乐观主义精神，本身就是政治。我们不赞成为了结合政治去硬编硬写。因为这样的作品虽然有了政治灵魂，却不能深入儿童的灵魂。"他们还认为，那种生动有趣的作品，"能使儿童得到愉快和欢乐"。再如《少年文艺》，调整办刊方针之前刊物的政治色彩较浓，文学性则比较弱，改变方针后情况有了变化。如1957年第5期，编辑部送给少年读者的"六一"礼物是一本特写、散文专辑。其中有十三篇主要文章，除一篇是反映工业建设、两篇是反映少年的生活外，其余十篇都是回忆童年的。这些作品内容令小读者感到十分亲切，文笔也或朴实或优美，这无疑是有助于刊物更贴近读者的。

但是好景不长，这些做法在第二年就遭到了严厉的批判。提倡儿童文学作品要写得亲切一些、有趣一些，变成了"形形色色的错误的文艺思想"之一，并被认为是"走上了歧途，越来越脱离政治，脱离实际，脱离群众，与党教育少年儿童的方针背道而驰"，还被冠以"亲切论""趣味论"的帽子。《小朋友》的封面设计被指责为"离开政治，离开党教育少年儿童方针，单纯追求趣味性"。批判者举例道："如今年春节前后，正是农村大力兴修水利的时候，可是这时《小朋友》的封面却是'龙宫春节'，'猴子、兔子、老鼠、刺猬等动物大闹元宵'，一点时代气息的踪影也没有。"《少年文艺》1957年第5期的特写、散文专辑有一篇题为《端午忆童年》的作品。批评者批判说："这篇文章的作者站在地主阶级的立场上，回忆自己的童年时的端午节怎样吃喝玩乐，思想感情与工农子弟完全不对头。"那么，应该怎样看待儿童文学作品的趣味性呢？儿童文学作品是否应该写得亲切一些、富有生活气息一些呢？批判者认为："儿童文学作品必须注意到趣味性。但趣味性不是我们办刊物的目的。趣味性是从属的，从属于共产主义教育的原则，为这个原则服务。在文艺期刊中，作品的鲜明的政治思想内容必须与趣味性统一起来，作品的趣味性是为了使政治思想明快而感染读者，容易为读者接受。除此而外，趣味性不能作更多的强调。"至于作品写得亲切、富有生活气息是否好，这也要用阶级的观点来分析："过去，我们就没有从阶级观点上来看问题，凡是有所谓生活气息的就刊登，一些有毒的作品就是在这种思想指导下刊登的。文艺必须为社会主义服务，必须把艺术效果与教育效果统一起来，我们要的生活气息，是革命的现实主义与革命的浪漫主义相结合的生活气息。"

很显然，这是一种泛政治化了的"左"的文艺观点。当这种文学观统治着儿童文学领域的时候，一切试图揭示和尊重儿童文学自身规律的理论观点便只有被批判、被扫荡的厄运，而儿童文学创作也只有朝着一条非文学的轨道滑去了。

三　对"童心论"的批判

1960 年对所谓的"童心论"所展开的大规模的批判，使 50 年代后期以来儿童文学理论研究中不正常的非学术性的政治批判现象，达到了一个新的狂热程度，并与后来"文化大革命"的病态理论年头遥相呼应，构成了极左幽灵干扰、破坏下当代儿童文学理论的独特批判景观。

从更大的理论背景来看，这场批判的发生并不是独立的、偶然的。1960年新年伊始，《文艺报》第1期发表社论和署名文章，提出要批判文艺界的"人性论"观点。接着，各地报刊陆续刊登文章批判李何林的《十年来文学理论和批评上的一个小问题》一文和巴人（王任叔）的理论观点，由此展开了一场大规模的批判"人性论"的运动。在儿童文学界，寻找"人性论"在儿童文学领域内的"蛛丝马迹"也成了一些人热心的事情。于是，大势所趋，一场关于"童心论"的批判由此出笼。

"童心论"究竟是怎么一回事？1956年和1958年，陈伯吹先后发表了两篇文章，一篇是《文艺月报》1956年第6期上的《谈儿童文学创作上的几个问题》，另一篇是1958年2月在作为内部刊物出版的《儿童文学研究》第4期上刊登的《谈儿童文学工作中的几个问题》。[3]在前一篇文章中，他针对当时儿童文学创作中忽视儿童特点的倾向，提出了如下观点：

> 一个有成就的作家，愿意和儿童站在一起，善于从儿童的角度出发，以儿童的耳朵去听，以儿童的眼睛去看，特别以儿童的心灵去体会，就必然会写出儿童能看得懂、喜欢看的作品来。有些同志认为这个样子会使作家倒退为老儿童，而儿童也永远是儿童了。其然？岂其然乎？作家既然是"人类灵魂的工程师"，当然比儿童站得高、听得清、看得远、观察得精确，所以作品里必然还会带来那新鲜的和进步的东西，这就是儿童精

352 | 353

中国儿童文学理论批评史

第八章

"左"倾思潮：

一个理论幽灵

神粮食中的美味和营养。

在后一篇文章中，他针对当时儿童文学编辑工作中忽视读者特点的倾向说：

> 编辑同志在审稿的时候，应该注意到它虽然也是文学，但是，是儿童文学，在某些地方必须分别对待，甚至应该有另外一种尺度去衡量。可惜事实上并不能如此。一般来说，编辑同志在不知不觉间、有意无意地把它们等同起来看，这种主观片面的"一视同仁"式的看法，难保不错误地"割爱"了较好的作品。虽然这种错误是谁也难以完全避免的。然而如果能够"儿童本位"一些，可能发掘出来的作品会更加多一些。如果审读儿童文学作品不从"儿童观点"出发，不在"儿童情趣"上体会，不怀着一颗"童心"去欣赏鉴别，一定会有"沧海遗珠"的遗憾；被发表和被出版的作品，很可能得到成年人的同声赞美，而真正的小读者未必感到有趣。这在目前小学校里的老师们颇多有这样的体会。

这些在今天看来十分平常的说法，却在"左"倾思潮的影响下，被视作反动的资产阶级的"童心论"（陈伯吹在《"童心"与"童心论"》一文中写道："请注意！在'童心'两字后面别有用心地加个'论'字，这是自古以来'刀笔之吏'的绝招。"），而在 1960 年的儿童文学理论批评界引起了一场轩然大波。在上海作协大厅曾组织了几次专门的批判会；在此前后，京、沪等地一些报刊连续刊登了大量批判文章，其中专论性的批判文章即有宋爽的《"儿童本位论"的实质》（《文艺报》1960 年第 10 期）、左林的《坚持儿童文学的共产主义方向》（《人民文学》1960 年第 5 期）、杨如能的《驳陈伯吹的"童心论"》（《上海文学》1960 年第 7 期）、徐景贤的《儿童文学同样要为无产阶级的政治服务——批判陈伯吹的儿童文学特殊论》（《文汇报》1960 年 7 月 7 日）、贺宜的《坚持儿童文学的党性原则——兼驳陈伯吹"童心论"、"主要写儿童论"》（《儿童文学研究》1960 年第 2 辑），等等。此外，同年《上海戏剧》第 6 期上的《以共产主义思想教育下一代》、《东海》第 11 期上的《以共产主义精神教育少年儿童》、《文艺哨兵》第 3 期上的《用共产主义精神教育儿童》、《儿童文学研究》第 2 期上的《资产阶级"儿童本位论"在解放前我国儿童文学理论中的传播及其流毒》、8 月 5 日《中国青年报》上的《我们对当前少年儿童文学的一些意见》等许多署名文章，也都涉及了对所谓的"童心论"等的批判。

当我们从已经泛黄的书刊中重新翻阅那些批判文章时，我们看到的是一种或令人啼笑皆非，或上纲上线、"左"得可怕的批判腔调和姿态。在这些批判中，陈伯吹成了首当其冲的、几乎也是唯一的被批判者，而且，我们读不到他本人的申辩和应答，一切都是毋庸置辩的一边倒的理论审判。

第一，批判者以断章取义、"抓住一点，不及其余"的方式把对手的观点加以肢解和歪曲。例如：

> 陈伯吹先生在他的论文里，虽然也有几处提到了要用儿童文学对儿童进行共产主义教育等等，但这些只是穿在他的资产阶级儿童文学理论体系身上的外衣，当他一举手、一投足、一张口的时候，便马上捉襟见肘，破绽百出，原形毕露……（他）在文章内公然提出反对把儿童文学"作为教育上的功利主义的教育手段"，他指责这是一种"实用主义的观点"，"是庸俗社会学的看法"，他强调必须批判"为了解决教育上某个问题而写

童话"的"教育上的功利主义的倾向"，不然便会"对童话的发展带来有害的影响"。

……他根本是主张"艺术第一"、反对谈思想性的，他写的《在1956年的儿童文学园地里》一文，有一处讲得十分露骨。他把有些注重在思想内容方面、主题方面分析作品的评论文章全部骂倒，宣称"这个由来已久的不良的倾向，造成了儿童文学创作者只片面地在思想内容方面下功夫，企图使作品站稳立场"……可见，陈伯吹先生所强调的"艺术性"会把儿童文学引到什么样的道路上去。[4]

且不说用现在的观点看，反对儿童文学中的狭隘的"实用主义观点"和"庸俗社会学"倾向在当时有多么脱俗，就是从陈伯吹文章的本意来看，明明他已经反复论述了用儿童文学对儿童进行共产主义教育的必要性，却硬被当成是"穿在他的资产阶级儿童文学理论体系身上的外衣"；明明他批评的是只重思想性、忽视艺术性、让思想性和教条"一触即到"的"不良倾向"，却硬被说成"根本是主张'艺术第一'、反对谈思想性的"。如此不顾事实、强词夺理的批评方式，使批评本身毫无一点严谨、科学的学术气息，而全然是一副"左"得可怕的腔调。

第二，是无限上纲，把学术性论辩转变为一种政治性批判，从而把对手置于政治上的绝境。例如，批判者说："陈伯吹先生笼统地反对功利主义，实质上是反对无产阶级的功利主义，是反对儿童文学为无产阶级的政治服务"；"我们决不容许别人用'儿童本位论'和'童心论'来抽调儿童文学的党性和阶级性，这是资产阶级人性论在儿童文学领域内的反映，必须予以揭穿"；"陈伯吹先生通过他的理论和创作实践所顽强地表现出来的，是一条彻头彻尾的资产阶级儿童文学的道路，按照这样的道路，儿童文学可以不为无产阶级的政治服务，可以不对少年儿童起共产主义的教育作用，儿童文学作家可以不投入火热的斗争生活，不去改造自己的世界观"[5]。"这种论调的实质在于：企图在儿童文学领域内，以资产阶级的'童心论'，来代替马克思列宁主义的阶级论，以资产阶级庸俗的、低级的儿童趣味，来代替生动活泼、丰富多彩的无产阶级政治思想教育；这种论调，目的在于使儿童文学事业从党的文学事业中游离出去，从而取消儿童文学的共产主义方向，服务于资产阶级教育儿童的目的。这种论调的出现是资产阶级和无产阶级争夺后代的两条道路斗争在学术领域内的反映"；"如果真的按照这种'理论'去做……势必要使资产阶级思想泛滥，儿童文学领域甚至有变成'独立王国'的危险"[6]。"很明显，这种理论，已经大大超越了儿童文学在一定程度上的特殊性的范围，也就是说，他在儿童文学的'特殊性'的幌子下，抹煞（杀）了儿童文学的阶级性，抹煞（杀）了儿童文学培养、教育社会主义新一代的重要作用。"[7]"我们可以看出：在儿童文学领域内，还存在着严重的阶级斗争。资产阶级仍然企图用他们的意识形态影响新的一代。我们决不能忽视这方面的斗争。"[8]

动辄把学术问题同两个阶级、两条道路的斗争联系在一起，把对手拴在资产阶级的路线上不问青红皂白一顿猛批，这是"左"的文艺批评十分擅长的批评手段和最突出的批评特征。在对"童心论"的批判中，这种手段被运用得娴熟自如，这种批评特征也显露得淋漓尽致。

第三，在对所谓"童心论"的具体批判中，简单、粗暴的定性、否定有之，而实事求是的、科学的、说理的分析研究则无。为了达到彻底批臭"童心论"的目的，就"寻根剥皮"，把陈伯吹的观点与当时已被"批倒批臭"的胡适、周作人的观点联系起来："追究起老根来，儿童文学中的'儿童本位论'和'童心论'，和杜威的'儿童中心主义'的资产阶级教育理论有着血肉的联系；在中国，传播这种理论的老祖宗是胡适和周作人……陈伯吹先生的儿童文学理论正是从思想上继承了他们的衣钵……在批判陈伯吹先生的资产阶级儿童文学理论的时候，必须挖掉这枝老根。"[9] 陈伯吹"所宣扬的这种'理论'其实并不是什么新鲜货色，所谓'童心论'，也无非是杜威的反动理论——'儿童本位论'的翻版，资产阶级'人性论'在儿童文学领域内的一种表现罢了"[10]。陈伯吹关于"童心"的论述是否与胡适、周作人的观点一脉相承？如果对他们的理论有一个全面的了解，结论是不难得出的，更何况它们完全是两个不同时代的理论产物。退一步说，就是胡适、周作人的儿童文学理论，也应进行历史的、科学的分析和评价。一棍子打死固然容易，但"一棍子打死"却正好违背了马克思主义的科学方法论。

第四，由"童心论"入手，进而对陈伯吹的儿童文学观和创作实践进行全面的批判和否定。1960 年发生的那场批判，"童心论"是首要的理论靶子，但这场批判所涉及的具体内容还要多得多。批判者一致认为："陈伯吹先生在儿童文学方面的资产阶级观点，不是在个别问题上的、局部性质的错误，而是形成了一套完整的、系统的体系。他还通过自己的创作，实践了这一整套理论。"[11] "陈伯吹的《儿童文学简论》是一本系统地宣传资产阶级观点的儿童文学'理论'，而他的创作就是他的理论的实践。他除了在'童心论'问题上和我们有着根本分歧外，在政治与艺术的关系、儿童文学的教育目的和作用、如何对待儿童文学遗产、如何对待外国儿童文学等等一系列的重大问题上，都和我们有着原则性的分歧。"[12]而宋爽的《"儿童本位论"的实质》一文则是从"关于培养新一代的问题""关于题材问题""关于思想性和艺术性的关系问题"三个方面对陈伯吹的理论进行了系统的批判；左林的《坚持儿童文学的共产主义方向》一文列举了"童心论""儿童文学主要写儿童""儿童文学特殊论"三条，认为它们是"当前在儿童文学领域中，无产阶级思想和资产阶级思想斗争的几个焦点"；何思的《什么样的翅膀，往哪儿飞？——破陈伯吹童话之"谜"》一文则集中对陈伯吹的童话理论和创作进行了批判，认为"在童话理论上，他的资产阶级文艺思想表现得尤为突出。他把童话神秘化，说成是一个令人难以捉摸的'谜'。我们在批判陈伯吹的'童心''儿童立场'等谬论的同时，也有必要特别破一破陈伯吹的童话之'谜'"。由此可见，这场批判虽然是以所谓的"童心论"为主要靶子，但它对当时儿童文学理论批评的实际冲击却是全面的，而且直接给当时的儿童文学创作造成了严重的消极影响。

关于这场批判以及当时整个"左"倾思想对儿童文学界的危害，本章第一部分已经做了概述。事实上，早在50年代后期，悄悄萌发的"左"倾思潮就已经给儿童文学领域带来了某些消极影响。在这种背景下，陈伯吹提出儿童文学作家、编辑在创作、审读儿童文学作品时，要怀有一颗"童心"，要善于从儿童读者的角度来把握儿童文学的艺术特征等观点，这在当时显然是有很强的现实针对性的，也是很有理论价值的。同时，从陈伯吹文章的具体论述看，他的立足点是基于对儿童文学艺术特征和审美个性的把握和强调，纯属于学术范围里的理论见解和探讨。因此，对所谓的"童心论"的批判，实际上也就是否定了儿童文学的艺术特征和审美个性。而"童心""儿童情趣"的彻底被放逐，很自然地就造成了如茅盾在次年所说的"政治挂了帅，艺术脱了班，故事公式化，人物概念化，文字干巴巴"的令人尴尬和痛心的文学局面。

随着1961年国家宏观政策上的调整和批评界的降温，"童心论"和"儿童文学特殊性"等话题又被提起。茅盾在这一年所写的《六〇年少年儿童文学漫谈》一文中就指出儿童文学应有它的特殊性。例如，他在分析儿童文学语言文字的艺术个性时说："少年儿童文学作品的文字是否应当有它的特殊性？我看应当有，而且必须有。是怎样的特殊性呢？依我看来，语法（造句）要单纯而又不呆板，语汇要丰富多彩而又不堆砌，句调要铿锵悦耳而又不故意追求节奏。少年儿童文学作品要求尽可能少用抽象的词句，尽可能多用形象化的词句。但是这些形象化的词句又必须适合读者对象（不同年龄的少年和儿童）的理解力和欣赏力。毋庸讳言，上面所提到的那些作品，从文字上看来，一般都没有什么特殊性。在这一点上，我们不能不说去年的产品不及前数年的，这也许是反'童心论'的副作用。"关于1960年的那场批判，"1962年在上海召开的第二次文学艺术工作者代表大会上，由领导同志当众说明'这次批评有错误'而得到解放"[13]。陈伯吹本人也在1962年撰写的《谈幼童文学必须繁荣发展起来》一文中小心翼翼地做了辨析："1960年有人认为：强调儿童文学上的由于'儿童年龄特征'的作用所形成的'儿童文学特殊性'，就是主张'儿童文学特殊论'，这只会使我们儿童文学游离出社会主义文学的百花园，流浪出去成为彻头彻尾的资产阶级的儿童文学。这种担心是可以理解的。但是问题深入到实际上，具体到工作上，却并不是完全正确的。经不起实事求是的分析研究，也便告吹了。""如果形而上学地以虚无主义的态度对待儿童文学上的'儿童年龄特征'问题，有意无意地取消了儿童文学的特点，实质上是取消了儿童文学。如果以'儿童本位主义''儿童中心主义''童心论'等等帽子，乱扣在儿童文学的基本因素的'儿童年龄特征'上，试问这种思想、工作方法是不是马列主义的呢？难道儿童文学真正不过是成人文学短一些浅一些的翻版罢了？"[14]

然而，好景不长，极左的理论幽灵不时徘徊，文艺界的批判活动不时可闻——"实际上，迄于1965年11月《评新编历史剧〈海瑞罢官〉》破门而出之前，未尝真正停止过。其间对一本书，一出戏，一首诗，一篇论文，一部影片……不论其是属于文学的，还是属于音乐的、美学的，乃至于哲学的，所谓'小批判'，'小整风'，像海洋底下的那股潜流，水面上是看不出来的，却从来没有中断过，直到1966年5月史无前例的'文化大革命运动'开始"[15]。而等待着"童心论"的，则是更严峻的理论命运了。

四　关于新童话的讨论

童话是一种比较古老的儿童文学艺术样式。五四运动前后诞生、发育的现代童话主要是从两个方面寻求借鉴的：一是传统的民间童话，二是西方的翻译童话。进入新的时代以后，童话这一古老的艺术样式是否还能在现代生活中继续存在？童话艺术是否会随着时代生活的变革而发生变化？新的童话有哪些主要特征？这样一些问题便在 50 年代中后期的儿童文学理论界引起了注意。《儿童文学研究》在 1958 年第 4 辑上，刊登了蒋成瑀的《试论新童话的创作》一文。文章认为，"随着社会的变革和发展，人们的意识、生活也将随之变化、发展。作为以特殊形式，结合幻想来反映现实、反映人们思想意识的童话，也必然随社会的变革和发展而在变革发展着"。那么，新童话有哪些特征呢？文章提出了三点："第一个特征：童话的时代背景是今天的现实，人物是今天现实中随处都可碰到的人"；"第二个特征：童话有丰富的、诗意的幻想，把幻想溶化在现实之中，运用幻想来描写人物和环境，通过幻想来展开故事情节，又使人不觉其是幻想，而只觉其逼真"；"第三个特征：新童话具有正确的思想观点"。

1959 年，严文井在《小溪流的歌》代序《泛论童话》一文中批评了"现代生活很难产生童话""童话就要灭亡"等论点，认为"现在应该考虑的问题，不是取不取消童话和怎样取消童话，而是怎样抓住我们时代的特点，我们的孩子的特点，新的生活带来的新的主题，写出新的童话来"。针对有人认为新童话创作要"把仙女和巫婆从我们的童话里赶出去""把王子和公主也驱逐掉""希望鸟兽少说话，或甚至不说话"等看法，严文井认为："童话完全可以不跟仙女、巫婆、王子、公主共命运，虽然过去他们在童话里是常出现的角色。在新童话里，许多新的角色代替了旧的角色，完全是合理的。但是，我觉得没有必要制定法律来限制所有那些旧的角色出场。我们还得辨别一下那些角色是在怎样的情况下出场的。我们那些好心的同志完全可以放心，假如有一个作者在必要时放一个仙女或一个公主出了场，这和提倡封建迷信还不见得就是一回事情。"他还特别指出，新童话应该注意时代的科学水平，"不要让幻想落在科学成就的后面，使幻想暗淡无光，成为被讽刺的对象"。

从以上介绍中可以看到，当时人们主要是从如何适应新的时代要求的角度来探讨新童话的创作的。1961 年 6 月 10 日的《文汇报》上刊登了钟子芒的《童话的新主人》和魏同贤的《童话的拟人化手法》两篇文章，使新童话的讨论引起了更多人的注意。

钟子芒的文章主要从童话人物的角度来界定新童话。他认为："今天的童话的主人——就是'近在眼前'的社会主义时代的人物。写出他们创造的奇迹，写出他们高尚的精神品质，写出他们对美好未来的理想，就是新童话吧。"魏同贤的文章则不同意那种认为拟人化手法有很大局限性，很难反映新人新事，因而不宜在新童话的创作中提倡使用的看法，认为，"作为一种艺术手法，拟人化在任何样式的文学作品中都被广泛地运用着，但是，任何作品都没有像童话那样把拟人化作为自己的基本的艺术方法之一。不可能设想，童话创作中如果取消了拟人化，鸡猫狗兔不讲话，花草树木不具有人的性格，那将把童话创作挤进多么狭窄的胡同！"

同年 6 月 29 日，《文汇报》刊登了陈伯吹的《谈"新童话"》一文。陈伯吹首先肯定了童话变革的必然性，认为"时代在不断地进展，形势在不断地变革，童话是不可能安坐在'象牙塔'里千年不变，万年不动，一仍其旧"。同时，文章着重指出："在这一变革的过程中，千头万绪，但是有一点必须郑重地作为原则性来提出它：那就是童话的变革，如果不是在思想内容上有所革新，任何变革都将流于形式主义的改革，而不能出现真正的新童话。""问题在于新的思想内容和童话的特点，以及它的传统的体裁样式，表现的艺术手法，如何正确又和谐地统一起来，如胶似漆地结合着。"

7月2日，《文汇报》刊登了贺宜的《童话从生活中来》；是年12月的《儿童文学研究》上又刊登了贺宜的《漫谈童话》一文。这两篇文章比较系统地表达了贺宜有关童话的一些见解。在《漫谈童话》一文中，贺宜首先认为，新童话"这个口号的提法是含糊不清的，是容易引起误解的"，因为"新与旧的概念是在比较中形成的。今天的旧的在过去曾经是新的，今天的新的在明天又将成为旧的。而且今天的旧的，由于立场观点的不同，在某些人心目中可能仍然被认为是新的，而真正新的倒反而被他们认为异端或旁门左道而加以排斥"。"可见，新童话的新字可以有各种不同的解释。如果我们在童话的前面加上个'新'字，目的是要说明我们时代的童话跟过去的那些童话的本质区别，那么实际上并不能达到这个目的。"在谈到童话中的幻想与现实结合的方式和手段时，贺宜提出了体现童话特征的三个因素，即"童话的夸张性"、"童话的象征性"和"童话的逻辑性"。贺宜又补充说："但是，有这三个因素，只能说是有了童话，还不能说一定就有了好童话。好童话除了必须有这三个作为童话的基本因素之外，同时还要具备另外几个条件，我以为可以简要地归纳为三个字，那就是真、新、奇。"此外，贺宜还对童话创作和传统形式问题、拟人化问题等提出了他的看法。

1962年7月18日的《文汇报》刊登了陈伯吹的《谈童话创作的继承与创新》一文。文章在提到一年前关于新童话的讨论时认为："所谓'新童话'究竟是什么样的内容、什么样的形式以及什么样的创作方法，要不要继承传统，实质上是个童话通过怎样的最好的艺术手法和艺术形式，来完成并且表达最好的创作意图的问题。"因此，他着重谈了新童话创作与传统之间的关系，认为："童话创作要不要继承传统呢？要。在目前这个创作阶段上，不继承那些即使是旧的形式、旧的手法，可能就写不像童话，写不出好童话来。童话创作要不要突破传统呢？更要。不在继承中发现新的因素，突破常规，不能创新，就会框住了向前迈进的腿，得不到发展。结论是：既要善于批判地继承，又要敢于尝试地创新。"

关于新童话的讨论是在 60 年代初期国家整个文艺政策开始有所调整的时候进行的，因此，讨论各方在论辩中的语气、方式等较以前一些批判文章相对和缓、平静一些。参加讨论的人们的总的愿望，都是希望传统的童话艺术能够在今天的创作实践中有所改革和创新，以适应新的时代要求。但是，这场讨论并未收到大的效果，因为此后不久发生的新情况使童话创作本身也逐渐遭到排挤，人们为童话寻找出路的愿望也就只好俟诸将来了。

五　病态的理论年头

1966 年 5 月至 1976 年 10 月，中国人民经历了十年"文化大革命"的历史劫难。这是一个是非混淆、黑白颠倒、极左思潮大泛滥的特殊历史年代。在"文化大革命"的名义下，进行的是一场政治大倒退和文化大破坏运动。而文艺则成为这场政治运动和文化浩劫的突破口和重灾区。

1966年2月，林彪和江青炮制了《林彪委托江青召开的部队文艺工作座谈会纪要》（以下简称《纪要》）。为了给极左的文艺路线开路，该《纪要》提出了所谓"文艺黑线专政论"，即认为，新中国成立后17年的文艺界"被一条与毛主席思想对立的反党反社会主义的黑线专了政"。在理论上，他们罗织罪名，把所谓"写真实"论、"现实主义——广阔的道路"论、"现实主义的深化"论、"中间人物"论、反"题材决定"论、"时代精神汇合"论、"离经叛道"论和"反'火药味'论"统称为"黑八论"而加以批判；在文艺批评上，他们以"兴无灭资"为旗号，把17年间出现的一大批文艺作品诬为"大毒草"，大加挞伐。与此同时，《纪要》声称"塑造工农兵英雄人物是社会主义文艺的根本任务"，提出了创作"样板作品"的口号。后来，"塑造工农兵英雄人物"这一根本任务又具体化地延伸出了"三突出"的创作原则，即所谓在所有的人物中要突出正面人物；在正面人物中要突出英雄人物；在英雄人物中要突出主要英雄人物。我们不必一一列举极左文艺路线串联下的那些伪文艺理论观念，仅从所谓"三突出"的创作原则就可以看出它们是何等违反艺术规律、何等荒唐可笑！

在儿童文学领域，中外优秀的儿童文学遗产和作品一度被彻底扫地出门，儿童文学园地与整个文艺园地一样满目疮痍，一片凋零。60年代后期，中国大地上除对文艺的摧残之外，正常的文艺发展留下了一段历史的"真空"时期。

进入70年代，文艺界一片空白的状况开始得到改变，儿童文学创作和出版也逐渐恢复。然而从总体上看，在当时的政治背景下，那些填补空白的文艺作品基本上都是极左文艺路线的产物，或是因受到极左思潮影响而带上了浓重的"帮腔帮味"；儿童文学理论批评也同样如此。

从1972年开始，报刊上陆续出现了《儿童文学与儿童特点》《要重视少年儿童文艺的创作》《紧紧掌握时代的脉搏——评儿童文学作品〈向阳院的故事〉和〈红雨〉》《歌颂小英雄表现大主题——谈谈儿童文学创作中的两个问题》等倡导儿童文学创作、评论儿童文学作品的理论批评文章。这些文章构筑了一个极端病态的理论年代。

从局部观点看，这一时期的某些理论阐述不无某些合理性乃至正确性。例如，路途的《儿童文学与儿童特点》一文中说：

> 儿童文学要有自己的特点，这个特点，是根据它的读者对象所决定的。由于孩子的生活经验、思想水平、知识水平和理解能力同成人不一样，所以在反映生活的深度和广度、艺术手法和语言方面，也就与写给成人看的文学作品有所不同。决不是康藏高原上的运输兵不能成为儿童文学的描写对象，也不是与非洲人民并肩战斗的援外工人不能写，而只是比写给成人看的需要更深入浅出，易于为孩子所理解就是了。现在有少数儿童文学作品，虽然写的是孩子，但孩子并不好理解，也不喜欢看。其原因之一，就在于这些作品没有充分考虑到儿童读者的特点，成了给大人看的写孩子的作品，语言成人化，孩子的形象也成人化。[16]

强调儿童文学要有自己的特点，强调儿童文学创作要顾及儿童的生活经验、思想水平、知识水平和理解能力，这似乎并没有什么错误。但是且慢高兴，我们应该联系当时的整个文艺批评环境来看待那些具体的理论观点，因为具体的观点总是属于一定的理论结构整体的。那么，当时的儿童文学理论批评的整体观念又有哪些基本内容呢？

首先，从"以阶级斗争为纲"和"与地主资产阶级争夺下一代"的观点出发，强调儿童文学的重要性。例如，李奕的《重视新儿歌的创作和推广》一文说："在社会主义社会整个历史阶段，存在着阶级、阶级矛盾和阶级斗争。被打倒的阶级敌人为了反革命复辟的需要，利用各种手段散布坏儿歌，企图用发臭的地主资产阶级思想腐蚀少年儿童纯洁的心灵，同我们争夺下一代。我们必须十分重视思想文化领域中这个方面的阶级斗争。因此，我们要大力创作革命的新儿歌。革命文艺工作者要重视社会主义新儿歌的创作，工农兵业余作者和教育工作者也应该努力进行这方面的创作，以便为幼儿工作者提供丰富的材料，同坏作品进行斗争，把少年儿童文艺阵地牢牢掌握在无产阶级手中。"[17] 林尽染的《紧紧掌握时代的脉搏——评儿童文学作品〈向阳院的故事〉和〈红雨〉》一文也说："儿童文学要同我们当前的斗争紧密相连……它应当使我们的下一代从幼小时候起就懂得阶级和阶级斗争，懂得在无产阶级专政下的继续革命，从而使他们能经受住任何阶级斗争的风浪。"[18] 从这一类论述中不难看出，所谓"儿童文学要有自己的特点"，其目的和具体内容不过是让儿童从小"就懂得阶级和阶级斗争"，以便"能经受住任何阶级斗争的风浪"。如此而已，岂有他哉！

其次，受"题材决定论""主题先行论"等根本违反艺术规律的极左文艺观念的影响，片面强调所谓"反映重大题材，表现重大主题"。这时候，所谓"儿童特点"也就变得无足轻重了："儿童文学，顾名思义，是给少年儿童阅读的文学作品，当然需要照顾孩子的特点，力求使孩子们看得懂，喜爱看。但这并不是儿童文学创作的目的。儿童文学，作为社会主义文学的组成部分，应该而且必须服从党对社会主义文学的要求，把培养和提高孩子们的阶级斗争、路线斗争和无产阶级专政下继续革命的觉悟放在首位，让他们从小粗知一点马列主义，为巩固无产阶级专政而战斗。因此，即使是写儿童生活的作品，从题材的选择，到主题的提炼、深化，都必须紧紧围绕这一光荣任务，也就是说，要敢于和善于反映重大题材，表现重大主题。"[19]

于是，为了表现重大主题，儿童文学就"要紧跟形势，触及时事，配合党的中心工作"。论者举例说："去年《红小兵报》上发表的短篇小说《战斗》和《惊弓之鸟》，分别选择了革命现实和革命历史斗争生活中的一个侧面，用艺术形象批判了林彪所宣扬的孔孟之道和林彪资产阶级军事路线，十分及时地配合了批林批孔运动。尽管作品本身不太成熟，但作者这种敢于触及时事的精神，还是值得称赞的。"[20]

于是，为了写阶级斗争、路线斗争，表现重大主题，儿童文学"就要反对'无冲突论'。'无冲突论'是阶级斗争熄灭论和中庸之道在文学创作中的反映。它抹煞（杀）阶级矛盾，否认阶级斗争，歪曲社会本质，妄图削弱社会主义文学的战斗力。在一些儿童文学作品中，也存在着'无冲突论'的影响，主要表现是醉心于写好人好事，不能从阶级斗争、路线斗争高度来提炼主题"[21]。而中篇小说"《红雨》没有充分写出红雨如何经过刻苦的实践而在思想上成长，却过多地渲染了寻找偏方、秘力，并且对于轰轰烈烈的'文化大革命'的历史背景，也很少触及，这不能不说是一个缺点"[22]。

一切都必须紧跟形势，围绕中心，一切都必须写阶级矛盾、路线冲突，甚至连"写好人好事"也成了一种过错！"左"到极致，真令人叹为观止！

于是，《向阳院的故事》《红雨》《草原儿女》《新来的小石柱》……无一不塞进一个阶级敌人，以便小英雄与之做坚决的斗争。甚至连儿歌也被要求成为"批林批孔""反修防修"的锐利武器。

最后，受"根本任务论"的影响，要求儿童文学也要按"三突出"的创作原则塑造人物形象。"儿童文学也应和成人文学一样，需要努力塑造无产阶级的英雄典型"[23]；"少年儿童文艺是整个社会主义文艺创作的组成部分。社会主义文艺创作的普遍规律完全适应于少年儿童文艺的创作。少年儿童文艺同样必须学习革命样板戏的创作经验，坚持'三突出'的创作原则，调动一切艺术手段，努力塑造无产阶级的英雄典型"[24]。

于是，作品的"成功"，就是因为学习了"三突出"的创作原则。"《向阳院的故事》的作者，努力遵循毛主席提出的革命现实主义与革命浪漫主义相结合的创作方法，学习革命样板戏'三突出'的创作原则，在艺术形象的塑造和情节结构方面，下了一番功夫。首先是把正面英雄人物放到三大革命运动中来塑造。铁柱、雪花、山虎子、红杏等一群可爱的孩子，都在阶级斗争、生产斗争的风雨中见了世面，提高了觉悟，增长了才干。黑蛋虽然一度受了阶级敌人胡礼斋的引诱，本质上仍然是个好孩子，阶级斗争把他锻炼得更聪明起来。即使是对三四岁的小锁柱的描写，也不是可有可无。"[25]而影片《闪闪的红星》中的"潘冬子形象之所以比小说里更丰满、高大，这与影片在改编时注意突出阶级斗争和路线斗争来设置英雄人物活动的典型环境是分不开的"；影片还"通过突出主要矛盾的斗争来交织'典型环境中的典型人物'的其他矛盾斗争，多侧面地塑造了潘冬子的英雄典型形象"。因此，它是"革命的电影工作者努力实践革命样板戏的'三突出'创作经验的可喜成果。电影《闪闪的红星》改编成功，再一次宣告那些攻击革命样板戏的'三突出'创作原则不适用于电影艺术的谬论的破产"[26]。

在这些用"最革命"的词句点缀起来的伪儿童文学观念的统领下，当时的儿童文学批评还能说些什么就可想而知了。尽管儿童文学创作呈现出一派萧条的或者是滑稽的景象，然而儿童文学批评中的废话、套话式的恭维却仍旧照说不误："'文化大革命'以来，随着群众性的革命文艺创作运动的蓬勃发展，少年儿童文艺创作也呈现出一派崭新的景象"[27]；"为少年儿童写的好的文学作品逐渐地多起来，这是'文化大革命'带来的文学艺术方面的一项可喜成果"[28]。

这是一个用病态的理论批评观念堆砌、构筑起来的病态的理论年头。一方面，正直的儿童文学研究者与那个时代中国所有正直的知识分子一样停止了自己正常的学术研究活动；另一方面，儿童文学研究又不得不被利用来为所谓的"文化大革命"服务。因此，这事实上已不是真正科学意义上的学术研究了，而是中国儿童文学理论批评在其历史发展进程中所遭受的一次非学术的粗暴践踏、蹂躏和扭曲。

这一病态的理论年头首先是由"文化大革命"这个民族的悲剧时代直接造成的。关于"文化大革命"，它无疑将是我们民族的一段永远值得深刻反思的经历。而对于儿童文学理论批评来说，我们更不会忘记那个时隐时现的理论幽灵。很显然，只有清除这个幽灵，儿童文学研究才有可能从非学术的批判的疲惫中解脱出来，从而实现儿童文学理论批评学科的真正的学术归位。

注 释

[1] 陈毅：《在全国话剧、歌剧、儿童剧创作座谈会上的讲话》，《文艺研究》1979 年第 2 期。

[2] 李楚城：《拿起特写这个武器》，《儿童文学研究》1963 年第 1 辑。

[3] 这两篇文章均收入 1959 年长江文艺出版社出版的《儿童文学简论》一书中。

[4] 徐景贤：《儿童文学同样要为无产阶级的政治服务——批判陈伯吹的儿童文学特殊论》，《文汇报》1960 年 7 月 7 日。

[5] 徐景贤：《儿童文学同样要为无产阶级的政治服务——批判陈伯吹的儿童文学特殊论》，《文汇报》1960 年 7 月 7 日。

[6] 杨如能：《驳陈伯吹的"童心论"》，《上海文学》1960 年第 7 期。

[7] 宋爽：《"儿童本位论"的实质》，《文艺报》1960 年第 10 期。

[8] 左林：《坚持儿童文学的共产主义方向》，《人民文学》1960 年第 5 期。

[9] 徐景贤：《儿童文学同样要为无产阶级的政治服务——批判陈伯吹的儿童文学特殊论》，《文汇报》1960 年 7 月 7 日。

[10] 杨如能：《驳陈伯吹的"童心论"》，《上海文学》1960 年第 7 期。

[11] 徐景贤：《儿童文学同样要为无产阶级的政治服务——批判陈伯吹的儿童文学特殊论》，《文汇报》1960 年 7 月 7 日。

[12] 杨如能：《驳陈伯吹的"童心论"》，《上海文学》1960 年第 7 期。

[13] 陈伯吹：《儿童文学简论·后记》，武汉：长江文艺出版社 1982 年版。

[14] 陈伯吹：《谈幼童文学必须繁荣发展起来》，《儿童文学研究》1962 年 12 月号。

[15] 陈伯吹：《"童心"与"童心论"》，《儿童文学研究》1980 年总第 3 辑。

[16] 路途：《儿童文学与儿童特点》，《人民日报》1972 年 12 月 26 日。

[17] 李奕：《重视新儿歌的创作和推广》，《光明日报》1973 年 12 月 2 日。

[18] 林尽染：《紧紧掌握时代的脉搏——评儿童文学作品〈向阳院的故事〉和〈红雨〉》，《人民日报》1973 年 12 月 30 日。

[19] 谢佐、殿烈：《歌颂小英雄表现大主题——谈谈儿童文学创作中的两个问题》，《红小兵》1975 年第 1—2 期。

[20] 谢佐、殿烈：《歌颂小英雄表现大主题——谈谈儿童文学创作中的两个问题》，《红小兵》1975 年第 1—2 期。

[21] 谢佐、殿烈：《歌颂小英雄表现大主题——谈谈儿童文学创作中的两个问题》，《红小兵》1975 年第 1—2 期。

[22] 林尽染：《紧紧掌握时代的脉搏——评儿童文学作品〈向阳院的故事〉和〈红雨〉》，《人民日报》1973 年 12 月 30 日。

[23] 路途：《儿童文学与儿童特点》，《人民日报》1972 年 12 月 26 日。

[24] 《文汇报》评论员：《要重视少年儿童文艺的创作》，《文汇报》1973 年 5 月 8 日。

[25] 林尽染：《紧紧掌握时代的脉搏——评儿童文学作品〈向阳院的故事〉和〈红雨〉》，《人民日报》1973 年 12 月 30 日。

[26] 姚青新：《精心的再创作，可喜的新收获——试谈彩色影片〈闪闪的红星〉对同名小说的改编成就》，《解放日报》1974 年 10 月 25 日。

[27] 《文汇报》评论员：《要重视少年儿童文艺的创作》，《文汇报》1973 年 5 月 8 日。

[28] 林尽染：《紧紧掌握时代的脉搏——评儿童文学作品〈向阳院的故事〉和〈红雨〉》，《人民日报》1973 年 12 月 30 日。

第九章　新时期儿童文学理论批评走向

　　50 年代以来的当代儿童文学理论建设无疑是取得了一些收获的，但是，由于极左理论幽灵的不断干扰和破坏，又在相当程度上造成了当代儿童文学理论批评中研究心态的扭曲和学术上严重的水土流失。直到 1976 年 10 月一举粉碎"四人帮"，中国儿童文学理论研究事业才告别了一个噩梦般的理论岁月，并迎来了一片新的理论曙光、一个新的理论建设年代。

　　新时期儿童文学理论的发展经历了初期的拨乱反正阶段和后期的理论调整与重建阶段。经过这两个阶段的艰苦努力，当代儿童文学理论研究开始逐渐改变以往长时期里形成的那种扭曲的、病态的学术品格，而试图培养一种健全的、开放的理论意识，并试图努力提高自身的研究境界和学术品位。尽管从更广阔的学术文化背景来看，这种努力还时显稚嫩，时显苍白，但是可以确信，这些努力所导致的理论发展趋向，以及这种趋向所包含和预示的理论前景，都是十分令人鼓舞的。

一　走出沼泽

　　如果说"文化大革命"给儿童文学研究带来的是一片泥泞的理论沼泽的话，那么走出沼泽的理论步履则是艰难的。在一个时期中，儿童文学界仍面临着徘徊不前的局面。

随着思想解放运动的深入，新的思想文化气候逐渐形成，儿童文学研究的理论转机也随之出现了。

1978年10月由国家出版局、教育部、文化部、共青团中央、全国妇联、全国文联、全国科协在江西庐山联合召开的"全国少年儿童读物出版工作座谈会"，是整个儿童文学事业包括理论研究事业出现转折的一个契机和标志。

庐山会议总结了近30年来儿童文学事业发展的经验和教训，分析了面临的现状和任务。会后，国家出版局等七家单位联合向国务院提交了《关于加强少年儿童读物出版工作的报告》（以下简称《报告》）。《报告》在肯定了新中国成立以来少儿读物出版工作的成绩和分析了极左思潮干扰破坏造成的严重后果后指出，少儿读物出版工作虽然已在积极恢复、整顿和开展，但由于"四人帮"造成的创伤很深，少年儿童书荒现象至今还严重存在，急需动员各有关方面的力量，下大决心，花大气力，迅速改变目前的严重落后状况。

《报告》针对长期以来被极左思潮搞乱了的是非界限，就新时期少儿读物出版工作提出了五条原则性意见，其中涉及了若干儿童文学的重要理论问题。例如，《报告》指出，少年儿童读物应该具有少年儿童的特点，"我们强调少年儿童特点，就是要求给孩子们出版的读物，从选题、内容、语言、表现形式或阐述方法，以至装帧插图、开本、印刷等方面，都照顾到孩子们的年龄和心理特征，考虑到孩子们的阅读能力、理解水平。不顾这些特点，主观地把成年人才能理解和感兴趣的东西，硬塞给孩子们，是错误的"；少年儿童读物应该富有知识性，"为他们编写的读物，应该是知识的宝库，要从各方面启发孩子们的求知欲，助长孩子们对知识的浓厚兴趣和爱好，引导他们立志探索大自然的秘密、向科学高峰攀登"；少年儿童读物还应该富有趣味性，"我们提倡趣味性，就是要求写得生动、活泼、形象、幽默，有吸引力，能够启发儿童的阅读兴趣，吸引孩子们的注意力和好奇心，并且要留下一些问题让孩子们自己去思索"；要提倡题材、体裁多样化，"要坚决贯彻'百花齐放、百家争鸣'的方针，敢于创新，努力克服题材狭窄、样式单调的缺点……(只要)有利于少年儿童德智体的全面发展，什么题材都可以写。少儿读物的各个品种，小说、童话、寓言、诗歌、散文、故事、游记、传记、书信、歌曲、图画、戏剧、曲艺、猜谜、科技制作、自制玩具等，都要发展，并要在实践中不断创造更多的丰富多彩的新形式，对孩子们进行多方面的教育。科学文艺是少年儿童喜闻乐见的品种，要大力提倡和扶植"。这些意见对新时期儿童文学事业的恢复和发展，都是具有指导意义的。

同时，《报告》还特别指出："要加强少年儿童读物的理论研究和评论工作。要提倡民主讨论的空气。艺术上的不同见解，学术上的不同观点，应该通过实践、争鸣的方法去解决。要提倡批评，也允许反批评。坚决废除'四人帮'搞的那一套乱抓辫子、乱扣帽子、乱打棍子的恶劣做法。"[1]

同年 12 月 21 日，国务院以国发〔1978〕266 号文批转了国家出版局等七家单位的这份《报告》，并且加了重要的批语，要求各省、市、自治区以及国务院各部委和有关部门，都要关心和重视少儿读物出版工作，尽快地把这方面的工作提上去。

就在庐山会议召开后不久，《人民日报》也于 11 月 18 日发表了社论：《努力做好少年儿童读物的创作和出版工作》。社论指出：
"对于林彪、'四人帮'的假左真右的一套谬论，以及他们规定的各种
条条框框，必须进行彻底批判，拨乱反正，正本清源，划清路线是非，
少年儿童读物的创作才有可能出现繁荣的局面。什么不能讲少年儿童的
特点，什么不准提知识性、趣味性，通通都是林彪、'四人帮'假左
真右的谬论……我们搞少年儿童读物创作和出版工作的同志，必须'思
想再解放一点，胆子再大一点'，敢于冲破林彪、'四人帮'设的禁区，
打破他们设的条条框框，在符合六条政治标准的前提下，提倡题材、体
裁和风格多样化，真正做到'百花齐放'。"

在这样的背景下，儿童文学研究终于开始了拨乱反正、走出极左
的理论沼泽的历史进程。

70 年代后期所经历的理论上的拨乱反正阶段，是与当时国家在整
个思想政治领域里的拨乱反正进程紧密联系在一起的。粉碎"四人帮"
以后，由于"左"的思潮的长期影响，特别是"文化大革命"的灾难，
儿童文学研究界面临着十分繁重而紧迫的理论清理工作，因为如果不
清除、抛弃那些偏激的、荒唐的、病态的、反科学的伪儿童文学理论，
儿童文学研究就无法恢复元气，走上正常的学术发展轨道。同时，新时
期儿童文学创作的恢复和发展，在客观上也要求理论界做出相应的配合
和努力。于是，一批旨在批判极左的儿童文学理论、清理历史旧账的理
论批评文章陆续得以发表。这些文章的内容大体包括这样两个相关的方
面。其一是理论上的正本清源。如吴岫原的《"三突出"是儿童文学创
作的绞索》（《光明日报》1977 年 6 月 4 日）、陈伯吹的《在儿童文学战线上
拨乱反正》（《光明日报》1977 年 6 月 18 日）、尚峭的《肃清流毒，解放思想，

繁荣儿童文学创作》（《儿童文学研究》1979年总第1辑）等文章，都试图批判儿童文学领域里的那些扭曲走样的荒唐理论和现象，为新时期儿童文学创作和研究的发展寻找新的理论起点。此外，那些具有一定科学性却在过去被当作谬误而横加指责和批评的理论观点，也得到了重新的理解和认识，关于"童心论"的大规模讨论就是突出的一例。其二是结合作品重新评价过去的儿童文学创作，为一批曾受到不公正批判、被打入冷宫的作品恢复了名誉，同时也对极左思潮影响下出现的一些所谓儿童文学作品进行了批判。如朱彦的《鸡毛何罪？——重评贺宜的〈鸡毛小不点儿〉》、魏同贤的《沁人心脾的三月雪——重评肖平的〈三月雪〉》（以上两篇文章均载《儿童文学研究》1979年总第2辑）、江英的《为〈"强盗"的女儿〉翻案》、任雪蕊的《不是"倒桨"，是顺桨！——重评〈省城来的新同学〉》、黎焕颐的《重读郭风的〈蒲公英和虹〉》（以上三篇文章均载《儿童文学研究》1980年总第3辑），以及批判写所谓"与走资派斗争"内容的长篇小说《钟声》、中篇小说《金色的朝晖》、短篇小说《小伟造反》等作品的一些文章。这一系列的拨乱反正的工作，初步消除了儿童文学理论中的那些极为荒唐谬误的内容，使儿童文学研究逐渐恢复了最起码的科学精神。

走出泥沼，眼前是一条理论的建设之路。

二　走向建设

进入80年代，特别是80年代中期以后，新时期儿童文学研究发生了一些明显的变化。如前所述，这种变化的背景是80

年代以来我国整个学术文化气氛的日趋宽松和活跃。因此，在前期基本完成拨乱反正的任务以后，儿童文学研究就逐步进入了过渡、调整和新的理论建设的阶段。在这个过程中，儿童文学研究的基本建设和发展趋向大体可以从内、外两个方面来加以考察和把握。其外部发展包括研究队伍的形成、学术团体的成立、研究机构的设置、理论园地的开辟、教学和研究活动的开展等各个方面，其内部发展则是指理论观点和理论体系自身的演进。

1980 年，为了凝聚全国儿童文学研究界的力量，经部分热心人士的奔走呼吁、苦心经营，成立了中国儿童文学研究会。这是新中国成立以后成立的第一个较大规模的儿童文学学术研究团体。其后，有关人士又陆续组织成立了全国儿童文学教学研究会、全国幼师普师儿童文学教学研究会、中国出版工作者协会幼儿读物研究会等群众性的学术团体。这些学术团体的成立，对于更好地团结各方面的儿童文学理论研究和教学工作者、沟通学术信息和交流渠道，对于更有效地开展儿童文学研讨活动，都起到了有益的促进作用。

与此同时，全国各地高校还陆续设置了一些专门的儿童文学研究机构。其中成立较早的是 1979 年诞生的浙江师范学院儿童文学研究室（即现在的浙江师范大学儿童文学研究所）。北京师范大学中文系儿童文学教研室也是一个重要的儿童文学研究和教学机构。其后，又有四川外国语学院外国儿童文学研究所、广州师范学院中文系儿童文学研究室等研究机构陆续成立。此外，在全国和一些省市的社会科学院文学研究所内，也出现了一些专门或兼事儿童文学研究的人员。这些专门的研究机构和研究人员的出现，使儿童文学研究在拥有大量业余研究人员的基础上，有了一支虽然还不够壮大却比较稳定的研究力量。

儿童文学理论园地的开辟和建设方面也取得了一定的进展。1979年1月，由少年儿童出版社主办的停刊已达16年之久的《儿童文学研究》复刊，与读者见面，并且从1988年起改为双月刊出版。1985年，中国儿童文学研究会主办的《儿童文学评论》宣布创刊，并在十分艰难的情况下出版了数期。1986年3月成立的中国出版工作者协会幼儿读物研究会创办了不定期的内部理论丛刊《幼儿读物研究》。一些少儿文学刊物则专门开辟了供内部交流的理论园地，如《小朋友笔谈会》《儿童文学通讯》《少年文艺创作之友》等。在外国儿童文学研究方面，四川外国语学院外国儿童文学研究所创办了不定期的内部刊物《外国儿童文学研究》。另外，一些儿童文学刊物也尽量挤出篇幅刊登理论和评论文章，如《儿童文学选刊》曾辟有《笔谈会》专栏，现在还保留有《创作谈》《佳作选评》《年度创作论评》等理论批评栏目；江苏少年儿童出版社主办的《未来》丛刊也坚持办好理论栏目。除这些阵地以外，一些成人文学理论报刊和大学学报也拿出一定篇幅刊登儿童文学理论和评论文章，如《人民日报》《光明日报》《文艺报》《文汇报》《文学报》《文艺研究》《文艺评论》《当代作家评论》《当代文艺思潮》《百家》《文论月刊》《文学自由谈》《当代文坛》《艺谭》《浙江师范大学学报》等。其中《文艺报》从1987年起开辟了《儿童文学评论》专版；《浙江师范大学学报》则于1985年、1986年、1987年、1990年、1991年、1993年分别推出了一期儿童文学研究专辑。这些理论园地的开辟，使儿童文学理论和评论文章得到了相对较多的发表机会。

在儿童文学研究、教学活动的开展方面，新时期比以往都较为活跃。除各研究机构、学术团体的日常的研究活动外，各种年会、讲习班、进修班、作品讨论会、理论座谈会、理论规划会议、创作会议以及其他多种形式的理论交流和研讨活动都比较频繁。一些高等和中等师范院校（包括幼儿师范学校）陆续开设了儿童文学课。浙江师范大学于 1979 年最早开始招收儿童文学硕士研究生，后来北京师范大学、华中师范大学、东北师范大学、南京师范大学、上海师范大学等高校也陆续招收了儿童文学硕士研究生。一些专门的儿童文学理论会议也相继召开。1984 年 6 月，文化部在石家庄召开了全国儿童文学理论座谈会。这是 1949 年以后第一次召开的全国性儿童文学理论工作会议。会议认为，儿童文学创作的发展及其所遇到的问题，在客观上突出了加强儿童文学理论批评、研究和指导的重要性和迫切性。围绕如何进一步提高儿童文学创作质量这个中心，会议着重讨论了以下四个议题：一、儿童文学的特点和文学的一般规律的关系；二、儿童文学和教育的关系；三、80 年代少年儿童的特点和如何塑造新的人物形象；四、童话的时代特色及幻想和现实的结合问题。与会者还对今后如何进一步加强儿童文学理论工作提出了许多意见和建议，其中主要的有创办儿童文学评论刊物和加强儿童文学理论队伍的组织建设问题。1985 年 7 月，文化部在昆明召开了全国儿童文学理论规划会议。会议围绕推进当代儿童文学理论体系的全面深入建设问题进行了研究和初步规划，并提出了若干实施办法。会议计划今后五年内，在全国组织力量编写、出版儿童文学理论书籍数十种，其中《儿童文学辞典》、《中国儿童文学史》（当代部分）、《外国儿童文学概论》、《儿童文学与美学》、《儿童文艺心理学》等若干种由全国少年儿童文化艺术委员会重点抓。1986 年 11 月，受全国少年儿童文化艺术委员会的委托和赞助，由四川外国语学院外国儿童文学研究所主办的外国儿童文学座谈会在重庆召开。这是我国首次召开的专门研究外国儿童文学的会议。参加座谈会的人士认为，我国对外国儿童文学及其理论的研究工作还处于初级阶段，当前应该加强队伍的建设和资料建设，系统深入地了解外国儿童文学发展的状况和趋势，熟悉和借鉴他们的新理论、新观点、新认识。为此，一些人士提议建立"外国儿童文学资料信息咨询中心"。1990年11月，少年儿童出版社和中日儿童文学交流上海中心联合主办了高规格的90年代上海儿童文学研讨会，参加会议的有国内一百多位儿童文学作家、评论家、编辑，还有来自德国、日本、捷克斯洛伐克的同行朋友。会议论题广泛，内容充实，举办得十分成功。这些会议的陆续召开，说明儿童文学理论研究事业引起了人们更为普遍的关注和重视，同时也有效地促进了这一事业的发展。

伴随着以上各个方面所取得的进展，儿童文学研究队伍无论在规模还是在人员素质上都有所提高。这支队伍中既有1949年以前即开始从事儿童文学研究的老一辈理论家，也有不少具有自身研究特点的中年理论工作者。引人瞩目的是，一批年轻的儿童文学理论和批评工作者开始进入儿童文学领域。比较起来，他们身上少有传统的重负，而更多地接受了当代科学文化思潮的影响。他们试图摆脱过去儿童文学理论画地为牢、封闭局促的研究局面，而以整个当代学术文化思潮的发展为理论背景，从观念、方法、体系等各个方面推动当代儿童文学理论学科的建设进程。因此，虽然他们的这种尝试还只是刚刚开始，但已经在一定范围内引起了人们的重视。

就具体的研究成果而言，新时期以来发表在各地报刊上的儿童文学理论和评论文章数以千计，其中有些论文已具有一定或相当的学术水平；出版各类儿童文学研究专著、论文集、资料集百余种，其中基本理论方面如北京师范大学等五所院校教师集体与蒋风个人分别编著的两本《儿童文学概论》(四川少年儿童出版社、湖南少年儿童出版社分别于 1982 年 5 月同时出版)、金燕玉的《儿童文学初探》(花城出版社 1985 年 5 月出版)、郑光中的《幼儿文学 ABC》(四川少年儿童出版社 1988 年 6 月出版)、蒋风的《儿歌浅谈》(四川人民出版社 1979 年 12 月出版)、浦漫汀的《童话十六讲》(安徽教育出版社 1990 年 5 月出版)、刘守华的《中国民间童话概说》(四川民族出版社 1985 年 8 月出版)、洪汛涛的《童话学讲稿》(安徽少年儿童出版社 1986 年 12 月出版)、薛贤荣的《寓言学概论》(安徽少年儿童出版社 1991 年 8 月出版)、叶永烈的《论科学文艺》(科学普及出版社 1980 年 6 月出版) 等；儿童文学史研究方面如浙江师范大学儿童文学研究室集体撰著的《中国现代儿童文学史》(河北少年儿童出版社 1987 年 6 月出版)、张香还的《中国儿童文学史（现代部分）》(浙江少年儿童出版社 1988 年 4 月出版)、浙江师范大学儿童文学研究所集体撰著的《中国当代儿童文学史》(河北少年儿童出版社 1991 年 8 月出版)、胡从经的《晚清儿童文学钩沉》(少年儿童出版社 1982 年 4 月出版)、王泉根的《现代儿童文学的先驱》(上海文艺出版社 1987 年 9 月出版)、韦苇的《世界儿童文学史概述》(浙江少年儿童出版社 1986 年 8 月出版)、马力的《世界童话史》(辽宁少年儿童出版社 1990 年 12 月出版) 等；作家论研究方面如金燕玉的《茅盾的童心》(南京出版社 1990 年 6 月出版)、浦漫汀的《安徒生简论》(四川少年儿童出版社 1984 年 4 月出版)、高帆的《世界著名童话家》(北方妇女儿童出版社 1988 年 7 月出版) 等研究专著和编著；工具书方面如《儿童文学辞典》(四川少年儿童出版社 1991 年 6 月出版)、张美妮主编的《童话辞典》(黑龙江少年儿童出版社1989年9月出版）等；资料集方面如蒋风主编的《中国儿童文学大系·理论卷》（希望出版社1988年11月出版）、鲁兵主编的《中国幼儿文学集成·理论编》（重庆出版社1991年6月出版）、王泉根选评的《中国现代儿童文学文论选》（广西人民出版社1989年8月出版）、锡金等主编的《儿童文学论文选(1949—1979)》（中国少年儿童出版社1981年2月出版）、浙江少年儿童出版社编的《中国儿童文学论文选(1949—1989)》（浙江少年儿童出版社1991年5月出版）、浙江师范大学儿童文学研究室编的《中国儿童文学理论年鉴(1983)》（浙江少年儿童出版社1985年10月出版）、少年儿童出版社编的《我和儿童文学》（少年儿童出版社1980年8月出版）、少年儿童出版社陆续出版的文学大师与儿童文学史料集（其中包括《茅盾和儿童文学》《郑振铎和儿童文学》《陶行知和儿童文学》《叶圣陶和儿童文学》《巴金和儿童文学》《郭沫若和儿童文学》《冰心和儿童文学》等7种），王泉根编的《周作人与儿童文学》（浙江少年儿童出版社1985年8月出版）等；翻译的外国理论著作如上笙一郎的《儿童文学引论》（郎樱、徐效民译，四川少年儿童出版社1983年10月出版）、《俄苏作家论儿童文学》（周忠和编译，河南少年儿童出版社1983年4月出版）、日本儿童文学学会编的《世界儿童文学概论》（郎樱、方克译，湖南少年儿童出版社1989年12月出版）等。这些理论著作、工具书、资料集出版后都受到了不同程度的瞩目和欢迎。此外，不少老、中、青儿童文学作家和理论家、评论家，如陈伯吹、贺宜、鲁兵、金近、蒋风、陈子君、任大霖、任大星、圣野、周晓、汪习麟、樊发稼、柯岩、刘崇善、彭斯远、刘晓石、吴然、高洪波、孙均政等，也都分别出版了一本或多本个人论文集或评论集，其中如陈伯吹的《儿童文学简论》（长江文艺出版社1982年4月第2版）、贺宜的《小百花园丁杂说》（少年儿童出版社1979年9月出版）、鲁兵的《教育儿童的文学》（少年儿童出版社 1982 年 9 月出版）等都是颇有影响的理论文集。

从 80 年代以后儿童文学研究的内部发展来看，其基本走向主要表现在以下几个方面。

首先，儿童文学研究更多地关注发展变化中的儿童文学创作实践，并从现实的儿童文学实践中不断汲取新鲜的理论滋养。诚然，理论是需要思辨的，人们也不难感觉到我们的儿童文学研究还缺乏一种深刻的思辨能力和厚实的理论感，但是另一方面，只有当思辨面对着那些鲜活生动、可感可悟的文学现象时，它才会充满理论生机并孕育出有价值的思想果实。进入过渡、调整时期的儿童文学理论领域，许多研究者在文章中力图结合儿童文学创作实际来调整那些陈旧落后的儿童文学观念，为创作的发展、创新寻找新的可能的途径，如周晓的《儿童文学札记二题》（《文艺报》1980 年第 6 期）、曹文轩的《儿童文学观念的更新》（《儿童文学研究》1986 年总第 24 辑）等文章；有些文章则结合儿童文学的发展历史来探讨其成败得失，如汤锐的《历史是一面镜子》（《儿童文学通讯》第 15、16 合刊）、陈子君的《怎样看待建国以来儿童文学发展的历史经验》（载《儿童文学论》，河北少年儿童出版社 1985 年 5 月版）等文章。此外，一些在题材或艺术手法上进行开拓和创新尝试的作品，也引起了理论界的关心和讨论。例如，《儿童文学选刊》《文学报》等曾分别就少年小说《祭蛇》（丁阿虎）、《我要我的雕刻刀》（刘健屏）、《独船》（常新港）、《今夜月儿明》（丁阿虎）、《柳眉儿落了》（龙新华）、《黑发》（陈丹燕）、《鱼幻》（班马）、《我们没有表》（梅子涵）、《六年级大逃亡》（班马）以及童话《长河一少年》（金逸铭）等作品组织过热烈的争鸣和讨论；一些创作中的现象和问题也引起了人们思考和探索的兴趣，如怎样认识 80 年代少年儿童的特点和怎样塑造具有新的时代特点的少年儿童艺术形象，如何看待儿童文学的艺术特性与艺术创新的关系，儿童文学能否和如何描写少年儿童的朦胧爱情，童话的时代特色及幻想与现实的结合问题，等等。所有这些讨论在更新观念、扶植新人、鼓励探索和创新方面都起到了积极的作用。这种理论研究与创作实际的结合，也使两者在相互促进的过程中求得了共同的发展。

其次，近年来儿童文学研究正在努力使自身原有的理论课题向新的研究深度和广度掘进。例如，儿童文学的特殊性问题是儿童文学理论的基本课题之一，历来众说纷纭。直到今天，这个儿童文学研究中的斯芬克斯之谜仍然在激发着人们思考的兴趣和勇气。当代儿童文学理论界对这一问题的比较具有代表性的看法，一般是这样两点：一、教育的方向性；二、儿童的年龄特征。例如，北京师范大学等五所院校合编的《儿童文学概论》在"儿童文学的特殊性"一节中就明确地说："教育的方向性和儿童的年龄特征"，是"儿童文学特殊性的两个基本因素"；"给儿童提供的文学作品，从内容到形式，时时要考虑到给孩子以什么教育，处处要照顾到儿童年龄特征，这就是儿童文学的特殊性"。近年来，人们在探讨儿童文学的特殊性时，已经逐渐将话题引向深入。具体表现在：一、人们意识到，"儿童文学"这一概念的指称对象是如此广泛，以致不加界定常常就无法讨论某些具体问题，因此，越来越多的人倾向于把儿童文学更具体地区分为幼儿文学、儿童文学（狭义）、少年文学这样三个既相对独立又相互衔接的部分。在具体探讨儿童文学现象，把握儿童文学规律时，人们也越来越习惯于将幼儿文学、儿童文学、少年文学的特殊性予以分别把握。二、过去人们在阐述儿童文学的特殊性时，往往强调的是它的"儿童本位性""儿童化"的特征。这种儿童文学观的历史意义在于，它从接受者的角度肯定了儿童文学的独立存在价值，在儿童文学走向自觉的历史进程中起到了积极的作用，同时在理论上，它也包含了合理的内核，即强调了儿童文学读者对象的特殊性。但是，当这种"儿童化"的儿童文学观把文学交给少年儿童时，却忘记了儿童文学同样是作家自身精神创造的结果，这就难免造成了儿童文学创作上和理论上的贫弱状态。因此，近年来一些研究者开始提出要从接受者和创作者两个方面来理解和把握儿童文学。杨实诚的《是奴隶，也是主宰——作家与童心关系新探》（《儿童文学研究》1986 年总第 23 辑）、班马的《当代儿童文学观念几题》（《文艺报》1987 年 1 月 24 日）以及拙作《儿童文学：在创作者与接受者之间》（《文艺报》1987 年 5 月 16 日）等文章都认为，长期以来，儿童文学理论偏重于强调接受主体而忽视创作者的主体性，回避了儿童文学成人作者自我意识的存在，并以年龄划分和社会生活圈为限定，区分出了一个有别于成人和成人文学的独立美学范围，超越了这一范围就是超越了儿童文学的特性，这实际上造成了一种自我封闭的状态。他们认为，无论从创作过程还是从欣赏过程看，儿童文学都不可能单纯以儿童本位为依托来构建其艺术系统，而必然只能是创作者与接受者两个世界之间碰撞、交流和融合的产物。吴其南的《从系统结构看儿童文学的创作思维——兼谈对"童心论"问题的再认识》（《浙江师范大学学报》1986 年"儿童文学研究专辑"）则从创作思维的角度探讨了儿童文学活动系统中创作者与接受者之间的关系，认为儿童文学创作的思维应该是这样一个双向运动过程：一方面，作家要从儿童出发，用儿童眼睛看，用儿童耳朵听；另一方面，他又不能一切都顺着儿童，他要站得比儿童高、看得比儿童远，引导儿童在成长的道路上攀登。这些观点的提出，深化了人们对儿童文学特殊性的认识和理解。三、人们还逐渐认识到，对儿童文学本质和特殊性仅仅从一个角度、一个层面来认识还是远远不够的，而必须从多个角度、多个层面进行系统的整体性把握。林飞的《要从整体上研究儿童文学的本质》（《广西师范大学报》1986年第2期）、班马的《对儿童文学整体结构的美学思考》（载《儿童文学评论》，重庆出版社1987年4月出版）都提出了这方面的问题。班马的文章认为，对儿童文学进行整体把握，其实就是要从宏观上显示出儿童文学应是一个与外界（成人社会）存在着相互作用的开放系统。这就把对儿童文学特殊性的认识放到了一个更广阔的参照背景上。它显然会有助于加深对儿童文学特性的了解和认识。所有这些，都显示了人们在儿童文学传统理论课题研究方面所取得的进展。

最后，面对新的儿童文学现实，依托新的学术文化背景，儿童文学研究也在力求寻找新的理论活力，主要就是努力寻找新的理论课题，开辟新的研究思路，引进新的研究方法。人们强烈地感觉到，传统儿童文学的理论框架也许是尊重它赖以形成的文学现实的，但是却背对着当今发展中的儿童文学实践，所以在变化了的文学现象面前它无法遮掩自己的窘态。很显然，文学实践正呼唤人们伸展理论思维的羽翼，去探寻那新的艺术空间的奥秘，而整个当代文学研究领域所取得的多方面进展，无疑更加剧了儿童文学研究的危机感。因此，一些儿童文学理论工作者带着强烈的责任感在突破理论禁区、深入研究盲区方面做了积极的努力。班马的《对儿童文学整体结构的美学思考》对论题进行了富有个性的理论探索；刘绪源的《两个概念的辨析——"美育"非即"审美"论》（《浙江师范大学学报》1991年"儿童文学研究专辑"）对"美育"和"审美"两个基本概念做了辨析，并指出了对一些基本概念和范畴进行辨析在学术讨论中的重要性；黄云生的《文学，在人之初——试谈文学与婴儿》（《浙江师范大学学报》1985 年"儿童文学研究专辑"）初步探讨了文学与婴儿之间的特殊联系方式；孙建江的《在运动中产生美——兼论儿童文学的美感效应》（《浙江师范大学学报》1986 年"儿童文学研究专辑"）从审美主客体所具备的运动特质及两者之间通过运动的融合等独特角度探讨了儿童文学的美感效应；朱自强的《论少年小说与少年性心理》（《当代文艺思潮》1986 年第 4 期）不仅从心理学的角度说明性心理是少年身心发展过程中的客观存在，阐述了少年小说的性心理描写在少年教育方面所具有的积极意义，而且从文学的立场出发，对论题做了细致的探讨；吴其南的《中国文化和中国儿童文学的发展》（《浙江师范大学学报》1987 年"儿童文学研究专辑"）探讨了中国传统文化对中国儿童文学发展的影响；王泉根的《论周作人与中国现代儿童文学》（《浙江师范大学学报》1984 年第 2 期）最早对周作人早期文学活动的一个重要方面——在儿童文学领域的工作及其理论主张做了较全面的论述；邹亮的《略论现代派文艺与儿童文艺的契合及其原因》（《浙江师范大学学报》1987 年"儿童文学研究专辑"）探讨分析了西方现代派文艺与儿童文艺在艺术精神特征方面的相似性及其深层动因；周晓波的《中西童话类型的演变》（《浙江师范大学学报》1986 年"儿童文学研究专辑"）运用比较的方法探讨了中西童话类型的演变过程；陈丹燕的《让生活扑进童话——西方现代童话创作的一个新倾向》（《未来》1983 年总第 5辑）论述了 20 世纪西方童话创作的一种新的走向。这些论文虽学术水平不一，却代表了近年来儿童文学理论的研究意向，即一种扩大研究对象、引进新鲜课题、更新研究方法、寻找新的理论生长点的研究倾向。这可以看作新时期以来儿童文学研究中出现的最为可喜的变化之一。

毫无疑问，当我们用一种赞赏的语气评述 80 年代儿童文学理论发展态势的时候，我们是以过去的历史状况作为参照而言的。事实上，当代儿童文学研究在总体上并没有摆脱贫弱落后的状态。我在 1985 年 9 月撰写的《我国儿童文学研究现状的初步考察》（《文艺评论》1986 年第 6 期）一文中曾经从五个方面分析了理论研究中存在的问题：一、畸形的研究格局；二、缺乏独特的理论发现和研究个性；三、静止、凝固的理论模式；四、狭窄的理论视野与单一的研究方法；五、缺乏国际的学术交流。文章所分析的虽是 80 年代中期的情况，但今天看来也仍未得到根本性的改变。如前所述，80 年代儿童文学研究领域所发生的一些变化为人们预示了令人鼓舞的理论建设前景，但是在这里我似乎还应该补充一句：要彻底改变当代儿童文学理论建设的贫弱状态，还需要人们付出更长期和更艰苦的努力。

三　儿童文学理论中几个主要问题的探讨

儿童文学理论界在拨乱反正和调整、重建理论自身的过程中，对许多重要的理论课题展开了比较广泛热烈的讨论。虽然在局外人或者今天我们一些人看来，这些讨论所涉及的话题是多么平常甚至几乎不言自明，但是由于儿童文学理论发展的特殊历史原因，也由于儿童文学理论界长期形成的特殊思维定式，使这些话题有了特殊的分量和意义。因为不弄清这些基本上是常识性的却长期在儿童文学界纠缠不清的理论问题，人们就无法静下心来思考和探讨那些更有意味更加新颖的理论命题，况且这些讨论还常常带有替过去因为提出某种理论观点而受到不公正待遇的人们平反的意思。耐人寻味的是，这些围绕常识性话题所展开的讨论并没有因为话题的平常而使人们的意见趋于统一。相反，这样或那样的彼此相左的意见仍然存在，甚至产生明显的对立。当然这也很正常——我们知道，理论的自信与理论的宽容同样是重要的。

在引起广泛关注和讨论的理论问题中，我们举其主要者评述如下。

（一）关于"童心论"

关于"童心论"的讨论是新时期以来儿童文学理论界开展的第一场较大规模的讨论。1960 年对陈伯吹的所谓"童心论"的批判，给儿童文学理论界造成了十分混乱和有害的影响。关于"童心论"的是是非非遂成为儿童文学理论界的一件长期未了的公案。1979 年 3 月 26 日，茅盾在《人民日报》发表了《中国儿童文学是大有希望的》一文中指出："过去对于'童心论'的批评也该以争鸣的方法进一步深入探索。要看看资产阶级学者的儿童心理学是否还有合理的核心，不要一棍子打倒。"1979年 6 月，中国作家协会上海分会儿童文学组成员和部分儿童文学业余作者、儿童文学编辑就"童心论"问题举行了座谈。参加讨论的人们认为，陈伯吹提出的有关看法尽管有不尽完善和可商榷之处，但那纯属学术思想问题，有不同看法，应该本着"双百"方针的精神实事求是地开展讨论，绝不应该抓住片言只字，加以夸大或歪曲，无限上纲，当作政治问题来对待。过去对陈伯吹的批判是混淆了两类不同性质的矛盾，因而是错误的，所有对他的诬陷不实之词，均应推倒。[2] 其后，《儿童文学研究》

从复刊后的第三辑开始，连续刊载有关"童心论"的座谈纪要和讨论文章20多篇。这些文章所提出的观点主要涉及以下两个方面。

第一，关于"童心论"的这场批评，人们普遍认为，"童心论"这一罪名的提出是一种非正常的政治批判的结果。任骋指出："多年来理论问题上存在的混乱就在于那些巧立起来的似是而非的名目，而这些名目又往往在后边带着一个'论'字……如果有某一'论'或是某几'论'的帽子戴到谁的头上，谁就立即'遗臭万年'，'论'的作用可谓大矣……'童心论'就是属于这种为了置人于死地而巧立起来的似是而非的名目。"[3]因此，应该彻底打碎"童心论"这个枷锁。鲁兵认为："当年不问作者的实际动机，也不问文章的总的倾向，而是从字里行间去发现'辫子'，名曰学术讨论，实为政治斗争，这些都是应当澄清的。"[4]陈伯吹本人也撰文认为，"在'童心'两字后面别有用心地加个'论'字，这是自古以来'刀笔之吏'的绝招"[5]。总之，人们一致认为，所谓"童心论"是被硬批出来的一桩学术冤案。

第二，关于"童心"的具体理解和评价，人们认为，所谓"童心"问题，其实就是儿童文学特点问题，同时也涉及儿童文学创作和理论研究中的一系列重要问题。魏同贤认为，对于陈伯吹有关"童心"的论述，"我们如果进行全面的、实事求是的分析的话，那末，就不难看出：第一，他所讲的童心，仅仅是基于儿童的年龄特征所表现的特有的生理、心理特点；第二，这种特点对儿童文学的要求，就形成了儿童文学的特殊性；第三，这种特殊性的存在，不是否认儿童文学的教育作用，而是为了卓有成效地、有的放矢地进行思想政治教育；第四，作为教育者的儿童文学作家（包括编辑），不要忽视这种特点，而是应该设身处地地熟悉、了解乃至揣摩这种特点，这就是为了更好地塑造文学形象，进行创作，也是为了使作品更适应接受者的阅读要求"[6]。蒋风在《"童心论"辨析》一文中，从儿童的感觉、知觉、想象、情感、兴趣、爱好等心理因素入手分析了儿童的心理特点和思维规律，认为"如果'童心'所指的'从儿童观点出发'，是指的掌握儿童思维这一规律，'用儿童心灵去体会'，我想还是合理的，也是必要的"[7]。

至于"童心论"在理论上的不足之处，人们也发表了一些看法。魏同贤认为，陈伯吹的某些论点还是可以商榷的，"比如，儿童的立场、角度、眼睛、耳朵云云，从修辞学的运用比喻上讲自然并非不可，但总显得过于瘸腿，要求一个已经迈进成年的作家，再回复到他的儿童甚至幼童时代，这恐怕是一个无法实践的难题。而且，作家的从生活中汲取素材，包括了他的经历，所见甚至所闻，并不要求他处处化身，事事亲历。这些，就都是陈伯吹同志论述中的缺陷"[8]。不过他认为即使这样，我们仍不能抹杀陈伯吹论点中的合理因素。黄河涛也认为，陈伯吹有关儿童文学特点的立论，"虽然有的还存在着不严密和有待进一步商榷的地方，但是，在问题的总的方向上，是正确的，是切中了儿童文学的时弊的"[9]。

讨论中也出现了一些对"童心"的不同理解和评价。黄新心分析了两种"童心"的含义。他认为，首先从"童心"一词延续几千年的应用实际看，"它是有着特定的含义的，具体地说，指的是真心、真情实感——像儿童心灵的纯真一样"。这种"文学意义上的'童心'，不是对儿童文学作家的特殊要求，也无从借以说明儿童文学的特点"。其次是心理意义上的"童心"。黄新心认为，而实际上"儿童心理特征的内涵相当丰富，其形成和发展甚是复杂，笼统地用一个'童心'来囊括，就不科学了"。同时，成人的实践活动"与年龄小、生活范围狭窄、知识能力有限的儿童相比，在内容和性质上都有完全的不同。怎么能够想象，他们会在自己的实践活动中，仍然保持着儿童的心理特征?"因此，"具有心理意义上的'童心'，不是儿童文学作家所能做到的，同样也无从借以说明儿童文学的特点"。"如若因为儿童文学有其特殊性，就提出儿童文学作家要具有一颗'童心'，照此推理，专事历史题材的作家，岂不要有'古人之心'? 专事外国题材的作家，岂不要有'洋人之心'? 所有的男女作家，岂不都要有'异性之心'? 这显然是不现实的。"总之，"'童心'一说，既不能借以说明儿童文学的特点，又不能正确指导儿童文学创作"[10]。

由于特定的历史原因，这场关于"童心论"的讨论在很大程度上带有一种为蒙受冤屈者及其理论观点进行政治平反的意味。这在当时的情况下是很自然的事情。与此相联系的是，这场讨论就整体而言在学术性方面相对显得不足。不过，由于为曾使儿童文学理论界犯忌的"童心论"恢复了名誉，这就给日后人们更广泛而深入地探讨儿童文学活动过程的特殊性问题提供了可能的条件。

（二）关于儿童文学与教育的关系问题

在儿童文学界，文学与教育的关系问题是一个经久不衰的话题，从五四运动前后一直争论到现在。1949 年以前很有影响的"儿童本位论"认为，儿童文学就是以儿童为本位的文学，此外便没有什么其他标准了，因此主张要"迎合儿童心理供给他们文艺作品"（周作人语）。这一理论强调儿童文学活动中儿童的自娱和成人的迎合，而不是强调成人对儿童的教育，其合理性与偏颇都是显而易见的。1949年以后，在很长一段时间里，儿童文学与儿童教育的关系又几乎被强调到了合二为一的地步。一些有影响的儿童文学理论著作中不时出现"儿童文学是一种教育工具"的论点，还有的文章则干脆认为"儿童文学是教育儿童的文学"[11]。进入新时期以来，儿童文学与教育的问题继续成为儿童文学界关注的理论热点之一。在有关的讨论中，许多人认为，强调儿童文学的教育作用是正确的，但长期以来把儿童文学说成是"教育儿童的文学"和"教育的工具"，作为一种文学观念却是很不科学的。这种提法主要的是把儿童文学的教育作用孤立起来强调，既不能说清楚文学艺术的全部功能，也不能把艺术的教育和一般意义上的教育加以准确区别，因而容易忽视艺术的特点，妨碍艺术质量的提高。也有人认为，"教育作用"实际上也就包括了"认识作用""审美作用"，因此文学的功能只提"教育"也并非不可以。但是多数人认为，文学的教育作用、认识作用、审美作用、娱乐作用固然不是相互孤立的，而是有着相互渗透和相互包含的部分，但也绝不能相互代替。因此，那种主张只提"教育作用"或者只提"审美作用"的意见都是不够恰当的。一些人还指出，在对儿童文学教育作用的理解上，由于"左"的影响，过去人们理解得十分狭窄，"教育"往往成了"教训"和"说教"的同义语，而"教育作用"又往往被看作仅仅是指政治思想和品德方面的作用。这样，许多作者在进行创作时，就常常忽视了艺术的客观规律，不是从生活出发，不是从审美的角度去提炼主题、创造人物形象，而是从概念式"问题"

出发去抓取题材，建构作品，甚至纯粹是为了图解某种思想而写作，这就不能不影响作品的艺术质量。[12] 因此，"时至今日，我们决不能把儿童文学单纯作为达到某种思想教育目的的直接教具……我们如果把儿童文学的教育作用理解得过于直接、偏狭，仍然有导致忽视艺术规律和儿童文学作为文学的特点，回到'左'的老路上去的可能"[13]。

儿童文学与教育的关系问题在近期仍然是一个引人瞩目的话题。1987年6月4日《解放日报》刊登的陈伯吹的题为《卫护儿童文学的纯洁性》一文，对儿童文学的教育性做了这样的论述："文学的高贵处，不仅在于让读者全身心地获得愉快的美的享受，更重要的在于以先进的思想启示人生道路，促使人作出道德范畴内的高尚行为，推动社会前进。"同时，文章还对近年来儿童文学创作中的"一些错误倾向"提出了激烈的批评。1988年第1期《儿童文学研究》刊登的陈伯吹的另一篇题为《儿童文学与儿童教育》的文章又重申道："尽管文学与教育，在精神文明世界中分属两个范畴，但是如果打个'跛了脚的'譬喻来说，如同长在人体上的手和足，名义上是分别为上肢和下肢，实际在行动上随时随地协同一致、相辅相成的。所以从广义过火点儿来说，似乎也可以这么理解：'文学即教育'；特别在儿童文学的实质上透视，就是如此。"

针对陈文的观点，一些研究者撰文提出了不同的看法。我在《近年来儿童文学发展态势之我见——兼与陈伯吹先生商榷》一文中就不同意陈伯吹先生对近年来儿童文学领域出现的所谓错误倾向的批评，而是认为近年来儿童文学创作逐渐摆脱了"片面强调正面教育的保守封闭的儿童文学观念"的束缚，在"思想内涵、艺术形态等方面，都开始从过去的单纯化、单一化状态走向文学的丰富和厚实"。同时，从对当代儿童文学历史发展的考察中，我对儿童文学是"教育儿童的文学"的观念进行了反思，认为"把教育作用当成我们儿童文学观念的出发点，在客观上却造成了儿童文学自身文学品格的丧失"，但"对这一儿童文学观念的否定并不意味着对儿童文学教育功能的怀疑"。刘绪源在《对一种传统的儿童文学观的批评》一文中，针对"教育儿童的文学"这一传统的儿童文学观念着重指出，"只有以审美作用为中介，文学的教育作用与认识作用才有可能实现"，因此，"文学的本质只能是审美"。文章还认为："儿童文学要净化儿童的心灵，但这并不等于儿童文学本身是净化过的文学"，净化了的文学是不美的，是不能净化审美主体的。这两篇文章发表后引起了比较广泛的注意。《文汇报》《新民晚报》《报刊文摘》《新华文摘》《中国百科年鉴》等报刊先后摘介、报道、转载了有关观点或文章。

关于儿童文学与教育之间的关系问题在儿童文学理论界长期众说纷纭、纠缠不清，这既反映了儿童文学界在理论思维能力方面的贫弱和理论思维品质方面的偏狭、固执的特点，也说明了儿童文学与教育之间的关系问题确是儿童文学研究中的一个重要理论课题，需要进行更深入的科学的研究和探讨。

（三）关于儿童文学特点与文学一般规律的关系问题

儿童文学特点与文学一般规律的关系问题也是儿童文学理论界所面临的一个特殊的创作和理论课题。过去由于"左"的文艺、教育思想的影响和不能历史地、恰当地估计发展变化着的少年儿童特点，以及过分和不恰当地强调儿童文学特点而忽视其作为文学的共同规律，因而造成了儿童文学创作中的某些偏差。其主要表现为：第一，认为搞儿童文学创作就是为孩子编故事，在一些作者当中出现了不重视深入生活以至脱离生活凭空编故事的现象；第二，许多作者认为儿童文学的重要特点就是要故事性强，于是便片面追求离奇曲折的故事情节，以情节取胜，而忽视人物形象的塑造，忽视应有的文学追求；第三，由于不恰当地估计少年儿童的接受能力，出现了许多不能真实地反映现实生活的作品，以及忽视儿童文学的认识作用；等等。长期以来，以上种种脱离艺术创作的共同规律的现象，却被加上一顶所谓的"儿童文学特点"的保护伞而加以掩盖，反过来成为提高儿童文学创作质量的严重障碍。[14] 因此，人们普遍感到应该重新认识儿童文学特点与文学一般规律的关系问题。任大星说："我是赞成'儿童文学首先应该是文学'的。就以儿童小说来说，它跟成人小说一样是小说，不同的是它的读者对象是儿童……所以我在讲儿童文学的时候，都是从文学的一般规律讲起，后面才专门讲儿童文学的特点。这个特点就是儿童文学不同于成人文学的地方，我是从主题、题材、语言、一般的艺术表现手法四个方面来分析的。但分析的结果，我又觉得这个特点是相对的，不是绝对的。"也就是说，儿童文学首先应该是文学，要强调它的文学特性，同时也要看到它不同于成人文学的特性。曹文轩更是明确地说："儿童文学是文学，不是别的。这本来是一个简单的，无须重申的，更不需争论的问题。然而，由于受到'左'的影响，有一个时期，我们无论在理论上，还是在实践上，都不愿或不敢正视这一问题，而生产出不少的标着'儿童文学'字样而实非文学的平庸之作。这些冠以文学的作品，没有为我们创造多高的文学价值。"他认为："儿童文学是文学。它要求与政治教育区别开来，它只能把文学的全部属性作为自己的属性。"[15]陈子君认为："儿童文学的特点和文学的一般规律应当是一致的。如果单讲特点而不讲共同规律，儿童文学就会偏离艺术创作的轨道，成为一种缺乏艺术特点的东西；反之，如果单讲共同规律而不讲特点，儿童文学又会失去自身存在的价值。"[16]

人们之所以一再强调"儿童文学首先应该是文学"这样一个常识性的命题，是因为他们痛切地认识到多年来过分强调所谓的儿童文学特点（在很大程度上就是将儿童文学视为教育儿童的文学、教育的工具）造成了儿童文学自身审美品格的丧失。因此，这一命题的提出和被确认在特定的文学现实语境中是必要而合理的。它意味着儿童文学在经历了审美的失落和贫困之后开始自觉地向文学的审美特性回归，向文学的普遍规律寻求认同。但是还应该认识到，把儿童文学特点与文学的一般规律机械地割裂开来也是不恰当的。事实上，它们是辩证的统一体。准确地说，儿童文学的特殊性必然要借助儿童文学的文学性来表现，而其文学性也总是以一种有别于成人文学的特殊方式和形态表现出来的。

（四）关于幼儿文学的文学特性问题

幼儿文学研究的相对独立和活跃，是 80 年代以来儿童文学研究中一个引人注目的现象。关于幼儿文学的艺术个性及如何认识幼儿文学的文学性问题，成了幼儿文学研究中的一个重要的话题。

在一般人的观念中，幼儿文学就是那种纸张雪白光亮、图画五颜六色、文字简单而字体特大的"小人书"。[17]很显然，幼儿文学的"文学"存在方式与一般文学乃至童年文学、少年文学的存在方式都是有所不同的。那么，幼儿文学还能算是文学吗？离开文学的语言艺术特征而面对图画或其他艺术媒介来讨论幼儿文学的"文学性"问题，这行得通吗？

早在60年代初，陈伯吹就已谈论过这个问题。他说："也许有人以为既然全部是图画，或者绝大部分是图画，就不能把它们看作文学了。究其实际：图画只是文字凭借它来作为一种表现的形式，正像凭借文字来作为表现的形式一样，它的实质是个有目的、有组织、有思想、有艺术，经过精心构思的文学故事，不但有动人的情节，还有深刻的教育意义。"[18]因此，陈伯吹认为图画在幼儿文学中不是"装点门面"，也不是仅仅帮助"说明内容"，而是作为主体来表达思想的，它比文字更形象地直接诉诸幼儿的感官。这是幼儿文学的一个特点。

与此不同，鲁兵在1985年撰写的一篇文章中认为："对尚未识字的幼儿，亦即学龄前的孩子来说，文学作品不是他们自己读的，而是父母教师念给他们听的。文学离开语言就不成立了，文学作品不能是无字碑。因此，根据文学作品绘制、附以简单的文字说明的图画书，是不完全的文学读物，严格地说，不是文学读物……儿歌、故事、童话，都只能通过大人的诵读，尚未识字的幼儿才能得到真正的欣赏，不只是了解其内容，而是欣赏其语言艺术。"[19]鲁兵强调了幼儿文学的语言艺术特征，同时也指出了幼儿文学在传播、欣赏方面的特点：由于幼儿尚不识字，所以幼儿文学主要是父母、教师念给他们"听"的文学。

关于这方面的思考和讨论的一篇力作是黄云生的论文《一个

被误解的文学现象——关于幼儿文学及其理论的思考》。黄云生认为，现代人观念中的精美的"小人书"其实"并非幼儿文学的本来面目。恰恰是这种精美的外在形式，这种现代物质文明对幼儿的恩赐，把幼儿文学的初始形态以及它的最基本的特点给掩盖起来了，以至于使人们误以为幼儿文学是靠现代科技催化出来的新生事物"。他在分析了文学史发展的事实后指出："儿童文学发展史上客观存在的文学现象，不仅说明幼儿文学在儿童文学形成之初就已存在，也不仅说明幼儿文学一直是未分化时期儿童文学的真正主体，而且还使我们认清了幼儿文学在它产生和传播的过程中形成的艺术特征。归结到一点：幼儿文学是'听'的文学，而不是'看'的文学！"同时，也"只有回到古老的唱儿歌听故事的情境中，只有在认定幼儿文学是'听'的文学这一前提下，幼儿文学的文学性才会自己生动地显现出来"。那些插图漂亮、装帧精巧的"图画书"当然有其独特的审美价值，但"它们无法取代幼儿文学。幼儿文学的本质只能是文学的，只有在语言艺术的氛围中才能感觉到它的存在"。

从幼儿文学的语言艺术特征出发，黄云生进一步论述了幼儿文学理论研究的重要性。他说，幼儿文学"自有宽阔的语言艺术领域，自有历史形式的美学个性。而浅显单纯的形式之中又包含着神妙莫测的涵义；尤其是它的读者，这些正在发生和发展中的小天使，他们的审美心理的结构和势能，对于幼儿文学创作，具有决定性的和制约性的意义。在这一切的中间，还有许多深层的研究课题，很有研究价值，可惜至今无人涉足，依然是'斯芬克斯之谜'"。而从儿童文学三个年龄阶段的研究来说，"最能反映儿童文学特殊性的理论恰恰是幼儿文学理论。换言之，幼儿文学理论应该是整个儿童文学理论中最核心最本质的所在"；

"儿童文学理论如果不致力于研究儿童文学自身的特殊规律，则无异于取消自己的独立品格，也就失去了自己存在的意义"[20]。

此外，樊发稼也在 1990 年的一次会议上提出了"文学是幼儿读物的灵魂"的观点。他认为，当代不少幼儿文学作品"之所以不能吸引幼儿，缺乏生命力，除了不可抗拒的社会政治因素外，最重要的原因，就在于它本身缺乏文学应有的魅力，比如说，围绕某种理念、教训编织故事，简单、生硬、浅薄的拟人化，缺乏精心独特的艺术构思，语言粗鄙，等等。这正是作者没有很好地赋予作品以文学的灵魂的结果"[21]。

很显然，由于幼儿读者身心发展和审美心理的独特性，幼儿文学在艺术存在方式方面有着独特的形态和面貌。我认为，对幼儿文学艺术特性的研究不仅有助于加强我们对幼儿文学自身特征的认识，而且对整个儿童文学研究也是大有助益的。从近年来理论界的探讨来看，人们在区分"幼儿文学"和"幼儿读物"这两个概念的基础上，越来越强调幼儿文学的"文学"本性。这与整个儿童文学界在肯定儿童文学的教育功能的前提下要求它回归文学的"审美本性"的理论趋向是一致的。毫无疑问，沿着这一思路的探索，对幼儿文学的理论建设和创作实践都将会产生积极的影响。

新时期以来，儿童文学理论界特别关注和热情探讨的问题，大都是一些最基本的理论课题。这些课题带有更多的传统色彩，也就是说，它们都曾在过去被提出或谈论过。当然，现在重新予以探讨，也必然会在这些传统理论话题中加入一些新的内容。同时我们也可以预料，随着时间的推移和儿童文学现实的发展，一些更新鲜的理论课题也必然会逐步进入当代儿童文学研究的理论视野。

四　关于少年小说创作的几次讨论

当儿童文学理论界围绕着一些理论课题展开一次次的讨论的时候，儿童文学实践的发展也不断地把一些新的问题摆在了理论界的面前。这些问题是从最近的文学创作实践中产生的，因而带有强烈的现实感。这些问题的提出和由此展开的讨论不仅对儿童文学创作有着重要的意义，而且对儿童文学的理论建设也是有着积极的促进作用的。

在整个新时期的儿童文学界，就创作的活跃和争鸣的频繁而言，少年小说领域无疑是最为突出的。少年小说领域所发生的一些变化，几乎构成了新时期儿童文学发展的基本线索之一。同时，这些变化也为新时期的儿童文学理论界提供了最丰富的话题。

（一）关于如何把握和塑造当代少年的形象

1983 年第 1 期《儿童文学》刊载了刘健屏的短篇小说《我要我的雕刻刀》。这篇小说因塑造了一个极富有个性的少年的形象而引起人们对如何认识和表现当代少年特征这一课题的争鸣。其实更早一些时候，王安忆的《谁是未来的中队长》、庄之明的《新星女队一号》等都曾带来过相似的话题，但刘健屏笔下的章杰无疑有着更丰富的内涵，他常常与众不同的内心世界和独特见解，使人们不能不跟着作者一起陷入沉思。围绕这篇小说所产生的分歧主要有两点：一是如何认识当代少年的个性；二是如何塑造当代少年的形象。唐代凌认为，章杰这一形象体现了当代少年的个性。他特意写道，优秀的与当代的是完全不同的两个概念；既然称之为当代少年，就应该有我们这个时代的气息，应该表现出与过去不同的思想和气质。他分析了当代少年的个性，认为这些个性中"青黄杂糅，优劣并存，包含着值得提倡的正确的一面，也不可避免地带着时代的局限性"，而章杰也正是这些当代少年中的一个。[22]

唐代凌的见解引出了李楚城和达应麟的商榷文章。他们认为，不能以为80年代与50年代少年会有根本不相同的思想和气质，儿童文学应该努力塑造值得广大读者直接仿效的优秀少年形象。[23]

相对说来，陈子君的《谈〈我要我的雕刻刀〉的得与失》一文更侧重于通过对作品的具体分析来讨论问题。他肯定作品的主题思想"有着一定的积极意义"，又分析了作品在刻画人物，具体处理各种矛盾和阐述某些问题的是非界限时所出现的"一些偏颇"。[24]

意见看来很不一致，而且那些涉及社会学、伦理学等领域的问题也许不是少年小说本身所能解决的，但少年小说却无法回避这一切。讨论虽然没有最后取得一致意见，但当各种意见一起摆在面前时，人们的思考便不能不深入一层。

（二）关于如何表现社会生活的广阔的"外宇宙"

新时期的少年小说作家们逐渐意识到，面对社会生活的广阔的"外宇宙"，儿童文学对现实的理解水平和摄取方式已显得十分肤浅和呆板，因此，敏感的作家开始尝试在少年小说创作中变换自己单一的观察态度和截取方式，力求使作品具有更丰富的容量和更深厚的意蕴。丁阿虎的《祭蛇》在一场似乎纯粹是乡间孩子玩祭蛇游戏的场景中传达了启人深思的意味，光怪陆离的现象背后涵纳着生活的酸甜苦辣。[25] 常新港的《独船》描写了一个渴望合群和友谊的少年石牙内心的痛苦及其抗争，述说了一个在生活中变得异常自私、冷漠、狠心、孤僻的父亲由于不理解儿子的内心要求和愿望而终于失去儿子的悲剧性故事。[26] 与人们早已习惯的儿童文学色彩相比，这些作品所呈现的色彩无疑要丰富得多，也凝重得多。

作家的探索引起了评论界的瞩目。周晓撰文认为，《祭蛇》和另一篇小说《弓》（作者曹文轩）的共同特点，是它们的作者都着眼于写生活，而且对生活的反映都不那么单纯。他指出："追求反映生活的深广多样，追求作品的高度艺术性和新的艺术方法决非邪道，相反，这是少年读者之幸，也是我国儿童文学事业发展之幸！"[27] 曾镇南则写道："生活本身是深不见底的，即使是孩子们的生活，也往往出乎大人们的揣度之外。"他认为，描写一种"深邃的人生内容"，是有助于加强少年文学的"深度、力度、生命力"的。[28]

人们在陆续读到一些从不同角度对《祭蛇》和《独船》给予肯定的文章的同时，也看到了一些相反的意见。樊发稼认为，《祭蛇》虽然写得十分热闹，但这种表面上的热闹掩盖不了总的来说是一种比较灰暗的调子。由于总体构思的失误，这是"一篇有明显缺陷、社会效果未必好的作品"[29]。关于《独船》的讨论主要是围绕着这篇作品能不能算一篇少年小说（儿童文学）而展开的。管锡诚撰文说：《独船》这篇小说"独特，但不是儿童文学"。他认为，《独船》有着震撼人心的艺术力量，它向我们提出了一个十分严峻的现实问题：理解我们的下一代，关心我们的下一代，"《独船》的深刻意义就在这里"。然后作者笔锋一转："但我对这篇小说作为'儿童文学'刊登则大惑不解。如果不是最初发表在《少年文艺》上，我无论如何也不会想到这是一篇供给孩子看的'儿童小说'。这种成人化倾向十分强烈、明显的作品，能作为'儿童小说'推荐给小读者吗？他们看了能在心里产生什么感受？我认为，《独船》……不应该刊登在《儿童文学选刊》上，而应当推荐给成年人阅读，应当刊登在《父母必读》《家庭》《人民教育》等成人刊物上。"[30] 总之，他认为这是一篇向成人提出问题的小说，因而不能算作少年小说。梅子涵则认为，《独船》"是儿童小说，但不典范"。他的逻辑是：《独船》"毕竟仍旧能使少年读者们得到于他们的人生有用的教益和启示"，因而"可算是一篇儿童小说"；但作品不是以"石牙的反叛和促使反叛的痛苦复杂的心理"为主线，而是以"我们现在究竟应该怎样做父亲的伦理课题来做儿童小说的主题"，这"难道不稍稍有些对牛弹琴的味道吗？"[31] 由于艺术角度处理上有些颠倒，《独船》不是一篇典范的儿童小说。此外，王泉根在题为《为"成人化"一辩》的文章中提出了与曾镇南相同却又更为肯定的看法。他认为，少年儿的特点"要求我们必须以很大的机智来对待少年文学的创作"，应该"机智而巧妙地把儿童化与适度的成人化因素结合起来"[32]。

不难发现，争议的焦点不在于少年小说能否再现广阔的"外宇宙"，而在于应该如何实现这种再现，也就是如何以少年读者的审美心理为参照确立自身对"外宇宙"的观察态度和截取方式。这实际上反映了人们对少年小说艺术特性的困惑感，以及认识和把握这一特性的强烈意愿。

（三）关于如何开发人物心理的"内宇宙"

在社会生活的"外宇宙"受到全面审视的同时，少年小说的艺术视野也在更深入地向着人物心理的"内宇宙"延伸。在这方面，少年小说所进行的探索同样是充满困惑的。最为典型的困惑表现在怎样正视、把握和艺术地再现少男少女们伴随着身心进一步发育成熟而产生的青春期意识和所谓朦胧爱情。丁阿虎的《今夜月儿明》（《少年文艺》1984 年第 1 期）和龙新华的《柳眉儿落了》（《青年报》1984 年 11 月 23 日）的先后发表犹如投石击水，激起了强烈的反响。来自各方面的议论构成了各种各样的对立观点：有对少年小说能否描写少男少女朦胧爱情的不同看法，有对应该如何把握和描绘这种朦胧爱情和青春期意识的各家见解，还有对具体作品的不同理解和阐释。这些观点或侧重于心理学的引证，或着重于教育学的分析，或集中于文学观的探讨，或干脆用个体生活经验进行肯定或否定的评判。其中，朱自强的论文《论少年小说与少年性心理》（《当代文学思潮》1986 年第 4 期）对论题做了较细致深入的探讨。作者并不拘泥于具体作品做就事论事的议论，而是带着一种理论上的建设意识阐发论题，因而给人留下了较为深刻的印象。

（四）关于如何看待少年小说审美形态的发展

进入新时期以来，人们在许多作家那里看到了对新的少年小说审美形态的自觉追求，而班马的《鱼幻》（《当代少年》1986 年第 8 期）的发表，使这种追求引起了人们更广泛的注意。

《鱼幻》缺乏传统儿童小说所具有的那种审美上的明晰性。对于习惯于用一两句话拎出作品主题思想的读者来说，它所传达的"江南味道的意境"可能反而容易被轻易地忽视掉。班马曾经说："写《鱼幻》的动机，便是想让小读者得到一点江南味道的意境，也就是在心中增添那么一点中国的文化背景。这种文化背景对他们已成为陌生的了，而'陌生'，却正是我所要表现的。"[33] 陌生的文化背景加上陌生的表达方式，这就不可避免地要使传统的视读经验感到加倍陌生了。

当然，那些有着良好文学素养的大读者还是喜欢《鱼幻》的，他们担心的是少年朋友们能否接受这篇作品。余衡认为《鱼幻》"是一篇精致的小说，是一件小小的艺术品，耐读，耐咀嚼"，但"这小说太精致了！精致到只配由你们大人来读"。他补充说："少年人不是不能接受比较精致、比较新颖独特的作品，而是目前在素质基础上仍有距离。"[34] 郑晓河承认"《鱼幻》一扫故事、情节、人物似曾相识之通病，给人一种全新的感受，引起读者读后的思索"，同时又以他自己和"周围几位读过这篇作品的大读者"看不懂为依据，推测"小读者恐怕就更不在话下了"，并得出如下结论：《鱼幻》的探索是失败了。[35]

（五）关于《新时期少年小说的误区》一文的争鸣

上述探索和讨论终于引发了关于少年小说的一场引人注目的理论争鸣。这场争鸣的直接导火线是朱自强发表在《当代作家评论》1990年第4期上的论文《新时期少年小说的误区》（有删节）。在这一年11月份召开的"90年代上海儿童文学研讨会"上，与会的部分中青年儿童文学作家、评论家就该文的观点进行了讨论，其中不少人持强烈的批评态度。这一情况引起了《儿童文学研究》编辑部的注意。编辑部遂决定将早已收到的《新时期少年小说的误区》（以下简称《误区》）一文全文发表于该刊 1991 年第 2 期上，以便引起进一步的讨论。此后，《儿童文学研究》1991 年第 3 期发表了吴其南的《错位的批评——读〈新时期少年小说的误区〉》（以下简称《错位》），第 6 期发表了金燕玉的《批评武器和批评方法的双重失误——评〈新时期少年小说的误区〉》（以下简称《失误》），由此形成了不同观点相互交锋的局面。

《误区》一文首先对新时期以来儿童文学界普遍认可的命题"儿童文学首先是文学"进行了分析，认为"这个命题的提出，可以说带来中国新时期儿童文学的质变，具有十分重大的文学史意义。但是，正如一位名人所说的，再往前一步，哪怕只是一小步，真理就会变成谬误。当我们把儿童文学置于诸如儿童心理学、儿童教育学等非文学的儿童文化形态的参照系里思考儿童文学的本体意义时，'儿童文学首先是文学'这一命题无疑是正确的。这个命题也正是在这种参照中提出来的。然而，当我们把儿童文学置于文学这个大系统中思考儿童文学的本体意义时，'儿童文学首先是文学'这个命题则无疑是错误的。正确的则应该是'儿童文学就是儿童的文学'，即是说在儿童文化大系统里强调文学性，在文学大系统里强调儿童属性，这才能把握住儿童文学的本体意义"。

在做出上述说明之后，《误区》一文写道："但是，一些少年小说作家，包括一些评论者，（我也曾一度）不加节制地强调、使用了'儿童文学首先是文学'这一本来是正确的命题。在他们的头脑中文学性大大膨胀，儿童化被挤到了角落。一般来说在儿童文学中追求文学性不仅没有错误，而且应该是有抱负的儿童文学作家的执着追求。但是在特殊的条件下，这项工作却面临着步入远离儿童文学的歧途的危险。""在我们少年小说作家中，就有几位三四十岁的青年作家走入了误区。"他们以"儿童文学首先是文学"为引路的旗帜，"但是，当他们痛感过去许多儿童文学作品文学品位的低下，要提高儿童文学的文学性时，他们仍然打着这面旗帜，而没有建立'儿童文学就是儿童文学'这一命题……其结果便是向成人文学靠拢，提高的已经不是儿童文学的文学性了。这种情况下，文学性越高，作品便离儿童文学越远。班马的《鱼幻》(《当代少年》1986 年第 8 期) 便是最为典型的例子"，而且，类似的作品还在"继续不断地冒出"。《误区》认为："我国有三亿多嗷嗷待哺的少年儿童，相比之下，儿童文学读物的出版发行数量却少得可怜，又值此出版业的低谷，再不能给此类'探索'开绿灯了！"

除批评"无视少年读者的班马们"之外，《误区》还进一步对常新港、曹文轩、刘健屏这三位作家的少年小说创作做了批评。

在"'趣——情——理'——从面向儿童转而面向成人的刘健屏"一节中，朱自强认为："如果儿童的心性、儿童的生活形态好比水，那么作家的自我意识应该是一粒盐，而不是一滴油。当作家的自我是一滴油时，不仅它不能溶于儿童生活，而且更多的时候，是在作品中连真正的儿童生活都难以找到"；而"刘健屏的《我要我的雕刻刀》就是一篇这样的作品"。朱自强说，刘健屏从创作初期到《我要我的雕刻刀》所经历的创作变化令他"感到遗憾和惋惜"。尽管第一阶段的作品并非那么完美，却是站在了真正儿童文学的基点上，而后来的作品"去思考追求深刻重大的主题"，但这些主题"并没有艺术地凝结成儿童生活形象，在作品中，它们仅仅是一个'理'——是作家的深沉的自我"。这反映了作家创作立场从面向儿童转而面向成人的变化。

在"'我根本不想去了解现今的中学生'——架空儿童与真实生活的曹文轩"一节中，《误区》批评曹文轩的小说"大而空洞，华丽无实"，并通过对《古堡》《弓》《再见了，我的星星》等作品的分析后认为，"富于浪漫气质和诗歌精神的作家曹文轩在按照自己的审美标准在头脑中想象塑造着这些农村少年"；"曹文轩笔下，没有生活中的儿童，只有他自己观念中的想象中的儿童"；其"原因就在于他'根本不想去了解现今的中学生'——不去写现实生活中的少年"。

在"'直抒悲哀''令我获得了大大的快感'——陷入偏狭、自私心理的常新港"一节中，作者肯定了常新港的成名作《独船》，同时认为，"此后常新港没有很好地巩固和发展《独船》里那些具有很高的儿童文学价值的东西，而是走入了发泄对个人命运怨天尤人的死胡同"，"在此后的常新港那些表现生活艰辛和磨难的小说中，他的少年主人公失去了石牙默默地坚忍和顽强地超越人生的艰辛磨难这种自尊、自强的精神，而是程度不同地带着一种抚摸自己的创伤时而产生的对个人不幸命运的不平和对生活的怨恨之气，而这种不平和怨恨之气，有时甚至不公正地撒向那些比自己的命运好一些的同龄人"。文章还进一步说："即使常新港的童年和少年真正的像他说的那样'很是不幸'，但是他的少年小说的那股怨恨不平之气，是否还是使人感到他的心里有些偏狭、自私、阴暗呢。这样一种少年小说，又谈何'悲壮'和'阳刚'呢！"

总之，按《误区》一文自己的说法，它"将目前在评论界呼声很大，载誉极高的刘健屏、曹文轩、常新港的创作基本否定了"。由于该文批评对象本身在新时期少年小说所具有的分量和地位，也由于该文的那股"横扫千军，敢言人之未敢言的气势"（吴其南语），它的发表引起了儿童文学批评界的广泛注意就是很自然的事情了。

首先公开撰文提出不同意见的是吴其南。他在《错位》一文中对《误区》的具体观点进行了较全面的剖析和批评。

第一，关于如何认识班马等作家的探索性作品的问题。《错位》一文认为，"班马们"没有"无视"读者，而是在探索一种新的少儿文学作家和读者的对话方式。文章写道，如果"主要面对目前探索性少年小说的实际接收状况，应该说，作者的批评并不是全无道理的……但是我不同意因此而全盘否定这些作品，看不到这些作品在突破旧的创作范式、提高少儿文学艺术品位方面所做的有开拓意义的贡献，更不同意以'三亿儿童嗷嗷待哺'为由干脆对这些作品亮起红灯"。文章从两个方面对此做了具体分析。一、少儿读者既是有一定共同点的集合体，又是千差万别的，因此，少儿文学批评绝不能拿是否满足一般少儿或所有少儿读者的审美需求作为决定一篇作品是否属于少儿文学的尺度。"班马们"的一些作品的隐含读者并非一般少儿，而是一些文学修养较高、有相当文学欣赏经验的读者。而《误区》拿一般儿童的标准去要求它，错位自然在所难免。二、少年儿童的审美能力不是恒定的，新旧文化和文学范式的变更都使这一代少年儿童的审美接受能力与成人审美能力的差距远不像以往封闭时期那么大。因此，认为探索性作品对广大少年存在着普遍的阻隔的意见在一定意义上包含着对新时期少儿读者审美接受能力估计上的偏差。

第二，关于如何认识刘健屏、曹文轩小说中的主题实现方式问题。《错位》肯定《误区》作者的艺术感觉在一定程度上是准确的，同时指出：这些偏颇被大大地夸大了；《误区》据以批评这些偏颇的理论尺度并不正确。例如，《误区》一文要求艺术形象与儿童生活形态的"契合"，艺术逻辑要靠生活逻辑来"整理"，这就很让人难以苟同了。外在地竖起一个"生活逻辑"和"儿童生活形态"作为少儿文学艺术真实的标准，其实不过是拿一定条件下人们所理解到的或为社会普遍认同的生活去要求具体的作家作品而已。事实上，生活一旦进入艺术，它首先服从的应是艺术的逻辑而不是生活的逻辑。《错位》一文问道：用写实主义的解读方式去挑剔象征主义作品（如《古堡》），"这是否也是一种文学欣赏中的误区"？

第三，关于常新港小说与作者本人身世、情感的关系问题。《错位》一文指出，《误区》认为常新港作品表现了所谓"下层孩子"与"上层孩子"的冲突，并将所谓的怨恨之气"撒向比自己命运好一些的同龄人"，这些分析是不符合作品的实际的。在这里，《误区》的指责再次出现错位。同时，更使人不能同意的是，《误区》将他所说的作品中的怨恨之气与作者等同起来，认为作品主要人物"自私""偏狭"就是作者自身自私、偏狭的表现。显然，作家的情感倾向和作家笔下人物的情感倾向并不能简单地画等号，"我们只能用具体作品的艺术逻辑来衡量它而不能当作作家的生活实际来评价它"。

继《错位》一文后，人们又读到了金燕玉的《失误》一文。关于批评武器的失误，《失误》一文认为，当《误区》作者以"成人化"作为批评的武器时，他并未搞清这一理论概念的内涵和外延，"表现出草率和简单的态度，陷入主观随意的失误，把一些根本不是'成人化'的问题误判为成人化，或者把并无超出儿童文学创作常规的正常情况指责为成人化，甚至把少年小说创作中的突破也当作成人化。理论的无知导致了批评的倾斜"。关于批评方法的失误，《失误》一文指出：刘健屏、曹文轩、常新港等作家的创作当然"绝不是完美无缺，都有着这样或那样的缺点，如果对他们的批评能够实事求是，有一说一，有什么问题说什么问题，那么这种批评将是有益的。《误区》一文也的确接触到了一些问题，但却失之于夸大化和以点概面，取全面否定以及打击的态度，缺乏善意和诚意，继武器的失误之后再犯方法的失误"。

这场围绕新时期以来几位引人注目的少年小说作家的创作所展开的讨论，把80年代以来少年小说领域里所发生的一系列理论争鸣推进到了一个新的学术层面。这场讨论的话题涉及如何认识和评价新时期少年小说领域一批青年作家在艺术探索和创新方面所做的开拓性贡献和所取得的成就，如何认识和把握少年小说的艺术特征、审美个性及其具体审美形态的多样性，如何认识当代少年儿童读者的审美接受能力和如何调整、重建当代少年小说的期待视野，如何看待少年小说作家的自我倾向和艺术个性，如何看待少年小说的艺术世界与作家主体世界之间的复杂关系，等等。当然，这场讨论也提出了理论批评自身态度、方法和策略中的一些值得重视和思考的问题，例如，批评者对批评对象的创作、理论观点应有更全面、深入的了解和把握，批评的概念、尺度应与批评对象相互契合，批评的勇气与批评的科学精神应更好地结合起来，等等。从总体上说，这场讨论对于促进少年小说界进行更清醒的艺术反省，对于加深人们对少年小说创作一系列理论问题的认识，都是有积极意义的。

以上这些关于少年小说的最新发展所展开的讨论，不仅对已有的艺术规范提出了大胆的怀疑，而且几乎是毫不犹豫地搅乱、撑破了已有的儿童文学理论框架，而将思维触角探向了传统视野之外的理论盲区，为构造新的理论体系寻找着现实的思维基点，浇铸着新的理论构件。虽然新的理论体系不会从这些争鸣和讨论中自发地产生，而仍然需要一个系统化的学术吸收、消化和理论展开、升华的艰苦过程，但是，这些争鸣所涉及的话题，却拥有某些不容置疑的潜在理论价值。当然，限于种种原因，这些讨论在理论思维的严密深入方面尚嫌不足，因此可以说，它们提供的只是新的理论构件的粗坯，而将进一步地加工完善和理论营建工作交给了今后。

五　关于现代童话创作的讨论

如果说少年小说领域所进行的探索和争鸣在相当长的时间里一直是新时期儿童文学界很引人注目的文学现象的话，那么童话这一儿童文学的传统样式则似乎相对显得平静和寂寞一些。实际上，童话创作领域也并不宁静，一批勤于探索的中青年童话作家在童话创新方面做了许多努力和探求，出现了一股童话创作新潮，只是由于理论界和评论界在相当长的一个时期里反应比较迟钝，感觉也显得粗糙，因而未能很好地及时捕捉并予以相应的评析罢了。在这种情况下，《儿童文学选刊》从 1986 年第 5 期开始，连续四期组织刊登了 18 篇有关现代童话创作的笔谈文章。《儿童文学选刊》的编者在发起讨论那一期刊物的"编者的话"中说："新时期的童话发生了很大的变化，给人以面貌焕然一新之感。不过，创作的繁荣和思想、艺术素质的提高，还有待于促进，这需要创作实践和理论研究上的自由探索。本期《现代童话创作漫谈》即为此而组织。"这场讨论限于刊物的性质和篇幅未能深入展开，但从所发表的文章看，人们的话题已经涉及童话创作新潮的许多方面。

关于童话创作新潮出现的原因和背景，黄云生从纵横两个方面做了分析。他认为："首先应该看到：这股童话新潮确乎是对传统童话的纵向反拨。这主要表现在他们摆脱了非文学的政治观念和教育观念的束缚，转向文学自身的美学追求。这种转向，既借助于这些年宽松的创作环境，也是对于我国五四运动以来的童话传统反思的结果。""同时，我们还应看到，进行纵向反拨的童话新潮并不是一个孤立的浪头。它是和其他儿童文学样式的探索甚至整个当代文学思潮互为呼应的。这种横向呼应，一方面表现为观念更新的同步……另一方面表现为各种文学体裁之间的相互渗透和移植。"[36] 朱效文也认为："当代成人文学正在呈现出令人眼花缭乱的多极发展的趋势，而童话界的探索之风正是和整个当代文学的试验之风齐步的，它们共同反映了当代人觉醒的自我意识和独创的勇气。"[37] 彭懿则分析了"热闹派"童话出现的原因："正如火山爆发是岩浆汹涌冲击的结果一样，热闹派童话是变革时代催生的，在现代化传播媒介大量出现的今天，信息如潮，儿童的视野爆炸性地拓宽，他们的思维能力、潜在的审美意识以及阅读情趣也在剧烈地裂变，絮絮叨叨的外婆式的童话已经无法也不可能满足各层次的儿童读者群的渴求。于是，热闹派童话应运而生。"[38] 总之，童话新潮既是对传统的一次突围表演，更是变革时代的必然产物。

那么，这股童话新潮究竟有何特点呢？金逸铭认为："这一潜行的新潮预示：作家开始向童话的深层结构探索，力求扩大作品的内涵辐射面和读者辐射面，悄悄地试图实现向更高更新的艺术标杆的超越。"[39]朱自强认为，青年童话家们的探索和追求表现出明显的现代意识。他从四个方面归纳了他们的现代意识：一、"受到现代化进程影响和新的技术革命浪潮的冲击，青年童话家们开始冲破靠魔法、梦游、拟人来表现幻想的传统的类型化手法，把写实与科幻结合起来，创造出了一种既有别于写实小说、科幻小说，又有别于常人体童话、科学童话的一种新形式"；二、"他们的童话与现实生活更加贴近"；三、"深邃的哲理之光开始照耀到青年童话家的作品之上，从而一扫过去童话创作的浅薄之气"；四、"青年童话家们最主要、最可贵的现代意识就是童话中表现出的现代的儿童观，其核心是崇尚儿童的心性、儿童的世界，尊重儿童人格，以自己的作品与儿童建立起亲切和谐的人际关系"[40]。在讨论过程中，"热闹派"童话是人们特别感兴趣的话题。班马认为："前期童话最大的特色，也许并不以它那异乎寻常的想象力为标志，而似乎是以它那闹剧性为其美学特征。'热闹派'的泛称是不算偏颇的。在大变革的时代背景下，它率先冲毁了曾在中国儿童文学之中衍生的道学气，带来了久违的游戏精神。它在艺术上作种种天马行空的无羁行动和人、物组合，作种种玩忽现实的时、空安排，而且，在它那欲罢不能的效果追求中，发出了现代的喧嚣……这闹剧的效果，一下子就抓住了当代生活在沉闷环境中的少年儿童。"[41]彭懿认为，"热闹派"童话的风格是独特的，它们是从儿童现实生活出发的，具有夸张怪异，追求洋溢着流动美的运动感，采用幽默、讽刺漫画、喜剧甚至闹剧的表现形态等特点，同时，又包含着童话作家对儿童现实生活的严峻而清晰的思考。[42]杨实诚也谈道："热闹型"童话"在培育什么样的儿童，怎么样培育儿童，在如何引导儿童认识世界，对世界许多事物的重新审视等等方面，都有着新的见解，闪耀着时代的思想火花"[43]。

学术界对童话创作现状也有一些不同的认识和看法。刘崇善认为，童话新潮中的"所谓'多元的童话'或者'多种写法'，也是早已存在的，即按'热闹的滑稽体，典雅的抒情体'，'神话、民间传说体'，'小说体、诗体'这样不够科学的、简单的分类，并不难列举出代表性的作家和作品"。针对青年童话作家们的观点，他提出了诸多不同的看法，其基本观点是：新潮不新；如果拿历史的和现代的"热闹派"童话相比较，可以看出当前的某些作品，其反映出来的"探索"成果，并不都是令人满意的。[44]

不管怎样，一批中青年童话作家的努力确实给童话创作带来了许多不同于传统童话的艺术因素，在一定程度上适应了当代少年儿童的审美需求，这是多数人共同的看法。谈到这批童话的功能和意义，黄云生认为，新潮童话"追求幽默感、闹剧性也好，追求哲理性、抒情味也好，他们都是试图在小读者的心灵中呼唤起文学的审美热情，从而满足小读者的多方面的文学要求"[45]。班马认为："'释放'，正是热闹派童话最好的美学内容。"他指出："我国儿童文学很少有关于补偿的观念，即让孩子们通过文学将压抑的、受到局限的欲望痛快地得以释放，达到一种精神补偿。热闹派童话至少以它狂野的闹剧效果，对新时期中国少年儿童的开放性格的生成，产生了一份影响。"[46]

周基亭认为，新潮童话"从童话的发展的角度来看，并不只是旧的文学现象的重复、量的增长，而是进一步丰富和完善了童话这种文学形式，给童话这座古老的艺术宝库增添了新的光彩"[47]。

因此，许多人都谈到，对中青年童话作家所进行的探索应该抱支持、鼓励、宽容的态度。同时，多数人也不约而同地谈到了新潮童话创作所存在的不足及其对策。楼飞甫认为，许多"热闹派"童话新作在童话形象塑造方面都存在着欠缺，这恐怕与作家在创作构思中"思考力过多地倾注在幻想的奇特怪诞、情节的离奇曲折上，从而忽视童话形象的塑造有关"。而在"抒情体"童话作家的创作构思中，"可能把思考力过多地倾注在意境、诗情和哲理的追求上，从而忽视了童话形象的创造"。他认为，孩子的思维方式总是以具体形象思维为主要内容，因此在童话创作中，对童话形象的塑造就具有不可忽视的重要地位。他希望当代童话更重视童话典型形象的塑造。[48]金逸铭认为，"这一代童话家的探索，无疑地带有某种生涩，某种缺憾，某种倾斜"，因而"需要他们提高艺术悟性，深化知识层面，积蓄更为博大更为幽远的浪漫情绪，走向成熟，走向完美"[49]。班马提醒说："应清醒地看到，在热闹派童话后起的潮流中，恣意妄行的成分增多，日渐显露出这派童话的不足之处，那就是在艺术上给人一种'原始思维'的印象，太大的随意性，既使它受益也使它受损。在美学上，它面对人们正当的诘问。"他问道："就像一切放纵都必有报应一样，文学上随意性的增多，必将带来对文学敬意的减少。热闹派童话如果只顾一味作热闹的增速发展，是否反而会出现一场'热寂'呢？"[50]赵冰波认为，目前"童话创作在一定程度上还显得浅、直、露，它的功利性还较为突出，思想的内涵、文学的技巧、艺术的魅力尚嫌不够，与时代节奏、读者的阅读、欣赏能力不相适应"。他提出应该给当代儿童的"亚青年"（即高年龄层次的少年）提供"具有大容量的思想内涵、完美的文学性、高超的艺术技巧的童话"[51]。此外，刘崇善认为："热闹派童话面临的重要问题，并不在于'提高艺术悟性，深化知识层面，积蓄更为博大更为幽远的浪漫情绪'，而首先是要遵循童话的艺术创作规律。童话要求顺乎自然，合乎人情，某些热闹派童话奇特、怪诞、曲折有致，然而合理、自然、严密却显露出不足。"他还说，无论任何时候，童话作者绝不应该忘记"肩上……担起某种'神圣的使命'"。这和"道学气"是两回事，不能联想为"长长的教鞭"。[52]

此外，一些人还对童话的理论研究和评论工作发表了看法。刘斌认为："封建判官式地否定一个东西是容易的，行政官僚式地肯定一个东西也是容易的，而学者式地全面科学地认识一个东西却很不容易。"他提到对许多具体问题"要先作点认真的研究"，"不作研究，凭印象、凭感觉进行否定或肯定都是不慎重的"。他表示："我至今没有寻找到现代童话理论分歧有价值的热点所在，也不知道现代童话理论争论真正有意义的焦点何在。自觉很是可悲！"[53]李楚城也说："对于'热闹派'童话，一直是议论纷纷，毁誉不一。但这一议论使我感到困惑：是艺术风格的创新与保守之争，是文学观念的分歧，还是别的什么东西？总之，争论的焦点很不清晰。"[54]朱效文认为："童话创作的新发展正呼唤着童话理论的进步，期待着童话观念的发展、更新"；"有许多问题急需童话理论加以解答"，"希望理论界勇敢地迎接挑战"[55]。

理论界对童话新潮的关注、鼓励和批评，尤其是部分富于探索精神的童话作家对童话创新所表现出来的高度自信和清醒的内省意识，对于推动当代童话创作的进一步发展和繁荣无疑是有着积极作用的。毫无疑问，童话创作实践的发展提出了许多新的理论课题，一大批童话作家在创作中的探索和努力也有待评论界更多的关注和更科学的批评。而这场关于现代童话创作的讨论，不妨视作人们在童话研究及批评方面的理论兴趣的一次热情的表示。

注　释

[1] 参见《尽快地把少年儿童读物出版工作促上去——国务院批转〈关于加强少年儿童读物出版工作的报告〉》，《出版工作》1979 年第 2 期。

[2] 参见《儿童文学研究》记者的《作协上海分会儿童文学组座谈"童心论"》，《儿童文学研究》1980 年总第 3 辑。

[3] 任骋：《砸碎"童心论"的枷锁》，《儿童文学研究》1980 年总第 4 辑。

[4] 鲁兵：《实事求是谈"童心"》，《儿童文学研究》1980 年总第 3 辑。

[5] 陈伯吹：《"童心"与"童心论"》，《儿童文学研究》1980 年总第 3 辑。

[6] 魏同贤：《两点想法》，《儿童文学研究》1980 年总第 3 辑。

[7] 蒋风：《"童心论"辨析》，《儿童文学研究》1980 年总第 4 辑。

[8] 魏同贤：《两点想法》，《儿童文学研究》1980 年总第 3 辑。

[9] 黄河涛：《"童心"浅论》，《儿童文学研究》1981 年总第 7 辑。

[10] 黄新心：《两种"童心"　一个结论》，《儿童文学研究》1980 年总第 5 辑。

[11] 鲁兵：《教育儿童的文学》，上海：少年儿童出版社 1982 年版，第 1 页。

[12] 参见《全国儿童文学理论座谈会纪实》，《儿童文学研究》1985 年总第 19 辑。

[13] 周晓：《儿童文学札记二题》，载《儿童小说创作探索录》，广州：广东人民出版社 1983 年版。

[14] 参见《全国儿童文学理论座谈会纪实》，《儿童文学研究》1985 年总第 19 辑。

[15] 曹文轩：《儿童文学观念的更新》，《儿童文学研究》1986 年总第 24 辑。

[16] 陈子君：《关于进一步发展儿童文学创作的若干理论问题》，《儿童文学研究》1985 年总第 19 辑。

[17] 黄云生：《一个被误解的文学现象——关于幼儿文学及其理论的思考》，《浙江师范大学学报》1990 年第 4 期。

[18] 陈伯吹：《谈幼童文学必须繁荣起来》，载《儿童文学简论》，武汉：长江文艺出版社 1982 年版。

[19] 鲁兵：《幼儿读物侧面谈》，《儿童文学研究》1987 年总第 21 辑。

[20] 黄云生：《一个被误解的文学现象——关于幼儿文学及其理论的思考》，《浙江师范大学学报》1990 年第 4 期。

[21] 樊发稼：《文学——幼儿读物的灵魂》，《幼儿读物研究》1991 年总第 12 期。

[22] 唐代凌：《当代少年的个性是什么？》，《儿童文学选刊》1983 年第 4 期。

[23] 李楚城的《浅谈当代少年形象》和达应麟的《章杰这个人物》，均见《儿童文学选刊》1984 年第 1 期。

[24] 陈子君：《谈〈我要我的雕刻刀〉的得与失》，《儿童文学选刊》1984 年第 2 期。

[25] 丁阿虎：《祭蛇》，《东方少年》1983 年第 1 期。

[26] 常新港：《独船》，《少年文艺》1984 年第 11 期。

[27] 周晓：《〈弓〉与〈祭蛇〉的启示》，《儿童文学选刊》1983 年第 4 期。

[28] 曾镇南：《从〈独船〉想开去》，《儿童文学选刊》1985 年第 2 期。

[29] 樊发稼：《也谈〈祭蛇〉》，《儿童文学选刊》1984 年第 1 期。

[30] 管锡诚：《独特，但不是儿童文学》，《儿童文学选刊》1985 年第 6 期。

[31] 梅子涵：《是儿童小说，但不典范》，《儿童文学选刊》1986 年第 2 期。

[32] 王泉根：《为"成人化"一辩》，《儿童文学选刊》1985 年第 6 期。

[33] 班马：《关于〈鱼幻〉的通信》，《儿童文学选刊》1987 年第 4 期。

[34] 余衡：《〈鱼幻〉太精致了》，《儿童文学选刊》1987 年第 2 期。

[35] 郑晓河：《不要离开自己的读者——评〈鱼幻〉》，《儿童文学选刊》1987 年第 2 期。

[36] 黄云生：《童话探索的来龙去脉》，《儿童文学选刊》1987 年第 1 期。

[37] 朱效文：《童话的探索呼唤着理论的进步》，《儿童文学选刊》1986 年第 5 期。

[38] 彭懿：《"火山"爆发之后的思索》，《儿童文学选刊》1986 年第 5 期。

[39] 金逸铭：《童话，悄悄地实现超越》，《儿童文学选刊》1986 年第 5 期。

[40] 朱自强：《"新松恨不高千尺"》，《儿童文学选刊》1987 年第 2 期。

[41] 班马：《童话潮一瞥》，《儿童文学选刊》1986 年第 5 期。

[42] 彭懿：《"火山"爆发之后的思索》，《儿童文学选刊》1986 年第 5 期。

[43] 杨实诚：《向着真正属于孩子的童话迈进一大步》，《儿童文学选刊》

1987 年第 1 期。

[44] 刘崇善：《热闹派童话及其他》，《儿童文学选刊》1986 年第 6 期。

[45] 黄云生：《童话探索的来龙去脉》，《儿童文学选刊》1987 年第 1 期。

[46] 班马：《童话潮一瞥》，《儿童文学选刊》1986 年第 5 期。

[47] 周基亭：《希望出现更多的"怪球手"》，《儿童文学选刊》1986 年第 5 期。

[48] 楼飞甫：《谈童话形象的创造》，《儿童文学选刊》1987 年第 2 期。

[49] 金逸铭：《童话，悄悄地实现超越》，《儿童文学选刊》1986 年第 5 期。

[50] 班马：《童话潮一瞥》，《儿童文学选刊》1986 年第 5 期。

[51] 赵冰波：《童话面临创新、深化》，《儿童文学选刊》1986 年第 6 期。

[52] 刘崇善：《热闹派童话及其他》，《儿童文学选刊》1986 年第 6 期。

[53] 刘斌：《重要的究竟是什么？》，《儿童文学选刊》1987 年第 1 期。

[54] 李楚城：《为什么需要童话》，《儿童文学选刊》1987 年第 2 期。

[55] 朱效文：《童话的探索呼唤着理论的进步》，《儿童文学选刊》1986 年第 5 期。

第十章　世纪之交的理论批评景观

中国儿童文学理论批评事业带着过去的那些岁月留给自己的果实和遗憾，进入了 90 年代，同时，也怀着新的梦想和信心，走近 21 世纪。

是的，我们曾经有过收获的理论季节，更不会忘记那失落了的理论岁月。然而今天，在历史与未来之间，我们更愿意把眼光投向未来。

一　1990：一个理论年度的抽样分析

1991 年 1 月，由广州师范学院儿童文学研究室编印的内部交流专刊《儿童文学信息》在头条位置以《中国儿童文学理论自觉时代的动态综述——理论与研究，是否将继创作而活跃》为题，向有关人士传递了如下信息：以中国的情况而言，开始具有理论色彩的儿童文学和儿童美学研究专著的陆续推出，已经成为 90 年代起始这一年的重要信息。

1990 年 2 月，湖北少年儿童出版社首批出版的"儿童文学新论丛书"第一辑，有汤锐的《比较儿童文学初探》、孙建江的《童话艺术空间论》、班马的《中国儿童文学理论批评与构想》；第二辑将陆续有王泉根的《儿童文学的审美指令》等。

1990 年 9 月，重庆出版社推出姚全兴的《儿童文艺心理学》。

1990 年夏天，江苏少年儿童出版社确定了"中华当代儿童文学理论丛书"第一辑的选题，即将出版《中国童话史》(金燕玉著)、《外国童话史》(韦苇著)等。

1990年10月，福建少年儿童出版社将《中国当代儿童文学艺术论》的研究撰著列为明年重点出版项目。湖南少年儿童出版社也将设计出版理论丛书规划。

近期出版以及即将出版的理论和研究专著，还有明天出版社的《中国当代儿童文学史》、四川少年儿童出版社的《儿童文学辞典》、浙江少年儿童出版社的《1949—1989中国儿童文学论文选》、河北少年儿童出版社的《中国童话史》(吴其南)以及安徽和辽宁出版的张友鸾等女学者的儿童美学专著等。

此外，还有许多中年资深评论家的评论集也在1990年相继出版，如周晓的《少年小说论评》(宁夏人民出版社)、汪习麟的《浙江籍儿童文学作家作品评论集》(浙江少年儿童出版社)、吴然的《儿童文学札记》(云南少年儿童出版社)、刘晓石的《彩链集》(白山出版社)等。

——仅以上述所列来看，1990年与中国儿童文学理论研究之间真正到位的历史关系将不难看出。

在该期《儿童文学信息》头条综述性消息之后，紧接着是这样几条信息："简介'中国儿童文学研究发展战略'三人谈""两部《中国童话史》今年问世——金燕玉女士、吴其南先生各谋其构""台湾90年7月又见学术新著——陈正治先生《童话写作研究》出版"。

所有这些信息的汇集提醒人们：1990年对于中国儿童文学理论批评的发展历程来说，将是一个意味深长的年份。

中国儿童文学理论研究已经被历史推到了一个新的学术起点上。

当然，重要的不是数量的宏富所构成的庞大理论阵势，而是一批隐含着新的学科个性观念和新的学术品位追求的研究著作的悄然面世——有远见的人们从中获得了一种启示、一种鼓舞。

我指的是湖北少年儿童出版社 1990 年 2 月开始推出"儿童文学新论丛书"——在我看来，它们预示着儿童文学理论学科建设的一个新的历史进程的到来。

"五四"前后，中国儿童文学理论批评曾经走过了一段光荣的理论自觉历程，并且完成了我们民族思想史上的一次重要的理论展开；五四时期的理论成果经过二三十年代的努力又得到了新的巩固。然而，在其后的历史发展进程中，儿童文学研究学科在艰难、曲折的理论跋涉过程中，尽管也有过批评、讨论不断的表面热闹的情况，但从学科发展的角度来看，其真正的进展是极为有限的。虽然后来的理论批评家们常常以传统理论的批判者的面目出现，但如果剔除了其中的社会学、政治学等的因素，这种批判在学术层面上的建设意义就十分可疑了。相反，历史已经告诉人们，数十年间的理论风雨不仅没有在真正的学科建设的意义上推进儿童文学理论批评事业的发展，却在相当程度上造成了这一事业在学术上的水土流失。例如，80 年代初期出版的两部《儿童文学概论》，在当时确实有助于缓解人们了解儿童文学的知识饥渴，但是，当我们今天站在历史的角度、站在儿童文学理论学科建设的角度来思考问题时，我们不能不看到，这两部概论与二三十年代出版的那些系统的儿童文学理论著作比较起来，不仅没有提出任何新的、具有真正学术价值的理论命题，而且其理论形态的构筑方面还呈现出严重的学术退化趋势。我这里当然不是责备这两部概论的作者没能做得更好。事实上，在 80 年代初，这两部概论的出版对填补 30 多年来留下的儿童文学系统理论著作的空白，对传播儿童文学知识，都是有其历史作用的。我想说的只是，这两部概论在理论系统构筑上的单薄和学术上呈现的贫血状态，在一定程度上反映了此前几十年间儿童文学理论批评学科建设和内在学术品位上的滑坡趋向。这当然不是哪几位作者的过失，甚至也不是一代研究者的过失，而是一种更大的文化遗憾，一种历史的遗憾。

因此，我想进一步指出，当代儿童文学理论批评进程如果不单单是指一个外在的自然时序上的批评演变流程，更是指一个学科内在的当代形态特征的寻找和塑造过程的话，那么这个过程还只是刚刚开始。按照我的理解，真正的当代儿童文学理论批评不仅仅应该是发生在当代时空环境中的批评现实，也应该是具有当代精神和当代科学特征的一种理论现实。所谓当代精神和当代科学特征是指：一、具有当代的科学背景和知识结构；二、在当代文学艺术实践的基础上建立新的理论概念、命题和学科范式；三、掌握当代科学思维方式和研究方法。从这个意义上说，在 80 年代以前的 30 年间，尽管历史已经进入当代，但由于极左思潮的泛滥，儿童文学理论批评的当代进程并未真正地展开。

很显然，五四时期现代儿童文学理论批评的自觉除历史的、社会的、文化的诸种原因外，还因为在一定程度上借助了近现代西方科学文化思潮的一臂之力。而当代儿童文学理论批评也只有将自己的学术基础建立在当代科学文化思潮的基础之上，才有可能真正进入学科建设的当代进程。

这一进程大约在 80 年代中期开始初露端倪。随着现当代科学理论特别是现当代儿童心理学、教育学、文艺学、人类学、美学、文化学、哲学等学科研究成果和知识的传播，当代儿童文学理论研究开始发生某些重要的理论观念、尺度、方法等方面的变革和转换。而这种变革和转换在 1990 年开始推出的"儿童文学新论丛书"中第一次得到了比较集中的展示和体现。

这套丛书的作者是一批 80 年代陆续进入儿童文学研究领域的青年理论工作者（随着他们学术上的成熟，他们的自然年龄也正陆续由青年阶段进入中年阶段），他们大多是新时期以来培养的文学学士和文学硕士，受过良好的基本理论和文学研究方面的训练。更重要的是，他们对中国儿童文学研究的历史和未来建设"有一种大把握上的共识"（班马语），尽管各人的具体研究路数并不完全一样；同时，他们参与当代儿童文学理论建设的愿望和使命感得到了有眼光的理论前辈和出版家的体察和支持。因此，这使他们的学术探索和思考有可能迅速转化为现实的研究成果，并以其相对新颖的学术思路和理论表述改变着儿童文学的传统理论形态。

从整体上看，这一套理论丛书已经摆脱了对传统儿童文学理论体系的依附，而在一个较新的理论起点上尝试以特定的论题为范围来重建儿童文学的理论命题系统和表述系统，因而在一定程度上开始改变数十年来儿童文学理论研究中概念贫乏、话题陈旧、思想平庸、表述浅陋的沉滞局面。

首先是新的理论概念、范畴的提出和运用。

"儿童文学新论丛书"的作者们以近年来儿童文学研究开始酝酿的新的学术气候为背景，在广泛吸收、消化儿童文学研究相关学科的理论成果的基础上，提出并阐述了一批新的理论概念和术语，例如"未来实践""厚度、陌生化与逆语文课""模糊边界""野与神秘"（见《中国儿童文学理论批评与构想》，以下简称《批评与构想》），例如"空间构成""非时序化""运动感""间隔化"（见《童话艺术空间论》，以下简称《空间论》），等等。

这些新概念的提出当然绝不是出于一种简单的"喜新厌旧"的理论情绪，更不是试图借"新术语"来进行炫耀或唬人，而是一种新的理论探索、思考和表达的需要。理论术语从本质上说是对研究对象特定性质的揭示和表述。随着研究视角的转换、研究层面的开掘，新术语的铸造和运用就成为一件必不可少的工作，并且也成为理论探索过程中创造性劳动的一个有机组成部分。例如，"未来实践"就是一个揭示儿童审美发展本质的理论概念。班马在他的充满了真正的学术灵感和理论智慧的《批评与构想》一书中，提出了"走出自我封闭的儿童文学观念"的必要性。他在批评了传统儿童文学观念中闭锁在"儿童状态"上的时间自我封闭状态和闭锁在"学校生活"上的空间自我封闭状态后指出：

> 当我们从整体去把握儿童文学的开放系统之时，可以发现，其间以各种形式同外界成人社会进行交互作用时，最活跃的接触点——都紧紧联系着"发展"的动因。

> 在空间的开放形式上也一样，摆脱了儿童中心主义的观点，不局限在儿童本身的状态上，而是取一种从未来的能力这一发展的眼光来看待"儿童"。这样的儿童文学艺术空间追求，不再把局限于儿童状态作为美学目标，而把追求儿童的未来表现作为自己的美学价值。这里，"儿童"已成了渴望长大成人的"儿童"，"童年"成了盼望长大的"童年"。

我们把它叫作——未来实践。

……

这种对"未来实践"的审美追求，将突破局限在儿童生活、学校生活的狭窄艺术空间，从而走向儿童视角与成人视角所共同感兴趣的广阔的社会生活面。[1]

由此可见，"未来实践"这一概念旨在揭示儿童审美心理建构过程中向往未来、参与未来的心理发展动力及其本质，它是与传统的"童心""儿童情趣"等概念既有联系又有根本观念差异的用语。因此，借助"童心"等术语无法揭示出的含义只能借助新的术语来表达。

当然，"新概念""新范畴"也是相对而言的，其中有些术语在历史上并非完全没有人用过，例如"神秘"这一概念。早在1935年翻译出版的日本学者松村武雄的《童话与儿童的研究》一书的第7章"儿童的生活及心理和童话的关系"中，作者在第6节就以"神秘的要素"为标题对"神秘"的心理和艺术内涵做了简要论述。[2]此前，1932年由北新书局出版的陈伯吹《儿童故事研究》一书第2章"儿童故事的趣味"中也提到了"神秘"概念。但是，当代儿童文学研究不仅寻回了"神秘""神秘感"等概念，而且超越了只是认定儿童"具有极强的探求性和好奇心"的观念，而进一步认为："儿童的'神秘感'本是一种现实态度；能区别于超现实的神话和童话的虚幻性，应是更对应儿童心灵的追求。这从中所透露的儿童美学意味，是召唤、肯定和强化儿童一种神秘感的世界图像……对于儿童心灵的发生与建构来说……神秘感的世界图像优于批判性的世界图像"[3]。这就是说，不仅把"神秘"和"神秘感"看成是儿童心灵深处的一种精神现实，而且把其看成是儿童的一种具有独特价值的现实态度，从而为当代儿童文学的艺术实践提供了一种有益的理论思路和依据。

其次是新的理论命题的提出。

我们知道，理论系统的构筑常常是以一定的理论命题为基本构件的。于是，理论形态的更新意味着理论命题必须发展和更新，而新的理论命题的提出往往也意味着理论的一种进展，对当代儿童文学研究来说更是如此，因为话题的单调和陈旧几乎是几十年来儿童文学理论研究的一个痼疾。很显然，儿童文学研究应该在整个当代科学背景上，不断寻找新的理论生长点，建立新的理论命题系统。对此，丛书的作者们显然已经意识到了。孙建江说："我以为中国儿童文学研究，目前最需要的是基础理论的建设。具体说来，目前最需要的是关于儿童文学作为一门独立学科的理论命题的发现和创立。"[4]在这种自觉的研究意识的驱动下，他们为发现和建立儿童文学研究的新的理论命题进行了艰苦的努力。

例如对"儿童文学——教育一体化形态""儿童反儿童化"审美悖论的论述（见《批评与构想》），例如童话"幻想载体——幻想的空间"的研究（见《空间论》），例如有关"接受主体审美意识的自我选择与儿童文学两大部类"的阐述（见《儿童文学的审美指令》，以下简称《审美指令》），等等，都显示了丛书作者们努力走出以传统命题为半径画定的理论圆周的学术姿态。当然，这些命题的严密性和可靠性无疑还有待于文学实际的进一步检验，还有待于今后研究中的进一步切磋、修正、调整和完善。例如，近年来影响较大的"儿童反儿童化"的理论命题就得到了研究者的进一步分析和推敲。吴其南认为，从某一侧面看，"儿童反儿童化""这一理论对儿童审美心理的把握是相当准确和深刻的……这一认识揭示传统儿童文学以儿童情趣为最高目标的审美追求的迷误和倒错，将人们对儿童审美心理的研究推进到前所未有的深度"。但是，"如果进一步讨论，我们会发现这种认识本身也不是没有商榷余地的。因为我们很容易找到相反的例子说明儿童审美心理并不是在任何时候都是向大、向上、只向往'不愿作孩子的孩子'的。在儿童喜欢的作品中，有许多是非常'儿童化'的……这和'儿童反儿童化'形成鲜明对照，但很难否认它也构成儿童文学欣赏的另一个重要侧面"。吴其南认为，认识这种矛盾现象需要更深入地了解儿童审美心理活动的实际。他分析说，在文学交流中，读者既是主动的又是受动的；作品的审美信息与读者的原有审美经验既有同形度，又有差异度，由此形成儿童读者文学欣赏心理中既有"儿童化"的一面，又有"反儿童化"的一面。而"儿童反儿童化"也并不等于"向上"；如果过分相信儿童自发的审美心理生成能力，看不到儿童在"反儿童化"的表面现象下可能掩盖的审美情趣、能力低层化和审美经验凝滞化的倾向，放松对儿童审美心理的整合和提升，就可能使儿童的审美能力总是停留在只能欣赏成人通俗文学的水平上。同时，"儿童"是一个包含了许许多多不同类型、层次的读者群，彼此间审美经验、兴趣、能力有很大差异；我们无法为"儿童化"确定一个明确的标准，因而"反儿童化"云云也就成了一个因人而异、人言人殊、没有确定内涵的命题。这无疑也损害了这一理论的严密性。[5] 很显然，真诚的学术切磋将有助于新的儿童文学理论命题的不断修正和完善。

最后是儿童文学理论新的体系化方面的努力。

"儿童文学新论丛书"当然不是面面俱到的理论书籍，但作者们在自己的论题范围内却力求做出较为系统的理论探索。《审美指令》一书尝试以"儿童文学与审美"为中心展开论述。在"儿童文学与审美"这一中心的统领下，作者论述了"儿童——原始思维与儿童文学审美创造""创作主体的'儿童观'与儿童文学审美创造""接受主体的年龄特征与儿童文学审美创造"等论题。《空间论》以"空间问题的提出"为入口，分析了"作者的空间思维""作品的空间构成""读者对于空间的心理需求""空间结构的功能网络"等论题。《比较儿童文学初探》（以下简称《比较初探》）则是一部尝试构筑中西儿童文学比较研究新范式的理论专著。我们知道，中西儿童文学比较研究在现代儿童文学理论起步时期就由于西方人类学派研究方法的影响而出现，周作人、赵景深、郑振铎等人均有涉猎。但由于种种可以理解的原因，当时的比较研究"应该说还是粗浅、零散的，有很大局限性，如视野的狭窄（仅仅是民间童话和传说的比较）、项目的简单（仅仅是情节、题材、体式等外在形式的比较）、方法的单一（仅采用人类学的方法）等等。并且这种研究与其说是儿童文学研究，不如说更多的是为民俗研究搜集例证"[6]。更令人遗憾的是，自30年代中期以后，比较研究就因为各种社会文化方面的原因而基本中断了。因此，《比较初探》一书实际上承担了恢复和振兴比较研究这一儿童文学研究分支领域的理论重任。而我们知道，中西儿童文学发展存在巨大的历史时差和文化位差，比较研究谈何容易。但是，《比较初探》一书的作者指出："当我们将中、西儿童文学各看作一个有机生命体时，便能发现，虽然二者之间有明显的时间差，虽然后者对前者产生过并仍在产生着重要影响，它们毕竟各有其从幼年走向成熟的完整而独立的发育过程，二者最根本的可比性特征正在于斯。"由此出发，《比较初探》一书"将中西儿童文学的发展各理出一条线索，来研究各自的发展轨迹和特色"[7]。因此，该书不是对中西儿童文学发展的枝节和局部的比较研究，而是以历史为经线、以理论为纬线构建了一个史论结合的中西儿童文学比较研究的理论新范式。可以说，这部著作的出现为重建儿童文学比较研究这一分支领域的理论殿堂，举行了一个漂亮的奠基仪式。

我们当然还应该看到，以"儿童文学新论丛书"为代表的一批尝试塑造中国儿童文学研究当代理论品格的学术论著并非已经十分成熟和完善——任何理论的成熟总是由幼稚开始，又由成熟而走向新的再生——但是，幼稚的探索无论如何总要比老成的保守要有出息一些，理论研究更是如此。正如叶君健为"儿童文学新论丛书"所写的序文中所说的："艺术理论的研究是一项繁重的精神劳动，理论研究的不可重复性，决定了它得不断进行探索，正是这不断的探索，才推动了理论的发展和创新。"我们应该为儿童文学前辈的这番话而感到鼓舞。

1990年，一个不寻常的理论年度！

二　在体制的边缘生长

经历了将近一个世纪的学术跋涉和知识积累，中国儿童文学理论批评在世纪之交进入了一个新的学科发展和知识建构阶段。决定这一时期儿童文学理论批评学科发展和知识建构特征的内部和外部因素是十分复杂的。大体说来，其学科内部因素主要包括以下几个方面。

首先，儿童文学理论批评已有的历史发展和学术积累状况，不仅为儿童文学学科建设提供了学术资本，而且为其继续发展提供了现实理论起点。

其次，儿童文学理论批评学科在中国当代学术制度设计中的知识位阶，即它在主流学术体制所设定的"知识—权利"关系中的学科地位，这种地位往往会在很大程度上直接决定一门学科的学术资源配置状况、学科话语空间，并在很大程度上决定该学科的现实命运。

再次，90 年代以来西方学术资源的引入和中国本土人文社会科学的发展状况，它们作为儿童文学理论批评学科建设的基本知识背景，自然会影响儿童文学批评作为一种知识活动的现实走向。

最后，当代儿童文学知识社群即儿童文学理论批评专业的从业人群对上述种种因素的现实体认、应对态度以及他们自身的思想资质和学术准备，是决定这一时期儿童文学理论批评活动及其学科建构面貌的最直接内部因素。

考察世纪之交的中国儿童文学及其理论批评发展状况，除上述学科积累和周边人文社会科学发展等偏于内部的因素及条件之外，我们显然也无法忽视它所赖以生存的社会文化外部环境所发生的深刻变化。近 20 年来中国经济的迅速发展、城乡居民收入的普遍增长、中产阶层的逐步形成等这些变化使儿童读物市场在现实性和可能性上，都拥有了比以往更大的消费群体；市场经济和商业化时代的到来，也使以市场、商业价值取向为主导的生活发展力量在一定程度上打击了纯粹的文学活动的生存空间和发展激情；网络时代的全面降临，对人们包括少年儿童的生存状态、文学选择和消费方式，甚至对童年的面貌及其基本特征等都产生了重大的影响；读图时代的悄然出现，对传统形态的儿童文学阅读，显然也形成了一定的挑战和影响。

上述变化对原创儿童文学的生存和发展产生了深刻的影响。

首先，20世纪80年代以来形成的以艺术创新、审美价值取向为主要追求的儿童文学创作，开始不得不逐渐被市场的力量、商业的价值取向所主宰。如果说80年代的创作环境还允许作家们谈艺术、玩创新的话，那么到了90年代，这样的环境和空间已经渐渐不存在了。

其次，网络时代和读图时代的到来，也对读者的文学阅读心态进行了新的塑造。对于许多儿童读者来说，他们阅读文学作品，往往不是为了学习，甚至也不是为了审美，而只是为了简单的消遣和娱乐。在阅读方式上，他们往往沉溺于快餐式的消费性速读，而不再有伴随着审美体验而进行的沉思与冥想。同时，繁重的学业负担也进一步加剧了少年儿童上述阅读心态的形成。

最后，纯儿童文学的出版、传播环境等也发生了许多微妙的变化。例如，出版界对纯文学出版的资助热情逐渐下降，许多作品的传播往往需要借助影视、网络等媒介的配合或一定的商业营销手段，才能打入相应的市场，而文学性或艺术品质往往已经不是一部作品是否可以走向读者、走向市场的唯一通行证了。

世纪之交中国社会文化环境及儿童文学生存状态方面所发生的变化，必然会在很大程度上影响中国儿童文学理论批评的学科发展走势。事实上，这一时期的中国社会、经济、文化发展进程，不仅只是作为一种具体的社会历史环境，同时也是作为一种深刻的知识生成背景，在相当程度上影响着当代儿童文学界的学术研究心态、理论感知方式、思想议题取向和整体学科发展路径，参与了这一时期儿童文学理论批评学科形态的历史塑造和思想进程。

在中国当代的学科门类设置中，"文学"是与"哲学""经济学""法学""教育学""历史学""理学""工学""农学""医学""军事学""管理学"等并列的 12 个大的学科门类之一。"文学"门类包含了"中国语言文学"等四个一级学科。在中国当代高等学校和各类学术单位中，儿童文学学科通常被勉强地归置于"中国语言文学"这一一级学科之下的二级学科"中国现当代文学"名下。许多年来，这一安排既为儿童文学学科在主流学术制度设计中争取到了最基本的生存权利和发展空间，在事实上也维系了当代儿童文学学科在各项学术指标和制度建设方面的最基本的学术体面。另外，从儿童文学研究的内部知识构成和学科组合上看，它同样包括了儿童文学基本理论、中外儿童文学史、比较儿童文学等分支领域。很显然，将这样一个具有独立研究对象、独特学科构成和较长的独立研究历史的学科简单地搁置于"中国现当代文学"这一二级学科名下，无疑是一种相当野蛮的、毫无理性的学术霸权行为。近年来，王泉根连续撰文对这一现象进行了批评和剖析，他的《评教育部〈学科专业目录〉中有关文学学科设置的不合理性》（《学术界》2004 年第 2 期）等多篇文章发表后，在儿童文学领域内外引起了广泛的关注和反响。

但是，就在这样一种长久被漠视、被扭曲的学科歧视和举步维艰的生存窘境中，当代儿童文学学科还是以其特有的生存韧性和学术生长力，在世纪之交中国社会经济文化的转型和蓬勃发展时期，在高等教育实现跨越式发展所提供的历史机遇中，完成了具有重要意义的学科发展和历史推进。

我们可以从以下几个方面来把握和描述儿童文学学科面貌上的这一发展和推进。

一是学术机构的设置和成立。

自 20 世纪 90 年代以后，全国各地的高等院校又陆续成立了许多新的儿童文学研究机构，包括台东大学（原台东师范学院）儿童文学研究所、北京师范大学中国儿童文学研究中心、中国海洋大学儿童文学研究所、上海师范大学儿童文学研究所、重庆师范大学西部儿童文学研究所、昆明师范高等专科学校（现为昆明学院）民族儿童文学研究所等。这些研究机构的人员构成、研究方向、工作开展、实际成效各有不同，但他们的工作及与此前成立的那些机构之间的相互呼应和互动，无疑在当今高校的主流学术体制中成了一道独特的学术风景。

二是高端人才培养体系的进一步扩张和完善。

1979 年，当时的浙江师范学院在中国当代大学的人才培养体制中首次招收儿童文学硕士生，相隔 20 年之后，1999 年，朱自强在东北师范大学以学位论文《中国儿童文学与现代化进程》获得了文学博士学位，成为当代中国大陆第一位以儿童文学研究论文获得博士学位的研究者。进入 21 世纪以来，北京师范大学、上海师范大学、东北师范大学以及台东大学先后招收并培养了多名儿童文学博士研究生，将中国儿童文学理论研究高端人才的培养，提升到了一个新的层次。2003 年，中国高校第一个以本科层次人才培养为平台的儿童文学系的办学实践和探索开始在浙江师范大学实施。

三是儿童文学学术园地的开拓和建设。

由少年儿童出版社坚守了多年的《儿童文学研究》于1999年底与《儿童文学选刊》合并为《中国儿童文学》（季刊），自2000年起由少年儿童出版社继续出版。《中国儿童文学》既保留了《儿童文学选刊》精选佳作、提供赏览便利的特点，又为儿童文学的理论探索、批评实践提供了尽可能大的发表空间。由中国出版工作者协会少儿读物出版工作委员会、国际儿童读物联盟中国分会联合主办，中国少年儿童新闻出版总社出版的《中国少儿出版》（季刊）于1997年7月创刊，该刊是交流、探讨中国少年儿童出版包括儿童文学出版工作的重要学术园地，至2007年9月，共出版了41期。台东大学儿童文学研究所则于1998年创办了《儿童文学学刊》。该刊是海峡两岸十分重要的专业儿童文学研究刊物，具有较为鲜明的学院派研究风格。至2006年11月，《儿童文学学刊》已出版了16辑。该所还与台东大学儿童读物研究中心共同编辑策划，从2005年9月创办了以图画书研究、赏析和导读为主的《绘本棒棒堂》丛刊，至2007年6月，已出版了8期。浙江师范大学儿童文化研究院、儿童文学研究所与浙江少年儿童出版社合作，于2004年12月创办了不定期的大型儿童文化研究丛刊《中国儿童文化》，其中儿童文学研究成为该丛刊的主要板块。1987年创办的《文艺报》"儿童文学评论"版已经走过了20年的历程，至2007年11月10日，共编辑出版了189期。《文学报》创办的"青少年文学专刊"，至2007年11月9日，共编辑出版了54期。《中华读书报》《中国图书商报》《中国图书评论》《文汇读书周报》等报刊也辟有儿童文学或儿童读物的评介专版或专栏。此外，《浙江师范大学学报》《上海师范大学学报》

《昆明师范高等专科学校学报》《湖南人文科技学院学报》等高校学报，也经常设有儿童文学研究专栏。

四是学术成果的不断出版和发表。

在学术成果的出版方面，许多儿童文学研究者在世纪之交都出版了个人最新的研究成果，或个人具有汇总意义的各类论文集。其中老一辈学者出版的著作中包括蒋风的《蒋风儿童文学论文选》（接力出版社 2005 年出版），浦漫汀的《浦漫汀儿童文学评论集》（海燕出版社 1996 年出版）、《浦漫汀儿童文学论稿》（河北少年儿童出版社 2002 年出版），束沛德的《束沛德文学评论集》（明天出版社 1991 年出版）、《守望与期待——束沛德儿童文学论集》（接力出版社 2003 年出版），张美妮的《张美妮儿童文学论集》（重庆出版社 2001 年出版），周晓的《周晓评论选》（少年儿童出版社 1992 年出版）、《周晓评论选续编》（少年儿童出版社 2004 年出版），金波的《幼儿的启蒙文学——金波幼儿文学评论集》（接力出版社 2005 年出版）、《为了儿童的文学——金波儿童文学评论集》（湖南教育出版社 2006 年出版），韦苇的《韦苇与儿童文学》（安徽少年儿童出版社 2000 年出版）、《世界童话史》（福建教育出版社 2002 年出版），樊发稼的《樊发稼儿童文学评论集》（明天出版社 1991 年出版）、《回眸与思考》（希望出版社 2002 年出版），张锦贻的《民族儿童文学新论》（内蒙古教育出版社 2000 年出版）、《发展中的内蒙古儿童文学》（内蒙古人民出版社 2004 年出版），汪习麟的《汪习麟评论选》（少年儿童出版社 1992 年出版），程式如的《儿童剧散论》（中国戏剧出版社 1994 年出版），等等。

中青年一代学者出版的著作主要有吴其南的《童话的诗学》（中国文联出版社 2001 年出版）、《守望明天——当代少儿文学作家作品研究》（宁夏人民出版社 2006 年出版），金燕玉的《大世界中的小世界》

（南京出版社1994年出版），王泉根的《现代中国儿童文学主潮》（重庆出版社2000年出版）和主编的《中国新时期儿童文学研究》（河北少年儿童出版社2004年出版），彭斯远的《当代重庆作家作品选·彭斯远卷》（作家出版社1999年出版），曹文轩的《曹文轩儿童文学论集》（二十一世纪出版社1998年出版），梅子涵的《梅子涵儿童文学论集》（二十一世纪出版社2001年出版），班马的《前艺术思想——中国当代少年文学艺术论》（福建少年儿童出版社1996年出版），孙建江的《童年的文化坐标》（明天出版社2006年出版），朱自强的《中国儿童文学与现代化进程》（浙江少年儿童出版社2000年出版）、《儿童文学论》（中国海洋大学出版社2005年出版），刘绪源的《文心雕虎》（少年儿童出版社2004年出版），杨实诚的《儿童文学美学》（山西教育出版社1994年出版），周晓波的《现代童话美学》（未来出版社2001年出版）和主编的《当代儿童文学与素质教育研究》（少年儿童出版社2004年出版），马力的《童话学通论》（辽宁大学出版社1998年出版），梅子涵等人的对话体著作《中国儿童文学五人谈》（新蕾出版社2001年出版），以及拙作《方卫平儿童文学理论文集》（共4卷，明天出版社2006年出版），等等。

年轻一代研究者出版的著作主要有何卫青的《小说儿童——1980~2000：中国小说的儿童视野》（中国海洋大学出版社2005年出版）、李利芳的《中国发生期儿童文学理论本土化进程研究》（中国社会科学出版社2007年出版）、韩进的《中国儿童文学源流》（湖南少年儿童出版社1999年出版）、谭旭东的《重绘中国儿童文学地图》（西北大学出版社2006年出版）、王泉根的《儿童文学的文化坐标》（湖南师范大学出版社2007年出版）、王宜清的《陈伯吹论》（少年儿童出版社2006年出版）、李红叶的《安徒生童话的中国阐释》（中国和平出版社2005年出版）、郭泉的《解构主义的童话文本—— 一项以自由为中心对〈海的女儿〉进行的哲学阐释》（群言出版社 2005 年出版），等等。

此外，我们还看到了一些与儿童文学研究关联度较高的学术著作，如李学武的《蝶与蛹——中国当代小说成长主题的文化考察》（中国社会科学出版社 2003 年出版）、樊国宾的《主体的生成：50 年成长小说研究》（中国戏剧出版社 2003 年出版）、芮渝萍的《美国成长小说研究》（中国社会科学出版社 2004 年出版）等。

除了上述个人分别出版的学术著作外，一些出版社也有计划地组织出版了不少儿童文学理论丛书。江苏少年儿童出版社于 20 世纪 90 年代中前期出版了"中华当代儿童文学理论丛书"，共 5 种，即金燕玉的《中国童话史》、韦苇的《外国童话史》、孙建江的《二十世纪中国儿童文学导论》、汤锐的《现代儿童文学本体论》以及拙作《中国儿童文学理论批评史》；湖南少年儿童出版社在 90 年代陆续推出了一套"世界儿童文学研究丛书"，共 9 种，即王泉根的《中国儿童文学现象研究》，朱自强、张锡昌主编的《日本儿童文学面面观》，韦苇的《俄罗斯儿童文学论谭》，方卫平的《法国儿童文学导论》，汤锐的《北欧儿童文学述略》，吴其南的《德国儿童文学纵横》，金燕玉的《美国儿童文学初探》，张美妮的《英国儿童文学概略》，孙建江的《意大利儿童文学概述》；甘肃少年儿童出版社于 1994 年出版了"中国当代中青年学者儿童文学论丛"，包括班马的《游戏精神与文化基因——班马儿童文学文论》、王泉根的《人学尺度和美学判断——王泉根儿童文学文论》、孙建江的《文化的启蒙与传承——孙建江儿童文学文论》、汤锐的《酒神的困惑——汤锐儿童文学文论》、吴其南的《代际冲突与文化选择——吴其南儿童文学文论》以及拙作《流浪与梦寻——方卫平儿童文学文论》等6种；少年儿童出版社于1997年出版了"跨世纪儿童文学论丛"，共6种，包括朱自强的《儿童文学的本质》、黄云生的《人之初文学解析》、吴其南的《转型期少儿文学思潮史》、刘绪源的《儿童文学的三大母题》、竺洪波的《智慧的觉醒》、彭懿的《西方现代幻想文学论》；湖北少年儿童出版社继90年代出版了"儿童文学新论丛书"之后，又于2003年出版了以儿童文学研究新人为阵容的丛书续编，共4种，包括唐兵的《儿童文学中的女性主义声音》、杨鹏的《卡通叙事学》、谢芳群的《文字和图画中的叙事者》、唐池子的《第四度空间的细节》；希望出版社经过多年的努力，陆续推出了"中国著名儿童文学作家评传丛书"，包括张锦贻的《冰心评传》《张天翼评传》，巢扬的《严文井评传》，彭斯远的《叶君健评传》，韩进的《陈伯吹评传》，汪习麟的《贺宜评传》《鲁兵评传》，马力的《任溶溶评传》，郁青的《金近评传》，王炳根的《郭风评传》等。

文化积累性质的出版物则有中国作家协会儿童文学委员会选编、江苏少年儿童出版社自2001年开始逐年出版的《中国儿童文学年鉴》。该年鉴根据每年的具体情况，分为文件、报告、会议、创作、评论、出版概况、论文选集、论著简介、纪事、资料等栏目，是了解、把握一定时期儿童文学创作、研究动态的重要文献资料之一。

五是研究队伍的逐渐充实和加强。

活跃在世纪之交中国儿童理论批评前沿的，除老一辈学者和80年代涌现的一代中青年学者之外，我们还陆续看到了更年轻一代的研究者的身影。[8]如前所述，儿童文学是一门特殊的学科，至少在现行大学的主流学术体制中，它未能取得自己应有的学科地位。但是，它仍然以自己特殊的学科命运和人文魅力，吸引着一批批气质、禀赋、趣味独特的青年学子满怀激情地把他们自己的名字写入儿童文学事业的花名册。制度文化上的某种缺陷，未能泯灭、阻止一批批年轻人的理想和选择——我们不能不为儿童文学学科在这个时代所体现出的学术生命力而感到快慰。

每一代学术薪火的传承者由于各自所生存的学术文化环境的不同，通常都会表现出一些特定的群体特征，不同学术思想背景中成长起来的学术同辈们通常也会自发地倾向于组成不同的学术共同体。这一共同体既是现实的，也是想象的。对于 20 世纪 90 年代以后陆续进入儿童文学思想领域的年轻人来说，在影响他们学术思考和成长的诸多外部条件中，有两个方面的因素是特别重要的。一是前文曾述及的大学儿童文学研究生培养体制的进一步建立。从 20 世纪 80 年代到 90 年代，不断有大学成为这一培养制度的实践者。如今，在海峡两岸，一年之中以儿童文学研究论文获得学位的毕业研究生，其数量就可能超过整个 80 年代儿童文学毕业研究生的总数。人才培养制度的建立与发展的意义将是深刻的、久远的，而不仅仅只是意味着培养规模和数量上的扩张。二是网络讨论空间的初步建立。对于儿童文学研究来说，网络论坛的出现在中国还只有几年的历史。虽然目前网络论坛的参与者们相对固定，他们与传统媒体的沟通还有待加强，学术规范似也有待思考，但网络儿童文学论坛作为一个新的公共空间，其自由率真的讨论姿态，较少受传统话语束缚的讨论锋芒，在某种程度上也塑造了 90 年代出现的这一学术共同体的话语形象。值得一提的是，活跃于网络讨论空间的，许多是儿童文学的创作者。很显然，网络论坛这一空间不仅聚集了一批背景广泛的对话者和交锋者，而且，出没于其间的公开的或匿名的人们，事实上也已结成了一个特殊的话语同盟。

因此，不要说与更早的学术前辈们相比，即使与 80 年代进入这一领域的学人们相比较，如今较年轻的一代人也已经呈现出了某些新的群体特征——鲜明而又闪烁不定。这些年轻人，也许可以被看成是"五四"以来中国儿童文学理论批评界出现的第六代批评家。

六是学术研讨活动的坚持和交流视野的拓展。

与 20 世纪 80 年代相比，90 年代以后的儿童文学交流和研讨活动呈现出了一些新的特点，例如，由出版社组织、召集的单部作品的研讨会相当频繁，只是由于可以想见的原因，这类研讨会在学术的广度和深度上会受到一定的限制；海峡两岸儿童文学界的互访、交流和研讨活动相当频繁；一些大型的国际儿童文学会议开始在中国举办，其中令人印象深刻的有 1995 年 11 月在上海召开的第三届亚洲儿童文学大会，2002 年 8 月在大连举办的第六届亚洲儿童文学大会，2006 年 9 月在澳门召开的国际儿童读物联盟（IBBY）第 30 届世界大会；不少中国儿童文学研究者也逐渐走出国门，开始参与国际儿童文学界的学术对话与交流。

从总体上看，学术交流和会议作为一个有效的激发灵感、互通讯息、广结学缘、扩大影响的专业平台，在中国儿童理论批评界仍然是一个不容忽视的制度建设要件。除上述会议之外，由中国作家协会等单位主办的全国儿童文学创作会议（2000 年，北京；2004 年，深圳）等，都对分析创作现状、探讨理论问题、交流研究心得，起到了有益的作用。

我们已经承认了这样一个事实：在当今的主流学术体制及其制度设计中，儿童文学学科一直是被无情、无理地边缘化的。但是，世纪之交的中国儿童文学理论批评依托一个新的社会历史阶段和一个新的学术文化时代，今天儿童文学研究者所处的历史情境、所拥有的现实经验，都与他们的学术前辈有了诸多的不同点。我们还应该承认，这些不同点的出现，在很大程度上是由这个时代的社会文化生活及主流学术话语的影响造成的，它们渗透在这一代儿童文学研究者的理论思考和学术活动之中，并最终影响了中国当代儿童文学理论批评的学术面貌和学科走向。

首先是儿童文学学科理论话题取向上的新变化。例如，受市场经济和消费主义观念的影响，儿童文学的商业属性、市场分割、畅销策略、读者签售、经典命运等话题不断引起人们的关注和讨论，如汤锐的《市场经济时代的中国儿童文学》（《2004 中国儿童文学年鉴》，江苏少年儿童出版社 2005 年出版）、杨实诚的《儿童文学与市场经济》（朱自强主编《中国儿童文学的走向》，少年儿童出版社 2006 年出版）、郑重的《原创儿童文学的市场营销》（《出版参考》2005 年第 16 期）、张瑷的《林格伦儿童文学的经典性与现代性》（《外国文学研究》2004 年第 2 期）；新的媒介和文化产业时代的降临及其所显露的文化强势和霸权，引诱人们对童年的命运、儿童文学作品的改编、可能的产业链延伸、借助媒体的宣传造势等话题和举动格外心仪，如朱自强的《童年的诺亚方舟谁来负责打造——对童年生态危机的思考》（《中国儿童文化》2004 年总第 1 辑）、马力的《综合的潮流 模糊的倾向——走向文化工业的儿童文学》（《2002 中国儿童文学年鉴》，江苏少年儿童出版社 2003 年出版）、班马的《eBOOK 时代的作家和艺术创意》（《中国儿童文化》2007 年总第 3 辑）、陈昕的《穿行在光影交错的空间里——略论网络对儿童文学创作主体的影响》（《浙江师范大学学报》2004 年第 3 期）、王晶的《略谈儿童文化产业的现状与建设》（《中国儿童文化》2005 年总第 2 辑）；《哈利·波特》

中国儿童文学理论批评史

第十章
世纪之交的理论
批评景观

和"鸡皮疙瘩系列丛书"等的大举引进，令人对儿童文学的美学特性、当代读者的阅读心理、儿童文学国际化进程中新的文化殖民隐忧等话题产生兴趣，如蒋风的《从口水吐向安徒生到哈利·波特热——新世纪中国儿童文学的点滴思考》（赵郁秀主编《当代儿童文学的精神指向》，辽宁少年儿童出版社 2002 年出版）、孙建江的《哈利·波特现象思考》（《中国儿童文化》2007 年总第 3 辑）以及拙作《恐怖美学及其艺术策略》（《中国儿童文学》2002 年第 4 期）；一些新的儿童文学门类如图画书等的崛起和活跃，也引发了相关的研究和思考，如彭懿的《图画书：阅读与经典》（二十一世纪出版社 2006 年出版），陈恩黎的《孩子，让我陪你一起成长》（明天出版社 2004 年出版）、梅子涵的《阅读儿童文学》（少年儿童出版社 2005 年出版）等也都涉及了大量图画书作品的研究与评介；素质教育与语文课程改革的教育大背景，促使人们更加关心儿童文学与语文教育、教材编写、课外阅读、读书方法、读书推广等儿童文学的应用性课题，如朱自强的《小学语文文学教育》（东北师范大学出版社 2001 年出版）、王泉根和赵静等的《儿童文学与中小学语文教学》（广东教育出版社 2006 年出版）、周晓波的《素质教育中小学生文学接受现状的调查与分析》（《中国儿童文学》2004 年第 1 期）、陈晖的《中国大陆儿童文学推广的考察与策略研究》（《儿童文学学刊》2003 年总第 9 期）、王林的《以儿童阅读运动推动儿童文学发展》（《2004 中国儿童文学年鉴》，江苏少年儿童出版社 2005 年出版）、赵静的《儿童文学与课程资源》（《教育研究与实验》2002 年第 3 期）、阿甲的《帮助孩子爱上阅读——儿童阅读推广手册》（少年儿童出版社 2007 年出版）。这些新的理论话题的密集出现，既是我们这个时代的社会经济、文化生活与当代儿童文学学术生活之间互动的结果，也在一定程度上改变着儿童文学学科的价值取向和理论面貌。

其次是儿童文学研究的视角、立场、方法的进一步丰富和变化。我们还记得，研究方法的更新和丰富曾经是 20 世纪 80 年代中期前后中国当代文学研究领域一道独特的学术风景；儿童文学研究在 80 年代的方法论热潮中，也曾经历了一场小小的学术练兵和波澜不惊的理论哗变。进入 90 年代以后，整个当代学术界对西方学术文化思潮的译介、研究、借用比起 80 年代有过之而无不及，但是，那种赶时髦的、急功近利的研究心态无疑已经逐渐被一种较为成熟、内敛的学术吸收和消化态度所取代，学术引进过程中初级阶段常见的那种还未真正掌握就生硬、急切地搬用新名词、套用新方法的"生吞活剥症"已经有了很大的好转。与此颇为相似的是，在儿童文学界，20 世纪 90 年代以后，尤其是进入 21 世纪以来的理论批评活动，逐渐滤去了一些学术话语更新方面的生涩感，而表现为一种更富有学术理性的从容感。同时，由于 20 世纪 90 年代以来整个当代批评界对西方学术思潮和话语资源有了更多的引进和积累，这也为中国当代儿童文学研究的拓展提供了更为开阔的思想空间和更为扎实的理论基础。例如，与 20 世纪 80 年代相比，在世纪之交的儿童文学理论批评实践中，我们看到了一些相对较为成熟的介绍和运用原型批评、精神分析学、叙事学、女性主义批评、文化批评等理论与方法进行观念讨论和文本分析的研究论文，如徐迪南的《"动物报恩型"童话原型解码》（《西南师范大学学报》1996 年第 1 期）、刘彩珍的《安徒生童话中的仪式原型》（《浙江师范大学学报》2005 年第 2 期）、徐晓琦的《"阴影"下的自我认同——从荣格原型理论看安徒生的〈影子〉》（《中国儿童文化》2007 年总第 3 辑）、徐锦成的《一面解读儿童诗的哈哈镜——从拉康的"镜像阶段"理论看几首"镜子诗"》

（朱自强编《儿童文学新视野》，中国海洋大学出版社2004年出版）、舒伟和丁素萍的《20世纪美国精神分析学对童话文学的新阐释》（《外国文学研究》2001年第1期）、金莉莉的《儿童文学叙事中的权力与对话——一个后经典叙事学视角的研究》（《湖南大学学报》2006年第6期）、唐兵的《儿童文学中的女性主义声音》（湖北少年儿童出版社2003年出版）、申慧辉的《灰姑娘，永远的童话——兼谈童话中女性形象的社会意义》（《中国儿童文化》2004年总第1辑）、张嘉骅的《文化研究：切入儿童文学的一种视野》（赵郁秀主编《当代儿童文学的精神指向》，辽宁少年儿童出版社2002年出版）、陈中美的《童年"正在发育"——小议文化研究与儿童文学研究》（《理论与创作》2003年第4期），等等。

最后，与20世纪80年代中国儿童文学思想现场充满了"短兵相接"式的交锋和碰撞的情形相比，90年代以来的儿童文学理论批评更多了一些学术思想上的沉淀与升华，即使是儿童文学的文本分析，也更多了一些细致的感悟和学理的深入。例如，陈恩黎的《论儿童文学的三种文本策略》（《中国儿童文化》2007年总第3辑）通过想象、幽默和细节三个角度，结合大量实例，对经典儿童文学的文本策略进行了深入的剖析，并由此发现了儿童文学在文学大系统中所呈现的独特的美学意义和价值；万岩竹的《一个不安的精神世界——论安徒生童话中的"自我认同"》（《中国儿童文化》2005年总第2辑）在哲学、心理学、美学等学科的跨界分析中，对安徒生笔下童话形象自我认同过程中的主体、主体性以及交互主体性等问题进行了细致的理论分析，为我们呈现了一个独特的不安的精神世界；赵霞的《童年的秘密与成长》（《中国儿童文化》2007年总第3辑），以《秘密花园》和《天使雕像》两部小说为个案，深入分析了秘密作为一种题材在儿童小说中的呈现方式及其所展现的成长面貌。而作家的个体研究，也往往呈现出更为开阔的视野，更为真切的体察，例如吴其南的《守望明天——当代少儿文学作家作品研究》（宁夏人民出版社2006年出版）选择了柯岩、孙幼军、曹文轩、周锐、梅子涵、班马、秦文君、邱易东、韦伶等九位儿童文学作家及其作品展开了深入而独到的解读和分析。在"韦伶：一个舞蹈在月光中的女孩""周锐：从文化解构到去精英化""梅子涵：先锋和先锋儿童小说的可能性""班马：一个认命地走向儿童文学的东方精灵"等标题下，作者以严谨而不乏诗意的分析，为我们揭示了这些作家独特的创作个性和艺术价值；班马的《我像走进夏日的家园——诗人金波的温情与植物的绿意》（《中国儿童文学》2002年第3期）对金波诗歌的意象、情感中所透露的审美个性进行了精到的阐释。与此同时，批评家的批评个性和智慧也得到了一定的展示。例如，刘绪源在《中国儿童文学》丛刊开设的批评专栏《文心雕虎》，给读者留下深刻印象的不仅仅是其率真的批评姿态，还有其观点呈现与文本分析紧密结合的批评策略。

我在这里对世纪之交中国儿童文学理论批评学科建设所做出的描述和判断，无疑是相当积极和肯定的。我想，主要是下述两个原因让我的描述和判断更倾向于积极的一面。其一，通常人们做出的许多判断都是在与相关事实的联系和参照中形成的。对20世纪90年代以来儿童文学学科发展的基本认识，显然是以80年代以及更早的历史事实作为参照系的。与过去相比，20世纪90年代以来的儿童文学学术建设在视野、话题、方法、知识生产、学科推进等方面，显然有了不同程度的提升。因此，总体上的积极判断应该是可以被接受的。其二，我们对现象的梳理和描述，会因为对儿童文学学科未来发展的想象和期待，而更愿意从事实中去发现那些积极的因素及其萌芽。然而正是由于有了这样的想象和期待，我们对当代儿童文学理论批评现状，也会有同样多的批评和要求。例如，在当代社会生活的推动下，一方面，儿童文学研究的理论话题不断更新和丰富；另一方面，儿童文学的界内外人士又分明强烈地感觉到，我们对当代儿童文学进程诸方面的感应程度、阐释能力和相应的知识建构水平，在整体上还处于较为初级的阶段，理论批评上的迟钝、浮浅、粗糙还随时可见。又如，我们在引进当代学术话语拓展儿童文学研究方面表现出了相当的热情和进步，但是在借用相关理论资源的时候，仍然会有一些勉强的尴尬情形。而在拓展研究领域和研究方法的同时，如何继续发现和提出真正切近儿童文学研究对象、属于儿童文学学科自身具有原创性和独特性的理论命题，仍然是当代儿童文学研究面临的理论任务之一。

注 释

[1] 班马：《中国儿童文学理论批评与构想》，武汉：湖北少年儿童出版社 1990 年版，第 25—26 页。

[2] 松村武雄：《童话与儿童的研究》，钟子岩译，上海：开明书店 1935 年版。

[3] 班马：《中国儿童文学理论批评与构想》，武汉：湖北少年儿童出版社 1990 年版，第 161—162 页。

[4] 班马、孙建江、方卫平：《"中国儿童文学研究发展战略"三人谈》，《浙江师范大学学报》1990 年第 4 期。

[5] 吴其南：《儿童审美心理漫议（三题）》，《浙江师范大学学报》1991 年"儿童文学研究专辑"。

[6] 汤锐：《比较儿童文学初探》，武汉：湖北少年儿童出版社 1990 年版，第 3 页。

[7] 汤锐：《比较儿童文学初探》，武汉：湖北少年儿童出版社1990年版，第3页。

[8] 1993年，我曾写过一篇报道性文字《中国儿童文学理论界：新生代崛起》，刊登在浙江师范大学儿童文学研究所主办的《儿童文学导报》（内部交流）1993年10月总第2期上。在这篇文章中，我把20世纪中国儿童文学理论批评的参与者们划分为五代。

第十一章 在历史与未来之间

一 儿童文学理论体系建设的世纪回眸

中国儿童文学理论研究作为一门相对独立的学科，其严格意义上的发展历史至今仍然是十分短暂的。令人感到吃惊的是，当这门学科刚刚"从漫长的和多变的史前阶段中浮现出来"[1]的时候，它就表现出了一种罕见的对于体系建设的自觉和热情。我在本书第三章中曾经提到，对于儿童文学研究来说，体系的构建不仅是合理的，而且是必然的。因为系统化的研究成果必然需要一种相对系统的理论结构形态来加以概括、总结和再现，而这种相对系统化了的理论形态也将有利于理论成果的传播和利用。同时，理论建设的系统化程度也在一定意义上反映了一门学科的发展状况和该学科的成熟水平。因此，从五四时期到20世纪90年代，儿童文学理论的系统化建设是中国儿童文学走向独立、自觉建设时代的一个必然的学科发展趋向——尽管今天我们已经很清楚，构建体系并不是理论研究的终极目标，而且体系一旦形成就将面临来自流动的文学现实方面的挑战。

在我看来，任何一种儿童文学理论体系的构成，都必然会具有下列这些特征。

一是概念、范畴、命题等思想部件构成具有整体性、系统性的特点。

我们知道，任何一种儿童文学理论体系，都必定试图在自己确立的学术起点和立场上对本学科研究对象做出相对完整的描述和阐释。因此，思想部件的相对的系统性，可以说是儿童文学理论体系所呈现的最重要的学术形态特征。

二是思想逻辑的内在统一性。

解释对象的立场和手段是多种多样的，而对于任何一种可以被称为理论体系的思想结构系统来说，保持其理论思维规则和逻辑手段的内在统一性，都是理论系统搭建过程中应当恪守的学术准则。换句话说，体系是有机的构成，而不是无序的堆砌，否则，体系自身的周密性、相融性、平衡性都将遭到毁坏。因此，思维逻辑的内在统一性，可以视为儿童文学理论体系所具有的最重要的内部构成规则。

三是解释效力的有效性与有限性的辩证统一。

一个具备某种程度的科学性的、合理的儿童文学理论体系，总是同时具备了对特定的儿童文学现象世界或事实系统的描述、说明、阐释能力，即具有特定的解释效力。人们无法设想一个合理的却又是毫无解释效力的理论体系的存在。另外，一个特定的理论系统，其解释效力在时间上、空间上总是或多或少地受到各种各样的限制，在对象的解释范围、解释角度、解释层面、解释环节等方面，也常常会刻意地或无奈地预设一些盲区。这种现象与其说是理论体系自身软弱无能的表现，毋宁说是体系构建者的一种明智和清醒的选择。因此，解释效力的有效性和有限性的辩证统一，可以说是儿童文学理论体系的最根本的功能性特征。

四是生存形态的历史变异性。

上述特征同时决定了儿童文学理论体系必然具有一种生存发展上

的历史变异性特征。从理论体系的生存欲望上讲，任何一个合理的现实的体系，总是希望扩展和延长自身的解释效力。但是，现实是不断流动发展的，学术也在被不断创造和更新，于是变异势所难免。这种变异性主要表现为：一、既有体系不断调整或丰富着自身的解释系统，扩展着自己的解释效力；二、新的体系不断质疑、冲击乃至取代既有体系，并且周而复始。因此，不断挑战和被挑战，不断调整或被取代，就成了任何一个儿童文学理论体系所必然面对的生存课题和历史命运。

而我们对20世纪中国儿童文学理论体系建设的历史回眸，也因此成为可能。

如前所述，作为20世纪中国儿童文学理论批评历史性自觉和转变的具体事件的标志是：1913年至1914年周作人连续发表了《童话研究》《童话略论》《儿歌之研究》《古童话释义》等重要论文；1923年商务印书馆出版了魏寿镛、周侯予合著的中国第一部系统的《儿童文学概论》。两起跨越十年的理论事件不仅提示了中国儿童文学理论研究走向自觉的具体历史时期，而且意味着具有近代科学特征的儿童文学理论形态在中国的形成。

虽然，最初的儿童文学思考者并非出现于这个时期，但是最初的自觉的儿童文学理论体系的构建者，却无疑是在这个时期出现的。可以说，现代儿童文学理论体系的最初搭建，几乎是紧随着现代儿童文学学术思考的出现而出现的。我这里主要指的是这样一批儿童文学理论书籍的联袂出版：魏寿镛、周侯予合著的《儿童文学概论》，朱鼎元的《儿童文学概论》，张圣瑜的《儿童文学研究》，赵侣青、徐迥千合著的《儿童文学研究》，王人路的《儿童读物的研究》，葛承训的《新儿童文学》，吕伯攸的《儿童文学概论》，钱耕莘的《儿童文学》，等等。这些书籍的出版与那些最早的单篇现代儿童文学研究论文的发表在时间距离上并不遥远，这意味着现代儿童文学研究者的学术步伐刚刚迈开，体系构建者的身影就迅速地跟踪而至了。

这里应当说明的是，理论体系的学术形态和呈现方式通常可分为两种，即"显体系"和"隐体系"。显体系通常以专著的形态呈现，易于辨识和把握；隐体系在外在形态上不具备明显的体系形式，而是一种隐含、散布于有关篇章和思想表达过程中的理论片段、枝叶等的总和，是一种潜在的体系构成。对隐体系的辨识和把握，有赖于研究者的细心发掘、整合和谨慎描述与重构。我在这里所关注的主要是中国儿童文学理论的显体系构建。

我们知道，"五四"以前的中国儿童文学研究基本上处于一种零星的状态，而且有关的议论常常是作为某个特定的政治问题、社会问题、教育问题的附属部分而被带出来的。随着五四时期儿童文学研究的日趋活跃和理论积累的逐渐丰富，结合儿童文学教学的需要，很快出现了初具体系意识的儿童文学理论著作，这意味着儿童文学研究进入了常规科学阶段。中国现代儿童文学理论的显体系构筑，就是以前述一系列系统化的儿童文学理论著作的出版，勾勒出自己最初的学术雏形和历史面目来的。从最早出版的魏寿镛、周侯予合著的《儿童文学概论》和张圣瑜所著的《儿童文学研究》等著作，我们已经可以看出现代早期儿童文学理论体系构建的基本学术面貌和思想格局。很显然，这是一些带有鲜明的时代趣味和现实关怀的理论表述系统。大体说来，它们除了具有作为思想系统或理论体系所应具有的一般特征外，还具有下面这些突出的历史特征。

其一是学术资源的多样性。

一门学科的建立，必然需要有雄厚的理论积累作为它所赖以依托的学术基础，否则，理论基础的松软将会导致学科大厦的摇摆甚至崩塌。儿童文学理论是一门相对独立的文学研究门类，但就其学科构成基础而言，它又是跨学科的，例如它离不开文学审美特征的探究，它同教育学有着天然的血缘联系，它的读者对象是以儿童为主，它与社会学、伦理学、原始文化研究等比邻而居……因此，儿童文学研究必然应以一种开放的学术姿态来进行本学科的理论体系建设。五四时期中西文化碰撞、交流的人文背景恰好为现代儿童文学理论学科的系统建设提供了坚实的理论依托。人们不仅从中国传统学术文化积累中去寻求儿童文学研究的思想资源，而且更从西方近代人类学、心理学、教育学、文艺学等许多学科那里吸取了丰富的理论滋养。可以说，现代儿童文学理论研究及其体系建设虽然是在中国社会的现实土壤中成长起来的，但它所依靠和吸收的学术资源却无疑是极为丰富多样的。例如，对中外文艺学思想资源的依赖和利用。魏寿镛、周侯予所著《儿童文学概论》在说明什么是儿童文学时，就认为："要晓得儿童文学是什么，必先研究文学 (literature)是什么。"作者在辨析什么是文学时所引用的中西批评家、作家的观点达二十家，如《论语》、章太炎、英国批评家亚诺尔特、法国批评家佛尼以及赫胥黎、爱默生等。至于西方人类学派理论、儿童中心主义教育观等对现代儿童文学理论建设的影响，本书前面有过专节论述，此处不再赘言。

中西方多学科学术资源的广泛利用，不仅在很大程度上培育、塑造了中国现代儿童文学理论体系构建者们最初的学术感觉和理论趣味，而且在相当大的程度上也决定了现代儿童文学理论体系构筑的基本学术空间及有关范畴、命题等的理论依附点和思想样式。从总体上看，由于受五四时期中国现代社会宏大生活主题和主流学术话语的影响，现代儿童文学理论体系在许多学术问题上都给予了儿童文学以一系列现代的命名和阐释。从这个意义上可以说，中国现代儿童文学理论体系的构建，表现出一种令人惊讶的早熟性质。

其二是服务于教学的实践性。

"五四"之后儿童文学理论建设的展开，在相当程度上是得益于教育界对儿童文学的重视——从 20 年代到 30 年代，情况都是如此。当时的小学国语课和幼儿师范、普通师范文科专业已普遍把儿童文学作品作为一种基本教材；教授儿童文学，学习儿童文学，讲演儿童文学，研究儿童文学，成为教育界一时之风尚，甚至在大学也第一次开设了童话课。因此，当时的许多儿童文学理论成果是结合儿童文学教学的需要而取得的，尤其是那些具有体系构建意识的理论著作，有不少都是供教师或师范生研习儿童文学用的，因而带有浓厚的教学色彩。然而，也正是这种重视儿童文学理论与教学相结合、重视儿童文学教学操作方法探讨的理论风气，显示了由于学校重视儿童文学而形成的对于当时儿童文学研究及体系建设的促进作用。

服务于教学的实践性特征，突出地表明了这样一种理论建设意识，即关怀本土、关注现实的学术研究意识。在这种意识的驱动下，现代儿童文学理论体系建设在二三十年代获得了一种持续而稳固的现实动力。

其三是学术范畴、命题等的有效性。

虽然现代不少系统性的儿童文学学术著作以应用于教学实践为目的，有时候我们会觉得它们的应用价值要超过其学术价值，但是仔细发掘研究之后，我们会发现，现代儿童文学理论体系中其实已经包含了极具创造性或极具解释效力的诸多范畴和命题。例如，张圣瑜的《儿童文学研究》一书就从口传、自然、单纯、纯情、神奇等八个方面较详尽地论述了儿童文学的艺术特质，颇富创意。这一时期，人们也已较多地接触到诸如游戏性、趣味性等理论命题。

一定的理论系统总是与一定的现实系统相对应的。在这一对应关系中，理论系统所包含的范畴、命题的准确性、覆盖力如何，都直接影响到特定的理论系统对特定的现实系统的解释效力。在这方面，现代早期儿童文学理论体系构建者们的学术表现是相当出色的。因为他们不仅在儿童文学理论系统化建设的路途上迈出了坚实的第一步，而且，他们所创立的现代儿童文学理论系统已经蕴涵了相当丰富的学术灵感、创意和相当生动的思想活力。

其四是学术体系不断丰满的累进性。

生存形态的不断变异，是理论体系的特性之一。这种变异可能是正面的累进性的，也可能是负面的衰亡性的。20世纪二三十年代中国儿童文学理论系统的构建历程无疑属于前一种情况，即在当时特定的历史时段中，儿童文学理论体系在不断地变异中逐渐得到了拓展和丰富。例如，张圣瑜的《儿童文学研究》一书的前八章为理论阐述部分。从本文前面所抄引的该书目录可以看出，张著对儿童文学的论述范围已大大超出了魏寿镛、周侯予合著的第一部《儿童文学概论》和朱鼎元所著的《儿童文学概论》的论述系统。在一些具体的观点和命题阐述方面，情况也十分相似。如在对儿童特点的认识上，"五四"初期受人类学观点的影响，人们较多强调儿童特点与原始人特点的相似性乃至一致性，因而相对忽视了儿童所具有的区别于原始文化背景的现代文化特征。20年代中期以后，尽管不少研究论著仍接受了人类学的观点，但人们已逐渐开始摆脱机械、片面的"复演说"的影响，而认识到现代儿童与原始人类的社会文化差异。例如，汪懋祖在为张圣瑜的《儿童文学研究》一书所撰写的"序"和葛承训的《新儿童文学》一书，都已经能够从儿童与成人、儿童与现代社会、儿童成长的自律与他律等因素的相互联系中去认识儿童读者及其文学接受的特点。这就使这一时期的儿童观较前一时期的某些儿童观显得较为科学和辩证，也使这一时期儿童文学的整个理论体系显得较为合理和完善。

中国现代儿童文学理论建设的上述进展和成果，不仅标志着具有近代科学特征的儿童文学理论体系的初步形成，标志着儿童文学研究作为一门常规科学的出现，而且对推动儿童文学创作、服务教学实践、积累和传播儿童文学理论知识等，都起到了积极的促进作用。同时，从儿童文学理论批评发展史的角度看，它们也与那些零散的理论篇章一起为20世纪中国儿童文学理论研究的整体发展，提供了一个相当高的历史起点，奠定了一个十分体面的学术基础。

中国现代儿童文学理论系统的早期表述，自然也会有其无法避免的历史局限和不足。例如，某些理论命题阐释上的粗糙或幼稚，某些著作在理论体系的构建上还缺乏必要的匀称感等，都是不难挑出的毛病。但是我以为，相对于它所处的历史阶段而言，相对于后来几十年间的衰退状况而言，20世纪二三十年代中国儿童文学理论体系化建设所呈现的历史景观和所获得的历史积累是足以令后人感到惊叹的。我想说，对于中国儿童文学理论体系的建设进程而言，那的确是一个早慧的年代。

但是，儿童文学理论的系统建设进程在20世纪30年代中期之后被大大地打了一个折扣。后来发生的一切正如我们所熟知的那样，这一进程的真正被接续，是到了20世纪80年代以后的事情。

1949年以后中国儿童文学理论学科在体系建设方面显露出了一些犹豫和迟疑的状态，这并非出自一种学科发展策略方面的自觉考虑和选择，而实在是一种无奈的社会历史方面的逼迫和学术文化方面的供给不良所导致的必然结果。从当代儿童文学学科体系建设的角度看，20世纪80年代中期以后出现的一系列现象显然是意味深长的。

任何一门学科都有一系列属于自己的基本问题，即贯穿于一个学科的全部历史并且推动着学科发展的那些问题。基本问题在海德格尔看来根本就是不可能解决的，研究者只是不断地深化他们对整个理论的领悟。这是学术进步的辩证法。[2]同样，中国儿童文学理论界对儿童文学的一些"基本问题"也表现出了相当的兴趣和敏感。由于儿童文学理论学科发展的特殊性，这些"基本问题"既包括了本学科发展史上频频出现的那些问题，例如儿童文学的本质、儿童读者的特征等，也包括了以往较少被谈论而实际上却十分重大的一些问题，例如审美、视角、母题、游戏性等。这些基本问题被人们揉捏、融合到各自的论述语境和思维焦点之中，成为推进当代儿童文学学科系统建设的最基本的内驱力。

耐人寻味的是，当代儿童文学研究者在工作中采取了一种也许是更富有智慧和建设性的研究策略，即他们并不热衷于建

中国儿童文学理论批评史
第十一章
在历史与未来之间

构那种笼而统之、面面俱到（当然只能是相对的）的"显体系"，而是更注重通过一些基本话题或对象的择取，力求在自己所设定的论题范围内进行较为系统的理论探索和体系构筑。大体说来，这种探索和构筑是在以下几个论述领域展开的。

一是个性化的观念体系构筑。

与通常那种试图面面俱到的体系构筑方式不同，这种体系构筑方式虽然也呈现出一种综合性的形态特征，但它往往会坚定地回避那些常识性的论述，回避论者并无言说欲望的一切论题，而仅仅展开那些作者热衷并且有独到见解的论题系统。同时，它所涉及的话题依然是丰富而密集的，从而构筑成一个十分个性化的观念论述系统。这方面的代表性著作是班马的《中国儿童文学理论批评与构想》。该书共有四章：一、走出自我封闭的儿童文学观念；二、儿童反儿童化；三、传递；四、现代儿童文学艺术的美学意味。该书显示了作者对于中国儿童文学理论批评的传统论述空间和惯常思路的诸多重要突破，构筑了一个极富个性化色彩的观念体系和批评框架。

二是专题性的理论体系构筑。

这种体系构筑的特点在于，论者首先选择一定的研究专题，设定该专题为基本论述领域，力求使该专题的研究精密深入，同时又具有相当的系统性，所以，这一体系构筑方式所依托的基本话题虽然有较严格的设定，但其内在的思想展开空间仍然是开阔和通透的。这方面的有关著作相对较多，如刘绪源的《儿童文学的三大母题》、班马的《前艺术思想——中国当代少年文学艺术论》、朱自强的《儿童文学的本质》、彭懿的《西方现代幻想文学论》、王泉根的《儿童文学的审美指令》、孙建江的《童话艺术空间论》、梅子涵的《儿童小说叙事式论》、杨鹏的《卡通叙事学》等。其中不乏富有开拓性或颇见学术功力的著作。

三是史论结合型的理论体系构筑。

这种体系构筑的特征在于，在儿童文学史和儿童文学基本理论的交叉地带展开理论思想的体系构筑。因此，它既不同于一般文学史研究著作侧重于文学发展历史的铺陈，也不像一般基本理论著作那样仅把史实作为印证、分析时的材料，而是通过对文学史的整体把握来提炼、分析、阐述某些基本理论命题，或借助某些基本的理论视角来整体把握、解读或长或短的一段文学发展历史。例如汤锐的《现代儿童文学本体论》、孙建江的《20世纪中国儿童文学导论》、吴其南的《转型期少儿文学思潮史》、朱自强的《中国儿童文学与现代化进程》、唐兵的《儿童文学中的女性主义声音》、李利芳的《中国发生期儿童文学理论本土化进程研究》等，都是这方面的代表性著作。

四是分支学科领域的理论体系构筑。

儿童文学学科实际上又包含着诸多的分支学科，如因读者对象不同，儿童文学又可划分为幼儿文学、童年文学、少年文学等不同构成板块，于是就出现了幼儿文学研究、童年文学研究、少年文学研究等分支学科领域；在儿童文学与相邻学科之间的边缘地带，又可催生出儿童文学哲学、儿童文学美学、儿童文学传播学、比较儿童文学等分支学科。这些分支学科的理论体系构筑，也形成了儿童文学理论体系构筑的一些特定的论述区域。20世纪90年代以来，人们在这些方面也取得了不少收获，如汤锐的《比较儿童文学初探》是比较儿童文学研究体系建设中的重要收获。作为一部尝试构筑中西比较儿童文学学科体系的理论专著，该书不是对中西儿童文学发展的枝节和局部的比较研究，而是以历史为经线，以理论为纬线，构织了一个史论结合的中西比较儿童文学研究的独特体系。而黄云生的《人之初文学解析》则是幼儿文学理论系统的一次新的拓展和建设。

在将近一个世纪的发展进程中，中国儿童文学理论学科的系统建设已经取得并将继续取得它应有的学术推展和突进。当然，从整体上看，投身这项学术建设的人们还面临着各种难题和困境。也许，理论体系的建设也如同海德格尔所说的"基本问题"是不可能解决的一样，始终将面对着不断的危机和挑战……无论如何，已有的学科建设积累将是人们继续出发的一个坚实的起点。

二　面向未来的思考

任何文学时代和批评时代的命运，归根到底都是特定社会历史时代命运的反映。从这个意义上说，当代儿童文学理论批评所显露的发展势能及其所怀有的学术梦想，正是来自改革开放这个时代大背景的鼓舞和支持。或许可以说，并不是这一代儿童文学理论工作者自身有什么特殊的禀赋，而实在是因为他们遇上了几十年来中国儿童文学研究所拥有的最好的人文背景和时代，他们对儿童文学理论批评前途的信念和梦想，也正是一种来自时代的理论召唤的结果。

然而，儿童文学研究学科的发展历史毕竟还很短暂。如果从周作人最初用文言文写成的那几篇文章算起的话，那么儿童文学理论批评作为一个相对独立的文学研究门类,在中国才约有80年的历史。坦率地说,作为一门学科,儿童文学研究的发展还是很不成熟的。这不仅表现在它的常规研究的不发达上,而且更多地表现在数十年来它在学科建设意识方面的淡漠与无力。譬如,人们几乎从未认真地思考过,儿童文学研究应该具有什么样的学科形态和理论个性,它是否可以拥有一种更高的学术品位。这使我们的儿童文学研究一直处于缺乏自省意识和自觉性的盲目状态。我以为,周作人那一代学者关注儿童文学更多的是出于一种宏观的文化战略上的考虑,因而他们未能也不可能对儿童文学研究的学科建设做出专门的思考。但是,对于参与当代儿童文学研究学科建设的人们来说,这种思考就显得极为重要了。我有一种感觉:从学科建设的战略高度来思考和把握儿童文学理论研究的未来发展,这可能是今后推动儿童文学研究的最重要的内驱力之一。

很显然,面向未来,我们应该思考的是儿童文学理论学科将能干些什么,以及我们应该干些什么。

例如,儿童文学理论批评建设的学科个性问题。

儿童文学研究既然作为一个相对独立的文学分支学科,就理当应该拥有自己的学科个性,有自己独特的研究对象、研究意识、研究方法和研究成果,或者说,应该"具备自己相对独立的知识结构、概念、儿童—逻辑等形态", "必须从文学理论中清晰地显示出别样的一种语言和身份来"[3]。因为只有确定了自己的独特身份和个性,才有可能拥有自己独特的学科地位和生存价值。

在我看来,儿童文学研究的学科个性主要取决于以下两方面的因素。

第一，取决于自身研究对象的特点和性质。

儿童文学研究的对象是整个儿童文学活动系统，即：

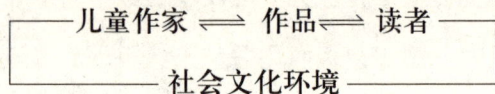

```
┌─── 儿童作家 ⇌ 作品 ⇌ 读者 ───┐
└──────── 社会文化环境 ────────┘
```

独特的研究对象意味着儿童文学研究必须寻找自身的理论起点和研究重心。对此，潘临庄认为："儿童文学理论研究的重心应该放在文学特性方面，还是放在童年生活的特性即童年性方面？就现状而言，我觉得我们研究的重心仍在文学性方面，把儿童文学当作文学的一个品种来对待，而这正是儿童文学理论缺乏鲜明个性的症结所在……在儿童文学理论研究中，童年性问题直接凸现出来，很难让我们回避，否则只能以丧失自己的个性作为代价。为了使儿童文学研究成为一门独立的学科，我们的研究重心应该朝童年性方面倾斜。"他指出："关于童年性，应该讨论的问题有许许多多，关键在于儿童文学理论研究应当将这些问题当作自身的问题来对待，应当将这些问题熔铸于自身的体系中，化为自身的骨肉……我们能花大力气来探讨童年性这个处于众多相关学科交叉的网结点，不仅可以更新儿童文学研究的面貌，而且在与相关学科的交流对话中，能起到相互补充、促进的作用，能使得儿童文学研究的个性受到强化和张扬，从而在现代人文学科群落中占据应有的地位。"[4]孙建江也认为："儿童文学研究的学科个性问题，毫无疑问要涉及'儿童'的特殊性问题。我们没有必要回避这一点。因为与成人文学研究相比，儿童文学研究最根本的不同点，或者说儿童文学研究的理论个性就在于：它的一切发生都是由特定的读者而来的。这不仅仅是一个读者意识问题（这与成人文学的读者意识无法类比），而是儿童文学作为一门独立学科它的基本的生成过程问题。"[5] 这就是说，"童年"不仅仅意味着在儿童文学活动系统中"读者"环节的独特性，而且也直接决定着儿童文学研究的学科个性。

第二，取决于自身在有关的学科网络中所处的地位，或者说取决于与相邻学科之间的联系和区别。

儿童文学研究在有关的人文学科网络中与普通文学理论、美学、儿童生理学、儿童心理学、教育学、人类学、哲学、社会学、伦理学等学科为邻。儿童文学理论与这些学科既有联系又有区别。这种联系和区别规定了儿童文学研究的学科面貌和个性。例如，儿童文学理论与普通文学理论有着难以割断的联系，但是它又绝不能淹没在普通文学理论形态中，而必须以儿童美学为基础，寻找并解决自己的理论课题。按照班马的说法："我们如果能对儿童心智与情感的前审美发生机制有所揭示，能对童话、神话母题和原型的儿童接受效应做出解释，能对文学符号是如何以心理能量和形式操作等内在形态参与儿童早期的情感建构，能对当代儿童文学创作中早就出现的后现代主义文体做有功能的分析……也就是说我们如果能够解决诸如美感发生、美育效应、文学形式与儿童审美信息加工之间的关系等一些独特的重大问题，使儿童文学理论最终建立在儿童美学的基础上，它作为一门拥有自身学术品位的独立学科才能得以确立。"[6] 由此可见，儿童文学理论相对于普通文学理论的独特性是由它自身的学科位置和研究任务所决定的。如果我们重复儿童文学是文学，儿童文学是语言艺术，那么我们可能什么也没说（当然这种强调在某些情况下是必要的）。如果我们意识到儿童文学理论学科的研究对象是整个文学活动系统中一个相对独立的子系统，并在这个意义上认定儿童文学研究是不同于普通文学理论的一个专门学科的话，那么我们就有理由将普通文学理论所要解决的问题用"悬挂法"存而不论，而应该寻找和确定自己的理论起点和理论命题系统并由此展开思考。

儿童文学研究的学科个性问题之所以在近期引起人们的普遍关注，是因为长期以来这一问题随着儿童文学理论的学术流失而变得日益严重，而学科个性的把握和塑造又直接关系到儿童文学研究的生存目的和生存价值。因此，对于未来的儿童文学研究者来说，强化儿童文学理论的学科个性、改变其学科身份特征模糊的状态，无疑是一种重要的理论建设意识。

又例如，儿童文学研究的理论意义问题。

由于儿童读者在儿童文学创作和研究中始终是一个极为重要的制约因素，因此，长久以来人们已习惯于从读者的角度来判断儿童文学领域的一切现象了。"小读者是否喜欢"，这几乎已经成为儿童文学界的唯一价值取向，成为人们在思考儿童文学现象时的一种"集体无意识"。应该承认，读者在儿童文学活动中具有比成人文学更为重要的独特的意义，没有小读者的存在，就没有儿童文学。但是，如果对读者的意义做片面的、绝对排他的理解（这与"童年"作为儿童文学理论的研究起点和研究重心并不是一回事情），那么，情况就有可能背离人们的初衷，至少对于儿童文学研究来说，它将导致我们对儿童文学理论意义理解的偏狭与肤浅，并进而妨碍儿童文学研究水平的整体性提高。

儿童文学研究作为一个独立的学科，其理论价值和意义是多方面的。从一般的意义上说，理论来源于实践，又可以返回去指导并服务于实践，例如儿童文学理论可以指导儿童文学创作和小读者的欣赏。这些当然是儿童文学研究的一个很重要的目的，也是儿童文学研究的一个重要的部分。儿童文学理论除服务于实践的应用价值外，还有一种理论自身的本体意义上的价值，它显示人类在一定历史条件下的智力水平和思维的全部创造力，展示理论自身的深邃、超拔的魅力。这就是历代哲人对宇宙、对社会、对人生的终极意义的形而上的思考会具有那么吸引人的、令人深思、令人感动的力量的原因。理论需要与实践的沟通，需要实证的、应用性的研究，又需要在理论自身的意义上存在，并为整个人类的科学提供认识成果，譬如儿童心理学研究。儿童心理看来似乎是最单纯的，但儿童心理学却做出了最深刻的学问，为人类心理学、认知科学、原始文化研究等提供了理论材料和认识成果，例如皮亚杰就从儿童心理和思维发展入手而又终于达到哲学认识论的高度。这是因为，皮亚杰并不把童年心理看成是一种绝对孤立的仅具有自身意义的生命现象。的确，无论从生理、心理、行为还是从文化背景的意义上去考察，童年现象都远远不像许多人所想象的那么简单。即使是儿童的随意涂鸦、游戏，在具有现代科学眼光的人们看来，其中也向我们传递着某些极为隐秘而深刻的生命和文化的内容、消息。据说，有一次爱因斯坦在同皮亚杰做了关于儿童游戏本质的谈话以后，不无感慨地说："认识原子同认识儿童游戏相比，不过是儿戏。"而儿童游戏，正是一种重要的童年现象。皮亚杰通过对儿童个体心理和认识发生、发展过程的描述，揭示了认识主体如何反映客体的复杂机制，因而从微观个体的角度论证了人类宏观的认识发生、发展过程及其机制，为当代认识科学的发展做出了重大贡献。美国学者马修斯对儿童的心理发展进行了哲学分析，他的《哲学与幼童》一书因此显示了独特的理论意义。所有这些都启示我们，

中国儿童文学理论批评史

第十一章

在历史与未来之间

不能把儿童文学理论的意义全部归结到研究儿童文学如何适应儿童需要这个单一的目标上。对于当代儿童文学研究来说，除这个重要的、基本的目标外，还应追求一种超越以往儿童文学研究水准的更高的学术品位和更宏阔的理论境界。事实上，儿童文学研究的最高成果可以为整个文艺学、美学、心理学、教育学、哲学等学科提供思维成果和理论材料。儿童文学研究者应该有这样的学术胸怀和抱负。

　　以儿童文学自身的特点看，它也为儿童文学研究提供了深入把握和探寻的可能条件。正如儿童心理看似幼稚、单纯，却蕴含、传递着某些最深刻而隐秘的人类生命的、文化的内容和消息一样，儿童文学也保留和反映了人类审美的最原始、最简单同时又是最基本最内在或许也是最深邃的艺术规范和审美内容。这里没有精巧的修饰，没有严谨的逻辑，没有深藏的城府，而全然是一派最本真、最自然的生命感觉和意趣，一种大巧若拙的文学形式意味。同时，在质朴平白的文体中，它又往往传递出一种丰厚的意味。且看两首台湾儿童诗：

　　　　"小弟弟，我们来游戏。

　　　　姐姐当老师，
　　　　你当学生。"

　　　　"姐姐，那么，小妹妹呢？"

　　　　"小妹妹太小了
　　　　她什么也不会做。
　　　　我看——

让她当校长算了。"

——詹冰《游戏》

几个孩子轻松活泼的游戏性对话，却带出了一个深刻的社会性的批判主题。而且，这种深刻的讽刺意味是在一种天真自然、毫不经意的描绘中产生的。它给你一份纯真和质朴，也带给你一种意会，一个微笑，一份沉思。

蘑菇是

寂寞的小亭子。

只有雨天

青蛙才来躲雨。

晴天青蛙走了。

亭子里冷冷清清。

——林良《蘑菇》

这首儿童诗同样是浅白朴实的语言，仿佛是一个孤独孩子的偶然发现和不假思索的喃喃自语，然而就在这清浅之中，不露声色地传递给读者一种难以言表的人生体验和感悟，那么直率，又那么沉重，让我们沉思，让我们叹息，让我们感动。这种"于无足轻重的东西之中见出最高度的深刻意义"（黑格尔语）的艺术表现方式正显示了儿童文学文体的独特意味。事实上，儿童文学文体的潜在的艺术力量至今仍远远未被人们所认识。很显然，在一种广阔的、深刻的理论背景上来把握和阐述儿童文学，对于当代儿童文学研究来说是极为必要的，而儿童文学自身的文体特点及其潜在的艺术力量，使儿童文学研究不仅有必要，而且完全有可能做出更深刻的理论探索和发现。

再例如，儿童文学理论研究的开放性问题。

如前所述，儿童文学理论的价值和意义是多方面的，因此，在儿童文学研究的深化进程中，我们应该具有一种整体和开放的建设眼光。无论是基础性、思辨性的理论，还是应用性、实证性的研究，都应是未来儿童文学理论发展所需要的，都是儿童文学理论系统建设的有机组成部分。提出这一点是十分必要的。事实上，目前儿童文学理论界至少在私下里还存在着两种心理障碍：一种是对儿童文学理论的开拓和探索性的建设感到隔膜，以至抱着冷漠的态度和排斥的心理；一种是对儿童文学的传统研究方法抱着不加具体分析的批评态度。显然，这与儿童文学理论的未来发展和系统建设的要求都是不相宜的。我认为，只有一种开放的、整体性的建设眼光，一种多方位、多层面的理论探索意识，才有可能推动我们的儿童文学理论研究的系统建设和全面发展。

当然，所谓整体眼光和多层面的建设绝不是一种肤浅而平庸的面面俱到，而是意味着允许和提倡不同的研究者根据自身的特点来确立自己的研究方向和研究重心，从而以自己的角度和方式来开拓、丰富儿童文学理论的研究内容。从宏观上说，个体研究者的理论探索总是受到自身条件的限制，因而带有某种片面和局限性，但是，这种局限性又往往表现出个体研究的某种独特性和深刻性，因此能够在人们实践和认识的某一个环节、层面或角度上实现突破，并通过这个环节、层面、角度的突破，带动认识的整体性进步，推进理论的系统发展。

从近年来儿童文学理论发展的实际情况看，作家往往也是从现实的文学探索实践中去寻找话题、获取灵感，从而在某些具体的理论环节上取得进展，并由此扩展自身的理论领域。这是因为，在作家的文学探索实践中，总是表现出一种强烈的个性色彩，往往从一个特定的方面为儿童文学的发展撕开一道口子，带来一种新鲜的经验和启示，并为人们的理论思维提供现实的可能条件。毫无疑问，未来的儿童文学研究仍将在更开阔的理论背景上进行全方位的探索和建设。我们应当欢迎和容纳那些来自各个角度和方向的理论思考和探索，因为这样的探寻将会使未来的儿童文学研究保持生气和活力，也将带动和促进儿童文学事业的整体性的进步和发展。

我相信，面向未来儿童文学理论批评建设所进行的思考，将不仅有利于加强当代儿童文学研究者的学科意识，而且将直接对当代儿童文学研究进程产生影响，因为在这样的思考中，儿童文学研究的学科方位会更加明确，儿童文学的理论批评也会成为一种更自觉的理论活动。

注　释

[1] 这里借用库恩在《科学的历史》一文中谈论科学史时的说法，见其所著《必要的张力》一书，福州：福建人民出版社 1981 年版，第 103 页。

[2] 参见汪丁丁《“学术中心”何处寻？》，《读书》1997 年第 7 期。

[3] 班马语，参见班马、孙建江、方卫平《“中国儿童文学研究发展战略”三人谈》，《浙江师范大学学报》1990 年第 4 期。

[4] 潘临庄：《朝童年性倾斜——儿童文学研究一议》，《浙江师范大学学报》1991 年“儿童文学研究专辑”。

[5] 班马、孙建江、方卫平：《“中国儿童文学研究发展战略”三人谈》，《浙江师范大学学报》1990 年第 4 期。

[6] 班马、孙建江、方卫平：《“中国儿童文学研究发展战略”三人谈》，《浙江师范大学学报》1990 年第 4 期。

结 语

历史，

提供了今天；

今天，

塑造着未来。

中国当代儿童文学理论批评界所萌动、酝酿着的重建自身学术形象的创造冲动，既来自历史的深刻启悟，更透露出对未来的悠远梦想。

应该意识到：

这是一项孤寂的科学研究事业；

这是一份意味深长的理论工作。

一切都已成为历史。然而，批评的历程是指向未来的。

后 记 _____

回想起来，我已说不清是从哪一个时刻开始萌发了写作本书的念头。

1985 年 7 月，我参加了由文化部在昆明召开的"全国儿童文学理论研究规划会议"。那时候我还在读研究生，参加会议主要是带耳朵"听"。西南边陲的美丽风光和民俗风情使我陶醉，而会议的话题和发言也深深吸引了我，我想了很多。我觉得，对中国儿童文学理论研究未来的展望和规划，应该以对历史和现状的深入考察和研究为基础——因为只有这样，我们才能认清自身所处的历史位置和理论起点，儿童文学理论的未来建设才可能成为一种清醒的、自觉的理论活动——而会议对这一问题的关注和研讨似乎不很充分。带着这样的思索，我于这年 9 月初返校之后，结合自己平时的学习积累和心得，花一个多星期写下了一篇文章，也就是后来发表在 1986 年第 6 期《文艺评论》上的《我国儿童文学研究现状的初步考察》一文。

写作这篇文章的大背景，是当时整个当代文学批评界在研究观念、方法等方面开始发生巨大变化这一现实。这一背景无疑给了我很大的刺激。我在这篇文章的一开头便写道："对儿童文学研究现状的议论和抱怨早已不是什么私下里的秘密了"，同时我也认为，"对历史的透视将为准确地理解和把握现实提供某种可能性……至少在主观上，我们对现实的考察应该力求保持一种历史的纵深感"。

也许，就在思考和写作此文的那些日子里，对中国儿童文学理论批评发展史的研究意愿，就已悄悄地在我心底孕育？

1987 年秋，我承担了《中国儿童文学大系》（希望出版社 1988 年版）理论部分的编选工作。这使我有机会全面地从原始文献中去探寻、认识中国儿童文学理论批评的历史足迹及其得失。1988 年初，我所在的浙江师范大学中文系儿童文学研究室（现为儿童文学研究所）筹备举办第四期全国儿童文学教师进修班（该班后因招生方面的原因而未能办成）。在安排进修班课程时，我毫不犹豫地报了"中国儿童文学批评史"。可以说，那个时候，全面进入中国儿童文学理论批评史研究领域的计划在我的研究日程中已经十分明确。

当然，我之所以投入儿童文学理论批评史研究，还由于我平时教学和研究过程中的一种观感。由于种种主客观方面的原因，更由于这一研究领域的荒芜，人们常常在有意无意之中忽视了历史上曾经发生过、存在过的那些理论批评现实。例如，1982 年出版的两部《儿童文学概论》，被有的研究者称为"填补了我国儿童文学研究和出版史上的一个空白"，而事实上，早在二三十年代，"系统论述儿童文学的专著"就已出版了十余种。同样的例子还有：80 年代中期某部童话理论著作即将问世时，报纸上登载的消息称其"将为我国社会科学增添一门新学科"，而事实则是，早在 20 年代，赵景深就已编著出版过《童话概要》《童话学 ABC》等比较系统的童话理论著作。又如，有的研究者在谈到周作人的儿歌研究工作时认为："他的研究在中国儿童文学史上第一次批驳了儿歌（童谣）是'荧惑星'降凡，'惑童儿歌谣嬉戏'以预示人间灾异祸福的阴阳家谬说。"这一结论显然未能注意到明代文学家杨慎在《丹铅杂录》中对"荧惑星说"的嘲讽和否定。这些情形的大量出现，当然与这一学术领域研究的不力有着直接的关系。我感到，这既不利于当代儿童文学理论批评的建设和实践，又有愧于那些中国儿童文学理论批评的拓荒者和先行者。忘记他们的历史贡献是不公平的；冷落他们只能被认为是这一代研究者的失职！

在这些年来的学术研究和本书的写作过程中，我深感要培养一种严谨、扎实的治学精神和学术态度是何等艰难！尤其是在涉及大量史料文献的批评史（自然也可以包括文学史等）研究过程中，如果贪图省事轻信二手甚至三手材料，那么种种错讹、变形、走样就是不可避免的了，而学术的信誉和成果的质量也就难以保障。举两个细小的例子。例如，有的材料把1934年7月上海世界书局初版的《儿童文学》一书的作者写作"钱井华"，有的材料则写作"钱畊华"。这究竟是怎么回事？在北京图书馆一查原书，才发现应该是"钱畊莘"（畊，《玉篇》载，同"耕"）。令人遗憾的是，上述材料中包括了作为学科建设典范和权威的工具书《儿童文学辞典》。又例如，中国第一本《儿童文学概论》的作者是魏寿镛、周侯予。但笔者所见到的一本原著（其中版权页已缺）却将"周侯予"印作"周侯于"。为弄清这一细节，我查阅了手头的有关材料，发现均写作"周侯予"。为了进一步获取比较可靠的旁证材料，我翻阅了二三十年代一些理论著作，看当时的著作中是如何记载的。因为年代较近，一般说来可信度也较大。查阅的结果也未能找到可以证明应作"周侯于"的材料。如1933年1月由中华书局出版，赵侣青、徐迥千合著的《儿童文学研究》一书第五部分"儿童文学应有些什么条件"中就分明写着这样的句子："魏寿镛、周侯予二先生，就儿童文学之要素，列表表明如下……"

最后，1992年11月，我趁参加中国作家协会第二届（1986—1991）

全国优秀儿童文学奖初评工作的机会，在某个星期天去北京图书馆查阅原著。当我从目录卡片上看到"周侯于"字样的时候，我感到谜底可能即将揭晓了，但是，我却被工作人员告知找不到此书。于是，此"案"对我来说仍是一个悬案。如今，我这本著作中还是写作"周侯予"，因为我不想根据一本缺了版权页的书来判断一切。但我对此"案"耿耿于怀，希望能彻底弄清这一细节。

之所以如此细抠一个个细节，是因为我强烈地感到我们的一些学术著作包括辞书中类似的错误实在太多太多了。我自知我的笔下也难免会有错误，但我愿以一种负责的学术态度与同行朋友们共勉。

在全面进入本书的写作之前，我进行了一些先期研究工作。除上述"考察"一文外，我陆续写作、发表了《试谈茅盾的儿童文学评论》《理论的迷误与理论的建设——中国当代儿童文学研究的历史描述》《西方人类学派与周作人的儿童文学观》等论文，并参加了《中国当代儿童文学史》（河北少年儿童出版社 1991 年版）一书的撰著，承担当代理论批评发展部分的写作。这些工作得到了学术界的关注和许多师友的鼓励，其中《我国儿童文学研究现状的初步考察》一文获"首届全国儿童文学理论评奖优秀论文奖"；《西方人类学派与周作人的儿童文学观》一文获"浙江省哲学社会科学优秀成果三等奖"。正当我着手本书写作时，本书的研究意图和计划被列为"浙江省哲学社会科学'八五'规划重点课题"。这一切都给了我极大的鼓舞，并有力地保证了本课题研究和写作工作的顺利进行和及时完成。

在本书即将出版的时候，我无限怀念在本书写作过程中以及过去一些年来从许多师友、亲人那里所得到的真诚的关怀和帮助。从上小学、入中学，到进大学、读研究生，我曾经从许多老师那里得到教益，我深深地感激着他们。我特别要感谢《儿童文学选刊》主编周晓、浙江师范大学儿童文学研究所副所长黄云生两位老师。若干年以来，他们一直关注着我的学术成长；他们对我的厚爱和期待，是我在学术道路上努力前行的宝贵动力。

我还要感谢我的学术同辈们。我的理论信心在很大程度上是从他们出色的研究工作那里获取的，他们活跃的学术思想和飞扬的理论灵感常常启迪着我。与他们同行，我不想掩饰自己心中的这份得意。

自然，我也忘不了父母、亲人的恩情。记得上小学、中学的时候，我的几乎每一篇作文都要让父亲和母亲阅读，而他们几乎每一次都会提出修改意见。他们培养了我认真、勤奋的写作态度。从我上大学开始直到今天，已先后退休赋闲在家的父亲、母亲始终是我的文字的最忠实的读者。如今，父亲常常对我说的一句话是："我已欣赏不了你的文章了。"而我想对父亲、母亲说："你们永远是我的老师！"

本书写作过程中曾先后得到浙江师范大学儿童文学研究所资料室、浙江师范大学邵逸夫图书馆、浙江图书馆古籍部、上海辞书出版社资料室、上海图书馆、北京图书馆等有关工作人员的帮助，在此一并表示谢意。

我深知本书还存在着这样那样的不足。例如，由于手头资料极为有限，本书未能评述台湾、香港儿童文学理论的历史进程，就是一个遗憾。我期待着读者朋友们的批评，同时也期待着将来有机会能弥补本书留下的遗憾。

方卫平

1993 年 3 月 20 日于浙江师范大学儿童文学研究所

修订版后记

　　《中国儿童文学理论发展史》完成于 1992 年 7 月 6 日，1993 年 8
月由江苏少年儿童出版社出版，责任编辑是刘健屏先生。2006 年 11 月，
明天出版社出版我的四卷本理论文集时，这部书稿作为第一卷被收了进
去。在我的理解中，文集应该侧重保存个人研究和思想历程的原始面貌，
所以这一版在内容上并没有什么修订，只是结合书稿内容加入了许多相
应的人物和书影图片。

　　一些年来，补充、修订这部书稿，一直是我的一个愿望。2007 年
上半年，由于我所在的浙江师范大学儿童文化研究院学术发展和出版规
划的机缘，这部书稿终于有了一次补充、修订的机会。在我的计划中，
这部发展史的修订重点主要有两处，一是原书稿基础较为薄弱的当代史
部分，要进行较大规模的重写，二是对于台湾、香港儿童文学研究历程，
尤其是台湾的部分，要做一次比较完整的描述（这方面的资料搜集工作，至今已
持续了十年以上）。不料，当我对修订工作满怀热情、跃跃欲试的时候，我
的人生角色和现实处境，却已经不允许我像十多年前那样专注、倾情地
投入自己所热爱的研究和著述工作之中了。加上交稿时间上的要求，这
次的修订重点只能放在了对近十余年来儿童文学理论进程的概括和评
述上。激情、努力、困惑、无奈，人生的滋味，大约本来就是多种多样的。

　　但我知道，在我的心底深处，青年时代的学术梦想仍然没有消散，
许多时候，这种梦想甚至还会把我带入更加渴望、痴迷和走神
的精神状态中。学术以外的目的，在我的价值观和人生理想中，

本来就不占有太重要的位置。今天，对我来说，它们就更不是能够左右我生活目标和精神趋向的力量了。享受学术工作所带来的快乐，就是我为人生填注意义的方式。我盼望着，在我的生命途程上，还会有一些纯粹的时刻，让我享受更加有趣、更加充实的思想与表达过程。

我要感谢修订版的责任编辑梁燕女士。数年以前，我们曾经在浙江师范大学校园里有过三年共同学习、探讨儿童文学的经历，她的聪慧、勤奋、内敛和富于独立思考的个性和学习态度，给我留下了很深的印象。参加工作以后，她的认真和执着，她的专业素养和敬业精神，同样常常让我感叹不已。

心里还保存着对于许多人的感念之情，我盼望我与他们可以保持着彼此的牵挂，更会常常在让我们都满心欢喜的文字里相遇。

方卫平

2007 年 11 月 18 日夜于红楼